Piper CJ

THE DEER AND THE DRAGON

Ein No-other-Gods-Roman

Der Verlag behält sich die Verwertung der urheberrechtlich geschützten Inhalte dieses Werkes für Zwecke des Text- und Data-Minings nach § 44b UrhG ausdrücklich vor.
Jegliche unbefugte Nutzung ist hiermit ausgeschlossen.

Penguin Random House Verlagsgruppe FSC® N001967

Die amerikanische Originalausgabe erscheint unter dem Titel
THE DEER AND THE DRAGON bei Bloom Books,
an imprint of Sourcebooks, Naperville, Illinois.

Deutsche Erstausgabe: 06/2025
Copyright © 2024 by Piper CJ.
Copyright © 2025 der deutschen Ausgabe und der Übersetzung
by Bloom in der Penguin Random House Verlagsgruppe GmbH,
Neumarkter Straße 28, 81673 München
produktsicherheit@penguinrandomhouse.de
(Vorstehende Angaben sind zugleich
Pflichtinformationen nach GPSR)

Übersetzung: Anu Katariina Lindemann
Redaktion: Susann Harring
Umschlaggestaltung: t.mutzenbach design
nach einer Originalvorlage von Sourcebooks
Umschlagdesign: Helena Elias / Sourcebooks
Gesamtherstellung: GGP Media GmbH, Pößneck
ISBN 978-3-453-29286-4
Printed in Germany

www.penguin.de/verlage/bloom

*Für alle queeren Frauen, die in Beziehungen
mit Männern gelandet sind –
als ständiger Beweis dafür, dass wir es uns nicht
aussuchen können, wen wir lieben.*

Bevor es losgeht, zunächst noch ein Wort von Piper

Haftungsausschluss zu Religion und psychischer Gesundheit:

Du hältst ein Werk der Fiktion, der Komik, der Erläuterung und der Pietätlosigkeit in deinen Händen. Auch wenn es gründlich recherchiert und durch meine eigenen Erfahrungen in der Kirche geprägt wurde, ist es in keinster Weise repräsentativ für die religiöse Mehrheit oder ein Handbuch für den Umgang mit dem Übernatürlichen eines Reichs oder Pantheons oder eine Reflexion über die Persönlichkeiten der Wesen in ihnen.

In Bezug auf die psychische Gesundheit befinden wir uns in der Lage von Marlow, unserer Protagonistin, die ihre psychische Gesundheit selbst nicht mit Wohlwollen betrachtet. Dies entspricht zwar meiner eigenen Erfahrung und der vieler anderer, aber es unterstützt keineswegs eine Sichtweise, die psychische Probleme als beschämend betrachtet oder leichtfertig abtut, sondern es beschreibt lediglich den Weg einer einzigen Figur, die diese Erfahrung macht.

Anmerkungen zu Sexarbeit
Es gibt keine Triggerwarnung für Sexarbeit, genauso wie es auch keine Triggerwarnungen für Kreditberater*innen, Immobilienmakler*innen, Tierärzt*innen oder Schriftsteller*innen gibt. Die Stärkung von Sexarbeiter*innen und ihre Entstigmatisierung sind Themen, die mir wichtig sind und die in vielen meiner Arbeiten vorkommen. Wenn dir Sexarbeit etwas Unbehagen bereitet, dann ist es nicht mein Ziel, die Umgebung für dich angenehmer zu machen, sondern dich zu ermutigen, dich mit Gedanken und Gefühlen zur Prostituiertenphobie auseinanderzusetzen. Weitere Informationen findest du in den Erfahrungsberichten, Artikeln und Beiträgen von Sexarbeiter*innen, die aus dem Nähkästchen plaudern.

Warnhinweise zum Inhalt
Dieser Roman ist für ein erwachsenes Publikum bestimmt und kann Themen und Elemente enthalten, die für manche Leser*innen beunruhigend oder ungeeignet sind. Eine ausführliche Liste der Warnungen zum Inhalt für dieses Werk sowie für alle anderen Werke von Piper CJ findest du unter: pipercj.com/gallery/content-and-trigger-warnings

Liebe Leser*innen,

Lesende sind Träumende.

Manchmal träumen wir davon, dass der Prinz der Hölle sich in uns verliebt hat und dass er die Welt in Schutt und Asche legt, um uns glücklich zu machen. Vielleicht gibt uns Marlow – ehemalige Sex-Arbeiterin, Autorin und die Hauptfigur der *No Other Gods*-Reihe – ein paar Tipps, wie man sich so einen überirdischen Schönling schnappt.

Als Kinder träumten wir von sprechenden Tieren, boshaften Faeries und Drachen, die auf ihrem Goldschatz sitzen. Wenn wir älter werden, verändern sich unsere Träume. Egal, ob wir von dem perfekten Latte Macchiato, der in einem Café in Seattle serviert wird, oder dem wundervollen Stück Kuchen, das es in einer Konditorei in Deutschland zu kaufen gibt, träumen – viele unserer Träume gehen über die Grenzen von Sprache, Kultur und Ländern hinaus. Manche träumen vom eigenen Haus, von einem Universitätsabschluss, von einer langen Reise – oder eben von dem schönen, unsichtbaren Ungeheuer, von dem die Welt behauptet, dass es nicht existiert.

Zwischen uns Träumenden gefragt: Was, wenn unsere Träume real sind? Wenn all die Dämonenprinzen, heidnischen Götter, gefallenen Engel und die Geheimnisse, die in ledergebunden Grimoires verborgen auf uns warten, mehr sind als nur Geschichten? Wenn die alten Runen auf von Moos überwucherten Steinen und die Wandmalereien antiker Tempel uns die Wahrheit verkünden? Wie würde die Welt wohl aussehen, wenn jede Ruhmeshalle der Götter der Welt recht behielte? Angenommen, du könntest diese Götter, Dämonen und Faeries mit deinen eigenen Augen sehen, würdest du an sie glauben oder würdest du fürchten, den Verstand verloren zu haben?

Marlows Reise durch die Welt von *No other Gods* ist manchmal spicy, manchmal herzzerreißend und manchmal macht sie uns wütend. Die Träume, durch die Marlows Abenteuer beginnt, erschaffen Welten, in denen das Übernatürliche nicht nur möglich, sondern unvermeidlich ist – es ist überall, mitten unter uns.

Diese Welten sind durch die Literatur miteinander verbunden. Das Geschichtenerzählen ist so alt wie die Menschheit selbst und die Themen und Motive – Liebe, Verlust, Identität und die Sehnsucht nach Zugehörigkeit – existieren jenseits von Alter, Sprache und Nationalitäten. Geschichten führen uns auf eine Art und Weise zusammen, wie es nur wenig anderes vermag.

Ich hätte nie für möglich gehalten, wie sehr mich eure Reaktionen auf mein Buch berühren. Ich bin jedes Mal überwältigt, wenn ihr mir mailt, eine Review schreibt oder wir uns auf einer Veranstaltung begegnen. Ihr teilt eure Leidenschaft mit mir, zeigt eure Verletzlichkeit und eure tiefe Verbindung zu diesen Träumen. Manche von euch schreiben mir, dass sie in den Mythen und Sagen Trost finden. Andere erzählen mir von ihren persönlichen Erfahrungen mit dem Leben und dem Übernatürlichen und was es für sie bedeutet, religiöse Traumata zu überwinden. Obwohl ich es hasse, dass uns die Erfahrung religiöser Traumata verbindet, bin ich froh, dass wir gemeinsam einen Weg gefunden haben, unsere Vergangenheit aufzuarbeiten und eine magischere Zukunft für uns zu erschaffen.

Eure Geschichten erinnern mich daran, warum ich die Volkskunde so liebe. Die Inspiration für meine Bücher finde ich häufig in den Sagen und Mythen, die von Generation zu Generation weitergegeben werden. Als Kind habe ich Geschichten über Faeries, Monster und Götter geliebt – nicht nur, weil sie magisch waren, sondern weil ich das Gefühl hatte, dass in ihnen die Wahrheit über die menschliche Existenz zu finden ist. Seit ich vor über zehn Jahren mein Volkskundestudium abgeschlossen habe, versuche ich zu verstehen, warum uns gerade diese Geschichten auch heute noch so faszinieren. Ich glaube, die Antwort auf diese Frage ist, dass sie unserem Leben einen Sinn verleihen. Sie zeigen uns, wie wir mit Liebe und Verlust, mit Freude und Angst und mit all jenen Dingen, die das Menschsein ausmachen, umgehen sollen.

Deshalb liebe ich auch *No other Gods* so sehr. Es geht darin nicht nur um Marlows Reise – es geht um uns alle. Es geht um die Seiten an uns, die wir zu verbergen versuchen, um den Schmerz, den wir in uns tragen und die Hoffnung, an die wir uns klammern. Es geht darum, in etwas Zerbrochenem Schönheit zu finden. Es geht darum, wieder daran zu glauben, dass Magie wirklich existiert – auch wenn der Rest der Welt versucht, uns vom Gegenteil zu überzeugen.

Ich hoffe, dass Marlows Reise etwas in euch auslöst. Egal, ob ihr lacht, weint oder das Buch durchs Zimmer schleudert (was mir nicht leidtun würde!), ich hoffe, dass ihr darin etwas entdeckt, das sich für euch wahrhaftig anfühlt. Und wenn ihr euch fragt: „Was, wenn all das wahr ist?"

Nun, vielleicht ist es das ja wirklich.

Vielen Dank, dass ihr mit mir träumt.

Eure Piper CJ

Playlist der Figuren

MARLOW

HONEY	CUTTS
WICKED GAME	JESSIE VILLA
GET OUT ALIVE	ANDREA RUSSETT

CALIBAN

THE DEATH OF PEACE AND MIND	BAD OMENS
DON'T FEAR THE REAPER	BLUE ÖYSTER CULT
SAVE TONIGHT	ZAYDE WØLF

FAUNA

B.O.M.B	EMLYN
GUMDROP MENACE	ESKELITE
STRUT	EMELINE

AZRAMES

POLTERGEIST	CORPSE, OMENXIII
WHERE ARE YOU?	ELVIS DREW, AVIVIAN
SUGAR	SLEEP TOKEN

SILAS

GLITTER & GOLD	BARNS COURTNEY
WAR BRINGER	THEFATRAT, LINDSEY STIRLING
COME WITH ME NOW	KONGOS

Eins

15. April, 26 Jahre

Ich hatte die Wahl zwischen zwei Übeln: diese fleischgewordene Enttäuschung von einem Mann mir gegenüber oder ein Leben in meiner Fantasie mit einem fiktiven Liebhaber.

Ich erinnerte mich daran, gelesen zu haben, dass sich das Gehirn mit sechsundzwanzig Jahren nicht mehr weiterentwickelt, während ich beobachtete, wie der Mann, der mir gegenübersaß, sein Essen mit leicht geöffnetem Mund kaute und sich dabei nicht die Mühe machte, zu schlucken, bevor er damit fortfuhr, sich wichtigzutun. Er hielt seine Essstäbchen falsch, er hatte Wasabi direkt mit der Sojasoße vermischt, er hatte während des ganzen Essens in einer unerträglichen Lautstärke gesprochen und sowohl neugierige als auch verärgerte Blicke auf sich gezogen. Es gab keine einzige Etikette, die er befolgte, und das war noch nicht mal das Schlimmste an ihm.

Ich war mir nicht sicher, ob ich hoffte, dass die Sache mit dem Gehirn stimmte. Ich befand mich in der Mitte meines sechsundzwanzigsten Lebensjahrs und fragte mich, ob dies das fertige Produkt war, das ich mir für meinen Verstand wünschte. Ich gab mein Bestes, um normal zu sein. Das war es doch, was normale Menschen taten, oder nicht? Sie hatten schreckliche Dates mit anderen normalen Menschen. Sie sahen keine Dinge, die in Wirklichkeit nicht da waren. Sie klammerten sich nicht an Geister und inadäquate Fantasien, die sie im Dunkeln heraufbeschworen hatten. Sie nahmen regelmäßig ihre Medikamente, gingen zur Therapie und lernten zu unterscheiden, was real war und was nicht.

Wenn mein Gehirn aber tatsächlich aufgehört haben sollte, sich weiterzuentwickeln, dann könnte das durchaus Vorzüge haben. Einerseits würde es bedeuten, dass ich mich nicht lange an diese dämliche Verabredung erinnern würde. Der Mann im Anzug, der mir gegenübersaß – Jared? Joshua? Ich war mir sicher, dass es Josh war –, wäre nach einer langen Serie von mittelmäßigem Sex und Dating-Apps eine Verabredung, die ich schnell wieder vergessen würde. Andererseits bedeutete es vielleicht, dass meine Balzgewohnheiten und versteckten, wunscherfüllenden Bewältigungsmechanismen in Stein gemeißelt waren und es keine Hoffnung mehr für mich gab. Vielleicht war ich dazu verdammt, eine Reihe von Joshes zu wiederholen. Das war wohl mein Fluch.

»Marlow?«

Oh, verdammt. Er starrte mich an. Hatte er mir etwa eine Frage gestellt? Ich kniff meine Augen leicht zusammen und suchte in dem Lärm des überteuerten Restaurants und dem höflichen Geplauder der gehobenen Gäste nach einem Anhaltspunkt.

»Wie bitte?« Ich bemühte mich um ein entschuldigendes Lächeln.

Für seinen verwirrten Blick hatte ich allerdings Verständnis. Natürlich irritierte es ihn, dass ich nicht zugehört hatte. Das war unser zweites Treffen und er hatte mehr von mir erwartet. Immerhin war ich beim letzten Mal absolut reizend gewesen. Geschminkt, gewachst und in ein wirklich umwerfendes Kleid gezwängt, mit den glänzendsten Haaren und dem charmantesten Lächeln war ich ein lebender Superlativ. Mein ganzes Leben lang hatte ich gelernt, wie man den perfekten ersten Eindruck hinterlässt.

Mein Profil war so gestaltet, dass ich mir jeden neugierigen Verehrer schnappen könnte. Das erste hochauflösende Bild hatte ein Freund vor vier Jahren auf einem Boot in Rio de Janeiro geschossen, wo die Grün- und Grautöne der Küste wunderbar zu meinen Augen passten. »Wo wurde das Foto gemacht?«, bot zukünftigen Dates immer einen leichten Gesprächseinstieg. Die nächsten beiden Bilder hatte ich ausgewählt, um die Outdoortypen anzulocken – von dem HD-Bild von mir in Yogahose und Sport-BH auf einem Berg bis hin zu mir am Strand, wo ich mit Freunden lachte, was auch die perfekte Gelegenheit war, um mich im Bikini zu zeigen und alle herauszufiltern, die keine Kurven mochten. Das Profil rundete ich mit einem Bild ab, auf dem ich allein mit einer Kaffeetasse vor meinem Computer saß und sehr ernst und geschäftsmäßig aussah, unmittelbar gefolgt von einem Foto, auf dem ich mit einer Flasche Wein in der Hand auf dem Bett hüpfte, mein Kleid flog hoch, die verwuschelten blonden Locken schwebten wie eine Wolke um mein Gesicht, und ich lächelte, als hätte ich gerade die beste Zeit meines Lebens. Welchen Traum auch immer ein Mann auf mich projizieren wollte, ich bot die Möglichkeit dazu, und zwar genau dort, in meiner aufwendig zugeschnittenen Bilderserie.

»Wer bist du?«, hatte mich die App gefragt.

»Wer auch immer ich sein soll«, antwortete mein Profil.

Bei jeder Verabredung ging es darum, die richtigen Fragen zu stellen, in der richtigen Tonlage zu lachen, mein Haar über die Schulter zu werfen, meinen Kopf in den Nacken zu legen, die Wimpern zu senken und – wie immer – sie zum Reden zu bringen. Wenn sie gingen, würden sie glauben, sie hätten ihre

Seelenverwandte getroffen. Wenn ich ging, würde ich mich fragen, ob ich wohl noch die neueste Folge von *Fire and Swords* sehen könnte oder ob ich so lange warten müsste, bis sie auf einem Streamingdienst zu sehen war.

»Ich habe dich gefragt, ob du schon mal auf den Galapagosinseln warst«, wiederholte er.

»Nein.« Ich hielt meinen Tonfall so leicht wie möglich und blickte auf das aufwendig angerichtete Omakase-Sushi hinunter, das zweifellos mehr gekostet hatte, als die Hälfte der Bürger dieses Landes in einem Monat verdiente. Das war allerdings auch der Grund gewesen, warum ich einem zweiten Treffen zugestimmt hatte. Ich liebte gutes Sushi und *kostenlos* war zufällig mein Lieblingspreis. Der Lachsbauch war der am besten marmorierte in der ganzen Hemisphäre. Ich würde auch mit schrecklicher Gesellschaft wiederkommen, nur um Unmengen von dem Zeug essen zu können, selbst wenn ich dabei darüber nachdenken müsste, was für ein Leben diese Meerestiere gehabt hatten, bevor sie auf meinem Teller landeten.

Er nahm die Sake-Kanne und goss den Alkohol zuerst in sein Glas, danach in meins.

Ich behielt das entwaffnende Lächeln auf meinem Gesicht, als ich sagte: »Ich bin schon durch viele Teile Südamerikas gereist, habe Englisch als Zweitsprache unterrichtet und ich ...«

»Oh, du musst unbedingt zurück und es nachholen. Ich habe einen Freund, der dort in dem unglaublichsten Resort arbeitet, das du jemals gesehen hast. Die Fische schwimmen direkt unter ...« Sein Mund bewegte sich immer weiter, während meine Gedanken bereits in die Atmosphäre des Restaurants abschweiften und ich begann, über das Leben im Meer nachzudenken. Ich mochte Aquarien und fragte mich, wie lange es wohl schon her war, seitdem ich das letzte Mal eines besucht hatte. Vielleicht würde ich am Wochenende mal in das städtische Aquarium gehen, Magic Mushrooms mitnehmen, meine Kopfhörer aufsetzen und Musik hören, während ich Haie zählte.

Josh brauchte wenig Ermutigung, um das Gespräch fortzusetzen. Es bedurfte nur eines flehenden Blicks zur Kellnerin und einer entschlossenen Verneinung der Frage, ob wir noch Nachtisch wollten, damit sie die Rechnung brachte, ohne auf seine Meinung zu Digestifs zu warten. Sie wusste, dass ich die Rechnung selbst begleichen könnte, wenn ich es wollte. Das erkannte sie an der bewussten Auswahl meiner Designerstücke – von der grazilen Kette um meinen Hals bis zu der Tasche, die über der Lehne meines Stuhls hing. Mein ausdrucksloser Blick forderte Josh jedoch heraus, die Rechnung seinerseits zu begleichen. In meinen frühen Zwanzigern hätte ich mich beeilt, das selbst zu übernehmen, damit Josh nichts von mir erwartete. Jetzt aber setzte ich voraus, dass er seine Kreditkarte zückte – als Buße dafür, dass ich ihm beim Kauen mit offenem Mund hatte zusehen müssen. Bezahlen war das Mindeste, was er jetzt tun konnte.

Ich fragte mich, ob Josh sich eigentlich jemals erkundigt hatte, was ich beruflich machte. Aber vielleicht war das auch meine eigene Schuld. Ich war so gut darin geworden, andere dazu zu bringen, über sich zu reden, und selbst in den Hintergrund zu treten und ein Schattendasein zu führen. Ich fragte mich, wie viele meiner Verabredungen wohl mehr über mich wussten als meinen Namen und wie spektakulär ich im Bett war.

Kaum waren wir in die kalte, wolkenlose Nacht getreten, als er auch schon fragte: »Also, gehen wir jetzt zu mir?«

»Oh.« Ich machte ein langes Gesicht, um mein vorgetäuschtes Bedauern zu betonen, während ich in meinen Mantel schlüpfte und sagte: »Es tut mir ja so leid, aber ich habe mir schon ein Taxi gerufen, als ich auf der Toilette war. Es ist in zwei Minuten da.«

Josh sah aus, als hätte er eine Ohrfeige bekommen. Ich fragte mich, wie oft ein Mann mit einer vierzigtausend Dollar teuren Rolex wohl abgewiesen wurde. Andererseits war es ein ständiges Vergnügen für mich, »Fangen« zu spielen – je größer der Fisch war, desto befriedigender war es, ihn wieder zurück ins Wasser zu werfen. Alles an diesem Abend ließ mich wünschen, ich hätte mir lieber die Dokumentation über Wale angeschaut, anstatt Parfüm zu verschwenden, indem ich in die Welt hinaustrat.

»Und was ist mit dem Konzert?«

Ich runzelte die Stirn und sah dabei kaum von meinem Handy auf. »Konzert?«

Die Verwirrung wich der Unruhe, während er mein Gesicht studierte. »Nächste Woche. Das Konzert, auf dem ich ...«

Fisch. Alles an diesem Mann glich einem Fisch. Wenn sie einem sagten, dass es viele Fische im Meer gab, vergaßen sie zu erwähnen, dass die Hälfte der Meeresbewohner langweilig, schuppig und ein Teil eines Schwarms von Tausenden war. Genauso wie er. Ich wäre lieber allein, high und würde mir am nächsten Wochenende *tropische* Fische ansehen. »Oh, es tut mir so leid, Josh – da ist schon mein Taxi!«

»Ich heiße Jacob.«

Ich verzog das Gesicht. Das tat mir jetzt wirklich leid. Ich hätte seinen Namen noch mal auf dem Dating-Profil überprüfen sollen, als ich auf die Toilette geflüchtet war.

Er wusste, dass der Abend nicht so toll gelaufen war, aber hatte immer noch die Eier, um sich einen Kuss holen zu wollen. Ich fing den Versuch mit einer seitlichen Umarmung ab, bevor ich auf die Straße lief, um das Taxi anzuhalten. Ich schloss die Tür, und dann fuhren wir in die Nacht hinaus, bevor mein Date Zeit hatte, sich von der Verletzung seines Egos zu erholen. Der Fahrer stellte genau die richtige Anzahl an Fragen, nämlich null. Er ließ mich mit dem summenden Telefon allein, das den Rücksitz des Fahrzeugs beleuchtete.

(Kirby): Wie war der Banker?
(Nia): Finanzvorstand, oder? Viel Kohle.
(Kirby): Nicht so wie der Technikertyp. Mar, könntest du den nicht noch mal anrufen? Wir waren an viel schöneren Orten, als du noch mit dem Technikertypen rumgemacht hast.
(Marlow): Ich würde mich jetzt gern mit einer Packung Käse und meiner Jogginghose vergnügen.
(Nia): Du solltest doch flachgelegt werden. Wie soll ich denn stellvertretend durch dich leben, wenn du so eine Zölibatshow abziehst.
(Kirby): Nein, das ist fair. Sie war schon immer eine Schlampe, was Käse angeht. Und niemand hat dich gezwungen zu heiraten, Nia.
(Nia): Ja, und? Muss ich jetzt mit den Konsequenzen meines Handelns leben?
(Marlow): Ich werde früh ins Bett gehen.
(Nia): Und einen tollen Haar- und Make-up-Tag verpassen? Verdammt, es muss bei dir ja fantastischen Käse geben.

Ich klickte auf die Taste an der Seite meines Telefons, wodurch sich der Bildschirm in einen Obsidianspiegel verwandelte, und lehnte meinen Kopf gegen das Fenster, um die schwarz-rotbraune Unschärfe von Häusern, Schatten, Rasenflächen und Zäunen zu beobachten, während wir eine Wohngegend durchquerten. Früher hatte ich mir immer die Häuser angeschaut und mich gefragt, was für ein Leben die Menschen darin wohl führten. Was machten die Leute beruflich, um sich ein Haus so nahe am Stadtzentrum leisten zu können? Was kostete ein dreistöckiges Haus mit fantastischer Gartengestaltung in einer der protzigsten Städte der Welt? Es war schon lange her, seitdem mich so etwas interessiert hatte.

Ich sah im Rückspiegel, wie der Fahrer die Stirn runzelte, als das GPS ihn in den nördlichen Teil der Metropole führte. Das war keine ungewöhnliche Reaktion. Niemand wohnte in der Lagerhausgegend. Es gab keinen Grund für eine junge Frau mit gutem Ruf, in Stöckelschuhen und mit rotem Lippenstift, sich zu den Lagerhallen fahren zu lassen. Er hielt an und betrachtete das Gebäude, das einst eine Brotfabrik gewesen war. Sein Gesichtsausdruck wurde besorgt, als er die wenigen Lichter und den dunklen Eingang sah.

»Sind wir hier richtig, Miss?«

»Home sweet home«, sagte ich lächelnd. Bevor ich aus dem Wagen stieg, zeigte ich auf die gute Fahrerbewertung auf meinem Bildschirm, die ich ihm gegeben hatte. Seine Augenbrauen blieben zusammengezogen, aber er zuckte mit den Schultern. Er wurde nicht gut genug bezahlt, als dass es ihn interessiert hätte.

Nachdem das Auto um die nächste Ecke verschwunden war, herrschte eine tiefe Stille – etwas, das in der Stadt nur schwer zu erreichen war. Es gab keinen Verkehr, keine Fußgänger, kein Anzeichen dafür, dass jemand anderes als die Phantome längst verstorbener Industriemagnaten hier herumspukten. Die Aprilnacht klammerte sich an die letzten Reste der Frühlingskälte und jagte eine Gänsehaut über meine nackten Beine. Ich fischte eine roségoldene Metallkarte aus meiner Handtasche und drückte sie gegen das Bedienfeld. Als es summte, lächelte ich zufrieden.

Ich bog in den gemauerten Korridor zum Atrium, wo mich eine stets aufmerksame Empfangsdame respektvoll begrüßte. Sie war eine von vier und diejenige, die ich am liebsten mochte. Ganz egal, wie kurz mein Rock, wie hoch meine Absätze oder wie spät es war, sie blieb immer höflich, ohne je eine Bemerkung fallen zu lassen. Ich kannte den Namen ihres Freundes, schenkte ihr an jedem Feiertag Pralinen, und wir schwärmten immer von den neuen Folgen von *Fire and Swords*, wenn ich im Flur herumlungerte. Aber sie hatte auch eine angeborene Gabe, zu erkennen, wann ich überfordert war und meine Ruhe haben wollte. Vielleicht war Intuition eine Voraussetzung für jeden, der einen Job in der Luxusbranche annahm.

Obwohl sie es nie offen aussprechen würde, verriet mir ihr Gesichtsausdruck jedes Mal, wenn ich nach einem Date durch die Tür stolperte, ihre Sorge. Sie hatte mir geholfen, ins Gebäude zu kommen, als ich zu betrunken gewesen war, um mein Telefon zu sehen, und sie hatte mich in meine Wohnung gelassen, als ich zu viele Gehirnfunktionen verloren hatte, um mich daran zu erinnern, wie meine Karte funktionierte. Es war offensichtlich, dass sie nicht die Art von Person war, die sich in einem Aquarium mit Pilzen berauschte.

Die kleine Reihe mit den glänzenden Aufzügen wartete ruhig, da sie angesichts der späten Stunde nicht mehr gebraucht wurden. Einer öffnete sich genau in dem Moment, als ich den Knopf drückte.

Ich wartete nicht, bis sich die Fahrstuhltüren wieder schlossen, sondern schlüpfte aus meinen hohen Schuhen, nahm sie in eine Hand und ließ sie mit den Spitzen nach unten baumeln. Ich sah noch das kurze, missbilligende Zusammenkneifen ihrer Augen durch die sich schnell schließenden Türen und setzte mein strahlendstes Lächeln auf. Ein Teil von mir respektierte ihren Mut. Es war tapfer, über die Bewohner zu urteilen, obwohl sie genau wusste, wie viel diese Wohnungen kosteten.

Ich drückte die glänzende Karte aus Metall auf das elektronische Türschloss, um Zugang zu meiner Etage zu erhalten – die zweite von oben. Das Penthouse war nicht mehr verfügbar gewesen, das war für mich in Ordnung. Jeder, der hier wohnte, hatte seine Gründe, die Öffentlichkeit zu meiden, und es gab kein besseres Wohnhaus in dieser Stadt für diejenigen, die genug Geld hatten, um sich von der Landkarte zu löschen. Die Diskretion des Gebäudes war mir die Herabstufung wert. Als jemand, der allein lebt, hätte ich den zusätzlichen Platz ohnehin nicht rechtfertigen können, es sei denn, ich wollte eine private Bowlingbahn einrichten.

Die Aufzugstür öffnete sich geräuschlos. Im gesamten Gebäude gab es dreizehn Wohnungen – zwei pro Stockwerk, außer für den glücklichen Mistkerl, der die dreizehnte ergattert hatte. Barfuß lief ich über den glänzenden schwarzen Marmor zu meiner Wohnung und drückte meinen Daumen auf den Scanner, der meinen Fingerabdruck erfasste, bis ein dezentes Klicken mir verriet, dass der Mechanismus die Tür entriegelt hatte.

In meiner Wohnung war es dunkel und so blieb es auch. Noch an dem Tag, an dem ich eingezogen war, hatte ich die automatische Beleuchtung deaktiviert.

Ich warf meine Handtasche auf den Boden und zog die Schuhe aus. Dann ging ich zum Fenster und starrte auf die Lichter der Stadt und auf das kleine Stückchen vom Fluss, das ich von meiner Wohnung aus sehen konnte. Ich hatte eine Schwäche für eine hübsche Aussicht.

Die Haare in meinem Nacken kribbelten, so wie es immer der Fall war, wenn man das Gefühl hatte, beobachtet zu werden. Gin, Moos und Nebel erfüllten den Raum und ich atmete es ein wie ein Gebet.

»Lass es offen«, hörte ich eine männliche Stimme aus dem Schatten sagen.

Ich kämpfte gegen den gegenteiligen Wunsch an, der tief in meinem Inneren entstand. Meine Fußnägel rollten sich auf und mein Herz klopfte wie wild bei dem Summen seiner Stimme. »Tu mir das nicht an«, murrte ich halbherzig, aber ich war mir sicher, dass er trotzdem den Hauch eines Lächelns in meiner Stimme hörte.

»Ist es nicht gut gelaufen?«, fragte er.

Ich blickte weiterhin zum Fenster, griff aber über meinen Kopf nach dem Reißverschluss. Viele Jahre waren inzwischen vergangen, aber ich war immer noch außer Atem, wenn er sprach. Es war so einfach, meine Entschlossenheit zu verlieren, wenn diese zärtlichen Worte über seine Lippen kamen. Ich schaffte es, an dem dünnen Metall zu ziehen, verlor aber den Halt, als ich sagte: »Er war unbedeutend.«

»Das werden sie alle sein«, erwiderte er und strich mir die Haare vom Hals. Ich bekam Gänsehaut im Nacken, die meine Wirbelsäule hinunterkroch. Er hielt das Oberteil meines Kleides in seiner kräftigen Hand und zog mit der anderen vorsichtig am Reißverschluss. Allerdings hörte er mittendrin plötzlich auf. Ich wartete, doch nichts weiter geschah. Die Spannung schwoll an, als ich noch einmal tief seinen Duft von Erde und Parfüm einatmete.

»Was?«, hauchte ich.

Elektrische Spannung, ausgelöst von seiner Berührung, durchströmte mich.

»Heilige Scheiße«, murmelte ich und zerfiel in meine Einzelteile.

Seine Finger arbeiteten sich an dem Saum meines Kleides hoch und schoben es über meine Hüften. Mein Magen zog sich zusammen, meine Lippen öffneten sich zu einem erstickten Keuchen, und ich schloss die Augen, als er hinter mich trat und sanft an der zarten Stelle zu saugen begann, wo mein Hals in meine Schulter überging. Jeder Sinn in meinem Körper war auf dieses herrliche Gefühl ausgerichtet. Sein Mund wanderte in meinen Nacken, seine Hände fielen von meinen Hüften und drängten mich nach vorn. Ich lehnte mich an das raumhohe Fenster und ließ die Kälte in mich eindringen, während er seine Hand an der Innenseite meines Schenkels hochschob – höher und *höher*.

»O Gott«, keuchte ich, als er den feuchten Beweis meines schwarzen Spitzenhöschens streifte.

»Du müsstest es doch besser wissen«, schimpfte er leise wegen meiner Wortwahl, in seiner Stimme lag eine neckende Wärme. Er schmiegte sich an meinen Körper, bis ich ganz gegen das Fenster gedrückt wurde. »Lässt du mich jetzt rein?«

Mein Gesichtsausdruck verriet wohl den Kampf, der gerade in meinem Kopf und in meinem Herzen tobte. Mein Körper sehnte sich nach ihm. Meine Brustwarzen zeichneten sich gegen das dünne Kleid ab. Das Pulsieren in meiner Brust breitete sich in jeden Teil von mir aus und ich spürte meinen Herzschlag in meiner gierigsten Stelle. Meine Finger pressten sich gegen das Glas. Er lachte leise.

»Nichts passiert ohne deine Erlaubnis«, sagte er, verlockend langsam strichen seine Finger immer noch über meinen Körper. Die prickelnde Nässe zwischen meinen Beinen, die auf die Innenseiten meiner Oberschenkel tropfte, entlockte mir ein leises Stöhnen der Zustimmung, während er immer weiter über den dünnen Stoff strich.

Ich keuchte wegen des Gefühls und er beugte sich noch einmal an meinen Hals und lächelte über mein Vergnügen.

»Du weißt, ich bin ...« Die Worte fühlten sich ziellos an.

»Du bist *was*?« Er drückte mich stärker gegen das Fenster.

»Ich versuche aufzuhören.«

Er bewegte seine Finger schneller, als er sagte: »Als ob ich dich nicht kennen würde, Liebes. Wir wissen doch beide, dass es dich nie glücklich machen wird. Aber wenn du langweilige Restaurants und unbedeutende Männer dem vorziehst, was ich dir bieten kann ...« Er hatte aufgehört, seine Hand zu bewegen.

Meine Lust, mein Verlangen, meine Verweigerung kamen in einem einzigen, kurzen Ton heraus. Meine Augen öffneten sich, als ich mich den Schatten zuwandte, aber ich wusste bereits, was ich sehen würde, bevor ich mich umdrehte.

Trotz des Kleides, das so fest wie ein Verband um meine Hüften hing, und der Beweisspuren an meinen Beinen wusste ich, dass er nicht da war. Er war schon seit einer langen Zeit nicht mehr da gewesen.

Zwei

Gott sei Dank hatte ich mein Telefon beim Schlafen immer auf lautlos gestellt.

Josh war ziemlich beschäftigt gewesen, nachdem er das Restaurant verlassen hatte. Ich hatte siebzehn SMS erhalten, die er im betrunkenen Zustand getippt hatte, und zwei Sprachnachrichten, in denen er beteuerte, dass das zwischen uns etwas ganz Besonderes war und dass wir es weit bringen könnten. Aber dann war er umgeschwenkt und hatte mich als hässliche Schlampe bezeichnet. Die ersten paar Nachrichten überflog ich, bevor ich die Sprachnachrichten löschte, ohne sie mir anzuhören. Ich blockierte seine Nummer, machte mir jedoch nicht die Mühe, meine sozialen Medien vor ihm zu verbergen. Alte Dates sehen zu lassen, wie viel besser es mir ohne sie ging, war ein beliebter Zeitvertreib von mir, und ich würde es hassen, ihm diese Gelegenheit zu nehmen.

Eine der besten Eigenschaften meiner Wohnung war die Fußbodenheizung. In dem Moment, als meine Zehen den glänzenden schwarzen Marmor berührten, fühlte es sich so an, als ob sie bei jedem Schritt von warmem Obsidian geküsst werden würden. Ich setzte den Teekessel auf und schöpfte den gemahlenen Kaffee in die French Press, so wie ich es jeden Morgen tat. Mein Blick wanderte zu den Flecken am Fenster und ich runzelte die Stirn. Das reflektierende Morgenlicht malte wunderschöne Gelb- und Orangetöne auf das raumhohe Glas sowie den sich schlängelnden Fluss und es beleuchtete den Abdruck meines Gesichts, meiner Unterarme und meiner Hände. Hellgelbes Licht fing die Streifen ein, wo ich meine Finger zu Fäusten geballt hatte. Es kribbelte in meinen Zehen bei der Erinnerung, meine Gedanken sehnten sich nach dem Duft von Moos. Normalerweise würde ich auf die Hausangestellte warten, aber ich war mir nicht sicher, ob ich wollte, dass sie meine nahezu perfekte Silhouette sah.

Putzen war jedoch eine Aufgabe für die Zeit nach dem Kaffee.

Ich verband mein Handy mit dem Soundsystem der Wohnung. Morgens brauchte ich fröhliche und lockere Musik. Ich wechselte zu einer Strand-Playlist, die ich geliebt hatte, als ich in den Tropen am Pool lag. Meine Therapeutin hatte mir zugestimmt, dass die Abkehr von den lyrischen Tragödien gefühlvoller Balladen wahre Wunder für meine psychische Gesundheit bewirkt hatte.

Die fröhlichen Beats pulsierten durch meine Wohnung – laut genug, dass ich herumwirbeln konnte, aber leise genug, um meine langsam erwachende Seele nicht zu verstören. Die Wohnungen waren herrlich schallisoliert, und selbst wenn der Besitzer des Penthouse einen Büffel besessen hätte, dann hätten die verstärkten Böden nichts davon verraten. Also machte ich mir keine Gedanken wegen der Lautstärke, sondern ließ mich von der Musik in ferne Erinnerungen an zweiunddreißig Grad warmes Wetter, an Sand zwischen den Zehen, an sonnige Tage, lächelnde Gesichter und an ein Leben weit, weit weg von diesem hier tragen.

Ich holte die Hafermilch aus dem Kühlschrank und starrte auf die kleinen sentimentalen Erinnerungsfetzen, die ich mir erlaubt hatte: ein Magnet mit dem Cover meines ersten Romans, der mich in Hysterie versetzt hatte, als ich das Schmuckstück zum ersten Mal in einer Buchhandlung gesehen hatte.

Ein zweiter Magnet mit der kolumbianischen Flagge sicherte ein Bild von Nia und mir, wie wir in der Herbstsonne grinsten, während Kirby einen Korb mit Äpfeln über unsere Köpfe hielt, als wäre er ein UFC-Gürtel. Es war einer der wenigen Beweise, dass ich Freunde hatte. Und das kleine, körnige Schwarz-Weiß-Foto von meiner Urgroßmutter, die meine kleine Großmutter an den Ufern der norwegischen Fjorde in den Armen hielt, war ein rares Anzeichen von Sentimentalität.

Der Wasserkocher klickte und der Zauber der Erinnerungen war gebrochen – sowohl der Erinnerungen an sinnliche Hände auf meinen Hüften als auch jener an fröhliche, tropische Tage. Erinnerungen und Fiktionen würden mir nichts nützen, zumindest nicht, wenn ich nicht schrieb.

Ich ließ den Kaffee in der French Press ziehen, während ich die faulste Form meiner Morgenroutine absolvierte: Hautpflege, unordentlicher Dutt und Schlabber-Shirt. Meine eigene Wohnung zu haben, bedeutete, dass mich keiner dazu zwingen konnte, eine Hose anzuziehen. Ich schnappte mir meinen Laptop, meinen Kaffee, einen Löffel und ein Glas Honig vom Bauernmarkt, bevor ich mich auf die Couch setzte. Ich mochte meinen Kaffee dunkel und süß und hatte mal gelesen, dass Honig aus der Region eine heilende Wirkung habe. Die Fakten wollte ich gar nicht überprüfen, weil ich nicht wollte, dass irgendetwas den Placebo-Effekt beeinträchtigen könnte, der zu meinem guten Gesundheitszustand geführt hatte. Außerdem bedeutete das Alleinleben auch, dass mich keiner dafür verurteilen konnte, dass ich alle paar Schlucke wieder Honig in meinen Kaffee hineinlöffelte.

Er hatte sich mal über die fragwürdige Kombination lustig gemacht, sich aber gleich darauf korrigiert und hinzugefügt, dass es ihm natürlich nichts ausmachte. Mein Koffeinmissbrauch machte Schlafen schwieriger, und wenn ich mitten in der Nacht wach wurde ... nun, dann führte eines oft zum anderen.

Ich durchforstete dreißig neue E-Mails und fragte mich, ob die Mitarbeiter von *Inkhouse* wohl jemals eine Pause einlegten. Es gab ständig neue Bearbeitungen, Neufassungen, Rechtsdokumente, Vorschläge, Marketing-Forderungen oder panische Nachrichten über kursierende Raubkopien meiner Romane. Ich überflog die Nachrichten, um zu sehen, ob etwas Wichtiges dabei war, öffnete aber schlussendlich nur die von Allison. Sie war seit meinem ersten *Pantheon*-Roman meine Betaleserin und schickte mir ausschließlich »Liebesbriefe«. Ich lächelte angesichts ihrer Lobeshymne auf meine Brillanz und meiner Liebe zum Detail und bei der Beschreibung, wie sie ihren Hund fast getötet hätte, als sie nach der überraschenden Wendung ihr Tablet quer durch den Raum gepfeffert hatte. Ich biss mir auf die Lippe wegen der Dosis Serotonin, die mich durchströmte.

Ich schloss das Mailprogramm, um nachzusehen, was in den Nachtstunden im Gruppenchat passiert war. Sie hatten eine Handvoll kurzer Thirst-Trap-Videos von heißen Mädels sowie Screenshots von verschiedenen Memes geteilt, und Nia schwärmte, dass ihr Mann ihr das Frühstück ans Bett brachte. Ich verließ den Chat, ohne darauf zu antworten. Sie wussten, dass ich im Verzug war. Ich musste Arbeit erledigen, Leute zufriedenstellen, Ärsche küssen und letzte Änderungen vornehmen. Die *Pantheon*-Serie schrieb sich schließlich nicht von selbst.

In jedem Roman hatte ich mich auf eine andere Weltregion konzentriert. In meinem Debüt, das von den nordischen Göttern, Walhalla und den Wikingerkriegen des ersten Jahrhunderts nach Christus handelte, war die Protagonistin eine Walküre. Das Buch hatte die Welt im Sturm erobert und war auf

Platz fünf der *New York Times*-Bestsellerliste eingestiegen. *Inkhouse* hatte die Serie für insgesamt fünf Bücher unter Vertrag genommen und mir einen großzügigen Vorschuss gewährt. Der zweite Roman war eine Verbindung von griechischen und römischen Göttern und Gottheiten – eine Fortsetzung, die sich noch besser verkaufte als der Vorgänger.

Als ich gefragt wurde, warum *Pantheon* so erfolgreich war, erwiderte ich, dass meine Mythologie-Romane etwas hatten, was den glitzernden Vampiren von früher fehlte: perverser, unverbindlicher Sex.

Ich kämpfte mich gerade durch den dritten Teil. Meine Hauptfigur war ein brasilianischer Wildhüter zur Zeit der Kolonisierung am Ende des sechzehnten Jahrhunderts, und die Redakteurin bemängelte, dass meine Haltung zur Abholzung der Wälder ein wenig zu hart war. Sosehr ich Elementarwesen und ihre Überlieferungen auch liebte, so schwer fiel es mir doch, eine Verbindung zu den üppigen Dschungeln, den steilen Bergrücken und den überschwemmten Gebieten des Amazonas herzustellen. Vielleicht konnte ich meinen Verleger davon überzeugen, mir eine Reise in den Regenwald zu sponsern, um inmitten von Tukanen und Jaguaren zu schreiben. Ich war zuversichtlich, dass ich alles, was ich in meiner Stadtwohnung zu Papier brachte, auch mit einem Cocktail in einer Hängematte inmitten tropischen Grüns verfassen konnte.

Aber statt mich auf meine Bearbeitungen zu konzentrieren, informierte ich mich im Internet über Tieradoption. Alle paar Wochen musste ich mich davon abbringen, mir ein Chinchilla, ein Kaninchen oder eine Katze anzuschaffen. Ich wusste, dass es angesichts meines Hangs zur Vergänglichkeit nicht klug wäre, ein Tier zu besitzen. Aber etwas zu wissen, hielt einen schließlich nicht davon ab, etwas haben zu wollen, und ich war ziemlich einsam. Meine Gedanken schweiften zu dem exotischen Haustier ab, das ich als Kind erfunden hatte. Ein weißer Fuchs war mein einziger Freund auf der ganzen Welt gewesen, als ich sonst niemanden gehabt hatte. Er hatte mit mir im Wald gespielt und mir Gesellschaft geleistet, wenn ich traurig war. Meine strengen Eltern hätten niemals ein Tier im Haus erlaubt, aber ich hatte schon immer eine lebhafte Fantasie gehabt, und ich brauchte einfach etwas, um nicht den Verstand zu verlieren. Ab und zu vermisste ich den Fuchs noch heute. Weder Sushi mit Männern wie Josh noch enttäuschende Affären konnten die Sehnsucht nach etwas Echtem stillen, obwohl ich es versucht hatte.

Ich hatte Nia gesagt, dass ich das wollte, was sie hatte, und sie hatte erwidert, dass ich das mit Sicherheit nicht wolle. Ich litt unter einem Paradefall des Das-Gras-auf-der-anderen-Seite-ist-grüner-Syndroms. Sosehr mich ihr glückliches Leben mit einem liebevollen Ehemann auch ansprach, so sehr lockte mich auch der Gesang der Sirenen, spontan ins Flugzeug steigen, allein leben und mit Fremden Sex haben zu können. Natürlich hatte Nia recht. Sie wusste, dass ihre Ehe mit Darius die Ausnahme war, die die Regel bestätigte. Abgesehen von ihr hatte ich noch nie jemanden getroffen, der froh war, den Bund der Ehe eingegangen zu sein.

Andererseits kannte ich auch nicht so viele Leute.

Nun, das stimmte nicht so ganz: Ich kannte jeden. Einige kannte ich durch die Social Media, andere durch Verabredungen und viele aus meinem früheren Leben als *Dame des Abends*. Viele mochte ich nur nicht, sprach nicht mit ihnen und interessierte mich nicht für sie. Menschen waren anstrengend und wenig pragmatisch. Warum beschwerten sie sich zum Beispiel über ihren Wohnort, wenn sie nicht bereit waren umzuziehen? Welchen Sinn hatte es, sich über den Ehepartner zu beklagen, wenn man sich nicht scheiden lassen wollte? Die Probleme anderer waren ermüdend, und ich hatte nicht die emotionalen Kapazitäten, um ihnen Empathie vorzugaukeln. Besonders als mein Lebensstil immer exzentrischer wurde, hatte es nicht lange gedauert, bis sich mein Freundeskreis auf drei Personen reduziert hatte, mit denen ich jedoch fast ausschließlich durch die Magie des Internets Kontakt hielt.

Es wäre schön, zu lieben und geliebt zu werden. Es wäre verdammt angenehm, wenn mal ein anderer den Kaffee kochen würde, während ich ausschlief. Ich wollte neben einer anderen Person aufwachen, *Fire and Swords* schauen, während wir aneinandergekuschelt auf der Couch lagen. Und ich wollte jemanden haben, der auf meinen Chinchilla aufpassen würde, wenn ich mal für ein paar Tage verreisen musste. Aber auch wenn ich mich bemühte, mein Herz war nicht bereit, sich zu verlieben.

Ich hob den Kopf, um die immer noch vorhandenen Flecken am Fenster zu betrachten, dann schaute ich wieder weg. Ich würde einfach das tun, was ich immer tat. Ich redete mir die Psychose, die sich so real anfühlte, mit einem vertrauten Mantra klein: Es war Wunschdenken gewesen. Ich hatte mir eingeredet, dass ich nicht allein war. Ich hatte mich gegen das Glas gelehnt – hoffend, sehnend, träumend. Niemand war da gewesen. Es war noch nie jemand da gewesen.

Mein Telefon pingte.

> **(Nia)**: Bitte sag mir, dass du heute das Haus verlässt. Ich werde nie erfahren, was in Brasilien passiert, wenn du vor Einsamkeit den Verstand verlierst.
> **(Marlow)**: Es geht nicht nur um Brasilien. Ich mische verschiedene südamerikanische Überlieferungen miteinander. Daher auch der Name.
> **(Nia)**: *Pantheon*, jaja, sehr clever, ich bin besessen davon, ich hab's kapiert, jetzt beantworte die Frage.

(Marlow): Ich hol mir beim Inder die Straße runter ein Curry.
(Kirby): Du weißt, dass das bedeutet, dass sie sich etwas nach Hause bestellt. Glaubst du ernsthaft, dass wir deine hinterlistigen Formulierungen nicht längst durchschaut haben? Verlass das Haus, du Bastard. Hab ein neues Date. Vögel einen Fremden auf einer Clubtoilette. Aber verlass deine verdammte Wohnung!
(Marlow): Zwing mich doch.
(Kirby): Führe mich nicht in Versuchung. Ich werde zu dir kommen.

Kirby würde es wirklich tun, wenn ich es zuließe. Nia genauso. Obwohl sie nur eine Stunde von mir entfernt wohnten, wussten meine Freunde es besser, als dass sie einfach bei mir aufgetaucht wären. Ich würde den Summer ignorieren, selbst wenn sie vor meiner Wohnungstür stehen und eine Stunde lang auf den Knopf drücken würden. Sie verstanden es und drängten mich nicht. Selbst als Nia mir während meiner Bronchitis eine Suppe vorbeigebracht hatte, hatte sie diese bei der Rezeptionistin abgegeben, da sie mich gut genug kannte, um zu wissen, dass ich es als übergriffig empfinden würde, wenn sie einfach bei mir auftauchte.

Dafür schätzte ich meine Freunde umso mehr.

Allison, die einzige andere Person, die ich zu meinen Freunden zählte, lebte an der Westküste. Unsere Gespräche beschränkten sich auf die von mir erschaffenen Welten und die darin lebenden Figuren. Es war genau so, wie ich es haben wollte. Solange ich der Eintönigkeit um mich herum entfloh, war ich zufrieden. Zumindest so zufrieden, wie man sein konnte, wenn man dazu genötigt wurde, in der Realität zu leben.

Wir wissen doch beide, dass es dich nie glücklich machen wird, hatte er gesagt. *Aber wenn du langweilige Restaurants und unbedeutende Männer dem vorziehst, was ich dir bieten kann ...*

Er wusste genauso gut wie ich, dass Alltäglichkeit nicht das war, was ich wollte. Das Einzige, was mir im Leben Freude bereitete, war, dieser Monotonie zu entkommen. Durch Essen, Sex, Drogen oder durch Streifzüge über die Märkte in einem Land, dessen Sprache ich nicht beherrschte. Für ein paar Minuten, manchmal sogar für ein paar Tage, konnte ich so tun, als wäre ich jemand anderes. Ich konnte die Ketten loslassen, die mich an die Erde fesselten, und in einem wundervollen *Etwas* verschwinden.

Vielleicht war es noch zu früh am Tag für Rauschmittel, aber ich ging trotzdem zum Barwagen und schraubte den Deckel einer Flasche Amaretto ab. Ich goss den Mandellikör in meinen honigsüßen Kaffee. Das Getränk war stark genug, um die Eingeweide zu reinigen und Erkältungskeime abzutöten. Jedes Kribbeln half mir dabei, einen der vielen offenen Tabs in meinem Gehirn zu schließen, sodass ich mich auf das konzentrieren konnte, was ich gerade schrieb, was ich gerade im Fernsehen sah oder was ich gerade aß. Der Lärm war zu viel für mich, als dass ich ihn ohne ein wenig Milderung hätte bewältigen können.

Ich bekam eine SMS von meiner Lektorin. Sie gab mir zu verstehen, dass sie wusste, dass ich ihre E-Mails gesehen, aber ignoriert hatte. Sie sagte, dass sie mich liebte, ich sehr hübsch und sehr talentiert sei, aber dass sie die Straßen mit meinem Blut streichen würde, wenn ich nicht bis Ende der Woche fünf neue Kapitel für sie hätte.

Ich lachte.

Der Verlag hatte mich mit EG zusammengebracht, dem perfekten, feindseligen, respektlosen Gegenstück zu mir.

Ich schickte ihr ein Emoji mit einem Zwinkern und einem

Kuss. EG antwortete mit einem Stinkefinger, einer Aubergine, einer Faust und drei Wassertropfen.

Ihre Drohungen waren jedoch ein wirkungsvoller Schlachtruf.

Ich stellte das beschissenste Hörbuch an, das ich finden konnte, während ich mir die Haare kämmte, meine Wohnung aufräumte und darauf wartete, dass der Rausch des Alkohols endlich einsetzte. Ich weigerte mich, heute etwas Sinnvolles zu lesen. Ich wollte mich nicht mit den Großen vergleichen und auch nicht riskieren, des Plagiats bezichtigt zu werden, aber ich hatte bereits festgestellt, dass Bosheit mein bester Motivator war. Jede furchtbare Redewendung, jeder unbeholfene Satz, jede schlecht durchdachte Szene und jede unausstehliche Hauptfigur zeigte mir, dass ich gern etwas anders machen würde.

Gandhi sagte einst, dass wir selbst die Veränderung sein sollten, die wir in der Welt sehen wollten. Er sprach wahrscheinlich über Freundlichkeit oder Nächstenliebe oder so etwas in der Art, aber ich bevorzugte es, seine Weisheit darauf anzuwenden, die Autorin zu werden, deren Bücher ich selbst gerne lesen würde.

Ein paarmal kehrte ich ins Wohnzimmer zurück und trank einen großen Schluck Kaffee, bis der Alkohol in meinen Fingern und Zehen kribbelte. Als der sanfte Rausch in meinen Ohren summte, schaltete ich das Hörbuch aus und machte mich daran, erst eine, dann drei, dann sieben Seiten zu schreiben. Es waren nicht genau fünf Kapitel, tja, EG würde eben das bekommen, was sie bekommen würde. Ich hatte nur zweimal aufgeschaut – jedes Mal, um meine Kaffeetasse mit Likör zu füllen. Als ich fertig war, schickte ich die Seiten an meine Lektorin, ohne sie noch mal zu lesen. Ich schaute auf die Uhr und sah, dass es bereits fünf Uhr nachmittags war. Ich hatte nichts gegessen und war herrlich betrunken.

Ich ignorierte die Benachrichtigungen des Tages auf meinem Telefon und rief direkt die Food-App auf, um mein Versprechen einzulösen und mir etwas zu essen zu besorgen. Ich bestellte drei Gerichte, denn ich beabsichtigte, zwei davon einzufrieren, um für die nächsten Tage etwas zu Hause zu haben, wie der verantwortungsbewusste Meal-Prepper, der ich nun mal war. Ich schaltete eine sinnlose Sendung über die Suche nach Atlantis ein, um nicht mit meinen Gedanken allein sein zu müssen, während ich auf mein Butter Chicken mit Reis wartete. Als der Lieferdienst klingelte, war das Kribbeln bereits verflogen.

Ich schnaubte und blickte auf die Likörflasche.

Ich hatte mir geschworen, nicht zu trinken, wenn ich traurig, gelangweilt oder wütend war. Ich hatte meine Liebe für Rausch- und Betäubungsmittel für das Schreiben, für Verabredungen und geselliges Beisammensein reserviert. Es war eine Regel, die ich in meiner Zeit als Sexarbeiterin für mich aufgestellt hatte. Nach den auf Scham basierenden öffentlichen Schilderungen war ich anfangs davon ausgegangen, dass das Dasein als Escort aus mir eine Drogensüchtige machen würde und es erbärmlich wäre, dass man koksen müsste, um eine Session durchzustehen oder um sich zu betäuben. Stattdessen verdiente ich in jeder Nacht, in der ich arbeitete, mehr Geld, als ich in vielen Monaten ausgeben konnte, aß in den besten Restaurants der Welt, reiste an traumhaft schöne Orte, lernte einige der Großen und Mächtigen der Welt kennen und hatte am Ende genug Geld, um von meinen Ersparnissen zu leben, während ich meine kreative Karriere startete.

Trotzdem hielt ich mich an meine Regel: Ich trank nur, um etwas zu erschaffen oder in der Gesellschaft von Freunden. Ganz egal, wie gut es sich anfühlen würde, rund um die Uhr betrunken zu sein.

(**Kirby**): Ich hab den ganzen Tag nichts von dir gehört. Lebst du noch?
(**Marlow**): Hab gegessen, Seiten abgeschickt und dieses Wochenende geh ich noch ins Aquarium.
(**Kirby**): Hast du Wasser getrunken?
(**Marlow**): Bist du meine Mutter?
(**Kirby**): Wir wissen doch beide, dass ich mir größere Sorgen um dich mache als deine Mutter.

Ich verließ den Chat, ohne zu antworten. Das schwierige Verhältnis zu meiner Mutter war kein Geheimnis. Ich schnaubte laut, schnappte mir eine Dose Mineralwasser aus dem Kühlschrank und rollte mich dann auf der Couch zusammen.

Kirby ließ die Sache auf sich beruhen. Sier wagte nicht zu wiederholen, was sier schon viel zu oft angedeutet hatte, aber ich konnte sieren Schmerz spüren. Ich war allein. Wegen unserer großen religiösen Differenzen sprach ich nicht mit meinen Eltern. Nachdem ich zu alt für einen fiktiven Fuchs geworden war, dienten die einzigen Geschöpfe, mit denen ich etwas zu tun hatte, oberflächlicher romantischer Ablenkung, die zwischen einer Nacht und sechs Wochen dauerte. Meine Freunde bestanden darauf, dass ein Imperium aus schönen Wohnungen, Designerschuhen, Bestsellern und Hightechgeräten wertlos sei, wenn ich niemanden hatte, mit dem ich es teilen konnte.

Meine vielversprechendste Chance auf Liebe war zwei Monate zuvor zu Ende gegangen – am 13. Februar.

Fast drei Monate hatte ich kurz davorgestanden, mich in ein Mädchen mit einem schönen irischen Akzent und einer schillernden Persönlichkeit zu verlieben. Sie hieß Eve und hatte so rotes Haar, dass ich auf eine Bibel geschworen hätte, dass es unecht ist, aber sie hat nur gelacht und dann Bilder von sich als zahnloses Kleinkind mit karmesinroten Locken hervorgeholt. Sie war interessant, gebildet, vernünftig. Sie verlangte nie etwas von mir, sondern ermutigte und unterstützte mich. Sie liebte meine Bücher, aber nicht so sehr, dass es mir unangenehm gewesen wäre. Sie erhob nie Ansprüche auf meine Zeit, Energie und Aufmerksamkeit. Sie war im MINT-Bereich tätig und bestimmt eine der intelligentesten Personen, die ich jemals getroffen hatte. Trotz ihrer Arbeit im Labor spielte sie Geige, verbrachte die meisten Wochenenden mit dem Singen von Volksliedern in einem Pub und hatte eine hinreißende Galerie von Fotos in mittelalterlichen Kostümen. Sie war lustig und nett und brachte Nia und Kirby schon nach dem zweiten Treffen dazu, voller Begeisterung unsere Hochzeit zu planen. Der Sex war spektakulär. Sie war alles, wonach ich jemals gesucht hatte.

Fast.

Nach einer tränenreichen Trennung am Telefon, bei der Eve wissen wollte, was sie falsch gemacht hatte, hatte ich sinnloserweise mehrere Male wiederholt, dass sie perfekt sei. Sie hatte mich einen Feigling genannt, weil ich mich einen Tag vor dem Valentinstag von ihr getrennt hatte, und wahrscheinlich hatte sie damit sogar recht. Aber dieser Tag war nicht der einzige Grund gewesen. Ich wusste ganz genau, wer und was mein Liebesleben sabotierte. Mein Herz war völlig nutzlos, es war so, als ob ich mich in eine Romanfigur verliebt hätte. Wenn ich nicht aus meiner eigenen Hyperfantasie heraustreten konnte, dann würde ich niemals weiterkommen. Ich musste nur lernen, den Strom der Fantasie zu kanalisieren, ihn in seinem Glas in meinen Romanen einzuschließen und nicht zuzulassen, dass er überschwappte und auf mein Kleid lief, an den Innenseiten meiner Schenkel heruntertropfte, mein Höschen ruinierte, meine Kleidung auf dem Boden zerknitterte oder meinen Umriss an das raumhohe Fenster mit Blick auf den Fluss zeichnete.

Und deshalb kauerte ich mich aufs Sofa, drückte die Knie gegen meine Brust und schwor mir, dass heute die Nacht der Nächte sein würde. Ich musste ihm sagen, dass er mich nicht mehr besuchen sollte.

Dann wartete ich, während der Himmel zuerst blau, dann rosa und dann schwarz wurde.

Ich kroch unter die Decke und starrte auf die Silhouette des Fläschchens mit den Schlaftabletten, auf die ich heute verzichtet hatte.

Die Nachttischuhr tickte von Mitternacht zu ein Uhr und dann bis zwei Uhr morgens.

Es war 2:40 Uhr, als ich seine Anwesenheit spürte. Sein Gewicht drückte auf das Bett, die Bettwäsche verrutschte, als er sich bewegte, genau wie bei einem Partner aus Fleisch und Blut. Mein Herz schmerzte.

Er drängte sich an mich, streichelte mich, berührte mich mit seinen Lippen. Sein Mund jagte mir eine Gänsehaut über den Rücken, bis jeder Zentimeter meiner Haut kribbelte. Mein Körper reagierte, wollte Dinge, die mein Herz und mein Verstand verboten hatten. Meine Hüften schoben sich vor Verlangen nach vorn. Diese Verräter. Ich rollte von ihm weg, presste mein Gesicht ins Kissen.

»Schlechten Tag gehabt, Liebes?«

»Ich bin nicht dein *Liebes*, Caliban.« Ich flüsterte den Namen, den ich ihm vor langer Zeit gegeben hatte. Meine Wahl hatte ihn amüsiert, trotzdem schien es ihm zu gefallen.

Nach einer langen Pause in der Dunkelheit sagte er nur: »Doch, das bist du.«

Ich blieb auf der Seite liegen und starrte aus dem Schlafzimmerfenster auf die kahlen, winterlichen Bäume. In dieser Nacht gab es eine Mondsichel, einen scharfen, hellen Splitter, der zu dünn war, um Licht auf die Spuren des Wahnsinns zwischen meinen vier Wänden zu werfen. Normalerweise zog ich die Vorhänge zu, aber heute Nacht hatte ich versucht, wach zu bleiben. Ich hatte auf ihn gewartet.

»Du bist nicht real«, flüsterte ich und sprach zu der Halluzination, die mit einer Hand mein Herz hielt und es gleichzeitig brach. Ihn zu lieben, war mein größter Fehler. Ich wollte nicht mehr in ihn verliebt sein.

Calibans kühler Atem bewegte eine Haarsträhne über die nackte Haut meines Halses. Seine Finger glitten an meinem Kiefer entlang und umschlossen mein Kinn. Der Duft eines grünen, nebligen Waldes verschlang mich. »Wenn ich deine Meinung irgendwie ändern kann, dann würde ich es tun. Aber du musst mich darum bitten.«

»Caliban ...«

Daraufhin beruhigte er mich. »Aber das wirst du nicht. Wir haben das schon mal durchgemacht«, sagte er. »Ich weiß, dass du dich daran erinnerst.«

Ich wurde immer unruhiger, schluckte den Kloß in meinem Hals herunter, aber ich sagte nichts.

Ich konnte die letzte Nacht, in der ich ihn gesehen hatte, nicht vergessen, obwohl ich es versucht hatte.

Ich war einundzwanzig gewesen. Rote, grüne und blaue Laserlichter eines schäbigen Clubs dröhnten durch meine Erinnerung. Es war die Nacht, in der ich das College abgeschlossen hatte. Ich hatte nach Zigarettenrauch gestunken und mir im Bad zu viele Beulen geholt. Trotz des betrunkenen Nebels, der meine Erinnerung verwischte, und trotz der leeren Stellen, wo der Alkohol Details ausgelöscht hatte, konnte ich es nicht loslassen.

Es war die Nacht, in der ich meine Fähigkeit, ihn zu sehen, verloren hatte.

Ich war von einer Partynacht nach Hause gestolpert. Damals hatte ich in einer Kellerwohnung in einem schäbigen Viertel gelebt, von dem mir Caliban, meine Eltern, meine

Freunde und jeder andere mit der Fähigkeit zu reden, abgeraten hatten. Aber etwas anderes konnte ich mir nicht leisten, es sei denn, ich wäre in eine WG gezogen, und ich war nicht bereit, mit anderen Leuten zusammenzuwohnen. Ich war die nach Pisse stinkende Außentreppe runtergefallen, hatte mir dabei den Knöchel verstaucht und war dann in die Wohnung gehumpelt. Ich hatte die Tür hinter mir zugeknallt, den Riegel vorgeschoben und vor Schmerz und Selbstmitleid die Zähne zusammengebissen.

In einer Bar hatte man mir einen Kurzen nach dem anderen ausgegeben, irgendetwas Blaues, das wie Zuckerwatte geschmeckt hatte. Ich hatte zu den schlechtesten Popsongs der Top Forty getanzt, war vom Pitcher des Collegeteams auf der Unisex-Toilette geleckt worden und dann zu jemandem ins Auto gestiegen, der zu betrunken gewesen war, um noch zu fahren. Ich war völlig erschöpft, aber wie viele andere naive Idioten in ihren frühen Zwanzigern, die keine Ahnung von der Kombination aus Zucker und Alkohol haben, war ich fest entschlossen, meinen Wodka mit Energydrinks mit Kirschgeschmack zu mixen. Die Aufputsch- und Beruhigungsmittel vibrierten durch meinen Körper, während die Welt schwankte. Ich schlug mit der Handfläche gegen die Wand und suchte nach einer Steckdose, die Kobolde gestohlen haben mussten, während ich im Club war. Ich sank auf den Boden.

»Soll ich das Licht einschalten?«, hatte Caliban gefragt und eine Flasche Wasser neben mich gestellt.

Ich hatte eine gute Nacht gehabt. Eine großartige Nacht sogar, von dem verstauchten Knöchel einmal abgesehen. Das war genau die Art und Weise, wie man große Ereignisse feiern sollte. Ich lebte den Traum.

Zumindest hatte ich mir eingeredet, dass ich mich amüsieren würde, bis ich seine Stimme hörte. In dem Moment, in dem seine sanften Worte mich überfluteten, bekam meine Fassade Risse. Was dann folgte, waren keine hübschen, damenhaften Tränen, sondern das herzzerreißende Schluchzen der Verlorenen. Ich zog die Knie an meine Brust.

»Hilf mir unter die Dusche«, lallte ich.

Und das tat er. Ich erinnere mich nicht mehr daran, wann eine Kerze im Bad angezündet worden war oder wann er mir aus meinem Kleid geholfen hatte. Seine geisterhafte Gestalt war ein Anker in meinem verschwommenen Blickfeld, der mich in der Gegenwart festhielt, während ich ihn langsam anblinzelte. Er hatte den Vorhang offen gelassen und meinen Badezimmerboden unter Wasser gesetzt, damit die kleine orangefarbene Flamme freundlichere Schatten werfen konnte als diejenigen, die mich verfolgten. Ich erinnerte mich kaum noch an die sanfte Berührung seiner Finger, als er mein Haar zurückstrich, während ich kotzte, oder an seine beruhigende Anwesenheit und wie er mich hielt, als ich in der Badewanne lag und weinte. Ich war zu betrunken gewesen, um mich daran zu erinnern, wie sich sein nackter Oberkörper unter meiner Wange angefühlt hatte. Die sich um mich drehenden Wände hatten es mir nicht erlaubt, den Moment, in dem er meinen Kummer mit Seife und heißem Wasser abgewaschen hatte, zu genießen.

»Du hast gar keinen Spaß«, war alles, was er gesagt hatte. Ich wollte seine ernste Miene, als er das sagte, nicht sehen. Er war so schön, wenn er lächelte. Sein verschmitztes Grinsen mit den weißen Zähnen, sein schneeweißer Haarschopf, sein Zwinkern, seine hellgrauen Augen, die mich verbrannten und jeden Teil von mir elektrisierten. In dieser Nacht wusste ich, dass ich, wenn ich ihn ansah, entschlossene Stärke in seinem Gesicht sehen würde, dass Enttäuschung seine Augenbrauen zusammenziehen würde, dass es kein Lächeln geben würde, keine unbekümmerten Scherze, keine verspielten

Momente, die Samen in mir pflanzen würden, die dann zu einem Garten wachsen würden, der nur für ihn blühte.

Ich hatte in seinen Armen so sehr geweint, dass ich mir dabei fast etwas ausgerenkt hätte.

»Es ist deine Schuld«, schluchzte ich durch den Strudel aus Rauschmitteln und Alkohol.

Er streichelte wieder durch mein Haar, während er mir zuhörte. Ich verschluckte mich an den Wassertropfen der Dusche und musste husten. Dann fuhr ich fort: »Ich trinke, um die Scheiße zu vergessen, die ich mir zu Hause vorstelle. Ich habe keine Freunde, weil ich nur hier sein will. Ich sage Verabredungen ab, versetze andere Leute und verschwinde überstürzt, weil es im Dunkeln etwas Besseres für mich gibt. Ich weigere mich, mit jemandem zusammenzuziehen, für den Fall, dass du mich besuchst. Ich treffe mich mit Fremden, um die Erinnerung daran auszulöschen, wie es sich anfühlt, wenn du …« Meine Stimme brach. »Du bist nicht real. Ich kann dieses Spiel nicht länger spielen. Ich brauche Hilfe, ich will nicht wie meine Mutter sein … wie meine Großmutter … Ich kann das nicht. Ich werde nie in der Lage sein, mein Leben zu leben, wenn ich weiterhin in dieser Fantasiewelt bleibe.«

Sein Griff wurde fester. Seine tiefe Stimme war sanft, aber bestimmt. »Liebes …«

»Ich will nicht mehr in dich verliebt sein«, schluchzte ich und kniff meine Augen fest zusammen, während ich mein Gesicht an seinem Körper vergrub. Und ich meinte es ernst. Dieser erbärmliche Traum machte mich kaputt. Meine nassen Haare klebten an meinem Gesicht und an seiner Brust. Meine Tränen, das Duschwasser und der wirbelnde, sich drehende Raum nahmen mir die Luft zum Atmen, während ich darum kämpfte, alles aus mir herauszubekommen, was ich auf dem Herzen hatte.

Er hatte mir einen Kuss auf den Scheitel gegeben, während er weiter über meinen Kopf strich und mir beruhigende Laute ins Ohr murmelte. In jener Nacht berührten seine Lippen unter dem fließenden Wasser mein Haar, genauso wie sie es jetzt taten.

Mein Herz brach, als ich an jene Nacht zurückdachte. Die Erinnerungen daran nur ein Phantom, das über einem ätherisch schönen Mann schwebte, der von den Sternen selbst abgesplittert war. Er hatte die Arme um den volltrunkenen Körper einer Einundzwanzigjährigen geschlungen, Kerzenlicht flackerte im Badezimmer, Dampf erfüllte den Raum, heiße Tropfen prasselten wie Patronen auf sie nieder, durchnässten uns beide, während diese Version von mir schluchzte.

Der Kuss holte mich zurück in die Gegenwart. Ich war wieder sechsundzwanzig, lag zwischen seidener Bettwäsche, mit Blick auf den Fluss. Ich atmete schwer aus, so als würde alle Last der Welt auf meinen Schultern liegen.

»Du hast gesagt, ich sei nicht real und du wolltest mich nicht mehr wiedersehen«, erinnerte er mich. Es war kein Vorwurf. Nur eine Tatsache.

»Ich war betrunken«, entgegnete ich.

»*In vino veritas.*«

»Und seitdem habe ich dich nicht mehr gesehen«, antwortete ich dem schwarzen Nichts. »Das war die Nacht, die mich dazu gebracht hat, weiterzuziehen, weißt du. Um zu versuchen, mein Leben zu ändern. Eine Woche später ...«

»Ich weiß«, sagte er, und das tat er.

Über fünf Jahre waren seitdem vergangen und es war immer noch eine der schlimmsten Nächte meines Lebens. Mir stiegen die Tränen in die Augen, als ich die Erinnerung beiseiteschob. Das Bedauern hatte sich in mir zusammengerollt wie eine schlafende Schlange. Verdammte fünfeinhalb Jahre lang hatte sie sich durch mich hindurchgeschlängelt – jedes

Mal, wenn er mich besucht hatte. Ich hatte mich für diese Worte gehasst.

»Das solltest du inzwischen wissen, Liebes«, sagte er mit beruhigender Stimme, als seine Lippen mein Ohr berührten. »Unser Wort ist bindend.«

Ich drehte die Bettwäsche zwischen meinen Fingern, erinnerte mich an den perfekten Mund, die scharfen Zähne, das Zucken eines Lächelns, das seine Worte begleitete. Ich wunderte mich, dass er »unser« gesagt hatte, nahm aber an, dass er wohl uns beide damit meinte. Und er hatte recht. »Fünf gottverdammte Jahre ohne dein Gesicht … aber du hast dich nicht von mir ferngehalten.«

Er fuhr mit dem Daumen von meinem Ohr zu meinem Kinn und umfasste es, als er sagte: »Du hast mir gesagt, du würdest mich nicht mehr sehen wollen. Du hast nicht gesagt, dass ich mich von dir fernhalten soll. Und bei allem, was vor sich geht, bist du für mich genauso ein Ausweg wie ich für dich, Liebes. Keiner von uns beiden will, dass es endet.«

Zusammengerollt blieb ich liegen, den Rücken ihm zugewandt. Das war einer der Gründe, warum er nur noch nachts kam. Er wusste, dass ich in der Dunkelheit leichter mit der Leere umgehen konnte – mich an irgendeinen Anschein von Hoffnung oder Bestreitbarkeit klammern konnte – wenn Schatten den Raum einhüllten, als bei Tageslicht mit einem leeren Raum zu sprechen. Meine Sicht war unscharf, ich verlor mich in den Knospen tragenden Bäumen, die den Fluss säumten. Wenn ich noch auf dem Land gelebt hätte, wäre es zu dunkel gewesen, um zu sehen, wie die Zweige in der wolkenverhangenen Nacht zitterten. Stattdessen fingen tief hängende Wolken die gedämpften honigfarbenen Lichter der Stadt ein und verliehen der Nacht einen kastanienbraunen Schimmer.

»Aber ich will es«, flüsterte ich. Zwischen uns breitete sich meine Erklärung aus wie Rauch, der einen Raum erfüllte.

Hinter mir wurde Caliban totenstill.

Ich schloss meine Augen vor den Silhouetten der Pappeln und Eichen und sagte: »Ich habe keine Chance auf ein normales Leben, solange du da bist.«

Seine Finger drückten sich in mich, während er meinen Rücken gegen seine muskulöse Brust zog und mich umarmte. »Das meinst du nicht so.«

»Doch, das tue ich.«

Seine Stimme wurde um eine Oktave tiefer, als er sagte: »Triff keine voreiligen Entscheidungen, Liebes. Denk erst darüber nach. Wenn du sagst ...«

»Die Besuche, der Sex, was auch immer es ist, was wir haben ... das muss aufhören. Es ruiniert mein Leben. Ich verliere den Verstand, Caliban – oder zumindest das, was davon noch übrig ist. Mein Herz kann nicht ...« Meine Stimme brach.

Ein stechender Schmerz durchfuhr mich, als ich die Augen öffnete und auf die ordentliche Reihe orangefarbener Medikamentenfläschchen blickte, die auf meinem Nachttisch standen. Serotonin in Pillenform machte die Welt ein bisschen erträglicher, aber auch nur ein bisschen. Nach außen hin wirkte ich so normal. Ich bezahlte meine Rechnungen, ging zur Therapie, kämmte meine Haare und schrie keine fremden Menschen auf der Straße an. Die Leute um mich herum würden niemals denken, dass meine lebhafte Fantasie – die für mich als Autorin äußerst profitabel war – mich langsam von innen zerfraß.

Caliban atmete aus, und das Gefühl, als läge ich auf dem nebligen Waldboden, umgab mich erneut, sein Atem strich kühl wie ein Farnblatt über meine Haut. Zwischen uns klirrte die Stille. Er ließ es zu, dass sich die Pause ausdehnte, der späte Frühlingswind heulte von Norden gegen mein Fenster. Seine Musik lullte mich fast in den Schlaf, bevor Caliban antwortete:

»Darf ich dir ein Gegenangebot machen?«

Ich hielt die Luft an, wartete darauf, dass er weiterredete. Er konnte sehr überzeugend sein. Als ich nichts sagte, fuhr er fort.

»Ich werde nichts tun, worum du mich nicht ausdrücklich bittest.«

Eine Erinnerung kratzte in meinem Hinterkopf, als ich an Geschäfte mit dem Teufel dachte.

Ich biss in meinen Daumen und dachte über seinen Vorschlag nach. Ich fragte mich, wie oft wir schon verhandelt hatten. Immerhin war er gut darin. Seine Zunge war so silbern wie seine Augen. Ich fragte mich, wie oft ich schon in eine hitzige Debatte mit meiner aufkeimenden Psychose verwickelt gewesen war und mit den Schatten gesprochen hatte. War es klug gewesen, Freunden oder Therapeuten nichts von ihm zu erzählen? Vielleicht wollte ich der kleinen orangefarbenen Armee, die über mich wachte, einfach nur keine neuen Pillen hinzufügen. Oder vielleicht wollte ich nicht riskieren, es mir mit den wenigen Freunden, die ich noch hatte, zu verscherzen. Aber wir wussten beide, dass ich ihn, trotz meiner halbherzigen Versuche, eigentlich nicht gehen lassen wollte.

»Du meinst, es sei denn, ich sage die Worte ... mit allem? Schlafen in meinem Bett? Die Küsse? Die ...« Ich konnte mich nicht dazu durchringen, den Sex noch mal zu erwähnen. Wenn ich daran dachte, wenn ich davon sprach, dann würde ich mich danach sehnen. Danach, dass er mich berührte. Dass er mein Ohrläppchen in den Mund nahm und mit den Zähnen an meinem Hals knabberte. Dass er mit seinen kühlen Fingern meinen Körper erforschte. Er würde die Veränderung spüren, wenn meine Gedanken zu den Erinnerungen daran schweiften, wie er mich reizte und anerkennend murmelte, wenn ich mich für ihn öffnete. Durch seinen Schwanz fühlte sich alles andere leer an. Als würde man Asche essen, nachdem man Kaviar gekostet hat. Nichts erfüllte mich so sehr wie er. Er überwältigte mich, drang in meine Glieder, in mein Blut, in meine Seele ein. Er verzehrte mich wie kaltes Feuer und das wusste er.

»Ich tue nichts, worum du mich nicht ausdrücklich bittest«, wiederholte er.

Ich drehte mich zu ihm um und bereute es sofort. Da war nichts außer der Erinnerung an meinen Wahnsinn. Ich schloss die Augen und bevorzugte die Blindheit geschlossener Lider, während ich jeden Teil von ihm spürte. Seine Haare, seine weiche Haut, die Form seines Kinns, die starken Schultern, den Arm, den er um mich gelegt hatte und der sich nun entspannte. Ich war ihm ausgeliefert. Das Einzige, was ich noch mehr hasste, als ihn hierzuhaben, waren die Nächte, in denen er wegblieb.

Ich fühlte mich so lebendig. Das tat ich immer, wenn er bei mir war.

»Ich bin verrückt«, sagte ich mit gebrochener Stimme.

Es dauerte eine Weile, bis er antwortete. Im Laufe der Jahre hatten wir immer wieder wegen meiner geistigen Gesundheit gestritten, und ich hatte klar und deutlich gesagt, dass ein Streit mit einem Hirngespinst alles nur noch schlimmer machte und meinen Standpunkt bestätigte. Ich hatte zugegeben, dass ich früher schon einen imaginären Freund gehabt hatte, es aber damit begründet hatte, dass es für Kinder durchaus normal und gesund sei, eine lebhafte Fantasie zu haben. Ich hatte mir eingeredet, dass es eine Bereicherung sei, dass dieselbe Liebe zur Fantasie, die sich der Fiktion und den Romanen, Göttern und übernatürlichen Mächten hingab, einfach zu stark gewesen war. Sie war über den Rand geschwappt und hatte meinen wachen Verstand benebelt.

Aber ich war mir nicht mehr sicher, ob das wirklich stimmte.

Caliban strich langsam und verführerisch über meinen Rücken, bevor er mich erneut fest an sich zog. »Dann sei eben verrückt in meinen Armen. Was sagst du dazu, Liebes? Haben wir einen Deal?«

Drei

(EG): Das Marketing-Team braucht dein Einverständnis, um diesen Text über Sexarbeit zu veröffentlichen. Wir wollen es in deine Erzählung einflechten.
(Marlow): Haben sie es inzwischen entkriminalisiert, seitdem wir das letzte Mal darüber gesprochen haben?
(EG): Es ist bestärkend, Marlow. Am besten, du übernimmst die Kontrolle über die Geschichte, bevor jemand anderes etwas versucht.
(Marlow): Du meinst, bevor jemand versucht, mich zu doxen. Aber das ist doch einer der Gründe, warum ich einen Künstlernamen für meine Bücher und einen für meine Kunden hatte. Man sollte es anonym halten, meinst du nicht auch?
(EG): Du bist clever, Mar. Du weißt, dass es irgendwann herauskommen wird. Du hast dem Unternehmen schließlich aus einem bestimmten Grund von deiner früheren Tätigkeit erzählt, als du den Vertrag unterschrieben hast.

Das Display meines Telefons wurde wieder schwarz, als ich den Bildschirm sperrte, ohne auf die letzte Nachricht zu antworten. Ich zog die Bettdecke höher und stöhnte, weil dies die schlimmste Art war, den Tag zu beginnen.
EG hatte recht.
Ich hatte es ihr bei unserem zweiten Treffen erzählt, lange

bevor die Tinte auf dem Vertrag getrocknet war. Vorher hatte ich darauf bestanden, dass dieses Treffen per Videochat stattfand, denn ich musste einfach ihr Gesicht sehen, als ich ihr stolz erzählte, dass ich nur in der Lage gewesen war, den ersten *Pantheon*-Roman zu schreiben, weil ich durch jahrelange Sexarbeit viele Ideen gesammelt hatte. Ich hatte die Entscheidung, ob ich *Inkhouse* meine Partnerschaft anbot, von den Reaktionen abhängig gemacht – von jeder Unsicherheit, jedem Zucken, jedem Zögern. EGs Gesicht hatte auf die eine bestätigende Art aufgeleuchtet, die mich überzeugt hatte.

Es war nicht die Art von Gespräch, die ich vor Koffeingenuss führen wollte, aber die Arbeitszeiten meiner Lektorin waren sehr lang. Bevor ich mein Telefon ausschaltete, betonte ich noch einmal, dass meine Entscheidung endgültig war. Das Escort-Gewerbe hatte mir Spaß gemacht – darüber zu reden eher weniger. Zumindest hatte ich es genossen, königlich zu speisen, Verbindungen zur Oberschicht der Gesellschaft zu knüpfen und die Kreditkarten eines Mannes zu missbrauchen, der dumm genug war, zu glauben, er könne mich beeindrucken, indem er mich in ein gehobenes Einkaufszentrum mitnahm. Ich habe sie buchstäblich alle zahlen lassen. Finanzielle Dominanz war mein Lieblingsaspekt des Ganzen gewesen. Es bedeutete, exorbitante Preise für meine Gesellschaft zu verlangen, nur in Sterne-Restaurants zu essen sowie Birkin-Taschen und Schmuck zu erwarten, der mehr wert war als das, was meine Eltern in einem Jahrzehnt verdient hatten.

Ich hatte EG nicht alle Details erzählt und war auch nicht sicher, ob ich das jemals tun wollte. Wo sollte ich anfangen, wenn ich es zu einem Teil meiner Hintergrundgeschichte für die Öffentlichkeit machen würde. Ein Handbuch für junge Frauen wollte ich jedenfalls nicht schreiben. Für mich war es bereichernd gewesen – sogar lebensverändernd –, aber die

Gefahr, in ein Leben gedrängt zu werden, über das man keine Kontrolle hat, wünschte ich keinem.

Wenn ich mich dazu entscheiden würde, es ihr zu erzählen, müsste ich wohl mit dem ersten Tag beginnen. So wie bei den meisten Geschichten begann alles mit einem Zufall. Doch anders als die meisten Geschichten begann diese in den heißen Straßen von Buenos Aires.

Eine Woche nach dem Collegeabschluss, als sich mir vor Angst der Magen umdrehte, weil ich keine Ahnung hatte, in welche Richtung mein Leben sich entwickeln würde, klickte ich auf eine gesponserte Anzeige, um Englisch als Zweitsprache in Medellín, Kolumbien, zu unterrichten. Bevor ich meine Meinung wieder ändern konnte, hatte ich alles, was ich besaß, in einen Koffer geworfen, auf Craigslist einen Untermieter für meine schäbige Kellerwohnung gefunden und war in ein Flugzeug gestiegen.

Das war der Moment, in dem ich die Hyperunabhängigkeit das Steuer übernehmen ließ. Ich hatte gehofft, so Caliban zu entkommen, dabei hätte jeder seriöse Psychiater mir sagen können, dass man vor einer Psychose nicht einfach davonlaufen kann.

Ich schloss noch einmal die Augen und wünschte mir, dass sich in meinen Händen eine Tasse Kaffee materialisieren würde, während ich die Wärme der Bettdecke genoss und mich in Erinnerungen an mein Jahr in der Nähe des Äquators versetzen ließ.

Wenn ich an diesen Tag dachte, spürte ich immer noch die brennend heiße Sonne auf meiner Haut.

Doch im Gegensatz zum Kokon eines bequemen Bettes fühlte ich damals nichts als Elend.

23. Dezember, 22 Jahre

Schweißperlen liefen mir über die Oberlippe. In meinen billigen Plastikschuhen hatte ich mir Blasen gelaufen. Ich brauchte dringend eine Flasche Wasser und eine kalte Dusche. Ich wartete bei zweiunddreißig Grad Hitze auf den Bus, als eine hübsche junge Frau in Louis-Vuitton-High-Heels neben mir stehen blieb. Dazu trug sie hochtaillierte schwarze Shorts, ein schwarzes Bralette und eine Umhängetasche mit einem weiteren Designerlogo. Damals kannte ich mich noch nicht gut genug mit Marken aus, um eine Chanel-Tasche zu erkennen, wenn ich eine sah. Die Frau hatte es geschafft, ihren Reichtum sportlich und nicht spießig aussehen zu lassen, was eine große Leistung war. Für ihr Outfit würde ich drei Hin- und Rückflugtickets von Los Angeles nach Bogotá bekommen.

Sie warf einen Blick auf das Sunburst-Tattoo auf meinem rechten Ringfinger und grinste. »Ich wollte mir auch mal ein Tattoo auf die Hand stechen lassen«, erzählte sie, »aber ich habe gehört, dass das höllisch wehtut. Und die Leute sagen, dass die Farbe an der Stelle sehr schnell verblasst. In Buenos Aires sehe ich selten Hand-Tattoos. Ich schätze, es liegt an ihrem schlechten Ruf, aber es sieht verdammt cool aus.«

Ich erwiderte ihr Lächeln und hob beide Hände in die Luft. Das passende Gegenstück, einen kleinen Mond, hatte ich am linken Ringfinger.

»Lebe nach der Sonne, liebe im Licht des Mondes«, sagte ich. »Mit achtzehn fand ich das tiefgründig.« Ich verschwieg, dass das Stechen so schmerzhaft gewesen war, dass ich seither kein Tattoostudio mehr betreten hatte.

»Und wie alt bist du jetzt?«, fragte sie.

»Ich bin gerade zweiundzwanzig geworden.«

»Schütze oder Steinbock?«, fragte sie lächelnd. »Ich bin Wassermann.«

Astrologie interessierte mich nicht sonderlich, aber immerhin wusste ich, welches Sternzeichen ich war. »Schütze. Ich hatte am Einundzwanzigsten Geburtstag.«

»Oh, wir haben deinen goldenen Geburtstag um ein Jahr verpasst. Aber du hast ein tolles Sternzeichen erwischt. Unabhängig, abenteuerlustig, ehrlich. Unsere Zeichen sind sehr geeignet für eine Freundschaft.«

Ich nickte, denn was hätte ich denn sonst tun sollen?

Ihr Akzent war nordamerikanisch, aber mit ihrem dunklen Haar, ihrer goldenen Haut und den mandelförmigen Augen hätte sie von überall stammen können. Ohne Absätze würde sie mir nur bis zur Schulter reichen, obwohl ich nach den großzügigsten nordamerikanischen Schätzungen durchschnittlich groß war.

»Du hast recht. Also mit den Tattoos«, sagte ich und versuchte, das Gespräch auf einen Bereich zu lenken, in dem ich bewanderter war. »Sie fallen auf. Ob ich abenteuerlustig bin, weiß ich nicht. Ich stecke seit sechs Monaten in diesem Ein-Jahres-Vertrag und habe ganz schön zu kämpfen. Ich wünschte, ich könnte sagen, dass es am Heimweh liegt, aber es geht mehr darum … mich zu finden. Was ist mit dir? Lebst du hier? Besuchst du deine Familie?«

Ihr Lachen war herzlich. Sie strich sich eine Haarlocke hinters Ohr. »Nein, ich wohne in Montevideo. Da gibt es eine Menge Geld. Ich bin nur ein paar Tage hier, um einen Kunden zu treffen. Meine Freundinnen und ich haben über Weihnachten eine Villa in der Nähe von Rio de Janeiro gemietet, also ist das mein nächstes Ziel.«

»Du reist also beruflich? Was arbeitest du denn?«

Sie kicherte. »Mein Leben ist eine einzige Party. Aber zurück zum Thema: Warst du schon mal in Rio?«

Ich schaute mich auf dem Bürgersteig um, blickte an den Palmen vorbei auf die glänzenden Gebäude, die geschäftigen

Fußgänger in ihren maßgeschneiderten Anzügen mit ihren auffälligen Taschen und Sonnenbrillen, die mehr als meine Miete kosteten. Mir fiel kein einziger Grund ein, warum sie überhaupt mit mir redete. Ich schüttelte den Kopf. »Nein. Ich arbeite viel und hatte niemanden, mit dem ich hätte hinfahren können.«

»Nun, es sieht nicht so aus, als ob du jetzt gerade arbeiten würdest. Und wenn du darauf wartest, dass jemand anderes dein Leben bestimmt, dann wirst du nie irgendwo hingehen oder etwas machen«, sagte sie sachlich.

»Da ist was dran«, überlegte ich laut. Ich war ohne konkreten Plan nach Argentinien geflogen, um dort meinen Urlaub zu verbringen, und mit Sicherheit hatte ich nicht das Beste aus der Situation gemacht. Die Traurigkeit war mit mir ins Flugzeug gestiegen.

Sie runzelte die Stirn, als sie mich betrachtete. Ich war mir nicht sicher, ob sie auf mein straßenköterblondes Haar, die Tätowierungen oder die deutlichen Anzeichen wirtschaftlicher Ungleichheit zwischen mir und den anderen Leuten auf dem Bürgersteig schaute, aber es war offensichtlich, dass ich nicht dazugehörte. Wäre sie nicht so freundlich gewesen, wäre es mir peinlich gewesen, neben einer Frau in Designer-High-Heels zu stehen, doch sie schien mich nicht zu verurteilen.

»Was führt dich nach Buenos Aires?«, fragte sie.

Meine Mundwinkel verzogen sich. Ich schaute zwischen die unberührten Straßen und die Wolkenkratzer, die die Innenstadt säumten. »Auf den Bildern sah es so bunt und europäisch aus. Es schien mir ein Ort zu sein, den ich besuchen sollte, wenn ich sowieso in Argentinien bin.«

Sie neigte den Kopf, dabei fiel ihr seidiges Haar wie ein Vorhang über ihre sonnengeküsste Schulter. »Und was hältst du von der Gegend?«

Lehrer hatten unter den Auswanderern einen schlechten Ruf, das hatte ich in meinen sechs Monaten im Ausland gelernt. Wir waren der Rucksacktouristen-»Abschaum« der internationalen Community. Aber ich musste ihr das nicht erzählen, sie war schließlich nur eine Fremde an der Bushaltestelle. Ich könnte einfach lügen und behaupten, dass ich eine Managerin sei, eine digitale Nomadin oder in einer Botschaft arbeitete. Aber ich hatte das Gefühl, dass sie mir nicht glauben würde.

Zuerst zögerte ich, dann entschied ich mich doch für die Wahrheit. »In Kolumbien habe ich Vorschulkindern Englisch beigebracht. Ich dachte, ich schaue hier mal vorbei, um mir anzusehen, was es mit dem ganzen Wirbel auf sich hat. Außerdem sind es nur zweieinhalb Stunden mit dem Flugzeug. Aber es stellte sich heraus: Es ist genauso heiß wie in Kolumbien und fünfzigmal teurer. Und ich werde alles abstreiten, wenn du jemals einem Argentinier erzählen solltest, dass ich das gesagt habe, aber das Essen ist nicht mal halb so gut.«

»Du magst also Kinder?«

Einen Moment lang starrte ich sie an, bevor ich die erste ehrliche Antwort seit sechs Monaten bezüglich meiner Arbeit gab. »Nein, überhaupt nicht. Versteh mich nicht falsch, ich mag meine Schüler und Schülerinnen. Sie sind eine wahre Freude. Mein Spanisch ist durch die Arbeit mit ihnen inzwischen ausgezeichnet. Aber generell bin ich nicht gern mit Kindern zusammen. Das war definitiv der letzte Nagel in den ›Mutterschaft ist etwas für mich‹-Sarg. Aber nach dem Collegeabschluss hatte ich keinen Plan, was ich mit meinem Leben anfangen sollte, also kann ich genauso gut Erinnerungen sammeln, oder?«

Unsicher biss ich mir auf die Lippe. Hatte ich zu viel von mir preisgegeben?

Sie runzelte die Stirn. Dann musterte sie mich ein letztes

Mal von oben bis unten, bevor sie sagte: »Ich mag deinen Vibe. Gib mir dein Handy.« Sie streckte ihre Hand aus und wackelte erwartungsvoll mit den Fingern.

Keine Ahnung, warum ich mich darauf einließ, aber ich reichte dieser wunderschönen Fremden mein Telefon. Sie tippte ihre Kontaktdaten ein, als eine glänzende schwarze Limousine vorfuhr. Mit der Hand an der Tür sagte sie: »Eine Vorschullehrerin sollte Weihnachten nicht allein in einer Großstadt verbringen. Du brauchst einen Tag am Strand und einen Drink. Komm nach Rio. Häng mit uns in der Villa ab. Sing Weihnachtslieder mit einem Glas Sangria in der Hand. Du musst dich nur um den Flug kümmern. Schreib mir einfach eine Nachricht, wenn du landest. Dann schicke ich dir unseren Standort.«

»Wie heißt du?«, rief ich ihr noch hinterher, aber sie war schon weg.

Taylor. Das hatte sie in mein Telefon getippt. Taylor konnte genauso gut eine raffinierte Entführerin sein, die mich reinlegte, um mir meine Organe zu entnehmen. Aber das glaubte ich nicht. Kurzentschlossen nahm ich ihr Angebot an.

Ich hatte mir zehn Tage freigenommen und wollte die Zeit nutzen, um Buenos Aires zu erkunden. Aber nach drei Tagen merkte ich, dass ich es mir nicht mal leisten konnte, die Luft dieser Stadt zu atmen, geschweige denn etwas Schönes zu unternehmen. Also ging ich zurück in mein Hotel, duschte und nahm vier Schlaftabletten, um zu verhindern, dass Caliban mir die Reise ausredete. Am nächsten Morgen verließ ich mit einer Billigfluggesellschaft eine der teuersten Städte des Kontinents und machte mich auf den Weg ins Paradies – oder in eine Geschichte, die damit enden würde, dass ich in einer Badewanne voller Eis und mit nur noch einer Niere aufwachen würde.

Der Flug dauerte nur knapp drei Stunden, gefolgt von

fünfundvierzig Minuten in der Zollschlange, dreißig Minuten warten auf mein Gepäck und einer zweistündigen Taxifahrt zu dem kleinen Strandort südlich von Rio. Ich war verschwitzt, desorientiert, nervös und stellte alle zwanzig Sekunden die Weisheit meines impulsiven Handelns infrage.

Die ganze Zeit klebte ich am Fenster auf dem Rücksitz des Taxis und starrte auf die vorbeiziehende Umgebung, während ich mir Sorgen machte. Die Gebäude erinnerten mich sehr an meine Unterkunft in Kolumbien, ebenso wie die Motorroller, die Hitze, die engen Gassen und die Märkte. Die Stadtlandschaft wich nur langsam dem Grün. Hohe Baumgruppen und dichte tropische Gräser wuchsen auf einer Seite des Weges. Durch das andere Fenster sah man, wie sich das Meer in großen, schlauchartigen Wellen brach und an lange Sandstrände gespült wurde. Schließlich traf ich in einer Villa am Strand mit sechs Schlafzimmern ein. Taylor war die netteste, selbstbewussteste und großzügigste Person, die ich je getroffen hatte. Zwei der Schlafzimmer wurden von ihren unnatürlich schönen Freundinnen Ivy und Quinn bewohnt, die ebenfalls überaus mitfühlend und hilfsbereit waren. Sie waren so nett, dass ich anfangs dachte, sie würden mir etwas vorspielen. Meine Nackenhaare stellten sich auf, weil ich befürchtete, dass ich durch meine Naivität in eine Falle getappt war. Ich fragte mich, wie lange es wohl dauern würde, bis die Organräuber auftauchten.

Stattdessen war mir etwas viel Selteneres zugestoßen.

Ich war guten Menschen begegnet.

Taylor, Ivy und Quinn waren Escorts.

Taylor war sehr offen, was ihr Leben anging. Sie ließ ihre Füße in den Pool baumeln, hielt ein Glas Sangria in der einen Hand und machte mit dem Telefon in ihrer anderen Hand Bilder von ihren Freundinnen. Ihre Geschichten erzählte sie stets mit einem fröhlichen Gesicht – ganz egal, ob sie von einer Rucksacktour an der chilenischen Küste handelte oder davon, dass sie bei einer Veranstaltung auf dem roten Teppich jemandes reizende Begleiterin gewesen war. Sie erzählte, wie sie mit dem Escort-Gewerbe angefangen hatte – berichtete von den Schwierigkeiten, ihren Fehlern und wie sie dorthin gekommen war, wo sie jetzt war. Sie erzählte, dass sie und ihre Freundinnen ausschließlich durch Mund-zu-Mund-Propaganda bekannt geworden waren. Sie arbeiteten nur mit ausgewählten Kunden.

Und ich? Ich wollte keine Vorschulkinder unterrichten. Ich wollte zwar auch nicht unbedingt mit fremden Männern reden, aber ich wollte in der Lage sein, meine Rechnungen zu begleichen. Und aus meiner Kellerwohnung auszuziehen. Ich wollte meine Studienkredite abbezahlen, Urlaub auf der Halbinsel Yucatán machen und dem Kreislauf der generationenübergreifenden Armut entkommen, die mich unter ihrer Fuchtel hatte.

Bis zum Ende des Tages hatte Taylor mir dabei geholfen, einen neuen Namen auszuwählen, ein Fakeprofil einzurichten und mir meinen ersten Kunden zu angeln – an einem Wochenende in Montevideo Ende des Monats. Sie vermittelte mir einige ihrer alten Kunden, deren Terminwünsche mit ihren eigenen kollidierten, und versicherte mir, dass es ihr nichts ausmachen würde, sie an mich weiterzugeben. Gemeinschaft anstatt Wettbewerb und so weiter.

Quinn meinte, ich hätte Glück, dass ich nur zwei Tattoos hatte, die ich unter klobigen Ringen verstecken konnte, denn so konnte ich leichter unter dem Radar bleiben. Ivy und ich waren beide mit einer großen Oberweite gesegnet – oder verflucht –, und sie schenkte mir mehrere Dessous, an denen noch die Preisschilder hingen. Sie machte eine Bemerkung über ihre Probleme beim Einkaufen und dass sie sich freute, dass die Wäsche nun doch noch verwendet werden würde.

Taylor war begeistert, dass ich Spanisch sprach, denn es gab ein paar Kunden, die eine zweisprachige Dienstleisterin brauchten, was bislang nur Quinn anbieten konnte.

Die Kunden, die sie für mich ausgewählt hatten, seien optimal für den Einstieg, sagte Taylor. Sie waren bereits überprüft worden und hatten die entsprechenden Background-Checks durchlaufen. Sie versprach mir, dass sie alles einmal mit mir durchsprechen würde, bevor ich dann selbst Termine für meine Dienste vergeben würde. Sie riet mir eindringlich, nie jemanden zu treffen, ohne mich sorgfältig darauf vorzubereiten.

»Abgesehen davon«, ergänzte sie, »ist die Welt kein unheimlicher Ort. Ich habe Hunderte von Städten bereist und Tausende von Menschen getroffen und nur zweimal eine schlechte Erfahrung gemacht. Beide Male in meiner Heimatstadt. Die Menschen trösten sich gern mit dem Glauben, dass die beängstigenden Dinge draußen in der Welt stattfinden. Das hält sie vom Leben ab. Die Gefahr vor der eigenen Haustür blendet man oft aus.«

»Hast du …« Ich sah zwischen dem Getränk in meiner Hand und meinen Zehen, die im Wasser baumelten, hin und her. »Ich weiß nicht, wie ich das fragen soll. Hast du … etwas davon?«

Sie kicherte. »Fragst du mich gerade, ob ich eine Zuhälterin bin? Nein. Wir arbeiten alle ausschließlich für uns selbst. Und wenn dir jemals jemand anbietet, dich gegen eine Provision an Kunden zu vermitteln, dann such lieber ganz schnell das Weite. Denk dir einen Alibi-Job aus, bezahl deine Steuern und beginne, auf großem Fuß zu leben.«

»Eine Alibi-Branche?«

Ivy lächelte. »Falls jemand fragt: Ich bin Model.«

Quinn hob einen Finger. »Übersetzerin.«

Taylor sagte: »Und ich bin Reiseleiterin. Das Alibi hilft dir dabei, deiner Familie dein Leben zu erklären, aber noch mehr geht es um die Behörden. Solange du dein Einkommen versteuerst, kümmert es die Regierung nicht, was du tust.«

Der erste Tag in Brasilien war ein schöner, verwirrender, bunter, umwerfender Traum. Wir aßen frisches Obst, leerten unzählige Krüge Sangria, entspannten uns und lachten viel. Taylor hatte recht. Ihr Leben war eine Party. Aber es waren nicht die Drogen, die Rave-Musik und die hautengen Kleider, die ich mir unter einer Party vorstellte. Es war ein Leben ohne Sorgen.

In der ersten Nacht ließ ich die Fenster weit offen, lauschte den Tropenvögeln und beobachtete die Schatten der neugierigen Makaken, die von Ast zu Ast hüpften. Man hatte mich gewarnt, dass die niedlichen kleinen Affen einem die Sachen klauten, aber ich war noch nie so nah an einem dran gewesen, und das war eine Lektion, die ich selbst lernen wollte. Ich hasse es, ohne Klimaanlage zu schlafen, aber der Wind, der vom Wasser herwehte, war herrlich kühl. Ich genoss den Wind, die Wellen und die Tropen, während ich sowohl den Stress meines Jobs als auch den finanziellen Albtraum dieser Reise hinter mir ließ.

»Starten wir jetzt etwa eine neue Karriere?«, hörte ich plötzlich eine Stimme aus dem unsichtbaren Lautsprecher im Schatten sagen.

Ich starrte in die Dunkelheit. Er würde dort an einer Wand lehnen, das wusste ich. Ich hatte das Gefühl, mich rechtfertigen zu müssen, während ich versuchte, Gelassenheit vorzutäuschen. Ich hatte gehofft, dass er auftauchen würde, wusste aber nie genau, ob er auch wirklich kam. Und natürlich war ich auch um die halbe Welt gereist, um ihm zu entfliehen. Ich hatte gehofft, von meinen Halluzinationen befreit zu werden. Aber ich hatte mir etwas vorgemacht, das begriff ich, als ich auf dem Nachtflug nach Südamerika den Geruch von Gin und Moos neben mir bemerkte und mich Erleichterung überkam. Ich wollte ihn hierhaben. Ich wollte ihn in meinem Leben haben. Ich hasse mich nur dafür.

Unter der dünnen Bettdecke schlug ich die Beine übereinander. »Zu unterrichten war von Anfang an nur eine Übergangslösung. Ich habe es nur um ein halbes Jahr verkürzt. Wieso? Willst du mir ein schlechtes Gewissen machen?«

»Niemals«, erwiderte er. »Du sollst das tun, was dich glücklich macht. Ich weiß, dass es dich nicht glücklich macht, dich abzurackern, nur um deine Rechnungen zu bezahlen. Aber ich hab es dir schon einmal gesagt: Wenn du mich dir helfen lassen würdest ...«

»Ja, du kannst mir helfen. Sorg dafür, dass ich nur die reichsten Kunden bekomme und so viel verdiene, dass ich nächstes Jahr um diese Zeit in einem Meer von Geld bade«, sagte ich, setzte mich auf und blickte erwartungsvoll in die Dunkelheit. Durch das geöffnete Fenster hörte man das Rauschen des Meeres. Ich lauschte, wie die Wellen immer wieder brachen, und spähte in die Dunkelheit, während ich auf seine Antwort wartete.

Nach einer langen Zeit des Schweigens begann ich mir Sorgen zu machen.

»Caliban?«

Aber es kam keine Antwort.

29. Dezember, 22 Jahre

»Wie war deine erste Nacht?«

Ich spähte in die Dunkelheit und tat wenig, um gegen das innere Glühen anzukämpfen, das meine Lippen umspielte. Mein Herz zog sich zusammen, seine Stimme war Aufregung und Balsam zugleich. Es war genau das, was ich brauchte, um meine außerkörperliche Erfahrung zu beenden. Ich wünschte mir, ich könnte sein Gesicht sehen. An seiner Stimme hörte ich, dass er lächelte. O Gott, wie ich dieses Lächeln vermisste.

Die Nacht war spektakulär gewesen, und er war der Einzige, mit dem ich das teilen wollte.

Taylor hatte dafür gesorgt, dass ich für die Strapazen des Reisens zusätzlich zu meiner Arbeitszeit entschädigt wurde, sie half mir dabei, Grenzen zu setzen, und unterstützte mich via Handy, während sie mich ermahnte, dass Zeit meine einzige nicht erneuerbare Ressource war. Es reichte nicht, dass die Kunden meine Tickets bezahlten, nein, sie mussten sich auch dafür erkenntlich zeigen, dass ich bereit war, in ein Flugzeug zu steigen und in einem Hotel zu übernachten.

Das Fünf-Sterne-Wagyu-Steakhaus in Montevideo, Uruguay, war ein Nebel aus Aromen und Farben und Nerven gewesen. Zu meiner Überraschung war der Kunde ein attraktiver, gut gekleideter, freundlicher Mann, wenn auch leider zu klein für die engstirnigen Normen der Gesellschaft. Er hatte mich mit einem Kuss auf die Wange und einem prall gefüllten Umschlag mit US-Dollarscheinen begrüßt. Taylor hatte mir eingebläut, dass immer vor der Verabredung bezahlt werden musste. Er hatte die Tür für mich geöffnet, mir den Stuhl zurechtgerückt und mir persönliche Fragen gestellt. Ich hatte meine Rolle als elegante Freundin perfekt gespielt und in einem langärmeligen Kleid mit tiefem Ausschnitt die Balance zwischen sexy und konservativ geschafft. Das Kleid gehörte Ivy. Sie hatte mir zwar erlaubt, die Dessous zu behalten, aber dieses Kleid wollte sie später zurückhaben. Jeder im Restaurant sollte denken, ich wäre eine Vorzeigefrau, während der Mann mir gegenüber der einzige war, der sich auf das freuen durfte, was als Nächstes passieren könnte. Er hatte das teuerste Menü auf der Karte bestellt, das einfach köstlich schmeckte und mir drei zusätzliche Stunden für meinen späteren Gehaltsscheck bescherte.

Das Beste am Sex war, dass er den Fernseher anließ. Er hatte mich auf den Rücken gedreht, und ich hatte ihm über die Schulter geschaut, um die Wiederholung einer alten Komödie mit Untertiteln zu sehen, wobei ich in den richtigen Momenten ermutigende Laute von mir gab und meine Fingernägel theatralisch in seinen Rücken krallte. Ich kannte den Film, in dem es darum ging, dass sich die Hauptfiguren an Thanksgiving aus ihrer Wohnung aussperrten. Ich verkniff mir das Lachen, als einer der Charaktere mit einem Truthahn auf dem Kopf aus seiner Wohnung stolperte. Ich liebte schlecht geschriebene Comedy war. Der Mann hatte gespürt, wie sich mein Körper zusammenzog, und nahm an, dass ich kurz vor dem Höhepunkt stand.

Gut.

Beim Anblick des Truthahns war mir klar geworden, dass ich immer noch Hunger hatte, obwohl ich ein Abendessen im Wert von sechshundert Dollar verspeist hatte. Nach dem Sex lagen wir noch eine Stunde im Bett und spielten die Rolle von Verliebten beim Bettgeflüster. Dann war es Zeit zu gehen. Ich hatte zusätzlich Geld bekommen, um mir ein luxuriöses Zimmer unter meinem eigenen Namen zu buchen – in einem sicheren Hotel, in dem der Kunde keinen Zugang zu mir hatte.

Das Hotel war wunderschön. Die Suite meines Kunden war dreimal so groß wie meine Wohnung in Kolumbien, mit Handtüchern, die teurer waren als jedes Hemd, das ich besaß. Trotzdem war alles, was ich zu tun hatte, mein Dinner zu genießen und fernzusehen.

Taylor hatte recht gehabt.

Danach meldete ich mich bei ihr, um ihr Bescheid zu geben, dass ich wohlauf war, und sie schimpfte, weil ich das GPS meines Telefons während meines Treffens nicht eingeschaltet hatte. Wir waren ein Netzwerk, erklärte sie mir, und die Welt würde uns nicht verstehen, also mussten wir uns gegenseitig den Rücken freihalten. Wenn sie keine Zeit hatte, dann sollte ich Ivy, Quinn oder einer der anderen aus unserer Branche, die sie mir – so versprach sie – nach meiner Rückkehr in die USA vorstellen würde, meinen Aufenthaltsort mitteilen.

Das war so viel besser als eine enttäuschende Nummer mit einem One-Night-Stand, der pleite war. Aufgrund meiner streng religiösen Erziehung hatte Tugend mir nie viel bedeutet. Wenn ich meine Ansprüche schon nicht erhöhte, wollte ich wenigstens etwas davon haben.

Es war die letzte Nacht in Montevideo, bevor ich nach Kolumbien zurückkehren, meine spärlichen Besitztümer einsammeln und meinen Lehrerjob an den Nagel hängen würde. Sie hatten um eine Kündigungsfrist von dreißig Tagen gebeten, aber ich war bereit, dem schlechten Ruf der Englischlehrer gerecht zu werden und einfach zu verschwinden. Nachdem ich einmal in dieses luxuriöse Leben getreten war, wollte ich nicht mehr zurück.

Ich hatte das Hotel mit mehr Geld in der Tasche verlassen, als ich jemals zuvor gesehen hatte, meinen Kopf gegen das Taxifenster gelehnt und in den Nachthimmel gegrinst. Meine Euphorie fühlte sich seltsamerweise wie ein Cocktail aus Alkohol und MDMA an, obwohl ich stocknüchtern war. So fühlte es sich also an, wenn man sich keine Gedanken mehr wegen Geld machen musste, dachte ich, während ich beobachtete, wie die Gebäude und Bäume hinter dem Fenster zu einem bunten Farbwirbel verschmolzen.

Ich hatte die Kissen angeordnet und saß im Dunkeln, hatte meine Haare, mein Make-up und mein Kleid aber genauso gelassen wie während des Dates. Zum ersten Mal in meinem Leben würde ich nicht mehr von einem Gehaltsscheck zum nächsten leben. Ich hätte mir nie vorstellen können, wie es sich anfühlte, keine Kreditkartenschulden zu haben, meine Miete zahlen zu können und trotzdem noch genug Geld für Lebensmittel übrig zu haben.

Um seine Frage zu beantworten, griff ich zum Nachttisch und tastete herum, bis meine Finger das Papierbündel umschlossen, das mit einem Gummiband zusammengehalten wurde. Ich hatte viertausend Dollar in bar verdient.

»Gern geschehen«, sagte er mit demselben Lächeln in der Stimme. »Du siehst wunderschön aus, Liebes.«

»Du bestimmt auch«, seufzte ich, legte das Geld hin, rutschte nach hinten und winkte ihn zu mir. Ich schloss die Augen, hob mein Kinn und wartete auf die Hände, von denen ich wusste, dass sie kommen würden, wenn er sich dem Bett näherte. Sie begannen an meinen Schultern, streichelten sanft mein Schlüsselbein, meinen Hals und mein Haar. Er küsste mich langsam auf den Hals und verweilte so lange an meiner Halsschlagader, dass ich hätte schwören können, dass er spürte, wie er mein Herz zum Rasen brachte.

Langsam strich ich über seinen Körper, atmete ihn ein und war völlig überwältigt von seiner Gegenwart.

Deshalb fühlte sich nichts anderes real an.

Der Kunde, seine Suite, sein Geld – es war, als ob es ein unwichtiger Traum gewesen war, den man schnell wieder vergaß. Denn Calibans Berührung, dieser Kuss, der Geschmack seiner Zunge auf meiner, der berauschende Duft von Gin, Nebel und Moos ... das war real.

»Bist du glücklich?«, raunte er leise an meinen Lippen und nahm mein Gesicht in seine Hände.

»Jetzt bin ich es.«

Vier

Es lag an der strengen Erziehung meiner tiefreligiösen Eltern. Es lag am Stress des Studiums. An den Mühen und Fehlschlägen in meinem ersten Job nach der Schule. Es lag an der mentalen und emotionalen Anstrengung eines Lebens von Dollar zu Dollar. An den Mühen der Abstimmung zwischen diesem Medikament, diesem Therapeuten, diesem Zeitplan, dieser Routine. Es lag an der Vergänglichkeit des Lebens im Ausland. An der Sexarbeit, die mit der Gleichgültigkeit gegenüber der Romantik einherging. An den Deadlines, die mir meine ungeduldige Lektorin setzte. An den Fantasy-Romanen und den unmöglichen Anforderungen, die sie an die Liebe stellten. Es lag an meiner neu entdeckten Leidenschaft für das Schreiben, die dafür sorgte, dass der Gedanke, das Haus zu verlassen, seinen Reiz verlor.

Aus all diesen Gründen stand mein Herz nicht zur Verfügung.

Es hatte nichts mit meiner lebhaften Fantasie zu tun, mit der lebenslangen Präsenz, die mich im Schatten erfüllte, oder mit den unvergleichlichen Orgasmen, die mich erschütterten, bis ich mit dem Universum eins war. Es lag nicht daran, dass mein einziger Freund, der mich zum Lachen brachte, dem ich vertraute, mit dem ich jedes Geheimnis, jede Hoffnung, jeden Traum teilte, nur nachts auf mich wartete. Es hatte nichts damit zu tun, dass mein einziger Trost, meine einzige Erlösung, die im Schatten lebte, mich in der Dunkelheit besuchte, mich streichelte, sich weigerte, mich loszulassen.

Das konnte doch nicht sein.

Das wäre doch verrückt.

Fünf

5. Februar, 23 Jahre

Vor Aufregung trommelte ich mit den Fingern auf dem Tisch. Ich hatte mir die Zeit bis zum Einschlafen vertrieben und bekam einen zweiten euphorischen Adrenalinschub. Seit drei Tagen umgaben schon leere Imbissschachteln meinen Laptop wie kleine Grabsteine, wie Wächter über meinen schwindenden Verstand. Ich trank meinen Kokosnuss-Rum-Cocktail aus, dann holte ich die Flasche und füllte mein Glas mit dem Fertiggetränk wieder auf.

»Du musst schlafen«, sagte Caliban, als er begann, meine verspannten Schultern zu massieren. Unter anderen Umständen wäre es ihm vielleicht gelungen loszulassen.

»Du liebst es doch, wenn ich lange wach bleibe!«, sagte ich und warf einen Blick auf die Uhr. Es war kurz vor drei Uhr morgens. In der dunklen Wohnung brannte sich das weiße Leuchten des Computers in meine Netzhaut ein. »Außerdem feiere ich.«

»Ich liebe es, wenn du lange wach bleibst, damit wir Zeit miteinander verbringen können«, entgegnete er. »Nicht, damit du dich verrückt machst.«

»Dieser Zug ist abgefahren, mein Freund«, sagte ich und nippte an meinem Drink.

Er lachte leise und küsste meine Schläfe. Kurz schloss ich die Augen, um es zu genießen, bevor mich die Begeisterung über mein Vorhaben wieder einholte. »Ich bin stolz auf dich«, sagte er, »aber nicht überrascht. Du hast hart gearbeitet und bist sehr talentiert. Es war nur eine Frage der Zeit, bis das auch jemand anderes mitbekommt.«

»Es waren viele Jahre der Ablehnungen ...«

»Sie haben nicht zu dir gepasst«, sagte er mit sachlich klingender Stimme. »Es hat eben eine Weile gedauert, bis die richtigen Leute auf dich aufmerksam geworden sind. Und ich war abgelenkter, als mir lieb ist. Die Dinge waren ...« Er schnaubte und drückte mir einen weiteren Kuss auf die Schläfe. »Es tut mir leid, Liebes.«

Ich winkte ab und starrte auf die E-Mail, die mich auf den Boden der Tatsachen zurückholte.

Ich schrieb, seitdem ich einen Stift halten konnte.

Mein erster Versuch war mein Tagebuch gewesen. Von dem Tag an, als ich meine Mutter bat, mir ein Tagebuch zu kaufen, hatte ich gewusst, dass sie es lesen würde. Also begann ich, die erfundenen Details meines Lebens in dem fleckigen schwarz-weißen Notizbuch festzuhalten. Ich schrieb für die Kirchenzeitung. Ich schrieb biblische Gleichnisse um, sodass sie in einer modernen Umgebung situiert waren. Ich schrieb für den Unterricht. Und auf dem College begann ich schließlich mit der Arbeit an meinem ersten Roman. Ich war im dritten Studienjahr, als ich meine erste Anfrage verschickte, und im dritten Studienjahr, als ich meine erste Absage erhielt. Ich wusste, dass meine Chancen, vom Blitz getroffen zu werden, größer waren als meine Chance, veröffentlicht zu werden, trotzdem schrieb ich weiter und begann mit dem zweiten Roman einer Serie, von der ich glaubte, dass sie nie das Licht der Welt erblicken würde.

Die ersten sechs Monate in Kolumbien wurde ich mit Ablehnungsschreiben geradezu überhäuft, aber Caliban hatte mich ermutigt, es weiter zu versuchen. Er hatte gesagt, die Agenten, Lektoren und Verleger, die mein Manuskript abgelehnt hatten, würden nicht zu mir passen, was sich so anfühlte, als würde mich mein eigenes Ego verspotten. Er sagte, er sei sicher, dass gleich hinter der nächsten Ecke etwas Großartiges auf mich warten würde. Dass ich nur durchhalten musste ...

Und nun saß ich in meiner Wohnung, stockbesoffen, mitten im Winter, und starrte auf die E-Mail, die mich Stunden zuvor noch ins Schleudern gebracht hatte. Eine Agentin wollte mich vertreten. Aber nicht irgendeine Agentin. Sondern Julian Asher, die Frau mit der ellenlangen Liste von Bestsellerautoren. Mein erster Roman hatte ihr so gut gefallen, dass sie fragte, ob es eine Fortsetzung gäbe, und als sie erfuhr, dass ich bereits an einem Entwurf des zweiten Bandes arbeitete, war sie begeistert.

»Wir müssen etwas tun«, sagte ich. »Wir brauchen Musik. Ich mache Cocktails. Ich besorge uns was zum Abendessen. Oder was auch immer nach Mitternacht gegessen wird.«

Ich quasselte weiter, bis er schließlich sagte: »Du weißt genau, was ich gern esse.«

Mein Gesicht wurde heiß.

Wir brachten uns gegenseitig zum Lachen. Er war furchtbar lustig, weise, geduldig und clever. Aber jedes Mal, wenn ich mich allein zu Hause über einen seiner Witze amüsierte, dauerte es nur eine Sekunde, bis die Stimmung kippte, mein Gesicht sich verzog und mein Herz erkaltete. Er hatte immer wieder gesagt, dass es ihn traurig machte, mich traurig zu machen, und so lachten wir immer seltener miteinander, während wir unsere Konversation so oberflächlich wie möglich hielten, sodass ich nicht allzu sehr aus der Fassung gebracht wurde.

Ich klappte meinen Laptop zu und drehte mich in die Richtung des tiefschwarzen Schattens. Wie jedes Mal bedauerte ich es sofort. Es war einfacher, sich von dem leeren Raum fernzuhalten. Ich schloss die Augen, stützte meinen Ellbogen auf den Tresen und legte das Kinn auf meine Hand. Ich ließ zu, dass sich die Stille zwischen uns ausdehnte, und er stupste mich auch nicht an.

Er wusste, wann mein Kopf arbeitete.

Was für ein Gefühl, jemanden so gut zu kennen, dass man an der Art seines Schweigens seine Stimmung deuten konnte. Ich wusste, dass sich sein Mund leicht verzog, weil die Stimmung auch heute gekippt war. Obwohl er mich nicht zum Sprechen drängte, spürte ich, dass er wusste, dass ihm das, was ich sagen würde, nicht gefallen würde.

»Ich glaube, ich habe diesen Roman geschrieben, weil ich mir sicher war, dass meine Vorstellungskraft dem hier ein Ende setzen würde«, sagte ich schließlich. »Dass meine überbordende Fantasie kanalisieren und aus mir herausbekommen könnte. Aber du bist nicht weggegangen. Und dann dachte ich, dass ich vielleicht immer noch an dir festhalte, weil ich deine Unterstützung beim Escort gebraucht habe oder deinen Zuspruch, wenn ich mich mal wieder fragte, ob das, was ich tat, auch das Richtige war. Ich dachte, dass du gehen würdest, wenn dieser Tag kommen würde.«

Sein Lächeln kehrte zurück. Ich spürte es an seinem Einatmen und hörte in dem Moment auf zu sprechen, als ich fühlte, wie er mit seinen kühlen Händen meine Oberschenkel hinauffuhr. Ich nahm an, dass die Berührung für mich genauso wichtig war wie für ihn. Wenn ich ihn schon nicht sehen konnte, dann wollte ich ihn zumindest fühlen. »Möchtest du mir von deinen Büchern erzählen?«

Ich stieß ein trockenes Lachen aus. »Gibt es denn irgendetwas, das du noch nicht weißt?«

Seine Stimme hatte einen neckenden Unterton, als er sagte: »Du weißt nicht mal die Hälfte von dem, was ich weiß.«

»Dann sag es mir«, sagte ich.

Seine Lippen zogen eine kühle, elektrisierende Linie von meinem Ohr über meinen Kiefer. Er verharrte an meinem Hals, als er murmelte: »Ich dachte, ich existiere nur in deiner Fantasie? Wenn das der Fall ist, solltest du dann nicht alles wissen, was ich auch weiß?« Seine Hände wurden ruhiger, als er sagte: »Ich will so viel mehr von dir als nur Sex, Liebes.«

Mit geschlossenen Augen wandte ich mich von ihm ab.

»Ich will das alles«, sagte er. »Du hast mich in die kleinste Ecke von dir selbst eingesperrt. Du musst mir glauben, wenn ich dir sage: Ich würde dir die Welt geben. Stattdessen kann ich dir nur geben, was du mir dir zu geben erlaubst.«

Ich lächelte traurig. Ich schätzte die Unterstützung meines Unterbewusstseins und fragte: »Wenn du schon Wünsche erfüllst, kannst du dann auch dafür sorgen, dass sich dieses Buch verkauft? Wenn Asher mich wirklich vertritt, dann habe ich die Chance, bei einem der großen fünf Verlage unterzukommen. Es ist natürlich nur Wunschdenken. Aber andererseits ist es auch Wunschdenken, überhaupt erst einen Agenten zu finden. Überhaupt so viel Geld zu verdienen ... nun ja ... das ist schon seit einer ganzen Weile ein Traum. Ich kann also genauso gut weiterträumen.«

Das Vibrieren seines Lachens kribbelte an meinem Hals, als er sagte: »Ich denke, ich kann da ein paar Fäden ziehen.«

8. September, 24 Jahre

»Caliban?«, fragte ich in die Dunkelheit. Ich dachte, ich hätte ein Geräusch gehört. Einen Knall. Eine Gewichtsverlagerung. Das Quietschen eines Schuhs. Ein Atemzug vielleicht.

Ich hasste die Stille, die mir antwortete, obwohl ich behauptet hatte, dass ich es nicht anders wollte. Vielleicht war meine Unfähigkeit, mich zu entscheiden, der Grund, warum ich ihn nicht dazu bringen konnte, zu gehen. Weil er recht hatte. Ich wollte nicht, dass er ging. Und trotzdem ...

Vielleicht wirkte mein Medikamentencocktail endlich. Vielleicht war meinem Therapeuten und mir der Durchbruch gelungen. Vielleicht hatte das Abzahlen meiner Schulden, meines Studiendarlehens, meines Autos und die Tatsache, dass ich monatelang die Nummer eins der *New York Times*-Bestsellerliste gewesen war, den lang ersehnten Drang nach Erfolg gestillt. Vielleicht hatten die neue Wohnung, die schöne Kleidung, der entspannte Zeitplan, die Bestätigung durch meine beiden Freunde und der einsame Lebensstil einer Schriftstellerin alles wegbröckeln lassen, was von dem Trauma übrig geblieben war, das mich dazu gezwungen hatte, einen fiktiven Liebhaber zu erschaffen. Vielleicht hatte EGs vierminütige Sprachnachricht, in der sie, nach dem ich ihr die überarbeitete Fassung des zweiten Romans geschickt hatte, schluchzend den herzzerreißenden Plottwist und die wunderschöne Liebesgeschichte lobte, meine Sehnsucht nach Anerkennung gestillt. Vielleicht hatte der Anblick meines Gesichts, meines Künstlernamens, der *Pantheon*-Romane auf Pop-up-Anzeigen und Social-Media-Posts und Bannern auf jeder Webseite den Teil von mir geheilt, der Caliban gebraucht hatte.

Vielleicht war das, was in mir zerbrochen war, als ich noch so jung war, dass ich mir einen imaginären Freund erschaffen musste, um zu überleben, wieder zusammengefügt worden.

Vielleicht musste der vernachlässigte Teil von mir, der sich von meiner Familie zurückgezogen hatte und in die Wälder geflüchtet war, wo er von starken Armen aufgefangen und in den Unterschlupf der nachlässigen Eltern zurückgetrieben worden war, nicht länger eine unsichtbare Präsenz heraufbeschwören. Vielleicht hatte meine erste Erinnerung an ein lächelndes Gesicht und einen tröstenden Freund eine dunklere, härtere Erinnerung verdrängt, der ich mich nicht stellen wollte – egal, wie sehr ich danach suchte, was an diesem Tag wirklich passiert sein könnte.

Vielleicht war der weiße Fuchs, der mich jahrelang begleitet hatte, das Produkt des Geistes eines einsamen Kindes in einer Wohnwagensiedlung, einer todunglücklichen Versagerin in einem religiösen Zuhause, der Bewältigungsmechanismus eines Mädchens, dem ein Haustier verweigert worden war und das deshalb eines erfinden musste. Vielleicht war der anmutige Fuchs, der neben mir herlief, wenn ich als Teenager lange Ausflüge in die Wälder unternahm, und der aus wenig mehr als Sternenlicht und Träumen bestand, lediglich ein Produkt meines Wunsches, nicht mehr so einsam zu sein.

Vielleicht hatte ich mir ein Gesicht ausgedacht, als ich einen Freund brauchte, und dafür das einzige Vokabular benutzt, das meine zutiefst religiösen Eltern verstanden hatten, als ich meinen Schutzengel beschrieb.

Vielleicht hatte ich es mir nur eingebildet, wie sich der Gesichtsausdruck meiner Mutter von Freude über Sorge bis hin zu Panik verändert hatte, als ich fortfuhr, die Interaktion mit meinem Beschützer über die Jahre hinweg zu schildern, seine Gegenwart zu erklären, das schiefe Grinsen zu beschreiben, die Stärke seiner Umarmungen, die Freude über seine Freundschaft, seine wunderschöne Tiergestalt und die Art und Weise, wie ich Gott gebetet hatte, ihn zu beschützen und zu segnen, so wie ich auch für mich oder meine Eltern gebetet hatte. Vielleicht hatte ich zu viel in ihre Reaktion hineininterpretiert, als sie unter Tränen unseren Pastor anrief und ihn bat, für mich zu beten und die Kirchenältesten zu holen, damit sie unser Zuhause reinigten.

Vielleicht hatte ich an dem Tag, an dem ich zum ersten Mal zur Therapie geschleppt wurde, aufgehört, über ihn zu sprechen, weil ich wusste, dass nichts Gutes dabei herauskommen würde. Vielleicht hatte ich mich danach durch meine Probleme mit der Kirche, mit meiner Familie, meinem Leben und meinem Studium durchgebissen und hatte mich vollständig geheilt und gut gefühlt. Vielleicht war ich in der Woche meines Abschlusses nach Übersee gezogen, um mein Studium der Englischen Literatur zu nutzen und einen Neuanfang zu wagen. Vielleicht wollte ich meine Psychose hinter mir lassen, so als ob sie an einen geografischen Ort gebunden wäre. Vielleicht hatte ich auf dem zehnstündigen Flug zwischen Nordamerika und Kolumbien die Luft angehalten, als sich in der abgedunkelten Kabine eine Hand auf meine legte und den Sitz ausfüllte, der zwischen mir und einem schlafenden Passagier frei geblieben war. Als Lippen meine Schläfe berührten, und ich wusste, dass meine Probleme mir überallhin folgen würden.

Vielleicht würde ich nach meiner Rückkehr in die USA, nach dem Escort, nach den Romanen, den Luxusapartments, den prall gefüllten Bankkonten und dem goldenen Designerring, der an meinem Finger schimmerte, als ob ich eine verheiratete Frau wäre, aufhören, darüber nachzudenken, wer ich war oder warum ich hier war.

Wenn er aufhörte, mich zu besuchen, konnte ich ihn endlich gehen lassen. Und wenn er mich jede Nacht besuchen würde, dann könnte ich vielleicht glauben, dass es ihn wirklich gab. Wenn ich nicht mit angehaltenem Atem abwarten müsste, ob ein Tag, eine Woche oder ein Monat verging, bevor ich seine Anwesenheit wieder spürte. Vielleicht würde ich dann nicht meinen Mund schließen, durch die Nase atmen und beten, dass ich die fernen, moosigen Düfte von Zypressen und Gin wieder roch.

Vielleicht.

Sechs

30. April, 26 Jahre

Jemand mit einer lauten Stimme rief aus der Menge. Um mich herum überall T-Shirts, Jeans, Cosplay und der durchdringende Geruch von Popcorn. Leuchtstoffröhren hingen zwölf Meter über den Köpfen und tauchten die Menschenmenge in ein grelles, wenig schmeichelhaftes Licht. Nachdem die Türen geöffnet worden waren, hatte überall eine solche Lautstärke geherrscht, dass ich geschockt war, dass ich ihn überhaupt gehört hatte. Ein einziges Wort schoss durch die Luft wie ein Pfeil, der die Menschenansammlung durchschnitt und mich mitten ins Herz traf.

Bei dem Namen zuckte ich zusammen, mein Kopf schnellte hoch. Er wiederholte es und schrie den Namen meiner falschen Identität über die Köpfe der Leute hinweg. »Maribelle?«

O Gott, ich hasse diese verdammten Conventions schon jetzt. Dies war ein weiterer Tag, den ich mit einer Lesereise vergeudet hatte. Vielleicht ein notwendiges Übel, aber trotzdem ein Übel. Ich hasse es schon, mein Haus zu verlassen, um Lebensmittel einzukaufen, ganz zu schweigen davon, von Tausenden von Fremden umringt zu sein, die mich mit ihren Gesprächen und dem Geruch von frittiertem Essen überfielen und dazu nötigten, ständig die gleichen Antworten zu wiederholen und stundenlang zu lächeln. Ich gab mein Bestes, um höflich zu bleiben, aber am Ende einer jeden Convention war ich so reizüberflutet, dass ich fünf Tage in Stille brauchte, um mich zu erholen. EG begleitete mich, nachdem ich bei meiner ersten Convention spektakulär versagt hatte. Ich war so verängstigt gewesen, dass ich eine Frau zum Weinen gebracht hatte und drei Stunden zu früh gegangen war.

Sie hatten mir Begleiter, Sicherheitskräfte und Betreuer angeboten, aber ich vertraute nur wenigen Personen, und EG war die Einzige, die ich inmitten der Menschenmassen um mich haben wollte. Wahrscheinlich wurde sie nicht gut genug bezahlt, um meinen Blödsinn zu ertragen. Andererseits hatte ich *Inkhouse* eine Menge Geld eingebracht, ich ging also davon aus, dass es ihr ganz gut ging.

Ich brauchte keinen weiteren Grund, um diese Veranstaltungen zu hassen, und an das Worst-Case-Szenario hatte ich noch nicht einmal gedacht. Die Türen zur Convention waren seit weniger als einer Stunde geöffnet, als mein personifizierter Albtraum auftauchte.

Als ob ich nicht schon unglücklich genug gewesen wäre.

Hunderte von Leuten drängten sich um ihn, aber er hatte den Blick direkt auf meinen Tisch gerichtet. Die Lagerhalle war nicht groß genug, um meine Angst unter Kontrolle zu halten, als mich die *Kampf-oder-Flucht*-Reaktion überkam, aber ich fühlte mich wie eine Maus, die bereits mit einem Bein in einer Falle gefangen war. Die Lichter waren plötzlich zu hell. Die Welt hatte die falsche Farbe. Nichts sah richtig aus, als ich mir den breit grinsenden Mann genauer ansah, an den ich mich ganz deutlich als die einzige Verabredung erinnerte, bei der ich früher gegangen war. Irgendwie wirkte er größer und kräftiger, als ich ihn in Erinnerung hatte.

Richard.

Ich errötete bei dem längst erloschenen Namen und schaute zu EG, die in meinem Gesicht bereits nach Antworten suchte. Meine Lippen zogen sich zu einem schmalen Strich zusammen.

Hilf mir, flehte ich sie mit einem stummen Blick an.

Richard ging um die Schlange der erwartungsvollen Leser herum, die sich an ihre *Pantheon*-Ausgaben klammerten.

EG war eine kluge Frau und sie kannte mich gut. Ihre Augen wurden größer, und ihr Blick schoss zwischen dem schnell näher kommenden Fremden und mir hin und her, als sie mich fragte: »Ist Maribelle dein …«

»Ja«, zischte ich, und das reichte aus.

Dieser Mann brüllte meinen Escort-Namen in die Welt hinaus. Ich hatte kaum Zeit, ihr richtig zu antworten, da stand der vor langer Zeit sitzen gelassene Kunde auch schon an meinem Tisch. Ich hatte ihn über zwei Jahre nicht gesehen. Wir hatten nur eine »halbe Verabredung« gehabt, und ich hatte gehofft, diese Erinnerung hinter mir lassen zu können. Er war eine Empfehlung eines meiner Lieblingskunden gewesen – einer, der mir die schwarze Riemchentasche mit dem dreieckigen Platinlogo gekauft hatte. Die Tasche allein hatte ihn knapp fünftausend Dollar gekostet. Zuerst hatte ich heute eigentlich genau diese Tasche mitnehmen wollen, mich dann aber doch für einen Jutebeutel aus meinem örtlichen Buchladen entschieden.

Ich lebte mein Leben in Extremen.

Natürlich war ich darauf vorbereitet, ehemalige Kunden im Restaurant, in einer Bar oder bei Veranstaltungen zu treffen. Ich hielt die Augen offen und vertraute darauf, dass, selbst wenn ich einem Mann aus meiner Vergangenheit begegnen würde, dieser genauso wenig zugeben wollte, woher er mich kannte, wie ich.

Ich hätte nie geglaubt, dass ich einem dieser Männer auf einer Versammlung für Bücherwürmer über den Weg laufen würde.

EG ging in Windeseile um den Tisch herum, um ihn abzufangen. Sie legte ihm eine Hand auf den Arm, und obwohl sie nur halb so groß war wie er, übernahm sie sofort die Kontrolle über die Situation. Mit ihrer autoritärsten Kundendienststimme schickte sie ihn weg, sodass ich mich stotternd dem nächsten Fan in der Schlange widmen konnte. Wenn die Hitze, die mir ins Gesicht schoss, ein Hinweis dafür war, dann musste ich gerade einen beunruhigenden rötlich violetten Farbton haben. Das Mädchen in der Schlange zappelte nervös angesichts meines offensichtlichen Unbehagens, und ich zuckte zusammen, als ich ihren Namen falsch schrieb. Ich kritzelte einen Schmetterling und entschuldigte mich für mein Versehen.

Als ich über die Schulter des Fans schaute, sah ich, wie EG und der Unruhestifter in der Menge verschwanden, und tat mein Bestes, um mich auf meine Arbeit zu konzentrieren.

Schließlich tauchte EG wieder an meiner Seite auf und flüsterte mir ins Ohr: »Er ist leise gegangen und hat sich entschuldigt. Ich glaube, er hat seinen Fehler eingesehen. Möchtest du, dass ich ihn überwachen lasse?«

Ich dachte an mein Treffen mit Richard zurück und unterdrückte ein Zittern.

»Du hast gesagt, er ist gegangen?«, fragte ich. Ich lächelte die Nächste in der Schlange an, fragte sie nach ihrem Namen und signierte ihr Buch. Ich kritzelte noch ein paar Herzchen und Sterne daneben, während sie vom zweiten Band der Reihe schwärmte. Ihr hatte besonders gut gefallen, wie ich Artemis dargestellt hatte. Sie bedankte sich bei mir und drückte dabei ihr Buch an die Brust. Ich wollte ihr meine ganze Aufmerksamkeit schenken, dennoch behielt ich meine Lektorin im Auge.

EG wartete eine Pause zwischen den Besuchern ab, bevor sie weitersprach. »Glaubst du, dass er dir vielleicht noch Schwierigkeiten bereiten wird?« Ich wusste nicht, was ich darauf antworten sollte. Ihr zu sagen, dass er eigentlich nichts falsch gemacht hatte, würde bedeuten, dass ich ihr erklären musste, warum ich überhaupt Angst vor ihm hatte.

Ich schenkte der nächsten Leserin ein Lächeln, aber es schien meine Augen nicht zu erreichen. Ich merkte es, als sie mich enttäuscht ansah. Natürlich zeigte ich mich gerade nicht von meiner besten Seite, also riss ich mich zusammen, blickte nach unten und zauberte dann ein Grinsen aus meinem tiefsten Inneren hervor, bevor ich wieder aufschaute. Ich strahlte den Fan an und bedankte mich herzlich für das Lesen der *Pantheon*-Romane. Sie erholte sich von ihrer Enttäuschung und fragte, ob ich ihr etwas über den dritten Teil erzählen könnte. Ich zwinkerte ihr zu und wiederholte das Einzige, was ich weitererzählen durfte: Der Schauplatz wäre in Südamerika.

»Mar… Merit?« EG korrigierte sich und sagte meinen Künstlernamen. Ihre Stimme war leise, aber wir waren schließlich immer noch in der Öffentlichkeit. »Fühlst du dich sicher? Gibt es irgendetwas, was ich tun kann?«

Ich war ihr dankbar. Sie war mein Rottweiler.

»Mir geht's gut«, versprach ich.

»Ich weiß, dass du stark bist, also frage ich nicht nur wegen dir. Aber wird dieser Typ ein Problem sein?«

Ich zuckte mit den Schultern. »Vor zwei Jahren war er kein Problem. Ich wüsste nicht, warum er jetzt eins werden sollte.«

Ich beendete meinen sechzehnstündigen Tag und erlaubte dem Convention-Personal, die Bücher einzusammeln, den Tisch zusammenzuklappen und die notwendigen Reinigungsarbeiten durchzuführen. EG bot mir an, mich zu meinem Auto zu begleiten, aber ich hatte in einer gut beleuchteten Garage geparkt, also nahm ich meine Schlüssel und ging zu meinem Wagen. Ich war bereit, jeden zu verdreschen, der sich mir näherte. Dann setzte ich mich in meinen Mercedes und überprüfte den Rücksitz auf Kobolde, bevor ich den Motor startete. Bei dem Luxusfahrzeug handelte es sich um einen Flex, den ich nach einem einmonatigen Escort-Job für einen Erfinder, der für seine Jachten bekannt war, gekauft hatte. Er hatte mir so lange in den Ohren gelegen, doch bitte dreißig Tage mit ihm zu verbringen, bis ich schließlich eingewilligt hatte. Das war der einzige Grund, warum ich meine Urlaube inzwischen nur noch spontan buchte. Dieses Fahrzeug war mein Abgesang an die Sexarbeit. Danach kam der Vorschuss für *Pantheon*, gefolgt von den Tantiemen, und das Geld, das ich in Aktien angelegt hatte, und mein Vermögen, das ich dadurch angesammelt hatte, wuchs immer weiter an.

Ich ließ mich in den Autositz sinken, während aus dem Radio erdrückend fröhliche Musik ertönte. Ich hatte es auf der Hinfahrt schier unerträglich laut aufgedreht, um mich schon mal psychisch auf den Tag vorzubereiten. Nun, da die Veranstaltung vorbei war, war diese Musik das Letzte, was ich hören wollte.

Ich schlug auf die Lautstärketaste, als wäre sie persönlich für meine innere Unruhe verantwortlich, und rollte aus der Garage. Die Stille beruhigte mich, als ich auf die Autobahn fuhr, und ich verfiel in eine Art Autobahnhypnose, während ein inneres GPS mich nach Hause lotste. Mit den Gedanken war ich jedoch ganz woanders. Die Lichter der Stadt verschwanden, als ich mich dem Lagerhausviertel näherte. Das leise Schnurren des Motors und das gleichmäßige Geräusch der Reifen auf dem Asphalt lullten mich ein und ließen alles andere an mir abperlen wie Kondenswasser an einem Auspuffrohr. Ich brauchte ungefähr vierzig Minuten, um von der Convention nach Hause zu kommen und dort mein

Auto in meinem sicheren Parkhaus abzustellen. Den Großteil der Toxizität hatte ich auf der Autobahn zurückgelassen und stattdessen blieb nur noch die ausgelaugte Hülle eines Menschen zurück. Ich drückte auf den Knopf, um den Motor auszuschalten, und schloss die Augen, während sich zwischen meinen Schläfen Kopfschmerzen bemerkbar machten.

Normalerweise wäre ich enthusiastisch gewesen, endlich in meine Wohnung flüchten zu können, aber anstatt auszusteigen, lehnte ich mich nach vorn, bis mein Kopf gegen das Lenkrad stieß, und ließ mich von der Stille beruhigen. Conventions waren ein unerlässliches Übel, aber ihre Notwendigkeit hielt mich nicht davon ab, sie zu hassen. Ich ließ die stillen Momente wie Blutegel auf mich wirken, die das Unbehagen, das Leid und das Elend, als Mensch in dieser Welt existieren zu müssen, aus meinem Körper heraussaugten. Es dauerte eine ganze Weile, bis ich einen vollen, entspannten Atemzug tun konnte.

Der Tag war vorbei. Ich hatte die Menschenmassen überlebt, den Lärm, die Lichter, sowohl die Begegnung mit der Angst als auch die mit meiner Vergangenheit. Es war an der Zeit, Schuhe und BH auszuziehen sowie Eiscreme direkt aus dem Becher zu essen, während ich dem durchgeknallten Professor auf dem *History Channel* dabei zusah, wie er der Welt erzählte, dass Außerirdische die Pyramiden gebaut hätten.

Ich schloss meinen Wagen ab, zuckte beim bestätigenden Piepsen zusammen und bedauerte es, meine neu gewonnene Ruhe zerstört zu haben. Selbst das Klackern meiner Absätze war mir zu laut. Ich sehnte mich nach dem Nichts, jedes Geräusch störte mein Bedürfnis nach einer Atempause. Als sich das Garagentor schloss, hielt ich den Atem an und hoffte, dass meine Lieblingsrezeptionistin arbeitete. Ich hatte keine Lust auf Small Talk. Ich blickte auch weiterhin nach unten, als ich meine Gebäudekarte zurücklegte und in meiner Tasche nach dem Handy kramte. Falls jemand anderer Dienst hatte, wollte ich ein wichtiges Telefonat vortäuschen, um nur einen entschuldigenden Finger heben zu müssen und dadurch jedem Gesprächsversuch zu entgehen. Es war eine egoistische Hoffnung, aber andererseits durfte ich in meinem Wunsch nach Frieden doch auch gierig sein.

Ein Kribbeln begann zwischen meinen Schulterblättern und breitete sich wie Flügel aus, als es mich erfüllte. Ich gab die Suche nach meinem Handy auf und ließ die Hand sinken. Etwas fühlte sich anders an. Meine Schritte wurden langsamer.

Dann bog ich um die Ecke und sah ... nichts.

In drei Jahren war der Empfang noch nie unbesetzt gewesen. Selbst wenn die diensthabende Rezeptionistin etwas brauchte, holte sie jemanden vom Sicherheitsdienst, der so lange an der Tür wartete. Ich blieb stehen, ein Adrenalinstoß versetzte mir einen Stich wie eine Nadel. Mit dem Blick überflog ich die Lobby, sah aber nichts Ungewöhnliches. Ich machte ein paar vorsichtige Schritte in Richtung Empfang und sah einen ganz normalen, aufgeräumten Arbeitsplatz. Ein halb leer gegessener Teller Nudeln stand neben dem Computer – ein Beweis dafür, dass die Rezeptionistin eben noch an ihrem Platz gewesen war. Eine Weile starrte ich auf den unbesetzten Stuhl und ließ zu, dass die klassische Musik, die immer leise durch das Gebäude dudelte, meine Unsicherheit überdeckte. Ich spähte auf den schicken Computer und sah, dass die Hälfte des Bildschirms für Live-Aufnahmen vom Gebäude reserviert war.

Nichts bewegte sich.

Ich tat mein Frösteln als Paranoia ab. Ich hatte einen stressigen Tag gehabt und schaute generell zu viele Horrorfilme. Aber ich konnte nichts dafür, dass Angst besser war als Langeweile, und ich genoss die Schadenfreude, dummen Menschen beim Sterben zuzusehen. Wieso rannten sie auch immer die Treppe hoch, wenn der Mörder ihr Haus betrat?

Ich atmete aus und versuchte die Angst zu vertreiben, als ich zu den Aufzügen ging. Ich drückte den Knopf und runzelte die Stirn, als die roten Zahlen aufleuchteten, die die Ankunft des Aufzugs aus einem der oberen Stockwerke ankündigten. Ich war so verwöhnt, dass der Aufzug jede Nacht im Erdgeschoss auf mich wartete, dass ich mich schon bei der kleinsten Unannehmlichkeit entrechtet fühlte. Es war ein Luxusproblem, aber ich war müde, und müde Menschen sind mürrisch, egal, ob sie einen Grund dazu haben oder nicht.

Ich betrat den Aufzug.

In der Regel verließen mich die Mühen des Tages dank der Anziehungskraft der Erde. Mit jedem Stockwerk, das ich nach oben fuhr, warf ich neue Schichten der Erschöpfung ab, während ich meiner Wohnung immer näher kam. Heute Nacht wuchs jedoch meine Anspannung, als die Zahlen auf der Anzeige nach oben schossen. Als sich die Metalltüren schließlich öffneten, blieb ich im Aufzug stehen. Ich konnte mir mein Zögern nicht erklären.

Nichts war passiert. Es war nichts falsch. Nichts.

Ich streckte meine Hand aus, als sich die Türen gerade wieder zu schließen begannen. Ich betrat den Flur. Es waren sechs Schritte bis zu meiner Tür. Zwei lange Atemzüge. Drei Sekunden lang ließ ich meine roségoldene Karte über dem Pad schweben, bevor ich sie an das elektronische Türschloss hielt. Die Mechanismen wurden freigegeben und die Tür öffnete sich. Ich gab ihr einen leichten Stoß und ließ das Licht aus dem Flur in den dunklen Raum fallen.

Mein Handy summte.

(Kirby): Hey, kannst du mir mal dieses Lied schicken, wenn du zu Hause bist? Dieses richtig traurige, das mir drei neue Gründe gegeben hat, um depressiv zu sein?

Ich drückte die Wähltaste und Kirby nahm bereits beim ersten Klingeln ab. Ich hörte Kochgeräusche und das Geplapper der Partygäste im Hintergrund.

»Hör mal«, sagte sie mit einem kurzen, genervten Seufzer, »ich weiß nicht, wie es heißt, falls du deshalb anrufst. Wenn ich es wüsste, hätte ich es selbst rausgesucht.«

»Nein«, erwiderte ich, »ich hatte nur ein komisches Gefühl und dachte, es wäre vielleicht besser, mit jemandem zu telefonieren.«

»Wo bist du gerade?«, fragte Kirby nach einer kurzen Pause.

»Zu Hause«, antwortete ich.

Ich glaubte, siere Erleichterung zu spüren. »Herrgott noch mal, jag mir doch nicht so einen Schrecken ein! Hast du etwa einen Geist gehört?«

Ich wünschte, es wäre so logisch gewesen. Ich schüttelte immer noch den Kopf, bevor ich merkte, dass ich siem noch gar nicht geantwortet hatte. »Nee, ich habe nur so ein ungutes Gefühl. Ich stehe gerade in meinem Hausflur.«

»Willst du, dass ich rüberkomme?«

Ich ließ den Kopf hängen. Das war genau die Frage, die ich gebraucht hatte, um mich nicht mehr wie ein Weichei aufzuführen und meine Wohnung zu betreten. Kirby war immer für mich da, und ich wusste, dass sier Angebot ernst gemeint war. Selbst wenn ich gewollt hätte, dass sier vorbeikam, wollte ich wirklich dreißig Minuten lang im Hausflur auf sien warten? Außerdem hatte sier gerade Gäste. Ich atmete dramatisch aus, trat über die Schwelle und schloss die Tür hinter mir. Ich zog meine Schuhe aus und warf meine

Handtasche auf die Kücheninsel, die das Wohnzimmer von der Küche trennte. Ich sammelte meine Energie, grinste verschmitzt und fragte dann: »Moment mal, ist heute etwa Outlook-Kalenderabend?«

Die eine Nacht in der Woche, an der sier synchronisierter Kalender mit denen von allen anderen in ihrem Polykül übereinstimmte.

»Das weißt du doch«, trällerte sier vom anderen Ende der Leitung. »Wir machen gerade Nudeln, bevor ...«

»Sag's mir nicht«, lachte ich. Ich brauchte die Details nicht zu hören, wie sier siere Zeitpläne synchronisiert hatte, damit sier besonderes Leben funktionierte. »Esst vorher nicht zu viel. Und habt Spaß, ihr Freaks.«

»Gruppensex ist nicht freakig. Du bist einfach nur langweilig.«

»Geh lieber ins Bett, Veterinär. Du musst morgen früh zurück ins Pferdekrankenhaus. Ich würde jedenfalls nicht wollen, dass ein verkaterter Partychirurg in den Eingeweiden meines Gauls rumwühlt.«

»Fick dich.«

Ich grinste. »Was auch immer, Pferdemädchen.«

»Pferdemensch«, korrigierte sier mich mit einem Lächeln in der Stimme.

»Tschüss, Kirby.«

»Warte!«, sagte sier dann noch. »Jetzt mal im Ernst: Bist du dir wirklich sicher, dass es dir gut geht? Fühlst du dich sicher?«

Ich rollte mit den Augen. Sier war zwar fast ein Jahr jünger als ich, trotzdem verhielt sier sich, als wäre sier meine Mutter. »Mir geht es gut. Ich war nur paranoid. Zu viel Alkohol und zu viele Metzelfilme. Geh und hab Spaß für uns beide.«

»Hab dich lieb«, sagte sier fröhlich, bevor die Verbindung getrennt wurde.

Ich ging direkt zum Kühlschrank und holte mir eine Flasche Bier, nahm einen Schluck und genoss das befriedigende Prickeln der Kohlensäure nach einem anstrengenden Tag. Ich würde Horrorfilme gegen Verschwörungstheorien über Aliens eintauschen. Während ich vor mich hin summte, suchte ich nach der Fernbedienung. Ich hätte schwören können, dass ich sie auf dem Tresen liegen gelassen hatte. Vielleicht auf der Kücheninsel? Oder auf dem Couchtisch?

Plötzlich ging ein kleines Licht in der Ecke des Wohnzimmers an.

Ich schreckte auf, sodass das Bier aus der Flasche auf meinen Unterarm spritzte. Mit weit aufgerissenen Augen starrte ich die Gestalt an, die in der Ecke wartete. Aus den Schatten neben dem Fernseher tauchte ein Gesicht auf, von dem ich gehofft hatte, es nie wieder sehen zu müssen. Mir wurde übel, der kupferne Geschmack der Angst erfüllte meinen Mund.

»Richard.« Ich atmete aus.

Schwarze Hose. Schwarzes Hemd. Handschuhe. O mein Gott, *Handschuhe*.

»Maribelle«, erwiderte er kühl. »Oder soll ich dich vielleicht lieber Merit nennen? Oder Marlow?«

Mir gefror das Blut in den Adern, als ich mich an das Mal erinnerte, dass ich ihn getroffen hatte. Er hatte den Background-Check bestanden. Für den Abend hatte er einen Tausender hingeblättert. Er hatte mich für drei Stunden gebucht: Abendessen, Drinks und Date. Die Mindestdauer von drei Stunden sorgte dafür, dass die Kundenliste kurz und vermögend war und sich für mich lohnte. Einige meiner Kunden hatte ich sogar gemocht.

Ihn nicht. Innerhalb der ersten Stunde hatte er eine scheinbar harmlose Bemerkung gemacht, die ich nicht mehr vergessen konnte. Selbst zwei Jahre später jagte mir der Gedanke an diese kurze Begegnung immer noch einen Schauer über den Rücken.

Die Erinnerung an das Dinner ging mir durch den Kopf.

Nach den Drinks hatte er gefragt: »Wollen wir aufs Zimmer gehen?«

Ich hatte ihm höflich mitgeteilt, dass er die zweite Stunde nicht bezahlen musste, weil ich mich nicht so gut fühlte. Er schien enttäuscht, aber nicht wütend zu sein.

Das Essen davor war nett gewesen. Wir hatten uns über unsere Lieblingsfilme unterhalten, über seine Arbeit als Neurochirurg, seine Leidenschaft für die *Star Explorer*-Serie und die kleine Stadt, in der er aufgewachsen war. Normalerweise hatte ich nichts gegen Verabredungen mit Ärzten einzuwenden, weil sie oft von interessanten Dingen berichteten, die ich hervorragend auf Partys weitererzählen konnte. Aber ich war nicht gerade begeistert davon, dass er seinen Job als »Menschen aufschneiden« bezeichnet hatte. Andererseits kam es öfter vor, dass ich seltsame Kunden hatte.

Der Abend war ansonsten völlig normal verlaufen, bis er beiläufig erwähnt hatte, dass sein Elternhaus abgebrannt war. Ich hatte die Stirn gerunzelt und seine Hand getätschelt, um ihm meine Anteilnahme zu zeigen. Ich hatte den *empathischen Schmollmund* perfektioniert und liebte es, wenn ich die Möglichkeit bekam, ihn einzusetzen. Ein liebenswürdiger Austausch wie dieser brachte mir in der Regel mehrere Hundert Dollar an Trinkgeld ein.

»Es tut mir so leid, dass du das durchmachen musstest«, sagte ich.

»Mir nicht«, erwiderte er mit einem abwesenden Funkeln in den Augen.

Das war alles. Mehr nicht. Das Essen in meinem Magen hatte sich in Eiswürfel verwandelt. Zwei Worte schwirrten mir im Kopf herum, die ich nicht einfach ignorieren konnte.

Die »Macdonald-Triade« war in allen True-Crime-Podcasts, die ich hörte, während ich meine Wohnung putzte oder im Flugzeug Zeit totschlug, erwähnt worden. Die Triade bestand aus drei Komponenten: Tierquälerei, Bettnässen und Brandstiftung. Natürlich hätte mir Richard während eines romantischen Abendessens wohl kaum etwas von chronischer Inkontinenz in der Kindheit erzählt oder dass er eine Nachbarskatze mit einem Hammer malträtiert hatte, aber das Funkeln in seinen Augen verriet mir alles, was ich wissen musste. Die Triade war eines der wenigen Warnzeichen, die man hatte, wenn man einem Serienmörder in die Augen blickte.

Ich konnte natürlich nicht wissen, ob ich nicht vielleicht paranoid war, aber ich hatte Glück, dass ich Taylor in meinem Leben hatte. Von der ersten Verabredung an hatte sie mir eingetrichtert, dass ich diejenige war, die die Karten in der Hand hatte. Ich konnte eine Verabredung jederzeit beenden – sei es aus dem Grund, dass er einen anzüglichen Witz machte oder ein penetrantes Eau de Cologne trug, es war ganz allein meine Entscheidung. Ich wusste über Richard lediglich, dass er ein gut bezahlter Gehirnchirurg war, der Filme über den Weltraum ein bisschen zu sehr mochte. Aber das machte nichts. Ich hatte ihm meine Anteilnahme ausgesprochen und dann meine Handtasche genommen. Das abrupte Ende unseres Dates hatte genug Aufmerksamkeit erregt, dass sich die Leute an der Bar zu uns umdrehten, um den gescheiterten Versuch des armen Mannes, einen romantischen Abend zu haben, zu beobachten.

Richard hatte die Stirn gerunzelt, als ob er überlegte, ob er mich noch zur Tür begleiten sollte oder nicht. Er schaute über unsere leeren Gläser hinweg und fragte: »Können wir uns noch einmal treffen, wenn es dir wieder besser geht, Maribelle?«

»Natürlich«, hatte ich gesagt und seine Nummer blockiert, noch bevor ich das Restaurant verlassen hatte.

Ich war nach Hause geeilt und hatte mich in starke, unsichtbare Arme geworfen. Caliban hatte mir nicht geglaubt, als ich sagte, es sei alles in Ordnung. Ich wollte nicht, dass er sich Sorgen machte. Oder vielleicht wollte ich mir selbst nicht eingestehen, dass ich mich entweder in Gefahr gebracht hatte oder paranoid war.

Aber mein Bauchgefühl hatte mich nicht getäuscht.

»Richard«, sagte ich noch einmal. Mein Blick wanderte von seiner dunklen Gestalt zu meinem Handy. Ich hatte es auf der Küheninsel liegen lassen. Ich kalkulierte die Zeit, die ich brauchen würde, um mich darauf zu stürzen und die Polizei zu rufen. Meine Gedanken überschlugen sich. Welche Möglichkeiten hatte ich? Messer? Vielleicht. Zum Aufzug laufen? Er würde mich erwischen, noch bevor ich die Wohnungstür erreicht hatte. Ich umklammerte die Bierflasche, dankbar für den stumpfen Gegenstand in meiner Hand. Meine Augen tränten, mein Herz schlug wie wild. Schließlich fragte ich: »Wo ist die Rezeptionistin?«

»Weg«, antwortete Richard und verzog den Mund zu einem bösartigen Lächeln. Es war das Lächeln eines Raubtiers.

Mir drehte sich der Magen um. Ich musste etwas tun, konnte hier nicht tatenlos rumstehen und warten, bis er handelte. Innerhalb weniger Sekunden durchforstete ich mein Gedächtnis. Ich hatte in den sechsundzwanzig Jahren meines Lebens Hunderte von Stunden an Metzelfilmen, Thriller-Romanen und Mord-Podcasts konsumiert. Mir musste eine Lösung einfallen.

Beruhigen. Die Überlebenden hatten ihre Angreifer immer irgendwie beruhigt.

»Du siehst gut aus«, sagte ich und lächelte. Ich schlüpfte in Maribelles Haut, trug ihr Selbstbewusstsein wie eine Maske, während ich versuchte, das Zittern in meiner Stimme zu verbergen. »Wie läuft's in der Chirurgie?«, fragte ich und verlagerte langsam mein Gewicht auf die Fußballen. Es war noch nicht ratsam zu fliehen, aber ich musste zumindest bereit sein loszurennen.

»Ach, weißt du«, sagte er und erhob sich mit eisiger Langsamkeit von meinem Stuhl, »schneiden und würfeln, aufschlitzen und hacken, so dies und das eben.«

Ein entschlossenes Lächeln blieb auf meinem Gesicht, als ich einen Schritt zurück in die Küche machte. Ich wusste, dass es riskant war, aber wenn ich die Kücheninsel zwischen uns bekommen würde, könnte ich von dort aus vielleicht zur Tür gelangen. Ich müsste es dann immer noch bis zum Treppenhaus schaffen und danach aus dem Gebäude laufen. Und dann noch die leeren Straßen des Lagerhausviertels hinunter. Und wenn dort keine Rezeptionistin oder ein Wachmann wäre, dann ...

Richard war fit, und ich war nicht bereit, mein Leben darauf zu setzen, dass ich es schaffte, ihm zu entkommen.

Ein weiterer Schritt nach hinten. Vielleicht konnte ich ihn irgendwie ablenken. Ich bemühte mich, meine Stimme ruhig zu halten, während ich mein Bestes gab, um ein charmantes, entschuldigendes halbes Lächeln aufzusetzen. »Es tut mir wirklich leid, dass wir unsere Verabredung damals nicht verschieben konnten. Möchtest du es jetzt nachholen?«

Seine Augen schienen beinahe schwarz, als hätten die Pupillen seine Iriden verschluckt. Sein Lächeln wurde noch breiter, fast so, als ob kleine Fäden es in das unheimlichste Grinsen ziehen würden, als er sagte: »Weißt du, wie ich dich gefunden habe?«

Ich schluckte. Beinahe wäre mir die Bierflasche aus den klammen Händen gerutscht. Er trat einen weiteren Schritt auf mich zu. Zeitgleich machte ich einen Schritt zurück.

»Kennst du diesen kleinen Buchladen in der Main Street? Den mit den Regenbogenflaggen im Schaufenster? Rate mal, wessen Bild ich da gesehen habe. Merit Finnegan, Bestsellerautorin der *Pantheon*-Reihe. Die Prostituierte, die mich versetzt hat. Ich musste es einfach mit eigenen Augen sehen.«

Es hätte meine kleinste Sorge sein sollen, aber ein kleiner Teil von mir starb, als er das Wort aussprach. Und jemand, der Gutes im Sinn hatte, schrie dein Pseudonym nicht in die Welt hinaus. Er brach nicht mitten in der Nacht mit guten Absichten in deine Wohnung ein. Er bezeichnete Sexarbeiterinnen auch nicht als Prostituierte. Ich war von Anfang an verloren gewesen, aber jetzt wusste ich es mit absoluter Sicherheit: Diese Nacht würde kein gutes Ende nehmen.

Ich bemühte mich weiterhin, ruhig zu wirken. *Lass ihn reden*, schrie die Stimme in meinem Kopf, die sich an den Informationsfetzen festkrallte, die mir eingetrichtert worden waren. *Überlebende halten ihre Entführer bei Laune.* »Es tut mir so leid, Richard. Seit ich mit dem Schreiben angefangen habe, habe ich keine Verabredungen mehr. Ich bin beschäftigter, als ich je gedacht hätte. Es ist ein Segen, dass mich mein früheres Leben in die Lage gebracht hat …«

»Dann hätte ich aufgehört, weißt du.«

Ich kalkulierte den Abstand zwischen mir und dem Messerblock und hörte ihm nur halb zu, während ich versuchte, mir einen Plan zurechtzulegen. Beiläufig schweifte mein Blick darüber.

»Suchst du etwa die hier?« Er machte eine ausholende Geste zu den Messern, die er auf dem kleinen Tisch neben dem Stuhl abgelegt hatte. Neue Angst durchströmte mich und wurde mit jeder Sekunde, die verstrich, größer. Er hatte alles eingesammelt, was ich als Waffe gegen ihn verwenden könnte. Er war nicht bereit, eine »vertraute Bindung« mit mir einzugehen. Ich würde ihn nicht besänftigen können.

»Maribelle, Merit Finnegan, das waren beides Lügen«, sagte er. »Du bist nicht echt. Nichts an dir ist echt. Da wurde mir klar, dass es keine Rolle spielt, ob du eine Hure bist oder nicht. Du bist und bleibst eine Lügnerin, Marlow Thorson.«

Mein vollständiger Name. Der letzte Nagel in meinem Sarg.

Unser Spiel war zu Ende. Mein Blick schoss zu ihm. Seine Zähne glänzten.

Er stürzte sich in der Sekunde auf mich, in der ich mich in Bewegung setzte. Anstatt ihm den Rücken zuzuwenden, sprang ich nach vorne auf den Tisch mit den Messern zu. Richard knurrte, während ich mit meiner einzigen Waffe ausholte. Ich schlug mit meiner Bierflasche so hart zu, wie ich konnte. Er schien den Schlag kaum zu spüren. Die Bierflasche glitt mir aus der Hand und zersprang auf dem Boden.

Richard funkelte mich mit animalischer Freude an. Er bückte sich und hob die zerbrochene Flasche auf, ich streckte meine Hand nach den Messern aus. Schmerzhaft schlugen dabei meine Knie auf dem Marmorboden auf, was mir den Atem raubte. Aber ich hatte keine Zeit, mich von den schmerzbefeuerten Sternen, die meine Sicht erfüllten, verzehren zu lassen. Ich stieß den Tisch zur Seite, seine gläserne Oberfläche zersplitterte in zehntausend Scherben, während ich nach dem Steakmesser griff, das scheppernd zu Boden gefallen war, und es an der Klinge festhielt. Ich spürte den Schmerz, als es sich in meine Haut bohrte, kaum. Ich packte fester zu und nahm aus der Ferne ein scharfes, hohes Knirschen wahr, das sich wie eine Klinge auf Knochen anhörte.

Ein gutturaler, animalischer Schrei zerriss mich.

Das Geräusch kam nicht vom Schmerz, sondern von der plötzlichen, schrecklichen Angst, die in meinem Bauch aufstieg, als sich Hände um meine Waden legten und mich nach hinten rissen. Er packte meinen Unterarm und drückte zu, bis ich das Messer nicht mehr halten konnte. Es fiel klirrend auf den Boden. Ich wimmerte und schlug um mich, verzweifelt bemüht, mich an etwas zu erinnern, an *irgendetwas* Hilfreiches.

Richard legte mir seine behandschuhten Hände um den Hals. Er knurrte, und seine Augen wurden immer größer, als er immer fester zudrückte. Sein Gesicht lief rot an, die Ader an seiner Stirn trat hervor.

Anstatt an seinen Händen zu reißen, um mich zu befreien, schossen meine Finger zu seinen Ohren. Ich zerrte, so fest und schnell ich konnte, daran, bis er aufjaulte. Er schlug mir so brutal ins Gesicht, dass er mir fast den Kiefer ausrenkte. In meinen Ohren dröhnte es. Schmerz und Panik überkamen mich. Richards bösartige Gestalt ragte über mir auf. Als Nächstes visierte ich seine Augen an, da schlug er mich erneut. Ich versuchte, bei Bewusstsein zu bleiben, aber vor meinen Augen verschwamm alles. Eine Ader in seiner Stirn pochte. Als er erneut seine Finger um meinen Hals schlang, hatte ich nicht mal die Möglichkeit, seine Arme zu kratzen.

Mein letzter Gedanke, bevor mich die Bewusstlosigkeit einholte, klang so klar wie eine Glocke in meinem Kopf:

Achte darauf, dass du seine Haut unter deinen Fingernägeln hast, damit sie ihn erwischen.

Sieben

LÖSCHEN. BEWEISE. JUSTIZ.
Verrotte im Gefängnis, du Arschloch. Lass mein hübsches, lächelndes Gesicht neben deinem widerlichen Polizeifoto die Nachrichten zieren, wenn sie dein Todesurteil verkünden. Wenn ich untergehe, dann schleife ich dich mit mir in die Hölle.

Das waren meine letzten Gedanken, als sich die Dunkelheit ...

Richard erstarrte. Der Griff seiner Hände an meinem Hals lockerte sich und ich schnappte nach Luft. Seine Augen traten hervor wie bei einem Guppy, der aus dem Wasser gerissen wurde. Ich war in der Sekunde frei, in der seine Hände zu seinem eigenen Hals schossen und diesen umklammerten, während seine Haut bereits einen starken Lilaton annahm. Ich krabbelte so schnell wie möglich unter ihm hervor, schnitt mir die Hände an den auf dem Boden liegenden Glasscherben auf, während ich um mich trat. Unter anderen Umständen hätte ich gerne dabei zugesehen, wie er auf die Seite kippte und auf dem Fußboden meiner Küche starb. Unter anderen Umständen hätte ich vielleicht sogar das Steakmesser genommen und es immer wieder in ihn hineingerammt, bis ich sicher sein konnte, dass er auch wirklich tot war.

Doch was ich sah, löschte jeden Gedanken aus.

Der Schock verdrängte die Angst, das Sieges- und das Rachegefühl.

Ein seltsames Glitzern erfüllte den Raum, wo Richard gestanden hatte. Das musste vom Sauerstoffmangel kommen. Ich legte mir die blutverschmierte Hand an den Hals, um sicherzugehen, dass ich noch Luft bekam, denn ich hatte ganz bestimmt den Verstand verloren. Die unscharfe Silhouette eines Mannes befand sich direkt hinter der Stelle, wo Richard noch vor wenigen Augenblicken gewesen war. Die Hand des Mannes blieb ausgestreckt, als hätte er sie dort gelassen, wo eigentlich Richards Kopf hätte sein sollen.

Sein Blick aus strengen goldenen Augen wanderte durch den Raum. Dann sah er mich an. Überraschung durchfuhr ihn wie ein elektrischer Blitz, als er mir in die Augen blickte.

»Wer bist du?«, fragte ich. Meine Stimme klang rau, als die Worte an meinem gequetschten Kehlkopf vorbeidrangen. Ich war mir des heißen Blutes, das aus meinen verletzten Händen floss, kaum bewusst.

Der Mann neigte den Kopf und öffnete den Mund, um mir zu antworten. Er kam näher. Als er sich bewegte, schlug mir ein Duft entgegen, der an das ätherische Öl erinnerte, das meine Mutter mir immer auf die Schläfen gerieben hatte, wenn ich krank war – Weihrauch und Myrrhe. Ich versuchte, von ihm wegzurutschen, aber er hob seine große Hand. »Wieso kannst du ...« Er blinzelte mehrere Male, bevor er seine Taktik änderte. »Das ist nur ein Traum«, sagte er wenig überzeugend. Sein Gesichtsausdruck war angespannt. Goldbraunes Haar, leuchtend goldene Augen, kampftauglich gekleidet und mit einer kräftigen, muskulösen Statur. In seiner beige-weißen Lederkluft schien er direkt aus einem Buch in meine Küche getreten zu sein.

Ich schüttelte den Kopf, als ich ihn näher betrachtete. Genauso gut hätte Herkules in meiner Wohnung stehen können, nur dass die Luft um ihn herum schimmerte, seine Augen glühten und er sichtlich genervt war, hier zu sein.

»Sag mir, wer du bist«, verlangte ich.

Sein Stirnrunzeln wurde stärker. »Du kannst mich nicht sehen«, sagte er.

Verdammt, kann ich wohl!

Meine Kehle zog sich noch weiter zu. Ich sah zu Richard hinunter, dann wieder zu dem Fremden auf. In seine Augen zu blicken war, wie in die Sonne zu schauen, seine honigfarbenen Netzhäute brannten sich in meine, als ich fragte: »Was hast du ihm angetan?«

»Er war markiert«, sagte der Fremde. »Ich habe ihn an seiner eigenen Zunge ersticken lassen ... ich ... wie kann es sein, dass du ... ich sollte dir das gar nicht erzählen. Du solltest mich das gar nicht fragen können. Du solltest nicht ...« Er schaute sich in meinem Zimmer um, bis sein Blick an meinem Türrahmen hängen blieb. »Scheiße.«

»Wer zum Teufel bist du?«, krächzte ich.

»Sind das deine Siegel?«

Mein Herz donnerte weiterhin mit schmerzhafter Intensität. Das Adrenalin betäubte mich, als es für meinen Körper zu viel wurde. Ich folgte seinem Blick, konnte aber nichts erkennen. »Was für Siegel?«

»Hast du sie angebracht, Mensch? Bist du dafür verantwortlich?«

»Ich ...«

Knurrend verzog er sein Gesicht. »Hör mal zu, Mensch, vergiss die heutige Nacht. Ruf die Polizei. Der Mann starb, als er dich angegriffen hat. Es war nicht mal Notwehr. Nicht wirklich. Du wirst keine Schwierigkeiten bekommen. Ich weiß nicht, wer dich besucht, aber ...«

»Silas«, hörte ich eine sanfte, vertraute Stimme sagen.

Der Fremde – Silas – verharrte reglos. Zum zweiten Mal an diesem Abend verzog er seine Lippen und knurrte. »Scheiße.«

Caliban trat aus den Schatten hervor. Groß, geschmeidig, makellos und atemberaubend schön, so wie ich ihn schon seit Jahren nicht mehr gesehen hatte. Es war lange her, seit ich ihm das letzte Mal ins Gesicht gesehen hatte. Seine Miene strahlte eine Mischung aus Ernst und Gleichgültigkeit aus, während er zwischen dem Fremden und Richard hin- und herschaute. Ich bemerkte die Sorge in seinem Blick, als er mich ansah. Dann wandte er sich wieder Silas zu, bevor er sagte: »Danke, dass du dich um mein Zeichen gekümmert hast.«

»*Dein* Zeichen?«

»Caliban«, krächzte ich.

»Caliban?« Silas schaute immer wieder unsicher zwischen mir und meinem Beschützer hin und her. Er trat ein paar Schritte zurück. »Wenn das deine Siegel sind, dann wollte ich mich nicht einmischen. Ich habe dem Menschen nur eben gesagt ...«

Caliban ignorierte Silas ab dem Moment, als ich seinen Namen sagte. Mit drei schnellen Schritten war er an meiner Seite, kniete sich nieder und schlang seinen starken Arm um mich. Der Geruch von Moos, Regen und Zypressen umspülte mich wie eine kühle Wolke, die sich auf dem Waldboden niederließ. Ich entspannte mich darin, als würde ich in einem Märchen verschwinden, und zog die Fantasie dem Schmerz, dem Blut und dem Albtraum in meinem Wohnzimmer vor. Er legte eine Hand an meinen Hals und ich spürte ein sanftes Kribbeln an der Verletzung. Die Augen des Fremden wurden immer größer.

»Das ist *dein* Mensch?«

Der Austausch zwischen den beiden war kaum mehr als ein leises Geräusch.

Tränen traten mir in die Augen, als ich in Calibans mitfühlendes Gesicht blickte. »Hilf mir.«

Ohne den Blick aus seinen diamantenen Augen von mir zu nehmen, sagte er mit klarer, abweisender Stimme: »Ich schulde dir etwas, Silas.«

Ich sah nicht, wie der Fremde ging. Er benutzte nicht die Tür, sondern war von einem Moment auf den anderen einfach verschwunden.

Ich schaute zu Caliban hoch – in das Gesicht meines Schutzengels. Ich hatte fast vergessen, wie perfekt er war, von seinem markanten Kinn bis hin zu seinem sinnlich geschwungenen Mund hatte er immer wie ein Märchenprinz ausgesehen. Jahrelang hatte ich mir eingeredet, dass er nichts weiter war als ein Märchen.

Ich biss die Zähne zusammen, wegen des pochenden Schmerzes, der immer noch durch meine blutende Hand strömte. Die Wunden würden genäht werden müssen, und zwar bald, wenn ich bei Bewusstsein bleiben wollte. Trotzdem konnte ich nicht weiter darüber nachdenken, weil ich eine drängendere Frage hatte.

»Aber du ... Er ...«

»Pst«, erwiderte er sanft.

Er hob mich hoch und trug mich zur Kücheninsel. Zuerst drückte er seine Fingerspitzen an meinen Hals. Ein nach Minze duftender, beruhigender Balsam durchströmte meine raue Kehle, bis das Pochen schließlich aufhörte. Er küsste meine aufgeschnittene, blutende Handfläche, was eine Blutspur auf seinen Lippen hinterließ, bevor er mir noch einmal in die Augen sah. Von dem roten Fleck auf seinem Mund schaute ich zu meiner Hand und sah, dass die Wunde verschwunden war. Die Welt zerfiel in statisches Rauschen. Ich hörte den Wasserhahn laufen und spürte, wie er mit einem Lappen sanft das Blut von meiner Haut wischte, aber ich war mir ziemlich sicher, dass ich gestorben war.

Es gab keine andere Erklärung.

Mein Blick wanderte von Caliban zu Richards violett angelaufenem Leichnam. Nach einigen Minuten hatte ich das Gefühl zu schweben und lehnte meinen Kopf an Calibans Brust. Wenn ich gestorben und in den Himmel gekommen war, dann konnte ich es genauso gut genießen. Auf seinen starken Armen trug er mich aus der Küche ins Schlafzimmer und zog mir mein blutverschmiertes Hemd über den Kopf. Er zerrte an meiner Hose und wartete darauf, dass ich meine Hüften vom Bett hochhob, damit er mir aus den rubinroten Überresten dieses Albtraums heraushelfen konnte.

»Ich bin in einer Minute zurück«, sagte er ruhig.

»Lass mich nicht allein«, flehte ich ihn an.

»Ich gehe nirgendwohin«, versprach er mir.

Mein Blick blieb, ohne auch nur einmal zu blinzeln, auf die geöffnete Tür gerichtet, während ich mich zu erkennen bemühte, wo die Fakten aufhörten und wo die Fiktion begann. Ein harter schwarzer Puls, der in einer ungehörten Schockwelle wie Obsidian funkelte, pochte aus dem Raum dahinter. Die ganze Wohnung erbebte, schillernde Sterne leuchteten vor dunklem Rauch, dessen Ranken den Flur entlang in mein Zimmer trieben. Nach einigen Augenblicken kehrte Caliban in mein Zimmer zurück. Ich merkte, dass ich nicht richtig geatmet hatte, bis er das Zimmer wieder betrat. Beim Ausatmen bekam ich Kopfschmerzen.

Ich wollte reden, aber mir fehlten die Worte.

»Es wird so sein, als wäre nichts passiert«, sagte er. »Er ist weg.«

Ich sah zu ihm auf und verfluchte mich selbst wegen der Hilflosigkeit, die mich überkam, als ich ihn fragte: »Wo bist du gewesen?«

»Du wärst fast gestorben«, sagte er daraufhin mit schmerzerfüllter Stimme.

Ich wäre beinahe ermordet worden. Ein Fremder hatte

meinen Angreifer getötet und sich danach in Luft aufgelöst. In meiner Küche war eine Bombe aus dunklen, funkelnden Schatten explodiert. Aber ich wollte nur wissen, warum Caliban gegangen war.

Mir drehte sich der Kopf – wegen der ganzen Scherben, des Adrenalins, des goldenen Glitzerns –, als es aus mir heraussprudelte: »Was ist da gerade passiert? Wer war dieser Mann ... Silas ...?«

»Nicht wer. Sondern *was*.«

Ich gab ihm mit meiner Mimik zu verstehen, dass ich nichts begriffen hatte.

»Ich habe jeden markiert, der dir unrecht getan hat«, sagte Caliban. »Ich kann allerdings nicht kontrollieren, wer auf die Zeichen reagiert.«

Ich starrte in sein sternhelles Gesicht und hoffte inständig, dass es echt war. Er war sogar noch schöner, als ich ihn in Erinnerung hatte. Von seiner starken Brust bis zu seinem sanften Lächeln sah er aus, als wäre er vom Mond selbst abgesplittert. Ich bemühte mich, die Puzzleteile der Nacht zusammenzusetzen. »Warum ist er gekommen ... also, Silas?«

Caliban schaute weg. »Ich habe getan, was ich tun musste«, sagte er.

»Hättest du mir nicht helfen können?« Ich war mir nicht sicher, warum ich das fragte, ich wusste nur, dass ich ihn vermisst hatte. Jede Nacht war ich nach Hause gekommen und hatte gehofft, dass er da sein würde. Jede Nacht hatte ich ...

»Nein«, antwortete er leise. »Bei den Göttern, ich wünschte, ich hätte es gekonnt. Ich hätte so viel mehr getan, als dieses Schwein an seiner Zunge ersticken zu lassen. Ich hätte ihn leiden lassen, er hätte dich um Verzeihung anflehen müssen, bevor er seine verdiente Strafe bekommen hätte. Aber wir haben eine Abmachung getroffen, die ich bis zu deinem letzten

Atemzug einhalten muss, Liebes. Ich kann in deiner Wohnung nichts ohne deine Zustimmung tun.«

Mir schwirrte der Kopf. »Aber ich ...«

Er hörte nicht auf, mich zu berühren, seine Finger beruhigten mich, erdeten mich. »Du hättest mich auch nicht bitten können, ihn zu töten. Nicht, wenn du nicht imstande warst zu sprechen. Und selbst wenn du dazu in der Lage gewesen wärst, dann hättest du doch nicht nach jemandem gerufen, an dessen Existenz du nicht glaubst.«

Meine Schultern sackten nach unten. Ich brach zusammen wie ein sterbender Stern. »Aber natürlich hätte ich ...«

»Natürlich nicht. Bei Vereinbarungen wie dieser gibt es keine Formalitäten.« Mein Haar war bereits hinter meinen Ohren, aber er steckte es trotzdem noch mal zurück – eine unbewusste Geste, die ihn vielleicht genauso sehr beruhigte wie mich. »Aber ich wünschte, es wäre nicht Silas gewesen«, fügte er mit einem leisen Bedauern hinzu.

Ich hätte kämpfen können, ich hätte streiten können. Aber alles, was ich wollte, war, ihn zu berühren. Ich griff nach ihm und fragte: »Bleibst du heute Nacht bei mir?«

Er fuhr damit fort, mir zärtlich die Haare aus dem Gesicht zu streichen. »Natürlich. Und morgen früh kannst du vergessen, dass all das passiert ist.«

Wie sollte ich das je vergessen? In meiner Küche lag eine Leiche. Ich würde den Tag auf der Polizeiwache verbringen. Ich würde mir einen Anwalt nehmen müssen. O Gott, ich würde EG anrufen und ihr erklären müssen, dass meine Projekte vorerst auf Eis gelegt werden mussten. Ich würde es meinen Freunden erzählen müssen. »Aber Richard ...«

»Alle Spuren von ihm sind bereits verschwunden«, unterbrach er mich.

»Aber wie hast du ...« Ich beschloss, dass die Antwort nicht wichtig war. Ein Teil von mir wollte aufstehen und das Chaos in meiner Küche mit eigenen Augen sehen, aber ein stärkerer Teil von mir wollte im Bett bleiben. Was auch immer ich sehen würde, ich würde es entweder nicht verstehen oder nicht glauben. Selbst jetzt, wo Caliban mich festhielt, war es leichter zu denken, dass ich gerade träumte. Die Verletzungen waren eine Halluzination gewesen, da kein einziger Kratzer zurückgeblieben war. Der Angriff war nur ein Albtraum gewesen. Ich war körperlich unversehrt, was bedeuten musste, dass nichts davon wirklich passiert war. Richard war die schlimmste Art von Wahnvorstellung gewesen.

In der Dunkelheit drehte ich mich zu Caliban und lehnte meinen Kopf wieder an seine Brust. Er drückte mir einen weiteren Kuss auf den Scheitel. Die Verwirrung, die Panik, das Chaos hatten sich in einem fernen Rauschen der Taubheit aufgelöst. Ich hob meine Hand, um zu fühlen, wo das Blut in meinem Haar getrocknet war.

»Warum jetzt?«, fragte ich.

Stirnrunzelnd sah er zu mir herunter.

»Warum kann ich dich nach all den Jahren wieder sehen? Du sagtest, ich könnte dich nicht wiedersehen ...«

»Nein«, korrigierte er mich sanft. »Du sagtest, du *wolltest* mich nicht wiedersehen. Es ist eine Grauzone, die ich mir gerade zunutze mache. Im Moment des Todes gibt es keine Wünsche. Regeln sind genauso wichtig wie ihre Schlupflöcher.«

Meine Gedanken gerieten ins Wanken. Ich war bereits betäubt von dem Trauma, desorientiert durch den Wahnsinn und immer noch von Endorphinen durchflutet, weil ich überlebt hatte. Ich hatte Mühe, mir einen Reim darauf zu machen, und konzentrierte mich auf ein einziges Wort.

Tod.

»Möchtest du duschen?«, fragte er und sah stirnrunzelnd auf das getrocknete Blut an meinen Händen.

Ich rührte mich nicht.

»Marlow ...« Sein geduldiger Tonfall war schmerzerfüllt. Er strich mir über die Wange und wartete darauf, dass ich zu ihm aufsah. »Du stehst unter Schock.«

Dieses eine Wort raubte mir noch immer den Atem wie ein Schlag in die Magengrube. Ich starrte in den Schatten und schaute in das Gesicht, das zurückblickte. »Warst du da?«

Der Rausch der Erde und des Bernsteins und die Frische im Kern der Schöpfung streiften mein Haar, als er ausatmete. Schauer liefen mir über den Rücken. Er zog mich enger an sich, als er sagte: »Wie könnte ich denn wegbleiben?«

»Du warst die ganze Zeit da und hast mir nicht geholfen?«

Sein Griff wurde fester. »Ich weiß, dass du nicht verstehen kannst, wie bindend Vereinbarungen sind, aber ...«

»Du hättest mich sterben lassen«, sagte ich und klammerte mich an die Endgültigkeit dieser Worte wie an einen Blitzableiter. Es war mir egal, welcher Sturm danach aufziehen würde.

Ich hörte an seiner Stimme, wie seine Geduld einen Anflug von Frustration annahm, als er sagte: »Ich weiß, dass du es nicht verstehst, wenn ich von mündlichen Verträgen spreche. Und im Moment stehst du unter Schock. Aber Marlow, glaub mir, ich habe dich nie im Stich gelassen. Ich habe Berge versetzt, um dich zu beschützen, auch wenn es nicht durch meine eigene Hand geschehen konnte. Ich habe ...«

»Du hättest nur dagestanden und dabei zugesehen, wie er mich umbringt.«

Caliban löste sich von mir und versuchte, eine Hand unter mein Kinn zu legen. »Ihr Menschen habt in eurem Reich nichts Vergleichbares zu unseren verbindlichen Vereinbarungen. Es sind Schwüre, Marlow, und das geht über Raum und Zeit hinaus. Es gibt keine ...«

Ich wich vor seiner Berührung zurück.

»Silas hat mich gerettet. Ein *Fremder* hat mich gerettet. Nicht du!«

Bei dem Namen verzog er das Gesicht. Da war eine Autorität in seiner Stimme, als er sagte: »Dann gib mir freie Hand in deiner Wohnung, Liebes. Lass mich in dein Leben. Wenn es das ist, was du willst, dann öffne es für mich.«

»Verschwinde!«

Seine Augen blitzten auf, die Geduld wich der Wut, als er mich fester packte. »Wenn du mich willst, dann musst du es sagen.«

Ich setzte mich auf. »Vergiss es. Raus hier, Caliban! Verschwinde und komm nicht wieder zurück. Wie konnte ich nur …«

Ein Muskel in seinem Kiefer spannte sich an. Er hielt seine Hand ruhig, obwohl seine Finger vor Erregung verkrampft waren, als er sagte: »Lass dich nicht von deiner Wut hinreißen. Um der Liebe der Götter willen, ich wünschte, ich könnte dir erklären …«

Mir kamen die Tränen, als ich sagte: »Da gibt es nichts mehr zu erklären. Du hättest mich sterben lassen. Geh. Geh und komm nicht wieder zurück.«

»Du weißt nicht …«

»Doch, das tue ich«, schrie ich, meine Stimme überschlug sich, als all die Angst, die Verzweiflung und das Grauen der Nacht zusammen mit meiner Wut durch mich hindurchströmten. »Seit zwanzig Jahren will ich mich von dir befreien. Ich meine es ernst, Caliban. Komm nicht wieder zurück.«

Der Moment schwebte zwischen uns, hängen geblieben in der Zeit.

Ich sah sein Gesicht, spürte, wie er ein letztes Mal tief Luft holte, sah jedes unausgesprochene Wort aufflackern.

Es war wie die Eisschicht eines Sees, die im frühen Winter bricht. Ich konnte fast zehntausend Risse in seinem silbernen

Blick erkennen. Er schloss die Augen und stieß einen letzten, langsamen Atemzug aus. Nach einer Ewigkeit rutschte er vom Bett und drückte mir noch einen letzten Kuss auf die Stirn. Mit kühler Endgültigkeit sagte er: »Du hast es mir schon mal gesagt, und ich weiß, dass ich auf dich hören muss, auch wenn es mir noch so schwerfällt. Ein Leben mit mir ist nicht das, was du willst. Es tut mir leid, dass ich nicht so für dich da sein konnte, wie du es gebraucht hättest.«

Er trat in die Schatten, nahm mir die Gelegenheit, mich mit ihm zu streiten. Als der Duft von Zypressen den Raum verließ, ging der Schock mit ihm.

»Caliban!«, schrie ich – halb aus Hass, halb aus Verzweiflung.

Ich presste mein Gesicht in das Kissen, schrie in die Federn und schluchzte, bis weder Salz noch Wasser in mir übrig waren. Wieder und wieder rief ich seinen Namen. Ich wollte ihn anschreien. Mit ihm streiten. Ich wollte Dinge werfen. Ich wollte wütend sein, ich wollte festgehalten werden. Ich wollte, dass er mich beruhigte, wie er es schon so oft getan hatte.

Und irgendwo zwischen dem hastigen Atmen, dem Weinen und dem Zittern gab mein Körper nach und ich fiel in einen tiefen, erschöpften Schlaf.

Acht

Waren Cops nur in Filmen heiß? Ich war mir sicher, dass ich noch nie einen Polizisten getroffen hatte, der nicht wie ein Langweiler aussah. Unscheinbare, unauffällige Gesichter. Leicht zu vergessen, Anzug mit Hemd ohne Krawatte. Einer hatte sogar einen Schnurrbart, der so klischeehaft war, dass man das Gefühl hatte, es müsse sich dabei um einen Scherz handeln. Vielleicht wirkten sie so beruhigender auf die Leute. Es war leichter, mit so jemandem zu sprechen, als mit jemandem, der aussah wie ein Model.

Zwei Detectives befragten mich auf meiner Couch, während die Spurensicherung in meiner Wohnung geschäftig hin und her rannte. Mir wurde gesagt, das sei Routine, aber ich wusste, dass das nicht stimmte. Vielleicht hätte ich ihre Lügen geglaubt, hätte ich mich nicht während meiner depressiven Phasen in Krimis vergraben. Trotzdem ließ ich sie auch ohne Durchsuchungsbefehl in meine Wohnung.

Was sollte ich ihnen sagen? Was könnten sie möglicherweise finden?

Also, der Mann, den Sie suchen? Der unsere Empfangsdame ermordet hat? Sein Name ist Richard. Er hat versucht, mich umzubringen. Woher ich ihn kenne? Nehmen Sie bitte zu Protokoll, dass er in meiner Zeit als Escort ein Kunde von mir war – in einem Land, in dem Sexarbeit nach wie vor kriminalisiert wird. O ja, mein Blut ist überall in der Nähe des kaputten Tisches. Es gab ein bluti-

ges Messer, Verletzungen, eine Leiche ... Wer sie weggeschafft hat? Nun ja, ein schwarzer Schatten. Wie ich Richard überwältigt habe? Das habe ich gar nicht. Er ist an seiner eigenen Zunge erstickt, dank eines funkelnden Fremden, der aus dem Nichts kam. Wieso ich nicht verletzt bin? Das war ich. Aber keine Sorge, es ist wieder weg. Das hat was mit irgendwelchen Siegeln zu tun. Aber machen Sie sich deswegen keine Gedanken.

Von meinem zerstörten Couchtisch einmal abgesehen – ein ungeschickter Unfall –, war meine Wohnung in tadellosem Zustand. Wegen der Scherben hatten sie die Stirn gerunzelt, aber nachdem ich ihnen erlaubt hatte, die Wohnung zu durchsuchen, waren sie überzeugt, dass das einzige Opfer in Apartment 12 einer meiner Einrichtungsgegenstände war.

Jemand hatte die Überwachungskameras so eingestellt, dass man die ganze Zeit eine Wiederholung sah, die stundenlang das alltägliche Nichts zeigte, außer in der Parkgarage. Hätte man mich dort nicht gefilmt, dann hätte ich kein Alibi für das Zeitfenster gehabt, in dem die Empfangsdame verschwunden war. Angesichts des Entsetzens auf meinem Gesicht und der aufrichtigen Trauer darüber, dass ich die junge Frau mit den großen Augen, die ebenfalls *Fire and Swords* liebte, nie wiedersehen würde, ließen mich die Polizisten das Ganze in Ruhe verarbeiten. Sie sagten mir, dass das Gebäude überwacht würde, solange sie den Fall untersuchten, und hinterließen eine Karte auf meiner Kücheninsel, falls mir noch etwas einfallen sollte.

Ich hörte nie wieder von ihnen.

Aber nachdem die Polizisten gegangen waren, wusste ich eines mit Sicherheit.

Das hier hatte ich mir *nicht* eingebildet. Weder Tag- noch Albträume hätten die Jungs in Blau vor meiner Tür erscheinen lassen. Kein Detective der Welt hätte meine Aussage aufgenommen, wenn ich einfach nur verrückt gewesen wäre.

Schließlich untersuchten sie einen Mordfall. Mein Couchtisch war zerschmettert worden. Vielleicht hatte ich keine Wunde an der Hand oder einen toten Mann in meiner Küche, aber das hier war real.

Und wenn das alles real war ...

Ich musste unbedingt mit Caliban sprechen. Ein Gefühl der Dringlichkeit durchströmte mich genauso intensiv wie die Kampf-oder-Flucht-Reaktion, die mich in der Nacht zuvor am Leben gehalten hatte. In meinem Wohnhaus war ein Mord geschehen. Ein golden schimmernder Fremder war aus dem Nichts aufgetaucht, um den Mörder an seiner Zunge ersticken zu lassen. Meinem gequetschten Kehlkopf ging es gut. Mein Körper war unversehrt. Aber mein Kopf war voller Erinnerungen, die ein ganz neues Licht auf mein Leben warfen, und es gab nur eine Person, die mir die Antworten geben konnte, die ich brauchte.

Drei Tage lang – Tag und Nacht – tat ich nicht viel mehr, als an Babymöhren zu knabbern, lustlos vom Bett ins Wohnzimmer zu schlurfen und die leere Stelle über meiner Tür anzustarren. In einem Souvenirladen kaufte ich eine billige Schwarzlichtlampe, um den Rahmen zu inspizieren, als wäre ich eine Forensikerin, die nach Fingerabdrücken suchte. Mit einem Gespür für das Dramatische wartete ich bis Mitternacht, hielt eine Kerze an die Wände und suchte nach einem Anzeichen eines Siegels. Ein aufdringlicher Gedanke versuchte mich dazu zu verleiten, mir die Adern aufzuschneiden und mein Blut über die Schwelle zu schmieren, nur um überhaupt *irgendetwas* zu versuchen.

Caliban würde zurückkehren. Das musste er einfach. Und wenn er zurückkam, dann würde ich wissen, dass er wirklich echt war. Es gab so viel zu fragen. So viel zu sagen. So viel, wofür ich mich entschuldigen musste.

Die Zeit kroch dahin.

Die Wolken brachen auseinander, Blau und Wärme strömten in die Stadt, als der Frühling zu den ersten Anzeichen von Sommer wurde.

Ich schrieb nicht mehr. E-Mails beantwortete ich nur selten. Ich ghostete Nia und Kirby, außer dass ich die Videos, die sie mir schickten, doppelt anklickte und die Nachricht mit einem kleinen Herzchen versah, damit sie wussten, dass ich es gesehen hatte. Um mit meinen Gedanken nicht allein zu sein, bingte ich alle acht Staffeln einer Arztserie auf dem Laptop. Wenn ich nicht gerade fernsah, googelte ich nach »imaginären Freunden«. Meine Suchmaschine wurde von Treffern überschwemmt. Märchen und Sagen über die Zana aus der rumänischen Folklore, über das verborgene Volk der isländischen Überlieferung bis hin zu den Tulpa, die durch den konzentrierten Glauben des Einzelnen entstanden.

Mit jedem Tag wurde meine Angst größer, bis sie sich so real anfühlte wie ein lebendiges Wesen. Sie war greifbar wie eine blühende Weinrebe, wie die sommerlichen Gärten, die die Flussufer säumten. Die Ranken der übernatürlichen Weinrebe breiteten sich aus, füllten meine Wohnung und setzten den giftigen Nebel ihrer Blüten in jedem Winkel meiner Wohnung frei. So konnte ich nicht weiterleben. Wahnsinnig oder nicht – ich musste etwas unternehmen. Wenn ich schon nicht arbeitete, konnte ich wenigstens meine Fähigkeiten einsetzen und recherchieren.

Caliban hatte mich auch schon früher wochenlang nicht besucht. Ich würde es wieder schaffen, auch wenn meine Haut juckte und meine Beine und Zehen unruhig kribbelten. Ich überlegte, wie ich ihn zurückholen konnte, bevor zu viel Zeit verging. Ich würde es wieder in Ordnung bringen. Und schon bald würde all das nur noch eine schlimme Erinnerung sein.

Mein entschlossenes Wunschdenken hatte allerdings keinen Einfluss auf die Realität.

Nach einem Monat war ich dermaßen gereizt, dass ich kein einziges Wort mehr schreiben konnte. Der Frühling wurde zum Sommer. Die Benachrichtigungen in meinem Posteingang überstiegen neunundneunzig und fügten dann ein kleines Pluszeichen hinzu, um mir mitzuteilen, dass sie mich nicht länger über meine Nachlässigkeit informieren würden.

Im zweiten Monat vergrub ich mich in den Büchern, die ich mir zuerst aus der öffentlichen Bibliothek, dann aus dem Archiv der Universität auslieh. Eigentlich hätte ich keinen Zugang haben dürfen, aber ich hatte da so meine Verbindungen. Unangemeldet platzte ich beim sehr verwirrten Leiter der Zulassungsstelle hinein, der mich zu der Bibliothekarin führte, die die empfindlichen, in Plastik verpackten Texte beaufsichtigte. Sie wurden in luftdichten Räumen mit schwacher Beleuchtung aufbewahrt, um die antiken Exemplare nicht zu beschädigen. Die Bibliothekarin freute sich über die Gelegenheit, die mythologischen Überlieferungen für eine Bestsellerautorin zu analysieren. Sie kaute mir ein Ohr ab, während ich einen Text nach dem anderen durchblätterte, und gab mir dann ihre Privatnummer, damit ich wiederkommen konnte, wann immer ich wollte.

Doch wo sollte ich mit meiner Suche beginnen? Aufs Geratewohl fing ich mit einer Recherche über Schattenmenschen an, die allerdings zu keinem Ergebnis führte. Der Begriff war ein Schlagwort für ein anderes Phänomen und konnte psychologisch, bösartig, freundlich oder gutartig sein. Ich verzog das Gesicht, weil ich nicht genug über Mythologie wusste, und stürzte mich dann auf die nordamerikanischen Überlieferungen, wobei ich mich für geografische Anhaltspunkte entschied. Das abendliche Durchforsten von Online-Büchern und digitalisierten Texten brachte keine Ergebnisse zutage, zumal ich nicht wusste, wonach ich eigentlich suchte.

Die Bibliothekarin gestand mir, dass sie meine Romane gelesen hatte und hoffte, dass meine aktuellen Recherchen über Nordamerika dazu führen würden, dass der nächste Teil sich mit den Überlieferungen der Ureinwohner befassen würde. Darauf hatte ich eine Nullachtfünfzehn-Antwort gegeben, so wie es Politiker machen, denn ich hatte mich noch nicht entschieden, worum es in Band vier gehen sollte. Ich hatte einen beachtlichen Vorschuss bekommen, im Tausch gegen das Versprechen, dass es noch weitere Teile der Serie geben würde. Aber so wie es momentan aussah, wäre es schon ein Wunder, wenn ich Buch drei beendete.

Ihre Vermutungen über den Grund meiner Invasion in die Archive hörten auf, nachdem ich einen vierten, dann einen fünften und dann noch einen sechsten Tag aufgetaucht war.

Stirnrunzelnd hatte ich zu ihr aufgesehen, nachdem sie mich eine Stunde lang still beim Studium ihrer heiligen Texte beaufsichtigt hatte. Ich musste Handschuhe tragen, bevor ich die losen Pergamente ganz vorsichtig anfassen durfte, allerdings fand ich darin weiterhin nichts Interessantes. Ich versuchte, das Beste daraus zu machen, dass mir jemand die ganze Zeit im Nacken saß. Ich blickte auf das alte, anfällige Stück Papier im Kellerarchiv und fragte sie: »Wenn ich *Siegel* sage, was fällt Ihnen dann als Erstes ein?«

Die Bibliothekarin sah mich neugierig an. Sie ließ sich in ihren Stuhl sinken, ihr Blick huschte hin und her, während sie ihre Erinnerungen durchging. »Sie suchen nach Informationen über Siegel? Haben Sie mal mit einer praktizierenden Hexe gesprochen?«

Fragend sah ich sie an.

»Siegel können sich auf alles Mögliche beziehen. Wächter, Gottheiten, Engel, Dämonen.«

Ich erschauderte. Meine religiöse Erziehung ließ mich bei dem Gedanken an Feuer-und-Schwefel-Predigten über Engel und Dämonen ungewollt zusammenzucken. Ich fragte mich, ob sie wohl die Falten auf meiner Stirn zählen konnte, als meine Verwirrung immer größer wurde.

Unbekümmert fuhr sie fort: »Sie sollten sich mal in der Hexen-Community umschauen. Die haben vielleicht mehr Quellen als unsere Bibliothek.«

»Hexen?«, wiederholte ich und bemühte mich, keine blöde Bemerkung über Halloween zu machen. Wenigstens hatte sie mir nicht vorgeschlagen, mit einem Priester zu sprechen.

Die Bibliothekarin nickte. Sie holte ihr Handy hervor und schickte mir die Kontaktdaten ihrer Freundin, die geführte psychische Meditationen anbot, sowie die Benutzernamen von drei ihrer Lieblingshexen auf Social Media. Sie deutete an, dass es aufgrund meines guten Rufs in der Community durchaus möglich sei, dass ich mit jemandem von hohem Rang sprechen konnte.

Skeptisch sah ich sie an. Bilder von spitzen Hüten, Kesseln und Krähen ließen mich ein entschuldigendes Lächeln aufsetzen. »Ich halte meine Recherche lieber ... akademisch.«

Die Enttäuschung war ihr anzusehen. Sie schätzte mich ab, bevor sie sagte: »Man kann nicht etwas studieren, wenn man die Nase darüber rümpft.«

Da hatte sie nicht unrecht und ich war verzweifelt. Allerdings hatte ich so viel getan, um mich von meinen frommen Eltern zu distanzieren, dass mich der Gedanke, mich mit etwas Mystischem zu befassen, erschaudern ließ. Aber wenn imaginäre Freunde real waren, dann waren es Hexen vielleicht auch. Also machte ich mich an die Arbeit.

Der erste Kontakt, den mir die Bibliothekarin gegeben hatte, erwies sich als nutzlos, was mein Vertrauen in die Hexen-Community kaum stärkte. Die Frau legte mir über Videochat die Karten, beurteilte meine Aura und teilte mir mit, dass ich zu Großem bestimmt sei. Ich bedankte mich, lächelte trocken und bezahlte über die Website, die sie unten auf dem Bildschirm angegeben hatte.

Eine zweite selbst ernannte Praktizierende konsultierte den Urschöpfer, läutete ein paar Glocken für eine Klangreinigung und widmete sich dann meinen Chakren, bevor sie fünfzig Dollar verlangte. Ich glaubte grundsätzlich schon nicht an diese Dinge und bezweifelte stark, dass eine weiße Frau aus Nebraska eine Autorität in Sachen Chakren war.

Die Hexen machten es einem schwer, unvoreingenommen zu bleiben.

Ich starrte lange auf mein Telefon, bevor ich den dritten Kontakt auf meiner Liste anrief. Ich betrachtete mein Spiegelbild auf dem dunklen, leeren Bildschirm und seufzte. Das würde mich garantiert weitere fünfzig Dollar kosten. Ich hatte keine Telefonnummer für den letzten Kontakt bekommen, sondern nur einen Skype-Nutzernamen. Fünf Sekunden vergingen, dann zehn, dann fünfzehn. Schließlich tauchte eine erschöpft aussehende Frau mit blau-grün gefärbten Haaren, die am Ansatz herausgewachsen waren, auf dem Bildschirm auf. Sie trug einen Kapuzenpulli und hatte ein Kleinkind auf der Hüfte.

»Was gibt's?«

Ich war völlig überrascht. Da waren weder Sterne noch Vorhänge oder Weihrauch. Die Frau bemühte sich nicht um eine ruhige, besänftigende Stimme. Ich blinzelte verwirrt und sammelte mich, bevor ich zur Sache kam.

»Es tut mir leid«, sagte ich. »Ich ... ich bin mir nicht sicher, wie ich Ihren Namen aussprechen soll. Ich habe Ihre Kontaktdaten von ...«

»Es ist Xuân. Es wird mehr oder weniger wie das englische Wort für den Vogel ausgesprochen: Swan. Früher verwendete ich einen amerikanisierten Namen, aber dann dachte ich mir: Scheiß drauf. Wenn sie lernen können, Joaquin Phoenix auszusprechen, dann können sie auch herausfinden, wie mein Name ausgesprochen wird. Und Sie? Rufen Sie von Pearls Schule an? Ich habe der Sekretärin eine Nachricht hinterlassen, dass es ihr nicht gut geht.«

»Die Schule Ihres Kindes ruft Sie über Skype an?«, fragte ich. Es war typisch für mich, dass ich selten nachdachte, bevor ich etwas sagte. Ich bereute meinen schnippischen Tonfall sofort.

»Ja«, sagte sie zu meiner Überraschung. »Ich will nicht, dass die Leute mich rund um die Uhr erreichen können, also habe ich mein Telefon abgeschafft. Wenn jemand etwas von mir will, dann kann er mir eine E-Mail schreiben oder mir in die Augen sehen, wenn er mit mir spricht. Willkommen auf meinem Computer. Also, was wollen Sie?«

Ich versuchte mich daran zu erinnern, warum ich gedacht hatte, es sei eine gute Idee, mich bei ihr zu melden.

»Ich brauche einen Rat ... wie ich etwas sehen kann. Mir wurde gesagt, ich solle eine Praktizierende fragen. Und es hieß, dass Sie ...«

»Haben Sie schon mal meditiert?«, unterbrach sie mich.

Ich nickte. »Ich habe mal eine geführte Meditation gemacht ...«

»Pearl! Hör auf damit«, schimpfte sie mit einem Kind, das auf dem Bildschirm nicht zu sehen war. Xuân fuhr damit fort, ihr Baby auf ihrer Hüfte zu wippen, während sie sagte: »Nein, keine geführte Sitzung. Benutzen Sie Ihre übersinnlichen Wahrnehmungen. Versuchen Sie, durch den Schleier zu sehen.«

Als ich sie daraufhin überrascht ansah, warf sie mir einen müden Blick zu und näherte sich dem Bildschirm. Mein Telefon piepte, als sie mir einen Link schickte: *Den Schleier durchdringen – für Anfänger*.

»Sie tun Folgendes.« Xuân räusperte sich. Ich war mir sicher, dass sie ihr Kind gerade mit dem Fuß vom Bildschirm fernhielt, während das Baby weiterhin um ihre Aufmerksamkeit buhlte. »Zünden Sie eine Kerze an und stellen Sie sich ein Zifferblatt vor. Wie eine Frequenzanzeige eines alten Radios. Sie sehen vor Ihrem geistigen Auge, wie Sie den Lautstärkeregler ganz nach oben drehen, als würden Sie die Musik aufdrehen, okay?«

»Und was bewirkt das?«

»Das hilft Ihnen dabei, Ihre Hellsichtigkeit zu steigern. Probieren Sie es aus und rufen Sie mich zurück, wenn Sie es vermasseln.« Dann legte Xuân auf, bevor ich noch weitere Fragen stellen konnte.

Die religionsresistenten Teile in mir rebellierten, als ich Kerzen anzündete, Entspannungsmusik auflegte und mich im Schneidersitz vor meine Tür setzte und direkt auf die Stelle schaute, auf die Silas vor so vielen Nächten geblickt hatte. Ich sagte mir, dass das nichts mit Beten zu tun hatte. Das war etwas anderes. Das war Meditation.

Aber es fühlte sich nicht anders an.

Ich tat mein Bestes, um mich zu entspannen. Ich schloss die Augen und stellte mir ein Ziffernblatt vor.

Aber nichts geschah. Das Siegel wurde zu einem weiteren Gott, zu dem ich beten musste – etwas, das weder existierte noch antwortete, wenn ich es anrief, egal wie dringend ich es brauchte. Es war wieder so wie in meiner Kindheit. Und genau wie damals gab ich nicht auf, egal wie ignoriert ich mich auch fühlte.

Der Mai ging in den Juni über, der Juni in den Juli und der Juli in den August. Die letzten Tage des Sommers brachen an.

»Komm schon, verdammt noch mal, komm schon«, hatte ich gefleht, und die Frustration hatte jede Hoffnung auf eine friedliche Meditation zunichtegemacht. Wenn ich ihn damals aus meiner Fantasie heraufbeschworen hatte, dann konnte ich ihn auch jetzt wieder zurückholen. Je länger er wegblieb, desto überzeugter war ich davon, dass er wirklich existierte, und umso dringender musste ich mit ihm sprechen.

Ein Mann war verschwunden. Es gab viele unsichtbare Dinge da draußen. Ich hatte Jahre mit ihm verbracht. Und die Antworten waren in greifbarer Nähe – oder hätten es sein können, hätte ich ihm nicht befohlen, sich von mir fernzuhalten. Aber wenn er zurückkäme, dann könnte ich das wieder in Ordnung bringen. Und dann könnten wir gemeinsam alles – jede merkwürdige Bemerkung, jeden zufälligen Glücksfall, jede kuriose Kindheitserinnerung, jedes seltsame Stück meines Lebens – auf eine ganz neue Weise betrachten.

Ich schuf Klarheit in meinem Kopf. Ich starrte ins Leere. Ich meditierte. Ich las. Ich recherchierte. Ich befragte andere Menschen. Ich schrieb. Ich beobachtete mein Umfeld. Ich sah mir Dokumentarfilme an. Ich studierte Bücher über Geister, Feen, Flüche und Hexen. Ich führte Videochats. Ich durchforstete Foren. Ich füllte Notizbücher mit wirren Textauszügen, Skizzen und Theorien. Durch den Schlafmangel bekam ich tiefe, violette Augenringe. Ich nahm zwei Kilo ab, weil ich keine Lust hatte zu essen.

Ich schluchzte.

Aber sosehr ich auch weinte, Caliban kam nicht zurück.

Neun

17. August, 26 Jahre

*E*IN MANN NAMENS RICHARD MONTAGUE ...«
»O mein Gott!« Ich winkte der dreiköpfigen Tischgesellschaft zu. Der Geruch von frisch geschnittenen Zwiebeln, scharfen Paprika und würzig gebratenem Fleisch erfüllte das Haus und begleitete das statische Summen des Fernsehers. Bei der Erwähnung des bekannten Namens riss ich den Kopf hoch. Nia drückte Darius' Arm, um ihn zum Schweigen zu bringen, während die Tacos unberührt auf den Tellern lagen. Meine Freunde hatten mir geschmeichelt, mich genötigt und mir schließlich offen gedroht, bis ich endlich eingewilligt hatte, meine einsame Höhle zu verlassen und mich mit ihnen zu treffen. Sie waren so nett gewesen, mich in ihr Haus in der Vorstadt einzuladen, und ich hatte ihnen allen Grund gegeben, es zu bereuen. Ich stand auf und stellte die Abendnachrichten lauter, in denen das Gesicht meines Angreifers gezeigt wurde.

»Wer ist das?«, flüsterte Nia hinter mir.

Ich bedeutete ihr, kurz zu warten, in dem Wissen, dass sie das auch tun würde.

Ich stand vor dem Fernseher, als ob der Moderator nur zu mir sprechen würde. Als sie Bilder von Richards Haus einblendeten, drehte ich mich zu Nia um.

»Schreib die Adresse auf! O mein Gott, schreib die Adresse auf!« Meine Hand wanderte instinktiv zu dem Zettel, den ich in den Monaten nach dem Mordversuch in meiner Hosentasche aufbewahrt hatte, aber ich wollte ihn nicht mit Informationen über Richard verunzieren.

Sie zog hastig ihr Handy aus ihrer Gesäßtasche, während ihr Mann murrte, dass die Tacos kalt wurden. Ich hing an den Lippen Nachrichtensprechers, als ginge es um Leben und Tod. Nachdem der Beitrag zu Ende war und der Nachrichtensprecher zu einer für mich weniger interessanten Meldung über die hohen Benzinpreise überging, schnappte ich nach Luft. Ich hatte unbewusst den Atem angehalten.

»Was ist denn los?«, fragte Nia.

»Ich kannte ihn«, antwortete ich.

»Von …«, fragte sie.

Sie wusste, was ich früher beruflich gemacht hatte, und wusste auch, dass es mir unangenehm war, vor ihrem Mann darüber zu sprechen. Wenn Darius schon nicht genug Geduld aufbrachte, um auf seine Tacos zu warten, dann hatte ich auch nicht die Energie, ihm meine Tätigkeit als Escort zu erklären. Aber um fair zu sein, er war ein guter Mann – einer der wenigen, die ich tolerierte, besonders jetzt, da ich ihn als meinen Schwager betrachtete. Wahrscheinlich käme er sogar mit meiner geheimen Karriere klar, aber es war meine Entscheidung, wann ich es ihm erzählen würde. Er liebte seine Frau über alles und schon allein deshalb erhielt er von mir einen Freifahrtschein für jeden noch so kleinen Fauxpas. Ich nickte und sie verstand.

Nia Foster hatte sich wie ein Bulldozer in mein Leben gedrängt und ich hatte es zugelassen.

Sie hatte die öffentliche Auseinandersetzung mit meiner Familie nach dem ersten *Pantheon*-Buch mitbekommen. Die romanlange Ablehnung meines blasphemischen Lebensstils und meiner Romantisierung heidnischer Götter auf dem öffentlich zugänglichen Social-Media-Account meiner Mutter hatte Schlagzeilen gemacht. Es war zwar etwas weniger dramatisch als der Bericht über den versuchten Mord an mir in den Sechs-Uhr-Nachrichten, aber ein paar Online-Magazine hatten Screenshots von den Social-Media-Posts meiner Mutter über den Verbleib meiner unsterblichen Seele und von den tränenreichen Videos gemacht, die ich in der Hitze meines emotionalen Zustandes gemacht hatte.

Aber wie P. T. Barnum einst gesagt hatte: »Es gibt keine schlechte Publicity.«

Meine Fehler hatten ein Publikum erobert – ob zukünftige Buchkäufer, rechthaberische Experten oder die Online-Community, die ich als Freunde kennen und lieben gelernt hatte.

Nia hatte mir eine Direktnachricht geschickt und mir mitgeteilt, dass sie jetzt meine Schwester sei.

Ich hatte ihre Nachrichten zwar gelesen, aber nicht darauf geantwortet. Tage und Wochen vergingen, während sie mir Mitteilungen schickte, die so vertraut waren, als wären wir tatsächlich eine Familie. Sie erzählte mir, dass mein neuer Schwager die Spüle reparierte, dass meine neue Mutter mein Buch liebte und dass sie während der gesamten Grillparty den Nachbarn davon erzählt hatte, dass mein neuer Onkel auch pansexuell und sehr stolz auf mich sei. Außerdem schickte sie mir lustige Bilder von niedlichen Tieren in der Hoffnung, dass ich sie sehen und mich freuen würde. Sie sagte mir, dass wir eine gemeinsame Stadt hatten. Sie erwartete nie eine Antwort. Tag für Tag meldete sie sich bei mir, bis ich schließlich eines Tages, sechs Monate nach der Veröffentlichung des ersten *Pantheon*-Romans, als ich sehr verletzlich war, tränenüberströmt und in Fötusstellung auf dem Küchenboden liegend, den Thread öffnete und ihr antwortete.

Sie hatte meinen Widerwillen, jemanden an mich heranzulassen, gebrochen. Stück für Stück hatte ich sie in mein Herz gelassen und sie war zu meiner Familie geworden.

Jetzt sah ich meine Schwester an, die das Telefon in ihrer Hand glühen ließ. »Kannst du es mir per SMS schicken?«

Nia verzog den Mund, als sie zuerst auf ihr Handy und dann zu mir aufsah. Ihr Gesicht verdüsterte sich. Die Tacos waren vergessen. Sie war zu schlau, um zu glauben, dass ich unschuldige Absichten hegte. »Warum brauchst du seine Adresse?«

»Ist halt so«, erwiderte ich. Die Fosters und ich hatten uns vorgenommen, das Beste aus dem Sommer zu machen, solange er noch andauerte. Ich hatte geplant, draußen zu sitzen, Bier zu trinken und Karten zu spielen. Aber obwohl ich den Rest des Abends körperlich anwesend war, waren meine Gedanken ganz woanders. Ich verspeiste Darius' mexikanisches Essen mit höflichem Enthusiasmus, aber Nia hatte sofort begriffen, dass sie mich verloren hatte, als die Geschichte in den Nachrichten kam.

Nach dem Essen entspannte sich Darius und plauderte über eine Sportmannschaft, die mich nicht interessierte. Seine angenehme Stimme erlaubte es mir, mich in die Stille zurückzuziehen, während meine Gedanken rasten. Ich liebte Nia und mochte den Mann, den sie geheiratet hatte, aber ich konnte mich nicht mal in meinen besten Zeiten für Football begeistern. Und das waren nicht die besten Zeiten.

Darius fragte, ob wir noch Dessert wollten, doch Nia umarmte mich und sagte: »Ich weiß, du musst jetzt los.«

»Danke, Nia«, murmelte ich.

»Mach keine Dummheiten«, rief sie mir hinterher.

Die meiste Zeit hielt ich mich für intelligent.

Ich war eine gute Schülerin gewesen. Ich hatte die nötige soziale Intelligenz entwickelt, um mich in komplexen Situationen zurechtzufinden – ob ich nun am Arm eines Kunden das Chamäleon spielte oder ob ich versuchte, in einem Hipster-Café cool zu sein. Ich war so etwas wie eine Wortschmiedin. Aber meine Klugheit hielt mich nicht davon ab, eine zweifellos sehr schlechte Entscheidung zu treffen.

Vielleicht hätte ich nach Hause gehen und mich zusammenreißen sollen.

Nein, ich hätte auf jeden Fall abwarten und mir einen vernünftigen Plan zurechtlegen sollen, bevor ich zur Tat schritt. Doch als der Taxifahrer nach meiner Adresse fragte, gab ich ihm die, die auf dem Display meines Telefons aufleuchtete. Er kam dem Wunsch gern nach und lenkte den Wagen in Richtung Süden. Die Fahrt dauerte länger als gedacht, und die Taxigebühren waren viel höher, als ich es gewohnt war. Er warf mir einen Blick zu, als fürchtete er, dass ich mich aus dem Staub machen wollte, aber ich reichte ihm selbstbewusst lächelnd meine Karte. Ich entschädigte ihn für die Rückfahrt in die Stadt mit einem großzügigen Trinkgeld, woraufhin er sich herzlich bedankte, bevor er mich auf die kalte Straße hinausließ, wo mich ein gelbes Polizeiband aufhalten wollte.

Ich zog den gefalteten Zettel heraus, der schon zu einem festen Bestandteil meiner Gesäßtasche geworden war, und inspizierte die komplexe Form innerhalb des Kreises. Es hätte ein überdimensionaler Pfeil mit spitzen Winkeln sein können, der auf einer Seite geknickt war, abgesehen von den Proportionen. Wäre der Kreis eine Uhr gewesen, dann hätten die Zeiger auf drei, sechs und zehn Uhr gestanden. Ein spitz zulaufendes Auge in der Mitte zog die Aufmerksamkeit auf sich. Es ähnelte dem Auge, das ich schon auf vielen Halsketten und Armbändern gesehen hatte und das den Träger vor dem bösen Blick schützen sollte. Das letzte Stück, das den Pfeil durchstach und in das »Auge« eintauchte, war eine

Flamme an der Stelle, an der die Befiederung genau in der Zwölf-Uhr-Position sein sollte.

Das Siegel.

Die dritte Hexe hatte recht gehabt. Sie hatte keinen ausgefallenen Schnickschnack und keine Bezahlung gebraucht. Sie hatte weder gesummt noch gesungen. Sie hatte das Kleinkind auf der Hüfte geschaukelt, mir einen Link geschickt und dann aufgelegt. Die Wahrheit brauchte keine theatralische Show.

Ich hatte meditiert – ohne Kristalle, Tarot-Lesungen und den Urschöpfer – und dabei spektakulär versagt. Ich hatte den Kopf nicht freibekommen, hatte mich nicht konzentrieren können, nicht entspannen. Dennoch setzte ich meine Bemühungen fort. Ich versuchte es und scheiterte, ich versuchte und scheiterte und versuchte es erneut. Mit einer Hartnäckigkeit, die von Verzweiflung geprägt war, meditierte ich jeden Tag fast eine Stunde lang, bis ich eines Tages die Augen öffnete und ... das Siegel an meiner Wand sah.

Es raubte mir den Atem.

Es war wunderschön und furchterregend zugleich. In meinem Kopf herrschte Chaos – mit unzähligen Fragen samt unbefriedigender Antworten. Die Formen, die Linien, die Befiederung des Pfeils. Sollte ich glücklich sein? Wahrscheinlich. Zumindest war ich froh, dass ich es endlich gefunden hatte.

Sollte ich Angst haben? Vielleicht. Das Siegel sah jedenfalls nicht besonders harmlos aus.

Hatte ich das Recht, wütend zu sein? Vielleicht. Schließlich war es ohne mein Wissen oder mein Einverständnis über meine Tür gemalt worden.

Ich blickte von dem linierten Papier mit der kunstvollen Zeichnung zum Haus auf.

Ich besaß nur zwei Anhaltspunkte. Das Siegel und das Wissen, dass der Mann, der versucht hatte, mich umzubringen, markiert worden war. Richards Haus war meine heißeste Spur. Ich hatte erwartet, dass die Polizei das Haus bewachen würde, aber in der Nachbarschaft war nichts zu sehen oder zu hören. Ich faltete den Zettel mit dem Siegel und steckte ihn wieder ein, dann schlich ich um das Haus herum, nur um festzustellen, dass alle Türen verschlossen waren.

Mit verschlossenen Türen hatte ich nicht gerechnet. Der Mann war schließlich tot.

Die Fenster im Erdgeschoss waren ebenfalls verschlossen. Zum Leidwesen derjenigen, die einen Einbruch verhindern wollten, war ich jedoch sowohl akrobatisch begabt als auch klinisch verrückt. Was sich wieder einmal bestätigte, als ich die Regenrinne an der Rückseite des Hauses hochkletterte. Ich war schon so weit gekommen. Ich würde nicht gehen, ohne alle Optionen ausgeschöpft zu haben.

Glücklicherweise hatte Richard als Neurochirurg einen Haufen Geld verdient. Das bedeutete, dass er an seinem Haus nicht gespart hatte. Das Regenrohr war an jeder möglichen Stelle gesichert und aus der Art von verstärktem Metall angefertigt worden, das man eigentlich nur bräuchte, wenn es Gewehrkugeln vom Himmel regnete. Ich war seit dem College nicht mehr geklettert. Ich hatte so gut wie keine Griffkraft mehr. Als ich nach dem Balkongeländer im ersten Stock greifen wollte, wäre ich beinahe abgerutscht. Es war so nah. Wenn ich stürzte, würde ich mir bestenfalls den Knöchel und im schlimmsten Fall die Wirbelsäule brechen.

»Sei kein Feigling!«, ächzte ich vor mich hin und versuchte mich zusammenzureißen.

Ich spannte meine Knie an der Regenrinne an, fixierte meine Turnschuhe an dem winzigen Halt, den die Fugen boten, und griff dann mit beiden Händen gleichzeitig nach den Stangen des Balkons und löste vertrauensvoll die Füße von der Rinne.

Scheiße.

Ich hatte es versaut.

Das Klettern war einfach, verglichen mit dem Hochziehen. Ich hatte keine Kraft in meiner Brust oder meinen Armen. Ich stöhnte auf, als ich meinen Ellbogen um eine Stange legte und mein Knie auf das schmalste Stück des Balkonsimses schwang. Ich hätte mir die Zeit genommen, um zu meckern, zu klagen und zu schimpfen, wenn nicht das Licht eines Nachbarn plötzlich angegangen wäre. Das Adrenalin verlieh mir den Antrieb, den ich brauchte. Ich hievte mich über das Geländer und legte mich flach auf die Veranda, bis das Licht wieder ausging. Vermutlich hatte sich die Neugier der Nachbarn gelegt, nachdem sie nichts gesehen hatten.

Jetzt kam der Moment der Wahrheit. Ich schlang meine Finger um den Griff der Balkontür. Sie war nicht verschlossen.

In dem Moment, in dem ich die Schwelle zu Richards Haus überschritt, überkam mich ein unerklärliches Gefühl. Ich blinzelte dagegen an.

Ich konnte mir das schwere Gefühl in meiner Brust nicht erklären. Meine Muskeln spannten sich an. Mein Körper schaltete in den Überlebensmodus und alle meine Sinne drängten mich zur Flucht. Aber im Haus war es ruhig. Der Raum war leer. Nichts war falsch.

Hör auf, schalt ich mich. *Natürlich hast du Angst im Haus dieses Mannes. Er hat schließlich versucht, dich umzubringen. Aber er ist jetzt tot. Er kann dir nicht mehr wehtun. Jetzt werd erwachsen, verdammt noch mal.*

Aber ich konnte mich nicht beruhigen. Meine Hände zitterten, als ich auf Zehenspitzen durch das Haus schlich.

Selbst im Dunkeln erkannte ich, wie steril Richards Haus war. Alles erinnerte an einen Ausstellungsraum, als hätte hier nie jemand gelebt. Wären da nicht die gelben Tatortmarkierungen gewesen, die unregelmäßig in dem Haus verteilt waren, dann hätte ich glauben können, dass nie ein Mensch einen Fuß in dieses Haus gesetzt hatte. Die Möbel waren zu makellos. Die Böden waren zu sauber. Die Bilder an den Wänden hingen zu gerade. Alles war in monochromen Schwarz-Weiß- und Grautönen gehalten. Wenn ich nicht schon gewusst hätte, dass Richard ein Psychopath war, dann wäre das hier die Bestätigung gewesen. Ich blieb vor einem Bild stehen. Es war ein Foto aus dem Internet und zeigte eine glückliche Familie von Models, die mich anlächelten.

O ja. Dieser Typ war definitiv verrückt gewesen.

Meine Eingeweide zogen sich zusammen, die Muskeln spannten sich an, während mein Herz unangenehm raste. Es wurde immer schneller, als ob dieses unberechenbare Organ etwas wüsste, was ich nicht wusste. Ich hatte mich vergewissert, dass der Raum leer war, ich sollte mich eigentlich entspannen können. Ich war dumm. Ich war irrational. Dabei wollte ich doch mutig sein.

Aber Mut war bei mir nur selten zu erwarten. Dummheit hingegen ...

Ich überlegte, ob ich Licht machen sollte, aber ich fürchtete, dass ein neugieriger Nachbar die Polizei verständigen würde, wenn er mitbekam, dass jemand im Haus eines unter mysteriösen Umständen ums Leben gekommenen Serienkillers herumschnüffelte. Stattdessen schaltete ich die Taschenlampe meines Handys ein und begann, mir einen Weg durch die blauschwarzen Schatten des Hauses zu bahnen, wobei mich jeder weitere Schritt mit noch größerer Angst erfüllte. Langsam schlich ich die Treppe hinunter. Vor einer geschlossenen Tür blieb ich stehen. Ich konnte mir nicht erklären, warum, aber etwas sagte mir, dass sie in den Keller führte.

Er ist tot, sagte ich mir wieder. *Hab keine Angst vor dem Keller eines toten Mannes und irgendwelchen Schnörkeln an der Wand, du Feigling.*

Das ungute Gefühl in meiner Magengrube drängte mich erneut zur Flucht. Es sagte mir, ich solle verschwinden. Es flehte mich an, zur Haustür zu gehen, in den Hof zu rennen, die Straße hinunterzusprinten und das nächstbeste Auto anzuhalten.

Aber wenn die Angst näher kam, dann galt das auch für die Antworten, nach denen ich suchte. Ich öffnete also die Tür und blickte in die Dunkelheit. Ich schluckte und suchte nach dem Lichtschalter. Wenn ich die Tür hinter mir schloss, dann konnte ich auch das Licht anknipsen, ohne dass die Nachbarn etwas mitbekämen. Ich hob mein Handy in Richtung Wand, mein Herz klopfte so stark, dass meine Hand zitterte. Ich vergaß zu atmen, als ich einen einzigen Schritt machte.

Er ist tot, rief ich mir ins Gedächtnis. *Hier ist keiner. Er ist tot!*

Ich schloss die Tür hinter mir, während das Licht mit einem hörbaren Summen aufflackerte. Das fluoreszierende Licht blinkte einmal, dann zweimal, als es den Raum unter mir erhellte. Ein Zementboden mit einem Abfluss in der Mitte war das Einzige, was ich sehen konnte.

Ich machte einen weiteren Schritt nach unten.

Lauf! Lauf, lauf, lauf!, winselte die Stimme in meinem Kopf.

Ich schob sie beiseite, dann machte ich einen weiteren Schritt.

Eine stabile Werkbank, die mit gelben Markierungen der Spurensicherung übersät war, zog meinen Blick auf sich. Das Dröhnen in meinen Ohren war so laut, dass ich mir nicht sicher war, ob ich überhaupt jemanden gehört hätte, selbst wenn er im selben Raum gewesen wäre und meinen Namen geschrien hätte. Ich drehte meinen Kopf, Sterne tanzten vor meinen Augen, bevor ich merkte, dass ich die Luft angehalten hatte. Ich atmete gleichmäßig ein, während ich die letzten Stufen nahm und den Kellerraum betrat.

Was hatte ich denn eigentlich vorgehabt, hier zu tun? Meditieren?

Ich hatte Wochen gebraucht, um zu lernen, mich zu entspannen, den Kopf freizubekommen und durch den Schleier zu sehen, wie Xuân es genannt hatte, sogar in meinem eigenen Zuhause.

Alles an diesem Raum fühlte sich falsch an. Die Wände waren flach und glänzten von der seltsamen Hochglanzlack-Imprägnierung. Tief unter den antiseptischen Gerüchen von Bleiche und Farbe gab es einen Unterton von Eisen und Rost. Außerdem war es zu hell für einen so kleinen Raum. Mit jeder neuen Beobachtung wurde mein Entsetzen größer.

Es fühlte sich an, als ob unzählige Tausendfüßler meine Wirbelsäule hinaufkriechen würden. Ich gab mich ganz der Angst hin, badete in der kribbelnden Furcht. Mir reichte es! Ich drehte mich auf dem Absatz um, lief zur obersten Treppenstufe, meine Hand schoss zum Türknauf. Ich drehte ihn und ... stieß auf Widerstand.

Ich riss die Augen so weit auf wie nie zuvor und schnappte nach Luft. Langsam blickte ich nach unten. Dort, wo eigentlich das Schlüsselloch hätte sein sollen, war nichts als eine glatte Oberfläche.

»Scheiße!«, schrie ich die verschlossene Tür an. Ich rüttelte an der Klinke und schlug dann mit der Handfläche schnell und hilflos gegen das Türblatt. Ich drehte immer wieder den Knauf, bis meine Handfläche rot wurde. Ich biss die Zähne so fest zusammen, dass es knirschte.

»Nein!«, schrie ich. Für einen kurzen Moment lehnte ich meine Stirn gegen die Tür, während ich gedanklich meine Angst in eine luftdichte Box in mir hineinschob. Ich durfte nicht weinen. Ich musste einen Ausweg finden. Ich durfte jetzt nicht in Panik geraten.

Aber ich durfte wütend sein.

Natürlich hatte dieser Psychopath in seinem Keller eine Tür eingebaut, die sich selbst verriegelte.

»Ist schon okay«, sagte ich zu dem leeren Raum, während ich mich langsam umdrehte und auf die Treppe, die Werkbank und den Abfluss in der Mitte des Raumes schaute. Ich zwang mich dazu, jeden Gedanken laut auszusprechen, während ich das eingesperrte Tier in mir beruhigte. »Es ist in Ordnung. Es ist keiner hier. Ich habe Zeit. Richard ist weg. Niemand ist hinter mir her. Ich krieg das schon hin.«

Ich sah auf mein Handy, wusste aber bereits bevor mein Blick auf die obere Ecke des Displays fiel, dass dort, wo ich vier perfekte Balken finden sollte, nur eine flache Linie zu sehen sein würde. Das machte den Anblick aber auch nicht leichter. Natürlich hatte ich kein Netz.

Ich zwang mich dazu, wieder die Treppe hinunterzugehen. Die Polizei war bereits hier gewesen. Sie hatten alles abgesucht, es konnte hier also nichts Schlimmes geben ... was auch bedeutete, dass sie wahrscheinlich alle Werkzeuge oder Schlüssel als Beweismittel mitgenommen hatten.

»Marlow.« Ich sprach mit mir selbst, als wäre ich mein eigener Freund. »Du schaffst das. Du hast schon die schlimmsten Dinge erlebt, die einem Menschen zustoßen können, und du hast überlebt. Es gibt für alles eine Antwort und du wirst sie finden.«

Aber meiner fürsorglichen Stimme fehlte es an Glaubwürdigkeit. Galle stieg in mir hoch, als ich mich von der Tür entfernte und weiter in den Keller hineinging. Vielleicht gab es irgendwo ein kleines Glasfenster, durch das ich rausklettern konnte. Ich ging zu der leeren Werkbank und suchte nach einem Werkzeug, einem Hinweis, nach irgendwas. Vielleicht ...

Ich erstarrte, als ich aus dem Augenwinkel eine Bewegung wahrnahm.

Ich drehte mich um und schaute auf das zerzauste Haar, das blasse Gesicht und das zu breite Grinsen eines unmenschlichen Kindes.

Das musste ein Albtraum sein. Eine Halluzination. Der Kelch meines Wahnsinns war umgekippt und nun floss alles in jeden Bereich meines Lebens. Ich war allein. Gefangen zwischen vier Wänden, einem Abfluss und einer Werkbank. Hier hätte sich nirgends ein Kind verstecken können.

Angesichts dieser grauenhaften Erscheinung schüttelte ich den Kopf, als plötzlich etwas in mir *klick* machte. Halluzination oder nicht, ich erkannte dieses katzenartige Grinsen. Einige Monate zuvor hatte es sich in meinen Geist eingebrannt. Es hatte einem inzwischen toten Serienkiller gehört. Entsetzt starrte ich auf das Produkt meiner Fantasie. Ich rief all meinen Mut herbei, besann mich auf all die Therapiesitzungen, die Termine beim Psychiater und die Stunden, die ich mit Achtsamkeitsübungen verschwendet hatte. Dann sprach ich das Kind an.

»Bitte sei nicht echt«, war alles, was ich herausbrachte. Monatelang hatte ich mir eingeredet, dass alles, was passiert war, real war. Aber jetzt musste ich mich einfach irren.

Die Gestalt war etwa einen Meter zwanzig groß, spindeldürr und konnte kaum mehr wiegen als ein halb leerer Kartoffelsack. Ein schöner, schrecklicher Ghul. Er strahlte förmlich, als er meinte: »Meine Güte, sagen die Menschen nicht die lustigsten Dinge?«

Ich starrte in seine riesigen himmelblauen Augen und stolperte rückwärts. Es gab kein Entkommen.

Ich hob abwehrend die Hände und fragte: »Wer bist du?«

»Du riechst köstlich«, sagte der kleine Junge, und seine Augen funkelten. »Was ist das nur für ein Duft? So gut, so gut … Was für ein Geschmack, was für ein Geschmack …«

Er war echt.

Und plötzlich war ich wieder in meiner Wohnung, hilflos, suchte nach Messern, die nicht da waren, wünschte mir ein Telefon, auch wenn es mir nicht weiterhelfen würde, und wusste, dass ich es nicht rechtzeitig zur Tür schaffen würde. Das Gefühl des Déjà-vus war so heftig, dass mir schwindelig wurde. Aber in meiner Wohnung hatte ich meinen Feind zumindest gekannt.

Diesen Kindergarten-Albtraum, mit dem ich jetzt konfrontiert wurde, konnte ich nicht einordnen.

»Oh!«, keuchte er mit jungenhaftem Staunen und lächelte, bis sein Mund größer zu sein schien als sein Gesicht. Seine Zähne schienen immer schärfer zu werden, während er mich nicht aus den Augen ließ. »Dabei dachte ich, dass ich nichts mehr zu essen bekommen würde, nachdem ich zehn Jahre gefüttert wurde ... und jetzt kann mich mein Essen sogar sehen. Was für ein köstliches Dessert. Soooooo köstlich.«

Ich ging rückwärts, bis ich auf kalten Zement stieß. Von ihm ging ein kränklich-süßer Geruch aus wie von fauligem Fleisch. Ich suchte nach etwas Vertrautem, etwas, was einen Sinn ergab. Der Junge sah nicht älter aus als sechs, gleichzeitig hatte er etwas Uraltes an sich. Seine helle, kindliche Stimme war schrecklich. Seine Mundwinkel waren gerötet, als ob sie verschorft wären. Das fluoreszierende Deckenlicht flackerte über mir, als ob die Elektrik im Haus gewusst hätte, dass ich verloren war. Obwohl mir der Junge nur bis zur Schulter reichte, wusste ich, dass ich keine Chance gegen ihn hatte.

»Sag mir, wer du bist«, keuchte ich erneut.

Er verschränkte seine Arme hinter dem Rücken und tänzelte einen Schritt zur Seite, dann noch einen.

»Ich glaube, das weißt du«, sagte er.

»Wer?«, fragte ich wieder, obwohl es sinnlos war. Die Antwort spielte keine Rolle. Ich würde sowieso sterben.

»Legion heiße ich, denn wir sind viele.« Er zwinkerte mir zu und kicherte hoch und hell wie eine Totenglocke. »Du bist genau unser Typ. Wie nett, dass mir mein Gastgeber selbst im Tod noch eine Freude macht.«

»Bleib zurück«, sagte ich mit zitternder Stimme, als der kleine Junge immer näher kam.

»Nein«, sagte das Kind, dessen aquamarinblaue Augen vor diebischer Freude funkelten. »Ich glaube nicht, dass ich das tun werde.«

Dann passierten mehrere Dinge gleichzeitig. Ein Blitz aus gleißendem Licht durchflutete den Keller. Ich kreuzte die Unterarme vor dem Gesicht, um es zu schützen. Der Junge stürzte. Und ein lautes, widerhallendes Scheppern drang durch den Keller.

Das Kind schrie auf, als das hohe metallische Zischen einer Schwertklinge ertönte. Dann war es plötzlich still. Das einzige Geräusch in meinen Ohren war das schnelle Hämmern meines Herzens.

Ich ließ die Hände in dem Moment sinken, in dem das blendende Licht erlosch. Eine große, muskulöse Gestalt stand direkt über dem Abfluss in der Mitte des Kellers. Meine Augen wurden größer, als ich ihn wiedererkannte. Wir sahen uns einen Moment lang erschrocken an.

»Silas?« Ich rang um Luft.

»Verdammt, das kann doch nicht dein Ernst sein.«

Zehn

»Warum bist du hier?«, fragte er bissig. Eine scharfe Duftwelle von ätherischem Öl und Gewürzen durchflutete den Raum, in dem es vor wenigen Minuten noch nach fauligem Fleisch gerochen hatte. Eine breiige Masse sickerte langsam in den Abfluss in der Mitte des Raumes. Dort, wo eigentlich karmesinrotes Blut hätte sein sollen, tropfte es aquamarinfarben.

»Was war das?«, keuchte ich. Mein Blick huschte zwischen der Flüssigkeit und dem Mann, der dafür verantwortlich war, hin und her. Meine Gedanken überschlugen sich und mein Herz donnerte im Käfig meiner Brust. Flehend sah ich Silas an und fragte: »Silas, kannst du mir bitte hier raushelfen?«

Ein Muskel in seinem Kiefer spannte sich an. Gereizt sagte er: »Du solltest nicht hier sein!«

»Silas!«, forderte ich ihn auf. »Du musst mir helfen.«

»Hör auf, meinen Namen zu sagen«, zischte er.

Zum ersten Mal bemerkte ich das Schwert, das er in der geballten Faust hielt. Damit hatte er den katzenartigen Jungen ausgeschaltet, auch wenn ich zu entsetzt gewesen war, um hinzusehen. Ich versuchte mich daran zu erinnern, ob er bei unserer ersten Begegnung auch eine Waffe dabeigehabt hatte, aber die Eindrücke jener Nacht waren zu verschwommen. Ich erinnerte mich nur noch daran, dass Silas die Hand ausgestreckt hatte, sodass sie *in* Richards Schädel einzudringen schien, als hätte er die Zunge des Mannes rückwärts durch seinen Mund in seine Kehle gezogen. Es war alles so unglaublich gewesen. Und dennoch ...

»Es ist besser für uns beide, wenn du so tust, als hättest du mich nie gesehen«, sagte er.

»Da bin ich anderer Meinung«, erwiderte ich atemlos.

»Ich sollte gar nicht mit dir reden. Schließlich bist du nicht mein Mensch«, sagte er.

Wut ergriff mich. »Ich bin niemandes Mensch! Ich bin allein und ich bin in einem Keller eingesperrt. Und ob es dir gefällt oder nicht, aber ich kann dich sehen. Um Himmels willen, du musst mir helfen!«

Er runzelte die Stirn. »Beantworte zuerst meine Frage, Mensch. Wieso bist du hier?«

»Marlow«, korrigierte ich ihn atemlos.

Überraschung schien durch die glitzernde Krone seiner Iriden. Seine Augen waren in ihrem goldenen Glanz genauso metallisch, wie die von Caliban silbern waren, so als ob einer die Sonne und der andere den Mond in sich tragen würde.

»Was?«, fragte er.

»Ich heiße Marlow.«

Seine Augenbrauen hoben sich noch mehr, als er sagte: »Oh, du bist also dumm.«

Diese Aussage reichte aus, um mich wieder auf den Boden der Tatsachen zurückzuholen. Ich schüttelte den Kopf, als ob er mir einen Eimer kaltes Wasser ins Gesicht geschüttet hätte. Ich wollte wütend sein, war aber nur verwirrt.

»Wie bitte?«

Silas wischte einen bläulichen Fleck des Monsterkindes von seiner Klinge, bevor er sie wieder in die Scheide steckte. Herablassend sagte er: »Du brichst in einen von Parasiten verseuchten Keller und verrätst dann auch noch deinen Namen. Das erklärt, warum ein Siegel über deine Tür gemalt wurde, ohne dass du es überhaupt mitbekommen hast.«

»Ich ...« Ich verschluckte mich an meiner eigenen Empörung, wusste nicht, was ich darauf erwidern sollte. Außerdem verstand ich nur die Hälfte seiner Beleidigungen. »Ich kenne deinen Namen!«

Er wischte sich die Hände an seiner Hose ab und machte sich nicht die Mühe, mich anzusehen, als er sagte: »Nein, tust du nicht. Du weißt nur, wie ich in letzter Zeit genannt werde. Du kannst den Namen Silas verwenden, obwohl es mir lieber wäre, wenn du mir gar keinen geben würdest. Erspar uns bitte beiden die Kopfschmerzen und tu so, als hättest du nicht ...«

»Warte.« Ich stürzte mich auf ihn und grub meine Nägel in seinen Bizeps.

Er sah auf meine Hände, als ob sich gerade die Reißzähne einer Giftschlange in seine Haut gebohrt hätten. Der markante Geruch von Gewürzen wurde stärker, als seine Augen vor Überraschung aufleuchteten, weil ich ihn berührt hatte. Sein Blick schoss von meinen Fingern zu meinem Gesicht, als er fragte: »Was zur Hölle bist du eigentlich?«

Ich ließ nicht los, suchte in seinem Gesicht nach Hilfe, nach Mitgefühl, nach *irgendetwas*.

»Du kannst mich doch nicht einfach sterben lassen«, keuchte ich.

Langsam holte er Luft und sah mich an, als würde er mich zum ersten Mal sehen. Sein prüfender Blick auf mein Gesicht, meine Augen, meinen Körper genügte, damit ich meinen Griff lockerte, wenn auch nur ein bisschen. Mit einer kraftvollen Bewegung riss er sich los. Ich trat einen Schritt zurück, fühlte mich völlig verunsichert. Ich wusste nicht, wonach er suchte, aber nach meiner Begegnung mit dem Ghul war ich mir nicht so sicher, ob ich es überhaupt herausfinden wollte.

Schließlich sagte ich: »Ich bin gekommen, um Caliban zu suchen. Oder dich, um ehrlich zu sein. Etwas. *Irgendetwas*.«

Er verzog sein Gesicht, als er den blauen Brei auf dem Boden betrachtete, und sagte: »Nun ja, du hast etwas gefunden. Gut für dich.«

»Silas, *bitte*!«, flehte ich. »Caliban hat mich schon seit Monaten nicht mehr besucht. Der Sommer ist fast vorbei, und ich weiß nicht, was ich tun soll. Ich habe alles versucht. Ich weiß nicht mal, wo ich anfangen soll. Ich habe alles gelesen. Ich habe mit den Hexen gesprochen …«

Als er das hörte, machte er sich über das Wort lustig.

Ich kannte die Männer. Ich wusste, wie sie tickten, wie ich sie beruhigen konnte und wie ich das von ihnen bekam, was ich wollte. Aber als ich Silas' Gesicht studierte, sah ich nichts Vertrautes. Mit seinen Reaktionen konnte ich nichts anfangen. Es war, als würde man gegen eine ölige Oberfläche ankämpfen und verzweifelt nach etwas Greifbarem suchen. Also entschied ich mich für Ehrlichkeit.

»Ich wollte Caliban finden. Ich hatte keine Anhaltspunkte, außer dass er gesagt hatte, er hätte Richard markiert … den Mann, den du in meiner Wohnung getötet hast. Das hier ist sein Haus«, erklärte ich, als er mich verständnislos anblickte. »Richard war markiert. Bist du deshalb hier … wegen dieses *Kindes*? Wegen irgendeines Zeichens?«

Silas verzog missbilligend das Gesicht. »Der Parasit hatte nichts mehr zu tun, als die Leute nicht mehr in den Keller kamen. Als ich den Wirt tötete, hat das die … warte mal. Man vergisst so leicht, dass du gar nicht mit mir reden solltest. Es ist deine Schuld, dass der Parasit aufgetaucht ist. Wie auch immer, benutz dein Handy, Mensch …«

»Marlow.«

Er legte den Kopf in den Nacken, als wolle er lachen. Er biss sich auf die Lippe und unterdrückte das Geräusch, bevor er sich entspannte. Er sah mich an und sagte: »Wenn du so weitermachst wie bisher, bist du innerhalb eines Monats tot. Viel Glück mit deinem Leben.«

»Ich habe hier keinen Empfang!« Ich stürzte mich wieder auf ihn und packte seinen Arm.

Silas schlang seinen Daumen und Zeigefinger um meine Handgelenke und löste meine Finger, als würde er einen lästigen Blutegel entfernen. »Offensichtlich kannst du durch den Schleier sehen ... zumindest manchmal. Vielleicht liegt es an dem Siegel, das – wie hast du ihn noch mal genannt? Caliban? – in deiner Wohnung angebracht hat.«

Mein Nicken war zu eifrig in Anbetracht dessen, dass ich nicht ganz bestätigen konnte, was er sagte.

Silas fuhr fort. »Die Markierung des Parasiten ist eine Erweiterung der Markierung des Wirts. Ich habe keine Zeit, um herauszufinden, warum du uns sehen, geschweige denn berühren kannst. Vielleicht hatten dieser Wirt und sein ›Anhängsel‹ ebenfalls Siegel. Aber wenn es um *ihn* geht ...« Er verzog reumütig sein Gesicht bei der Erinnerung an den Mann, der mehr als zwei Jahrzehnte an meiner Seite verbracht hatte. »Eigentlich ... schuldet er – also *Caliban* – mir bereits etwas. Du heißt Marlow, hast du gesagt?«

Ich nickte.

Silas gab einen nachdenklichen Laut von sich, als er sich entspannte und mit den Achseln zuckte. »Wenn er das nächste Mal kommt, bitte ihn, den Schleier zu lüften.«

Mir blieb der Mund offen stehen. Ich beschloss, diesem Fremden nicht zu erklären, dass ich verlassen worden war. Ich hatte Caliban weggeschickt und er hatte auf mich gehört. Schließlich fragte ich: »Kannst du das nicht tun?«

»Natürlich kann ich das.«

Mein Gesicht leuchtete auf. »Und wirst du es auch tun?«

»Auf gar keinen Fall.«

Der Keller schien zu schrumpfen, die Wände kamen immer näher, bis er schließlich definitiv zu klein wurde. Die kahlen Leuchtstoffröhren waren zu hell. Es war, als ob ich die Sirenen in der Ferne hören würde, die mir sagten, dass der Sturm noch nicht vorbei war.

Aber ich konnte Silas nicht einfach gehen lassen.

»Bitte!« Ich räusperte mich. »Bitte, Silas. Tu das für mich. Ich brauche deine Hilfe sehr, sehr dringend.«

»Du wirst noch verrückt«, sagte er mit Gewissheit. Aufgrund seiner Körperhaltung wusste ich, dass das Gespräch beendet war. Andererseits, so wurde mir klar, hätte er längst gehen können. Stattdessen fuhr er fort: »Und selbst wenn ich es wollte ...« Er sah das Aufleuchten in meinem Gesicht und stellte klar: »Was ich *nicht* tue ... Wenn einer von uns einen Menschen aufnimmt, entsteht eine Bindung. Es ist eine dauerhafte Entscheidung für beide Seiten. Ich möchte nicht für dich verantwortlich sein – weder in diesem noch in deinem nächsten Leben. Wenn du in Schwierigkeiten gerätst, wäre es meine Schuld. Und es ist *eindeutig*, dass Marlow – eine menschliche Frau, die sich innerhalb weniger Wochen in zwei lebensgefährliche Situationen gebracht hat – wieder in Schwierigkeiten geraten würde.«

»Drei«, korrigierte ich ihn.

Etwas neugierig hob er eine Augenbraue, bevor er mir den Rücken zukehrte.

»Richard, dieser komische Monsterjunge und jetzt dieser Keller. Wenn du mich hier nicht rausholst, werde ich sterben. Die Tür ist verschlossen, und keiner weiß, wo ich bin. Ich kann nicht um Hilfe rufen. Wenn du mich zurücklässt, dann klebt mein Blut an deinen Händen.«

Er trat einen Schritt zurück, aber ich spürte sein Zögern. Er drehte sich zu mir um. Ich sah den inneren Konflikt in seinen Augen und hasste ihn dafür. Ich war mir nicht sicher, was es da zu überlegen gab. Welchen Grund könnte es geben, mich hier unten verhungern zu lassen, bis meine aufgedunsene Leiche irgendwann von einem forensischen Team gefunden würde? Ich kannte diesen Mann – dieses *Ding* – nicht, aber er war meine letzte Hoffnung, und er überlegte ernsthaft, mich dem sicheren Tod zu überlassen. Ungläubig kniff ich die Augen zusammen, während ich ihn beobachtete.

»Silas!«, schrie ich.

»Ich denke gerade nach.«

»*Worüber?*«

Ich wusste, dass es keinen Sinn hatte, mit ihm zu streiten. Ich konnte ihn nicht drängen oder zwingen. Er war ... kein Mensch. Selbst im kalten, unvorteilhaften Licht des Kellers besaß er eine Schönheit, die ich noch nie gesehen hatte, nicht mal in der Kunst. Seine breiten Schultern, das markante Kinn und die wohlgeformten Muskeln waren schon für sich allein genommen erstaunlich, aber da gab es noch etwas anderes an ihm. Ein Glimmen umgab ihn, wann auch immer er sich bewegte, fast so, als würde er strahlen. Es war ein anderes Licht, eine sauberere, bessere Lichtquelle als diejenige, die unheilvoll über unseren Köpfen brummte und flackerte. Er trug die gleichen weiß-beigen Lederklamotten, die er vor ein paar Wochen in meiner Wohnung getragen hatte, als er mich vor dem sicheren Tod bewahrt hatte. Aber auch das hatte er nicht getan, um mich zu retten. Er war irritiert gewesen, weil ich ihn sehen konnte. Ich nahm an, dass sich einige Dinge wohl nie ändern würden.

Richard war *markiert* worden. Auch wenn ich nicht genau wusste, was das bedeutete, klammerte ich mich an dieser Tatsache fest. Diese Markierung hatte Silas damals in meine Wohnung geführt, und auch wenn ich keine Ahnung von den Einzelheiten hatte, so wusste ich doch, dass ein ähnlicher Anreiz ihn jetzt hierhergelockt haben musste.

»Ich nehme an, dass es nichts schadet, wenn Caliban mir zwei Gefallen schuldet«, sagte er schließlich mit einer Stimme, aus der man seinen Widerwillen heraushörte. Er seufzte: »Ich schätze, das bedeutet, wir nehmen die Treppe.«

Es war nicht besonders feierlich, aber das war mir egal. Ich war unheimlich erleichtert und tanzte förmlich, als Silas mir den Weg wies. Er legte eine Hand auf den Türknauf, bis dieser zu einer schimmernden Konstellation aus Kupfer und Gold schmolz. Als er seine Hand wegzog, behielt der Knauf seine Form, aber die Tür ließ sich geräuschlos öffnen. Er trat auf die oberste Stufe und bedeutete mir, ihm zu folgen.

Während ich die Treppe hinaufstieg, hielt ich vor lauter Angst die Luft an, erst danach wagte ich es, ihn zu fragen: »Und der Schleier?«

»Keine Chance. Und bitte, Marlow.« Er hielt inne, betonte meinen Namen.

Erwartungsvoll sah ich ihn an und wartete darauf, dass er noch sagen würde, ich solle auf mich achtgeben.

»Tu uns beiden einen Gefallen und lass dich nie wieder blicken.«

Zitternd wie ein nasses Kätzchen stand ich an der Hausecke. Die Nacht war klar, aber ich fühlte mich schmutzig und verängstigt. Ich saß direkt im Schein einer Straßenlaterne, so als ob das Licht die Schrecken fernhalten könnte, die in den Schatten lauerten. Ich starrte auf die schlafenden Häuser und fragte mich, ob wohl irgendeiner der Nachbarn ahnte, wer und was nur wenige Häuser weiter gewohnt hatte. Mir wurde einfach nicht warm, egal wie fest ich auch meine Arme an meine Brust drückte. Es dauerte zwanzig Minuten, bis der Fahrer mich in dieser abgelegenen Gegend gefunden hatte. Ich überprüfte das Nummernschild dreimal, um sicherzugehen, dass ich auch wirklich in den richtigen Wagen stieg und nicht in das Auto eines anderen grinsenden Monsterkindes.

Jetzt hatte ich wohl auch den letzten Rest meines Verstandes verloren.

Ich brauchte dringend die Betäubungspillen, die man mir während meines Aufenthalts in der Psychiatrie verschrieben hatte. Es war fast ein Jahrzehnt her, dass mein Vater nach Hause gekommen war und mich in einer Schneewehe vor dem Haus neben einer leeren Orangensaftflasche gefunden hatte. Er hatte mich sofort in die Notaufnahme gebracht. Man hatte mich zunächst für zweiundsiebzig Stunden in die Geschlossene eingewiesen, was sich zu einem dreiwöchigen stationären Aufenthalt verlängerte. Dann war man zu dem Schluss gekommen, dass ich keine Gefahr mehr für mich oder andere darstellte. Es war eine Erinnerung, die ich am liebsten vergessen hätte. Ich wollte wegdämmern, während ich das helle, silberne Leuchten des Mondes und den Nachthimmel betrachtete, an dem die Sterne funkelten wie Diamanten. Trotzdem stand ich kurz davor, mich vom Fahrer direkt in die nächste psychiatrische Einrichtung bringen zu lassen.

Das letzte Mal, als ich mit der Welt nicht zurechtkam, hatte das an meiner Fantasie gelegen. Dieses Mal lag es an der Realität.

Es war Jahre her, dass ich einem Uber-Fahrer eine schlechte Bewertung gegeben hatte, aber wenn dieses Großmaul nicht endlich seine Klappe hielt, dann würde er nur einen Stern bekommen. Der Mann, der ein Knie am Lenkrad und einen Arm locker über den Beifahrersitz gelegt hatte, konnte natürlich nicht riechen, was mir gerade widerfahren war – trotz meiner zusammengesackten Haltung, meines wild umherirrenden Blicks und meines Unwillens, mich mit ihm zu unterhalten. Ich stank förmlich nach Angst und Schrecken, doch er hörte nicht auf zu plappern.

Die Stimme des Fahrers und der aus den Lautsprechern dröhnende Dubstep wetteiferten mit den aufblitzenden Visionen dieser Nacht um meine Aufmerksamkeit. Nach der Begegnung mit dem Ghul mit dem leuchtend blauen Blut war ich mit den Nerven völlig am Ende. Ich war im Keller eines Serienmörders gefangen gewesen. Ich war in die Folterkammer eines Mannes gegangen, der mich hatte töten wollen. Und dann war da noch Silas gewesen. Ein Schwert. Goldene Augen. Gleichgültigkeit und Macht. Er hatte viel gesagt und ich hatte nichts davon verstanden, außer einer Sache.

Ich sollte Caliban bitten, den Schleier zu lüften.

Den Schleier.

Ich hatte genug über Mythologie und Fantasy gelesen, um die Bedeutung zu verstehen.

Ich konnte durch das Menschenreich hindurch in das Reich der grinsenden Ghule und der großen, muskulösen, unbeherrschten Männer sehen. Und hoffentlich auch Caliban.

Er war alles, woran ich denken wollte, aber der Fahrer hörte nicht auf über Politik und Religion zu schwafeln. Offiziell hatte ich mich bereits mit der Situation abgefunden und würde ihm null Sterne und kein Trinkgeld geben, als er plötzlich anfing, Frauen als *Weiber* zu bezeichnen. Ich tat mein Bestes, um ihn zu ignorieren, während ich über das nachdachte, was Silas gesagt hatte.

Eine Bindung. Wenn er meinen Schleier lüften würde, wären wir miteinander verbunden.

»Und deshalb habe ich ihr gesagt, hör mal zu: Männer sind Jäger. Wir sind nicht für die Monogamie bestimmt, wir …«

»Tut mir leid«, sagte ich kurz angebunden. »Ich bin gerade wirklich müde und muss schlafen. Könnten Sie die Musik leiser stellen, damit ich für den Rest der Fahrt ein Nickerchen halten kann?«

Obwohl ich kaum mehr als seinen Hinterkopf sehen konnte, erkannte ich, dass er eine spöttische Bemerkung unterdrückte. Aber er stellte die Musik leiser und erlaubte mir, mich meinen Gedanken hinzugeben.

Meine Augenbrauen zogen sich zusammen, als ich an Silas' Andeutung dachte. Einerseits erschien es mir nicht schlimm, jemanden, der mich bereits zweimal gerettet hatte, für mein weiteres Wohlergehen verantwortlich zu machen. Andererseits hatte ich keine Ahnung, welche Auswirkungen so eine Vereinbarung hatte. Aber das änderte auch nichts an der Tatsache, dass Silas Nein gesagt und Caliban mich verlassen hatte.

Der Fahrer hielt vor meinem Haus, und ich stieg aus, ohne mich zu verabschieden. Mit meiner Karte betrat ich das Gebäude, und meine Enttäuschung steigerte sich, als mich ein unbekanntes Gesicht am Empfangstresen begrüßte. Die neue Rezeptionistin war gut gelaunt und gesprächig. Sie war mir sofort unsympathisch, obwohl meine Abneigung gegen Freundlichkeit kaum ihre Schuld war.

Mein Geist öffnete sich wie Internet-Tabs, einer nach dem anderen, ein neuer Gedanke nach dem anderen lief gleichzeitig, bis der Computer meines Gehirns immer langsamer wurde und jede neue Seite träge die Gedanken und Möglichkeiten sortierte.

Das Haus.

Der Keller.

Das Kind.

Sein Lächeln.

O Gott, dieses schorfige, breite, entsetzliche *Grinsen*.

Der Parasit hatte seinen Kiefer ausgerenkt wie eine Schlange. Fünf Sekunden länger und er hätte mir seine scharfen Zähne ins Fleisch geschlagen. Er hatte mich fressen wollen. Keine Ahnung, woher ich das wusste, aber ich hatte es gespürt. Vielleicht hatte meine Angst ihn schon die ganze Zeit gespürt.

Die Türen des Aufzugs öffneten sich, und ich zwang mich dazu, einen Fuß vor den anderen zu setzen. Eine weitere Karte, ein weiteres Pad, eine weitere piepende Tür, bevor meine Wohnungstür aufging. Ich schaltete das Licht in der Nähe der Tür ein und ...

... mein Herz blieb stehen.

Ich war nicht allein.

»Was ...«

Silas stand vor meiner Fotowand und betrachtete die Bilder, bevor er sich zu mir umdrehte, die Arme vor der Brust verschränkt. Seine Augen verdunkelten sich, als er mich musterte.

»Wie bist du hier reingekommen?« Ich hatte die Frage mit Nachdruck stellen wollen, aber jeder Teil von mir, der beim Anblick des Parasiten zerbrochen worden war, zerbrach noch einmal. Neue Angst durchströmte mich. Der Boden wankte, als mir bewusst wurde, wie wenig Kontrolle ich über mein Leben, meine Unabhängigkeit, meine Sicherheit hatte. Eine verschlossene Tür bedeutete rein gar nichts, wenn Wesen wie Silas, Caliban oder der Parasit einfach so hereinschlüpfen konnten. »Wie konntest du so viel schneller hier sein als ich?«

»Mach die Tür hinter dir zu, damit du nicht wie eine Verrückte aussiehst, die in eine leere Wohnung schreit«, sagte er.

»Nein.«

Ich blieb auf der Schwelle stehen und beobachtete den Mann in Beige und Weiß, der mitten in meinem Wohnzimmer stand. »Wie bist du reingekommen?«, fragte ich noch einmal.

Seine Lippen blieben zu einem festen Strich zusammengepresst. Ungeduldig atmete er aus, bevor er sagte: »Alles kann hereinkommen. In diesem Moment könnten sich auch Wesen in deinem Schrank und unter deinem Bett befinden.«

Ich schluckte. »Das ist nicht lustig.«

»Gut, denn ich mache auch keine Witze.«

Ich versuchte, ruhig zu atmen und mich daran zu erinnern, dass er mir nicht wehgetan hatte. Ich versuchte mir einzureden, dass er nicht mein Feind war ... andererseits hätte er mich vor weniger als zwei Stunden fast in Richards Keller sterben lassen. Anscheinend waren zwei Stunden lang genug, um in dem Loch zu verschwinden, aus dem er kam, und mit einem Gewissen wieder aufzutauchen. Vielleicht war er gekommen, um sich für vorhin zu entschuldigen.

Sein Blick wurde sanfter. Lange sah er mich an. Schließlich sagte er resigniert: »Ich werde es tun.«

Ich starrte ihn an.

Der Schleier.

Wie auf Autopilot betrat ich meine Wohnung und schloss die Tür hinter mir. Ich traute ihm nicht genug, um näher ranzugehen, sondern prüfte ihn zuerst auf jedes Anzeichen von Täuschung. Vor wenigen Stunden hatte ich ihn kaum davon überzeugen können, mir das Leben zu retten, und jetzt wollte er mir das *Geschenk des Sehens* anbieten?

Ich schüttelte den Kopf. »Aber ... die Bindung. Du hast gesagt ...«

»Ich hatte Zeit, darüber nachzudenken, und ich habe meine Meinung geändert.«

»Wie viel Zeit?«

Er atmete einmal tief durch und streckte die Hand aus.

»Willst du es jetzt oder nicht?«, fragte er.

Unsicher schaute ich zuerst auf seine Hand und dann wieder in sein Gesicht. Mein Blick wanderte über die sauberen, modernen Linien der Wohnung, als ob ich hoffte, dass Caliban dort auf mich warten würde, aber ich wusste es besser. Ich hatte ihm gesagt, er solle gehen. Ich hatte ihm gesagt, er solle nicht zurückkommen. Wenn ich ihn wiedersehen wollte, musste ich ihn finden. Und um ihn zu finden ... Wenn ich Silas' Hand nahm, wenn ich mit dem schimmernden Fremden eine Bindung einging ...

Aus den Schatten kam plötzlich das samtige Gurren einer Frauenstimme. Als sie in mein Blickfeld trat, konnte ich die Sanduhrform ihrer Taille und Hüfte erkennen. Ihre geträllerten Worte waren mit einem unverwechselbaren Lächeln unterlegt, als sie sagte: »Das würde ich an deiner Stelle nicht tun.«

Silas ließ seine Hand sinken und eine Reihe von Flüchen sprudelte mit einem wütenden Knurren aus ihm heraus.

Elf

»Sie ist eine von uns«, sagte die Gestalt, die aus dem Schatten trat. Sie war umgeben von einem Duft aus frisch geschnittenem Kiefernholz, einem Hauch von Meer und dem kribbelnden Gefühl, das man nur in der Nähe von Eis hat. Ihre lässige feuerrote Boho-Hose schmiegte sich an ihre Hüften und raschelte bei jeder Bewegung. »Ich weiß, du kannst es an ihr riechen.«

Silas machte einen Schritt nach vorn, als ob er sich auf einen Kampf vorbereitete. »Wohl kaum! Wie viel kann es denn schon sein, ein Achtel? Wenn überhaupt?«

»Es ist genug«, erwiderte die Frau. Sie war zu schön, um real zu sein, als wäre sie aus einem Gemälde herausgetreten. Mit einem entschuldigenden Grinsen drehte sie sich zu mir und sagte: »Tut mir leid, dass wir uns auf diese Weise kennenlernen mussten. Ich bin Fauna. Hübsche Wohnung übrigens.«

Sie streckte mir die Hand entgegen, ich machte angesichts dieser Geste jedoch nur große Augen und versuchte, mir nicht durchs Haar zu fahren, weil ich überzeugt davon war, dass der verrückte Wissenschaftler-Look mich auch nicht zurechnungsfähiger aussehen lassen würde.

»Wer zum Teufel seid ihr?«

Ich konnte diese übernatürlich schöne Frau in meiner Wohnung kaum ansehen. Sie war kurvig und Funkeln wie von

Messing und Diamanten umgab sie. Nichts davon ergab Sinn. Ein Teil von mir sehnte sich danach, wieder in Unwissenheit zu versinken. Es wäre viel angenehmer, wieder zu glauben, dass ich mir all das nur einbildete.

Silas murmelte mir zu: »Ich hab dir doch gesagt, dass da vielleicht etwas in deinem Wandschrank ist.«

Die Frau zeigte ihm den Mittelfinger, bevor sie einen Schmollmund zog und mich dann mitfühlend ansah.

Ich musste genauso geschockt ausgesehen haben, wie ich mich fühlte.

Faunas weißes Haar war am Ansatz kupferfarben. Ihre blasse Haut war mit Sommersprossen übersät, die sowohl rotbraun als auch perlmuttfarben waren. Sie sah tatsächlich aus wie ihre Namensvetterin – wie ein Rehkitz, das in eine wunderschöne menschliche Haut geschlüpft war –, eine Person mit Charakter. Sie verschränkte die Arme vor der Brust und verlagerte ihr Gewicht auf ein Bein. Ich war hin- und hergerissen zwischen dem Wunsch, alle Lichter anzuknipsen, um mir jedes Detail genau anzusehen, und der Dankbarkeit, dass nur das Flurlicht und der orangefarbene Schimmer der Stadt die Gestalten vor mir beleuchteten.

»So wollte ich dich jedenfalls nicht wiedersehen«, sagte Silas zu Fauna.

»Und ich wollte dich überhaupt nicht wiedersehen.« Sie pustete auf ihre Nägel, als würde sie den Staub vertreiben, dann streckte sie ihre fünf Finger aus und begutachtete ihr Werk.

»Mir gefällt, was du mit deinen Haaren gemacht hast«, sagte er, und ich konnte noch nicht mal sagen, ob sein Tonfall spöttisch oder aufrichtig klang.

Mit einem Augenzwinkern sagte sie: »Natürlich tut es das. Veränderung ist fabelhaft. Ich übernehme ab hier, Silas.«

Er blieb stehen. »Sie sagte, sie wolle …«

»Lass mich die Geschichte erzählen, Schatz«, sagte Fauna zu Silas und bedeutete ihm zu schweigen. Sie drehte sich zu mir um und erklärte: »Silas ist nach eurer kleinen Begegnung zu seinem Meister zurückgekehrt.« Sie schaute wieder zu ihm zurück und verengte ihre Augen zu mörderischen Schlitzen. »Dachtest du, wir wüssten das nicht? Sei doch nicht so naiv.« Sie wandte ihren Blick wieder zu mir, als sie fortfuhr: »Jedenfalls war seine machthungrige Göttlichkeit *begeistert*, dass ein neugieriger Mensch mit seinem *besonderen Engel* eine Bindung eingehen wollte.« Ungeduldig klopfte sie mit ihren Fingern auf ihre nackten Arme. »Es wäre ja so praktisch gewesen, das Lieblingsspielzeug des Prinzen an dich zu binden. Dein Meister hätte es geliebt. Nimm dir jetzt die Zeit, um deine Wunden zu lecken. Danke für all deine Mühen, aber sie gehört uns.«

»Wir haben einen Anspruch auf sie«, erwiderte er. Es klang wie geschärftes Metall auf Eisen.

Fauna lachte laut: »Was denn für einen *Anspruch*?! Weil sie dich aus Verzweiflung zuerst gefragt hat? Hör mal zu, Süßer, Blut ist dicker als leere Wunschträume.«

Ein Muskel zuckte in Silas' Kiefer. Seine hellen, goldenen Augen verdunkelten sich zu einem matten, kalten Bernsteinton, als er sagte: »Wir haben einen Anspruch auf sie. Sie war von Kindesbeinen an dafür bestimmt.«

Fauna rollte mit den Augen. »Dein Meister macht so viel Aufhebens um den freien Willen, schickt aber seine kleinen Sklaven aus, um noch mehr kleine Sklaven zu produzieren. Neugeborene werden einer Zeremonie unterzogen, Wasser wird verspritzt und lebenslange Pakte werden geschlossen, lange bevor die Kleinen ihren eigenen Namen kennen. So eine Hingabe hat sie nie verlangt.«

Durch zusammengebissene Zähne presste Silas hervor: »Das hätte sie nicht tun müssen. Als Baby ...«

»Lass stecken.«

Ich konnte mich nicht entscheiden, wen ich anschauen sollte. Mein Blick hüpfte zwischen ihnen hin und her wie die Silberkugeln von Newtons Pendel, ich war nicht in der Lage, mich auf einen von ihnen festzulegen. Sie sprachen über mich? Und was hatte das mit meiner Kindheit zu tun? Ich fragte mich, wie lange ich brauchen würde, um zu meinem Nachttisch zu laufen, und welcher Medikamentencocktail mich wohl wieder in die Realität zurückbringen würde.

»Das ist nicht dein Kampf, Fauna«, sagte Silas.

»Da bin ich anderer Meinung.«

Silas wich aus und versuchte es mit einer ganz neuen Taktik. »Sei vorsichtig. Ich glaube nicht, dass die Nordländer sich einmischen wollen. Das ist nicht euer Krieg.«

Fauna verhöhnte ihn, wobei selbst ihr Sarkasmus einen leichten, lässigen Ton hatte. Mit einer Stimme wie Sternenlicht sagte sie: »Wie wäre es, wenn du die Entscheidung, worin wir uns einmischen und worin nicht, uns überlässt?«

Ich hatte Silas in den letzten Wochen von verschiedenen Seiten kennengelernt.

Er war verwirrt gewesen, als ich ihm vor einigen Monaten zum ersten Mal in die Augen gesehen hatte. Er hatte sich aufgeregt, als er zwischen mir und den breiigen Überresten des grinsenden Parasiten stand. Der selbstsichere Blick, mit dem er in meine Wohnung gekommen war, war verschwunden, und eine neue Frustration war auf seinem Gesicht zu sehen.

Er starrte mich an, seine Augen glühten wie zwei Heiligenscheine. »Marlow, du wolltest durch den Schleier sehen? Ich kann dafür sorgen. Du willst mächtige engelhafte Verbündete haben? Ich kann dir das bieten. Du willst ...«

Das Wort löste nicht nur bei mir etwas aus. Während sich mir noch der Magen umdrehte, schnaubte Fauna: »*Engelhaft!*

Okay, wir haben genug von dir. Dein vermeintlicher Schützling und ich haben einiges nachzuholen.« Fauna lachte und machte Anstalten, ihn zur Tür hinauszuschieben. »Raus mit dir! Ich muss mit einer lang verschollenen Bürgerin sprechen.«

Ätherische Öle und Meeresduft, maskulin und feminin, Weihrauch und Kiefer, Engel und andere, sie glitzerten und leuchteten zwischen den Küchengeräten und der Elektronik meines zutiefst menschlichen Wohnzimmers. Ich versuchte zu schlucken, doch mein Mund war trocken.

Ich fragte mich, ob sie es wohl merken würden, wenn ich mir in den Arm kneifen würde. Einmal. Zweimal. Nachdem ich Nias Haus verlassen hatte, musste ich auf dem Rücksitz des Taxis eingeschlafen sein, und jetzt stolperte ich von einem bizarren Albtraum in den nächsten. Ich biss mir auf die Innenseite der Wange, in der Hoffnung, endlich aufzuwachen.

Aber nichts tat sich, außer dass ich Blut auf der Zunge schmeckte.

Fauna gab Silas einen kräftigen Schubs, während ich nur wenige Schritte von meiner Wohnungstür entfernt stehen blieb.

Silas war fast dreimal so groß wie sie und bestand ausschließlich aus kampfbereiten Muskeln. Es war mit Sicherheit nicht die reine Kraft, die ihn durch die Tür drängte. Aber er blieb standhaft, als er weitersprach. »Bürgerin ist richtig«, sagte er zu mir. »Fauna ist kaum mehr als eine Zivilistin.«

»Du musst gerade reden«, erwiderte sie mit zusammengebissenen Zähnen, während sie ihn wegdrängte.

Er hatte nur Augen für mich, als sein Tonfall etwas Flehendes annahm. »Lass es mich dir erklären, Marlow. Du wirst den Schleier mit einem wesentlich höheren Rang betreten – eine Möglichkeit, die du dir nicht mal vorstellen kannst. Du weißt nicht, was du aufgibst, wenn du …«

»Sei still«, schnauzte Fauna und verpasste ihm einen letzten harten Stoß. Jede ihrer Bewegungen hatte etwas unfassbar Faszinierendes an sich. Als Silas über die Schwelle trat, blieb er nicht im Flur stehen, sondern verschwand.

Ich starrte auf die Stelle, an der er gerade noch gestanden hatte, als auch schon die Tür zufiel.

Fauna sank gegen die geschlossene Tür und atmete erleichtert auf. »Nützliche Siegel – also das wahre Sehen. Dieses besondere Kunstwerk habe ich seit fast tausend Jahren nicht mehr gesehen. Die Idee des Prinzen, nehme ich an?«

Ich starrte dieses wunderschöne, chaotische Wesen an. »Des *Prinzen*?«, wiederholte ich verständnislos.

Neugierig legte Fauna ihren Kopf schief und trat ein paar Schritte auf mich zu. »Willst du mir etwa sagen, dass du keine Ahnung hast?«, fragte sie. »Nein, nein, natürlich. Das ergibt sehr viel Sinn. Wir haben uns schon gefragt, warum du sein Angebot nicht angenommen hast. Sicher, sicher, er ist keiner, der prahlt. Obwohl es für alle einfacher wäre, wenn er es getan hätte.«

Mit geisterhafter Anmut ließ sie sich auf meine cremefarbene Couch sinken. Sie klopfte auf das Polster neben sich. Es klang wie das Bimmeln silberner Glöckchen.

Trotz ihrer Eleganz blieb sie völlig ungezwungen.

»Ich glaube nicht, dass ich will, dass du real bist«, sagte ich zu diesem wahrgewordenen Traum.

Sie legte einen Ellbogen auf die Rückenlehne der Couch, stützte das Kinn auf ihre Faust und verzog ihre Lippen zu einem schiefen Lächeln, als sie fragte: »Würdest du es bevorzugen, wenn dies nur in deiner Fantasie passieren würde?«

Ich kniff die Augen zusammen und sagte: »Was ich bevorzugen würde, spielt keine Rolle. Ich wollte unbedingt zu Caliban zurück, um Zugang zu dieser Welt zu bekommen, aber du … du kannst nicht echt sein.« Ich öffnete wieder die Augen, aber sie war immer noch da.

»Ich habe Beweise für das Gegenteil, Süße. Komm, setz dich zu mir.«

Und weil ich nicht wusste, was ich sonst tun sollte, gehorchte ich und nahm leise ein paar Kissen weiter Platz.

Trotz ihrer Schönheit sagte mir ein bedrohlicher Unterton, dass sie mir, wenn sie wollte, mit einem einzigen Griff die Kehle rausreißen könnte. Das Einzige, was ich tun konnte, war, meine Fragen zu stellen und auf das Beste zu hoffen.

»Wer bist du eigentlich?«, wollte ich wissen.

»Ich bin Fauna«, wiederholte sie. »Ich bin … Hm, ich versuche zu entscheiden, welche Worte bei dir Anklang finden könnten. Was hast du noch mal studiert?«

Fragte sie mich gerade wirklich nach meinem Studienfach? Ich hatte es völlig vergessen. Ich war mir nicht mal sicher, ob ich mich an meinen eigenen Namen erinnern konnte. Zwischen dem Schock im Keller und den verwirrenden Ereignissen, die sich in meinem Wohnzimmer abgespielt hatten, war ich mir nicht sicher, ob ich gerade Brüste von Zehen unterscheiden könnte.

Schließlich kam mir ein halbwegs intelligenter Gedanke.

»Ich hatte zwei Hauptfächer«, antwortete ich. Die Normalität der Frage überraschte mich, als ich eine Antwort wiederholte, die ich bestimmt schon eine Million Mal gegeben hatte – bei Diskussionsforen, in Interviews und bei ersten Verabredungen, die ohnehin ins Leere liefen. »Sprach- und Literaturwissenschaften mit den Schwerpunkten Hispanistik und Nordistik.« Wollte sie als Nächstes meinen Lebenslauf sehen?

Sie ließ ein sternenklares Lächeln aufblitzen und fragte mich erst auf Norwegisch, dann auf Schwedisch und schließlich auf Isländisch, welche der skandinavischen Sprachen ich sprach. Sie verlor mich, als sie zu Altnordisch wechselte. Obwohl ich die meisten ihrer Worte verstand, konnte ich nicht antworten.

»Was könnten wir noch probieren? Färöisch? Finnisch? Dänisch?«

»Ich kann Dänisch lesen«, sagte ich. »Mit den anderen habe ich es gar nicht erst probiert.«

Sie neigte ihren Kopf zur Seite, Silber und Kupfer fielen ihr über die Schulter. »Ist es nicht reizend, wie das Blut nach dir ruft? Hier bist du im gottverlassenen Mittleren Westen Amerikas, und – verzeih mir, falls ich mich irre – deine Mutter hat ihre Sprache aufgegeben, richtig?«

Benommen senkte ich den Kopf. Ja, es stimmte. Meine Mutter hatte gewollt, dass zu Hause nur Englisch gesprochen wird. Je vehementer sie unser Erbe ablehnte, desto mehr hatte ich auf stur geschaltet. Meine Großmutter hatte sich gefreut, als ich endlich ein Gespräch mit ihr führen konnte. Die Verärgerung meiner Mutter darüber hatte ich nie verstanden, allerdings hatte ich es auch nicht wirklich versucht. Alles, was ich tat, schien eine Enttäuschung für sie zu sein.

Ich öffnete den Mund, um Fauna zu fragen, woher sie von meiner Mutter wusste, schloss ihn dann aber wieder. Ich hatte nicht vor, in nächster Zeit einen Pulitzerpreis für investigativen Journalismus zu gewinnen, denn ich konnte keinen klaren Gedanken fassen. Wenn Fauna wirklich ein Produkt meiner Fantasie war – und ich war mir immer noch nicht sicher, ob ich hoffte, dass sie es war oder nicht –, dann würde sie sowieso alles wissen, was auch ich wusste.

»Ich kann es ihr nicht verübeln«, sagte Fauna. »Ich bin mir sicher, dass die Dinge, die sie dachte und fühlte, sehr beängstigend für sie waren. Normalerweise überlassen wir Menschen, die nur entfernt mit den Feen verwandt sind, gern sich selbst. Es sei denn, irgendein engelhaftes Arschloch versucht, mit einer Nordländerin eine Bindung einzugehen, nur um den Prinzen zu verarschen.«

Ihr Satz war ein einziger Wortsalat, also hielt ich mich an den Teil, den ich verstanden hatte.

»Willst du damit sagen, dass du eine Fee bist?«, fragte ich.

Sie zuckte halb mit den Schultern. »Ich, Silas, der Prinz – was ist eine *Fee* schon außer einem Wort, das du benutzt, um die Facetten des Übernatürlichen zu verstehen?«

»Das *Übernatürliche*?«, wiederholte ich.

Sie gab einen Laut von sich, der verriet, dass sie sich bemühte, geduldig zu bleiben. »Das Wort ›übernatürlich‹ steht für etwas, das über das hinausgeht, was man erwartet, und das sind wir für die Menschen. Der Begriff ›übersinnlich‹ wird von den Menschen gern verwendet, wenn sie über uns sprechen, aber das ist zu ungenau. Es ist ein Wort für Dinge jenseits des Natürlichen, was die Reiche allerdings als ziemlich selbstgefällig von der Menschheit empfinden. Als ob ihr bestimmen könntet, was natürlich ist und was nicht.«

»Und ... was genau *bist* du?«

Einen Moment lang kaute sie auf ihrer Lippe. »Fee trifft es ganz gut. Obwohl ich genauer gesagt eigentlich eine Elfe bin. *Skogsrå* ist der Fachbegriff in unserem Pantheon, aber niemand scheint ihn zu kennen. Im Grunde bin ich eine Gottheit, für die du dich nicht besonders interessierst. Vielleicht eine Nymphe, wenn du Griechisch kannst ... wovon ich angesichts deines literarischen Werdegangs ausgehe. Die Menschen haben alle Arten von raffinierten kleinen Worten geschaffen, um ihr Wissen über unsere Königreiche zu unterteilen. Wie *Engel*.« Sie sagte das Wort noch einmal und kicherte. Dann musterte sie die Wohnung, als würde sie sie zum ersten Mal sehen. »Ich weiß, ich habe gesagt, dass deine Wohnung hübsch ist, aber verdammt! Was zum Teufel macht man mit einem *Literaturstudium-Abschluss*, damit man sich so eine Wohnung leisten kann?«

»Ich ... ich schreibe Bücher«, antwortete ich. »Die *Pantheon*-Serie ... und davor ... na ja ...«

»Oh, ihr Götter, wir wissen, dass du schreibst. Wir wussten nur nicht, dass du so gut bezahlt wirst. Ich habe das erste Buch gelesen, hauptsächlich um zu sehen, ob du mich erwähnt hast. Ich war sehr enttäuscht, wie du Álfheimr beschrieben hast, und genauso enttäuscht, dass ich nicht deine Hauptfigur war. Aber ich vergebe dir. Warte, warum ziehst du so ein Gesicht?«

Sie musterte mich eine Minute lang, bevor es bei ihr klick machte.

»Oh! Geld! Jobs! Die Sexarbeit? Schätzchen, das wissen wir doch alles. Glückwunsch, nebenbei bemerkt. Es gibt keine lebende Gottheit, die Sex nicht als eine Form der Anbetung benutzt – oh, warte, stimmt ja gar nicht. Silas' Meister hat sehr spezielle Vorstellungen, was Sex angeht. Ich frage mich, ob alle seine Engel deshalb so einen Stock im Arsch haben. Die müssen mal ordentlich flachgelegt werden.« Fauna stand auf und ging zum Regal mit den internationalen Lizenzausgaben meiner Bücher. Sie zog ein Exemplar heraus und lächelte. »Ich vermute, dass du das auch dem Prinzen zu verdanken hast.«

Ich brauchte nicht zu fragen, was sie meinte. Ich hatte nie geglaubt, dass ich den Erfolg wirklich verdient hatte. So etwas wie Glück gab es schließlich nicht.

»Nun, sollen wir?«

Ich runzelte die Stirn. »Sollen wir was?«

Sie ließ mein Buch auf den Tisch fallen und warf mir einen müden Blick zu. »Du wärst beinahe eine Bindung mit einem Engel eingegangen, damit du durch den Schleier blicken kannst.« Fauna wackelte mit den Fingern und streckte mir die Hand entgegen. »Gehen wir jetzt eine Bindung ein, oder was?«

Und da war es wieder. Dieses Wort. *Engel*. Jahrelange Predigten, die Angst vor ewiger Verdammnis, die Verse und die Kirchenbänke, das Wasser und das Abendmahl. Ich schreckte zurück. Mir wurde klar, dass es nicht daran lag, dass ich mir wünschte, dass Fauna nicht echt war. Ich war bereit, verborgene Völker und Volksmärchen zu akzeptieren. Ich war bereit für Hexen. Aber der religiöse Kontext hatte etwas in mir ausgelöst. Ich wollte, dass es falsch war. Wenn Engel real waren, bedeutete das dann, dass meine Mutter mit allem recht gehabt hatte? Die Mauer, die ich um meine Kindheit gebaut hatte, begann zu bröckeln, während ich Fauna anstarrte. Ich war mir ziemlich sicher, dass mir schlecht werden würde.

»Jetzt?«, fragte ich.

Sie verzog amüsiert das Gesicht. »Hast du gerade etwa etwas Besseres vor? Soweit ich weiß, warst du so verzweifelt, durch den Schleier zu treten, dass du sogar in das Haus eines Mörders eingebrochen bist, und dem Geruch nach bist du seinem Anhängsel begegnet. Unangenehme kleine Scheißer, nicht wahr? Aber das sagt mir, dass du entweder dumm bist oder dass du bereits alle Erwartungen an dieses Leben aufgegeben hast. Da ich weiß, in welcher Gesellschaft du dich bewegt hast, hoffe ich sehr, dass es nicht Ersteres ist.«

Ich hatte Mühe, zu schlucken, so als hätte ich eine große Pille ohne Wasser eingenommen. Mein Herz stotterte, als ich ihre Handfläche betrachtete, die sie mir erwartungsvoll entgegenstreckte.

»Und meine Freunde? Mein Leben? Mein Job?«

»Das wirst du nicht verlieren. Du kannst kommen und gehen … wenn du willst.«

Unsicher stand ich auf. Ich hatte in meinem Leben schon Hunderte von Rehen gesehen, selbst die Rehkitze mit den rot-weißen Flecken, die sich jetzt in ihr widerspiegelten. Sie waren in der gleichen unnatürlichen Stille erstarrt, die nur Wesen zu eigen war, die ein Leben lang gejagt wurden. Dennoch hatte Fauna den Engel nicht so behandelt, als wäre er ein Raubtier.

Ich blickte in die Schatten der Wohnung und wünschte mir, dass Caliban herauskommen würde. Aber er würde mich nicht vor dieser Entscheidung bewahren. Ich war auf mich allein gestellt.

»Wie wird es sein?«, flüsterte ich.

Sie schaute in ihre Erinnerungen, ihre Augen waren weit aufgerissen wie bei einem Reh, als sie nach einer angemessenen Antwort suchte. »Bist du schon mal aufgewacht und hattest Mühe, dich zu erinnern, was Traum und was Wirklichkeit war? Manchmal braucht man ein paar Augenblicke, um sich zu orientieren, um sich zu sammeln, um in die Gegenwart zurückzukehren.«

Ich nickte.

»Es ist so wie dieser Moment nach dem Aufwachen, aber für immer.«

»Das klingt schrecklich.«

»Tst. Ich gehe davon aus, dass dir klar war, dass es auch Nachteile geben würde«, entgegnete sie. »Warum hättest du denn sonst fast drei Jahrzehnte deines Lebens damit verbracht, Nein zu sagen? Obwohl ich vermute, dass dein menschliches Leben ziemlich zufriedenstellend ist, wenn ich mir deine Wohnung und deinen Erfolg so ansehe. Das Leben in vollen Zügen genießen und so weiter.« Sie ließ die Hand sinken.

»Nein«, erwiderte ich. »Das ist es nicht.«

Ihr Strahlen kehrte wieder zurück, sie zwinkerte mir zu. »Die meisten Menschen verbringen ihr ganzes Leben im Schlaf. Was sagst du, Marlow? Bist du bereit aufzuwachen?«

Zwölf

Ich brauchte einen Moment, um meine Gedanken zu sammeln, und der kam in Form einer heißen Dusche. Es war überraschend einfach gewesen, Fauna davon zu überzeugen, auf mich zu warten.

Ich hatte ihr gesagt, dass ich mich nach allem, was ich durchgemacht hatte, erst mal richtig abschrubben müsste, und sie gab zu, dass ich nach Eiter und Angst stank und dass ich mich mal ordentlich einseifen sollte. Als ich unter dem heißen Wasser stand, wäre ich vor Erschöpfung fast zusammengebrochen. Es brannte auf meiner Haut, was ich begrüßte. Jeder brühend heiße Tropfen erinnerte mich daran, dass das hier real war. Ich war real. Ich war am Leben. Ich sank auf den Boden der Dusche und wusch mir mühsam die Haare. Die ferne Erinnerung an Caliban, der mich einmal vor vielen Jahren unter der Dusche festgehalten hatte, während ich weinte, zerriss mir das Herz.

Du bist nicht glücklich.

Ich vermisste ihn so sehr – jeder Tropfen war wie ein Regen von Erinnerungen und ich ertrank darin. Er hatte nie versucht, mich zu ändern. Er hatte mich nicht ausgeschimpft oder mir gesagt, ich solle mich bessern. Er war nie enttäuscht, wenn ich betrunken oder mit einem Fremden im Arm nach Hause kam. Ihn interessierte nur, ob meine Entscheidungen mich glücklich oder unglücklich machten. Und er wusste, dass die Hälfte von dem, was ich tat, wie ein Verband war, um die blutende Wunde dieser einen Sache zu heilen, die ich in meinem Innersten für wahr gehalten hatte: dass er nicht wirklich existierte. Ein imaginärer Freund konnte keine physische Form annehmen. Ich musste Alkohol trinken, flachgelegt werden, daten, Medikamente nehmen, um den Globus fliegen, möglichst schnell und weit wegrennen, um von ihm wegzukommen. Aber nichts davon hatte funktioniert.

Nichts, außer ihm zu sagen, dass er nicht zurückkommen sollte.

Ich kniff die Augen zusammen und verdrängte die Bilder aus meinem Kopf.

Als ich schließlich den Duschvorhang beiseiteschob, schnappte ich nach Luft, als ich Fauna sah, die am Waschbecken lehnte und auf einen Zettel starrte. Ich konnte ihre Gestalt durch den dichten Dampf, der den Raum erfüllte, kaum erkennen. Rasch suchte ich nach einem Badetuch, aber sie machte sich nicht mal die Mühe, mich anzusehen.

»Das war in deiner Tasche«, sagte sie und zeigte kurz auf den Zettel mit dem hastig hingekritzelten Siegel mit den Knickfalten in der Mitte. Meine zerknüllte Hose, mein Shirt und meine Unterwäsche lagen in einem wilden Durcheinander auf dem Boden. Ich konnte mir nicht vorstellen, was sie dazu gebracht hatte, einfach so ins Badezimmer zu kommen und meine Taschen zu durchwühlen, aber andererseits war ich ja hier die Verrückte.

Ich riss das Handtuch vom Haken und wickelte es um meinen immer noch tropfenden Körper. »Hast du noch nie was von Privatsphäre gehört?«, fragte ich.

»Nö«, sagte sie und wedelte wieder mit dem Zettel herum. »Du hattest das hier in der Tasche, als du aus dem Haus gegangen bist, und du hast sowohl Silas als auch den Parasiten gesehen?«

Meine nassen Haare klebten mir in der Stirn, während ich sie wortlos anstarrte.

»Faszinierend«, flüsterte sie. Sie hielt sich das Blatt ganz nah ans Gesicht und drehte es um, während sie die Zeichnung aus verschiedenen Blickwinkeln betrachtete. »Ich kann nicht glauben, dass das funktioniert hat. Aber wenn jemand etwas so Mächtiges erschaffen kann, dann der Prinz. Komm schon, Süße. Ich habe noch Fragen. Und Hunger.«

Ich hatte kaum einen Fuß auf die Badematte gesetzt, das Wasser aus meinen Haaren tropfte auf den Boden, als sie auch schon die Badezimmertür aufriss. Der Kälteschock aus dem Flur traf mich, als der Dampf aus dem Raum rauschte. Fauna ließ die Tür offen stehen und marschierte zielstrebig in die Küche.

»Es ist schon nach Mitternacht«, rief ich ihr hinterher.

Sie ließ mich in Ruhe meine Haare abtrocknen und ein altes T-Shirt und eine Jogginghose überziehen. Danach bestellte ich auf ihren Wunsch hin eine Reihe von Donuts, anderem Gebäck und frittierten Süßigkeiten in einem Dessertladen, der rund um die Uhr geöffnet hatte. Während wir warteten, vertrieb sie sich die Zeit mit Cartoons, ohne die Art und Weise, wie ich sie dabei anstarrte, nämlich als wäre sie ein Hund, der auf den Hinterbeinen läuft und sprechen gelernt hat, zu hinterfragen. Nach fünfundvierzig Minuten voller bunter Kindersendungen, kam das Essen. Als der Lieferant vor unserer Tür auftauchte, machte ich den Fernseher aus. Kurz darauf steckte Fauna bis zu den Ellenbogen in den Süßigkeiten.

»So, dann lass uns jetzt mal über deine *wahre Sicht* reden«, schmatzte sie.

Ich fragte mich, wie sie es schaffte, anmutig auszusehen, während sie sich einen glasierten Donut in den Mund stopfte.

»*Wahre Sicht?*«

Sie wischte sich die Hände ab. »Du hast es natürlich im Blut, aber in Kombination mit diesem Siegel ... Ich bin fasziniert, dass das bei dir funktioniert hat, selbst als du nicht mal im Haus warst. Und das dann auch noch nur auf einem Zettel! Ich habe da so meine Theorien.«

Nachdem ich aus der Kirche ausgetreten war, hatte ich alle Facetten des Spirituellen abgelehnt. Die Realität war ein Eckpfeiler meiner Therapie gewesen. Hunderte von Sitzungen begannen sich in Luft aufzulösen. Ich wiederholte, was ich mir selbst antrainiert hatte. »Fauna, nichts davon ist real. Ich ...«

»Baby, das alles hier ist real. Um der Götter und Göttinnen willen, wie konnte er nur so lange Geduld mit einer Ungläubigen haben? Ich bin erst seit drei Stunden mit dir zusammen und habe schon jetzt genug von deinen ständigen Wiederholungen. Sei nicht so langweilig.«

»Ich bin völlig durchgeknallt«, sagte ich leise. »Psychische Krankheiten liegen in meiner Familie mütterlicherseits. Wir sind alle verrückt. Wir ...«

Fauna verputzte das letzte Stückchen eines Croissants und wischte dann mit der Fingerspitze die Krümel auf. Mir knurrte der Magen. Eigentlich hatte ich nicht vorgehabt, etwas zu essen, aber das hatte es nicht leichter gemacht, dabei zuzusehen, wie eine ganze Schachtel von Schokoladen-, Ahorn- und Vanillegebäck zwischen ihren perlweißen Zähnen verschwand. Sie leckte sich die Finger sauber und nickte. »Ja, Lisbeth war eine von uns ... *ist* eine von uns. Nun ja, eigentlich ist es deine Urgroßmutter, Aloisa. Sie ist die Beste. Sie ist viel cooler als du. Viel aufgeschlossener. Sie hätte alles geglaubt. Apropos alles ...«

Fauna stand auf und ging in die Küche. Sie begann, geräuschvoll Schubladen zu öffnen und wieder zu schließen. Meine Augen brannten vor Erschöpfung, als ich Fauna dabei zusah, wie sie meine Sachen durchwühlte.

»Was tust du da?«, fragte ich sie, aber sie antwortete nicht. Ich ließ sie weiter Chaos anrichten, während ich bei der Erinnerung an meine Eltern das Gesicht verzog.

John und Lisbeth Thorson, das christliche Vorzeigepaar, die Säulen der Gemeinde. Eine Frau, die so streng war wie der Maßstab, mit dem sie die Welt beurteilte, und ein Mann, der so abwesend und unbedeutend war wie alle anderen Otto Normalverbraucher, die diesen Namen mit ihm teilten. Meine Mutter war nicht gerade Margaret White, aber sie besaß einige Eigenschaften, die Carrie-Fans stolz gemacht hätten. »Meine Mutter ist besessen von Engeln und Dämonen«, rief ich laut, damit Fauna mich über den Lärm hinweg hören konnte. »Sie ist schizophren. Sie sieht und hört Dinge, die nicht da sind. Irgendwann hörte sie auf, darüber zu reden. Das musste sie. Weißt du, wie schwer es ist, einen Job zu finden, wenn man die Diagnose erhält? Weißt du, wie stigmatisierend das ist? Ich konnte nicht riskieren, ebenfalls mit diesem Etikett versehen zu werden. Ich wollte nicht, dass sich die Welt für mich genauso verschließt wie für sie oder für meine Großmutter.«

Fauna legte beide Handflächen auf die Kücheninsel und sagte: »Haben Stimmen im Kopf deiner Mutter ihr jemals befohlen, sich selbst zu verletzen?«

Ich runzelte die Stirn. Gerade als ich darauf antworten wollte, ließ mich das Geräusch von Papier und losen Kordfäden aus meiner Krimskramsschublade aufhorchen. Schließlich stand ich auf und ging in die Küche. »Kann ich dir helfen, suchst du was?«

Sie setzte ihre Suche fort, während sie sagte: »Einen Marker. Am besten einen Filzstift. Noch mal zu diesen Stimmen, haben die ihr jemals gesagt, sie solle etwas tun? Andere verletzen? Chaos stiften? Was haben sie zu ihr gesagt?«

Ich winkte sie zur Seite, schloss die Schubladen und Schranktüren in der Küche, dann ging ich zu dem Gestell neben der Couch. Darin befanden sich Fernbedienungen, eine Surround-Sound-Anleitung und eine Reihe von Schreibutensilien. Ich holte einen schwarzen Marker heraus und sie riss ihn mir aus der Hand.

»Wozu brauchst du den?«

Sie biss auf die Kappe, zog sie ab und behielt sie im Mund, während sie zu meiner Fensterfront ging. Mit der Plastikkappe im Mund sagte sie: »Weil Engel und Dämonen nicht die einzigen Dinge da draußen sind und weil deine Abwehrhaltung nervt. Und jetzt beantworte meine Frage.«

Ich schüttelte den Kopf. »Nein, sie haben nicht wirklich mit ihr geredet. Ich wusste, dass sie die Wesen auch noch sah, nachdem sie aufgehört hatte, darüber zu sprechen. Sie waren einfach da ... in der Nähe ... und meine Mutter sah und hörte ... hey!«

Das Quietschen des Filzstifts auf Glas unterbrach meinen Monolog.

»Du wirst dich später noch bei mir dafür bedanken«, sagte Fauna, während sie weiter Linien, Kreise, Kurven und Ringe auf die Scheibe zeichnete.

»Das bezweifle ich!«, meinte ich angesichts des Ergebnisses ihrer Bemühungen, das genauso gut aus einem Zauberbuch an mein Wohnzimmerfenster geklatscht worden sein könnte.

»Eigentlich hätte ich gar nicht hier reinkommen dürfen. Jeder Gott oder die Kreaturen aus ihren Pantheons könnten hier einfach so reinspazieren.«

Ich folgte ihr mit vor Entsetzen offen stehendem Mund, als sie auf meine Wohnungstür zusteuerte, um ihren Vandalismus dort fortzusetzen. Ich war zu fassungslos, um etwas zu sagen, aber Fauna plapperte immer weiter, als ob sie nicht gerade gegen alle gesellschaftlich akzeptierten Verhaltensregeln verstoßen würde. »Schizophrenie ist real, genauso wie Hellsehen. Durch den Schleier zu blicken, kann wundervoll sein oder es kann dein Leben ruinieren. Der beste Weg, um festzustellen, ob man hellsichtig ist, ist die Botschaft, die von der anderen Seite kommt. Es sei denn, deine Mutter hatte einen Parasiten ... nun, ein Parasit würde ihr sagen, dass sie schreckliche Dinge tun soll. Aber muss ich dir ja nicht sagen. Du hast schließlich einen von diesen gruseligen kleinen Scheißern getroffen. Für mich klingt es so, als ob ihr alle unter dem schrecklichen Fall von ›Urgroßmutter-Aloisa-wurde-von-einer-Fee-geschwängert‹ leidet.«

Zufrieden betrachtete sie ihr Werk und steuerte dann auf das Fenster im Gästezimmer zu.

»Das ist ein Permanentmarker. Du kannst nicht einfach ...«

»Ich bin mir ziemlich sicher, dass du über die finanziellen Mittel verfügst, um das zu verkraften.«

Hilflos presste ich meine Fingerspitzen an die Schläfe und fragte: »Meine Mutter ... Du sagst, sie hat nur durch den Schleier gesehen?« Die orangefarbenen Medikamentenfläschchen schienen meine Frage zu unterstreichen, als wir das Gästezimmer verließen und in mein Schlafzimmer gingen.

»Arme hellsichtige Menschen«, murmelte Fauna und nahm die Kappe aus ihrem Mund und steckte sie auf die Rückseite des Markers, während sie gleichzeitig zeichnete und redete. Wie ein Gast in meiner eigenen Wohnung beobachtete ich, wie sie mein Schlafzimmerfenster verunstaltete. Sie warf einen Blick auf die Medikamente und beantwortete dann die unausgesprochene Frage. »Nein, die Pillen haben ihre – oder deine – Fähigkeit, durch den Schleier zu sehen, nicht beeinträchtigt. Sie machen das Leben nur erträglicher. Übersinnliche Fähigkeiten können ... sehr viel sein. Auch wenn du sie nicht einfach abstellen kannst, hast du es nicht verdient zu leiden. Gönn dir ein bisschen Erleichterung.«

»*Übersinnlich?*«

»So!«, sagte sie zufrieden. »Gibt es noch andere Türen in der Wohnung? Fenster?«

Bei den Symbolen zuckte ich zusammen. Sie hätten genauso gut aus einem Buch für Okkultismus stammen können. »Du hast in meiner Wohnung alles kaputtgemacht. Es sieht aus, als würden wir versuchen, den Teufel zu beschwören. Meine Wohnung sieht jetzt jedenfalls genauso verrückt aus, wie ich mich fühle, also vielen Dank auch.«

Fauna machte ein Gesicht, das ich unzählige Male bei meinen Schülern in Kolumbien aufgesetzt hatte. Sie war eine Lehrerin, die ihr Bestes gab, um nicht einen Schuh nach ihren Schülern zu werfen. Sie bemühte sich um Beherrschung. »Andere Leute zahlen unsägliche Summen für diese Art von Schutzzauber, den du gerade von mir bekommen hast. Niemand von jenseits des Schleiers kann hier jetzt ohne Einladung reinkommen. Zwischen diesen Mauern bist du von nun an vor jedem sicher – vom Schreckgespenst bis zu Zeus höchstpersönlich. Sei also gefälligst etwas dankbarer!«

»Wenn du Zeus sagst ...«

»Der Typ hat Probleme, ihn in der Hose zu behalten. Den braucht man nicht in seinem Schlafzimmer. Was deine Fähigkeiten angeht, so ist es egal, wie du sie nennst«, sagte sie. Sie steckte die Kappe wieder auf den Stift und reichte ihn mir. »Keines der Worte ist wichtig. Alles, was du sagst, wurde von Menschen erfunden und durch Zeit und Kultur gefiltert. Verwende Sprache, wie auch immer du willst. Was auch immer dir dabei hilft, zu verstehen, dass du mehr sehen und fühlen und erleben kannst als das, was auf dein Reich beschränkt ist.«

»Wie heißt es dann wirklich?«

Ihre Nase zuckte, die Geduld schwand. In den zehn Sekunden, die ihr Gesicht brauchte, um von aufgeregt zu nachdenklich zu wechseln, erlebte ich einen Moment echter Angst.

Fauna lehnte sich von mir weg, während sie scheinbar über eine Frage nachdachte. »Warum hast du dich eigentlich dazu entschieden, den Prinzen *Caliban* zu nennen?«

Ich schaute sie an. »Was soll ...«

»Erzähl es mir einfach.«

Ich schnappte nach Luft. Wahrscheinlich sah ich aus wie ein Lachs im Maul eines Bären, weil sich mein Mund sinnlos öffnete und wieder schloss, ohne dass ich antwortete. Schließlich sagte ich: »Der Name ist aus *Der Sturm*. Die Figur war der Sohn einer Hexe und Caliban wirkte immer so magisch ...«

Ihr Mund verzog sich zu einem halben Lächeln. »Shakespeare bei jemanden mit einem Abschluss in Literatur. Gut gemacht.«

Meine zusammengezogenen Augenbrauen stellten die Frage, die ich nicht aussprechen konnte.

»Caliban ist natürlich nicht sein richtiger Name. Und Fauna ist nicht meiner. Silas ist nicht der richtige Name des Engels. Wir geben unsere wahren Namen nicht preis, aber wenn die Leute schlau sind, dann können sie manchmal ansatzweise unsere Namen erraten. So wie du Caliban gewählt hast. Wichtig, magisch ... die Figur war ein Halbmonster in Menschengestalt, oder? Es ist ein guter Name. Er zeigt deine Einsicht. Ich vermute sogar, dass du deshalb unter so vielen Pseudonymen gelebt hast. Denn letzten Endes geht es nicht nur um Anonymität. Sondern weil ein Teil von dir weiß, dass Namen Macht haben.«

»Was heißt das?«

»O *Götter*, ich versuche mich daran zu erinnern, dass du auch lobenswerte Eigenschaften hast.« Sie beugte sich vor, so als wolle sie mir ein Geheimnis verraten. »Was hat das mit Sprache zu tun? Mit Feen und Elfen und Dämonen und Übersinnlichem und Reichen? Komm schon, Marlow-Merit-Maribelle. Setz die Teile zusammen.«

Und das tat ich.

Sie nickte zufrieden, als sie sah, dass es bei mir klick machte. Die Worte des Reiches waren nicht nur alt oder verloren oder seltsam. Sie waren zu mächtig, zu wichtig, um ausgesprochen zu werden. Stattdessen blieben uns die »äußeren Ränder«, wie sie es genannt hatte. Was immer wir taten, um diese Gedanken mitzuteilen, würde genügen.

Fauna führte mich zurück ins Wohnzimmer, so als ob sie hier zu Hause und ich nur der Gast sei. Noch im Flur fragte sie mich über die Schulter: »Darf ich fragen, wie deine Großmutter genannt wurde?«

»Dagny.«

Sie stieß einen schweren Seufzer aus. »Das ergibt Sinn.«

»Wieso?«

»Es bedeutet *neuer Tag*.« Sie plumpste auf die Couch. »Es ist ein schöner Name für jemanden, der möchte, dass sein Ende wie ein Anfang aussieht. Aloisa wollte einen Neuanfang. Und? Hat sie ihn bekommen? Ich meine, ihr Name hätte sie so oder so an einen neuen Ort geführt, zu einem Neuanfang. Aber waren Aloisa und ihre Tochter hier glücklich?«

»Nein«, antwortete ich leise.

Meine Gedanken huschten kurz zu dem kleinen Haus, das nach Sauerteigbrot und dem orange-braunen Flickenteppich roch. Ihre grüne, mit Plastikfolie abgedeckte Couch und ihr freundliches Lächeln waren eine Konstante in meiner Kindheit gewesen. Meine Großmutter hatte immer als Babysitterin zur Verfügung gestanden, weil sie unter schrecklicher Agoraphobie litt und nirgendwo anders hingehen konnte. Wenn Oma Dagny durch den Schleier sehen konnte und keine Orientierungshilfe gehabt hatte, wen oder was sie sah, dann war die Angst, das Haus zu verlassen, vielleicht schlimmer als der Tod. Einen Hauch ihres Wahnsinns hatte sie weitervererbt – an meine Mutter und an mich. Zumindest hatte meine Oma zu der freundlichen Sorte von Verrückten gehört. Meine Mutter hingegen ...

»Ist eine von uns wirklich wahnsinnig?«, fragte ich.

Faunas wohlklingendes Lachen überraschte mich. »Wahrscheinlich seid ihr alle wahnsinnig! Ich kann mir nicht vorstellen, was es mit dem menschlichen Gehirn macht, wenn Feenblut durch die Adern gepumpt wird! Und um ... oh, wie heißt das noch mal ... komm schon, das ist ein wirklich guter Begriff, den ihr Menschen seit Kurzem benutzt. Wie heißt das, wenn man weiß, dass etwas wahr ist, man aber immer wieder gesagt bekommt, dass man den Verstand verloren hat?«

»Gaslighting?«

»*Gaslighting!*«, wiederholte Fauna begeistert und klatschte in die Hände. »So ein guter Ausdruck. Allerdings wird er überstrapaziert. Wenn ihr so weitermacht, ist er in einem Jahr völlig bedeutungslos. Aber ja, genau das hat bei Dagny dazu geführt, dass ihr die Sicherungen durchgebrannt sind. Sie hatte nicht mehr alle Tassen im Schrank, und ich hoffe, sie bekam jede Form der Unterstützung, die ihr das Leben leichter machte. Ich hoffe sogar, dass du ...« Sie runzelte die Stirn und sagte dann: »Tut mir leid, dass wir nicht öfter eingreifen. Aber es ist besser so. Als wir noch frei in eurem Reich umherstreiften, nahm das ... kein gutes Ende – weder für die Menschen noch für die Feen.« Abrupt drehte sie sich zu dem großen schwarzen Rechteck an der Wand um. »Machst du den Fernseher wieder an?«

Ich betrachtete dieses ätherische Wesen aus Sternenlicht, das wie ein Rehkitz gefleckt war, und hätte beinahe losgeprustet. »Die Cartoons ... ich kapier's nicht. Willst du wirklich wieder fernsehen? Warum?«

»Das Leben ist lang! Komm schon, Miss Mythologie. Weißt du, was für eine Scheiße die Götter zu ihrer Unterhaltung gemacht haben? Jetzt dürfen wir zusehen, wie kleine Produzenten-Gottheiten Schauspieler quälen. Aber wenn wir Glück haben, dann sind die Schauspieler sehr, sehr sexy.«

»Wieso kümmert dich das«, fragte ich, »so wie du aussiehst?«

Fauna setzte ein arrogantes Gesicht auf, biss sich auf die Lippe und beugte sich über den Tisch, als sie fragte: »Wieso? Findest du mich etwa sexy?«

Ich reichte ihr wortlos die Fernbedienung.

Sie kicherte, machte den Fernseher an und zappte durch die Programme, während sie sagte: »Manchmal spielen wir mit. Ein paar von uns langweilen sich nämlich und schätzen die Bewunderung von acht Milliarden Menschen durch Film und Fernsehen. Vielleicht könnte ich für *Fire and Swords* vorsprechen. Findest du nicht auch, dass ich aussehe wie eine Prinzessin? Und schauspielern kann ich auch ganz gut. Warte, bis du siehst, wie ich die Rolle der hilflosen Waldjungfer spiele, die nach einem großen, starken Mann sucht.«

Ich traute mich, sie zu fragen: »Und was machst du mit dem großen, starken Mann, wenn du ihn findest?«

Ihre Augen wurden dunkler und ihre Stimme leiser, als sie sagte. »Nun, das hängt ganz davon ab, in welcher Stimmung ich gerade bin.«

Ich war mir nicht sicher, ob ich in der Lage sein würde, zu sprechen, wenn ich noch länger blieb, also ließ ich sie allein weiter fernsehen, während ich wie betäubt in mein Schlafzimmer ging. Selbst nachdem ich die Tür hinter mir geschlossen hatte, hörte ich, wie sie wegen der schlechten Dialoge kicherte und angesichts der Drachen nach Luft schnappte. Ich legte mich hin. Meine Haare waren immer noch nass vom Duschen, und ich ließ das Kissen den Rest des Wassers aufnehmen und damit auch alles, was ich von der Welt zu wissen glaubte.

Dreizehn

»O mein Gott!« Ich schreckte auf. Mein Herz schlug mir bis zum Hals, sodass ich fast daran erstickt wäre. Ich krabbelte so schnell rückwärts, dass ich dabei beinahe vom Bett gefallen wäre.

Fauna zwinkerte mir zu – von dort, wo sie mich anstarrte und darauf gewartet hatte, dass ich meine Augen öffnete. »Nicht ganz, aber du kommst der Sache schon näher. Cooler Typ. Er hat seine Hellsichtigkeit viel besser genutzt als du, du Vollidiotin. Allerdings hasse ich seinen Fanclub.«

»Was tust du hier?«, stotterte ich. Die Sonne war noch nicht mal aufgegangen. Die Morgendämmerung tauchte mein Zimmer in ein lavendelfarbenes Licht. In Faunas Haar reflektierten die violetten Farbtöne und brachten ihre Konturen gut zur Geltung, während sie sich enthusiastisch nach vorne beugte.

»Ich habe Hunger, lass uns frühstücken gehen.«

»Ich habe eine French Press«, stammelte ich.

»Nein, ich will Donuts. Oder Muffins. Lass uns rausgehen.«

Lange starrte ich sie an. »Wie kannst du denn rausgehen?«

»Ganz einfach«, entgegnete sie. »Willst du mal sehen?« Sie holte eine Baseballkappe und eine Sonnenbrille, so als hätte sie schon auf diese Frage gewartet. »Ich werde einfach ein ausgesprochen attraktiver Mensch sein.«

»Aber warum solltest du das wollen?« Voller Adrenalin krabbelte ich aus dem Bett und ging zu meiner Kommode, ohne sie aus den Augen zu lassen, denn ich war mir nicht sicher, ob es klug war, ihr den Rücken zuzukehren. »Seid ihr Leute ... Wesen ... nicht normalerweise ... unsichtbar? Und warum bist du so besessen von Donuts?«

Sie sah mich an, als ob alles, was ich sagte, ihr eine weitere Bestätigung dafür gab, dass ich von gestern war. »Weil sie lecker sind? Komm schon, Miss Mythologie. In deinem zweiten *Pantheon*-Buch ging es um die Griechen und Römer, richtig? Sag mir: Wie oft haben Nymphen mit Menschen interagiert?«

»Oft, nehme ich an. Aber ...«

Sie drängte sich an mir vorbei und begann in meinen Schubladen herumzuwühlen, bis sie einen String und einen Sport-BH fand. Sie drückte mir die Unterwäsche in die Hand und ging dann zu meinem Schrank.

»Ich kann mich auch selbst anziehen«, sagte ich.

»Ja, aber du bist nicht besonders schnell, und ich will die Stadt sehen. Ich komme nie dazu, mit einer Freundin auszugehen. Außerdem habe ich so viele Theorien, die ich mit dir teilen will. Dein Siegel? Der Prinz? Dass du eine Vollidiotin mit Todessehnsucht bist? Lass uns einen Mädelsausflug machen.«

»*Einen Mädelsausflug?*« Hölzern wiederholte ich ihre Worte. Ich war mir sicher, dass ich sie bestimmt falsch verstanden hatte. Meine momentane Unfähigkeit, einen einzigen Gedanken zu formulieren, tat mir wahrscheinlich keinen Gefallen. »Fauna, ich weiß, dass du gerade versuchst, mich mit all dem vertraut zu machen, aber ...«

»Ja, das gehört dazu, du Verrückte. Ich rede mit dem Barista und gebe unsere Bestellung auf, während du an der Seite wartest, damit du zusehen kannst, wie ich mit anderen

Menschen interagiere. Lass uns mal losgehen, bevor alle Welt aufwacht. Es ist Samstag, da kommt keiner so früh aus dem Bett und wir werden uns im Café in Ruhe unterhalten können.« Sie entschied sich für ein Paar schwarze Leggings und ein schmal geschnittenes, sportliches Oberteil. Um ihre Augen zeichneten sich Lachfältchen ab, als sie grinste. »Im Gegensatz zu dir bin ich nämlich clever.«

»Du ziehst mich an, als kämen wir gerade vom Yoga«, sagte ich.

Sie strahlte. »Jetzt passt dein Outfit zu meiner Hose. Boho steht mir. Außerdem stehen viele Stadtfrauen früh auf, um zum Sport zu gehen. Wir werden keine Aufmerksamkeit erregen. Nun lass uns nicht weiter Zeit verplempern, heute wird ein schöner Sommertag.«

»Wir verplempern keine Zeit. Die Sonne ist noch nicht mal ...«

»Ich kann dich nicht hören«, trällerte sie fröhlich als sie aus dem Zimmer tänzelte und ihre Stimme durch den Flur hallte.

Ich schnappte mir mein Handy und sah sechzehn neue Benachrichtigungen. Ich verzog das Gesicht, als ich den Bildschirm entsperrte.

(Nia): Sag Bescheid, wenn du nach Hause kommst.
(Nia): Du bist doch nach Hause gegangen, oder?
(Nia): Lass es mich nicht bereuen, dass ich dir die Adresse gegeben habe.
(Nia): Jesus, Maria und Josef, wenn du wirklich in das Haus eines Mörders eingebrochen bist, dann werde ich – so wahr mir Gott helfe – das nächste Gesicht in den Nachrichten sein, weil ich dann diejenige bin, die DIR HÖCHSTPERSÖNLICH EIN ENDE SETZT!

Zwei verpasste Anrufe.

> **(Nia)**: Bitte geh ans Telefon, Marlow! Ich habe dir die Adresse eines Serienkillers gegeben und jetzt gehst du nicht ran.
> **(Nia)**: Geh an dein verdammtes Telefon!

Ein verpasster Anruf.

> **(Nia)**: Ich sage es Kirby. Wir treten dir in den Arsch.
> **(Nia)**: Ich hoffe inständig, dass du nicht tot bist, oder ich werde es bereuen, dass ich in meiner letzten SMS so gemein zu dir war.

Ein verpasster Anruf.

> **(Nia)**: Muss ich die Polizei rufen?

Zwei verpasste Anrufe.

> **(Nia)**: Drei Dinge: Erstens, dein Portier sollte gefeuert werden, weil er nie hätte bestätigen dürfen, dass du zu Hause bist. Das ist gefährlich. Ich könnte schließlich sonst wer sein, ich sollte nicht darüber informiert werden. Zweitens, ich bin froh, dass er es getan hat, denn jetzt weiß ich, dass du es zurückgeschafft hast. Drittens, mach dich bereit für eine Tracht Prügel.

Meine Daumen bewegten sich schnell, als ich ihr zurückschrieb, dass ich eine alte Freundin getroffen und sie bei mir übernachtet hatte. Ich entschuldigte mich, versprach ihr halbherzig, sie nie wieder zu beunruhigen, und beendete dann den Thread.

Nach einer zwanzigminütigen Fahrt – bei der Fauna jeden Knopf gedrückt, zwanzig Radiosender durchgeschaltet, das Fenster heruntergelassen und in jeder Sekunde Chaos verbreitet hatte – ging mein Telefon erneut los.

> **(Nia)**: Lügnerin. Wir wissen doch beide, dass du keine Freunde hast.

Mein Murren war etwas zwischen Verärgerung und Seufzen. Ich drehte mich zu Fauna. »Können wir bitte ein Foto von uns beiden machen?«

Sie strahlte wie von einer inneren Sonne erleuchtet und sagte: »Früher haben mich große Künstler gemalt und Skulpturen von mir angefertigt, also können wir natürlich ein Foto von uns beiden machen.«

Ich machte ein Selfie von uns und runzelte sofort die Stirn, als ich mir das Bild ansah. Sie sah aus wie ein Star, der neben einem Gremlin saß und lächelte.

> **(Nia)**: Oh, das ist aber eine heiße Freundin. Ich nehme zurück, was ich gesagt habe. Ich wünsch euch viel Spaß.
>
> **(Nia)**: Ich nehme die Hälfte von dem zurück, was ich gesagt habe. Ich vergebe dir nicht, dass du Kirby und mir Sorgen gemacht hast.
>
> **(Nia)**: Trotzdem hoffe ich, dass du einen schönen Abend hattest. Und ich will später alle Einzelheiten hören.

»Gib mir mal deine Karte«, sagte Fauna und streckte ihre Hand aus. Wir hatten vor dem angesagtesten Café gehalten, das ich in der Stadt hatte finden können. Ich war so introvertiert, dass ich coole Cafés in meiner Nähe erst mal googeln musste, bevor ich mich hinters Lenkrad setzen und meinen Mercedes in den Sonnenaufgang steuern konnte, so als wüsste ich, was ich tat. Das Morgenlicht ließ Faunas kupfer- und silberfarbenes Haar märchenhaft glitzern. Eine leichte, sommerliche Brise zerzauste ihre Strähnen und berührte mich mit denselben sanften Fingern aus Meeresgischt, Salz und frisch geschnittenen Kiefern.

Stirnrunzelnd fragte ich: »Weißt du denn, wie man sie benutzt?«

Sie verlagerte ihr Gewicht auf ein Bein. »Ich sehe fern. Das macht mich zu einer Expertin. Also her damit. Geh rein und such uns schon mal einen Platz.«

Ich musste zugeben, dass sie recht hatte. Dennoch war ich sehr gespannt, wie die nächsten Minuten verlaufen würden. Ich war innerlich bereit, in verzweifelter, koffeinfreier Stille in der Ecke des Raums zu sitzen, bis ich bemerken würde, dass keine heißen Getränke kamen.

Stattdessen beobachtete ich, wie die Barista mit der Zange herumfuchtelte, stotterte und Fauna anstarrte, als hätte sie einen Geist gesehen, als diese ihr ein strahlendes Lächeln zuwarf. Fauna dankte ihr mit einem lässigen Winken und schlenderte dann wie auf dem Laufsteg von der Theke zu unserem Tisch, bevor sie sich mir gegenübersetzte. Sie stellte einen Teller mit einem Blaubeer-Scone vor mir ab und stürzte sich dann auf den kleinen Berg honigsüßer Leckereien vor sich.

Da ich in einem umgebauten Lagerhaus lebte, beeindruckten mich die unverputzten Ziegelsteine, das glänzende Metall der Deckenschächte oder die industriellen Rohrleitungen, die dem Café seine hippe Aura verliehen, nicht sonderlich. Angesichts der riesigen gewölbten Fenster fragte ich mich, ob dies vor der Ära der Gentrifizierung eine Kirche gewesen war. Nun hingen die Bilder lokaler Künstler an den Ziegelwänden. Auf jedem Tisch standen frische Pfingstrosen. Die Luft war erfüllt vom frühen Morgenlicht und dem Duft frisch gebrühten Kaffees und warmen Brotes.

Es wäre auch dann verdammt ästhetisch gewesen, wenn ich nicht mit einer Göttin gegessen hätte.

»Ähm, Eure Majestät?«, rief die Barista hinter dem Tresen. Die wenigen Gäste warfen Fauna neugierige Blicke zu.

Sie zwinkerte hinter ihrer Sonnenbrille, schnalzte mit der Zunge und schoss mit einer Fingerpistole, als sie die Getränke abholte.

»Gib niemals deinen wahren Namen preis«, sagte sie, als sie kurz darauf wieder Platz nahm. »Apropos, habe ich dir eigentlich schon mal gesagt, dass du ein Dummkopf bist?«

Ich schlang meine Finger um die herrlich warme Tasse und wollte mich schon für das Getränk bedanken, als mir einfiel, dass ich selbst dafür bezahlt hatte. »Du hast es vielleicht mal erwähnt«, erwiderte ich. Ich nahm einen Schluck und verzog das Gesicht. Meine Zunge schaffte es kaum zurück in meinen Mund, als ich sie fragte: »Was ist das?«

»Kaffee. Mit drei Esslöffeln Zucker. Und Karamell. Und Vanille. Und anderen schönen Dingen. Gern geschehen.«

Ich nahm den Deckel ab, um sicherzugehen, dass die Flüssigkeit noch dunkel war. Allerdings konnte ich kaum Spuren von Kaffee inmitten des hellen Strudels aus flüssigen Zahnschmerzen erkennen. Ich wollte Fauna einen finsteren Blick zuwerfen, aber es fiel mir angesichts ihrer frustrierenden Schönheit schwer.

Faunas Baseballkappe und Sonnenbrille machten sie nur noch geheimnisvoller. Sie sah aus wie ein Star, der unerkannt bleiben wollte. Ich biss mir auf die Lippe, während ich über die möglichen Folgen nachdachte. Vielleicht war das ein Teil ihres Charmes. Der armselige Versuch, sich zu verkleiden, bestätigte die tief verwurzelte Ahnung der Leute, dass Fauna *etwas anderes war*, während sie sie glauben ließ, dass sie eine berühmte Schauspielerin oder Sängerin sein könnte, die zufällig mit einer müden Hexe Kaffee trank.

Sie war clever, das musste man ihr lassen.

Ich schob ihr das zuckerhaltige Getränk zu.

»Mehr Süßes für mich«, strahlte sie, als sie die Tasse entgegennahm. »Okay, du wählst das Thema. Worüber sollen wir als Erstes reden? Dein Siegel oder …«

»Ich will wissen, woher du mich kennst. Ich will wissen, was du mit der ganzen Sache zu tun hast. Warum mischst du dich ein? Warum …«

»Oh, ich hab's.« Ihre Augen funkelten dramatisch. Sie wischte sich die Hände an ihrer Hose ab und trank dann die letzten zuckerhaltigen Reste ihres Kaffees, bevor sie sich meiner Tasse zuwandte. »Hol dir erst mal ein neues Getränk. Du bist unangenehm. Ich hoffe, du bist bloß ein Morgenmuffel, der unter Koffeinentzug leidet. Ich wäre wirklich deprimiert, wenn ich herbeigeeilt wäre, um eine Spaßbremse zu retten.«

Ich unterdrückte die wütenden Bemerkungen, die mir auf der Zunge lagen, als ich aufstand und ihr meine Hand hinhielt, damit sie mir meine Kreditkarte zurückgab. Hätte ich nicht wegen der Schlaflosigkeit und des Koffeinentzugs Kopfschmerzen gehabt, hätte ich mich mit ihr gestritten. Als ich einen schwarzen Kaffee mit Honig bestellte, fragte mich die Barista leise, wer meine Freundin sei, und ich erzählte ihr, dass ich ein Frühstücksdate hatte. Sie blinzelte ungläubig, was ich als Beleidigung empfand. Als sie mich nach meinem Namen für die Bestellung fragte, wollte ich ihr schon meinen Künstlernamen nennen, und sei es auch nur, um mir einen Hauch von Glaubwürdigkeit zu verleihen. Doch die Verbitterung ließ mich etwas anderes sagen.

»Göttliche?«, fragte die Barista mit hochgezogener Augenbraue.

»Das bin ich«, sagte ich und hob einen Finger.

Ich wartete ungeduldig am Tresen, bis sie mir den Kaffee

rüberschob, dann setzte ich mich wieder zu Fauna, die gerade die letzten Leckereien verputzte.

»Spuck's aus, Nymphe«, sagte ich.

Sie schnaubte. »Vielleicht hast du ja doch etwas von deiner Urgroßmutter in dir. Ehrlich gesagt, wäre das für uns alle besser. Lass die Kriegerin in dir erstrahlen. Ich habe das Bild von ihr gesehen. Das an deinem Kühlschrank.«

Ich verbrühte mir die Zunge an dem weitaus akzeptableren Kaffee, während meine Gedanken zu dem Schwarz-Weiß-Foto in dem kleinen Magnetrahmen an meinem Kühlschrank wanderten. Es war eines der wenigen Bilder von meiner Großmutter, bevor sie Norwegen verlassen hatte. Es war körnig, aber mir gefiel, dass sie das traditionelle Wollkleid anhatte, das nur zu besonderen Anlässen getragen wurde. Das Erbstück war in meiner mütterlichen Linie weitergereicht worden, auch wenn ich es seit Jahren nicht mehr gesehen hatte. Das rot-blaue Bunad lag wahrscheinlich immer noch in der Zedernholzkiste meiner Mutter.

Ich ging davon aus, dass ich das Erbstück nie wieder zu Gesicht bekommen würde, es sei denn, meine Mutter starb oder hörte auf, ein Miststück zu sein.

Ersteres war wahrscheinlicher.

Auf dem Bild hielt meine Urgroßmutter Aloisa das winzige Bündel im Arm, das zu Großmutter Dagny heranwachsen sollte, der süßen, agoraphobischen Einwanderin der ersten Generation auf nordamerikanischem Boden. Die Fjorde hinter ihr hatte ich an dem Bild immer am liebsten gemocht. Es sah aus, als wäre es direkt einem Buch von Hans Christian Andersen entsprungen.

Meine Erinnerungen verblassten angesichts der Gegenwart und ich kehrte in das Café und zu dem nichtmenschlichen Wesen vor mir zurück. »Du hast sie beide kennengelernt?«

Fauna strahlte, und ihre Apfelbäckchen erröteten, als sie sagte: »Aloisa war ein Hitzkopf. Wir haben alle verstanden, warum Geir sich in sie verliebt hat. Er liebte sie und sein Kind, also deine Großmutter.«

»*Geir?*«, wiederholte ich leise. War das etwa mein Urgroßvater?

»Willst du ihn treffen?«

Mein Herz blieb erst stehen und hüpfte dann irgendwo in meinen Innereien herum. Ich schaute über meine Schulter, halb erwartete ich, dass Geir wie aus dem Nichts hinter mir auftauchen würde. Mir wurde übel. Plötzlich war der Kaffeeduft überwältigend und das Morgenlicht schmerzte in meinen Augen. Lag es an mir oder gab es plötzlich weniger Sauerstoff im Raum als noch vor einer Minute?

Ich kämpfte gegen meine Panik an und fragte: »Warum sind sie gegangen?«

Fauna lehnte sich auf ihrem Stuhl zurück. Mit heruntergezogenen Mundwinkeln sagte sie: »Salem war nicht der einzige Ort, an dem es Hexenverfolgungen gab, weißt du? Aloisa mag ein Mensch gewesen sein, aber ein großer Teil Europas hat in dieser Zeit ziemlich viel religiöse Scheiße durchgemacht. Frag Silas und seinen Arschloch-Meister, wenn du mehr Details wissen willst. Aloisa dachte, es wäre am leichtesten, Dagny zu schützen, indem sie das Land verlassen. Dies ist doch angeblich das Land der Religionsfreiheit, oder?« Sie kicherte humorlos. »Den Engeln gefällt es hier jedenfalls verdammt gut.«

Ich nahm einen großen Schluck aus meiner Tasse und fragte dann: »Und warum bist du hier?«

»Oh.« Fauna sah mich an. »In diesem Land? Ich bin hier und dann bin ich es nicht. Wir können überall hingehen. Nur tun wir es normalerweise … nicht. Die meisten von uns verbringen ihre Zeit in ihren eigenen Reichen, weil diese objektiv gesehen besser sind. Versteh mich nicht falsch, ihr habt hier ein paar lustige Dinge. Ich mag zum Beispiel eure Croissants sehr und eure lächerlichen Shows allein sind schon einen Besuch wert. Die Nordländer machen auch keine sauren Gummischlangen. Außerdem sind die Eindrücke der Sterblichen besonders aufregend. Ich erkläre dir das später. Kurz gesagt: Alle, die auf der Suche nach ein wenig Nervenkitzel sind, lieben es, in das Reich der Menschen zu kommen.«

»Du bist also eine Fee, die den Nervenkitzel sucht?«

Sie schwenkte ihre Tasse. »Hör mal zu, ich habe kein Interesse, auf totem Land zu sein. Eure sogenannten Engel und Dämonen benutzen das Reich der Sterblichen als neutrales Schlachtfeld, um ihre eigenen Königreiche nicht zu zerstören. Das ist irgendwie genial – auf eine bösartige Art und Weise.«

Entsetzt starrte ich sie an.

»Ach, komm schon«, nörgelte sie. »Du schreibst Fantasy und hast jahrelang mit einem Dämon gevögelt, oder? Das sollte für dich doch nicht so schwer zu verstehen sein.«

Fauna war nur noch ein Fleck, als meine Sicht verschwamm. Ich versuchte, das Wort zu wiederholen, aber mein Mund war zu trocken. Ich brachte kaum mehr als ein Hauchen heraus. »Caliban ... du sagtest ... *Dämon?*«

»Oh«, murmelte sie in die zweite Tasse Melasse, die sie für Kaffee hielt. »Lass uns das später klären.«

Unter mir tat sich der Boden auf. Mein Körper fühlte sich schwerelos an, während meine Seele in den Abgrund der Hölle stürzte. Die Kirche, vor der ich mein ganzes Leben lang weggelaufen war, die Welt, die ich mit aller Kraft verleugnet hatte, stand nun direkt vor mir. Ein hohes Klingeln zwang mich dazu, mich an die panischen Worte meiner Mutter zu erinnern, als sie darauf bestand, dass mein imaginärer Freund nicht vom Herrn kam. Es war so grausam, so herzlos gewesen, mir meinen einzigen Freund wegzunehmen, und zum ersten Mal hatte ich an meiner Mutter gezweifelt. Sie hatte etwas so Gutes, etwas so Freundliches, Sanftes und Schönes verunglimpft. Sie hatte die Saat des Misstrauens gelegt, die im Laufe der Jahre Wurzeln schlug, sodass ich ihren Fanatismus als das erkennen konnte, was er war.

Und sie hatte recht gehabt.

»Alles okay bei dir?«, fragte Fauna, aber die Worte klangen gedämpft, weil es noch immer in meinen Ohren klingelte.

Schweiß stand mir auf der Stirn. Meine Mutter hatte recht gehabt. Engel und Dämonen. Ein imaginärer Freund aus der Hölle. Das konnte nicht wahr sein. Es musste …

Schmerz. Scharf, stechend, durchdringend. »Au!« Mit großen Augen sah ich Fauna an. Sie hatte mich fest in den Oberarm gekniffen. »Verdammt noch mal!«

»Hat es geholfen?«, fragte sie. Auf meinen ausdruckslosen Blick hin sagte sie: »Du hast ausgesehen, als ob du mitten in einer existenziellen Krise stecken würdest. Ich kneife dich gern so oft, wie du es brauchst. Oder auch wenn du es nicht brauchst.«

Es war das zehnte Mal in vierundzwanzig Stunden, dass ich vergessen hatte zu atmen. Es fiel mir schwer zu sprechen. »Es ist ein bisschen hart, Dinge zu hören, die dein Verständnis von der Welt infrage stellen.«

»Marlow …« Sie dachte anscheinend über meinen Namen nach.

Mein Herz setzte einen ängstlichen Schlag aus, als ich die Nymphe mit weit aufgerissenen Augen beobachtete. »Was denn?«

Sie schüttelte den Kopf. »Nein, das war keine Frage. Ich wollte nur mal deinen Namen auf mich wirken lassen. Zuerst hat es keinen Sinn ergeben, aber ich glaube, jetzt verstehe ich es.«

Mein Herz klopfte immer noch wie wild. Ich konzentrierte mich auf meinen Atem, während ich darauf wartete, dass sie weitersprach.

»*Treibholz* – die Bedeutung deines Namens. Zuerst schien es irrelevant zu sein. Aber jetzt sehe ich, wie du dich zwischen den Reichen hin und her bewegst. Eigentlich ist das ziemlich poetisch. Menschliche Eltern denken selten über die Konsequenzen nach, wenn sie einen Namen für ihre Kinder aussuchen, oder? Und doch bist du hier und treibst zwischen den Königreichen.«

»Du kannst die Reiche auch bei ihren Namen nennen. Es sind Himmel und Hölle. Das willst du mir doch damit sagen, nicht wahr? O mein Gott, meine Mutter hatte recht.«

Fauna verzog das Gesicht. »Sie hatte wohl *kaum* recht. Ihr schließt mich und die anderen Pantheons einfach aus? Das ist ganz schön unhöflich.« Dann murmelte sie vor sich hin: »Dieser Narzissmus! Einfach so zu tun, als wären sie die einzigen beiden Reiche im Universum.«

Wahrscheinlich sagte sie noch etwas anderes, ich hörte nicht mehr zu, weil mir ein einziges Wort im Kopf herumschwirrte.

Dämon.

Fauna riss mich aus meinen Gedanken. »Sind wir für eine Geschichtsstunde hier oder sollen wir mal zu Geir gehen?«

Eine Geschichtsstunde wäre mir in der Tat lieber gewesen.

Ich wollte über alltägliche Dinge sprechen, meine Nase in Büchern vergraben und mich in Literatur vertiefen. Auf keinen Fall wollte ich einem jahrhundertealten nordischen Wesen begegnen, das Großmutter Dagny gezeugt hatte. Die Anzahl an Therapiestunden, die ich brauchen würde, um mich von einer solchen Erfahrung zu erholen, konnte selbst ich mir nicht leisten. »Nein. Im Moment will ich nur dieses Kaffee-

Date überstehen. Dann gehe ich nach Hause, mache ein Nickerchen – denn es ist selbst für die Vögel noch zu früh –, und wenn ich aufwache, dann wird das alles nur ein Traum gewesen sein.«

»Sag doch einfach, was du wirklich denkst«, meinte Fauna.

Ich nippte an meinem Kaffee und versuchte mich zu erden. Wenn man eine Panikattacke hatte, sollte man seine fünf Sinne einsetzen. Ich schmeckte einen gut gebrühten Kaffee mit Honig. Ich roch gemahlene Bohnen. Ich hörte das Klirren der Tassen und das Surren der Espressomaschine. Ich spürte die warme Tasse. Alles war vertraut, alles war verankert. Alles bis auf die Frau, die mir gegenübersaß. Fauna war nicht von dieser Welt und doch war sie hier.

Sie öffnete ihre blütenblattweichen Lippen und fragte: »Kämpfst du dagegen an, weil du wirklich glaubst, dass du verrückt bist? Oder verdrängst du es, weil du dich nicht damit auseinandersetzen willst, was es bedeutet, wenn du akzeptierst, dass es so viel mehr im Leben gibt, als du bisher dachtest?«

Sie blickte erwartungsvoll drein. Mein Schweigen rief bei ihr einen selbstgefälligen Blick hervor, bevor sie einen weiteren Schluck von ihrem Getränk nahm.

Meine Augen wurden schmal.

»Na ja, ich weiß, wann ich unerwünscht bin«, sagte sie strahlend. Dann stand sie auf und ging zur Tür.

»Warte!« Panisch blickte ich mich im Café um, als mir klar wurde, dass sie mich ganz allein lassen wollte. »Wie kommst du nach Hause? Ich bin gefahren.«

Sie kicherte, und ich wusste, dass das Antwort genug war. Sie war nur hier, weil sie es wollte. Sie war bei mir geblieben, weil sie es wollte. Alles, was sie tun müsste, war, in eine abgelegene Gasse zu gehen, weg von neugierigen Blicken, und sie könnte verschwinden.

»Kommst du zurück?«

Fauna ließ ein Lächeln aufblitzen, das heller war als der Mond, als sie sagte: »Machst du Witze? Mit einem Engel, der herumschnüffelt? Man kann dich keine zehn Minuten allein lassen. Du wirst mich nicht mehr los.«

Vierzehn

Ich war erstaunt, wie klinisch es roch. Die chemischen Gerüche von Adstringens und getrocknetem Blut erfüllten meine Nasenlöcher in dem Moment, in dem ich durch die Tür trat. Ich hatte dunkle Räume, Lederjacken, Totenköpfe und eine einschüchternde Gestalt, die Mitglied einer Motorradgang sein könnte, erwartet. Die Musik war ein bisschen zu laut, aber es war die Art Alternative Rock, die ich mochte. Glaskästen voller Schmuck begrüßten mich. An den Wänden hingen kunstvolle Bilder. Eine junge Frau mit einem gezwirbelten Stachel im Ohrläppchen und einem mit Kräutern und Gewürzen bedruckten Ärmel blickte von ihrem Telefon auf und lächelte mich an, als ich eintrat. Sie war in einem schönen Senfton gekleidet und trug eine verzierte, geblümte Brosche, wie ich sie sonst nur bei neunzigjährigen Omas gesehen hatte.

»Hast du einen Termin?«, fragte sie, und ihre Stimme zirpte über dem Bass, der durch das Gebäude wummerte.

»Nehmt ihr auch Laufkundschaft?«

Sie nickte. »Wie groß soll dein Tattoo denn werden?«

Ich zeigte es ihr und sie warf mir einen beruhigenden Blick zu. »Du hast Glück«, sagte sie. »Nick hat gerade viel zu tun, aber Mikeys Stammkunde kommt immer eine Stunde zu spät und wir haben gerade erst geöffnet. Er kann dich bestimmt dazwischenschieben. Wir berechnen aber immer die volle Stunde, verstanden?«

Nachdem ich genickt hatte, rief sie nach Mikey und schob mir ein Formular zu, das ich unterschreiben musste, bevor ich mich auf die Liege legte. Jetzt gab es kein Zurück mehr. Ich hatte Mickey meine Seele verkauft. Er schaute sich den gefalteten Zettel genau an.

»Ist das aus diesem Zaubererfilm?«, fragte er.

Leise kichernd schloss ich die Augen und beschloss, dass dies wohl nicht der richtige Zeitpunkt war, um über Medienkonsum zu diskutieren. Stattdessen erwiderte ich nur: »Absolut nicht.«

»Also heilige Geometrie? Eins dieser Chakra-Dinger?«

Ich machte ein entschuldigendes Gesicht. »Nicht ganz.«

»Ist das irgendein satanischer Scheiß?«, fragte er. Mikey war Ende dreißig und seine Arme waren mit einer Reihe unzusammenhängender Patchwork-Tattoos versehen. Er sah aus wie jemand, der Pfadfinderabzeichen sammelte.

Wir waren umgeben von Bildern, Drucken und Grafiken, die vermutlich von den Künstlern stammten, die in diesem Studio arbeiteten. Einige waren komplizierte Mandalas oder schöne Aquarelle, andere waren vollbusige lila Frauen mit Hörnern, die aus ihrem glänzenden Haar ragten. Ein riesiges Gemälde der vier apokalyptischen Reiter zierte die Wand und zeigte eine Skelettarmee aus Eroberung, Hungersnot, Krieg und Tod. Vielleicht würden sie mit der Teufelei zurechtkommen. Ich riss meinen Blick von dem Bild los und sah Mickey an, der immer noch geduldig auf meine Antwort wartete.

Ich versuchte so locker wie möglich auszusehen. »Könnte sein. Kannst du den Kreis besser machen? Irgendwie habe ich den schlecht gezeichnet.«

»Sonst noch Änderungen ...?«

»Nein!«, sagte ich etwas zu energisch und fuhr hoch. Ich zwang mich, mich zu entspannen, bevor ich mich wieder hinlegte. Er zog die Augenbrauen hoch, woraufhin ich meinen

Tonfall beruhigte und sagte: »Das Einzige, was ich perfektioniert haben möchte, ist der Kreis drum herum. Ansonsten sollst du nichts ändern. Keine Linie, keine Form, nichts. Okay?«

Er zuckte mit den Achseln, als er die Nadel in die Tinte tauchte. »Es ist dein Tattoo, Boss.«

Ich schluckte, als er das brummende Gerät senkte und über meinem Unterarm innehielt.

»Bist du bereit?«

Um ehrlich zu sein, wusste ich es nicht. Ich hatte schon zwei Tattoos, das war nicht das Problem. Die Sonne und der Mond an meinen Ringfingern, die Taylor und mich auf den Straßen von Buenos Aires zuerst miteinander ins Gespräch gebracht hatten, hatten zwar ziemlich wehgetan, aber der Schmerz hielt mich nicht auf.

Dies hier war nicht einfach irgendein Tattoo.

Dies war ein Symbol, das es mir ermöglicht hatte, das Grinsen eines höllischen Parasiten zu sehen. Es war das Siegel, das schon länger über meiner Tür gewesen war, als ich wusste. Wenn Fauna recht hatte, konnte ich dank dieses Siegels sogar Silas sehen.

Vielleicht musste ich eine Bindung mit jemandem eingehen, um den Schleier zu lüften und die Dinge zu sehen, die jenseits der Welt der Sterblichen existieren.

Oder vielleicht ...

»Ich bin bereit.«

»Erinnere mich daran, den Schutzzauber zu korrigieren, damit ich kommen und gehen kann. Ich habe so gute Arbeit an deinen Türen geleistet, dass ich deine Empfangsdame überreden musste, mich hochzulassen. In diesem Sinne sollte sie wahrscheinlich gefeuert werden. Sie denkt, dass hübsche Mädels keine Killer sein können? Ganz schön sexistisch!«, begrüßte mich Fauna, als sie wie ein Tornado hereinrauschte.

Ihr Outfit war heute anders – sie trug ein bauchfreies Band-T-Shirt, das den größten Teil ihrer Taille zeigte, und eine Hose mit Mandalas. Die Hose schmiegte sich an ihre schmale Taille, der Hanfstoff fiel locker über ihre Hüften, bis er den Boden erreichte. Sie sah aus, als wäre sie direkt von einem Musikfestival hereingestolpert. Ich hatte keine Ahnung, wo dieses Wesen seine Klamotten herbekam.

Kaum hatte sie die Wohnung betreten und die gestohlene roségoldene Karte auf die Kücheninsel fallen lassen, als ihr Blick schärfer wurde. Sie schnupperte einmal in der Luft, dann richtete sie ihren Laserblick auf mich. Drohend wie eine Gewitterwolke stürmte sie auf mich zu und fiel über mich her, bevor ich überhaupt Zeit hatte, meinen Laptop zu schließen und ihn auf das Kissen neben mir zu schieben.

Sie packte mich grob am Handgelenk und zog mir den Ärmel mit einem Ruck über den Ellbogen. Ich stieß einen Schrei aus, als der Stoff über die Wunde auf meiner Haut gezogen wurde. Fauna starrte auf die gerötete Blessur, die unter der frischen schwarzen Tinte brannte. Sie starrte das Tattoo lange mit unergründlichem Gesichtsausdruck an. Als sie aufschaute, umspielte ein kleines, anerkennendes Lächeln ihre Lippen. Dann sagte sie: »Vielleicht bist du doch nicht so dumm.«

»Wird es funktionieren?«, flüsterte ich und blickte von meinem geschwollenen Tattoo zu ihren funkelnden Rehaugen.

»Den Schleier ohne Bindung zu lüften? Mit einem Siegel der wahren Sicht kann man zwar immer noch nicht in andere Reiche springen, aber wenn es darum geht, Dinge zu sehen, die Menschen nicht sehen sollten, gibt es nur einen Weg, um das herauszufinden. Sollen wir es ausprobieren?«

Ich hatte kaum Zeit, meine Handtasche vom Tresen zu holen.

»Wohin gehen wir?«

»Wo ist dein Sinn für Abenteuer?« Sie nahm meine Hand, und ich folgte ihr, als sie mich aus dem Gebäude zog. Die Empfangsdame war eine Mitarbeiterin von früher und wusste es besser, als mein Chaos zu hinterfragen, also sagte sie gar nichts, als Fauna mich an ihr vorbei durch die Lobby schleifte. Sie führte mich zum Parkhaus und gab mir mit ungeduldigen Gesten zu verstehen, ich solle die Tür öffnen. Ich kam der Aufforderung zwar nach, runzelte aber die Stirn, als ich mit der Karte die Garage öffnete.

»Kannst du mich nicht mitnehmen? Also wenn du irgendwo hingehst, meine ich?«

»Ich kann zwar gehen, aber du müsstest hierbleiben«, sagte sie. »Und solange du für den Himmel von Interesse bist, weiß ich nicht, ob es klug ist, dich allein zu lassen. Ich nehme an, du hast dir das Tattoo stechen lassen, damit du auch ohne Bindung alles sehen kannst. Das war klug. Doch solange du dich nicht mit einer der Feen verbindest, kannst du dein Königreich nicht allein verlassen.«

»Und oh, was für ein mächtiges Reich es doch ist«, brummte ich, während ich meine Schlüssel herausholte. Ich schloss den Wagen auf und bereute es sofort.

Fauna hatte nichts von ihrer Begeisterung für das Radio, die Fenster und die Warnblinkanlage verloren. Außerdem schien es ihr Spaß zu machen, an mir vorbeizugreifen, um an den Scheibenwischern herumzufummeln.

»Du bist wie ein Kleinkind! Hör auf, alles anzufassen!« Ich gab ihr einen Klaps auf die Hand, als ich aus der Garage fuhr.

Sie schnappte nach Luft. »Entschuldigung?! Ich bin eine Gottheit! Du schlägst mich nicht, du betest mich an. Jetzt tu schnell Buße, dann bin ich dir vielleicht doch noch wohlgesonnen. Ich werde dein Opfer in Form von Süßigkeiten annehmen. Können wir dafür bei einem Süßwarenladen anhalten? Kennst du mit Schokolade glasierte Erdbeeren? Wo finden wir so was?«

Mein Ärger löste sich in einem unterdrückten Kichern auf. »Du bist unmöglich.«

Mit einem anmutigen Kopfschütteln sagte sie: »Du denkst, ich mache Scherze. Dann warte nur, bis ich Not und Elend über das Land bringe.«

Ich warf einen nicht gerade begeisterten Blick über meine Schulter, als ich die Spur wechselte, um in die Innenstadt zu fahren.

»Also, *Gottheit*, wohin fahren wir?« Ich unterbrach sie, als sie ihren Finger hob. »Abgesehen von den Erdbeeren. Die besorgen wir, nachdem du mir erklärt hast, warum du mich aus meiner Wohnung gezerrt hast. Ich nehme an, wir wollen das Siegel testen?«

»Oh, richtig. Gib mir mal dein Telefon.«

»Auf gar keinen Fall.«

»Mach schon!«

Ohne Rücksicht auf unser Leben oder unsere Sicherheit hätte Fauna fast eine Massenkarambolage mit vier weiteren Autos verursacht, als sie versuchte, in meine Hosentasche zu greifen. Vor Schreck riss ich das Lenkrad herum. Ein wütender Escalade-Fahrer hupte so lange, bis Fauna verärgert mit den Fingern schnippte. Und zu meiner Überraschung hörte der Lärm sofort auf.

»Hast *du* das gemacht?«, fragte ich.

»Du kannst dafür später auf die Knie gehen«, antwortete sie. »Also, wie lautet deine PIN?«

»Ich werde nicht auf die …«

»Oh! Ich brauche deine PIN gar nicht. Du bekommst einen Videoanruf.«

»Tu das nicht!« Aber ich schaffte es nicht, sie aufzuhalten. Sie hatte den Anruf bereits angenommen.

»Heilige Sch… O mein Gott. Hi, hi!«, stotterte die erschrockene Stimme am anderen Ende der Leitung.

»Hi, Kirby«, sagte ich trocken, während ich weiterfuhr. »Darf ich dir Fauna vorstellen?«

»Ähm«, hustete Kirby. »Ich schätze, ich habe dich zu einem ungünstigen Zeitpunkt erwischt. Nia sagte, du hättest eine Freundin, und ich dachte, wir werden außen vorgelassen, aber ich sehe, du bist beschäftigt, und, ähm.« Sie fuhr mit ihrem nervösen Geschwafel fort und ich konnte ihre Schamesröte förmlich hören.

»Kirby!«, flötete Fauna. »Was für ein seltsamer Name. Den habe ich noch nie gehört und ich liebe Namen. Danke, dass du mir ein neues Wort für meine Zunge gegeben hast, mit dem ich spielen kann.«

»Kirby ist nicht der richtige Name«, sagte ich und rollte mit den Augen. »Es ist …«

»Ts, ts«, unterbrach mich Fauna. »Ausgewählte Namen sind die einzigen, die ich akzeptiere. Erzähle nichts, was dir nicht gehört.« Ich starrte auf die Autos vor mir, während sie weiterplapperte. »Kirby, sei ein Schatz und verrate mir, wo wir Schoko-Erdbeeren finden können. Könntest du einen Laden für mich raussuchen und mir die Adresse schicken? Marlow ist unkooperativ.«

Kirby stammelte. »Du … du willst, dass ich einen Süßwarenladen für dich finde?«

»Genau. Einen, der Schoko-Erdbeeren verkauft – bitte und danke. Und zwar in der Nähe der Innenstadt. Am besten im Künstlerviertel, gleich hinter der Uni.«

Angesichts Faunas Ortskenntnis zog ich eine Augenbraue hoch und rief Kirby zu: »Tut mir leid. Sie ist ziemlich aufdringlich. Du musst nicht die Adresse von …«

Aber sier hatte schon etwas gefunden und damit angefangen, detaillierte Anweisungen zu geben.

»Auf dich kann man sich verlassen«, gurrte Fauna. »Danke, Schätzchen. Ich hoffe, wir treffen uns bald mal persönlich. Jetzt muss ich aber auflegen, bevor Marlow zur Gottesmörderin wird.« Sie beendete das Gespräch und strahlte mich an.

»Wolltest du mein Handy wirklich nur haben, um nach Süßwarenläden zu suchen?«

»Ich bin eben ein Schleckermaul«, schmollte sie. »Außerdem tue ich dir einen Gefallen und du hast mich geschlagen.«

»Ich habe dich kaum berührt.«

Sie ignorierte meinen Einwand. »Nun«, fuhr sie fröhlich fort, »ohne die unhöflichste lebende Person zu sein und einen Geburtsnamen weiterzuerzählen, wie kam dieses Püppchen auf den Namen Kirby? Ich bin immer noch begeistert. Der einzige Kirby, von dem ich jemals gehört habe, war dieser runde Süße aus dieser Show. Oder dem Spiel? Du weißt schon, dieses menschliche Spiel ...«

Bei der Erinnerung lächelte ich traurig. »Ja, deshalb hat sier auch sieren Namen.«

Ich wechselte die Spur und wusste Faunas Geduld zu schätzen, als sie wartete, was so untypisch für sie war.

»Es ist eine ziemlich seltsame Geschichte. Bist du dir sicher, dass du sie hören willst?«

»Wir haben noch genug Zeit, bevor die Ausfahrt kommt«, erwiderte sie, »und wozu ist Zeit da, wenn nicht zum Sammeln von Geschichten?«

Ich verzog das Gesicht, lauschte dem Brummen des Motors, dem Dröhnen der Reifen und beobachtete ihre vollkommen ruhige Gestalt aus dem Augenwinkel, bevor ich einen müden Atemzug tat. Schließlich sagte ich: »Es war mein elfter Geburtstag und es war eine Riesenscheiße. Ich will nicht alle Details aufzählen, aber ich war als Kind nicht besonders beliebt. Ich weiß nicht, wie ich auf die Idee kam, alle Kinder aus meinem Jahrgang einzuladen, jedenfalls tauchten nur zehn auf.« Ich lachte leise und dunkel und dachte an die zweiundsiebzig Einladungen, die ich auf Bastelpapier geschrieben hatte. Ich hatte den ganzen vorherigen Tag damit verbracht, mit meiner Mutter Cupcakes zu dekorieren, und hatte ihr geholfen, den Garten in Ordnung zu bringen, damit wir Red Rover spielen oder Ballonkämpfe machen könnten. In meinem naiven Optimismus hatte ich geglaubt, dass die ganze Klasse kommen würde.

»Und habt ihr das gespielt?«, fragte sie, ihre Stimme wurde sanfter, als sie sah, dass ich meine Schultern hängen ließ.

Ich seufzte. »Irgendwie schon. Dieses Mädchen, Nancy, hatte mir ein Geschenk besorgt – beziehungsweise ihre Mutter –, und als ich es öffnete, beschloss sie, dass sie es selbst haben wollte. Es war ein Plüschbär, und ich sagte ihr, dass sie ihn mir zum Geburtstag geschenkt hatte und ihn nicht einfach zurückhaben konnte. Schließlich war es meiner.«

»Klingt so, als wäre Nancy ein kleines Miststück gewesen«, murmelte Fauna.

Ich stimmte ihr zu: »Ja, aber das hielt meinen Vater nicht davon ab, mir auf der Geburtstagsparty vor all meinen Freunden den Hintern zu versohlen, weil ich so egoistisch war. Jedenfalls erschreckten sich neun von ihnen so sehr, dass sie ihre Eltern anriefen und sich abholen ließen. Die Party war vorbei, danach habe ich nie wieder meinen Geburtstag gefeiert.«

Faunas Kinnlade klappte runter. »Verdammte Götter und Göttinnen, Marlow. Als du sagtest, es sei eine Riesenscheiße gewesen, war mir nicht bewusst, dass du mich mit deiner Geschichte traumatisieren würdest.«

Ich wechselte auf die rechte Spur und schüttelte den Kopf, während ich die grünen Ausfahrten im Auge behielt. »Kirby war dier Einzige, dier blieb. Sier hatte siere Konsole mitgebracht, und wir spielten dieses Cartoon-Kampfspiel. Ich trat siem als zehn verschiedene Figuren in den Arsch. Als Prinzessin, als Fuchs, als Raumfahrer – fast alle. Sier wählte immer wieder die Kirby-Figur. Sier hatte keine Kampfstrategie, sondern wackelte einfach an den Rand des Spielfeldes und versuchte, mich dort auszuspucken. Es war das Einzige, was mich den ganzen Tag zum Lachen brachte. Und am nächsten Tag, als das Telefon klingelte und meine Mutter abhob, sagte sie mir, dass Kirby dran war. Und so blieb der Spitzname hängen.«

Es war die längste Zeit, die Fauna jemals geschwiegen hatte, seit sie in mein Leben gerauscht war. Schließlich sagte sie: »Tut mir leid, dass dir das passiert ist.«

Ich zuckte mit den Schultern, so wie man es mir beigebracht hatte. Man musste eine Tragödie schnell abschütteln, um das Gespräch in Gang zu halten. »Schmerz stärkt den Charakter. Außerdem waren wir in der Highschool kurz ein Paar. Wir hatten unser erstes Mal zusammen und so. Aber so ist es besser. Wir sind jetzt mehr als Freunde. Wir sind Familie.«

Lachfältchen zeichneten sich um Faunas Augen ab, als sie grinste. »Natürlich wart ihr mal ein Paar. Ich liebe die queere Community.«

Ich behielt den Verkehr im Auge, während ich grinste. Es war schwierig, Fauna zu widersprechen. Nach einer Trennung befreundet zu bleiben, war so ein Klischee. »Erzählst du mir jetzt, wohin wir fahren? Im Moment steuere ich mein Auto nur in Richtung ...«

»Oh, Scheiße, das stimmt. Deine Geschichte hat mich völlig abgelenkt. Nimm die nächste Ausfahrt. Wir müssen einen Freund besuchen.«

Ich war überrascht, als sie mir sagte, ich solle im Auto warten, bis ich begriff, dass sie mich ausgetrickst hatte, damit ich sie zuerst zum Süßwarenladen brachte. Grimmig schaute ich bei ihrer Rückkehr auf die Schachtel in ihrer Hand, aber sie rümpfte nur die Nase und meinte, dass mürrische Autofahrer keine Schoko-Erdbeeren abbekämen.

Die Fahrt vom Süßwarenladen, der im Stil der 1950er-Jahre gestaltet war, zu Faunas zweitem Ziel dauerte nicht lange. Zehn Minuten später waren wir bereits angekommen. Fauna amüsierte sich darüber, wie leicht mich der Verkehr zum Fluchen brachte, sie freute sich über jede neue Obszönität, während ich nach einem Platz zum Parken suchte, Arschlöcher in Luxusautos anschrie und einem Mann mitteilte, was er meiner Meinung nach mit seiner Mutter machen könnte. Es war unmöglich, einen freien Platz auf den Straßen im Künstlerviertel zu finden, und sie hatte mir immer noch nicht gesagt, warum wir überhaupt hier waren.

Fauna sprang praktisch aus dem Wagen, noch bevor ich überhaupt den Gang rausgenommen hatte.

»Nimm die Schachtel mit!«, rief sie mir zu, als sie loslief.

Hastig schnallte ich mich ab und stieg aus dem Auto aus, um sie anzuschreien, aber sie war bereits den halben Block runtergelaufen. Ich beeilte mich, ihr zu folgen, doch bevor ich sie einholen konnte, riss sie bereits eine alte Holztür zu einem Laden auf, der übersinnliche Dinge verkaufte. Ich blieb stehen und sah mich um. Über dem Fenster stand in großen, gotischen Lettern *Daily Devils*. Ich war im Laufe des Sommers bei meinen Recherchen ebenfalls auf dieses Geschäft gestoßen, aber es gab keine Website und ich hatte auch keine Telefonnummer gefunden. Früher oder später hätte ich den Laden sicher auch von selbst besucht. Jetzt aber lief ich Fauna hinterher, als das Klingeln einer antiken Glocke unsere Ankunft ankündigte.

Als ich die Schwelle überschritt, trat ich in eine Wolke aus Weihrauch. Ich blinzelte gegen den Rauch an und suchte bei den billigen Schmuckstücken und in den Regalen nach der

Quelle, aber der penetrante Geruch schien von überall und nirgends zu kommen. Im Fenster hingen Bündel von Wacholder und Salbei, überall standen Kerzen und Kristalle. Die Regale an der Wand waren vollgestopft mit braunen, grünen, blauen und durchsichtigen Flaschen, in denen sich Flüssigkeiten in gedämpften Farben, Öle, Pulver, Blätter und Kräuter befanden. Riesige, dicke Vorhänge hingen unter der Decke, sodass ich das Gefühl hatte, mich unter tiefen, dunklen Wellen zu befinden. Aus dem hinteren Teil des Ladens tauchte die Besitzerin auf. Die dichten Locken ihrer kurzen grauen Haare waren ein silberner Kontrast zu den warmen Gesichtszügen. Die braune Haut war von den Jahren gezeichnet und mit Altersflecken und Sommersprossen gesprenkelt. Fauna nahm ihre Sonnenbrille ab, woraufhin das Lächeln der Ladenbesitzerin so strahlend wurde wie die Sonne selbst.

»Fauna!« Sie schnappte nach Luft, mit der wettergegerbten Hand griff sie sich an ihr Herz.

»Betty, du wunderschöner, perfekter Schmetterling!«, rief Fauna und umarmte sie.

»Meine Güte, was machst du denn hier?«, fragte Betty. »Ich habe dich nicht mehr gesehen, seit ... wie lange ist das schon her?«

Fauna blickte in die Ferne, während sie rechnete. »Das müssten ... einhundertdreißig Jahre sein?«

Ungläubig wurden Bettys Augen immer größer. »Ist es wirklich schon so lange her?« Sie löste sich aus der Umarmung, strahlte und gab Fauna einen Klaps auf den Arm. »Und jetzt stehe ich hier und sehe aus wie ein alter Sack, während du noch schöner bist als an dem Tag, an dem ich dich zum ersten Mal gesehen habe.«

Fauna drehte sich zu mir und sagte: »Siehst du? *So* spricht man mit mir.«

»Sie hat dich auch geschlagen«, murmelte ich, während ich näher trat, noch immer die Pappschachtel mit den Schoko-Erdbeeren in der Hand.

»Ich habe dir was mitgebracht!«, sagte Fauna strahlend. Sie bedeutete mir, ihr die Schachtel zu reichen, und hob dann den Deckel, woraufhin Betty anerkennend nach Luft schnappte.

»Das weißt du noch!« Die Frau klang, als würde sie gleich anfangen zu weinen, während sie auf die Erdbeeren schaute.

»Als ob ich auch nur eine Sache über dich vergessen könnte«, entgegnete Fauna und hakte sich bei Betty unter. »Betty, das hier ist Marlow, mein menschliches Anhängsel. Marlow ist ein Dummkopf, und es gibt kaum Hoffnung, dass sie in der Welt überlebt, und sie steckt in so einer Art Dilemma. Marlow, das ist Betty. Betty ist perfekt, hat nie etwas falsch gemacht und ist cooler, als du es jemals sein wirst.«

Bettys Augen funkelten, als sie sagte: »Du bist noch genau so, wie ich dich in Erinnerung habe.«

Es fiel mir schwer zu verstehen, was da gerade passierte, aber das war nichts Neues. Das meiste, was in den letzten Tagen geschehen war, hatte ich nur schwer verarbeiten können.

»Woher kennt ihr euch? Ist sie auch ...?« Ich verkniff mir die Frage, ob Betty ebenfalls von einer Fee abstammte. Ich wusste nicht, ob das möglicherweise unhöflich war.

»Betty hat eine meiner Schwestern befreit. Sie bot ihre Fähigkeiten in einer Küstenstadt an – in ... Svalbard?«

»Tórshavn.«

»Götter und Göttinnen«, rief Fauna, »das stimmt! Die Zeit vergeht wie im Flug. Vor zwei Jahrhunderten war Betty in Arran. Wir haben *Glück*, dass dieser makellose Schatz es in deine traurige Stadt geschafft hat, Mar. Sag mir, Miss Mythologie, warum kommen in deinem ersten Roman eigentlich keine Selkies vor?«

Ich blinzelte überrascht. »Deine Schwester war eine ... Selkie?«

Fauna machte eine große Show daraus, mich anzusehen und dabei die Stirn zu runzeln. Nicht nur ihr Mund, sondern auch ihre Augenbrauen und das Zucken ihrer Schultern unterstrichen ihren wütenden Blick. »Selkies! Im ersten *Pantheon*-Roman ging es um die nordische Mythologie, aber du konntest dir nicht die Mühe machen, Selkies miteinzubeziehen?«

»Selkies findet man eher in der schottischen Folklore ...«, begann ich dagegenzuhalten, hielt aber den Mund, als Fauna unbeeindruckt die Augen zusammenkniff.

»Du bist echt schlecht in deinem Job«, sagte sie nüchtern. »Die Färöer-Inseln gehören genauso zum Norden wie ich. Und wenn du etwas über Selkies weißt ...«

Ich nickte und erinnerte mich an die Überlieferung. »Ein Mensch kann ihre Robbenhaut verstecken, damit sie nicht ins Meer zurückkönnen. Es ist ein altes Volksmärchen, das sich die Menschen erzählen, um die Gefühle der Frauen zu veranschaulichen, die zur Heirat gezwungen wurden. Es ist ein feministisches Märchen.«

Als ich ihre enttäuschten Gesichter sah, verstummte ich.

»Siehst du, Betty? Sie ist ein hoffnungsloser Fall. Und doch bin ich hier. Du musst mir einen Gefallen tun.«

Betty tätschelte Faunas Hand, dann ging sie zu den Regalen und überflog die Flaschen. »Alles, was du willst, meine Liebe. Brauchst du etwas für die Intelligenz deiner Freundin?«

Fauna schnaubte.

Ich entschied mich, für mich selbst zu sprechen. »Ich suche nach jemandem.«

Der selbstgefällige, selbstsichere Blick verschwand aus Faunas Gesicht. Nachdenklich betrachtete sie mich.

»Einen ... einen Freund. Nein, er war mehr als das. Er war ... ist ... so viel mehr als das. Und ich habe zu ihm gesagt, er soll nicht mehr zurückkommen, und ... ich muss es rückgängig machen. Ich habe nicht geglaubt, dass er real ist, als ich das sagte. Nicht wirklich. Ich muss ...«

Betty drehte sich zu mir um, in ihrem Blick lag Freundlichkeit. Sie umarmte mich mit Wärme, während sie meine Hand in ihre nahm. Zärtlichkeit strömte von ihr zu mir wie der warme Honig, den ich so gern in meinen Kaffee rührte und der das Bittere in etwas Süßes verwandelte.

Stirnrunzelnd sagte sie: »Das ist ein Fehler, aus dem du lernen musst, Marlow. Namen, Befehle, Versprechen ... sie haben eine Macht, die diejenigen von uns, die eine sterbliche Erfahrung haben, nicht verstehen. Wir Menschen sind nicht wie Feen, Süße. Wir können lügen. Wir können unser Wort brechen. Wir brauchen keine Erlaubnis. Manche vermuten, dass das Menschenreich die wahre Hölle ist, und ich frage mich oft, ob sie damit nicht recht haben.«

Der Weihrauchgeruch wurde plötzlich zu stark, und ich hatte Mühe, durch die Schwaden hindurchzusehen, bevor ich merkte, dass es nur der Schleier meiner eigenen Tränen war. Betty war der erste Mensch, mit dem ich jemals über Caliban gesprochen hatte, auch wenn ich seinen Namen nicht genannt hatte. Eigentlich hatte ich gar nichts gesagt. Aber sie glaubte mir. Sie hatte meine Erfahrung und meinen Schmerz mit einem einzigen sanften Ratschlag anerkannt.

»Arbeitest du eigentlich immer noch mit Azrames zusammen?«, fragte Fauna.

Bettys glückliches Lächeln kehrte wieder zurück. »Natürlich! In diesem Leben funktioniert es besser als je zuvor. Geschäfte gibt es reichlich in der Stadt. Und das Internet? Ich benutze das verdammte Ding noch nicht mal, aber eine Kundin erzählt es der anderen und so weiter. Es ist bemerkenswert.«

Fauna stützte ihre Ellbogen auf dem Tresen ab und legte ihr Kinn auf die Hand, während sie mich ansah und erklärte: »Betty ist eine der wenigen Hexen, die mit einem Dämon zusammenarbeiten. Sie sind ein gutes Team.«

Ich schreckte vor diesem Satz zurück. Als ich mir den Tauschhandel mit Seelen und die knirschenden Zähne der Höllenhunde vorstellte, konnte ich mich jedoch nicht zurückhalten und fragte: »Welches Interesse könnte ein Dämon an einer Geschäftspartnerschaft haben?«

Betty presste ihre Lippen fest zusammen und warf Fauna einen Blick zu.

Fauna gab nach, wenn auch etwas ungeduldig. »Marlow, warum sollte ein Polizist einen Kriminellen verhaften wollen?«

»Ähm ... weil es sein Job ist?«

Ich konnte das Wort *Idiotin* von ihren Lippen ablesen, bevor sie es erneut versuchte. Betty versuchte erfolglos ein Kichern zu unterdrücken, als Fauna fortfuhr: »Es geht nicht nur um Geld. Du kennst die menschliche Psyche doch besser. Sag mir, warum ein Polizist einen Fall lösen möchte.«

»Weil er einen Sinn für Gerechtigkeit hat?«

Die Locken, die ihr Gesicht einrahmten, bauschten sich förmlich zu einer Wolke auf, als sie dramatisch ausatmete. »*Zufriedenheit.* Es ist eine orgasmische Zufriedenheit, zu wissen, dass man für die Lösung einer komplizierten Aufgabe, für das Knacken eines Codes, für den Kampf gegen das Böse verantwortlich war. Nun, die Menschen bezahlen meist mit Geld oder Waren, aber viele Feen bevorzugen eine andere Form der Bezahlung. Wie Hingabe, Freundlichkeit – oder Schmerz.«

»Er will Schmerz?«

»Um der Götter willen, dieses Mädchen macht mich fertig.« Sie warf die Hände in die Luft.

Betty seufzte und sah mich ernst an. »Ich helfe Frauen. Meistens denen in toxischen Beziehungen – sei es mit Liebhabern oder Ehemännern oder Eltern. Sie kommen zu mir, wenn sie nicht weiterwissen, und Azrames erledigt dann den Rest. Die Frau wird befreit, ich kann meine Rechnungen bezahlen, und Azrames erfreut sich daran, die Bösartigkeit seiner Opfer zu absorbieren. Genauso wie ein Staudamm aus Wasser Strom erzeugt oder wie wir aus Holz Feuer machen können. Bösartigkeit nährt in diesem Fall keine Bösartigkeit. Azrames wird bezahlt, indem er eine Sache nimmt und sie in etwas anderes umwandelt. In etwas Neues. In etwas Besseres.«

»Betty ist die Schutzpatronin der Frauen«, sagte Fauna und schnalzte mit der Zunge. Sie hatte die Arme vor der Brust verschränkt und lehnte sich gegen eins der Regale. »Und du bist die Schutzpatronin der Frustration aller um dich herum.« Dann fragte sie Betty: »Wäre Azrames bereit, uns zu helfen, Marlows Prinzen zu finden?«

Betty zog die Augenbrauen hoch, als sie prüfend fragte: »Wenn du *Prinz* sagst ...«

»Dann meine ich den *Prinzen*.«

Betty schlurfte um den Tresen herum und schloss, ohne ein weiteres Wort zu sagen, die Vordertür ab. Sie drehte das Schild um – von *Offen* auf *Geschlossen* – und bedeutete uns, ihr in den hinteren Raum zu folgen. Sollte mich ihre Reaktion beunruhigen? Ich bahnte mir einen Weg durch den Laden und schob den Vorhang beiseite, um in ihr privates Büro einzutreten. Ich hatte einen runden, mit Samt überzogenen Tisch und eine Kristallkugel erwartet, stattdessen sah ich einen Schreibtisch mit einem kleinen, hübschen – wenn auch etwas seltsamen – Altar. Eine Reihe von Kerzen, Kristallen und ein kompliziertes, mir unbekanntes Siegel schmückten den Raum. Eine Tasse Tee stand auf der einen Seite und eine verschlossene blaue Flasche auf der anderen.

Betty zündete die Kerzen an. Leise Hintergrundmusik schallte auch weiterhin durch den Laden. Es war keine entspannende Spa-Musik, die ich bei einer Yogastunde oder in einem Esoterikladen erwarten würde, sondern eher das tiefe, eindringliche Zupfen an einer Mandoline.

»Kümmerst du dich bitte um das Licht?«, fragte sie Fauna.

Diese schnippte mit den Fingern, woraufhin die Glühbirne erlosch. Schatten erfüllten jeden Winkel im Raum, den der orangefarbene Schimmer des Kerzenlichts nicht erreichte. Betty wies uns an zurückzutreten. Wir gaben ihr Raum, während sie ihre Augen schloss und sich in eine langsame Meditation vertiefte. Als sie mit dem Dämon Kontakt aufnahm, war es nicht anders, als wenn ich einen Freund anrief. Sie sprach mit ruhiger, geduldiger Ungezwungenheit zu ihm und wartete dann. Dreißig Sekunden verstrichen, ohne das etwas passierte. Meine Nerven waren zum Zerreißen angespannt. Ich hielt den Atem an, als sich eine Minute zu zwei ausdehnte. Drei Minuten, dann fünf, dann zehn und immer noch war nichts passiert. Die Angst musste mir deutlich ins Gesicht geschrieben stehen, weil Fauna beruhigend meinen Arm drückte.

Fünfzehn Minuten vergingen, dann flackerten die Kerzen.

Mein scharfes Einatmen war das erste Geräusch im Raum. Es gab kaum einen Zentimeter Platz zwischen mir und der Wand, sodass mein Kopf gegen den Putz prallte, als ich rückwärtsstolperte, um so viel Platz zwischen mir und dem Neuankömmling zu schaffen wie möglich.

Ein junger Mann, kaum älter als Fauna, stand am anderen Ende des Raums und schob seine Hände in die Taschen. Abgesehen von dem gelben Flackern von Bettys Flammen war es fast zu dunkel im Raum, um viel zu erkennen, aber ich hätte schwören können, dass er in Schwarz-, Weiß- und Grautöne gekleidet war. Er trug eine schwarze Jacke, die an den

Unterarmen hochgekrempelt war, und darunter ein dünnes weißes Hemd. Ich schluckte und wandte meinen Blick ab, weil der eng anliegende Stoff seine Bauch- und Brustmuskeln perfekt zur Geltung brachte. Er hatte eine große, dicke Silberkette mehrfach um seinen Hals geschlungen. Eigentlich wollte ich nur die Halskette betrachten, aber mein Blick wanderte zur untersten Reihe der Kette, wo ein seltsamer Anhänger – ein Kreis mit einem interessanten, komplexen Siegel – direkt über dem Knopf seiner Hose hing. Zwei obsidianfarbene Hörner ragten aus seinem dunklen Haar hervor.

»Hey, Az«, begrüßte Fauna ihn. »Wie läuft's in der Hölle?«

Fünfzehn

Fauna.« Er grinste sie frech an. Er roch nach Asche und Rauch. Vielleicht bildete ich es mir nur ein, aber Fauna schien zu erröten, als sie sich neben mir wand.

»Ihr beide kennt euch?« Ich überraschte mich selbst, weil ich eine Frage herausgewürgt hatte.

Azrames erschrak sichtlich. Seine Augen funkelten vor Überraschung. Obwohl Bettys Augen geschlossen blieben, entging mir nicht, dass sie ungläubig den Kopf neigte.

Er zog seine rußigen Brauen hoch. »Der Mensch kann mich sehen?«, fragte er an Fauna gewandt. Dann starrte er mich an. Ich zuckte unter seinem Blick zusammen, als er wiederholte: »Du kannst mich sehen?«

Fauna antwortete für mich, was eine Erleichterung war, denn ich war mir nicht sicher, ob ich überhaupt noch wusste, wie man spricht. »Deshalb sind wir hier. Und es war sozusagen eine ›Zwei Fliegen mit einer Klappe‹-Situation. Gut zu wissen, dass ihr spontan gestochenes Tattoo funktioniert. Betty ist ein absoluter Schatz und war bereit, uns zu helfen, mit jemandem aus eurem Königreich in Kontakt zu treten.«

Er schnalzte mit der Zunge. »Du weißt, dass du dir diese ganze Mühe hättest sparen können, Fauna. Schließlich wäre ich auch zu dir gekommen.«

Ich schnappte nach Luft. Die Art, wie er am Ende seines Satzes eine Pause machte, grenzte an Pornografie. Mein Blick schoss von ihm zu der zappelnden Fee an meiner Seite, um mich zu vergewissern, dass ich mir gerade nichts einbildete. *O ja.* Sie war definitiv rot. Vielleicht waren es meine Nerven, aber ich musste mir auf die Lippe beißen, um nicht loszulachen. Ich hatte noch nie erlebt, dass sie sich unwohl fühlte.

Sie räusperte sich, um ihre Fassung zu bewahren, bevor sie sagte: »Im Moment bin ich an diese Sterbliche gebunden. Ich habe nicht den Luxus, durch die Reiche zu springen, solange ich diese kleine Nervensäge am Hals habe. Apropos: Az, das ist übrigens meine Freundin. Und, *Freundin,* möchtest du dich selbst vorstellen?«

»Ich bin Marlow. Marlow Thorson ...«

Das löste bei allen im Raum eine Reaktion aus, auch bei Azrames. Selbst Betty, die immer noch mit geschlossenen Augen an ihrem Schreibtisch saß, schüttelte heftig den Kopf.

Fauna schlug mir auf den Arm. »Wir hatten dieses Gespräch doch schon! Zweimal! Und diesmal hast du sogar deinen Nachnamen verraten? Verdammt noch mal, hast du denn gar keinen Selbsterhaltungstrieb?«

»Was?«, fragte ich mit einer Stimme, die für den Anlass zu laut war. »Soll ich ihn etwa anlügen? Soll ich ihn wie die Barista behandeln und ihm sagen, er soll mich ›Göttliche‹ nennen?«

Sie machte ein nachdenkliches Gesicht. »Eigentlich hilft mir das sogar, schneller auf den Punkt zu kommen. Az, wie geht es der königlichen Familie?«

Er verzog den Mund. »Woher wusstest du, dass du das fragen musst?«

Ich erstarrte. Und zu meiner Überraschung ging es Fauna genauso.

»Warum?«, fragte sie langsam.

Er schüttelte den Kopf. »Die Dinge sind ...« Er sah mich an, dann wieder sie.

Sie deutete mit dem Daumen auf mich. »Das ist übrigens der Mensch des Prinzen.«

Ich hätte schwören können, dass seine Knie etwas nachgaben. Azrames nahm die Hände aus den Taschen und fuhr sich mit rauchigen Fingern durchs Haar, um es glattzustreichen. Er schluckte hörbar. »Das ist ...«

»Verstehst du jetzt, warum ich sie nicht einfach stehen lassen kann? Es wäre nicht gut für die Beziehung der Nordländer zur Hölle. Es wäre schwer für uns, neutral zu bleiben, wenn wir eine zukünftige Prinzessin in unserer Obhut einfach sterben lassen würden – oder was auch immer der Himmel mit ihr vorhat –, nun, da sie es wissen.«

Bei ihren Worten geriet mein Herz auf unangenehme Weise ins Stolpern. Die Schatten drückten auf mich ein und alles erschien mir plötzlich ein bisschen zu klein, zu rauchig, zu klaustrophobisch. Ich griff nach Faunas Arm, was sie zuließ.

Azrames kam einige Schritte näher. Er musterte mich mit vorsichtigem Respekt, dann sah er sie an. »Ich wusste nicht, dass der Mensch des Prinzen Feenblut hat. Als ich ankam, dachte ich, es sei nur dein Geruch. Es ist eine Minute her, dass dieser kühle Kieferndutt ...« Er hob eine Hand, als wollte er ihr das Haar aus dem Gesicht streichen, aber dann zögerte er einen Moment, ließ die Hand wieder sinken und wischte die Schatten von seinem einfarbigen Gewand. Dann sah er mich an, streckte seine geöffnete Hand aus und sagte: »Es ist mir eine Ehre, dich kennenzulernen.«

Instinktiv schob ich meine Hand in seine.

Sanft drückte er seine Lippen auf meine Fingerknöchel. Bei der kühlen, beruhigenden Berührung durchfuhr mich eine schmerzhafte Sehnsucht. Er ließ meine Hand los und lächelte mich entschuldigend an. »Wir haben ihn nicht gesehen. Er ist seit einiger Zeit nicht mehr aus dem Reich der Sterblichen zurückgekehrt. Und wenn er nicht bei seinem Menschen ist ...«

»Marlow«, korrigierte ich ihn.

»Bei seiner Idiotin«, sagte Fauna.

Azrames atmete aus, bevor er noch hinzufügte: »Wenn er nicht bei Marlow ist, weiß ich auch nicht, wo er steckt. Es heißt, er sei schon eine ganze Weile nicht mehr in der Hölle gewesen. Mein Rang ist nicht hoch genug, um an solche Informationen heranzukommen. Du solltest mal mit dem König sprechen. Er wird dir helfen wollen. Nicht nur für seinen Sohn, sondern auch für dich, Marlow.«

Nun war ich an der Reihe, rot anzulaufen. Alle Luft verließ den kleinen Raum. Ich war nicht mehr in der Lage, sein zu glattes Gesicht anzusehen, sein zerzaustes Haar oder die Art, wie sein Hemd seine Muskeln nur ein wenig zu deutlich zeigte.

Fauna verzog das Gesicht. »Sie kann nicht in ein anderes Reich wechseln, wenn sie nicht mit jemandem eine Bindung eingegangen ist. Deshalb sitze ich in diesem Menschenkörper-Gefängnis fest. Und ohne den Prinzen, der den Übergang zwischen den Reichen ermöglicht ...«

Zähneknirschend dachte er über ihr Problem nach. »Und ich nehme an, sie will keine Bindung mit dir eingehen, weil sie schon vergeben ist.«

Mir drehte sich der Magen um. *Vergeben.*

Fauna zog die Lippe zwischen die Zähne. Sie saugte müßig daran, bevor sie fragte: »Könnte es einen Grund geben, warum er sich versteckt?«

Sein leises Lachen klang humorlos, aber nicht unfreundlich. »Unser Prinz? Nein. Es gibt keine Bestie, keinen Fluch und keine Gottheit, die ein Mitglied der königlichen Familie in ein Versteck treiben könnte. Er könnte nur ...« Azrames schnippte mit den Fingern. »Ich schlage Sterbliche nieder. Der Prinz? Er bezwingt Götter.«

Stirnrunzelnd sah sie ihn an und klimperte dabei mehr mit den Wimpern, als nötig gewesen wäre.

Er stützte sich mit einer Hand an der Wand neben Faunas Kopf ab und entspannte sich, während er über die Frage nachdachte. »Könntest du ihre Vermittlerin sein? Wenn sie eine Nordländerin ist, dann könntest du vielleicht als ihr Sprachrohr fungieren?« Sein Blick ruhte auf ihren Lippen, während er die letzten Worte aussprach.

»Es gibt Engel – nun ja, ein Arschloch im Besonderen –, die um das Mädel herumschnüffeln«, sagte sie und ließ ihren Blick ebenfalls zu seinen sinnlich geschwungenen Lippen wandern.

»Welcher Engel?«, fragte er mit schmalen Augen.

»Im Moment nennt er sich Silas. Kennst du ihn?«

Sein dunkles Lachen ließ mich erschaudern, als er antwortete: »Wir alle kennen Silas.«

»Also, du verstehst schon. Ich kann sie nicht allein lassen, bis wir wissen, was wir mit ihr machen sollen. Irgendwelche Ideen?« Ich hätte es mir auch nur einbilden können, dass sich Faunas Hüften leicht von der Wand lösten, so als würde sie sich ihm entgegenschieben, aber ich glaubte nicht, dass dieser Eindruck meiner Fantasie entsprang.

»Ihr Feenblut?«, fragte er. Seine Stimme fiel um eine Oktave, als er das nur wenige Zentimeter von ihr entfernt in ihr Ohr summte. »Wurde ihrem Vorfahren etwas gegeben?«

Ich wusste, dass sie gerade über mich sprachen und ihr Bestes taten, um eine Lösung zu finden, aber ich hatte auch das Gefühl, sie beim Vorspiel zu beobachten. Fauna biss sich auf die Lippe, als sie in seine feurigen Augen starrte. Sein verschmitztes Lächeln schien sie zu fesseln, ein scharfer Eckzahn, der im Kerzenlicht blitzte, als wolle er sie vernaschen.

»Mar?«, fragte Fauna atemlos, ohne sich die Mühe zu machen, mich dabei anzusehen, während die Nymphe den Dämon, der sie überragte, mit den Augen verschlang. »Hast du Zugang zu Aloisas Sachen?«

Mein Mund öffnete sich, doch ich war unfähig zu antworten. Obwohl sie gerade versuchte, mir zu helfen, hatte ich das Gefühl, entweder den Raum verlassen zu müssen, bevor sie anfingen, sich gegenseitig die Kleider vom Leib zu reißen, oder Fauna mit kaltem Wasser abzuspritzen. Ich stotterte das erste Wort, war unsicher, ob ich noch wusste, wie man spricht, und war zu abgelenkt, um zu entscheiden, ob ich es überhaupt versuchen wollte. Entweder mussten sie sich jetzt küssen, um die Spannung im Raum abzubauen, oder sie mussten sich daran erinnern, dass sie nicht allein waren. Ich fragte mich, was Betty wohl von all dem hielt. Ich blickte zu der Frau, die immer noch an ihrem Schreibtisch saß, und dann wieder zu Fauna.

Ich kniff die Augen zusammen und atmete tief durch, bevor ich antworten konnte. »Im Haus meiner Eltern steht eine Kiste aus Zedernholz. Ich weiß, dass darin die traditionelle Kleidung meiner Urgroßmutter liegt. Ihr Bunad ist dort noch sicher verwahrt.«

Ihre sexuelle Spannung brach, als sie mich mit ihrer gemeinsamen Aufmerksamkeit durchbohrten. Azrames ließ seinen Arm sinken und Fauna griff nach mir. Ihre Finger bohrten sich in meine Schultern, als sie meine Arme packte. »Ist da ein Sølje dran?«

Die Frage war so spezifisch, so bizarr, dass ich einen Moment brauchte, um mich zu orientieren. Ich zog mich in meine Erinnerungen zurück und stellte mir die Dinge aus der alten Heimat vor, die meine Mutter weggelegt hatte. Ich blinzelte kurz und nickte dann. Ja, die traditionelle Silberbrosche mit den verschnörkelten, löffelartigen Anhängern war ein wichtiger Bestandteil des klassischen Wollkleides. Der filigrane Schmuck wurde in traditionellen skandinavischen Familien oft als Erbstück weitergereicht.

Faunas Griff wurde fester. »Das ist wichtig, Marlow. Wenn du die Brosche oder ein Bild davon gesehen hast, dann denk genau nach – wie sieht das Mittelstück aus? Sieht es aus wie eine Krone? Wie eine Blume? Hat es eine hübsche Form?«

Ich brauchte eine Sekunde, um das Bild aus meiner Erinnerung hervorzuholen. Als Kind hatte ich mich oft weggeschlichen, um in der Zedernholztruhe zu stöbern. Ich liebte den Geruch des Holzes und stellte mir die Schätze darin vor, als wären sie meine Mitgift. Ich hatte immer alles sorgfältig gefaltet und so zurückgelegt, wie ich es vorgefunden hatte, damit meine Mutter mich nicht erwischte. Aber die silberne Brosche stach unter all den Schätzen mit einzigartiger Klarheit heraus. Langsam schüttelte ich den Kopf. »Nein ... meine Urgroßmutter war anders. Es war etwas Seltsames ... es sah so aus wie ...«

»... ein Baum?«, fragte sie atemlos.

»Ja, wie ein Baum«, bestätigte ich.

Fauna ließ mich los und sah Azrames an. »Ich wünschte, ich könnte bleiben, aber ...«

Er streckte seine Hand aus, wie er es bei mir getan hatte. Als er die Knöchel ihrer Finger küsste, verweilten seine Lippen darauf, er hob nur seinen Blick, der sich in ihren brannte. Ein Hauch von Fauna versicherte uns, dass die Geste wirkungsvoll war. »Ich wünschte, du würdest mich nicht jedes Mal zwanzig Jahre zwischen deinen Besuchen warten lassen, aber ich weiß ja, was du bist. Nur ein Narr würde versuchen, dich festzuhalten. Bleib wild und frei, Fauna.«

Er trat einen Schritt zurück und war plötzlich verschwunden.

Im selben Moment stieß Fauna einen lange unterdrückten Schrei aus. Betty unterbrach ihren meditativen Zustand und drehte sich zu uns um. Mit einem wissenden Grinsen schüttelte sie den Kopf und sagte: »Fauna, du hast dich wirklich kein bisschen verändert.«

»Herzen brechen und Namen sammeln.« Fauna zappelte aufgeregt herum, half Betty aber auf, bevor wir wieder nach vorn in den Laden gingen.

»Tut mir leid, wenn ich unterbreche, was auch immer das gerade war«, sagte ich weiterhin aufgewühlt, »aber was zum Teufel hat die Brosche meiner Urgroßmutter mit *irgendetwas* davon zu tun?«

Betty sah mich an. »Es klingt, als wäre dein Erbstück das Geschenk von tausend Leben. Es erlaubt dir, mit Fauna zwischen den Reichen umherzuwandern, ohne mit jemandem eine Bindung eingehen zu müssen.«

»Aber warum sollte ich denn allein gehen wollen? Ich weiß nicht, wie …«

»Ich habe nur gesagt, dass der Gegenstand es dir ermöglicht, durch Reiche zu gehen, ohne mit jemandem *verbunden* zu sein«, sagte Betty mit Nachdruck. »Ich habe nichts davon gesagt, dass du nicht begleitet werden sollst. Es sei denn, ich habe etwas verpasst und du weißt, wie man als Sterbliche in ein anderes Reich wechselt. Aber es gibt Schlimmeres, als mit Fauna eine Bindung einzugehen.« Dann sagte sie zu meiner Babysitterin: »Du hast mit der hier ja wirklich alle Hände voll zu tun.«

»Als ob ich das nicht wüsste«, erwiderte Fauna. Noch immer strahlend über den *Austausch* mit dem Mann aus Asche und Rauch, sagte sie: »Betty, ich kann dir gar nicht genug danken. Aber kannst du noch etwas für mich tun?«

»Für dich? Alles, was du willst.«

Mit Aufrichtigkeit in der Stimme sagte sie: »Pass bitte auf dich auf. Mit dir ist die Welt ein besserer Ort, in diesem Leben und auch im nächsten. Ob Räuber oder Engel …«

»Schatz, ich weiß alles über das Schlimmste, was die Welt zu bieten hat. Ich habe das ganze Gebäude mit einem Schutzzauber belegt. An meinem Sicherheitssystem habe ich nicht gespart. Ich habe eine Waffe unter der Kasse für Randalierer. Und für den Himmel? Da habe ich Azrames.«

Daraufhin entspannte sich Fauna sichtlich. Ihr Gesichtsausdruck wurde weicher, als sie Bettys Hand drückte. »Und genieß diese Erdbeeren.«

Kaum hatten wir den Laden verlassen, fragte ich: »Habt ihr über frühere Leben gesprochen? Über Selkies und wie du Betty kennengelernt hast und ...«

»Das ist deine erste Frage?« Stirnrunzelnd sah sie mich an, während wir im Gleichschritt den Bürgersteig entlangliefen.

Ich zuckte mit den Achseln, ich hatte eine Million Fragen, aber jeder Meißel am Marmor meines Verstehens würde Wunder wirken, um mein Weltbild zu formen.

Sie lächelte mich an, mit dem allgegenwärtigen Ausdruck kaum verhohlener Ungeduld, bevor sie sagte: »Manche Menschen sind so weit entwickelt, dass sie sich an jeden Gang erinnern. Betty gibt es schon lange und wir sind seit drei oder vier Zyklen im Reich der Sterblichen befreundet. Sie ist die Beste.«

Ich versuchte etwas darauf zu sagen, aber mir fiel nichts ein. Ich hatte meine Kapazität für neue, umwälzende Informationen erreicht, meine philosophische Fülle.

Wir kehrten zum Mercedes zurück, ich in überwältigtem Schweigen, Fauna in einer Mischung aus Geschmeicheltsein wegen ihres schamlosen Flirts und Wehmut über das Wiedersehen mit ihrer alten Freundin. Wir setzten uns ins Auto, aber ausnahmsweise fing sie nicht sofort an, auf Knöpfe zu drücken. Stattdessen fragte sie: »Wie lange dauert die Fahrt zu deinen Eltern?«

Mir rutschte das Herz in die Hose.

Das war noch schlimmer, als einen Dämon zu beschwören.

Es war schlimmer, als auf Legosteine zu treten, sich die Zunge am Morgenkaffee zu verbrennen oder zu erfahren, dass die Lieblingsserie nach einem offenen Ende abgesetzt wurde. Das war schlimmer als ein Mann in einem weißen Kittel mit einem Klemmbrett, der mir sagte, dass das alles nur eine lange, lebhafte Wahnvorstellung gewesen war.

Ich sollte meine Mutter besuchen.

Sechzehn

Ich hatte noch nicht mal den Schlüssel im Zündschloss gedreht. Fassungslos umklammerte ich das Lenkrad. Es kam mir wie eine Stunde vor, aber es waren wohl eher sechs Minuten. Fauna drängte mich nicht. Ich vermutete, dass sie sich mit Traumata auskannte. Sie ließ mich mit ausgeschaltetem Radio zu meiner Wohnung zurückfahren, durch die Lobby gehen, an den Aufzügen warten und in aller Stille den Korridor durchqueren. Sie unterdrückte ihr Chaos wunderbar, bis wir wieder in meiner Wohnung waren.

Ich schlüpfte aus einem Schuh, dann aus dem anderen. Meine Handtasche ließ ich im Wohnzimmer auf den Boden fallen und sank wortlos auf die Couch.

»Soll ich dir beim Packen helfen?«, fragte sie mit sanfter Stimme.

»Ich habe seit vier Jahren nicht mehr mit meinen Eltern gesprochen«, sagte ich leise. Ich fragte mich, ob ich wohl so blass aussah, wie ich mich gerade fühlte.

»Es gibt keinen Grund zur Eile«, sagte sie. »Der Prinz kann warten.«

Unglücklich sah ich sie an. »Besteht denn die Möglichkeit, dass er noch im Menschenreich ist? Vielleicht entspannt er sich gerade auf den Malediven?«

Ihr Gesichtsausdruck wurde milder. »Nun, was ist stärker? Deine Gefühle für Caliban oder dein Hass auf deine Eltern?«

Ich sagte nichts dazu.

»Wir müssen das Reich nicht verlassen, wenn du noch nicht bereit bist.«

»Doch, wir machen es«, sagte ich schließlich. Mein Magen fühlte sich schwer an, als wäre er mit Steinen gefüllt. Es war meine eigene Schuld. Ich hatte sein Leben ruiniert und mein eigenes. Er war der beste Teil von mir und ich wollte ihn zurück. »Ich werde nicht schlafen, bis ich alles wiedergutgemacht habe. Am Morgen nachdem ich ihn beschimpft hatte, wachte ich auf und wusste, dass ich ihn zurückholen muss. Die letzten Monate ohne ihn waren die Hölle. Wenn er nicht zurückkommen kann, dann muss ich ihn finden.«

Ihre gewohnte Überheblichkeit war verschwunden. Stattdessen spürte ich echte Freundlichkeit, als sie beide Hände um einen meiner Unterarme legte. »Du wirst nicht allein gehen. Ich werde die ganze Zeit bei dir sein. Und es ist ziemlich schwer, mich anzuschreien, weil ich so entzückend bin.«

Meine Brust fühlte sich an, als würde sie tausend Pfund wiegen, ich schüttelte feierlich den Kopf. »Aber meine Mutter wird sehen, wer du wirklich bist.«

Ihr Lächeln verschwand. Sie wusste, dass ich recht hatte. Als ich aufwuchs, nannten meine Eltern und die Kirchenältesten diese Gabe die *Unterscheidung der Geister*. Nach der biblischen Überlieferung war sie eine der Früchte der Seele. Jedem Gläubigen wurde gesagt, dass er eine geistige Gabe besitze, die das Reich Gottes fördere, und den meisten wurden Dinge wie Nächstenliebe, Großzügigkeit, die Kraft, andere zu ermutigen, Weisheit, Verständnis oder Frömmigkeit zugesprochen. Die drei seltensten und am heftigsten umkämpften Gaben waren überall zu finden – vom alten Buch Jesaja bis zum Korintherbrief im Neuen Testament. Prophetie, Zungenrede und die Unterscheidung der Geister, so hieß es, seien Gaben, die Gott sorgfältig verteilt hatte.

Diese seltenen Gaben klangen für mich immer gefährlich nach Hexerei. Als ich Fauna auf dem Sofa neben mir betrachtete und mich an die Überraschung auf Azrames' Gesicht, die Wut auf Silas' Gesicht oder den Hunger auf dem Gesicht des katzenähnlichen, grinsenden Wesens erinnerte, dachte ich erneut über die Gabe der Geister nach. Ich konnte fast spüren, wie Caliban mein Haar streichelte, als mir die vielen Male in den Sinn kamen, in denen ich mir selbst eingeredet hatte, ich hätte Wahnvorstellungen, all die Momente, in denen ich geleugnet hatte, was ich gesehen, gefühlt und gewusst hatte. Die Kirche hätte mir gesagt, ich solle diese Gabe nutzen, um zu sehen, was für das Himmelreich und was für das Höllenreich bestimmt sei. Eine unzerstörbare Stelle tief in meinem Geist juckte, als ich mich fragte, wie viele Menschen mit Feenblut wohl einfach nur versuchten, den Blick durch den Schleier zu verstehen, und ihre einzige Bestätigung in der Kirche fanden.

Endlich würde ihnen niemand sagen, dass sie verrückt waren. Es war ein Ort, an dem Menschen wie Lisbeth Thorson nicht nur furchtbar gesund waren, sondern auch als etwas ganz Besonderes gerühmt wurden, als auserwählt und gefeiert in dem Wissen, dass ihre Fähigkeiten für den Herrn eingesetzt werden konnten.

Für meine Mutter war es leicht gewesen, in diesen Kaninchenbau zu fallen, doch für mich war es schwer gewesen, diesem bröckelnden, klaustrophobischen Drecksloch zu entkommen.

Aber ich war nie allein gewesen.

23. Juli, 4 Jahre

»Was schaust du dir da an?«, fragte meine Mutter lächelnd. Ihr Blick blieb auf ihre Hände gerichtet, während sie nähte.

Ich drückte mir die Nase am Fenster unseres Wohnwagens platt und beobachtete, wie sich die Nachbarskinder um ein Auto versammelten. Ich tippte mit dem Zeigefinger an die Scheibe und zählte sie. Die großen Kinder kannte ich nicht so gut, aber ich hatte sie schon mal in der Wohnwagensiedlung gesehen. Sie waren vielleicht zehn, elf Jahre alt. Ihre jüngeren Geschwister waren in Gelb-, Rosa- und Grüntönen gekleidet. Zwei Mädchen, die drei Wohnwagen weiter wohnten, rannten hinter dem Auto her und lachten, als jemand sie mit dem Schlauch nass spritzte. Eines der Mädchen war in meinem Alter.

Ich hatte von meinem Zimmer aus die Musik gehört und war daraufhin auf das braune, zerschlissene Sofa gekrochen, das meine Eltern vom Straßenrand gerettet hatten. Die billigen Fasern bohrten sich in meine mit Schorf bedeckten Knie – eine weitere Narbe in meiner Sammlung von Wundmalen durch Stürze oder weil ich geschubst worden war. Es kam immer auf den Tag an. Das Kind in meinem Alter, ein Mädchen namens Hannah, war immer nett zu mir gewesen. Einmal hatte sie mir die Hälfte von ihrem Eis am Stiel abgegeben.

Meine Mutter kraulte mir sanft den Rücken und lächelte. »Ich mache gerade deinen Hasen fertig«, sagte sie. Sie zeigte auf den Küchentisch, wo ein Hase lag, den sie aus alten Stoffen genäht hatte. Sie hatte ihm ein blaues Kleid geschneidert und lange Schlappohren gemacht. »Geh ruhig mit den anderen Kindern spielen. Wenn du zurückkommst, bin ich fertig.«

Unsicher schaute ich zu ihr auf und dann wieder aus dem Fenster. »Sie waschen gerade ein Auto«, sagte ich. »Ich habe nichts dafür.«

Daraufhin gab sie einen verächtlichen Laut von sich und griff unter das Waschbecken. Sie füllte einen Eimer, der so rot war wie ein Feuerhydrant, zur Hälfte mit Seifenwasser und reichte mir einen Schwamm, der zu groß für meine Hand war. Dann setzte sie mir eine rote Baseballkappe auf, passend zu den roten Shorts, die sie entworfen hatte. So viel Rot. Abgesehen von meinen Schuhen und der Sparpackung weißer T-Shirts hatte meine Mutter alle meine Klamotten selbst genäht. »Jetzt hast du alles. Geh und hab Spaß!«

Und so ging ich aufgeregt auf die Kinder zu, den roten Eimer hielt ich in der einen Hand, die Finger der anderen in den Schwamm gegraben. Obwohl die Musik weiterlief, hörte das Wasserspritzen auf, als ich näher kam. Das Gelächter verstummte. Meine Füße wurden immer langsamer und scharrten über den Bürgersteig, als ich sie unsicher ansah. Zuerst sah ich Parker – einen Jungen, der zwei Jahre älter war als ich und der mich vor ein paar Wochen zu Boden gestoßen und mein Dinosaurierspielzeug geklaut hatte. Vom Fenster aus hatte ich ihn gar nicht gesehen.

Das Leben ist voller erster Male. Die erste Begegnung mit der Stille, sobald man einen Raum betritt, ist etwas, das man nie vergisst. So wie die erste Erfahrung mit den Sekunden, die sich zu einer elenden Ewigkeit ausdehnen und das Gefühl für die Zeit und ihre Dauer verzerren. Wenn diese Dinge gleichzeitig passieren, graben sie sich wie eine Zecke unter die Haut, saugen sich fest und zehren dich aus. Zumindest fühlte ich mich so, als ich dastand, meine Finger um den Schwamm verkrampft, mein Mund mir sagte, dass ich ein großes Glas Wasser bräuchte, und sich mein Bauch so anfühlte, als würde mir schlecht werden.

»Du warst nicht eingeladen«, sagte er.

Die Mädchen standen schweigend hinter ihm. Die anderen Kinder sahen von der Seite aus zu, im Hintergrund lief immer noch ein fröhlicher Chor aus Zeichentrickfilmliedern, aber die Stille war viel lauter als die Musik, weil niemand etwas sagte. Ich schluckte, als ich sie ansah und mich fragte, ob mich überhaupt jemand von ihnen dort haben wollte, und ich hatte schnell meine Antwort. Sie sahen mich nicht so an, als täte es ihnen leid oder als wäre Parker gemein zu mir oder als wollten sie, dass ich ihre Freundin bin.

Sie sahen mich an, als wollten sie, dass ich verschwinde.

»Geh nach Hause«, sagte Parker.

Ich stand eine Ewigkeit auf dem Bürgersteig, meine Füße waren wie festgefroren. Das schaumige Wasser tropfte die Einfahrt hinunter und berührte fast meine abgewetzten, ausgetretenen Turnschuhe. Ich starrte auf die Blasen und stellte mir vor, wie das Seifenwasser mich fortschwemmen würde.

Meine Augen füllten sich mit Tränen. Ich wusste nicht, was ich tun sollte, außer zu gehen, bevor sie mich weinen sahen. Große Mädchen dürfen nicht weinen, schon gar nicht in der Tagesstätte, in der Kirche oder vor anderen Kindern, die Autos waschen. Ich konnte nicht zulassen, dass sie mein Schluchzen hörten. Ihre Blicke blieben jedoch auf mich gerichtet, ließen mich erstarren, klebten mich an den Boden.

Nein, nein, nein. Bitte lass mich nicht vor ihnen weinen, flehte ich und erinnerte mich daran, dass ich in der Sonntagsschule gelernt hatte, in meinem Kopf mit Gott zu sprechen, wenn ich beten musste. Und so betete ich, dass meine Turnschuhe weglaufen würden, dass meine Tränen aufhören würden zu fließen und dass ich sicher in meinem Bett liegen würde. Und dass ich weit weg sein würde.

Ich glaube nicht, dass sich meine Beine daran erinnert hätten, wie sie sich bewegen sollten, wenn ich nicht plötzlich eine Bewegung bemerkt hätte. Auf der anderen Seite der Schotterstraße unserer kleinen Wohnwagensiedlung schoss ein Tier hin und her. Mein Blick löste sich von der Seifenlauge, den Kindern, den Autos und der Qual, denn die Überraschung ließ mich für einen Moment den Wunsch zu weinen vergessen. Ein weißer Fuchs drehte sich im Kreis, dann sprang er, schnappte und fesselte meine Aufmerksamkeit. Selbst von der anderen Straßenseite aus konnte ich das silberne Funkeln in seinen Augen sehen, als würde er mich direkt ansehen. Unter anderen Umständen hätte ich die Kinder um mich herum bestimmt auf ihn aufmerksam gemacht.

Aber ich konnte nicht atmen, geschweige denn sprechen.

Das Beste, was ich tun konnte, war, meinen Blick vom Auto, dem Gartenschlauch, dem Gettoblaster und den schweigenden Kindern abzuwenden und auf den Fuchs zu richten. Er sprang wieder und hüpfte zur Seite, bis ich mich schließlich ganz von den Kindern abwandte, um ihm zu folgen. Ich sah, wie er sich umdrehte und auf mein Zuhause zulief. Ich schluckte gegen das drohende Schluchzen an und drehte mich um, damit ich den Fuchs sehen konnte, der im hohen Gras unter unserem Wohnwagen verschwand.

Unser Wohnwagen. Der Fuchs war bei mir zu Hause. Wenn ich jetzt losrennen würde, könnte ich es auch sein.

Und das tat ich auch. Ich drehte mich um und spannte meine Arme an, ohne mich darum zu kümmern, wie das Wasser spritzte und mein T-Shirt und meine Shorts durchnässte, während ich alles gab. Ich ließ Eimer und Schwamm auf den Treppenabsatz vor dem Eingang fallen. Kaum hatte ich es durch die Tür geschafft, explodierte ich auch schon in einem erschütternden Heulen. Meine Welt verschwamm, meine Kehle schmerzte, als der unterdrückte Schrei mich durchdrang. Innerhalb einer Sekunde war meine Mutter bei mir, hob mich hoch und schloss mich in ihre Arme. Sie nahm mir die Baseballkappe ab, streichelte über mein Haar und beruhigte mich, bis ich ihr erzählte, was passiert war. Ich spürte, wie sich ihr Körper vor Wut verkrampfte. Meine Mutter war immer so hübsch gewesen, aber jetzt war ihr Gesicht wutverzerrt. Ihr Baby hatte seine erste Ablehnung erfahren und sie wollte es wiedergutmachen.

Als sie mich abgesetzt hatte, um nach draußen zu den anderen Kindern zu gehen, flehte ich sie an, es nicht noch schlimmer zu machen, und etwas in der Verzweiflung meiner Bitte hielt sie auf, obwohl ihre Hand bereits am Türknauf war. Sie kämpfte damit, ihre Finger vom Griff zu nehmen und ihre Aufmerksamkeit auf mich zu richten. Nach einer langen Weile nahm sie mich wieder auf den Arm, trug mich zur Couch, kraulte mir den Rücken und sagte mir, wie interessant und lustig ich sei und wie viel die anderen verpassten. Sie sagte mir immer wieder, dass ich das wundervollste Geschenk sei, das Gott ihr hätte machen können, und dass sie wisse, dass ich wie sie zu Großem bestimmt sei. Gott hatte ihr immer gesagt, dass ich ihre Gabe teilen würde, und vielleicht war das zu mächtig für dumme Jungs namens Parker und kleine Kinder, die nicht wussten, wie man etwas Wunderbares erkennt.

»Wo ist dein Dinosaurier?«, fragte sie, während ihre Hand auf meinem Rücken lag.

Ich besaß so wenig. Mein Vater war ein erfolgloser Verkäufer, und meine Mutter, obwohl gebildet, hatte auf eine Karriere verzichtet, um eine gute Ehefrau und Mutter zu sein, was bedeutete, dass sie viel zu viel Zeit hatte, um sich auf ihr einziges Kind zu konzentrieren. Meine Lieblingsspielzeuge stammten alle von den Weihnachtsbasaren, auch wenn meine Eltern immer zu stolz gewesen waren, um dort hinzugehen. Sie schickten mich allein hin. Angesichts des Zustands meiner Secondhand-Jacke, die seit dreißig Jahren aus der Mode gekommen war, hatte nie jemand die Rechtmäßigkeit meines finanziellen Status infrage gestellt. Der Dinosaurier, den ich bekommen hatte – ein Parasaurolophus, ein Wort, das ich sowohl wegen seiner vielen Silben als auch wegen seiner Einzigartigkeit gerne aussprach –, war das Beste, was ich je besessen hatte. »Versprichst du mir, dass du nicht böse wirst, wenn ich es dir erzähle?«

Sie betrachtete mein geschwollenes, tränenüberströmtes Gesicht und sagte: »Ich verspreche es.«

Als ich es ihr dann erzählte, versprach sie außerdem, mir einen Dinosaurier zu nähen, sobald sie mit dem Hasen fertig sei. Ich schüttelte den Kopf und fragte, ob sie mir nicht stattdessen einen Fuchs machen könnte.

»Klar, ich kann roten Stoff besorgen ...«

»Mach ihn weiß«, bat ich sie, »mit silbernen Knöpfen für die Augen.«

Sie sah mich neugierig an, stimmte aber zu. Der Stoff und das Garn, die sie für den Hasen verwendet hatte, waren weiß, und wir hatten noch jede Menge alter weißer T-Shirts, falls sie mehr Material brauchte. Und Knöpfe hatten wir auch genug.

»Natürlich, Marlow«, sagte sie und kuschelte sich an mich. »Ich dachte, ich hätte mehr Zeit, um deinen Hasen fertig zu machen, aber warum schaust du dir nicht ein Buch in deinem Zimmer an und ich gebe ihn dir danach?«

Ich mochte es, allein in meinem Zimmer zu sein.

Das *National Geographic*-Buch über jedes Tier und seinen Lebensraum, das *Gute Nacht Mond*-Buch und die Kinderbibel waren meine drei Bücher. Ich schniefte die letzten Tränen weg, verschwand und zog die Tür hinter mir zu. Sofort blätterte ich zu der Seite über den Polarfuchs. Manche waren im Sommer grau, aber ich lächelte über die Bilder, auf denen er so weiß und perfekt war wie das Kaninchen eines Zauberers. Er sah genauso aus wie der, den ich auf der anderen Straßenseite gesehen hatte. Bis jetzt konnte ich nur meinen Namen buchstabieren, aber von den Bildern wusste ich, dass diese Füchse an kalten, wilden Orten lebten. Es gab keine Bilder von Füchsen in der Nähe von Häusern oder in Wohnwagensiedlungen. Keines der Bilder sah aus wie meine Stadt. Auf dem Globus waren die Teile der Welt markiert, in denen der Polarfuchs lebte, und meine Mutter hatte mir unsere Stadt auf der Karte so gut gezeigt, dass ich wusste, dass Füchse wie der, den ich unter unserem Wohnwagen gesehen hatte, normalerweise ganz woanders lebten.

Überrascht zuckte ich zusammen, als er plötzlich unter meinem Bett hervorkroch. Mir stockte der Atem, aber ich hatte keine Angst. Der Tag und sein Schmerz verschwanden beim Anblick von etwas so Vollkommenem, so Atemberaubendem, so Schönem in *meinem* Schlafzimmer.

»Wie bist du hier reingekommen?«, flüsterte ich und begann sofort zu strahlen.

Der Fuchs kam näher und rollte sich verspielt auf den Rücken.

»Darf ich dich streicheln?«, fragte ich. Ich kannte Tiere gut genug, um zu wissen, dass manche beißen. Dieses Tier schien zwar sehr freundlich zu sein, aber ich wollte nicht, dass es meine Finger frisst.

Der Fuchs neigte sich zu mir, und ich streichelte sein perfektes, weiches Fell, als wäre er eine exotische Hauskatze. Er schmiegte sich an mich und wischte meine Tränen weg. Ich sagte ihm, wie schön er sei, und er gab ein leises Quieken von sich, als ob er das Kompliment zu schätzen wüsste.

»Bist du das Haustier von jemandem?«, fragte ich.

Er saß aufrecht da, den Schwanz um seine Füße geschlungen, und neigte den Kopf zur Seite. Mir fiel ein, dass Füchse nicht sprechen können, und ich kicherte.

»Du musst nicht mein Haustier sein«, sagte ich, »aber willst du mein Freund sein?«

Er ließ sich auf die Seite fallen, war fast kopfüber, als er mich mit der Pfote anstupste.

Ich erzählte ihm, wie sehr ich mich gefreut hatte, als ich ihn auf der anderen Straßenseite gesehen hatte. Ich sagte ihm, dass es viel cooler sei, Zeit mit einem Fuchs zu verbringen, als mit einem Gartenschlauch herumzuspritzen, Musik zu hören oder mit dummen Kindern zu spielen. Ich sprach leise und hoffte, meine Mutter würde uns nicht entdecken und mir meinen neuen Freund wieder wegnehmen. Sie liebte ihr sauberes Zuhause und Tiere waren schmutzig. Einmal erlaubte sie mir, einen Kampffisch zu haben, aber der starb in seinem Glas. Er hatte sich in einen Eisklotz verwandelt, als der Strom bei Minustemperaturen ausgefallen war. Zum Schlafen hatten wir damals unsere Schneeanzüge angezogen, und ich hatte zwischen meinen Eltern geschlafen, bis sie die Stromrechnung wieder bezahlen konnten.

»Ich wette, du hättest mich warm gehalten«, flüsterte ich dem Fuchs zu und dachte an unsere eiskalten Nächte und an meinen Fisch, den ich so lange vermisst hatte.

Er neigte seinen Kopf, als wollte er gestreichelt werden.

Als plötzlich ein Geräusch unsere glückliche Träumerei unterbrach, fuhr ich herum.

»Marlow, mit wem ...?« Meine Mutter öffnete die Tür, das fertige Spielzeug in der Hand. Mit offenem Mund starrte sie mich an. Ich sah hinüber, um etwas zu dem Fuchs zu sagen, aber er war verschwunden.

Im nächsten Moment hatte sie mich hochgehoben und war mit mir direkt zur Kirche gefahren, mit rotem Gesicht und schwarzen Mascaraflecken auf den Wangen, weil ihr die Tränen über das Gesicht liefen. Egal wie oft ich sie fragte, was los war, sie wollte es mir nicht sagen. Sie trug mich nicht in die Kirche, sondern zog mich am Handgelenk hinter sich her, während ich voller Angst wissen wollte, was ich falsch gemacht hatte. Ich verstand nicht, warum der Pastor gerufen wurde oder die Ältesten oder warum das Weihwasser geholt wurde oder die Männer ihre Hände auf meinen Kopf, meinen Rücken, meine Schultern legten, während ich weinte.

Ich bestand darauf, dass sie sich irrte – der Fuchs war gut, der Fuchs war ein Freund –, aber aufgrund ihrer starken

Überzeugung konnte und wollte sie meine Argumente nicht hören.

Nach diesem Tag veränderte sich meine Mutter.

Ihr Gespür für Geister hatte sie erkennen lassen, dass ihr Kind vom Teufel heimgesucht worden war, wie ich später erfuhr. Aber durch die täglichen Stunden des Gebets, der Hingabe, der Frömmigkeit, des Studiums, der Kirchenbesuche und der Läuterung würde Gott immer noch Anspruch auf mich erheben. Sie riss die Polarfuchs-Seite aus meinem *National Geographic*-Buch und ließ nur die zerfetzten Überreste dessen zurück, was einmal eine hübsche Schneelandschaft und ein perfektes pelziges Geschöpf gewesen war.

Ich hatte keinen Platz mehr für Tränen, denn jede Nacht hörte ich meine Mutter schluchzend einschlafen, während sie den Herrn anflehte, meine Seele zu verschonen.

Siebzehn

2. Oktober, 16 Jahre

Keine Füchse?«, wurde zu einer vorsichtigen Standardfrage meiner Mutter.

Lisbeth Thorson, die Säule der Gesellschaft, Ehefrau, Mutter, fromme, misstrauische und ängstliche Frau, die sie war, stellte diese Frage immer vor unseren Nachtgebeten. Sie fragte, bevor wir die Kirche betraten. Sie wiederholte es, wenn wir uns gemeinsam die Zähne putzten und uns dabei im Spiegel betrachteten, wie Zwillinge, die im Abstand von zwanzig Jahren geboren worden waren. Sie war eine zeitlose Schönheit, ihr hellblondes Haar verkörperte die skandinavische Schönheit, während mein Haar die Färbung meines Vaters hatte und mit den Jahren eine immer trübere Farbe annahm. Vom Tankwart bis zum Babysitter sagten alle, wir sähen aus wie Schwestern, was ich immer als großes Kompliment empfunden hatte, auch wenn meine Locken nach der frühen Kindheit nicht platinblond geblieben waren.

Mehr als ein Jahrzehnt lang hatte ich stets pflichtbewusst geantwortet: »Keine Füchse.«

Ich hatte nicht noch einmal den Fehler gemacht, die Wahrheit zu sagen.

Die Erinnerung war so schmerzhaft wie der Ledergürtel

auf meiner nackten Haut. Selbst als Teenager erinnerte ich mich noch daran, wie sie schluchzte, weil ihr die Prügel mehr wehtäten als mir, während ich schrie und das Leder immer wieder knallte, bis ich vor lauter Striemen kaum noch sitzen konnte. Aber sie musste es tun, weil sie mich liebte, weil sie sich um mein Seelenheil sorgte und weil sie wollte, dass ich in den Himmel komme.

Damals lernte ich zu lügen. Nie wieder würde ich den Fuchs erwähnen.

Wir verließen die Wohnwagensiedlung ein halbes Jahr nach dem ersten Vorfall.

Vielleicht hätte ich versuchen sollen loszulassen, aber ich konnte es einfach nicht vergessen.

Sie hatte meinen Vater davon überzeugt, dass es äußere Einflüsse gab, die um meine Seele kämpften, und ein Neuanfang in den Wäldern gut für mich wäre. Es war das erste Mal, dass ich meine Mutter fragend ansah, denn ich wusste ohne Zweifel, dass sie sich mit dem Fuchs geirrt hatte.

Der Fuchs war gut.

Trotzdem zogen wir um. Der Arbeitsweg meines Vaters wurde dadurch erheblich länger und meine zweistündige Busfahrt zur Schule begann nun jeden Morgen schon um halb sieben, aber ein Wohnwagen im Wald war billiger als in der Stadt. Und so lebte ich mehr als zehn Jahre mit den Blumen und Bäumen. Keine Straßenlaterne störte meinen Blick auf die Sterne. Wenn ich weit genug in den Wald lief und mich unter dem Zaun eines Bauern hindurchduckte, kam ich zu einem plätschernden Bach, an dem ich stundenlang barfuß spielen konnte. Die Vögel, die Schlangen, die wilden Hasen wurden meine Freunde. Meine Fantasie blühte auf, während ich mit den Fingern Krebse fing oder in den krummen Ästen der Eichen saß und die zerfledderten Romane las, die ich aus der Schulbibliothek geschmuggelt hatte.

Wir waren immer noch zu arm, um in etwas anderem als einem Wohnwagen zu leben, aber unser neues Grundstück im Wald war eine ziemliche Verbesserung. Wir hatten immer noch nur zwei Schlafzimmer, aber im Laufe der Jahre bekamen wir ein neues Sofa und einen Fernseher, auf dem die VHS-Kassetten liefen, die meine Mutter in der Kirche oder in der Bücherei ausgeliehen hatte. Meine Mutter dekorierte den Raum mit einer bunten Mischung aus Antiquitäten und Secondhand-Artikeln, während mein Vater den Rasen kurz hielt und die Büsche stutzte. Ich hatte immer gedacht, dass unser exzessiver Gebrauch von Kerzen eine gute Wahl war, bis ich irgendwann alt genug war, um zu verstehen, dass wir es taten, um Strom zu sparen und nicht aus ästhetischen Gründen. Aber meine Eltern waren der festen Meinung, dass man nicht viel haben muss, um stolz auf das zu sein, was man erreicht hat.

Meine Kleider waren nie neu, aber sie waren immer faltenfrei. Unser Zuhause war billig, aber originell. Meine Mutter putzte immer wie eine Besessene, sie schrubbte jeden Zentimeter, staubsaugte, wischte Staub, scheuerte, bleichte, als wolle sie so ihre Würde unter Beweis stellen.

»Sauberkeit kommt gleich nach Gottesfurcht«, hatte sie gesagt.

»Das steht aber nicht in der Bibel«, erwiderte ich, was mir jedes Mal ein zustimmendes Lächeln von ihr einbrachte. Es gefiel ihr, dass ich so belesen und bibelfest war. Während andere Teenager Freunde suchten und auf Partys gingen, war ich eine hervorragende Bibelschülerin und strahlte jedes Mal, wenn ich ihre Anerkennung bekam. Ihr Lob war wie die Sonne nach dem Winter, es durchbrach die Isolation, die Strafe des Schweigens, die Züchtigungen, die auf meine Vergehen folgten. Doch meine Mutter machte einfach weiter, so als würde sie fegen, desinfizieren und putzen, um damit zu beweisen, dass sie würdig war, falls jemand in unser Haus kommen und unsere Armut sehen sollte.

Aber das passierte nie.

Wenn ich nicht in der Schule war, dann war ich im Wald.

Ein ganzes Jahrzehnt lang wartete ich am Fenster darauf, dass ein weißes Fell auftauchte. Wenn ich ihn nicht zuerst sah, fand er mich normalerweise, wenn ich mit Stöcken spielte, winzige Käfige für Glasflügelwanzen baute, wenn ich so tat, als wäre ich ein mächtiger Rancher, wenn ich im Bach von Stein zu Stein sprang, meine Knie und Handflächen an Baumrinde aufschürfte oder im Schatten las, als ich älter wurde.

Ich war alt genug, um zu wissen, dass Polarfüchse nicht im Mittleren Westen Amerikas lebten, aber für mich war er so real wie alles andere. Ob er nun ein wildes Haustier oder ein imaginärer Freund war – ich liebte ihn mehr als das Leben.

Wenn ich im Wald spazieren ging und ihn nicht sofort entdeckte, bellte er, hob seine Pfote und sprang in die Luft, um meine Aufmerksamkeit zu erregen. Es gab nichts Vergleichbares wie die Sonne, die in meiner Brust aufging und mich von innen erhellte, wenn ich ihn endlich sah. Manchmal folgte er mir und hörte mir zu, wenn ich von meinem Tag, meinen Hausaufgaben oder der Kirche erzählte. Manchmal führte er mich zu einer hübschen Blume oder ich folgte ihm zu einem Strauch wilder Erdbeeren. Ein anderes Mal wedelte er zur Begrüßung kurz mit dem Schwanz. Sobald ich den Kopf drehte, war er verschwunden.

Meine Mutter durfte nichts von meinem imaginären Freund erfahren. Sie würde es nicht verstehen. Und ich war kein Kind mehr. Teenager zauberten keine Waldtiere herbei, die ihnen Gesellschaft leisteten. Der Fuchs würde ein gut gehütetes Geheimnis bleiben, er machte mich glücklich. Das war es, was zählte.

In der Schule sprachen nur wenige mit mir, und es war kein Geheimnis, warum das so war. Als ich älter wurde, war die Bibliothekarin eines der wenigen freundlichen Gesichter, die ich sah. Sie hatte immer ein Lächeln für mich und stellte oft neue, interessante Bücher beiseite, bevor andere Kinder sie sich schnappten. Als ich elf Jahre alt war, hatte ich alle Fantasy-Romane gelesen, die meinem Leseniveau entsprachen, auch solche, für die ich eigentlich noch zu jung war. Ich liebte Geschichte, Poesie und Tiere. Ich hatte meine Mutter, die Wildnis, den Fuchs, Kirby, eine Bibliothek voller Bücher und die Bibel. Ich brauchte keine anderen Freunde. Schließlich – so hatte meine Mutter gesagt – war Jesus der einzige Freund, den ich brauchte.

Jesus und sie natürlich.

Sie nannte das, was wir hatten, »Freundschaft«. Wir waren die besten Freundinnen, sagte sie, und ich glaubte ihr, obwohl ich mir manchmal nicht sicher war, wie viel von unserer Freundschaft freiwillig war. Es war ein feierliches Gelübde, das sie ablegte, bevor sie eindringliche, wunderschöne Lieder voll furchteinflößender Theologie sang, um mich in den Schlaf zu wiegen, wobei jede Melodie die Angst um meine Seele und ihre ewige Bestimmung verstärkte. Es war ein Versprechen, das sie mir gab, bevor sie mir meine Geheimnisse entlockte. Es war etwas, das sie wiederholen würde, wenn ich etwas sagte oder tat, das ihre Wut entfachte. Viele Jahre lang war dies das Muster und es funktionierte. Zumindest für sie.

Alles war gut, bis es das irgendwann nicht mehr war.

In den Wochen vor meinem sechzehnten Geburtstag hörte ich auf, den Fuchs zu sehen.

Das war auch gut so. Ich war bereit, nicht mehr alles zu sehen. Die heiß-kalte Verzweiflung, es meinen Eltern recht zu machen, die gnadenlose Quälerei in der Schule, die Verzweiflung darüber, dass ich, egal wie sehr ich mich auch bemühte, immer eine Unvollkommenheit, eine Sünde, einen Fehler zu viel hatte, um durch die Himmelspforte zu treten. Ich brach Gott immer wieder das Herz – zumindest sagte das meine Mutter – und er war nicht der Einzige. Quälende Wellen der Enttäuschung durch die Art, wie meine Mutter mich ansah, die spöttischen Bemerkungen in der Schule und der Ekel in den Gesichtern der Kirchenältesten – Männer, die einst ein verängstigtes kleines Mädchen zurechtgewiesen hatten, weil es unreine Geister in Gestalt eines weißen Fuchses gesehen hatte – gaben mir Tag für Tag das Gefühl zu ersticken. Ich war nicht glücklich und würde es auch nie sein.

Ich hatte so sehr geweint, dass ich mir beinahe etwas verrenkt hätte. Meine Nase war verstopft. Meine Augen waren trübe, meine Ohren klingelten. Ich hatte so leise wie möglich geschluchzt, als ich vom Bad in mein Zimmer ging. Aber ich hörte immer noch eine glockenhelle Stimme, als ich nach dem Fläschchen mit den Schmerzmitteln griff, das ich aus dem Medizinschrank genommen hatte.

Aus dem Schatten hörte ich eine Männerstimme drei Worte sagen.

»Lass sie fallen.«

Ich verschluckte mich an meinem letzten Schluchzer. Der Kummer verschwand, als sich die Angst breitmachte und meine Blase der Isolation zerplatzte. Das Pillenfläschchen fiel klirrend zu Boden und etwa dreißig Tabletten verteilten sich auf dem Teppich. Ich zwang mich aus dem Bett und streckte die Hand nach dem Türgriff aus, als ich eine Bewegung im Schatten bemerkte. Schreckliche Worte dröhnten in meinem Kopf, als ich über meine Bettdecke stolperte und zur Tür stürzte. Verbrechen. Mord. Entführung. Es waren vier große Schritte vom Schlafzimmer durch das Wohnzimmer in die Küche. Meine Mutter war noch wach, kümmerte sich um die Finanzen, bezahlte Rechnungen.

»Jemand ist im Haus«, keuchte ich.

Sie sprang so schnell vom Tisch auf, dass der Stuhl krachend zu Boden fiel. Sie knipste das Licht an, schaute unter dem Bett nach, spähte hinter die Türen und überprüfte jeden Winkel der rechteckigen Blechbüchse, die wir unser Zuhause nannten. Sie bemerkte nicht einmal, dass ich geweint hatte. Diese Frau besaß keinerlei Mitgefühl. Aus Sorge wurde Ungeduld, als sie mir unmissverständlich klarmachte, dass unsere Augen uns im Dunkeln manchmal einen Streich spielten und dass ich doch fast erwachsen sei. Ich war zu alt, um mich von meinen Augen austricksen zu lassen.

»Das war kein Trick«, sagte ich beharrlich. Ich hatte panische Angst, dass es einen Einbruch gegeben hatte und meine Mutter mich nicht ernst nahm.

»Dann bete um Schutz«, antwortete sie immer noch irritiert.

Also legte ich mich wieder ins Bett, zog mir die Decke über den Kopf und versuchte, durch stickige Kohlendioxidwolken zu atmen, um die stille Gewissheit zu überleben, dass jemand in meinem Zimmer war. Sie hatte recht: Ich war zu alt, um mich vor meiner Fantasie zu fürchten.

Aber in dieser Nacht kniete ich mich hin und sammelte jede einzelne Pille auf, die sich zwischen den Fasern verfangen hatte, und sah zu, wie sie aufgewirbelt wurden, als ich sie in der Toilette hinunterspülte.

Sieben Tage vergingen, bis ich wieder die Gestalt in meinem Zimmer sah. Dieses Mal hatte ich keine Angst.

»Du warst schon mal hier.« Ich setzte mich auf und saß mit angezogenen Beinen im Bett, die Knie an die Brust gepresst, während ich beobachtete, wie sich die Gestalt aus der Ecke bewegte.

»Ja«, antwortete sie. Es war die Stimme eines jungen Mannes und sie klang sehr sanft. Ich suchte in mir nach Misstrauen, nach einem Hauch von Angst, nach irgendetwas, das mir sagte, dass ich vorsichtig sein sollte, aber da war nichts.

»Ich konnte nicht zulassen, dass du das tust.«

»Das hatte ich auch nicht vor«, log ich.

Sein Schweigen lag schwer zwischen uns.

»Bist du echt?«, fragte ich. Ich wartete, bis sich meine Augen an die Dunkelheit gewöhnt hatten, um ein schönes Gesicht, helles Haar und eine schlanke Gestalt zu sehen. Der Gedanke an einen Serienmörder, der im Schatten lauerte, war verflogen. Meine Wangen wurden heiß. Es war ein Tabu, einen Jungen in meinem Zimmer zu haben. Die Wärme kroch meinen Hals hinunter, durchströmte meine Brust und drang in jeden Teil von mir ein, während meine Aufmerksamkeit auf seinen kantigen Kiefer, die breiten Schultern, seine angespannten Muskeln und die melodische Art, wie er sprach, gelenkt wurde.

»Das bin ich«, sagte er ruhig. »Obwohl ich nicht wollte, dass wir uns auf diese Weise oder zu diesem Zeitpunkt treffen.«

»Zu diesem Zeitpunkt?«

Aber die schöne Erscheinung ging nicht weiter darauf ein.

In den Wochen, die zu Monaten wurden, war ich bei meinen Waldspaziergängen nicht mehr von einem Fuchs beehrt worden. Doch ich erkannte das weiße Haar und die silbernen Augen, als er sich in der ätherischen Gestalt bewegte, die nur einem Engel gehören konnte. Nun lag ich nachts wach, um zu sehen, ob die wie aus Marmor geschlagene Vision aus dem Schatten treten und sich zu mir gesellen würde. Manchmal fiel ich enttäuscht in den Schlaf, nur damit meine Träume mir die Erlaubnis und den Mut gaben, ihn zu berühren, seinen Duft einzuatmen und mit meinen Händen durch sein Haar zu fahren. In den Nächten, in denen er auftauchte, blieb er auf der anderen Seite des Zimmers und überließ den Kontakt meiner Fantasie. Gewöhnlich fragte mich diese schöne Ausnahmeerscheinung nach meinem Tag, nach Freunden, nach dem Leben, nach meinen Gedanken und Gefühlen, auch wenn er nie lange blieb, nachdem er sich vergewissert hatte, dass es mir gut ging.

»Warte«, sagte ich, als er sich bereits dem Schatten zuwandte, so wie er es jedes Mal tat, bevor er wieder ging. »Besuchst du mich nur nachts?«

»Ich weiß nicht, ob es klug ist, dich zu besuchen, wenn die Sonne scheint«, antwortete er vorsichtig.

»Warum?«, fragte ich.

Er hielt einen Moment inne, bevor er sagte: »Du kannst mich jetzt im Schatten sehen, aber bei Tageslicht könnte es dich beunruhigen.«

»Bist du deshalb früher als Fuchs aufgetaucht?«

Die Frage war ein Risiko, aber ich stellte sie trotzdem. An der Art, wie sein Kiefer zuckte, erkannte ich, dass ich recht hatte.

»Hab keine Angst«, antwortete ich leise und dachte an die Engel, die den Hirten auf dem Hügel erschienen waren. Ich fragte ihn, ob er der Schutzengel sei, den Gott geschickt habe, und er sagte mit einem unvergesslichen Grinsen, dass er da sei, um dafür zu sorgen, dass ich ein gutes Leben habe. Ich dachte an das erste Mal, als mein Herz zerbrochen war, als ich einen seifigen Schwamm umklammert und der Fuchs mich davor bewahrt hatte, zu zerbrechen, und ich wusste, dass er die Wahrheit sagte. Er war gekommen, um mich gesund und bei Verstand zu halten. Ich fragte ihn, ob jeder einen Schutzengel habe, und seine Worte klangen in mir nach.

»Ich kann nicht für alle sprechen, aber ich gehöre nur dir.«

Es war eines der ersten Male in meinen sechzehn Jahren, dass ich mich besonders fühlte. Ich klammerte mich an seine Worte, als hätte er mir eine wunderschöne Diamantkette um den Hals gelegt, um dieses Geheimnis für immer in meinem Herzen zu tragen.

Ich fragte ihn nach seinem Namen, und er antwortete, dass es keine Rolle spielte, wie ich ihn nannte.

»Gabriel ist der Name eines Engels«, schlug ich vor. »Wenn du ein Schutzengel bist, wäre das nicht vielleicht ein guter Name für dich?«

Er machte ein Gesicht, als würde er blanchiertes Gemüse essen. Ich kicherte, und er sagte: »Der Name ist schon vergeben. Fällt dir nicht einer ein, der besser zu mir passt?«

Ich schaute zu meinen Bücherstapeln aus dem zweiten Highschooljahr und mein Blick fiel auf Shakespeare.

»Wie gefällt dir Caliban?«

Er lächelte ein hinreißendes, perfektes Lächeln. Es war schöner als das Lächeln der Filmschauspieler und viel freundlicher als das aufgesetzte Grinsen des Kirchenpastors und dieser gewissen Leute, die mich jedes Mal, wenn ich das Heiligtum betrat, zwangen, ihre Hand zu schütteln. Es hatte etwas Trauriges, so wie das Lächeln meiner Mutter oft ein bisschen traurig wirkte – so wie auch mein Lächeln oft etwas Schweres hatte.

»Gefällt *dir* Caliban?«, fragte er.

Ich nickte.

»Dann soll das von nun an mein Name sein.«

»Caliban«, wiederholte ich, sein Name zauberte uns beiden ein Lächeln auf die Lippen. Und so schloss ich ihn dann auch in meine nächtlichen Gebete ein. Ich dankte Gott für alles, was ich hatte, ich betete um Schutz, um Erlösung, um Vergebung. Dann betete ich für meine Eltern, und Nacht für Nacht dankte ich Gott für Caliban und bat den Herrn, ihn zu beschützen. Irgendwann schlief ich mitten im Gebet ein, Dankbarkeit für meinen Engel murmelnd – den einzigen Freund, von dem ich wusste, dass er mich nie verlassen würde.

Da machte ich meinen nächsten Fehler.

»Was denkst du über Schutzengel?« Es vergingen Monate, bis ich meiner Mutter bei einem Teller verkochter Spaghetti mit roter Soße aus dem Glas diese Frage stellte. Ich schluckte einen gummiartigen Bissen hinunter und schwor mir, Kochen zu lernen.

Mein Vater war entweder bei der Arbeit oder in der Kirche – aber eigentlich interessierte es keine von uns. In dem bescheiden eingerichteten Heim gab es keine Spuren eines Mannes. Er war nie zu Hause und seine Abwesenheit selten spürbar. Außerdem war meine Mutter die Intelligentere. Sie hatte ihren Master in Bibelwissenschaften fast abgeschlossen, bevor sie meinen Vater kennenlernte und sich entscheiden musste, ob sie seine Träume unterstützen oder ihre eigenen verwirklichen wollte. Doch obwohl sie das Studium schließlich zugunsten eines Lebens als Ehefrau und Mutter aufgab, hatte sie nie aufgehört zu lernen. Sie las alles – von Theologie und Literatur bis hin zu Geografie und Geschichte. Sie unterrichtete weiterhin Literatur und liebte es, mit mir über die Dinge zu sprechen, die mich in der Schule noch unbeliebter machten, als ich es ohnehin schon war, aber das war in Ordnung. Mit den Jahren veränderte sich unsere Beziehung. Es gab Zeiten, da hatte ich sogar das Gefühl, dass sie mich als gleichwertig ansah.

Sie war fast so einsam wie ich. Vielleicht klammerten wir uns deshalb aneinander.

Sie drehte Spaghetti auf die Gabel, kaute und schluckte, während sie einen Vers aufsagte. »Der Epheserbrief sagt uns, dass wir nicht gegen Wesen aus Fleisch und Blut kämpfen, sondern gegen die Mächte und Gewalten der Finsternis, die über die Erde herrschen. Es geht um das Heer der Geister, die hinter allem Bösen stehen, und um himmlische Orte.«

»Und?«, fragte ich. Es war riskant, aber es gab sonst niemanden, den ich hätte fragen können. »Siehst du Engel oder Dämonen?«

Sie erstarrte. Ihre Gabel war auf halbem Weg zwischen ihrem Teller und ihrem Mund, aber ihre Augen verließen meine nicht. Langsam fragte sie mich: »Siehst du sie?«

Ich zwang mich, locker zu bleiben, als ich antwortete: »Manchmal sehe ich meinen Engel.«

Ich wusste, wie flach ihr Atem geworden war. Ich wusste genug über ihre extremen Stimmungsschwankungen, ihr aufbrausendes Temperament, ihre depressiven Anfälle und ihren Jähzorn, um mich schleunigst zurückzuziehen. Ich war in ein brennendes Haus hineingeboren worden, hatte aber gelernt, mit der Quelle der Flammen umzugehen.

»Ich bin kein Kind mehr. Ich kenne den Unterschied zwischen *Gut* und *Böse*«, fügte ich schnell hinzu. »Ich wüsste, wenn ich etwas Böses sähe. Ich wüsste, ob es von Gott oder vom Teufel ist.«

Sie entspannte sich, aber nur ein wenig. Sie drehte die rot gefärbten Nudeln langsam auf der Gabel, ohne sie zum Mund zu führen, den Blick auf ihren Teller gerichtet. Es dauerte lange, bis sie schließlich sagte: »Vielleicht hast du die Gabe deiner Mutter.«

Ich sah zu, wie sie sich die Nudeln schließlich in den Mund schob. Ich war mir nicht sicher, was mich dazu gebracht hatte, sie überhaupt darauf anzusprechen, aber so hatte ich mir das Gespräch nicht vorgestellt.

Ihr Besteck fiel klappernd auf den Teller, als sie mich ansah. »Geister zu unterscheiden, kann eine sehr mächtige Gabe sein, Marlow. Es bedeutet auch, dass du eine große Verantwortung trägst.« Sie stand vom Tisch auf, verließ die kleine Küche und ging in den Schatten des unbeleuchteten Wohnzimmers. Sie nahm ein dickes Buch aus einem hohen Regal, kehrte mit wenigen Schritten zurück und ließ es neben mir auf den Tisch fallen. »Es ist Fiktion, aber es geht um jemanden, der Engel und Dämonen sehen kann. Sie kämpfen um unsere Städte, unsere Häuser, unsere Herzen, als wäre jeder Ort ein Territorium. Die Engel sind auf der Seite derer, die *glauben*. Und die Dämonen wollen uns in die Hölle zerren. Ich dachte, es wäre vielleicht zu gruselig für dich, aber es gibt nicht viele Bücher, in denen es um das geht, was ich ... was wir haben.«

Ich legte meine Gabel beiseite, mein Appetit war verflogen. »Du siehst Dämonen? So etwas wie Monster?«

Sie sah mich mit einem Gesichtsausdruck an, den ich nicht so recht deuten konnte, bevor sie sagte: »Wusstest du eigentlich, dass Luzifer der schönste Engel war?«

Ich blinzelte. Ich kannte die Verse in- und auswendig, das wusste sie. Sie hatte auch nicht gefragt, weil sie eine Antwort erwartete. Ihre Frage hatte eine andere Bedeutung, denn ihr Blick war unkonzentriert.

»Er war ein Musiker«, flüsterte sie fast. »Er spielte wunderschöne Musik und war einer von Gottes Lieblingsengeln. Viele Leute in der Kirche übersetzen seinen Namen mit *Morgenstern* oder *Strahlender*. Er war die Morgenröte. Ein neuer Tag.«

Wenn ich an diesen Tag zurückdenke, erinnere ich mich nur noch daran, wie kalt es in dem Zimmer war, wie schummrig die nackte Glühbirne über mir aussah, als ich ihr Gesicht betrachtete. Das Summen des alten Kühlschranks war zu laut, zu roboterhaft für die Ernsthaftigkeit, die ein solches Thema verlangte. »Du sprichst über ihn, als ob du ihn kennen würdest.«

»Er hat sich gegen Gott aufgelehnt«, erwiderte sie schließlich.

Ich schüttelte den Kopf und beendete dann den Satz: »Um das Böse in die Welt zu bringen.«

»Nein«, korrigierte sie mich, »weil er dachte, er sei Gott ebenbürtig. Er nahm viele Engel mit, die nicht mehr unter Gott sein wollten.«

Ich runzelte die Stirn und schob die hart gewordenen Nudeln auf meinem Teller hin und her. Von dem Geruch des kalten Essens wurde mir allmählich schlecht. Ich versuchte, mir meine Verwirrung nicht anmerken zu lassen, aber es gelang mir nicht. Und dann sagte ich: »Das klingt, als wollten die Leute keine Sklaven und Herren, sondern Gleichberechtigung.«

»Sag das nicht«, zischte sie mich an. Ihre Stimmung schlug schlagartig um. Sie nahm meinen Teller und ging zum Tresen. Er war im Laufe der Jahre vergilbt, das Plastik blätterte an den Ecken ab. Sie fand eine fleckige Tupperdose und kippte meine Spaghetti hinein. Als sie mit dem Abwasch begann, stand sie mit dem Rücken zu mir, die Schultern angespannt.

»Aber«, ich erhob mich vom Tisch, trat einen Schritt näher und sagte mit Nachdruck, »das sind doch die gleichen Leute. Wenn sie früher alle Engel waren, dann sind sie es immer noch, nur auf verschiedenen Seiten – wie im Bürgerkrieg. Eine Seite, die alles beim Alten belassen will, und eine Seite, die Freiheit will. Wenn Dämonen nur schöne Engel auf der anderen Seite sind, warum denken die Menschen dann, dass sie hässlich aussehen?«

»Schönheit ist ein Trick«, sagte sie kurz, ohne mich anzusehen. Jeder Muskel blieb angespannt, als wäre sie zum Kampf bereit.

Ich verstand nicht, warum sie so emotional wurde. Ich war fast erwachsen und das war eine akademische Diskussion. Als Gelehrte und eifrige Theologin hätte sie dieses Gespräch doch lieben müssen.

»Wenn gefallene Engel so schlimm sind«, fuhr ich fort,

»warum hat Gott sie dann nicht einfach in Luft aufgelöst? Warum hat er die Hölle erschaffen? Warum ...«

Mit nassen, seifigen Händen drehte sie sich um und nahm das Buch von dort, wo sie es abgelegt hatte, bevor sie mir den Roman über Engel und Dämonen in die Hand drückte. Dann wandte sie sich wieder ihrer Arbeit zu und sagte: »Lies das Buch. Mal sehen, ob es dir gefällt. Obwohl ich um deinetwillen hoffe, dass du meine Gabe nicht geerbt hast.«

Ich biss die Zähne zusammen und sagte dann: »Ich sehe Engel.«

Sie erstarrte. Das Wasser lief noch lange weiter, aber ihre Hände bewegten sich nicht. Irgendwann stellte sie schließlich den Wasserhahn ab. Statt sich zu mir umzudrehen, blieb ihr Blick auf die einzelnen Tropfen gerichtet, die am Hahn hingen und mit rhythmischer Beharrlichkeit weitertropften, bevor sie mich schließlich fragte: »Welchen Engel siehst du?«

Die Worte sprudelten aus mir heraus, bevor ich sie aufhalten konnte. »Nur meinen Schutzengel. Ich bete für ihn, ich ...«

»Nein.«

Aus meinem Mund sprudelten die Worte, als wäre ich der Wasserhahn. »Mom, ich bete zu Gott. Nur um ihn zu beschützen, um ...«

»Nein!«, wiederholt sie und drehte sich ruckartig um. Ihre sonst himmelblauen Augen waren jetzt dunkel wie Kohle, als sie mich ansah. »Nichts von Gott würde dich bitten, zu diesem Wesen zu beten.«

Ich zuckte zusammen, blieb aber standhaft. Ich hob meine Hände, um mich vor dem Aufprall zu schützen, und sagte beharrlich: »Du hörst nicht zu. Ich bete nicht *zu* ihm, Mom! Ich bete *für* ...«

»Es ist kein *er*!« Sie schrie regelrecht. Dann stürmte sie aus der Küche und knallte die Schlafzimmertür so heftig hinter sich zu, dass die Wände wackelten. Ich ließ mich gegen die Wand sinken, presste mein Ohr an ihre Tür und lauschte ihren tränenreichen Gebeten für meine Seele. Nach diesem Tag wusste ich, dass mein Engel, genau wie mein Fuchs, etwas sein würde, das ich nie wieder erwähnen würde.

Achtzehn

19. August, 26 Jahre

B itte tu mir das nicht an«, flehte ich, während ich meinen Griff am Lenkrad von zehn und zwei in Richtung neun und fünf schob. Es war noch zu früh und ich war nicht in Stimmung. Das Panorama wechselte von Wolkenkratzern über Vorstädte zu den dunklen smaragdgrünen Baumkronen des Spätsommers, die den Highway säumten, während wir nach Norden fuhren.

Wir hatten das Auto beladen und kaum die Stadt verlassen, als Fauna mir verriet, was sie in der Nacht auf mein Handy geladen hatte. Offenbar hatte sie herausgefunden, wie man die Gesichtserkennungssoftware nutzte, selbst wenn ich schlief.

»Die Fahrt dauert neun Stunden. Das wird ein Spaß.«

»Es wird ein Spaß für dich«, erwiderte ich unglücklich.

Für die Autofahrt hatte ich mich so bequem wie möglich angezogen, aber es würde keine Entspannung geben. Kein noch so abgetragenes Shirt aus meiner Kindheit und kein löchriger grauer Pulli würde mich über die Albträume hinwegtrösten, die sie auf Lager hatte. Sie war wieder einmal wie ein Hippie gekleidet. Sie trug ein Oberteil, das entweder ein locker sitzender Bralette oder ein altes Tanktop war, dessen untere Hälfte der Bastelschere zum Opfer gefallen war. Der Stoff ihrer olivgrünen Hose war so weit und fließend, dass ich sie zuerst für einen Rock gehalten hatte.

Fauna drückte auf die Wiedergabetaste des Hörbuchs. Eine tiefe, autoritäre Frauenstimme ertönte: »*Eine Nacht der Runen von Merit Finnegan. Buch eins der Pantheon-Reihe.*«

»Um Himmels willen, bitte nicht …«

»Pst.« Fauna gab mir einen Klaps. »Ich versuche, die Geschichte zu hören.«

Obwohl ich sie so oft wie möglich daran erinnerte, dass es sich um Fiktion handelte, dass ich, als ich es schrieb, auf dem College gewesen war und seitdem dazugelernt und mich weiterentwickelt hatte, gab es für sie nichts Schöneres, als jedes Mal über das Buch zu sprechen, wenn ich eine Ungenauigkeit in Bezug auf die sogenannten heidnischen Götter, Kryptiden oder Feen gemacht hatte, die mir einen beispiellosen Erfolg beschert hatten. Sie teilte mir mehr als einmal mit, dass sich jede Gottheit, jedes Geschöpf oder Lebewesen kaputtlachen würde, wenn sie hörten, was ich über sie geschrieben hatte.

»Dann sag's ihnen nicht«, fuhr ich sie an.

»Frigg hat es schon gelesen«, trällerte sie fröhlich.

Am liebsten hätte ich mich übergeben. Sie erwähnte Odins Frau so beiläufig, als spräche sie über einen alten Kumpel. Die höchste Göttin der nordischen Überlieferung musste ein Mythos sein. Und wenn sie kein Mythos *war*, dann sollte sie mit Sicherheit nicht meinen Namen kennen. »Das ist nicht lustig, Fauna. Du erzählst jetzt besser mal einen richtig schlechten Witz.«

Fauna machte eine abwehrende Geste. »Sie ist die große, beschützende Mutter von uns allen! Sie war neugierig, welchen Schaden man mit nur einem Tropfen unseres Blutes anrichten kann.«

Ich klammerte mich ans Lenkrad und schickte Stoßgebete zum Himmel, dass mich die Autobahnhypnose in einen Trott einlullen möge, während ich auf die gelben gepunkteten Linien starrte, die zwischen Straße und Stoßstange aufblitzten. Ich war kurz davor, Blasen zu bekommen, wenn ich das Lenkrad weiter so umklammerte, aber ich konnte nicht anders. Dann lichteten sich die Bäume und gaben den Blick auf Hügellandschaften und Gehöfte frei, bevor der Wald wieder dichter wurde, als wir uns den nördlichen Gebieten näherten, in denen sich nur wenige Menschen niederzulassen wagten.

»Sie sind zufrieden mit dir«, sagte Fauna.

Ich nahm den Blick von der Straße und starrte sie an. »So wahr mir Gott helfe, wenn du ...«

»Ich lüge nicht. Sieh nach vorne. Ich bin zu hübsch, um einen Unfall zu haben.«

Sie deutete auf das Radio, als würde sie ein sichtbares Stück Geschichte zeigen, während sie sagte: »Seit der Veröffentlichung deines Buches sind mehr Menschen zum nordischen Heidentum übergetreten als in den letzten zwei Jahrhunderten. Du hast eine ganze Generation dazu gebracht, Antworten zu suchen. Der Tourismus in ganz Skandinavien ist explodiert. Ich müsste mal unsere Freunde am Mittelmeer fragen, ob sie nach dem zweiten Roman ähnliche Ergebnisse hatten. Du bist zwar eine Idiotin, aber eine, die sich viele Freunde in hohen Positionen gemacht hat.«

Diese Reaktion hätte ich nicht vorhersehen können, selbst wenn ich eine Million Jahre Zeit gehabt hätte, um darüber nachzudenken.

»Bist du hingegangen?«, fragte sie.

Ich sah sie an und wartete auf eine Erklärung.

»Warst du eine dieser Touristen? Du warst dreiundzwanzig, als du das zweite *Pantheon*-Buch geschrieben hast. Hast du die Sonne auf Mykonos genossen, um die Veröffentlichung des Romans zu feiern?«

»Nein«, antwortete ich kleinlaut, froh über die Wendung, die das Gespräch genommen hatte. Ich erinnerte mich noch an die Veröffentlichung zu Thanksgiving und an die Feiertage allein in meiner Wohnung, die darauf folgten. Aus dreiundzwanzig war vierundzwanzig geworden, aber ich hatte das Haus nicht verlassen, bis Weihnachten vorbei war. Das war alles, was ich tun konnte, um die Predigten, die Nachtwachen bei Kerzenschein, die Krippenspiele, die Weihnachtslieder und die Traditionen in die hintersten Winkel meines Gedächtnisses zu verbannen, während ich im Dunkeln saß, Burritos in der Mikrowelle zubereitete und stundenlang Liebesschnulzen anschaute.

Eine seltsame Taubheit machte es mir schwer, das Lenkrad, die Pedale und die Vibrationen des Wagens zu spüren, die durch das beigefarbene Leder in meinen Körper drangen. Ich wagte nicht, meinen Blick wieder auf Fauna zu richten, um ihre Aufrichtigkeit zu überprüfen. Ich konnte es nicht erklären, aber ich wusste, dass sie die Wahrheit sagte. Ich hatte etwas ... Gutes getan. Ich hatte das Interesse der Menschen geweckt. Ich hatte nicht nur einen Gott glücklich gemacht, sondern *viele*.

»Hey, was ist los?«, fragte Fauna, die das Schniefen bemerkt hatte, das ich nicht unterdrücken konnte.

Ich schüttelte den Kopf.

Sie zückte mein Handy, drückte auf *Pause* und sah mich stirnrunzelnd an. Ihre weißen und kupferfarbenen Sommersprossen gruppierten sich wie eine erdgebundene Galaxie, als sie sich mit dem Rücken an die Beifahrertür lehnte, bis sie mir richtig ins Gesicht sehen konnte. »Sag's mir.«

Ich lachte über die Absurdität des Ganzen. Wie sollte ich ihr die Kirchenpsychologie, zwei Jahrzehnte religiöser Traumata sowie zweitausend Jahre Theologie in einem Satz erklären?

»Wie viel Zeit hast du?«

Ohne zu zögern, antwortete sie: »Alle Zeit der Welt.«

Schließlich entschloss ich mich, es ihr doch zu erzählen.

»Die ersten achtzehn Jahre meines Lebens drehten sich um die Frage, ob ich Gott enttäuschen würde oder nicht. Jede Handlung, jeder Schritt, jeder Gedanke hing davon ab, ob ich das Richtige sagte, tat oder dachte. Jede Entscheidung, die ich traf, beruhte auf der Angst, dass Gott zornig auf mich sein könnte. Als ob ich nicht schon genug psychische Erkrankungen hatte, bevor wir auch noch Scham und Verurteilung hinzufügten ... Gib mir nur einen Moment, um die Vorstellung zu verdauen, dass es nicht nur einen Gott gibt, der mich nicht hasst, sondern dass das für viele Götter gilt.« Mit dem Handrücken wischte ich mir eine Träne weg und war dankbar, dass ich auf die Straße schauen musste, weil ich Fauna nicht ansehen wollte.

Ich hatte erwartet, dass sie lachen würde, aber das tat sie nicht.

»Er ist ein eifersüchtiges Arschloch«, sagte sie leise.

Ich starrte weiter auf die von Bäumen gesäumte Straße und schlängelte mich zwischen den immer weniger werdenden Fahrzeugen auf der Autobahn hindurch, während wir im Schneckentempo weiter nach Norden fuhren. Ich sagte nichts.

»Immerhin kennen die Nordländer Odins Namen. Wir wissen, wo unsere Loyalität liegt. Die Griechen können sich wenigstens an Zeus wenden. Zumindest auf der Seite der Hölle können sie mit ihrem Anführer sprechen. Aber mit den Engeln ...«

Ich atmete nicht. Ein lange verdrängter Teil von mir verspürte ein flaues Gefühl in meinem Magen, als würde sich wegen der Ketzerei der Boden unter mir auftun und mich verschlucken, als würde ich mit meinem Wagen in die feurige Grube stürzen. Ich wartete auf die Heuschreckenplage, auf den bevorstehenden Unfall, auf das Erdbeben, das uns mit Sicherheit erschüttern würde. Egal, wie lange es her war, ich hatte immer noch Angst, schlecht über den Gott zu sprechen, der über die Kirche herrschte – den Gott, den meine Mutter Nacht für Nacht um die Rettung meiner Seele angefleht hatte.

»Kennst du diesen Vers aus dem Buch? Dem Buch, mit dem du aufgewachsen bist? Er stammt aus den Zehn Geboten: Du sollst keine anderen Götter neben mir haben?«

Mein Stirnrunzeln verselbstständigte sich, als mich blasphemisches Unbehagen überkam. Ich wand mich auf meinem Platz, bereit, vom Blitz getroffen zu werden. Es dauerte eine Weile, bis ich begriff, dass sie auf eine Antwort wartete, also nickte ich. Ja, natürlich kannte ich ihn. Fauna zog eine Augenbraue hoch. »Niemand denkt darüber nach, was in diesem Vers wirklich steht. Wenn es keine anderen Götter neben ihm geben darf, dann bestätigt er damit ihre Existenz. Und doch sind wir hier. Betrachte die Feen durch deine religiöse Brille und nenne sie, wie du willst. Mache sie zu euren Engeln und Dämonen. Aber am Ende des Tages, wenn du den Schleier durchdringst, dann bleibst du mit uns zurück. Wir Nordländer bleiben mehr oder weniger unter uns. Dann gibt es noch die Griechen, die Ägypter, die chinesischen Götter – die übrigens sehr enttäuscht waren, dass du ihnen Südamerika vorgezogen hast. Scheint, als würdest du den globalen Osten vernachlässigen, Miss Mythologie. Aber im nächsten *Pantheon*-Buch dann, nicht wahr?«

»Ich ...« Ich schluckte, bevor ich ehrlich zu ihr sagte: »Ich verstehe nicht.«

Sie runzelte die Stirn. »Was *verstehst* du denn?«

»Ganz ehrlich? Nichts.«

Das schien ihr zu gefallen. Sie lächelte, als sie sagte: »Das ist ein guter Anfang.«

Die Landstraße dröhnte unter mir, als ich ausatmete. Ich wusste nichts mehr. Ich sackte zusammen. Der Stimmungsumschwung musste sichtbar gewesen sein, denn Faunas Ton wurde weicher, bevor sie mich wieder anstupste.

»Komm schon, du liebst es doch, mich mit Fragen zu nerven. Seit wir uns kennen, hast du kaum mal die Klappe gehalten. Frag mich nach etwas Besserem. Frag mich nach dem besten Sex meines Lebens. Willst du wissen, wie gut Azrames im Bett ist? Oder was er mit seinen Hörnern anstellen kann?«

»Auf gar keinen Fall«, entgegnete ich, und mein Gesicht wurde so heiß, dass ich einen Blick in den Rückspiegel werfen musste, um mich zu vergewissern, dass ich nur errötete und nicht den violetten Farbton annahm, der von meinem Unbehagen bei der Vorstellung herrührte, dass dieser schöne, grau melierte Mann seine Hörner im Schlafzimmer benutzte.

Sie grinste und versuchte, mich erneut anzustupsen. »Willst du wissen, welche Göttinnen ich gevögelt habe? Weißt du, die Leute sagen, Mórrigan sei eine Kriegsgöttin, aber ...«

»Nein! Nein. Kein Sex. Kein Sex mit dir, kein Sex mit der Fee, nichts, was mich einen Autounfall bauen lässt.«

»Na gut.« Sie zuckte mit den Achseln, als würde sie dem zustimmen, dass jede Information über sie wahrscheinlich in einem Haufen Stahl, Gummi und Aluminium am Straßenrand enden würde. Sie sprach wieder über das Buch, wies mich auf Ungenauigkeiten hin und lachte über die Art, wie ich bestimmte Figuren und Orte beschrieben hatte, bis ich schließlich an der Reihe war.

»Fauna? Ich habe mal eine Frage.«

Sie strahlte. »Endlich! Es geht um Mórrigan, stimmt's? Schieß los. Lass mich dich aufklären.«

Ich seufzte, bevor ich fragte, was mich schon lange beschäftigte. »Nein. Erzähl mir keinen Scheiß über das Sexleben einer anderen Gottheit. Hier geht es um ...« Ich brachte die Worte kaum über die Lippen und sortierte jahrelang verdrängte Erinnerungen. »Es geht um Caliban.« Ich hielt inne, schloss fest die Augen und öffnete sie wieder, um zu akzeptieren, was vor mir lag. Ich fand meine Worte wieder und sagte: »Es geht um mein Leben. Es ist ... Ich verstehe es nicht ... Er war schon seit meiner Kindheit bei mir.«

Sie wartete.

»Er war jahrelang ein Fuchs. Ich dachte, er sei ein imaginärer Freund, dann ein Schutzengel. Aber ich war noch ein Kind. Damals glaubte ich, er sei real. Das heißt, als ich noch in der Kirche war. Dann musste ich alles loslassen, als ich meinen Glauben aufgab. Er war nur eine Bewältigungsstrategie, eine Halluzination, verstehst du? Jahre später sind wir hier, mit allem, was ich fühle, mit allem, was wir getan haben ...« Ich ließ meine Frage ausklingen.

»Ach, das ist alles?« Sie winkte ab. »Das ist einfach. Ich antworte dir, sobald du mir Gummibärchen besorgt hast.«

»Aber du hast doch schon ...« Meine Empörung wurde unterbrochen, denn ich machte eine ausladende Handbewegung in Richtung der Tüten mit den Snacks, die wir für unterwegs besorgt hatten, doch außer der Verpackung war nichts mehr davon übrig. Keine Spur von Schokolade, sauren Würmern, würzigen Zimtlutschern oder Kandiszucker. »Wie machst du das? Wird dir nicht schlecht?«

»Nö«, sagte sie fröhlich.

Ich zögerte einen Moment und beobachtete sie aus den Augenwinkeln, bevor ich fragte: »Lecken die meisten Rehe nicht gerne Salz? Was bist du überhaupt?«

Ich war mir nicht sicher, ob die Frage sie beleidigen würde, aber ein Lächeln umspielte ihre Mundwinkel. »Weißt du, manchmal erinnerst du mich daran, dass du nicht nur Spinnweben zwischen den Ohren hast.«

Ich wusste nicht, was ich mit dieser Aussage anfangen sollte, also wartete ich ab.

»Dein Feenblut ist nordisch, genau wie meins. Jedes Pantheon hat seine einflussreichen Persönlichkeiten an vorderster Front, während die übersehenen Gottheiten im Hintergrund die Welt regieren. Jede Religion hat Gottheiten des Waldes, der Erde oder der Tierwelt.« Dann murmelte sie: »Artemis bekommt einen ganzen Tempel, weil sie eine Hirschgöttin ist, und ich bekomme nur den Status einer Elfe, aber was soll's.«

Ich unterdrückte ein Kichern und sagte: »Sie ist die Göttin der Gejagten und der Jäger. Ich lehne mich jetzt mal weit aus dem Fenster und sage, du bist nur für die Wildnis da, nicht zum Töten.«

»Na klar, ich bin *nur* für die Erde da und eine Hüterin von hirnlosen Schlampen, die sich in Dämonenprinzen verlieben«, seufzte sie. »Also, holen wir jetzt die Süßigkeiten, oder was?«

Ich warf einen Blick auf die Tankanzeige und dachte mir, dass es nicht schaden könnte, den Tank aufzufüllen. Während ich an der Zapfsäule stand, langweilte sich Fauna so sehr, dass sie darauf bestand, das Leben aller in der Tankstelle zu ihrem eigenen Vergnügen zu ruinieren. Sie ging mit meiner Karte hinein, trug keinen Hut, keine Sonnenbrille – nur strahlende, ätherische Pracht und ein Lächeln, als wäre es aus Sternenlicht geschnitzt, womit sie zweifellos alle Kunden sprachlos machte. Ich wäre nicht schockiert gewesen, wenn das Gespräch mit ihr dazu geführt hätte, dass die Anwesenden, gleich welchen Geschlechts, nach Hause gegangen wären und sich sofort von ihren Ehepartnern hätten scheiden lassen, weil sie auf der Suche nach etwas *Magischem* waren. Ich hatte gerade den Zapfhahn zugedreht und mich hinters Steuer gesetzt, als sie siegreich herauskam und Süßigkeiten im Wert von siebzig Dollar über ihren Kopf hob wie ein Hochseefischer seinen Fang.

Sie knallte die Tür zu. »Fünf Stunden geschafft, bleiben noch vier! Zurück zu den Witzen über dein Buch?«

»Nein«, sagte ich, bevor ich den Wagen startete. »Du wolltest mir von Caliban erzählen.«

Sie zog ihre Schuhe aus und stellte ihre High Heels auf das Armaturenbrett. »Ach ja, das. Es ist nur keine besonders interessante Antwort.«

»Ich schätze, wir beide finden unterschiedliche Dinge interessant«, entgegnete ich, als ich wieder auf die Autobahn fuhr. Ich war mir nicht sicher, ob mir ihre Antwort gefallen würde. Ich ließ sie die letzten Krümel des Puderzucker-Donuts essen, dann öffnete sie eine zuckerhaltige Limonade, bevor sie zu sprechen begann.

Sie schlug die Beine übereinander. »Ich meine, ich kenne ihn nicht wirklich, und dich kenne ich auch nicht wirklich. Ich bin ihm noch nicht mal begegnet. Aber wenn ich raten müsste, dann würde ich sagen, er hat es schon mal getan. Vielleicht ein paarmal. Vielleicht hundertmal.«

Ich wagte es, einen Blick auf den Beifahrersitz zu werfen. »*Was* getan?«

Sie fluchte, während sie an einer Plastiktüte herumnestelte. Sie riss mit Fingern und Zähnen daran, bis ich ihr mit der Hand bedeutete, sie solle sie mir geben. Ich benutzte mein Knie, um das Lenkrad ruhig zu halten, während ich den winzigen, gezackten Rand aufriss, um ihr die Süßigkeiten zu geben.

»Du bist schlimmer als ein Kind«, sagte ich.

»Aber ein Kind mit Antworten«, sagte sie triumphierend und schob sich dann winzige rote Fische aus Weingummi mit Erdbeergeschmack in den Mund. »Ich versuche es mal und behaupte, dass er dich vor ein paar Leben getroffen hat. Du warst wahrscheinlich – keine Ahnung – achtzehn, fünfundzwanzig, vierzig, das Alter spielt keine Rolle. Der menschliche Zyklus ist sehr alt. Du hättest überall sein können. Du hättest jeder sein können. Du wärst aufgeschlossener gewesen, als du es in diesem Leben bist, wenn ihr euch so ineinander verliebt hättet. Welche Verbindung ihr auch hattet, sie war wichtig genug, um immer wieder danach zu suchen, auch wenn das bedeutete, dass er dich in jedem deiner Leben finden musste. Also würde er dich natürlich als Kind suchen, um sicherzugehen, dass es dir gut geht.«

Ich verzog das Gesicht, was sie in ihrer Entschlossenheit noch bestärkte.

Sie kramte in ihrer Tasche und fuhr fort. »Sagen wir mal, du bist verheiratet, richtig? Du hast deinen Seelenverwandten gefunden und bist wahnsinnig verliebt. Du bist schon seit was weiß ich wie vielen Jahren verheiratet und dann wirst du durch irgendeinen Hexenfluch oder Science-Fiction-Scheiß oder so in die Vergangenheit geschleudert.« Sie stieß mit dem Fuß gegen meine Schulter. Ich rümpfte die Nase über ihre nackten Zehen und kniff die Augen zusammen, aber sie hatte mich getreten, um das Gesagte zu betonen. »Du bist also aufgewacht und es ist zwanzig Jahre in der Vergangenheit oder so. Wäre es nicht verlockend, deinen Seelenverwandten zu suchen, um zu sehen, ob er glücklich und gesund ist? Um ihn zu beschützen? Und wenn er unglücklich ist oder missbraucht wird oder leidet, würdest du dann nicht versuchen, sein Leben zu verbessern, wenn auch nur auf die kleinste Weise? Weil du ihn liebst?«

Ich rollte das Hypothetische auf der Zunge, schmeckte es, kaute darauf herum.

Sie schob sich noch eine Handvoll Erdbeerfische in den Mund und machte sich nicht die Mühe zu schlucken, bevor sie sagte: »Es ist ekelhaft zu behaupten, dass es etwas Romantisches hat, wenn eine Ehefrau durch die Zeit reist, um ihren Partner vor Missbrauch zu retten. Man reist nicht freiwillig durch die Zeit. Man tut es, weil man sich um sie sorgt. Mach es also nicht seltsam.«

Ich fühlte mich angegriffen. »Ich mache es nicht seltsam ...«

»Wenn du ihn seit deiner Kindheit kennst, dann bin ich mir sicher, dass es daran lag, dass er alles getan hat, um dich zu beschützen, dir zu helfen, Freude zu finden, all das. Ja, er liebt dich, aber die Liebe hat viele Gesichter. Wie ist er wieder aufgetaucht? Als Geist auf dem Dachboden? Als Tier, meintest du?«

Ich wusste, dass es gefährlich war, die Augen zu schließen, während ich mit siebzig Meilen pro Stunde fuhr, aber ich brauchte einen Moment, während mir zehntausend Erinnerungen durch den Kopf schossen. Ich holte tief Luft und sagte: »Er war ein Fuchs. Als ich klein war, war er ein Polarfuchs. Als Mensch habe ich ihn erst gesehen, als ich schon viel älter war. Er hat nicht mit mir gesprochen, bis ...«

Sie lehnte sich auf ihrem Sitz zurück.

Fauna gab ihre liebevoll-strenge Prahlerei auf. Nach einer langen Weile sagte sie: »Er ist bereit, als niedliches Tier an deiner Seite zu warten, nur um dich zum Lächeln zu bringen? Vielleicht ist er deshalb so geduldig mit dir, auch wenn du dich weigerst, ihn anzuerkennen, und obwohl es frustrierend sein muss, dir dabei zuzusehen, wie du dich mit Geschichten über Götter und Pantheons beschäftigst und auch noch alles über Engel und Dämonen weißt. Es liegt dir auf der Zunge, aber du sagst es einfach nicht. Ich schätze, wenn du dieses Leben vergeudest, liebt er dich genug, um es im nächsten wieder zu versuchen. Und im nächsten. Und im nächsten.«

»Aber ...«

»Nichts aber«, sagte sie. »Man kann menschliche Logik nicht auf eine nichtmenschliche Situation anwenden.«

»Ich bin ein Mensch«, argumentierte ich.

»Nur zum Großteil«, entgegnete sie.

Mein Mund öffnete sich. Ich blickte zwischen meinen Brüsten hinunter, um zu sehen, ob eine Klinge die Stelle durchstoßen hatte, wo mein Herz hätte sein sollen. Jeder rhythmische Schlag blutete in die Wunde und verschlimmerte meine Verletzung. Der Gedanke an eine Liebe, die so tief, so geduldig, so …

»Das ist doch unmöglich«, sagte ich und schnappte endlich wieder nach Luft.

Sie zuckte mit den Schultern. »Es ist dein Zyklus«, sagte sie. »Du hast Glück. Caliban, wie du ihn nennst – wie gesagt, der Name gefällt mir –, hat in allen Reichen einen guten Ruf. Er hat einen fast zu guten Ruf wegen seiner Güte und Großzügigkeit. Aber er ist ein Dämon. Also zweischneidige Schwerter und so weiter.« Sie hielt unnatürlich lange inne, als überlege sie, ob sie eine unangenehme, unausgesprochene Wahrheit schon preisgeben sollte, bevor sie sagte: »Aber das ist ein Gespräch für ein anderes Mal. Wie gesagt, es ist dein Zyklus. Es stand dir frei, ihn zu verschwenden, wie du willst, bis zu der vorgeschlagenen Bindung mit Silas.«

»Weil Silas böse ist.«

»Was? Nein. Silas selbst ist moralisch neutral. Aber es ist nicht so, dass du dich mit ihm verbinden und dann in den Sonnenuntergang reiten könntest. Eine Bindung mit einem Engel würde bedeuten, dass ein ganzes Himmelreich Zugang zu dir hätte. Es ist so wie in der Geschichte von der Gans und dem Ganter oder was auch immer. Man bekommt selten das eine ohne das andere.«

»Er sagte, sie hätten ein Recht auf mich«, sagte ich unsicher.

Fauna schluckte ihre Gummitiere hinunter. »Er und sein Meister beziehen sich auf deine Taufe. Ein Spritzer Wasser hier, ein hübsches weißes Kleidchen dort. Das ist ein Druckmittel, um sie bestenfalls im Spiel zu halten. Der Himmel will dich – wahrscheinlich nur, weil du für die Hölle wichtig bist –, aber du gehörst zu niemandem, solange du dich nicht selbst entscheidest.«

Es gab so viele Teile ihres Monologs, die ich auseinandernehmen musste, doch ich blieb beim Thema. »Was wird mit Silas passieren?«

Sie spielte mit den Einstellungen ihres Sitzes, während sie mit den Füßen gegen die Windschutzscheibe wippte. Ihre Zehennägel waren in einem hübschen, schimmernden Kupferton lackiert.

Sie biss in einen anderen Fisch, riss ihm den Schwanz ab und antwortete kauend: »Du weißt schon, Krieg.«

Ich war erschöpft von all dem, was ich nicht wusste, und gleichzeitig von dem Bedürfnis, alles zu verstehen. Ich hoffte, dass meine rehäugige Bitte Wirkung zeigen würde, und das tat sie. Fauna sank immer tiefer in den Beifahrersitz, bis sie ihre Geschichte so zu erzählen begann, dass sie aus einem schlampigen Dokumentarfilm hätte stammen können.

»Offensichtlich stehen er und Caliban auf entgegengesetzten Seiten des einst geeinten Königreichs, seit Jahrhunderten – *Jahrtausenden* – gefangen in einem kalten Krieg, wie ein Haufen Verlierer, die ihre Zeit vergeuden. Eine Schlacht, in der *nur* Menschen auf Silas' Seite stehen ... und selbst dann ist es auch nur eine begrenzte Anzahl. Alle anderen Reiche sind sich in dieser Sache mit der Hölle einig. Die Überläufer hatten jedes Recht zu gehen. Sie sollten nicht in Knechtschaft leben müssen. Wir hingegen – die ›heidnischen Götter‹, wie ihr uns nennt – sind die Besten. Na ja, jedenfalls die meisten von uns. Vielleicht auch nicht die meisten. Einige von uns sind ziemlich scheiße. Wie dem auch sei, der Gott eurer Kirche, der sich weigert, sich einen Namen zu geben, weil er es vorzieht, so zu tun, als gäbe es sonst niemanden ... er glaubt nicht wirklich an Gleichheit. Stell dir vor, Silas tötet einen Parasiten – schau nicht so schockiert. Wir haben es alle gehört. Ich hasse diese Dinger verdammt noch mal. Parasitäre Wesen?«

Ich musste würgen bei dieser allzu lebhaften Erinnerung. Ein schreckliches Kind mit einem schäbigen Lächeln, der Gestank von Eiter, das Grinsen des Hungers. Ich rümpfte die Nase, weil sie es wusste und ich es noch einmal erlebte.

»Sie sind wie Blutegel oder Zecken bei Menschen, nur dass sie empfindungsfähig und überzeugend sind. In euren Gruselgeschichten und in der Folklore nehmen sie viele Gestalten und Namen an. Unheimliche kleine Bastarde. Menschen mit niedrigen Schwingungen und dunklen Neigungen sind dafür anfällig, weil sie so eine Leere in sich haben. Hohlräume, wenn man so will. Manchmal schlüpfen Parasiten durch die Ritzen und drehen die Lautstärke auf hundert.«

Ich versuchte mir Richard vorzustellen, bei unserer Verabredung vor all den Jahren, und fragte mich, ob damals ein kleines Kind mit blauem Blut an seiner Seite gestanden und ihm etwas von ihren gemeinsamen Gelüsten zugeflüstert hatte. Ich hatte auf mein Bauchgefühl vertraut, das mich dazu drängte, vor ihm wegzulaufen. Ich fragte mich, ob es zum Teil etwas mit – wie hatte sie es noch mal genannt? – meiner *Hellsichtigkeit* zu tun hatte, die etwas Nichtmenschliches gespürt hatte.

Sie erschauderte, ihr ganzer Körper wehrte sich gegen das Bild, so wie ich es tat, wenn meine Gedanken zu dem Kind mit dem katzenhaften Lächeln abschweiften. »Jedenfalls tötet Silas einen Parasiten und erstattet dann seinem Meister Bericht. Silas erklärt, was er getan hat und wer dabei war. Er gibt den richtigen Namen an, *den du ja immer allem und jedem geben willst.* Als du nach Hause kamst, hatte er bereits den strikten Befehl erhalten, die Vereinbarung mit dir abzuschließen. Wenn du – Miss Ewige-Liebe-des-Prinzen – mit einem Engel eine Bindung hättest? Jemand mit nordländischem Blut? Es wäre unsere Schuld. Der Höllenkönig persönlich würde an unsere Tür klopfen.« Schattierungen von Grün und Braun und Grau verschwammen zu allen Seiten, als sich die Welt vor uns weiter öffnete. Sie schnaubte, als sie zu einer roten Lakritzschnur wechselte. Ich fragte mich, wie lange es wohl dauern würde, bis wir für weitere Süßigkeiten anhalten müssten. Und ich fragte mich auch, ob Feen eigentlich Mägen aus Eisen hatten.

»Also, Silas ...« Ich ließ den Mann, der mich gerettet hatte und mir dann auf Knien gesagt hatte, dass alles nur ein Traum gewesen sei, vor meinem inneren Auge auferstehen. Ich erinnerte mich lebhaft an das goldene Funkeln in seinen Augen, an die gehärtete Rüstung und das Schwert, von dem aquamarinblauer Brei tropfte. Ich sah noch den muskulösen Arm vor mir, an den ich mich verzweifelt festgeklammert hatte, als er darüber nachdachte, mich zum Sterben im Keller zurückzulassen.

Ich musste etwas gegen meine Nervosität tun und fummelte an der Klimaanlage herum. Die kühle Brise half mir, wach zu bleiben.

»Dasselbe Königreich, Baby. Wahrscheinlich zusammen aufgewachsen ... irgendwie. Die Ewigkeit ist eine lange Zeit, also lernen sich die meisten von uns auf die eine oder andere Weise kennen. Silas ist militärisch, Caliban ist königlich. So. Es wäre eine lustige Ohrfeige der himmlischen Seite gewesen, wenn du mit einem Soldaten statt mit einem Prinzen eine Bindung eingegangen wärst.«

Sechsundzwanzig Jahre lang hatte ich ohne Probleme geatmet, aber seit ich dieser Fee begegnet war, vergaß ich es immer wieder, bis mir irgendwann schwindelig wurde. Dies war einer dieser Momente. Das Auto ruckelte leicht, bis die Reifen auf den Rüttelstreifen trafen. Mein Mercedes vibrierte laut und zwang mich, wieder nach Luft zu schnappen. »Wenn du *Himmel* sagst ...«

»Ich meine nicht den ›ultimativ guten Ort‹, ich meine ihr Reich. Es ist buchstäblich nur ein Wort, Schätzchen. Wie ich schon sagte, wir sind alle Feen – Silas, ich, Odin, Zeus, Horus, Shiva, Caliban, euer Gott: Ich benutze das Wort *Fee* für alles. Jeder von uns, der hinter dem Schleier wandelt, der eine Adresse in einem anderen Reich hat, der Superkräfte besitzt. Der Himmel ist nur ein Wort, damit die Menschen verstehen, dass wir über das Reich auf der Seite dieses Gottes sprechen – das Reich, in das ein Drittel der Welt ihre Energie während des Sonntagsgottesdienstes schickt. Das ist Theologie auf den Punkt gebracht.«

Ich konnte mir nicht verkneifen zu murmeln: »Blasphemie auf den Punkt gebracht.«

Sie zuckte mit den Achseln und riss eine weitere Lakritzschnur mit den Zähnen entzwei. Schmatzend sagte sie: »Nun, du hast es von einer heidnischen Waldgottheit gehört – das waren deine Worte –, also genieße alles mit Vorsicht. Es liegt an dir. Glaube mir oder glaube mir nicht. Aber du hast ein Siegel auf deinen Unterarm tätowiert. Du hast viel Zeit mit mir verbracht. Du hattest einen Dämonenschwanz zwischen deinen Beinen. Ich bin nur neugierig – was müsste ich tun, um dich zu überzeugen?«

Sosehr ich es auch hasste, es zuzugeben, in diesem Punkt gab ich ihr recht. Ja, sie hatte recht. Wenn ich jetzt nicht völlig davon überzeugt war, dass alles, was sie gesagt hatte, wahr war, dann würde ich es vielleicht nie sein. Und ... ich war überzeugt. Aber mit der Wahrheit fühlte ich mich nicht wohl.

Ich war froh, dass die Autobahn leer war, als ich zu ihr hinüberblickte, und während ich dieses viel zu hübsche Wesen neben mir betrachtete, verstand ich zumindest teilweise meinen Widerwillen. In gewisser Weise war Fauna wie meine Mutter. Sie war wie die Kirche. Sie war wie die Bibel. Sie war ein einzigartiges Wesen, dem ich bedingungslos vertrauen musste, um meine Realität umzulenken. Und ich war mir nicht sicher, wie wohl ich mich damit fühlte.

Aber das war nichts, was ich mir eingestehen wollte.

»Warum spielt das eine Rolle? Mit Silas im Spiel, meine ich? Ich verstehe nicht ganz, warum es so wichtig ist, dass die Nordländer beteiligt sind«, bekannte ich. Ich musste sie nicht ansehen, um zu wissen, dass sie erstarrte. »Ich meine, ich will Caliban zurück, mehr als alles andere auf der Welt. Ich bin in ihn verliebt, seit ich denken kann. Ich habe mir ständig den Kopf darüber zerbrochen und es hat mein Leben zehn gottverdammte Jahre lang ruiniert. Aber es muss nicht ruiniert sein. Er ist echt. Wir sind echt. Ich bin nicht verrückt. Ich kann mich darauf einlassen und ihn voll und ganz zurücklieben. Und es stresst mich total, dass Azrames keine Ahnung hat, wo er steckt. Sein Verschwinden ist meine Schuld, das weiß ich. Aber ... die Dinge sind seit Tausenden von Jahren so, nicht wahr? Ich will nicht respektlos sein, aber was würde sich denn ändern, wenn ...«

Ihre Unbekümmertheit war wie weggeblasen. »Alles.«

Mir drehte sich der Magen um bei der Art, wie sie das sagte.

»Glaubst du, dass die Menschen verschont werden, wenn diese Pattsituation vorbei ist? Die Götter haben auf eurem Boden mit eiserner Faust geherrscht. Aber wenn sich das Blatt wendet ... wenn der Krieg vorbei ist ... dann ändert sich alles. Du wirst kein normaler Mensch mehr sein. Das Leben, wie es jede Person auf diesem Planeten kennt, ist dann vorbei.« Sie drehte sich mit dem Rücken zum Beifahrerfenster und sah mich direkt an. »Und wenn dieser Krieg vorbei ist, wer soll dann deiner Meinung nach auf der Erde herrschen?«

Sie sprach über die Apokalypse.

Ich trommelte mit den Fingern auf das Lenkrad, während ich meinen Blick wieder auf den verschwommenen Asphalt richtete. Sekunden wurden zu Minuten, als ich an das letzte Buch der Bibel dachte: die Prophezeiung, dass Gott den Himmel auf die Erde bringen würde. Es war von Anfang an klar, dass er gewinnen würde. Es klang wie etwas Wunderbares.

Und ich könnte der Auslöser für das Buch der Offenbarung sein.

Eine Betonmauer schloss sich mit einem Knall um meine Gedanken. Ich schützte mich vor den Konsequenzen und traf die klare Entscheidung, dass ich nicht bereit war, die Welt untergehen zu lassen. Und nein, ich würde kein Werkzeug in der letzten Schlacht sein.

Ich wollte ausschlafen, Kaffee trinken, fernsehen. Ich wollte mich mit meinen Freunden betrinken und außerehelichen Sex haben. Ich wollte im Aquarium Pilze nehmen. Und ich war nicht bereit, daran zu denken, dass mir das alles in einem einzigen Augenblick genommen werden könnte.

Ich wechselte das Thema. »Aber damit sind wir wieder bei Silas. Er hat mir mehr als einmal das Leben gerettet. Sollte ich mir da keine Gedanken machen, was mit ihm passiert?«

Sie fuchtelte dramatisch mit den Händen. »Wer weiß! Wen interessiert's? Überläufer gibt es immer. Das Leben ist auf beiden Seiten hart, wer kann schon sagen, wem es besser geht? Beide Seiten glauben an ihre Sache und in dieser Hinsicht hat wohl keine Seite unrecht. Am Ende ist es auch egal. Du bist eine Nordländerin. Wenn du also mit mir eine Bindung eingehen willst« – sie zog die Augenbrauen hoch – »dann komm auf unsere Seite, vergiss deinen Prinzen und lass mich deine Göttin sein.« Ich wandte meinen Blick wieder von der Straße ab. Das Auto vibrierte abermals auf dem Rüttelstreifen, bis ich es wieder in die Spur lenkte. Ich wusste nicht, was mich mehr schockierte – die Erschütterung der Straße, die Gefahr eines Beinahe-Unfalls oder ihre Aussage.

»Meinst du das ernst?«

Ihr Lachen klang wie ein silbernes Glöckchen. »Die Hölle wäre so wütend. Bindungen sind für immer, es gäbe kein Zurück. Und ich müsste mich vor Odin verantworten. Ich habe kein Interesse daran, den Asen jemals wieder zu begegnen.«

Ich konzentrierte mich auf die Straße, während ich darauf wartete, dass sie weitersprach.

»Du denkst, du hast Familienprobleme? Er kann noch viel mürrischer sein als du vor deinem ersten Kaffee, nur mit mehr Blut und Eingeweiden. Um ehrlich zu sein, würde er mich wahrscheinlich am liebsten rauswerfen und der Hölle überlassen.« Es dauerte eine Weile, bis ihr Lachen verstummte. Fast dachte ich, sie würde wieder auf die Abspieltaste drücken, um das Hörbuch fortzusetzen. Doch als ihr Lächeln verblasst war, fügte sie noch hinzu: »Aber ich würde es tun.«

Die Freude zwischen uns erstarb, als eine seltene Ernsthaftigkeit ihre Worte färbte.

»Ich würde es tun«, wiederholte sie. Die Luft im Auto fühlte sich dick an, als sie sagte: »Nicht für mich, aber wenn du dich entscheidest, dass du dieses Leben nicht willst, dass du weder Himmel noch Hölle willst, dann würde ich es auf mich nehmen, damit du zu deinem Volk gehen kannst.«

Der Rest der Fahrt verlief weniger gesprächig.

Fauna hörte weiter dem Hörbuch zu. Das half, die Schwere ihrer Botschaft abzumildern, aber ich hatte nicht mehr die Kraft zu jammern, und sie hatte keine Kraft mehr, sich über mich lustig zu machen.

Wir mussten mehrmals anhalten, um Süßigkeiten zu kaufen und auf die Toilette zu gehen. Keine Ahnung, warum es mich schockierte, dass Fauna eine schwache Blase hatte. Obwohl ich wusste, dass sie eine sterbliche Gestalt angenommen hatte, um mit mir auf diese Reise zu gehen, war ich überrascht, dass sie menschliche Bedürfnisse hatte.

Sie erlaubte mir, immer stiller zu werden, während der Tag voranschritt.

Als der Abend in die Dämmerung überging, wuchs meine Unruhe. Wir hatten fast neun Stunden im Auto verbracht. Die Fahrt hatte eine Ewigkeit gedauert, aber als die Stadt näher kam, war ich noch nicht bereit, sie zu beenden. Ich hätte noch neun weitere Stunden gebraucht.

»Meine Eltern schlafen bestimmt schon«, sagte ich leise, als wir weniger als zwanzig Minuten von dem Fleck auf der Landkarte entfernt waren, wo ich geboren und aufgewachsen war. So weit außerhalb der Stadt gab es keine Straßenbeleuchtung. Wir waren allein im Dunkel. »Sie gehen immer früh zu Bett. Nach Einbruch der Dunkelheit können wir nicht bei ihnen auftauchen.«

»Das ist in Ordnung«, sagte sie. »Wir nehmen uns für heute Nacht ein Hotelzimmer und gehen morgen früh zu ihnen, um Aloisas Sachen durchzugehen. Wenn du willst, können wir auch warten, bis … verrätst du mir noch mal ihre Namen …«

»Von meiner Mutter und meinem Vater? Lisbeth und John.«

»Gut. Wir können warten, bis Lisbeth und John weg sind und wir das Haus für uns allein haben. Okay?«

Erleichtert über ihren Vorschlag, an den ich nicht einmal gedacht hatte, atmete ich auf. Natürlich könnten wir auch einbrechen. Wenn alles gut ging, würden wir sie nicht mal sehen. Vielleicht musste ich unsere letzte Auseinandersetzung nicht noch mal erleben. Vielleicht musste ich das Gesicht meiner Mutter nicht mehr sehen, nach der Verurteilung, der Verdammung meiner unsterblichen Seele, dem roten Gesicht, den Tränen, die über ihr Gesicht gelaufen waren, den winzigen Spucketröpfchen, die aus ihrem Mund gespritzt waren, als sie geschrien hatte. Ich könnte hineingehen, das Sølje nehmen und wieder verschwinden.

Aber meine Unruhe blieb wie ein eng geschnürtes Korsett, das mir kaum Luft zum Atmen ließ, als die Geschwindigkeitsbegrenzung von siebzig Meilen pro Stunde auf fünfundfünfzig und dann auf dreißig sank. Vorsichtig lenkte ich den Wagen in die Kleinstadt und kroch die Main Street hinunter, wobei sich mir wegen der vielen verdrängten Kindheitserinnerungen der Magen umdrehte. *Kampf oder Flucht* tickte in mir wie eine Uhr, die die Zeit zurückdrehte, meine Hände klamm werden ließ und mir kalte Schweißperlen auf Stirn und Oberlippe trieb. Schweigend legte Fauna eine Hand beruhigend auf mein Knie und drückte es. Sie ließ ihre Hand dort liegen, als wolle sie mir versichern, dass sie für mich da sei, während wir auf einen Parkplatz fuhren.

Ich ließ Fauna bei den Taschen warten, während ich in dem schäbigen Motel eincheckte und betete, dass wir uns hier keine Bettwanzen einfangen würden. Während er auf einem veralteten Computer tippte, fand der Angestellte Zeit, Fauna über meine Schulter hinweg durchs Fenster anzügliche Blicke zuzuwerfen. Ich sah ihn wütend an.

»Gibt es in diesem Motel einen Militärrabatt? Meine Freundin ist im Urlaub, um mit ihrer Familie ihre Auszeichnung zu feiern. Sie ist eine exzellente Schützin. Besser mit der Waffe als jeder andere auf diesem Planeten.« Ich erzählte meine Lüge so glaubwürdig, dass der schmierige Rezeptionist nicht mehr hinsah.

Vielleicht lag es daran, dass ich zu erschöpft war, um zu duschen, mein Gesicht zu waschen oder zu protestieren. Ich war kaum in der Lage, meine Hose und den BH unter meinem Shirt auszuziehen. Vielleicht lag es daran, dass ich neun Stunden lang Auto gefahren war, und etwas an dem Unterwegssein war seltsam anstrengend, ähnlich wie ein Marathonlauf. Vielleicht lag es auch daran, dass sie meine Angst riechen konnte wie ein Parfüm, aber Fauna nahm nicht das andere Einzelbett. Sie zog eines meiner T-Shirts und Shorts an, hob die Decke und legte sich neben mich. Ob sie spürte, wie ich wegen des Traumas zitterte, das ich hinter mir gelassen hatte, oder was es mit mir machte, in der Nähe meiner Eltern zu sein, sagte sie nicht. Sie schaltete nur das Licht aus, drückte mich in der Dunkelheit an sich und schlief, obwohl zehn Eimer Zucker durch ihre Adern flossen, innerhalb von Sekunden tief und fest ein.

Ich hatte die Antidepressiva, die mein Leben erträglich machten, nicht vergessen, aber die vielen anderen Medikamente, die ich zum Einschlafen nahm, lagen unberührt auf dem Nachttisch. Der Geruch des Meeres, ihre große Freundlichkeit und das gleichmäßige Atmen von jemandem, der sich auf dem Weg zu süßen Träumen befindet, zogen mich ebenfalls ins Land der Träume. Und vielleicht auch, weil ich wusste, dass dies für eine Weile meine letzte echte Chance auf Schlaf sein könnte, also ließ ich mich in die Wellen sinken und zu ihr treiben.

Neunzehn

(Kirby): Bist du noch bei Fauna?
(Nia): Du kennst ihren Namen?! Wieso weißt du mehr als ich? Ich habe nur ein Selfie bekommen!
(Kirby): Ich hatte einen Videochat mit ihr. Sie ist eine Göttin und ich liebe sie.
(Nia): Marlow, ich hoffe, du hast gerade einen geilen Sexurlaub und ignorierst uns deshalb. Wenn du das hast: gut. Wir wünschen es dir und freuen uns für dich, juhuu! Wenn nicht: Fick dich und schreib uns zurück.

(EG): Ich sollte dir das eigentlich gar nicht schreiben müssen, aber deine nächsten Kapitel sind morgen fällig und mein Bauchgefühl sagt mir, dass du sie noch nicht fertig hast. Wenn also irgendetwas los ist, dann solltest du es mir jetzt mitteilen.
(EG): Marlow, ich tue wirklich alles, was ich tun kann, damit Merit Erfolg hat. Lass mich dir helfen. Wenn wir etwas drehen müssen, dann machen wir das, aber du musst es mir sagen.
(EG): Marlow, die Deadline ist vorbei. Ich habe mich für dich entschuldigt, aber es war eine lahme Ausrede. Keiner hat es mir abgekauft. Sag mir, was los ist, Mädel. Bist du ausgebrannt? Brauchst du eine Verlängerung? Du musst nur den Mund aufmachen.

(EG): MERIT FINNEGAN. Dein Job ist nicht der einzige, der gerade auf dem Spiel steht. Schreib mir zurück!

Eine Weile starrte ich auf mein Handy und ließ zu, dass es mich langsam weckte, während Fauna neben mir tief und fest schlief. Ein Teil von mir wollte sinnlose Fragen in die Suchmaschine tippen, wie zum Beispiel *Wie lange schlafen Nymphen?*, aber ich wusste, dass ich jede Antwort direkt von ihr bekommen musste.

Ich konnte mich nicht dazu durchringen, mich meiner Lektorin oder den Abgabefristen zu stellen. Ich wusste nicht, wo ich anfangen sollte, meinen Freunden das Chaos zu erklären, aber ich war mir ziemlich sicher, dass sie im Dunkeln besser aufgehoben waren.

Stattdessen wechselte ich zu meiner ältesten Social-Media-App, die ich seit Jahren nicht mehr benutzt hatte. Es war die einzige, bei der ich mir nicht die Mühe gemacht hatte, meine Eltern zu blockieren, auch wenn sie es verdient hätten. Ohne diese App hätte ich nicht erfahren, dass das Zuhause meiner Kindheit überflutet worden war und meine Eltern gezwungen waren, in ein neues, »gesegnetes« Heim umzuziehen. Auch dass meine Großmutter Dagny gestorben war, erfuhr ich durch diese Seite, denn ich war nicht einmal zu ihrer Beerdigung eingeladen worden. Dank der Bilder eines lächelnden Mädchens, das seinen Diamantring in die Kamera hielt, wusste ich, dass meine Cousine geheiratet hatte. Ohne diese Website wäre es so gewesen, als hätte es meine Familie nie gegeben.

Ich scrollte zu dem Account, den meine Mutter und mein Vater miteinander teilten. Es war ihre Art, der Untreue zuvorzukommen, oder wie auch immer sie das gemeinsame Konto voreinander begründeten. Meine Eltern waren trotz ihrer verachtenswerten Schwächen frustrierend attraktiv. Das war es, was meine alterslose, anmutige Mutter zu einem gescheiterten Verkäufer hingezogen hatte, dessen Gehalt kaum ausreichte, um seine Familie zu ernähren. Sie waren jung, und es wäre frevelhaft gewesen, ihre Liebe ohne Ehering zu vollziehen. Aber es hatte nicht lange gedauert, bis er gemerkt hatte, dass sie verrückt war. Und sie hatte erkannt, dass er ein Versager war. Er konnte es nicht ertragen, in ihrer Nähe zu sein, und sie hatte keinerlei Respekt vor ihm.

Aber vor allen anderen waren sie unsterblich ineinander verliebt und eine Scheidung kam nicht infrage.

Angesichts ihres Glaubens an die Heiligkeit der Ehe erinnere ich mich noch daran, dass ich meine Mutter einmal fragte, ob man seinen Mann verlassen könne, wenn er ein Schläger sei, und sie antwortete, dass man es nicht durfte. Wenn man sich einen prügelnden Mann ausgesucht hatte, dann müsse man das eben ertragen. Man dürfe ihn nur verlassen, wenn er die Kinder schlage, und auch dann nur zu deren Sicherheit. Gott – so sagte sie – hasse die Scheidung.

Das klang ziemlich rabiat, andererseits war der Gott der abrahamitischen Religionen schon immer ein ziemlich gewalttätiger Typ gewesen. Manchmal wollte er, dass seine rechtschaffenen Soldaten Städte plünderten und zerstörten und dabei keinen Mann, keine Frau und kein Kind verschonten, wie beim Völkermord in Kanaan. Manchmal tötete er alle Erstgeborenen, nur um etwas zu beweisen. Manchmal rief er Feuer vom Himmel, um Städte in Schutt und Asche zu legen, und hinterließ nichts als Salz, Glut und Erinnerungen wie in Sodom. Manchmal überschwemmte er die Erde, weil er von allen die Nase voll hatte.

Natürlich wurde uns das zutiefst kontextuelle, literarische und kanonische Konzept des gerechten Zorns beigebracht. Eine Zeit lang schien es eine Art geistiger Gymnastik zu sein – auf der einen Seite zu argumentieren und sich auf der anderen Seite am Glauben festzuklammern. Ob es nun die Lektion war, die mir die Pastoren und Ältesten und die Bibelstellen beizubringen versuchten, oder nicht, ich akzeptierte, dass einige Menschen sterben mussten. Manchmal war Gewalt in Ordnung. Manchmal gab es Grautöne, und die Moral war komplizierter, als die Welt glauben wollte. Vielleicht dachte ich deshalb, dass meine Eltern sich hätten scheiden lassen sollen. Vielleicht konnte ich sie deshalb verstehen und aus meinem Leben fernhalten, ohne sie zu hassen. Vielleicht war das, was mich nachts wach hielt, deshalb nie ein schlechtes Gewissen.

Ich scrollte durch ihre Social-Media-Seite, um mir die Beweise für ihr Alter anzusehen. Menschen über fünfzig hatten eine ausgeprägte Unfähigkeit, auf die Ästhetik ihrer Fotos zu achten. Hätte ich raten müssen, dann hätte ich gesagt, dass alle Fotos mit dem Tablet bei schlechten Lichtverhältnissen aufgenommen worden waren. Es gab ein paar unscharfe Bilder von ihnen mit anderen Kirchenmitgliedern. Meine ewig junge Mutter hielt auf einem anderen Foto ein Ziegenbaby im Arm und lächelte. Mir blieb der Mund offen stehen, als ich ein Bild sah, auf dem sie stolz vor einem weiß getünchten Backsteinhaus posierten, Arm in Arm, die Schlüssel in der Hand.

Ich bin dem Herrn so dankbar, dass er meinen Mann nach all den Jahren mit einem großartigen Job und diesem wunderschönen Haus gesegnet hat! Danke, dass du meine Gebete erhört hast! Gott ist gut!

Ich starrte auf das Bild mit den gestutzten Hecken und dem glänzenden neuen Auto in der Einfahrt. Es war ein dreistöckiges Haus mit schwarzen Fensterläden auf einem Grundstück von mindestens zwei Hektar. Sie sahen ... reich aus. Ein kleines Feuer entbrannte in mir wegen der oberflächlichen Phrasen. Diese abgefuckte Einstellung der Religionsgemeinschaften, dass Privilegien den Segen der Gläubigen bedeuten, war durchdrungen von problematischen Fragen der Überlegenheit. Ich fragte mich, ob Gott denn nicht gut gewesen war, als wir in einem Wohnwagen lebten, als wir in Schneeanzügen schlafen mussten, weil wir uns keinen Strom leisten konnten, oder als wir sechs Monate lang auf der Couch und dem Fußboden meiner Großmutter Dagny kampieren mussten. Vielleicht definierte materieller Besitz seine Güte. Andererseits hatte ich auch große Komplexe.

Fauna gab beim Aufwachen ein leises Geräusch von sich und ich klappte das Telefon zu. Ich wusste nicht, warum ich das tat. Ich hatte nichts vor ihr zu verbergen. Vielleicht wollte ich nicht, dass ihr erster bewusster Gedanke einem grellen Display galt oder dass ich abgelenkt wurde. Vielleicht hatte ich das Gefühl, dass sie ... mehr verdiente.

In meinem übergroßen T-Shirt und meiner Unterwäsche rutschte ich aus dem Bett und setzte die winzige Kaffeemaschine des Hotels in Gang, wobei ich mich fragte, ob es wohl klug war, etwas zu benutzen, von dem ich nicht wusste, ob es in den letzten sechs Monaten überhaupt gereinigt worden war. Ich ließ sie nur wegen des Kaffeeduftes laufen, der Fauna in wenigen Augenblicken gähnen, sich strecken und lächeln ließ. Ich beobachtete sie, wie sie mit ihren großen Augen blinzelte, und fühlte mich glücklich und traurig zugleich. Ich hatte meine Freunde nie bei mir übernachten lassen. Gelegentlich erlaubte ich den Leuten, mit denen ich ausging, die Nacht in meiner Wohnung zu verbringen, aber meistens bestand ich darauf, dass wir uns bei ihnen trafen, damit ich mich unter dem glaubwürdigen und halbwegs wahren Vorwand der Schlaflosigkeit irgendwann aus dem Staub machen konnte. Ich hatte eine grundlegende Erfahrung des menschlichen Daseins verpasst. Neben jemandem aufzuwachen, den man liebte, ihm Kaffee zu kochen, zu sehen, wie die Schläfrigkeit aus seinen Augen wich, während er sich die Träume aus den Augen wischte. Das war eine Intimität, von der ich nicht mal wusste, dass ich sie vermisste.

Fauna setzte sich auf und bemerkte, dass ich sie anstarrte.

Sie gähnte. »Bist du schockiert, wie hinreißend ich schon am frühen Morgen aussehe?«

»Irgendwie schon«, antwortete ich ehrlich. »Es ist beleidigend, wenn jemand schon beim Aufwachen so gut aussieht. Fick dich.«

»Das solltest du auch sein!«, sagte sie fröhlich, obwohl sie noch nicht mal ganz wach war. »Ich bin übrigens auch fantastisch im Bett.« Sie lachte, als ich sie mit offenem Mund ansah, und fragte dann: »Ist der Kaffee für mich? Und was gibt es zum Süßen?«

»Oh, der Kaffee wird ungenießbar sein. Ich mag nur den Geruch. Los, machen wir uns fertig! Wir müssen zur Bäckerei, bevor wir ein Verbrechen begehen.«

Verschlafen reckte sie die Faust in die Luft. »Donuts und Diebstahl!«

Ich duschte, putzte mir die Zähne und erledigte meine Morgenroutine. Die Angst, in meiner Heimatstadt zu sein, zwang mich dazu, eine extra Schicht Make-up aufzutragen, falls ich jemandem aus meiner Jugend begegnen sollte. Ich wollte so gut wie möglich aussehen, für den Fall, dass ich einem der Mädchen über den Weg laufen würde, die in der Highschool gemein zu mir gewesen waren. Fauna tänzelte vor Ungeduld, während ich meine Klamotten aussuchte. Ich hatte gepackt, als würde ich für eine ganze Woche bleiben und nicht nur für einen Tag, und es fiel mir schwer, mich zu entscheiden, was wohl die perfekte Balance zwischen erfolgreich, attraktiv und konservativ sein würde.

»Komm schon«, drängte mich Fauna. »Wir gehen kurz rein und dann auch schon wieder raus. Das wird ein schnelles Abenteuer.«

Ich warf einen Blick über meine Schulter auf ihr Spiegelbild. »Entweder unterschätzt du, wie klein diese Stadt ist oder wie unsicher ich bin. Jedenfalls werde ich dir die Schuld geben, wenn wir irgendwo hingehen, ohne einen umwerfenden Eindruck zu hinterlassen.«

Ich bat Fauna, die Taschen zum Auto zu bringen, damit sie etwas mit ihrer Energie anfangen konnte, und versprach ihr, dass im Handschuhfach ein paar Bonbons liegen würden. Ich entschied mich für ein cremefarbenes Kleid mit langen Ärmeln, das in der Taille gerafft war und nur wenige Zentimeter über die Knie reichte. Der Ausschnitt zeigte gerade genug Dekolleté, um Interesse zu wecken, ohne zu viel zu zeigen. Das Kleid war konservativ, ließ aber erahnen, dass ich Geld hatte. Das Beste daran war, dass es Taschen hatte. Ich kombinierte es mit hochhackigen Schuhen, einer Uhr und einer zarten Designerhalskette, um jedem, der mich aus meiner Jugend wiedererkannte, zu zeigen, dass es ziemlich kurzsichtig gewesen war, sich über meine finanzielle Situation lustig zu machen. Mit zitternden Händen bürstete ich mein Haar zu einem Pferdeschwanz und starrte mich im Spiegel an.

Meine graugrünen Augen waren weder das Himmelblau meiner Mutter noch das Haselnussbraun meines Vaters. Ich hatte immer gehofft, das würde bedeuten, dass ich adoptiert war und irgendwo eine viel coolere Familie hatte, aber dieses Glück hatte sich leider nicht eingestellt. Mit zittriger Hand hatte ich mir Katzenaugen geschminkt und dann auf meine Lider einen mauvefarbenen und funkelnden neutralen Farbton aufgetragen. Die Sorgen hatten mich kränklich und blass aussehen lassen, aber eine großzügige Portion Rouge hatte meinen Wangen neues Leben eingehaucht. Mein mausgraues Haar hatte nie die letzten Spuren von Gold verloren, das einzelne Strähnen zum Leuchten brachte, auch wenn ich nicht mehr die blasse Tochter Norwegens war, die meine mütterliche Linie seit Generationen repräsentiert hatte. Ich presste die Lippen aufeinander und verrieb die Reste meines Lipglosses, bevor ich seufzte und meinen Mund zu einem enttäuschten Schmollmund verzog.

Ich sah großartig aus.

Ich sah erfolgreich aus.

Ich sah gepflegt, elegant und geheimnisvoll aus.

Ich sah aus, als stünde ich kurz vor einem Zusammenbruch.

Ein Pfiff ertönte, als ich das Motel verließ. Es war das erste Mal, dass ich darüber nachdachte, wie Fauna und ich gekleidet waren – als würden wir zu völlig unterschiedlichen Veranstaltungen gehen. Ich war bereit für eine hochkarätige Vorstandssitzung, während sie so aussah, als wolle sie mir Kristalle verkaufen und mir erzählen, wie die Astralprojektion ihr Leben verändert hatte. Ihr gehäkeltes Bralette-Top sah toll aus zu den riesigen Schmetterlingen, die auf ihre wallende Hose gedruckt waren, aber ich konnte mir nur schwer vorstellen, wo sie so etwas gekauft hatte. Andererseits hatte sie gerade erst einen Tankwart auf der Autobahn mit ihrer Lust auf Gummibärchen erschreckt. Wer wusste schon, wozu sie fähig war.

Ich näherte mich dem Wagen und fragte: »Wo bekommst du eigentlich deine Klamotten her? Ich habe dich noch nie danach gefragt.«

»Von mir!« Sie lächelte.

»Von ... wie bitte?«

»Ich habe ein Haus im Reich der Sterblichen. Weißt du, spaßeshalber.«

In diesem Moment war ich mir nicht sicher, warum mich überhaupt noch irgendwas, was sie sagte, schockierte. Wenn sie mir erzählt hätte, dass sie auch einen Mann und drei Kinder hat und von Montag bis Freitag Hosenanzüge trägt, hätte ich das wahrscheinlich genauso lächerlich gefunden wie alles andere, was ich erfahren hatte. Vermutlich musste nichts davon einen Sinn ergeben.

»Und wo ist das?«, fragte ich und startete den Motor, um die Klimaanlage einzuschalten. Im Auto war es trotz der frühen Stunde schon stickig.

Sie winkte ab. »Am Strand.«

Ich wartete darauf, dass sie näher darauf einging, aber als sie es nicht tat, warf ich ein: »Wir sind nicht in der Nähe eines Strandes. Wie willst du von dort Kleidung holen? Hast du nicht zu diesem Azrames-Typen gesagt, dass du im Moment … sterblich bist?«

Sie warf mir einen Seitenblick zu, wahrscheinlich wegen der Art, wie ich auf den monochromatischen Dämon hingewiesen hatte. Sie sagte: »Ich bin eingeschränkt in dem, was ich mit dir zusammen tun kann. Wenn ich bei dir sein will, muss ich in sterblicher Gestalt bleiben. Ich persönlich kann jedoch kommen und gehen, wohin ich will. Und wenn du erst mal den Sølje hast, können wir überall hinspazieren – von den Kelten über die Shintos bis hin zu den Griechen –, ohne dass du mit jemandem eine Bindung eingehen musst. Wenn du mich nur für zwei Minuten entbehren kannst und denkst, ich bin im Bad, reicht das manchmal schon, damit ich mich hin- und zurückteleportieren kann.«

»Ich werde das auf meiner immer länger werdenden Sorgenliste notieren«, murmelte ich.

»Du würdest mein Zuhause lieben. Es sei denn, du hasst das Meer, aber niemand hasst das Meer. Darin zu sein, vielleicht. Aber es anzuschauen? Das ist immer ein Genuss.

Außerdem ist der Besitzer eine Fee, also vermietet er es an mehrere von uns, damit wir kommen und gehen können, wie wir wollen. Und wir tauschen es hauptsächlich gegen Gefälligkeiten ein.«

Ich zog eine Augenbraue hoch.

»Er ist ein Eunuch, also ist es nicht diese Art von Gefälligkeit, aber ich applaudiere deinem Unternehmergeist. Normalerweise muss man für ihn nur Botengänge im Reich der Sterblichen oder zwischen den Reichen machen, aber nur ab und zu. Das ist ein ziemlich guter Job. Und da ich ein absolut liebenswertes Juwel bin, bin ich in den meisten Königreichen willkommen ... außer in Ägypten«, sagte sie und erschauderte. »Vielleicht habe ich Osiris verärgert, aber zu meiner Verteidigung möchte ich sagen: Ich hätte nie diejenige sein dürfen, die einem Todesgott Dinge überbringt. Wir haben unvereinbare Persönlichkeiten. Wie auch immer.« Sie strich sich eine Locke hinters Ohr, als würde sie gerade von einem langweiligen Dienstagabend erzählen, bevor sie sagte: »Mein Vermieter weiß, dass ich eine Weile weg bin. Ich bin auf einer supergeheimen, sehr wichtigen Mission und sitze in einem sterblichen Körper bei einem hübschen Holzkopf fest, damit sie keine Geschäfte mit Engeln macht.«

Ich lächelte, während ich mich auf mein Gedächtnis verließ, um zur Bäckerei zu finden. »Oh, wir fügen jetzt also nette Adjektive vor den Beleidigungen ein? Ich fühle mich geschmeichelt.«

Sie nickte. »Ich sage es, wie es ist. Du triffst schlechte Entscheidungen. Aber das ist das erste Mal, dass ich dich schick gemacht sehe, und du siehst umwerfend aus. Ich kann alle möglichen Worte vor die Wahrheit streuen, wenn sie dadurch leichter zu schlucken ist.«

»So wie wenn man die Medizin für einen Hund in Käse steckt?«

Sie machte ein nachdenkliches Gesicht. »Jedes Mal, wenn ich eine Anspielung nicht verstehe, sagt mir das, dass ich mehr fernsehen sollte. Wenn unsere besondere Mission vorbei ist, dann werde ich mich drei Wochen lang ausschließlich der Weiterbildung in Form von Realityshows widmen.«

»Sehr vernünftig«, stimmte ich ihr zu.

Das Städtchen war so klein, dass ich nur zwei Ampeln und drei Kurven brauchte, um direkt vor der Bäckerei zu halten. Sie stieg in dem Moment aus, als ich das Auto einparkte.

»Warte, dein Hut!«

»Nein.« Sie schüttelte den Kopf und spähte durch den Türspalt, während sie sich vorbeugte, um mir zuzuzwinkern. »Die waren hier nicht nett zu dir und du siehst heute umwerfend aus. Ich denke, wir sollten deiner kleinen Stadt etwas geben, worüber sie noch lange reden wird.«

Meine Finger und Zehen kribbelten, als hätte man mir Novocain gespritzt. Es fiel mir schwer, meine Atmung unter Kontrolle zu bringen, während ich an meinem Gurt herumfummelte. Mein Gefühl sagte *Nein*, aber es war schwer, ihrer Logik zu widersprechen. Schließlich hatte ich mich schick gemacht, weil ich ein Zeichen setzen wollte.

Die Glastür der Bäckerei öffnete sich quietschend in den ungeölten Scharnieren. Ich ging voraus, direkt auf die Ladentheke zu. Wir bemerkten unseren Fehler erst, als die Gabeln klappernd auf die Teller fielen und die Gespräche um uns herum verstummten. Fauna legte ihren Arm um mich und lächelte den Kassierer an, bevor sie fragte: »Wie viele Donuts mit Cremefüllung kann ich bestellen, bevor es unangemessen wird?«

Die Augen des Kassierers waren weit aufgerissen, sein Mund offen, die Lippen vollgesabbert, als er sie mit seinen leeren Fischaugen anstarrte.

Ich beschloss, dass wir uns sowieso schon darauf eingelassen hatten, also konnte ich auch gleich noch einen draufsetzen. Ich packte Fauna fester am Arm und schenkte ihm ebenfalls ein Lächeln.

»Ich nehme einen schwarzen Kaffee mit drei Esslöffeln Honig. Sie nimmt einen Milchkaffee, Vollmilch, mit drei Esslöffeln Süßstoff, einem Esslöffel Vanille, einem Esslöffel Karamell und etwas flüssigem Kokain, falls Sie zufällig welches herumliegen haben. Oh, und sie möchte Eclairs, bitte. Alle.«

Er starrte weiter.

»Das Letzte war ein Scherz.«

»Madam?«

»Das Kokain, nicht die Eclairs. Wenn Sie allerdings Cola haben sollten ...«

»Haben wir nicht, Madam.«

Fauna und ich kicherten. Sie hatte recht. Es machte Spaß, diese besondere Art von Chaos zu verbreiten.

Er schluckte. »Name?«

Fauna sah mich erwartungsvoll an.

»Eure Majestäten.«

»Heilige Scheiße!« Beeindruckt musterte Fauna das Haus, als wir die Auffahrt hinauffuhren. »Ich hätte nicht gedacht, dass du aus reichen Verhältnissen kommst.«

»Tue ich auch nicht«, erwiderte ich und stellte den Motor ab. Der Mercedes war ein sehr leises Auto, aber ohne Klimaanlage, Radio und Motor war die Stille ohrenbetäubend. »Ich habe nie einen Cent von ihnen bekommen, nicht einmal, als ich es dringend brauchte.«

Sie öffnete ihren Sicherheitsgurt. »Ein Grund mehr, um *mir* alles in deinem Testament zu vermachen.«

»Sobald die Tinte getrocknet war, fand man auf mysteriöse Weise meine Leiche am Flussufer angespült«, murmelte ich.

Sie rümpfte die Nase. »Früher brachten sie mir Schätze in meinen Tempel. Heute bekomme ich nur noch ein Augenrollen. Und was machen wir jetzt mit diesem Haus?«

Ein dumpfer Schmerz mischte sich in die Blautöne, die mich überfluteten. Die Wahrheit war, dass ich nichts über ihr neues Zuhause wusste. »Hätte ich heute Morgen nicht in den sozialen Medien nachgeschaut, dann wüsste ich nicht mal, dass mein Vater einen tollen neuen Job bekommen hat und sie in das schönste Haus der Stadt gezogen sind. Wollen wir hoffen, dass wir die Zedernholzkiste schnell finden.«

Sie biss sich auf die Lippe, während sie sich vorbeugte und durch die Windschutzscheibe blickte. »Nun, sieht so aus, als hätten wir eine Menge Arbeit vor uns. Du nimmst die langweiligen Zimmer, ich die, in denen deine Mutter ihren Schmuck versteckt hat.«

Ihr Scherz brachte mich fast zum Lachen, aber nur fast. Als ich die Auffahrt hinaufging, stellte ich mir vor, wie es sich anfühlen würde, zu seiner eigenen Beerdigung zu kommen. Mir wurde klar, dass ich keine Ahnung hatte, wie wir ins Haus kommen sollten. Ich blinzelte entsetzt über diese Schwachstelle in meinem Plan. Ich brauchte Fauna meinen Fehler nicht zu erklären, sie erkannte das Problem im selben Moment.

»Warte mal«, sagte sie. »Bleib hier.«

Ich versuchte, nicht verdächtig auszusehen, während ich zwischen den akkurat geschnittenen Hecken auf sie wartete. Ich betrachtete die Tür, die mit Geranien gefüllten Blumenkästen, das Milchglas und die Fußmatte, auf der stand: »*Ich aber und mein Haus, wir wollen dem Herrn dienen.*« Fauna verschwand um die Ecke des Hauses, vermutlich in Richtung Hinterhof. Ich nahm an, sie hatte mehr Erfahrung als Fassadenkletterin, also blieb ich gehorsam auf der Türschwelle stehen.

Einen Moment später öffnete sich auch schon die Haustür.

»Willkommen in meinem Zuhause!« Grinsend öffnete sie die Tür noch ein Stück weiter und machte eine schwungvolle Geste nach innen.

Ich wollte sie fragen, wie sie das gemacht hatte, aber dann erinnerte ich mich daran, dass sie mehr als einmal wie aus dem Nichts in meiner Wohnung aufgetaucht war. Ich nahm an, dass sie nur einen kleinen Rundgang um das Haus machen wollte – nur für den Fall, dass neugierige Nachbarn durch die Jalousien spähen würden, während sich der Aufmerksamkeit erregende Rotschopf hinter der Ecke in Luft auflöste.

Ich hatte Mühe, einen Schritt vorwärtszumachen.

»Kommst du rein? Oder sollen wir zurück in die Stadt fahren?«

»Ist das eine Option?«, fragte ich. Aber ich kannte die Antwort bereits. Ich war nicht nur neugierig, Caliban zu finden. Ich war auch verzweifelt. Er war mein Anker in einem Leben gewesen, das nur aus Stürmen bestanden hatte. Er hatte mich davor bewahrt, den Verstand zu verlieren, obwohl ich ihn genau dafür verantwortlich gemacht hatte. Er hatte mir in mehr als einer Hinsicht das Leben gerettet, und ich brauchte ihn, um es wieder zu tun. Ohne ihn konnte ich mich der Zukunft nicht stellen – schon gar nicht, wenn ich wusste, dass hinter jedem Schatten Engel, Feen, Götter und Dämonen lauerten.

Sie sind noch nicht mal zu Hause, fluchte ich innerlich. *Sei kein Feigling.*

Also trat ich ein und schaute mich in dem mir gänzlich unbekannten Haus um. Es gab zwar noch ein paar vertraute Kleinigkeiten, aber ansonsten war es schwer, einen Hinweis darauf zu finden, dass ich die Menschen, die hier lebten, überhaupt kannte. Ich hätte nie gedacht, dass ich einmal den

Tag erleben würde, an dem John und Lisbeth zur gehobenen Mittelschicht gehören würden.

Die Galeriewand mit den Fotos und die modernen Möbel aus der Mitte des Jahrhunderts waren in den Braun-, Beige- und Grautönen einer Home-and-Garden-TV-Umgestaltung gehalten. Ich wusste genau, wie viel die cognacfarbene Ledercouch und das Stühle-Set kosteten, denn ich hatte sie mir selbst angesehen, bevor ich mich entschied, in eine bereits möblierte Wohnung zu ziehen. Mein Blick wanderte über die Bücher, den Globus, den Krimskrams, die Leuchte im Speakeasy-Stil und den Kuhfellteppich. An einer Wand hing eine riesige, illustrierte topografische Karte, die aussah, als sei sie aus einem alten Schulhaus gerettet worden. Braune Holzbalken, die über die Decke gespannt waren, unterbrachen die weißen Wände.

Es roch schwach nach Fensterreiniger und Bleichmittel, den vorherrschenden Gerüchen meiner Kindheit. Doch der sterile Geruch war das einzige nostalgische Element. Es gab keine Familienfotos. Es wirkte so inszeniert, so unecht, nichts deutete darauf hin, dass hier jemals jemand gelebt hatte.

»Hilft dir eine deiner Gaben, Dinge zu finden?«, fragte ich Fauna.

»Ähm, wenn du willst, kann ich einen Baum wachsen lassen. Oder ein paar Tiere herbeirufen, wenn du meinst, dass die Beschwörung einer Kaninchenbande helfen könnte. Oder ich könnte die Fruchtbarkeit ihres Gartens segnen, damit diese Pfingstrosen eine liebevolle Pflege bekommen. Oder ...«

»Okay, okay, lass uns anfangen zu suchen.«

Trotz ihrer Drohung, die Küche zu plündern, blieb Fauna die meiste Zeit an meiner Seite. Wir begannen im Erdgeschoss und sahen uns das Gästezimmer, das Büro, die Küche und das prächtige Esszimmer mit den Doppelglastüren an. Glücklicherweise war es eine Herausforderung, eine Truhe zu verstecken. Die meiste Zeit meiner Kindheit stand sie am Fußende des Bettes meiner Eltern. Jetzt, wo sie mehr Platz zur Verfügung hatten, würde Lisbeth sie vielleicht lieber irgendwo reinstellen.

Als Nächstes gingen Fauna und ich in den Keller – ein fertiger Keller, mit Teppichboden ausgelegt und frei von Parasiten –, und es dauerte keine zwei Minuten, bis wir merkten, dass es dort außer einem großen Sofa, einem Flachbildfernseher, feuerfesten Fluchtfenstern und dem Heizungsraum nichts für uns gab. Wir stiegen die Treppe hinauf, der zweite Stock schien etwas vielversprechender zu sein.

Alle Türen standen offen, was mich zunächst in ein weiteres Gästezimmer führte. Ich schaute hinter das Bett, öffnete die Wandschranktür und betrachtete stirnrunzelnd den sehr großen, auf Treibholz gemalten Vers, der an der gegenüberliegenden Wand hing. Ein paar meiner Sachen fand ich in einer Kiste unter dem Bett, was vielleicht beruhigend war oder auch nicht, denn ich war mir nicht sicher, ob Verstecken besser war, als wenn meine Mutter die Sachen verbrannt hätte. Fauna wurde die Reise in meine Vergangenheit bald zu langweilig, sie ging und ließ mich mit dem einzigen Beweis meiner Existenz allein.

In meinen Sachen hing ein muffiger Geruch. Es war der Moder der Nostalgie, eines Wohnwagens aus Blech im Wald, von Regentagen und Waldspaziergängen.

Ich hob ein zerknittertes Foto auf, das meine Mutter, meinen Vater und mich lächelnd vor einem Zelt zeigte. Unsere Secondhand-Kleidung war so altmodisch, dass das Foto als Relikt aus den 80er-Jahren hätte durchgehen können. Ich erinnerte mich an die Reise. Es hatte so heftig gestürmt, dass unsere Schlafsäcke völlig durchnässt waren. Im strömenden Regen hatten wir das Zelt abgebaut und mit dem wenigen Geld, das wir besaßen, ein Motelzimmer für die Nacht gebucht. Wir drei waren bis spät in die Nacht aufgeblieben, hatten Junkfood aus dem Automaten gegessen und uns einen alten Western auf dem alten Fernseher angeschaut.

Es war eine schöne Erinnerung.

Ich schaute an mir herunter, um zu sehen, ob da, wo mein Herz sein sollte, ein Faden hing. Ich wusste, dass ich, solange ich unter ihrem Dach gelebt hatte, immer nur kurz davon entfernt war, dass alles aufriss.

Fauna war noch keine zwei Minuten fort, als ich einen triumphierenden Laut aus dem Nebenzimmer hörte.

»Hast du es gefunden?«, rief ich, während ich immer noch über alten Grundschulfotos, Zeugnissen und einigen Kinderzeichnungen kniete, auf denen ich mit einem Freund spielte, dessen Augen so silbern wie Diamanten waren.

»Komm her!«, rief sie zurück.

Ich faltete eine Zeichnung von meinem Beschützer zusammen und steckte sie in meine Tasche. Dann ging ich zu ihr ins große Schlafzimmer. Trotz Lisbeths Vorliebe für Beige sah es nicht wie das spießige, überteuerte Zimmer aus, das ich erwartet hatte. Um den Raum aufzulockern, hatte sie an einer Wand alte Filmplakate und eine Statement-Tapete aus den 1920er-Jahren angebracht. Antiquitäten hatte sie schon immer geliebt. Hätte ich meine Mutter doch nur davon überzeugen können, dass Wohnungen nach etwas anderem als nach Bleichmittel riechen sollten!

»Fauna?«

»Hier drin!« Ihre Stimme drang aus dem begehbaren Kleiderschrank. Und tatsächlich, die kleine Piratin hatte unsere Schatztruhe aufgespürt. Sie kniete zwischen den Reihen aufgehängter Hosen und gebügelter Hemden über einer großen Kiste aus Zedernholz. Sie hatte sie bereits geöffnet und den Wollbunad herausgeholt. »Es ist in gutem Zustand«, staunte sie und strich mit ihren Fingern über das rotblaue Wollkleid.

Es war seltsam, es in Farbe zu sehen, nachdem ich jahrelang nur das Schwarz-Weiß-Foto an meinem Kühlschrank hängen hatte. »Es muss zweihundertfünfzig Jahre alt sein. Ihr Götter, das macht mich wirklich emotional.«

»Super«, sagte ich. Mich machte es auch emotional, aber nicht in einer Weise, die es uns erlauben würde, länger als nötig hier zu bleiben. »Konzentrieren wir uns darauf, die Brosche zu finden, und dann verschwinden wir von hier.«

Ich hob eine handgefertigte Steppdecke auf und legte sie beiseite, um eine Reihe von Holzkisten zum Vorschein zu bringen. Ich kniete mich neben Fauna, griff in die verschiedenen Behältnisse und runzelte die Stirn, als ich die verborgene, geordnete Sammlung betrachtete. Eine Kiste enthielt alte Fotos. Ich reichte sie Fauna, die sie durchsah, während ich weiterkramte. Ich öffnete die nächste Schachtel und fand ein mit einer Schnur umwickeltes ledernes Tagebuch. Auch das gab ich an Fauna weiter, die sich sofort in Aloisas Tagebuch vertiefte, zweifellos auf der Suche nach schlüpfrigen Details über ihren Freund Geir und die schmutzige Liebesaffäre zwischen Mensch und Nordländer. Eine andere Kiste war voll mit handgeschriebenen Rezepten für verschiedene Desserts und traditionelle Gerichte. Endlich fand ich die Box, nach der ich gesucht hatte. Ich wusste es schon, bevor ich sie geöffnet hatte. In dem Moment, als ich den Deckel anhob, ließ uns das Geräusch des klackernden Metalls aufhorchen. Fauna schmiegte sich an mich, als wir die Box ganz öffneten und den feinen Stoff eines Tuchs betrachteten, das etwas Kleines verdeckte.

Sie hielt die Schachtel so, dass ich den Stoff zur Seite schieben konnte, und murmelte leise anerkennend, als ich die Ränder des baumelnden silbernen Erbstücks so behutsam wie möglich berührte.

»Das ist es«, hauchte Fauna. »Das hat Geir gehört.«

»Und was soll es bewirken?« Fragend sah ich über die Antiquität hinweg in Faunas Augen.

»Diese sind außergewöhnlich selten. Jedes Pantheon hat seine Legenden über solche Geschenke. Er gab es Aloisa, damit sie sich in das Reich der Sterblichen begeben und es verlassen konnte, um ihn zu ihren Bedingungen zu besuchen. Wenn sie ...«

Eine Autotür wurde zugeschlagen und der Bann war gebrochen.

»Scheiße, *Scheiße*, Scheiße!« Panisch trafen sich unsere Blicke über den verstreuten Beweisen unseres Einbruchs.

Ich wickelte das Sølje wieder in das Tuch und steckte es in meine Tasche. Fauna war damit beschäftigt, die Holzkisten in der Zedernholztruhe mit Familienerbstücken zu füllen, gerade rechtzeitig für mich, um zuerst die Steppdecke und dann das Bunad an die Stelle zu legen, wo wir es gefunden hatten. Ich eilte zum Fenster, um zu sehen, wie eine Frau um die fünfzig mit einem großen, kräftigen Mann die Auffahrt hinaufkam. Angst mischte sich mit Verwirrung, als ich versuchte, mir einen Reim auf das zu machen, was ich da sah. Die beiden verschwanden unter dem Fensterrahmen, als auch schon die Klinke der Haustür klapperte.

Ich riss meinen Blick von den beiden los und sah Fauna an. »Das kann doch nicht wahr sein.«

Sie begegnete meinem ungläubigen Blick. »Ist das deine Mutter mit ...?«

»Silas.«

Zwanzig

Was. Für. Ein. Bastard«, flüsterte Fauna neben mir.
»*Weiß* sie, dass er bei ihr ist?«, fragte ich mit zitternder Stimme.

Fauna schüttelte den Kopf. »Keine Ahnung, aber ich bezweifle es. Diese Mistkerle müssen nicht gesehen werden, um ihre Überzeugung zu flüstern.«

Ich war kein Kind, das mit der Hand in der Keksdose erwischt worden war. Mir drohte kein Holzlöffel, Rohrstock oder Ledergürtel. Sie hatte bereits das Schlimmste getan, was eine Mutter ihrem Kind antun kann. Das Kratzen der Schlüssel in der Haustür hallte in mir nach, als würde ein Wärter eine Gefängniszelle aufschließen. Ich war wieder ein Kind. Jahrelang verborgene Wunden öffneten sich, als wäre der Schorf abgekratzt, frisches Blut floss ungehindert heraus. Ich hatte Mühe, ruhig zu atmen, als Fauna und ich aus dem Zimmer auf den Flur traten.

»Können wir aus dem Fenster springen?«, flüsterte ich, konnte mich aber wegen des Pochens in meinen Ohren selbst kaum hören.

»Brauchst du deine Beine noch?«, flüsterte sie zurück.

Die Tür war unsere einzige Möglichkeit. Ich machte mich bereit, schluckte die Angst in meinem Hals hinunter und ging voran. Fauna blieb mir dicht auf den Fersen, als ich die Treppe hinabging und meine Mutter mit verschränkten Armen neben einem Mann stehen sah, der einen ganzen Kopf größer war als sie, obwohl sie Stöckelschuhe trug.

Sie kam zum Vorschein – ein pittoreskes Ungeheuer in einem dunkelgrauen Hosenanzug mit einem großen weißgoldenen Kreuz, das auf ihrem Brustbein ruhte, so wie es schon immer gewesen war. Diese schöne, schreckliche Frau zu sehen, die mich großgezogen hatte, war genauso furchtbar, wie ich es erwartet hatte. Sie hatte sich kein bisschen verändert. Sie trug jetzt nur ein Kostüm, um die gesellschaftlich akzeptierte Rolle der Reichen zu spielen – genauso wie ich.

Wie die Mutter, so die Tochter.

Die Zeit verging wie in Zeitlupe, als ich sie zum ersten Mal seit Jahren wiedersah.

Ihr hellblondes Haar war von einigen wenigen grauen Strähnen durchzogen, die sich kaum von dem platinblonden Naturhaar abhoben, das sie schon immer gehabt hatte. Ihr Gesicht war frei von Falten, bis auf den Beweis, dass sie einmal eine Person gewesen war, die gelächelt hatte. Wir hatten immer unsere Kleidung getauscht, und ich nahm an, dass sie in das cremefarbene Kleid gepasst hätte, das ich gerade trug, wenn sie es gewollt hätte. Die wichtigste Veränderung war jedoch das kalte Feuer in ihren Augen, das etwas Dunkles in mir entfachte, wie bei jemandem, der in einem brennenden Haus aufgewachsen war. Ich hatte schon so lange kein Streichholz mehr auf meiner Haut gehabt, dass ich den Schmerz des Funkens fast vergessen hatte.

»Marlow Esther Thorson.« Die Stimme meiner Mutter schnitt durch das Haus, jedes ihrer Worte war wie eine Klinge.

Trotz des Abscheus, der Qual, des schieren Schreckens, der den Raum durchdrang, beugte sich Fauna vor und sagte: »Dein zweiter Vorname ist Esther? Wie biblisch.«

»Ich warne dich«, sagte sie mit eisiger Empörung, als ich die Treppe hinunterging.

»Lisbeth ...« Ich sagte ihren Namen mit Eiseskälte und warnender Stimme. Mein Blick schoss zwischen ihr und dem Engel hin und her, der mit zurückgezogenen Schultern und stolzgeschwellter Brust überlegte, was er zuerst tun sollte.

Sie sah an mir vorbei und richtete ihren Zorn auf Fauna.

Zitternd vor Wut sagte sie: »Ich warne dich wegen deiner Überredungskünste gegenüber meiner Tochter!«

Der Hass hatte eine etwas beruhigende, komische Wirkung. Die Spannung ließ nach. Ich atmete aus und verdrängte einen Großteil meiner Angst, als ich sagte: »Mom, das ist meine Freundin Fauna.«

Ihre Augen verdunkelten sich. »Ich weiß ganz genau, *was* deine Freundin ist, und jetzt weiß jeder andere auch – dank eurer Parade durch die Stadt –, dass meine Tochter sich unverantwortlich benimmt!« Sie spuckte das Wort *Tochter* aus, als wäre es eine Obszönität. »Weißt du, wie viele Bilder ich von dir Arm in Arm mit diesem Dämon in der Bäckerei bekommen habe? Als ob ich nicht schon genug Demütigungen ertragen musste, als mir Bilder und Videos von meiner Tochter geschickt wurden, auf denen sie eine andere Frau küsst. Und jetzt bringst du auch noch eine in meine *Stadt*? In mein *Haus*, Marlow? Du hast nicht nur Gott verlassen, sondern lässt auch noch Dämonen in dein *Bett*!«

Neben mir unterdrückte Fauna ein Kichern, was ich trotz der Aufregung zu schätzen wusste. Ihre Hingabe an die Respektlosigkeit war erdend.

»Fauna ist kein Dämon, Mom. Sie ist ...«

»Sie ist nicht von Gott«, unterbrach sie mich scharf. »Dieses Haus gehört dem Herrn. Ich weiß nicht, was du glaubst, hier erreichen zu können, aber deine Dämonen sind hier nicht willkommen.«

Ich griff nach Fauna, um mir Unterstützung zu holen, was meine Mutter nur noch wütender machte.

»Können wir versuchen, ruhig zu bleiben?«, fragte ich und sah zwischen meiner Mutter und Silas hin und her.

»Erkläre dich, Marlow. Was machst du in meinem Haus?«

Krampfhaft suchte ich nach einer Antwort, die dieses Gespräch beenden und uns einen schnellen Abgang ermöglichen würde. Ich warf Silas einen kurzen Blick zu und sah seine abschätzig zusammengekniffenen Augen, bevor ich beschloss, dass es eine äußerst schlechte Idee wäre, zu verraten, dass wir wegen der Brosche meiner Urgroßmutter hier waren. Meine Mutter wusste offensichtlich nicht, was das Schmuckstück wert war, aber ich war auch nicht bereit, mich darauf zu verlassen, dass uns die Flucht gelingen würde, nur weil ich auf Silas' Ahnungslosigkeit vertraute. Er war schlau. Und anscheinend kannte der Engel das einzige Mittel, das er gegen mich einsetzen konnte und das mich wirklich verletzen würde: meine Mutter.

Da mir keine Ausrede einfiel, konnte ich nur sagen: »Sie ist meine Freundin.«

»Sie ist nicht von dieser Welt!«, entgegnete meine Mutter. »Wenn du wirklich meine Gabe hättest, dann würdest du erkennen, was du getan hast, Marlow. Ein Engel des Herrn wurde zu mir gesandt, um mir von den Wesen zu berichten, die du in dein Leben gelassen hast. Ich hätte es wissen müssen, als du anfingst herumzuhuren …«

»Hey!«, unterbrach uns Fauna, die bei diesem Wort wütend wurde. Sie trat einen halben Schritt vor, als wollte sie sich zwischen meine Mutter und mich stellen.

»Schon gut.« Ich machte eine abwinkende Handbewegung und forderte sie damit auf, sich zurückzuhalten. Den Streit hatten meine Mutter und ich schon mal gehabt, in der letzten Nacht, in der ich sie gesehen hatte.

Es war Anfang Juni, ich war zweiundzwanzig Jahre alt. Ich war mit sechstausend Dollar in bar aus Kolumbien zurückgekehrt, und das war nur das Geld, das ich nicht direkt auf mein Konto hatte einzahlen können. Taylor hatte recht gehabt. Zwischen Buenos Aires und Montevideo gab es mehr als genug Möglichkeiten für eine junge Frau, vorwärtszukommen. Nachdem mein Visum abgelaufen war und ich mein Leben in Kolumbien aufgegeben hatte, brauchte ich einen Ort, um die Zeit bis zu meiner richtigen Rückkehr zu überbrücken und in Nordamerika wieder Fuß zu fassen.

Meine Mutter hatte geweint, als sie mich am Flughafen in die Arme schloss – die verlorene Tochter war zurückgekehrt, hatte sie gesagt. Endlich war ich wieder zu Hause, um ein gutes Leben zu führen, um mich von Sünde, Zerstreuung und von der Weltlichkeit abzuwenden. Und ich brachte es nicht übers Herz, sie zu korrigieren.

Im Nebel des Jetlags und des umgekehrten Kulturschocks brauchte ich einen Platz zum Schlafen, während ich mich auf den nächsten Schritt in meinem Leben vorbereitete. Mein Zimmer war mehr oder weniger unberührt geblieben, bis auf den begehbaren Kleiderschrank, in dem die Dinge aufbewahrt wurden, die man lieber aus den Augen und aus dem Sinn haben wollte. Fast eine Woche lebte ich in der Zeitkapsel im Wald, während ich mich im Internet nach einer eigenen Wohnung in der Stadt umsah. An einem Wochenende, an dem ich auf Wohnungssuche war, hatte meine Mutter es sich anscheinend zur Aufgabe gemacht, in meinen Sachen herumzuschnüffeln. Sie hatte sich nicht dafür entschuldigt und erklärte mir auch nicht, was sie dazu bewogen hatte, meine Sachen zu durchsuchen. Schließlich war sie die Mutter und ich war das Kind. Sie hatte nichts Bestimmtes gesucht, sondern einfach nur ihre Neugier befriedigt, als sie dann das Geld im Futter meines Koffers fand.

Ich erinnerte mich noch lebhaft an die Wolke aus Angst und Adrenalin, die sich über mich gelegt hatte, als ich wieder das Haus betrat. Mein Lächeln verblasste in dem Moment, als ich sie am Küchentisch sitzen sah – das Bargeld fein säuberlich vor sich gelegt, neben ihr war der aufgeklappte, flimmernde Laptop.

Zuerst hatte sie Drogenhandel vermutet, was ihr im Nachhinein wahrscheinlich sogar lieber gewesen wäre. Natürlich hatte sie sich nicht damit begnügt, das Geld zu finden. In dem Moment, in dem sie ihren Schatz entdeckt hatte, tat sie, was wohl jede gute Mutter getan hätte: Sie setzte sofort alles daran, meine Privatsphäre noch weiter zu verletzen. Es war ihr gelungen, meine Sicherheitsfragen zu erraten, um sich Zugang zu meinen E-Mails zu verschaffen und die Korrespondenz zwischen mir und meinen Kunden zu lesen – sowohl mit denen, die ich in meinen letzten Wochen in Kolumbien getroffen hatte, als auch mit den Kunden, mit denen ich Treffen vereinbart hatte für die Zeit, wenn ich wieder in der Stadt war. Während sie sich an meinem Computer zu schaffen machte, hatte sie auch eine Reihe von Begriffen gegoogelt, die auf den Akronymen in den Threads basierten, wie FSSW für Full-Service-Sex-Work, GFE für Girlfriend-Experience, Freundin-Erfahrung, und war so in unbekannten Gefilden und auf Findom gelandet. Sie hatte ein paar Fotos von mir – nackt, mit unkenntlich gemachtem Gesicht – aus meinem Kunden-Thread auf dem Bildschirm, als ich hereinkam.

Der Abscheu in ihren Augen machte mich sprachlos.

»Ich weiß nicht mal mehr, wer du überhaupt bist«, hatte sie geflüstert.

Es war die Büchse der Pandora der Streitigkeiten gewesen.

Wir sagten jedes grausame, hasserfüllte Wort, das uns einfiel. Wir hatten Raketen aufeinander abgefeuert und uns mit Worten blutig geschlagen, bis wir nur noch Fetzen waren. Mein Vater war gerade nach Hause gekommen, um das Ende des Geschreis zu hören, in dem ich brüllte, wie viel Geld ich allein in den letzten drei Monaten verdient hatte und dass ich als Sexarbeiterin glücklicher, freier, freundlicher und besser dran war, als ich es je in der Kirche oder als ihre Tochter gewesen war.

Dann sagte sie mir, dass sie keine Tochter mehr hätten und dass sie mich vermissen würden, wenn sie irgendwann im Himmel wären, weil sie wüssten, dass ich in der Hölle verrotten würde.

Es war ein Streit, den ich immer wieder auf den Therapieliegen mit zahlreichen Taschentuchpackungen erlebt hatte. Es war ein Streit, den ich mit verschreibungspflichtigen Medikamenten durchgestanden hatte, wenn mir Panikattacken wegen meiner sterblichen Seele die Luft abschnürten. Es war ein Streit gewesen, der mich immer weiter von Caliban entfernt und mich gezwungen hatte, Mauern um mich herum zu errichten, mich für die Vernunft zu entscheiden und mich vor dem Scheinleben, das meine Mutter führte, abzuschotten.

Und jetzt ... jetzt kitzelten mich die Worte, als ich an meinen Prinzen dachte.

»Ich weiß alles über deinen Engel des Herrn«, sagte ich und starrte Silas an, »und er ist ein Arschloch mit einer Agenda.«

Sie drehte sich um und sah Silas an – sie *sah* ihn tatsächlich an!

Fauna und ich schnappten gleichzeitig nach Luft. Trotz unserer jahrelangen Gespräche über das Sehen von Engeln und Dämonen, trotz des Wissens, dass ihr Feenblut dicker war als meins, trotz allem, was ich gelernt hatte, war es erstaunlich zu sehen, wie meine Mutter Augenkontakt mit einem Engel hatte.

»Er hat mir gesagt, was du bist«, sagte sie. Das wütende Zittern in ihrer Stimme war verflogen. Sie sprach nun mit eisiger Stärke zu Fauna.

»Gut gemacht, Silas.« Fauna starrte ihn wütend an. Dann drehte sie sich zu meiner Mutter um und fragte sie trocken: »Hat er dir auch gesagt, was *du* bist? Obwohl, um fair zu sein, ich glaube, ich spreche für alle Nordländer, wenn ich dir sage: Wir wollen dich nicht.«

»Und er hat mir erzählt, an wen du deine Seele verkauft hast.« Sie sah mich an und ignorierte Faunas Stichelei. »Glaubst du, ich habe nicht jeden Tag für deine Seele gebetet? Glaubst du, ich habe nicht jede Nacht auf den Knien Gottes Engel angefleht, dich wieder zurückzuholen? Denkst du etwa, ich will, dass meine Tochter die Ewigkeit im Inferno verbringt? Ich liebe dich, Marlow.«

Liebe. Fast hätte ich über das Wort gelacht.

»Ich habe es dir doch gesagt.« Silas sprach zum ersten Mal. Seine Stimme war ruhig, aber fest, während er Fauna direkt ansah. »Wir haben einen Anspruch auf sie.«

»Silas, du bist ein gottverdammter Schwanzlutscher«, knurrte Fauna. »Und diesen Anspruch kannst du deinem Meister in den Arsch schieben, wenn du ihn das nächste Mal küsst. Wir sind hier jedenfalls fertig.«

Sie packte mich am Arm und zog mich zur Tür. Ich zuckte zusammen, als ob ich mich darauf vorbereitete, in eisige Gewässer einzutauchen, während Fauna mich in die Richtung meiner Mutter zog, sich an ihr vorbeidrückte und aufschrie, als ein kleiner elektrischer Schlag sie stoppte. Der Schock reichte aus, um sie mit weit aufgerissenen Augen nach hinten stolpern zu lassen.

Meine Mutter wich zurück, wagte es nicht, den Dämon und die Hure zu berühren, während sie zusah, wie Fauna erneut nach dem Türgriff fasste.

Sie streckte die Hand aus und versuchte es noch einmal, fluchte, als sie den nächsten Schlag bekam. Sie blickte zu der Stelle auf, an der über der Tür ein Schutzzauber angebracht worden war – nicht um jemanden draußen, sondern um jemanden drinnen zu halten. Sie ging einige Schritte zurück ins Wohnzimmer, Panik stieg in ihr auf, als sie nach einem Ausweg suchte.

»Ich kann dich hier nicht rausholen«, sagte Fauna und sah jetzt wirklich aus wie ein verängstigtes Reh in der Schlucht, als sie mich mit großen Augen ansah. »Ich kann dich nicht rausholen«, wiederholte sie und machte panisch noch einen Schritt zurück.

Der Trost, den mir Faunas ruhige Respektlosigkeit gab, verblasste. Alles, was blieb, war die krankmachende Injektion von Cortisol, während mein Herz raste. Der Geruch von Bleichmittel wurde überwältigend, und die Wände des Hauses schienen immer näher zu kommen, als ich fragte: »Kannst du denn raus? Kannst du gehen?«

»Ja«, antwortete Silas für sie, »sie kann zu den Nordländern zurückkehren. Sie kann zu den Sumerern gehen, zu den Griechen oder bei den Hindus Zuflucht suchen. Sie kann direkt in die Hölle gehen, wenn sie will. Sie kann in jedes andere Reich eintreten. Aber ihr Wächterdasein über dich ist beendet.«

Sie hatte es geschafft. Meine Mutter hatte erfolgreich den Faden gezogen. Ich zerbrach, als sie die Teile von mir freigab, die ich so viele Jahre zusammengehalten hatte, und ich wurde wieder Kind. Mein Herz blutete wegen jahrelang vergrabener Ängste, als ich, klein und hilflos, vor ihr zu einem Nichts zerfiel.

»Ich habe deine Seele nicht aufgegeben, auch wenn du es getan hast«, sagte Lisbeth. »Ich werde die Dämonen aus deinem Leben vertreiben – koste es, was es wolle. Nun, der Engel ...«

Ich schluckte, weil ich einen Kloß im Hals hatte. »Mom, du kennst den Kerl nicht so wie ich.«

»Ich bin eine auserwählte, treue Dienerin. Ich habe mein ganzes Leben mit den Engeln des Herrn gesprochen. Er kam als Antwort auf ein Gebet. Weder der Herr noch ich haben deine Seele aufgegeben, Marlow, auch wenn du es getan hast.«

»Ich bin immer noch bereit, die Bindung mit dir einzugehen, Marlow«, sagte Silas leise. Er sah weder wütend noch feindselig oder gewalttätig aus. Fraktale von Traurigkeit spiegelten sich in seinen goldenen Augen, als er zwischen meiner Mutter und mir hin und her blickte. »Es tut mir leid, dass es so weit kommen musste, aber es gab keinen anderen Weg, um an dich ranzukommen. Ich werde nicht zulassen, dass dir etwas zustößt. Ich habe meinen Wert für dich bereits unter Beweis gestellt. Ich habe dich schon dreimal gerettet und werde es auch wieder tun. Nur …« – er streckte seine Hand genauso aus, wie er es in jener Nacht in meiner Wohnung getan hatte – »… geh mit mir die Bindung ein.«

»Vertraue deine Seele dem Herrn an«, befahl meine Mutter und sah zwischen dem Engel und mir hin und her. »Gott wird immer seine Hand nach dir ausstrecken! Siehst du das nicht? Wie kannst du nur auf diese Chance der Erlösung spucken?«

»Das war's also?«, fragte ich. Meine Stimme klang so weit weg. »Ich wähle jetzt ein Reich? Ich muss mich jetzt entscheiden?«

Die stumme Entschuldigung auf Faunas tränennassem Gesicht brach mir das Herz.

»Marlow.« Er wiederholte meinen Namen. Seine leise Bitte war die Stimme der Vernunft, die im Gegensatz zu Faunas aufsteigender Hysterie stand.

Dann machte etwas klick. Die Welt hörte auf, sich zu drehen. Der stickige, sterile Geruch von Reinigungsmitteln verschwand. Das einzige Geräusch war mein eigener Herzschlag. Ich sah Fauna mit absoluter Gewissheit an, als ich sagte: »Tritt in ein anderes Reich.«

Bei meiner Anweisung blitzten Silas' goldene Augen auf. Die Sehnen an seinem Unterarm pulsierten, als er die Faust anspannte.

»Ich werde dich nicht verlassen.« Sie festigte ihre Haltung und ihre entschlossene Stimme schwoll an. »Ich kann dich nicht den Wölfen zum Fraß vorwerfen ...«

Die Schläge zwischen den Sekunden dehnten sich wie Kaugummi, während die Zeit immer langsamer wurde. Meine hübsche Mutter mit ihrem hässlichen Herzen, umgeben von der Fülle ihrer *Segnungen*, und ihr idiotisches engelsgleiches Gegenstück verschwammen, als ich mich nur noch auf Fauna konzentrierte. Das Dröhnen in meinen Ohren klang wie das unbarmherzige Getöse des Ozeans, während das Blut durch meine Adern rauschte.

»Tu es, Fauna!«

»Ich lasse dich nicht im Stich«, sagte sie noch einmal mit zusammengebissenen Zähnen.

Ich griff in meine Tasche, meine Finger gruben sich durch die Taschentuchfetzen, bis sie den kühlen Silberschatz berührten. Ihr Blick wanderte zu meiner Tasche, dann zu mir hoch, und ich wusste, sie hatte verstanden. Ich sagte alles, was ich konnte, mit der Intensität meines Blickes, während ich rief: »Dann verlass mich nicht!«

Sofort war Faunas Hand auf meiner nackten Haut. Ich hörte einen tiefen, männlichen Schrei, als der Engel auf mich zustürzte, ich sah ein Glitzern und wie die Augen meiner Mutter plötzlich aufleuchteten.

Silas' Gold erlosch, als die Welt pechschwarz wurde.

Einundzwanzig

Der Aufprall auf das Kopfsteinpflaster raubte mir den Atem und ich schrie auf. Kalter Regen traf mein Gesicht, meine Hände, meinen Hals. Übelkeit überkam mich, als schmerzinduzierte Sterne in meinem Blickfeld auftauchten. Ich rollte mich auf die Seite und zuckte zusammen. Ich wusste, dass riesige violette Flecke auf meinen Knien sein würden. Ich blickte auf, sah durch die Dunkelheit und die Schatten, die uns umgaben, und konnte kaum erkennen, wie Fauna sich aufrichtete und ihre Hand nach mir ausstreckte.

Sie schrie durch den Regen. »Komm schon. Raus aus der Kälte!«

Weg war der Geruch von Bleichmittel, weg war das saubere Tageslicht, die weißen Wände, die beigen Möbel. Meine Mutter und ihr schwachköpfiger Engel waren nirgends zu sehen. Ich betrachtete die riesigen Gebäude, die sich zu beiden Seiten der langen, alten Straße erstreckten. Mit klappernden Zähnen fragte ich: »Sind wir in London?«

»Haha!« Sie lachte, und es klang wie helle, echte Freude. »Nein, aber du kannst deinen Arsch darauf verwetten, dass ich jedem Engländer erzählen werde, dass du das gesagt hast. Lass uns jetzt gehen.«

Ich verzog das Gesicht, als ich ihre Hand nahm und auf die Füße kam. Ich machte zittrige Schritte, und meine Absätze wackelten, als ich fast in einen Spalt zwischen den Pflastersteinen rutschte. Eiserne Laternen säumten die Bürgersteige; in ihnen flackerten schummrig Kerzen, als wären wir in die Vergangenheit gereist. Vor dem wolkenverhangenen Himmel mischten sich die Silhouetten gotischer Kathedralen und steinerner Gebäude aus der alten Welt mit dem Glas, Marmor und Stahl der Moderne. Ich ergriff ihre Hand und ließ mich von ihr die Straße hinunterziehen.

»Wo sind wir?«, fragte ich sie und wischte mir mit der freien Hand den Regen aus dem Gesicht.

»Willkommen in der Hölle«, sagte sie und grinste wie eine Reiseleiterin.

Ich blieb so abrupt stehen, dass ich ihr dabei fast die Schulter ausrenkte. Es war, als ob sich Schleusen öffneten und jahrzehntelange christliche Ängste aus mir herausströmten. Ich drehte meinen Kopf von einer Seite zur anderen, auf der Suche nach katzenähnlichen Parasiten, knirschenden Zähnen, Krallen, Fledermäusen, Gift. Die Übelkeit kehrte zurück, während mein Herzschlag vor lauter Unbehagen aussetzte. Wäre da nicht der kalte, rhythmisch prasselnde Regen auf meinem Gesicht gewesen, wäre ich vielleicht ohnmächtig geworden.

Mir wurde schlecht.

Fauna ließ meine Hand los, trat hinter mich und legte ihre Hände auf meinen Rücken, während sie mich auf ein rötliches Neonlicht zuschob. Die Feuer der Hölle. Das Inferno. Die Lava. Der Schwefelsee. Das summende Leuchten eines purpurnen Schildes, auf dem eindeutig *Shadow's* stand.

Vor Angst war ich zu gelähmt, um mehr zu tun, als zitternd vor der Tür zu stehen, bis Fauna um mich herumgriff und an der Klinke zog. Ich zuckte zusammen, erwartete Monster, Ghule, Folterkammern. Stattdessen sah ich eine fast leere Bar. Sie gab mir noch einen kleinen Schubs, denn ich hatte jegliche Fähigkeit verloren, mich zu bewegen, zu sprechen, zu atmen.

Durch mein Zähneklappern konnte ich die Musik kaum hören, aber ich war mir fast sicher, dass »Don't Fear the Reaper« von einem unsichtbaren Soundsystem gespielt wurde. Als wir eintraten, warfen uns einige Gäste Blicke zu, zwei unterbrachen ihr Billardspiel, um uns beim Überschreiten der Schwelle zu beobachten.

»Meine Herren.« Fauna nickte den Männern zu, bevor sie mich zur Bar zog. Dunkle Holzböden. Dunkle Holzhocker. Dunkle Holztischplatte. Das Summen von Neonlampen. Gläser. Musik. Der anhaltende Geruch von salzigen Snacks und verschüttetem Schnaps. Es war ... nur eine Spelunke.

Sie setzte sich auf einen Hocker, während sich der Barkeeper an uns heranschlich. Mein Mund öffnete sich in stillem Entsetzen, als ich die dunkle Gestalt anstarrte. Der Mann hatte kein Gesicht.

Er bestand nur aus Schatten, als wäre er eine düstere Leere, in der ein Mensch sein könnte. Ich blinzelte einmal, dann zweimal, dann ein drittes Mal. Sein Körper erinnerte mich an den von Silas – kräftig und geschmeidig, jeder Muskel war unter dem engen, roten, langärmeligen T-Shirt zu sehen. Sein zerzaustes kohlrabenschwarzes Haar durchbrach die Dunkelheit, aus dem Schopf ragten rote Hörner.

»Sieht so aus, als wäre jemand vom Regen überrascht worden«, sagte der Schatten. Plötzlich ahnte ich, woher das Lokal seinen Namen hatte. Er lehnte sich an den Tresen – mit der gleichen gastfreundlichen Vertrautheit, die ich in jedem Club, jeder Gaststätte und jeder Bar im Reich der Sterblichen erlebt hatte. »Was darf ich den Ladies bringen?«

Fauna stützte sich mit den Ellbogen auf den Tresen, beugte sich vor und zog einen Schmollmund. »Etwas besonders Starkes, das aber immer noch nach Süßigkeiten schmeckt.«

»Da weiß ich genau das Richtige für euch.«

»Warte.« Ich hielt ihn auf. Beide verstummten und fragten

sich wohl, was ich sagen würde, bevor ich fortfuhr: »Für mich nichts Süßes. Bier? Kann ich hier Bier bestellen?«

Fauna kicherte. »Natürlich kannst du hier Bier bestellen, aber ich weiß nicht, warum du das tun solltest. Keine Ahnung, ob du das weißt, aber es schmeckt wie ekliges Brotsoda.«

Der Barkeeper stellte mir daraufhin ein paar viel zu normale Fragen darüber, wie dunkel, hopfig oder bitter ich mein Bier mochte, bevor er etwas für mich aussuchte und mir dann ein Glas zuschob. Er hielt inne, als er es mir reichte, und sah dann zu Fauna hinüber. »Ist sie ein Mensch?«, fragte er leise.

»Nur so etwas in der Art«, antwortete Fauna mit einem Schulterzucken. »Sie ist eine von uns. Aber es ist ihr erster Besuch, also sollten wir unser Bestes tun, um sie nicht zu erschrecken.«

»Kann ich machen, Boss«, sagte er und machte einen Zwei-Finger-Gruß, bevor er sich wieder seinen Aufgaben widmete.

Fauna legte einen Arm um mich und rieb mit ihrer Hand über meinen feuchten Ärmel, um mein Frösteln zu stoppen. »Ich kümmere mich um einen Schlafplatz. Wir können ja nicht draußen in der Kälte stehen und dich wie einen nassen Chihuahua zittern lassen, während wir uns etwas ausdenken.«

Ich hatte keine Ahnung, was es bedeutet, sich in der Hölle etwas auszudenken.

Ich beobachtete die Gäste, die Billard spielten. Einer von ihnen schien ein gut aussehender, völlig menschlicher Mann zu sein. Im Gegensatz zu dem schattenhaften Aussehen des Barkeepers oder der grauen Blässe von Azrames hatte dieser Mann einen satten, dunklen Teint mit kühlen Untertönen. Wäre da nicht der dünne, gegabelte Schwanz gewesen, der sich hinter ihm aufrichtete, hätte ich schwören können, dass er in der Hölle nichts zu suchen hatte. Der Gast neben ihm sah so aus, als käme er direkt vom Set eines Mafiafilms, der in den 1950er-Jahren spielte. Er besaß nicht die überirdische Schönheit, die ich bei so vielen gesehen hatte, sondern einen ernsten Gesichtsausdruck und einen dicken Bauch, über den sich Hosenträger spannten. Das einzige Requisit, das fehlte, war eine überdimensionale, cartoonartige Zigarre.

Ich nippte an meinem Bier und zog überrascht die Augenbrauen hoch.

»Gut, oder?«, fragte sie.

Ich nickte. »Es ist ... weicher. Irgendwie besser.«

»Die Menschen haben fantastisches Junkfood, aber den besten Alkohol gibt's in der Hölle. Wenn du Glück hast, zeige ich dir vielleicht, was die Nordländer am besten können. Also, bitte schön.«

»Hm?«

Sie wies auf die Bar. »Du bist in der Hölle. Und alles, was du tust, ist, dumme Fragen zu stellen. Im Moment bin ich mir sicher, dass das deine einzige Qualität ist. Also tu es. Frag mich jetzt, bevor wir vor jemand Wichtigem stehen und du mich blamierst.«

Meine Zähne klapperten, als der Regen meine Knochen kühlte, aber ich hatte nur einen Gedanken. »Die Hölle ist böse«, sagte ich.

Ihr Gesicht, ihre Körperhaltung und ihre ganze Ausstrahlung wurden daraufhin von einer ausdruckslosen Erschöpfung erfüllt. »Na gut«, sagte sie, »ich werde das mal mit Humor nehmen, bis ich diesen Drink ausgetrunken habe, denn jedes Pantheon hat dieses Thema allmählich satt. Und sei gewarnt, ich trinke schnell. Also, sag mir: Warum ist die Hölle böse?«

Ich war mir nicht sicher, was sie mich damit eigentlich fragen wollte. Es musste eine doppelte Bedeutung haben. Schließlich kannte sie Glauben und Religionen und Engel und Dämonen. Sie kannte Kirchen und Glaubensvorstellungen. Es dauerte nicht lange, bis ich sie fragte: »Was willst du? Altes Testament oder Neues? Heulen und Zähneklappern. Das Reich der Toten. Ewiges Feuer. Bestrafung. Ich erinnere mich nicht an Verse über Billardspielen und Biertrinken.«

Sie straffte die Schultern und trank einen Schluck. »Okay, Kirchenkind, bereit für das letzte Wort zur Theologie?«

Ich war mir nicht sicher, ob ich erfreut oder beleidigt sein sollte, dass eine nordländische heidnische Fee mich über Kirchenkultur belehren wollte, aber ich war nicht in der Position, zu widersprechen. Ich dachte kurz an einen Artikel, den ich mal gelesen hatte, in dem es um eine brennende Grube jenseits der heiligen Stadt ging, die mit dem Konzept der Hölle in Verbindung gebracht wurde. »Willst du das Tal von Gehenna als Argument anführen?«

Die Erschöpfung machte Fauna sichtlich zu schaffen, als sie sagte: »Nein, aber ich weiß es zu schätzen, dass du auf halbem Wege bist. *Scheol* war die hebräische Originalübersetzung – das Reich der Toten.«

»Du sprichst Hebräisch?«

»Ich spreche alles. Du hast noch drei Schlucke, bis ich mit dem Thema fertig bin. Und bist du jetzt fertig mit dem ständigen Unterbrechen?«

Ich biss mir auf die Lippe.

»Deine Vorstellung ist von *Paradise Lost* und Dantes *Inferno* beeinflusst, was in Ordnung ist, wenn du deine Weltanschauung auf tote weiße Typen stützen willst, die religiöse Fan-Fiction geschrieben haben. Das war Tausende von Jahren nach der Etablierung der Religion, in der du aufgewachsen bist. Einen Schluck hast du noch.«

Es kam mir obszön vor, in einem anderen Reich bei Classic Rock mit einem Bier in der Hand über Theologie zu sprechen, aber Fragen durften nicht unbeantwortet bleiben. »Aber die Verse ...«

»Darf ich dir eine Frage stellen?«

Ich wusste nicht, ob ich wütend, ob mir kalt oder ob ich verwirrt war. Vielleicht nickte ich, vielleicht war es aber auch nur ein regennasses Zittern. Ich fühlte mich auf fünfzehn verschiedene Arten unwohl und hatte keine Ahnung, wo ich anfangen sollte.

»Cool.« Sie machte ein zufriedenes Schmatzgeräusch, als sie die Tasse leerte. »Wenn dein großer, böser Teufel gezwungen wurde, Dinge für Gott zu erledigen, würde das nicht bedeuten, dass er immer noch ein Sklave ist? Wie ein Gefangener, der den Befehlen des Himmels gehorcht und treu dient, indem er die Bösen bestraft oder was auch immer? Und wenn er ein treuer Diener ist, hat er dann Verrat begangen? Denn entweder hält man ihn für einen gefallenen Engel, weil er rebelliert hat und sein eigenes Reich regiert, oder man glaubt, dass er auch weiterhin seinem ursprünglichen Herrn dient, indem er treu die Menschen bestraft, und immer noch ein braves Schoßhündchen für den König des Himmels ist. Du kannst es so oder so sehen.«

Ich zitterte wieder und Fauna seufzte. Sie schob ihr giftgrünes Getränk an den Rand der Bar und ging dann zur anderen Seite des Tresens. Ich sah, wie sie ein paar Worte mit dem Schatten wechselte, bevor er nickte. Er holte eine große Steinschale unter dem Tresen hervor und kam damit zu uns. Die Schale stellte er uns zu Füßen und entfachte mit einer Handbewegung ein kontrolliert loderndes Feuer. Die Hitze war einfach herrlich. Ich hatte nicht bemerkt, dass ich immer noch jeden Muskel anspannte, bis mein Blut aufzutauen begann.

»Oh!«, sagte er und schnappte nach Luft, er streckte seine Onyxfinger aus, als hätte er etwas fallen lassen. Ich erstarrte, fürchtete, etwas falsch gemacht zu haben, und schenkte ihm meine ganze Aufmerksamkeit, bevor er sagte: »Ich habe das Feuer mitgebracht, aber ich habe den Schwefel vergessen. Soll ich ...?«, und obwohl er kein Gesicht hatte, konnte ich spüren, dass er lächelte.

»Du bist schrecklich«, sagte Fauna mit einem sternenklaren Lächeln.

»Ruft mich, wenn ihr noch etwas braucht«, sagte er. Ich ließ die Flammen, den Regen und die Kälte wegdampfen und staunte über die Magie, die das Feuer in der Schale schweben ließ, ohne dass es dafür eine andere Quelle gab als den Willen des Barkeepers. Mit dem Bier an den Lippen lauschte ich der entspannenden Musik und verschluckte mich an einer unterdrückten Erinnerung.

»Was?«, fragte Fauna und musterte mich.

Ich schüttelte den Kopf: »Ich ... Meine Mutter hatte recht. Sie dachte, Rockmusik würde mich geradewegs in die Hölle führen, und sie hatte recht. Sie spielen *Kansas*. Ich hätte bedrohliche Orchestermusik erwartet, mit viel Orgel.«

»Nun, das kann man hier auch finden. Aber das gibt es auch auf der Erde. Vorlieben sind Vorlieben, egal wohin man geht. Ich wette, irgendwo hier gibt es auch einen süßen Dämonen-Cowboy, der Country hört, während er irgendwo in der Stadt Twostepp tanzt. Ehrlich gesagt leben alle unsere Reiche von ihrer Vielfalt, so wie überall sonst auch. Im Himmel vielleicht nicht so sehr, da sind sie viel strenger. Sie sind immer gut organisiert und so weiter. Versteh mich nicht falsch, es gibt dort auch immer noch ein paar coole Typen. Und gute Musik. Es ist nicht alles schlecht.«

»Du hast auch gesagt, Silas sei nicht so schlimm, und am Ende war er das größte Arschloch von allen.« Ich blickte über meinen Drink hinweg und wurde für einen Moment von Fauna abgelenkt, als ich die kitschige Lichtkunst hinter der Theke sah. Die neonrote Silhouette eines Teufels im Pin-up-

Stil beleuchtete die halbe Wand und erhellte die ganze Bar. Abgesehen von unserem Feuer und zwei schummrigen nackten Glühbirnen, die über den Billardtischen von der Decke baumelten, war das karmesinrote Licht das Einzige, was uns von den Schatten trennte.

Fauna schüttelte lachend den Kopf, ihr feuchtes Haar trocknete bereits, während wir den Schein des Feuers genossen. Sie warf mir einen seltsamen Blick zu und verzog den Mund, etwas zwischen Belustigung und Verschwörung, als sie sagte: »Silas ist kein totales Arschloch. Wir hatten mal ein Date.«

Ich musste mein Bier abstellen, damit es nicht auf den Boden fiel, klopfte mir auf die Brust und hustete so heftig, dass die anderen drei im Raum ihre Köpfe zu mir drehten.

»Ach, sei mal nicht so dramatisch. Er hat mich an einen schönen Ort im Himmel gebracht, hat bezahlt und war ein perfekter Gentleman. Aber beim ersten Date über die Umwandlung des Königreichs sprechen? Total uncool. Auf ein zweites Date habe ich mich nicht eingelassen, aber er wurde deshalb auch nicht zum Arsch. Hin und wieder laufen wir uns noch über den Weg und meistens ist er dann nett. Er hat sich sogar entschuldigt, dass er zu aufdringlich war. Aber das ist okay, ich kann es ihm nicht verdenken. So eine wie mich würde ich auch nicht wieder gehen lassen.« Sie schnalzte mit der Zunge und schoss mit Fingerpistolen auf mich.

»Ihr könnt in andere Königreiche wechseln?«

Mit einer ausholenden Geste deutete sie auf die Bar.

»Ich wusste, dass es in der Hölle viele gefallene Engel gibt und ...«

Ihr Schlürfen war laut genug, um mich zu unterbrechen. »Sie sind nicht nur in die Hölle gegangen. Einige sind auch in andere Reiche übergelaufen. In manchen Pantheons leben ehemalige Himmelsbürger.«

»Ich kann einfach nicht glauben ...«

»Was denn? Das mit dem Wechsel in ein anderes Reich? Oder hat der Ausdruck auf deinem Gesicht etwas damit zu tun, dass Engel daten und heiraten? Es steht sogar in der Bibel, direkt in der Genesis. Vielleicht auch im Buch Henoch. Du kannst das kleinere Übel wählen. Ab und zu heiraten sie sogar Menschen, was auch erklären könnte, warum Silas nicht so ein Arsch zu dir ist. Du bist süß. Das Privileg der Schönheit und so.«

»Ist es das, was du als weniger ›Arschlochsein‹ ansiehst?« Ich starrte sie an und wich ihrer Andeutung bewusst aus.

Ihre Lippen verzogen sich. »Das war das erste Mal, dass wir geschäftlich etwas miteinander zu tun haben, und ich muss zugeben, dass ich ihn viel weniger mag, wenn er bei der Arbeit ist.«

»Und bei der Arbeit zu sein, bedeutet, mich zu einer Bindung zu zwingen, indem er meine Mutter mit hineinzieht?«

Sie drehte an dem kleinen Strohhalm in ihrem Getränk. »Er hat nicht viel zu sagen bei dem, was er tut. Die haben da drüben echte Hierarchieprobleme. Sein Meister ist ein sehr kontrollsüchtiger Typ. Aber ich habe eine Theorie.«

Erwartungsvoll sah ich sie an.

»Vielleicht tut er dir einen Gefallen, wenn er darauf besteht, dass er derjenige ist, der den Job erledigt. Schließlich hätte jeder Engel kommen können, um mit deiner Mutter zu sprechen. Es gab keinen Grund, warum ausgerechnet er es sein musste, es sei denn, er hat darum gebeten. Und wenn er ...«

»Und wenn er es getan hat, ist das gut oder schlecht?«

Sie biss sich auf die Lippe. »Das hängt von seinen Motiven ab, warum er es tut. Aber es ist auf jeden Fall seltsam. Andererseits ist er ein neugieriger Typ. Und ich bewundere ihn dafür, dass er die Eier hatte, mich zu fragen, ob ich mit ihm ausgehen würde. Er hätte allerdings wissen müssen, dass ich als Engel nicht besonders gut geeignet bin. Aber Nymphen, Feen, Gottheiten und Dämonen ...« Ihr Blick wanderte zum Barkeeper. »Nun, Liebe ist für uns nicht ausgeschlossen, aber ...«

»Du wirst jetzt etwas Ekliges sagen, oder?«

»Wir vögeln.«

Amüsiert und verzweifelt zugleich atmete ich schwer aus. So lächerlich sie auch war, ich mochte ihre besondere Art von Unsinn. »Ich weiß nicht, warum du dir die Mühe gemacht hast, deinen Satz zu beenden.«

Lächelnd schaute sie in ihr Glas und warf dem Barkeeper dann einen Blick zu, der ihm deutlich signalisierte, dass er ihr einen neuen Drink bringen sollte. Der muskulöse Schatten blickte von dem auf, was er gerade tat, und folgte ihrer Geste.

»Wie bezahlen wir das eigentlich?«, fragte ich. »Ich bezweifle, dass sie Kreditkarten akzeptieren.«

»Du hast im Reich der Menschen für alles bezahlt, und ich kümmere mich um alles, wenn wir in einem anderen Reich sind. Also los, stell deine nächste dumme Frage. Ich sehe in deinem Köpfchen noch ein paar mehr, und ich kann sie tolerieren, solange ich mich betrinke. Aber ich denke, ich sollte im Gegenzug auch ein paar Fragen stellen dürfen.«

»Okay.« Ich hatte mein Bier erst zur Hälfte ausgetrunken, als Fauna schon dabei war, ihr zweites grünes Getränk zu trinken. Das Geplänkel zwischen zwei Freundinnen, die sich über ein paar Drinks austauschten, hatte etwas bemerkenswert Normales. Das beruhigte mich, auch wenn das nicht für die Themen galt. Ich wand mich einen Moment, bevor ich fragte: »Die Hörner?«

»Oh, das ist eine ziemlich gute Frage. Also, als das Königreich geteilt wurde, war es diese Bruder-gegen-Bruder-Sache.

Oder wie nennt man das beim menschlichen Sport, wenn heiße Kerle schwitzen und halb nackt sind?«

»Meinst du ›Shirts versus Skins‹? Das eine Team spielt mit Shirts, das andere ohne?«

»Ja! Das meine ich. Jedenfalls ist es für die Rebellen einfacher, einander zu erkennen, wenn sie unterwegs sind. Vielleicht im menschlichen Reich, vielleicht im Kampf, wo auch immer. Der Krieg ist sinnlos und im Moment ist er wohl am ehesten mit eurem Kalten Krieg zu vergleichen. Viel Spionage und verdeckte Operationen. Niemand hat Zeit oder Energie für Reiter und Schwerter und Blut.«

Ich biss mir auf die Lippe und dachte über diese Information nach. »Okay, und dieses katzenartige Kind, das Silas getötet hat? Das war ein Dämon, oder?«

»Das Kind? Iih, nein. Wie gesagt, es war ein Parasit. Das hat nichts mit Dämonen zu tun, obwohl, um ehrlich zu sein, die meisten Menschen an parasitäre Wesen denken, wenn sie dieses Wort hören. Es gibt sie in jedem Reich. Wir haben sie bei den Nordländern. Im Hindu-Reich gibt es sie. Im Toteismus sind sie ganz groß. Bösartige Wesen sind wie Ratten im Zeitalter der Beulenpest …«

»Du musst nicht jedes Beispiel mit einer menschlichen Erfahrung vergleichen.«

»Ich bin eine gute Lehrerin und du bist undankbar.« Dann drehte sie sich dem Barkeeper zu und sagte: »Schätzchen? Kann ich noch einen haben und dann noch ein Bier für meine Freundin?«

»Du hast einen ziemlichen Zug drauf, findest du nicht?« Ich positionierte mich etwas anders, damit das Feuer eine andere Stelle meines Körpers wärmte.

Sie nickte und schob das leere Glas in die Richtung des Mannes. »Flüssiger Mut, Babe.«

»Mut wegen etwas Furchteinflößendem?«

»Ja, etwas Furchteinflößendes.«

Ich bewegte mich unbehaglich und fragte mich, was wohl so beunruhigend sein konnte, dass Fauna nervös wurde.

»Jetzt bin ich dran«, sagte sie. Sie stützte sich mit ihrem Ellbogen auf die Bar und gestikulierte, bis ihr frisches Getränk überschwappte, während sie fragte: »Du hattest nie einen Verdacht?«

Ich sackte in mich zusammen und runzelte die Stirn.

Sie ging noch weiter. »All das hier. Sogar Lisbeth wusste, dass sie etwas Reales sah. Sie vereinfacht die Dinge, aber zumindest erkennt sie, was sie sieht. Ich bin mir sicher, dass du dein ganzes Leben lang etwas bemerkt hast. Hast du nicht wenigstens mal geglaubt, dass du übersinnliche Fähigkeiten hast? Oder mit Hexerei experimentiert? Oder …?«

Ich brauchte einen Moment, um meine Gedanken zu ordnen, aber sie drängte mich nicht. Nach einer Weile sagte ich: »Vielleicht hätte ich das, wenn meine Mutter nicht so wäre, wie sie ist. Vielleicht ist sie eine Fee oder übersinnlich oder was auch immer, aber sie ist auch grausam und verrückt. Und es ist viel einfacher, das alles über einen Kamm zu scheren, weißt du? Wenn sie bei fünf Dingen verrückt ist, dann ist es naheliegend, dass sie auch bei der sechsten Sache verrückt ist. Ergibt das einen Sinn?«

Fauna dachte darüber nach. »Aber du hast Caliban trotz ihr gesehen und nicht wegen ihr. Er hat nicht …«

»Ich glaube, jetzt bin ich wieder an der Reihe, eine Frage zu stellen«, sagte ich. »Wanted Dead or Alive« schallte durch die Bar, während Fauna grinste. Sie hob ihr Glas, um mir zu signalisieren, dass ich fortfahren sollte.

»Okay … ist es hier eigentlich immer dunkel? Also in der Hölle?«

Sie lachte schallend. »Es ist Nacht, du Dummkopf.«

»Hey!«, knurrte ich. »Es war Tag, als wir die Erde verließen. Oder ist das hier nicht die gleiche Zeit wie auf der Erde? Mein Gott, ich kriege Kopfschmerzen.«

Sie schüttelte den Kopf, feuchte silberne und kupferne Ranken reflektierten den Feuerschein. Selbst die kleinen weißen Sommersprossen wurden heller, als sie sich in den Flammen verfingen. »Die Zeit läuft in jedem Reich anders. Nächste Frage.«

»Gut«, seufzte ich. »Elektrizität?«

Sie runzelte die Stirn. »Was ist die Frage?«

»Ich ... ich habe einfach nicht damit gerechnet ...«

»Oh! Ja, das ist auch eine wirklich dumme Frage. Mein Gott, Marlow. Wir sind unsterbliche Wesen, und du glaubst, wir wollen in der Steinzeit bleiben? Wenn wir etwas Vernünftiges sehen, übernehmen wir es. Ihr Menschen habt manchmal vernünftige Ideen. Aber die Hälfte der Dämonen sind Traditionalisten. Wahrscheinlich könntest du nach nebenan gehen und dort jemanden finden, der im Dunkeln hockt und seine Anrufe nur durch silberne Schalen mit frischem Ziegenblut tätigt. Leben, Freude und Anpassungsfähigkeit gehen Hand in Hand.«

»Warum kommst du dann ins Reich der Sterblichen, um fernzusehen?«

Sie kicherte in ihren smaragdgrünen Drink. »Glaubst du, wir würden uns erniedrigen, indem wir den Schwachsinn, den ihr in euren Shows bringt, selbst abziehen? Nein, das ist einzigartig für euch Menschen. Es ist großartig. Ich hoffe, die Leute hören nie auf damit. Okay, wir haben jetzt dann also die Moderne behandelt – hoffentlich? Ich wusste, dass einige deiner Fragen völlig hirnrissig sein würden. Ich denke, das hat mir mindestens zwei Fragen im Gegenzug eingebracht.«

»Okay«, murrte ich.

Daraufhin schenkte sie mir ein umwerfendes Lächeln. »Auf einer Skala von eins bis zehn – wie atemberaubend bin ich?«

Ausdruckslos starrte ich sie an. »Du bist unglaublich.«
»Liegt das daran, dass ich ein Elf bin?«, fragte sie.
Ich wollte etwas Kluges erwidern, aber es war ein Abend der Offenheit. »Ganz ehrlich? Du bist wunderschön.«
Sie zappelte vor Vergnügen.
»Aber du bist mir auch ein Rätsel. Du bist zu gleichen Teilen Königin und Clown.«
Nun war sie es, die mich unterbrach. »Hey!«
Ich machte eine Show daraus, mich auf meinem Stuhl zu entspannen. »Ich werde es dir ganz offen sagen. Du hast vor nichts Respekt, du hast die Geschmacksnerven einer Vierjährigen, du hast einen Engel gedatet, du scheinst kein Problem damit zu haben, dich mit dem Himmel anzulegen, du …«
»Ich hab's kapiert. Ich bin geheimnisvoll und cool. Aber vor allem bin ich hübsch. Also, ich hätte noch eine Frage. Versuch, deine Antwort interessant zu gestalten.«
Ich fragte mich, ob sie immer noch witzig sein wollte oder ob ich mit meinen Worten wirklich einen Nerv bei ihr getroffen hatte. Ich betrachtete die Kohlensäurebläschen in meinem Bier und wartete.
»Caliban.«
Mein Blick schoss nach oben. Ich schaute nach links und rechts, in Panik, jemand könnte mithören.
Die desinteressierte Schar der weiter entfernten Gäste störte Fauna nicht. Sie stellte ihr Glas ab und sah mich ernst an. »Du hast noch nicht mal an ihn geglaubt. Und jetzt bist du auf dieser Mission, um ihn zu finden. Warum?«
Ich unternahm einen schwachen Versuch, sie abzulenken. »Du meinst, abgesehen davon, dass er noch heißer ist als du?«
»Schönheit ist subjektiv«, schoss sie zurück, »aber ja, ich habe gehört, dass er ein Fuchs ist.«
Fuchs. Das Wort machte mich nervös. Es war, als würde ich glühende Kohle schlucken. Ich spürte ein Brennen, als ich

über ihre Frage nachdachte, dann setzte es sich schwer in meinem Magen fest und schmorte in mir. »Ich weiß nicht, wo ich anfangen soll.«

»Ist es ein Klischee zu sagen ›am Anfang‹?«

Einer meiner Mundwinkel zuckte für einen kurzen Moment nach oben, und ich beobachtete, wie die Kohlensäure langsam aus meinem Bier entwich und leise ploppte. »Ja«, sagte ich leise. Die Schriftstellerin in mir war leicht amüsiert, aber das verletzte Kind in mir war stärker. »Weil er der Einzige ist, der mich je wirklich gesehen hat. Und verdammt, ich bin so wahnsinnig verliebt in ihn ... Das war ich, selbst als ich nicht daran geglaubt habe, dass es ihn wirklich gibt. Ich habe so verdammt hart dagegen angekämpft. Und zu erfahren, dass ich es schon längst hätte aufgeben können? Dass ich mir das Leben nicht so schwer hätte machen müssen? Das ist Folter.«

Kupferne Wellen fielen zur Seite, als sie den Kopf neigte. »Du hast Freunde. Du hattest Dates. Es ist nicht so, als wärst du allein.«

Ich schüttelte den Kopf. »So ist es nicht. Er versteht mich so gut, dass ich mich leicht davon überzeugen konnte, dass er eine Projektion meines Unterbewusstseins ist. Er versteht meinen Humor. Er ist verdammt clever. Aber ich dachte, er wäre der Teil von mir, der mich liebt, weißt du? Meine Selbstverachtung war derart greifbar, dass ich mir eine externe Figur schaffen musste, die mich nicht verurteilte, sondern die mir half, über Dinge nachzudenken, ohne dass ich mich schlecht fühlte. Er war der Teil von mir, der es wert war, am Leben zu bleiben – oder zumindest der Teil, von dem ich das glaubte. Und das tat er auch.«

Ihr Gesichtsausdruck veränderte sich.

Ich blickte weiter auf den Tresen. »Mein Selbsterhaltungstrieb war ... schwach.«

Ich spürte ihre weichen Finger, bevor ich merkte, dass ich zu weinen begann. Sie drückte meine Hand.

Ich biss mir auf die Lippe, um die Gefühle zu unterdrücken, bis die erste Welle vorbei war. Dann sagte ich: »Die Leute haben meinen Wert darin gesehen, was ich für sie tun kann. Meine Eltern sahen in mir eine Erweiterung ihrer selbst – die Chance, es besser zu machen, wo sie versagt hatten. Als Escort bestand mein Wert darin, ein Accessoire zu sein. Ich war ein professionelles Schmuckstück. Jemand, der ein Gespräch in Gang halten konnte, der Stimmungen lesen und ein Erlebnis bieten konnte, damit ein anderer für eine Nacht das Hochgefühl von Dating und Lust erleben konnte. Jetzt, wo ich erfolgreich bin, sehen die Leute die Begegnung mit mir als etwas, worauf sie sich etwas einbilden können. Aber bei Caliban war ich einfach immer ich selbst. Und er hat mich nie gedrängt, mich zu ändern, weißt du? Mit seiner Unterstützung konnte ich diese Erfahrung machen und auch darüber nachdenken. Und manchmal bestand diese Unterstützung darin, dass er mich die ganze Nacht festhielt, wenn ich davon überzeugt war, ich sei verrückt. Er wollte nur, dass ich glücklich bin. Und ich will ihn einfach zurück. Ich will ihn so sehr zurück, dass es wehtut.«

»Wer hätte gedacht, dass du so ein Trottel bist?« Sie drückte noch einmal meine Hand, bevor sie mich losließ. »Vernünftig zu sein, ist so langweilig. Die coolsten Leute sind alle verrückt.«

Ich lachte leise.

»Außerdem ist er ein Dämon. Der Sex mit ihm muss …«

Ich zuckte zusammen, wurde aufmerksamer und sah mich genauer um. »Kannst du bitte damit aufhören?«

Sie warf mir einen müden Blick zu. »Beantworte mir eine Frage: Drinks mit einer Escort, die zu prüde ist, um über guten Sex zu reden?«

»Das hat Maribelle gemacht«, sagte ich leise. »Ich trenne Privates von Geschäftlichem.«

Allmählich entspannte sie sich. Sie stützte das Kinn auf die Faust und sah mich an. »Gut. Ich glaube, jetzt bist du dran. Noch mehr Fragen, die du loswerden musst?«

»Noch zwei«, antwortete ich entschlossen. »Erstens: Jetzt, wo wir hier sind – wie finde ich Caliban?«

Der Schatten schob zwei neue Gläser vor uns. Ich war mir nicht sicher, ob er unsere Bedürfnisse vorausgesehen oder ob Fauna ihm ein Zeichen gegeben hatte, während ich in meinen Träumereien versunken war. Sie bedankte sich bei ihm und nahm einen langen Schluck, bevor sie sagte: »Wir gehen zum Palast und bitten um eine Audienz beim König. Das machen wir morgen, wenn wir dein regenverschmiertes Gesicht gewaschen und dir saubere Klamotten besorgt haben. Nun, letzte Frage. Lass es eine interessante sein.«

»Wovor hast du Angst?«

Sie seufzte. »Ich kratze jetzt mal all meinen ganzen Mut zusammen und rufe uns eine Mitfahrgelegenheit. Wir brauchen einen Schlafplatz für die Nacht, nicht wahr?« Fauna ging zum Barkeeper. Er gab ihr etwas, das unverkennbar ein Handy war – oder zumindest das schwarze, gläserne Äquivalent dessen, was man stattdessen in der Hölle benutzte. Fauna drehte mir den Rücken zu, als sie jemanden anrief. Dann bedankte sie sich beim Barkeeper und setzte sich wieder auf den Hocker neben mir.

Ihre Besorgnis war ansteckend. Ich zuckte vor der Frage zurück, doch dann flüsterte ich ihr zu: »Wen hast du gerade angerufen?«

»Azrames.«

ZWEIUNDZWANZIG

»Wenn das mal nicht die Göttin höchstpersönlich ist, die das *Shadow's* mit ihrer Anwesenheit beehrt«, ertönte ein charmanter Ruf über unsere Schultern hinweg. Ich drehte mich um, um zu sehen, wie der schwarz-weiß-graue Dämon auf uns zukam, aber mir entging nicht, wie Fauna langsam errötete, während sie einmal tief und ruhig einatmete. Sie hatte so selbstsicher gewirkt, als sie im hinteren Teil von Bettys Laden miteinander geflirtet hatten. Vielleicht war es schwieriger, die Fassung zu bewahren, wenn man im Revier des anderen war. »Als ich dir sagte, du sollst nicht wieder zwanzig Jahre warten, war mir gar nicht klar, dass ich die magischen Worte gesagt hatte.«

Azrames lehnte sich neben Fauna an den Tresen und stützte sich auf seinen Arm.

»Ich will es nicht verderben, indem ich frage, was mir die Ehre verschafft. Wer bin ich schon, dass ich das Schicksal herausfordere? Wie schaut's aus, Reisende? Darf ich euch noch etwas bringen? Fauna? Was ist mit dir, Marmar ... die hoffentlich weiß, dass sie ihren vollen Namen hier unten nicht laut aussprechen darf?«

Ein Knoten in meiner Kehle machte es mir unmöglich zu schlucken, als der Mann beiläufig einen bezaubernden Spitznamen fallen ließ. »Ich ... nein. Nein, habe ich nicht gemacht.«

»Braves Mädchen«, sagte er anerkennend.

Meine Seele verließ meinen Körper. Ich wandte mich ab, um meinen ungläubigen Schock und mein Erröten zu verbergen. Ich konnte es Fauna nicht verdenken. Der Mann triefte geradezu vor Sex. Er hatte seine Jacke bis zu den Unterarmen hochgeschoben, sodass kräftige, muskulöse Arme und große, starke Hände zum Vorschein kamen.

Azrames bestellte eine Runde für uns alle. In meinem Kopf brummte es schon angenehm, während der Alkohol in meine Glieder kroch. Normalerweise trank ich nur beim Schreiben. Ach, Scheiße. Schreiben. Ich musste EG unbedingt eine Nachricht schicken ... aber irgendetwas sagte mir, dass mein Telefon in einem anderen Reich nicht funktionieren würde. Hoffentlich würden mir zwei internationale Bestseller die Gnade erkaufen, für eine Weile blaumachen zu können.

Fauna hatte immer noch nichts gesagt, also fuhr Azrames für uns drei fort.

»Als du das letzte Mal in der Hölle warst ...«

Ihr Gesicht wurde purpurrot. Wenn ich gesehen hatte, wie ihr Rücken sich durchdrückte und ihre Zehen sich krümmten, dann war ich mir sicher, dass er es auch gesehen hatte. Er strahlte über ihre Reaktion.

»Diesmal sind wir geschäftlich unterwegs, Az«, sagte sie atemlos. Es war das erste Mal, dass sie seit seiner Ankunft sprach.

»Und ...«, testete er sie, »... kann das Geschäft nicht vielleicht auch bis morgen früh warten?«

Ich hätte Gedichte darüber schreiben können, wie Azrames' Blick auf Faunas Gesicht haften blieb. Ein Blick, der durch die brennende Intensität zugleich erstaunt und eingeschüchtert wirkte. Meiner dagegen wanderte noch einmal zu ihren verräterischen Zehen.

Mein Gott, diese beiden waren einfach unverbesserlich.

Ich nippte an meinem Glas, während ich die gesprenkelte Klugscheißerin dabei beobachtete, wie sie an ihrem Drink herumspielte und um Worte rang, bis ich schließlich mein Bier ausgetrunken hatte. Hätte er ein Gesicht gehabt, dann hätte ich mit dem Barkeeper bestimmt Blicke ausgetauscht. Stattdessen wartete ich, während der gut aussehende Dämon den roten Teppich ausrollte und noch etwas schamloser flirtete, bevor es Zeit für uns war zu gehen.

»Bist du bereit, Marmar?«

Etwas überrascht zeigte ich auf mich. Ich hatte fast vergessen, dass ich ja auch noch inmitten ihres intensiven Zwei-Personen-Spiels existierte.

»Alles okay bei ihr.« Fauna machte eine Handbewegung, ohne mich dabei anzusehen.

»Los geht's.« Er zwinkerte.

Azrames winkte dem Schatten zum Abschied zu, bevor er sich einen dunklen Regenschirm schnappte, von dem ich nicht bemerkt hatte, dass er ihn beim Eintreten an die Wand gelehnt hatte. Mit einer Hand drückte er die Tür auf, während er Fauna und mich zu einem glänzenden schwarzen Fahrzeug geleitete.

Erneute machte sich Verwirrung in mir breit. Ich hatte erwartet, zu einem Leichenwagen, einem Höllenhund oder einer Pferdekutsche geführt zu werden. Stattdessen brachte er uns zu dem teuersten Wagen, den ich jemals gesehen hatte. Die schwarze Nacht und der strömende Regen konnten diese faszinierende Besonderheit am Straßenrand nicht verschleiern. Der Mann fuhr einen verdammten Bugatti. Mein Blick schoss zwischen ihm, Fauna und dem Sportwagen hin und her. Ich wusste nicht viel über die Hölle, aber ich erkannte Geld, wenn ich es sah.

Azrames schien meinen ungläubigen Schock nicht zu bemerken – über ein Fahrzeug, das im Reich der Sterblichen mehr als zwei Millionen Dollar gekostet hätte, wobei einige Modelle sogar bis zu fünfzehn Millionen Dollar wert waren. Ich schluckte bei der Zurschaustellung von so viel Reichtum und erinnerte mich lebhaft an die Klage eines Kunden über diese Rennwagen. Er hatte gesagt, dass er gerne einen kaufen würde, aber dass die Elitewagen nur zwei Sitze hätten und dass er schließlich auch noch eine Frau und Kinder habe, an die er denken müsse. Er sei nicht bereit, sich mit einem Viersitzer zu erniedrigen. Aber ich hatte den Schwindel durchschaut. Die Spitzenmodelle kosteten zwischen fünf und fünfzehn Millionen. Er war zum ersten Mal bei mir, und so wie er das Trinkgeld gab und den Abend beendete, wusste ich, dass es auch sein letzter Besuch bei mir sein würde. Wenn es um Maribelle und Bugattis ging, konnte er sich weder das eine noch das andere leisten.

Ich hatte darauf verzichtet, ihn daran zu erinnern, dass die »Berücksichtigung seiner Frau und Kinder« damit beginnen sollte, keine Escorts zu bestellen, und nicht mit der Frage, wo sie im Auto sitzen würden. Ich war eine alleinstehende, berufstätige Frau. Sie waren diejenigen, die dafür in die Hölle kommen würden. Oder ... vielleicht sollte ich mir etwas Schlimmeres für diese Bastarde einfallen lassen, denn die Hölle schien viel zu cool für sie zu sein.

Ich blieb unter dem schützenden Blätterdach der Bäume, der Regen prasselte über mir, als ich versuchte, mir auszumalen, was man tun müsste, um einen Bugatti zu besitzen. Während ich nachdachte, war Azrames damit beschäftigt, zuerst die Vordertür für Fauna und dann die Hintertür für mich zu öffnen. Die Türen öffneten sich nach oben, und ich fühlte mich wie die Komplizin eines Bond-Bösewichts, als ich einstieg. Der Regen tropfte leise an Azrames' Haar herunter, während er den Schirm erst über Fauna und dann über mich hielt, um uns vor dem kalten Regen zu schützen.

Ich war mir sicher, dass ich in ihn verknallt war.

Ich setzte mich in die Mitte der Rückbank, falls ich in ein Gespräch miteinbezogen werden sollte. Aber ich hatte schon bei den ersten Dialogen das Gefühl, dass es sich um einen Porno handeln würde, bevor es dann richtig zur Sache ging, was meiner euphorischen Schwärmerei für das Paar auf den Vordersitzen jedoch keinen Abbruch tat. Ich wusste nicht, wie ich den Bildschirm ausschalten sollte, die Schauspieler sprachen bereits ihren Text.

»Das ist immer noch die heißeste Kette, die ich je gesehen habe«, sagte Fauna nach vier starken Drinks, die nun eindeutig ihre Wirkung zeigten, während sie mit einem Finger an der silbernen, seilartigen Kette entlangfuhr, die sich wie ein Lasso viermal um seinen Hals schlang und an deren Ende ein kompliziertes Siegel hing.

»Um deinen Hals würde sie noch besser aussehen«, sagte er, »wenn wir dich aus deinen feuchten Klamotten befreien.«

»Aber ich bin nicht feu...« Sie brach mitten im Satz ab und wand sich, als ihr die Bedeutung des Gesagten klar wurde. Er grinste und ich bemerkte seine spitzen Eckzähne im gedämpften Licht des Wagens.

Ich war gefangen – zwischen dem Wunsch, zu verschwinden, und der Unfähigkeit, wegzusehen. Ich war mir nicht sicher, ob ich wirklich wollte, dass sie aufhörten, oder ob ich betrunken genug war, um sie zu bitten, mich bei dem zusehen zu lassen, was jetzt schon unausweichlich war ... Vielleicht hätte ich es getan, wenn ich mich mit Whiskey abgeschossen hätte, anstatt nur Bier zu trinken ...

Irgendwo in meinem Hinterkopf tauchte ein Sprichwort über zwei Wölfe auf, die sich in jedem Menschen bekämpfen. Der eine stand für das Licht, der andere für die Dunkelheit. Ich biss mir auf die Lippe und dachte über den Ausgang nach. Immerhin war ich in der Hölle.

Die Fahrt von der Bar zu Az' Wohnung dauerte zwanzig Minuten. Mit einer Hand hielt er verantwortungsbewusst das Lenkrad, die andere ruhte auf Faunas Knie, sein Daumen strich dabei langsam über ihren Oberschenkel.

Wir rührten uns nicht, als er parkte, und waren beide gleichermaßen sprachlos. Wenn Fauna schon zu überwältigt war, um zu sprechen, dann war es bei mir völlig ausgeschlossen. Sie schaute nicht einmal über ihre Schulter zu mir, als er um das Auto herumging, ihr die Tür öffnete und ihr dann die Hand reichte, um ihr aus dem Wagen zu helfen.

Der Weg vom Auto zu seiner Wohnung war der angespannteste Moment meines Lebens. Vielleicht bildete ich es mir nur ein, aber Azrames schien etwas von seiner Großtuerei verloren zu haben, als er die hohe schwarze Tür zu seiner Wohnung aufschloss.

Ich zog meine Lippen nach innen, während ich gegen den Drang ankämpfte, ein neugieriges Gesicht zu machen. War er etwa nervös?

Wie es sich für einen Gentleman gehörte, führte er uns in ein Haus, das so beeindruckend war, dass meine Wohnung, für die ich achttausend Dollar Miete im Monat zahlte, vergleichsweise heruntergekommen wirkte. Er warf seine Schlüssel auf die Küheninsel und sagte uns, wir sollten es uns bequem machen, während er in die Küche ging und jedem ein Glas Wasser einschenkte. Mir gefiel, wie er den großen, exklusiven Raum eingerichtet hatte, auch wenn er mir ein bisschen zu maskulin war. Die Möbel waren teuer, aber steif und strahlten eine gewisse Kälte aus. Die Kunst an den Wänden war geschmackvoll, der Raum riesig und die ganze Etage war erfüllt von den erregenden Gerüchen von Feuer, Autorität und dem gleichen Weihrauch, der in Bettys Laden gebrannt hatte. Ich dachte an den Duft und an unseren Ausflug zu *Daily Devils*. Vielleicht war Betty nur wegen ihres dämonischen Geschäftspartners die Schutzpatronin der Frauen.

Er bot mir ein Glas Wasser an, seine Stimme klang heiser, als er sich bemühte, das Wort an mich zu richten, obwohl seine Aufmerksamkeit ganz eindeutig Fauna galt. »Mar, du kannst das Zimmer ganz hinten links haben. Es hat ein eigenes Bad. Ich bin mir sicher, die Sachen im Schrank passen dir.«

Ich hatte kaum Zeit, um zu reagieren.

Er drehte sich zu Fauna um, aber sie gab ihm keine Chance, noch ein weiteres Wort zu sagen, sondern legte ihre Hände auf seine Brust und schob ihn in ein Schlafzimmer, das sie offensichtlich sehr gut kannte. Sein Grinsen kehrte zurück, als er sie hochhob und mit einem unüberhörbaren Knurren in die Arme nahm. Sie schlang ihre Beine um seine Taille und drückte sie zusammen, dann presste sie ihre Lippen mit fordernder Intensität auf seine, noch bevor ich den Blick abwenden konnte. Kaum hatten sie die Zimmertür hinter sich geschlossen, hörte ich auch schon das unverkennbare Geräusch von reißendem Stoff und das erste Stöhnen von vielen in den nächsten sehr sinnlichen Stunden.

Wäre ich ein besserer Mensch, dann hätte ich sie höflich ignoriert.

Aber ich bin kein besserer Mensch.

Ich war sehr neugierig, wie jemand in einer Welt ohne Farbe aussehen würde – ohne dieses sündhaft dünne weiße T-Shirt, die Jacke mit den Manschetten, die dunklen Jeans. Ich hätte auf ein Vanilla-Miniaturbild der beiden geklickt, nur um einen grauen, gehörnten Mann und eine unglaublich schöne Frau zu sehen, aber irgendetwas zwischen dem Keuchen, den Schreien und dem deutlichen metallischen Geräusch von Ketten sagte mir, dass das, was sich gerade hinter diesen Türen abspielte, erstklassig war.

Ich ging ins Gästezimmer, krabbelte auf die Matratze, zog meine Kleider aus und ließ zu, dass mich die auditive Erotik mit überwältigender Intensität erfasste. Az hätte das Höschen jeder Frau feucht werden lassen, aber ihn völlig entfesselt zu hören, war eine Erinnerung, die ich für einsame Nächte in meinem Hinterkopf speichern musste. Die hedonistische Musik von ihrem wilden Sex drang aus Az' Zimmer in meins. Das knallende Kopfende des Bettes lieferte den perfekten Bass für den hohen, rhythmischen Klang des Aufeinanderklatschens von Fleisch auf Fleisch. Es gab das perfekte Tempo für die kreisenden Bewegungen meiner Finger vor, nachdem meine Hand nach unten gewandert war. Meine rechte Hand bewegte sich im Rhythmus der Klänge, während meine linke meine Brust bearbeitete, bis sie an meinen Hals fuhr. Ich drückte meinen Rücken durch, im Einklang mit dem Knurren und den lauten, immer lauter werdenden Schreien des großen Finales, das sich gerade auf der anderen Seite der Wand abspielte.

Ich machte es mir einmal und dann noch ein zweites Mal.

Wenn sie nicht wollten, dass ich im Nebenzimmer mitmachte, dann hätten sie ihre sexuelle Chemie nicht zu einem so offensichtlichen Problem machen sollen. Ich kam so heftig wie seit Monaten nicht mehr und fiel danach in einen tiefen, traumlosen Schlaf auf der Seidenbettwäsche eines unglaublich weichen Bettes.

Es dauerte eine Weile, bis ich wusste, wo ich war.

Ich streckte meine Finger aus, berührte die schwarze, unglaublich weiche Bettwäsche. Ich war nackt eingeschlafen, der luxuriöse Stoff streichelte meine Haut. Mein Gott, diese Laken waren einfach unglaublich. Fast wollte ich Azrames fragen, wo er sie gekauft hatte, aber dann fiel mir ein, dass wir nicht die gleichen Einkaufsmöglichkeiten hatten.

Ich schlüpfte aus dem Bett und ging nackt und barfuß ins Bad, meine Füße wurden von der Fußbodenheizung gewärmt.

Die riesige bronzene Wanne erinnerte mich an einen Hexenkessel. Sie war wunderschön, und ich wünschte mir so eine für mein eigenes Zuhause, obwohl ich vermutete, dass Neid hier unten ein weitverbreitetes Thema sein könnte. Ich grinste und erinnerte mich an die sieben Todsünden, während ich meine Finger im fließenden Wasser baumeln ließ, bis ich mit der Temperatur zufrieden war. Während sich die Wanne füllte, sah ich mich genauer um, und da die Wanne fast so groß war wie ein kleiner Swimmingpool, hatte ich Zeit, ein äußerst weiches Handtuch, einen antiken Silberspiegel, der gehauchte Komplimente zu flüstern schien, und einen Morgenmantel, der wie für eine Königin gemacht war, zu finden.

Was für ein geheimnisvolles Sortiment.

Da die Dinge nicht in großen Mengen im nächsten Supermarkt gekauft worden waren, fehlten die Etiketten an den Fläschchen. Ich öffnete eine Reihe von Gläsern in einheitlichen ästhetischen Farbtönen, schnupperte und testete, bis ich herausfand, dass Azrames Shampoo, Spülung, Seife, Parfüm und eine helle minzfarbene Flüssigkeit, die ein Mundwasser sein musste, bereitgestellt hatte. Ich hatte zwar nicht Old Spice erwartet, war aber überrascht, dass die Haarprodukte nicht nach Asche-Weihrauch rochen – der Duft, den er verströmte. Stattdessen waren die zarten floralen Noten eindeutig feminin.

Dann war es an der Zeit für mein persönliches Spa.

Ich versank im Wasser und experimentierte mit verschiedenen Seifen und anderen Dingen, vor allem wegen der Erfahrung, in der Hölle zu baden. Nur wenige Meter weiter hatte Fauna die vielleicht animalischste Nacht ihres Lebens verbracht. Wenn ich schon keinen Sex hatte, dann verdiente ich wenigstens ein ausgiebiges Bad und ein gutes Essen. Nachdem ich aus der Wanne gestiegen war, wickelte ich meine Haare in das schönste und weichste Handtuch überhaupt, schlüpfte in meinen Morgenmantel und tupfte etwas von dem Parfüm auf meine Handgelenke. Der Duft kam mir vage bekannt vor. Er erinnerte mich gleichzeitig an Meer und den Wald, obwohl ich den Duft nicht genau zuordnen konnte. Auch er schien zu einer Frau zu gehören.

Ich schloss die Augen, als ich mich an etwas erinnerte, was Azrames am Abend zuvor gesagt hatte: dass ich im Schrank passende Kleidung finden könnte.

Das Shampoo und der Conditioner, das Parfüm, die Klamotten – das ergab alles einen Sinn. Natürlich würde der ultimative Fuck-Boy eine Art von Pussy-Parade veranstalten, die in einer wahren Klamotten-Schatztruhe endete, aus der sich der Gast etwas aussuchen konnte. Ich hinterließ nasse Fußabdrücke vom Badezimmer bis zum Wandschrank, bereit für etwas Dunkles, das sexy und glitzernd war. Vielleicht würde ich den König der Hölle treffen, wenn ich schwarze Spitzendessous trug.

Ich öffnete den Schrank und runzelte die Stirn angesichts der irritierenden Ansammlung von ordentlich aufgehängten Blusen und Hosen. Weite, fließende Hosen … gehäkelte Tops und bauchfreie Band-T-Shirts … Mein Stirnrunzeln wurde größer, als ich die Kleidungsstücke durchsah.

Alles davon gehörte unverkennbar Fauna.

Ich zog eine lange, dünne weiße Tunika aus dem Schrank und starrte sie an. Entlang des Kragens und der Ärmelsäume verliefen filigrane grüne und silberne Stickereien in Form wunderschöner Blätter. Ich legte es zurück und schnappte mir etwas anderes – ein lockeres schwarzes Etuikleid mit einer nordischen Rosmaling-Stickerei am Saum.

Heilige Scheiße.

Ich trat ein paar Schritte vom Schrank zurück und betrachtete ihre gemeinsame Geschichte.

Azrames war kein dämonischer Fickfreund. Das Parfüm ... gehörte Fauna.

Dieser Raum war der Schrein eines verliebten Mannes.

Ich sank aufs Bett, die Schranktüren standen noch offen, und ich starrte auf die Beweise. Ich war mir nicht sicher, wie ich hier etwas zum Anziehen finden sollte, nicht nur, weil sie es geschafft hatte, sich jahrhundertelang wie ein Hippie zu kleiden, sondern auch, weil es sich falsch angefühlt hätte, die Dinge zu stören, die er über die Jahre hinweg sicher verwahrt hatte – während sie sich von einem skandinavischen Waldmädchen zu einer nomadischen Yogafanatikerin entwickelt hatte.

Sie hatte sich verändert und er hatte sie gelassen.

Als die Tür aufging, schreckte ich zusammen, aber es gelang mir, ruhig zu bleiben und nicht aufzuschreien.

Ich hätte nicht überrascht sein dürfen, dass Fauna, ohne anzuklopfen, hereinkam, aber ich zuckte zusammen, als hätte ich gegen ein Gesetz verstoßen. Entschuldigend sah ich sie an.

»Oh, gut«, sagte sie fröhlich, ihre übergroße Bluse mit den Knöpfen streifte ihre Oberschenkel, ihr Haar war zerzaust, und sie strahlte wie jemand, der gerade verdammt guten Sex gehabt hatte. »Du bist wach! Und du hast die Klamotten gefunden.« Sie ging zum Schrank und suchte ein paar bequeme Kleidungsstücke heraus, die sie dann mit einem kräftigen Ruck an das andere Ende der Stange schob, während sie hinten im Schrank nach zwei Taschen mit Reißverschluss griff.

»Hier.« Sie warf mir einen Jogginganzug zu. »Es sei denn, du willst den Morgenmantel anlassen, bis wir uns für den Palast fertig machen. Aber ich habe auch ein paar hübsche Sachen hier. Nur für den Fall.« Sie zwinkerte mir zu.

»Fauna ...«

Sie hielt inne und sah zu mir auf.

»Was bedeutet Azrames dir?«

Sie errötete erneut, was mich erstaunte. Früher hatte ich geglaubt, es sei nur die sexuelle Chemie, die ihre Wangen rosig färbte. Aber jetzt wurde mir klar, dass es etwas ganz anderes war. »Was willst du wissen?« Sie zuckte mit den Schultern, halb mit den Achseln, obwohl sie schon zu angestrengt versuchte, diese Geste lässig aussehen zu lassen. Es überzeugte mich nicht.

Ich legte das Handtuch weg und ließ meine Haare an der Luft trocknen, während ich sie ansah. »Nun, es ist offensichtlich, dass der Sex schrecklich ist und ihr euch hasst, also macht es Sinn, zurückhaltend zu sein.«

Sie lehnte sich an die Wand, sackte zusammen und verschränkte einen Fuß mit dem anderen, während sie mich ansah. »Sag mir, weise und mächtige Marlow, was soll ich deiner Meinung nach tun?«

Ich deutete auf das prachtvolle Leben um mich herum. »In die Hölle ziehen? Mit ihm zusammen sein? Verliebt sein? Glücklich sein?«

»Ich bin glücklich.«

»Er hat gesagt, ihr habt euch zwanzig Jahre nicht gesehen!«

Sie begann, ihre Bluse aufzuknöpfen und sich stattdessen ein Sweatshirt anzuziehen. Als sie schwieg, nahm ich mir ein Beispiel an ihr und tat es ihr gleich. Ich streifte mir den Morgenmantel von den Schultern und hatte ein schlechtes Gewissen, weil ich den teuren Stoff auf dem Boden liegen ließ. Ich schlüpfte in Faunas Baggy Pants und in das kurzärmelige Shirt, das sie mir gegeben hatte. Anscheinend gab es in der Hölle weder BHs noch Slips. Ich nahm an, dass das wohl in Ordnung war, solange alle im Haus wussten, dass mir kalt war.

»Sag was«, forderte sie mich auf, in ihrer Stimme schwang Erschöpfung mit. »Wirklich, Marlow, ich will eine Antwort.«

Ich richtete mich auf und sah sie präventiv abwehrend an.

»Wenn dich jemand für dein Chaos verehrt, wie kannst du diese Liebe am besten würdigen? Wenn sie dein nomadisches Wesen schätzen, deine Anarchie feiern und dich so lieben, wie du bist, glaubst du dann, dass sie auf der Straße tanzen würden, wenn du genau das aufgibst, was sie dazu gebracht hat, sich in dich zu verlieben?«

Ich verschränkte die Arme vor der Brust, um sowohl den kältebedingten Beweis unter dem dünnen weißen Hemd als auch um mein Unbehagen zu verbergen.

Daraufhin fuhr Fauna fort: »Menschen tun es die ganze Zeit. Ich schwöre bei den Göttern, es ist die Norm in deinem Reich. Und wie oft macht es sie glücklich?«

Ich schüttelte den Kopf, als wollte ich widersprechen, hatte aber nichts zur Verteidigung vorzubringen.

»Außerdem«, sagte sie, und die Unbeschwertheit kehrte in ihre Stimme zurück, »entspricht die Hölle nicht meiner Ästhetik.«

»Aber ...« Ich wusste nicht, was ich fragen sollte, außer: »Warum brauchst du dann vier Drinks, um den Mut aufzubringen, ihn anzurufen?«

Sie schnaubte. »Az ist wild im Bett. Er ist unglaublich, aber du würdest angesichts einer so langen Pause nach dem letzten Ritt auch ein paar Drinks benötigen.«

Ich öffnete den Mund, um zu antworten, schloss ihn aber wieder.

Ich konnte mir nicht vorstellen, wie schmutziger Sex zwischen einer Nymphe und einem Dämon aussehen sollte, also begann ich, die Tasche zu öffnen, um zu sehen, was hinten im Schrank versteckt war. Während ich auf der Suche nach etwas war, das den Nebel meiner Verwirrung durchdringen konnte, fragte ich: »Warum musste Betty ihn anrufen?«

»Das ist deine Schuld. Wir brauchten einen sicheren Ort, um die Wirksamkeit deiner Tätowierung außerhalb deiner mit Siegeln bemalten Wohnung zu beweisen«, sagte sie und schnappte sich die Tasche. Sie schüttelte sie aus und zog ein atemberaubend schönes Kleid hervor. »Den Göttern und Göttinnen sei Dank, dass wir Aloisas Sølje in die Hände bekommen haben, sonst wäre ich immer noch sterblich gebunden, nur um dich zu beschützen. Da sind mir die Hände gebunden. Und nicht auf eine spaßige Art und Weise ...« Ihre Gedanken schienen abzuschweifen, sie fuhr sich mit einer Hand über die nackte Haut ihres Handgelenks.

Ich räusperte mich.

»Wie auch immer.« Sie reichte mir das Kleid und nahm Haltung an. »Ich glaube, das hier passt besser zu deiner Hautfarbe. Ich werde das grüne tragen. Lass uns einen entspannten Tag verbringen, also mach dir noch keine Gedanken wegen des Umziehens. Den König treffen wir erst heute Abend.«

Dreiundzwanzig

»Wie hast du geschlafen, Marmar?« Azrames war verflucht hemdlos, als ich aus dem Schlafzimmer kam. Es war ein Akt der Grausamkeit, und es war brutal, dass jemand mit einem so makellosen Körper nur in Boxershorts und mit vom Sex zerzaustem Haar in seiner eigenen Wohnung herumlief. Und natürlich war dieser heiße Mann über und über mit Tattoos bedeckt, die von einem Brustmuskel bis zur Schulter reichten und sich dann seinen Arm hinunterschlängelten. Was für ein Klischee!

Zuerst war ich schockiert, dass seine Haut wirklich eisen- und stahlfarben war, als sähe ich einen Film aus den Fünfzigerjahren oder betrachtete jemanden, der einem Foto aus der Jahrhundertwende entsprungen zu sein schien, in Wirklichkeit aber in einer vollkommen bunten Welt lebte. Irgendwo zwischen seinen ausgeprägten Bauchmuskeln und den kräftigen, baumstammartigen Beinen hatte ich ganz vergessen, was ich tat, und es völlig versäumt, den Blick wieder abzuwenden.

»Aua!« Ich keuchte und fuhr herum.

Fauna hatte mir in den Hintern gekniffen, als sie an mir vorbeiging. Sie grinste, als sie barfuß in die Küche tänzelte. »Willst du ihn dir mal ausleihen?«

Diese beiden wären noch mein Tod.

Da gab es keinen Stolz mehr zu retten. Ich schlug die

Hände vors Gesicht und schüttelte den Kopf, bevor ich zu ihnen in die Küche ging.

»Rieche ich da etwa Kaffee?«

»Wie trinkst du ihn?«, fragte er.

»Sie mag ihren Kaffee so wie ihre Männer«, antwortete Fauna, hüpfte mit dem Hintern auf den Tresen und ließ ihre Beine über die Kante baumeln. »Heiß.«

Er lachte leise, als er eine große schwarze Tasse Kaffee auf ein Tablett schob, auf dem sich ein winziger, bronzener Becher mit Sahne, ein kleines Schälchen mit Zuckerwürfeln und der winzigste Löffel befanden, den ich je gesehen hatte. Es gab keinen Honig, aber damit kam ich zurecht. Ich sah mich in der Wohnung um, wenn auch nur, um den Dämon nicht länger anzustarren. Ich hoffte, sie würde meine Frage nach der Hölle und der Dunkelheit niemals ansprechen, vor allem nicht in der Schönheit des Morgenlichts, das durch die Fenster schien.

Es blieb an den Kupfer- und Metallelementen hängen, die die Wohnung akzentuierten, und verlieh dem ganzen Raum einen schimmernden Charakter.

»Die Arbeit mit Betty zahlt sich also aus?« Ich dachte darüber nach und erinnerte mich daran, was Betty gesagt hatte – dass man Bösartigkeit auf die gleiche Weise nutzen könne wie Wasser, um Strom zu erzeugen. Wenn das so war, dann musste Azrames der Hoover-Damm sein.

Er legte Fauna eine Hand auf den Rücken, nippte an seinem Kaffee und nickte. »Das jahrhundertelange Verprügeln von Arschlöchern hat sich als ziemlich lukrativ erwiesen.«

Stolz gab Fauna ihm einen Kuss, allerdings hatte sie keine kluge Bemerkung hinzuzufügen. Ich bemerkte das bewundernde Funkeln in ihren Augen und war wieder einmal erstaunt, wie leicht es sein musste, ihn zu lieben. Er liebte sie nicht nur, sie respektierte ihn auch. Er hatte Hunderte von

Jahren damit verbracht, die Welt der Sterblichen von den Tätern zu erlösen und Frauen zu befreien. Wenn ich schon im Haus eines Dämons schlafen musste, dann war dies hier der richtige Ort.

»Frag ihn mal nach seinen Tattoos«, sagte sie.

Er begann zu protestieren, aber ich biss an. Sein heißes Äußeres ließ einen leicht vergessen, wie beeindruckend er eigentlich war – der Schatten in der Dunkelheit, das Letzte, was ein gewalttätiger Mann sah, bevor er starb. Ich hatte es für eine zusammenhängende Tätowierung gehalten, aber nun verweilte mein Blick lange genug, um zu erkennen, wie die dunklen Ranken voneinander getrennt waren. Der Kontext ihrer Bemerkung ließ mich an Tränen-Tattoos denken, als ich ihn ansah. »Beschreibt jede deiner Tätowierungen eine Tötung?«

Er hob den Arm, als ob er sich gerade erst daran erinnerte, dass die Tätowierungen da waren. »Diese hier? Nein, die Tötungen sind es nicht mal wert, dass man sich an sie erinnert. Ich sorge dafür, dass die Männer es verdient haben, und blicke dann nie wieder zurück. Die Tattoos hier sind nicht für die Toten, sondern für die Lebenden, Marmar. Jedes steht für jemanden, der befreit wurde. Es hilft mir, mich daran zu erinnern, warum ich tue, was ich tue.«

»Das Geld tut aber auch nicht weh«, fügte Fauna hinzu.

Verdammt, dieser Mann ... Vielleicht wollte ich ihn mir doch mal ausleihen. Wie sollte ich nach dieser Sache wieder im menschlichen Reich funktionieren? Ich war mir sicher, dass ich nie wieder Freude an der Oberfläche finden würde. Fauna durchbrach meine existenzielle Spirale vor dem Koffein und fragte: »Az, wärst du so nett und würdest herausfinden, wie wir dem Palast mitteilen können, dass wir hier sind und gerne eine Audienz beim König hätten?«

Azrames nickte und trank einen weiteren Schluck. »Ich bin dir weit voraus. Ich selbst verkehre zwar nicht in königlichen Kreisen, aber ich habe die Freundin eines Freundes angerufen. Ich glaube nicht, dass es schwierig sein wird, Marlow vor den König zu bringen, sobald er weiß, dass sie hier ist. Der herausfordernde Teil ist, ihm die Nachricht zu überbringen.«

»Darf ich dich mal etwas fragen?«

Beide wurden munter, aber meine Aufmerksamkeit galt Fauna. »Das ist nicht dein Königreich. Warum nennst du sie Prinz und König? Haben die Nordländer nicht ihre eigene königliche Familie? Wären das dann nicht eure Prinzen und Könige?«

»Darf ich dir eine Gegenfrage stellen?«, entgegnete sie. »Hast du dir dein Diplom eigentlich von einer dubiosen Website heruntergeladen oder haben sie dich tatsächlich deinen Abschluss machen lassen?«

Hätten sie mich nicht stundenlang mit ihrem Geschrei wach gehalten, wäre ich vielleicht weniger mürrisch gewesen. Ich kniff die Augen zusammen. »Du bist so ein Fiesling.«

Daraufhin verdrehte sie nicht nur die Augen, sondern warf auch dramatisch ihren Kopf in den Nacken. »Erinnerst du dich an diese heiße Popsängerin, die sich vom französischen Staatschef hat scheiden lassen – Nicholas oder so ähnlich? Wie heißt der Staatschef dort noch mal?«

»Oh, du meinst Carla Bruni!«

»Du bist ein Nerd, dass du das weißt.«

Ich schnalzte mit der Zunge. »Und du bist ein Nerd, weil du so was fragst. Ja, sie war mit dem Präsidenten von Frankreich verheiratet.«

Fauna schlürfte laut ihren siruppartigen Kaffee und blinzelte mich dabei mit ihren großen, spöttisch-unschuldigen Rehaugen an, bevor sie sagte: »Bist du dir sicher, dass du nicht eigentlich sagen willst, dass sie mit *einem* Präsidenten verheiratet war? Er war schließlich nicht *dein* Präsident.«

Ich murrte. Sie war nicht gerade die sanfteste Lehrerin, die ich je gehabt hatte, aber sie brachte ihre Argumente gut rüber. »Okay, ich hab's kapiert.« Ich sah mich in der Wohnung um und bewunderte die Opulenz im Morgenlicht. »Also, wie sieht ein typischer Tag in der Hölle aus?«

Azrames verließ den Platz, an dem er neben Fauna gestanden hatte, legte seine großen Hände auf die Kücheninsel und lehnte sich vor. Ich wünschte, er hätte es nicht getan. Es war zutiefst unangebracht, den reichen, muskulösen, mächtigen, versauten Liebhaber seiner Freundin zu begehren.

Wahrscheinlich.

Er zog eine Augenbraue hoch und fragte: »Du meinst zwischen dem Foltern und Zerstückeln?«

»Oh!«, rief Fauna über seine Schulter hinweg. »Sollen wir eine Tour über den Schwefelsee machen?«

»Fick dich doch selbst«, murmelte ich.

Er lachte in sich hinein. »Es gibt tatsächlich einen Schwefelsee. Jedenfalls heißt er so. Das ist eine heiße Mineralquelle und eine große Touristenattraktion. Wenn du einen Wellnesstag machen willst, kannst du deinen Freundinnen später erzählen, dass du im Schwefelsee entspannt hast.«

»Lisbeth würde das gefallen«, sagte Fauna. Dann erklärte sie Azrames: »Az, ihre Mutter ist ein Hardcore-Fan der anderen Seite. Bedeutet ihr Name nicht auch so etwas Extremes wie ›Schwur Gottes‹? Da kann man nicht lange um den heißen Brei herumreden. Wie dem auch sein: Ihr Feenblut hat Marlows Mama viel zu viel freie Zeit gegeben, um mit Engeln zu plaudern. Sie nutzt ihre übersinnlichen Fähigkeiten auf widerliche Weise. Sie hat echt einen Stock im Arsch.«

»Apropos mit Feen reden.« Azrames' Stimme wurde leiser, als er über die Kücheninsel nach mir griff. Ich erstarrte, als er meinen Arm sanft aufrichtete und ihn am Ellbogen anhob, damit er sich das Siegel, das ich mir hatte stechen lassen, genauer ansehen konnte. Er blickte zu mir auf und fragte erstaunt: »Na, sieh mal einer an, wer da selbst tätowiert ist. Wie bist du darauf gestoßen?«

Ich atmete langsam aus, als sich seine Finger an meinem Unterarm entspannten. Ich starrte weiter auf meine Tätowierung und sagte: »Es war über meiner Tür. Ich habe es lange Zeit gar nicht gesehen. Erst nachdem Silas in meiner Wohnung war. Es war die letzte Nacht, in der ich Caliban sah.«

»Caliban?« Er wiederholte den Namen und fuhr mit dem Daumen über die noch heilende Stelle, um den Schorf zu fühlen. Als seine Berührung vorbei war, verschwand auch der Rest der Wunde. Nur eine perfekte Tätowierung war an ihrer Stelle geblieben.

Mein Herz schmerzte bei der Erinnerung an jene furchtbare Nacht und daran, wie Caliban meine Hand geküsst hatte, um die Wunde zu heilen, die ich mir im Kampf ums Überleben zugezogen hatte. Ich könnte wetten, dass Richard zu den Männern gehörte, die Az am liebsten ausschalten wollte, und ich fragte mich, wie anders mein Leben wohl verlaufen wäre, wenn er derjenige gewesen wäre, der auf Richards Zeichen reagiert hätte. Wenn sie aufhören würden, sich ständig über meine Fragen lustig zu machen, würde ich vielleicht fragen, wie ein Mensch markiert wird und wie ein anderer auf seinen Ruf reagieren könnte. Stattdessen konzentrierten sich meine Gedanken auf Caliban.

»Der Prinz«, sagte ich, um Az' Frage zu beantworten.

»Der Name gefällt mir«, fügte Fauna hinzu. »Er passt zu ihm, findest du nicht?«

Az überlegte und fragte dann: »Hast *du* ihm den gegeben?« Ich nickte und erinnerte mich daran, wie Caliban vor all den Jahren bei diesem Namen gelächelt hatte.

»Apropos Caliban«, sagte ich, »wenn er nicht in der Hölle ist, warum glauben wir dann, dass der König weiß, wie wir ihn finden können? Oder warum er uns helfen würde?«

Die beiden tauschten einen bedeutungsvollen Blick, bevor Az sagte: »Vertrau mir, er wird euch helfen wollen. Und was die Frage angeht, wie sie ihn finden können: Nenn uns Legion, denn wir sind viele.«

»Genau das hat der Parasit auch gesagt«, sagte ich.

»Ich weiß«, erwiderte er. Es war keine Belustigung mehr in seiner Stimme. »Das ist der Spruch, mit dem sie immer anfangen. Aber da er den Dämonen zugeschrieben wird, stört es uns nicht. Wir haben genug Leute, wir sind gut vernetzt, wir sind überall.«

»Wie der KGB«, ergänzte Fauna. Dann fügte sie hinzu: »Wegen der Dämonen und Engel des Kalten Krieges ... ach, weißt du was, egal. Meine großartigen Referenzen werden jedenfalls unterschätzt.«

Zwischen seinen interessanten Informationen und Faunas Geplapper war ich zu sehr abgelenkt, um zu bemerken, dass Azrames mich immer noch am Arm festhielt, bis sein Telefon – oder das, was ich nur als Telefon beschreiben konnte – klingelte. Er ließ mich los, um den Anruf anzunehmen. Wie in der Welt der Sterblichen war es ein schwarzes Rechteck. Es schien allerdings keine Tasten zu haben, kein Display, kein grelles weißes Leuchten. Az hielt es an sein Ohr und ging in Richtung seines Zimmers, während er leise in das Ding zu sprechen begann. Dann verschwand er um die Ecke.

»Er ist ein Traum«, sagte ich und machte Fauna ein Kompliment, während unsere Blicke seinen schattenhaften Spuren folgten. »Erklärst du mir, worum es gerade ging – warum der König mich sehen wollen würde? Gibt es einen Grund, den ich kennen sollte? Oder ist das alles ...« Ich zögerte, bevor ich das gefühlt lächerlichste Ende des Satzes aussprach.

»... Apokalypsen-Gerede?«

»Nun ja, jetzt, wo du involviert bist, haben wir alle den Weltuntergang vor Augen. Aber noch viel wichtiger: Natürlich ist Az ein Traum. Schließlich habe ich einen tadellosen Geschmack«, stimmte sie mir zu. »Aber manchmal tue ich etwas nur für die Story. Für eine gute Party-Anekdote muss man einen Zentauren ficken, weißt du.«

Ich hatte keine Zeit zu fragen, ob sie es ernst meinte, bevor Az zurückkam. Zu meiner Erleichterung und Bestürzung hatte er sich eine schwarze Hose und ein weißes T-Shirt angezogen. »Wir bekommen gleich Besuch. Fauna, kennst du eigentlich Ianna?«

Faunas darauffolgendes anhaltendes Gejammer verriet mir, dass sie diese Person nicht mochte.

Ich vermisste die Tage, an denen ich Antworten auf Fragen hatte. Stattdessen seufzte ich, als ich wieder eine stellte, die sich nur wie eine weitere in einer endlosen Reihe anfühlte. »Wer ist Ianna?«

Fauna verzog das Gesicht. »Sie ist eine Lilith.«

Ein Blitz durchzuckte mich. »Die Lilith kommt zu dir in die Wohnung?«

»Nicht *die* Lilith. Eine Lilith. Sie ist eher so eine Art vielseitige Femme fatale. Es bedeutet so viel wie schreiende Eule oder Nachtmonster – je nach Version«, erklärte Fauna, bevor sie Az' Frage beantwortete. »Ja, sie war auch auf der Party, auf der wir 1360 waren. Sie war eine absolute Schlampe. Ruf jemand anderen.«

Er machte ein entschuldigendes Gesicht. »Das ist sie immer noch. Aber ich fürchte, dieses Mal kann ich keine andere rufen, Fauna. Sie ist schon auf dem Weg, und außerdem ist sie die Einzige, die uns in den Palast bringen kann.«

Fauna sprang von der Theke und begann seine Schränke

zu durchwühlen, runzelte jedoch die Stirn, als sie sah, wie wenig es zu essen gab. Sie entschied sich für eine Schachtel Kekse und wandte sich mir zu, den Mund voller Krümel, die aussahen wie Kekse mit Zuckerkruste und Karamellstückchen.

Ich hob einen Finger. »Darf ich noch was über die Lilith fragen?«

Fauna winkte mit einer Hand, während sie mit der anderen in der Schachtel wühlte. »Es ist ein Wesen. Nymphe, Vampir, Walküre, Engel, Lilith. Such dir was davon aus: Es ist alles real. Googel die Einzelheiten in deiner Freizeit. Nur ...«

Azrames unterbrach sie lange genug, um ihr Zeit zum Nachdenken zu geben. »Hör zu, Fauna, ich weiß, du magst sie nicht, aber sie kann ihre Beziehungen spielen lassen und sie schuldet mir noch einen Gefallen. Sie wird in zwanzig Minuten hier sein.«

Fauna biss die Zähne zusammen. »Einen *Gefallen*?«

»In der Tat«, bestätigte er. Das Wort schien eine tiefere Bedeutung zu haben, aber offensichtlich wollte keiner der beiden näher darauf eingehen.

Sie seufzte, während sie weiter in der Schachtel wühlte. »Wenn das so ist, dann vielen Dank, dass du deinen Gefallen an uns verschwendest. Ich werde das, was ich über sie denke, für mich behalten. Wahrscheinlich.« Dann bot sie mir einen Keks an, den ich nahm. »Sie ist Stylistin am königlichen Hof. Sie hat keinen königlichen Titel, aber sie geht im Palast ein und aus und kann uns sicher eine Audienz verschaffen.« Sie beendete ihre Erklärung, indem sie Azrames die Keksschachtel reichte.

Er schüttelte den Kopf. »Ich hasse dieses Zeug.«

Mein Mund öffnete sich vor Verwunderung, und der ungegessene Keks fiel mir aus der Hand auf den Teller, auf dem die Rückstände meines Kaffees zu sehen waren. Er war abscheulich süß gewesen. Ich schob ihn beiseite, während ich fragte: »Warum kaufst du es dann?«

»Für den Fall, dass mein kleiner Zuckerkobold vorbeikommt«, sagte er und wuschelte ihr durchs Haar, bevor er in sein Zimmer zurückkehrte.

Fauna lächelte glücklich und steckte sich einen weiteren Keks in den Mund.

Mein Herz zog sich schmerzhaft zusammen, als ich auf die Stelle blickte, wo er eben noch gestanden hatte. *Zwanzig Jahre.* Zwanzig Jahre, in denen er die Vorratskammer stets aufgefüllt hatte, nur für den Fall, dass sie ihn besuchen würde. Gerade als ich mit Fauna schimpfen wollte, weil sie seine Liebe nicht zu schätzen wusste, fiel mir etwas ein, was sie mir im Auto gesagt hatte, als ich sie fragte, warum Caliban bei mir geblieben war.

Wenn du dieses Leben vergeudest, liebt er dich genug, um es im nächsten Leben wieder zu versuchen. Und im nächsten. Und im nächsten.

Und weil ich emotional nicht in der Lage war, die Hälfte von dem zu verarbeiten, was ich gerade durchmachte, tat ich das, was ich am besten konnte: Ich schottete mich ab. Ich schob den Schmerz beiseite und beschloss, mich abzulenken.

Ich beschäftigte mich, indem ich mich in der Wohnung umsah, während wir auf Liliths Ankunft warteten. Der größte Teil der Wohnung war in seiner Schlichtheit wunderschön, aber Azrames besaß auch eine Reihe von Antiquitäten, die den Mythologie-Fan in mir sabbern ließen. Einige interessante Kerzen hatten Metalldrähte dort, wo eigentlich ein Docht sein sollte. In einer Glasvitrine lag ein kunstvoll geschnitzter Dolch mit einer Inschrift in verschnörkeltem Latein. Ein schwarzes Buch mit einer Schrift, bei der es sich um Sanskrit handeln könnte, lag auf einer kleinen Kanzel. Das Buch war an einer Stelle aufgeschlagen. Es gab einen Tonkrug, auf dem, wenn ich mich nicht irrte, *Az'* Gestalt zu sehen war. Seine Arme waren ausgebreitet, vor ihm knieten Männer, die vermutlich um ihr Leben flehten.

Das Geräusch, das durch die Wohnung hallte und die Ankunft von jemandem ankündigte, klang nicht wie das vertraute, roboterhafte Summen eines Lieferanten. Stattdessen schlängelte sich ein unheilvoller, eindringlicher Ton durch das Gebäude.

Mir blieb fast das Herz stehen, als ich die unbezahlbare Antiquität, die ich vorsichtig angefasst hatte, beinahe umwarf. Das musste die Lilith sein. Die Nachtkreatur. Die königliche Stylistin. Die Schlampe aus dem Jahr 1360.

Ich ging in die Küche, um meine Kaffeetasse aufzufüllen, damit ich etwas mit meinen zitternden Händen tun konnte, wenn sie hereinkam. Mit dem Rücken drückte ich mich an den hintersten Schrank und machte mich auf knirschende Zähne gefasst, auf das breite Grinsen eines Wesens und auf Krallen, die jemandem den Titel einer Schreieule verleihen könnten.

Azrames öffnete die Tür und ... ich zog überrascht die Augenbrauen hoch.

Nach Faunas Beschreibung hatte ich mich auf eines von zwei Extremen eingestellt: entweder ein verschrumpeltes Monster oder eine hochgewachsene Gestalt in einem goldenen, locker fallenden Kleid. Ich erwartete die alte sumerische Morticia Addams in Schwarz und Spitze oder die imposante Reinkarnation von Kleopatra. Stattdessen betrat eine gelangweilt aussehende Frau mit Hörnern, die am Scheitel begannen und sich um ihre Ohren krümmten, den Raum. Sie trug spitze Stilettos und eine maßgeschneiderte, hochtaillierte schwarze Hose mit einem halbdurchsichtigen schwarzen Bustier. Sie nahm eine riesige, eckige schwarze Sonnenbrille ab, faltete sie zusammen und steckte sie so in ihr Oberteil, dass sie zwischen ihren Brüsten baumelte. Sie sah aus, als käme sie direkt aus einem Privatjet von der Mailänder Modewoche. Sie schürzte ihre nudefarbenen Lippen, als sie mich kurz musterte.

»Das ist sie also?«, fragte sie und verschränkte die Arme vor der Brust. Dann deutete sie mit einer Hand in meine Richtung, ihre manikürten Fingernägel zeigten auf mich.

»Genau«, bestätigte Azrames. An mich gewandt fragte er: »Möchtest du dich selbst vorstellen?«

Alle drei sahen mich erwartungsvoll an, während ich mich an meiner Kaffeetasse festhielt.

»Ich bin Merit«, sagte ich. Es war keine Einbildung, dass Azrames sich sichtlich entspannte. Und Faunas stolzes Grinsen auf der anderen Seite des Raums war nicht zu übersehen.

»Du kannst mich Ianna nennen«, sagte sie.

Die vorsichtige Formulierung entging mir nicht. Ich war neugierig, wer – wenn überhaupt – ihren richtigen Namen kannte. Ich fragte mich, wie die feenartigen Wesen in diesem Raum wohl ihre Namen auswählten, bevor ich mir selbst die gleiche Frage stellte. Ich war eine Frau mit drei Namen in einem einzigen Leben. Maribelle hatte mir eine Menge Geld eingebracht und dann hatte Merit sie um das Zehnfache übertroffen. Aber ich war nicht in die Hölle gekommen, um reich zu werden. Meine Pseudonyme hatten sich bewährt, aber hoffentlich war Marlow diejenige, die einen Prinzen finden würde.

Azrames schloss die Tür hinter ihr und bot ihr höflich Kaffee an.

»Sei nicht so langweilig«, sagte sie und setzte sich anmutig auf einen schwarzen Lederstuhl. »Biete mir lieber einen richtigen Drink an.«

»Alles ist möglich und ich habe nur das Beste«, antwortete er, ohne zu zögern, obwohl es noch früh am Tag war. »Was hättest du denn gerne?«

Sie bat Az, ihr einen Martini zu machen, was ich äußerst faszinierend fand.

»Zwiebel oder Olive?«, fragte er.

»Bitter«, antwortete sie, als wäre es das Selbstverständlichste auf der Welt. »Es ist Frühstückszeit.«

Gin und Wermut waren ein schneller Cocktail. Die Zitrusfrüchte und den Schäler zauberte er scheinbar aus dem Nichts herbei und vollendete dann schwungvoll den Cocktail.

»Ianna, erinnerst du dich an Fauna?«, fragte er und reichte ihr das Glas, das er sorgfältig mit einer frischen Zitronenscheibe garniert hatte. Ianna machte eine abweisende Handbewegung und Fauna verdrehte die Augen.

Diese Frau – diese *Dämonin* – dabei zu beobachten, wie sie um neun Uhr morgens ihr Haar hinter ihr geschwungenes Horn strich und elegant an ihrem Gin nippte, war eine seltsamere Fiktion als alles, was ich mir für die mythologische Welt der *Pantheon*-Reihe hätte ausdenken können. Das morgendliche Licht brach sich auf dem Glas und zauberte kleine Regenbögen auf die Möbel.

»Merit«, sagte sie kurz und autoritär, wie ich es von einem CEO erwartet hätte. »Warum stehst du in der Küche rum? Ich bin nicht hergekommen, damit du zu einem Mäuschen wirst. Sag mir klipp und klar, was du willst!«

Ich schluckte, eilte gehorsam zum Sofa und setzte mich ihr gegenüber. Die anderen beobachteten uns mit einer Mischung aus Neugier und Belustigung. Fauna blieb in der Nähe der Kücheninsel, während Azrames sich an die Wand lehnte.

»Ich bin auf der Suche nach dem Prinzen«, sagte ich und beschloss, ihr nicht den Namen zu nennen, den ich ihm gegeben hatte. »Und dazu, so hat man mir gesagt, muss ich zuerst mit dem König sprechen.«

Sie sah von mir zu Azrames und dann wieder zurück zu mir. »Du hast Glück, dass ich nicht die Möglichkeit hatte, Nein zu sagen. Es ist sinnlos, nach dem Warum zu fragen, so wie es sinnlos ist, verstehen zu wollen, warum Neon jemals auf den Laufstegen zu sehen war oder warum die sterblichen Reichen immer wieder versuchen, einem Lachsmousse schmackhaft zu machen. Es ist schließlich Fisch, verdammt noch mal. Geschmack kann man nicht erzwingen.« Sie seufzte. »Also, Merit, die Neon-Lachsmousse, du bist der Mensch unseres Prinzen. Ich wollte dich mit eigenen Augen sehen, bevor ich irgendwelche Anrufe tätige, und jetzt, da ich …« Sie stieß einen verächtlichen Laut aus, dann sah sie Fauna an. »Hast du auch etwas in deinem Schrank, das der königlichen Familie würdig ist?«

Mir entgingen weder der Abscheu in Faunas Blick noch die Entschuldigung in Azrames' Augen, als sie in den Flur stolzierte. Dann kam sie mit zwei Kleidern zurück.

»Oh!« Überrascht zog Ianna die Augenbrauen hoch. »Schockierenderweise sind die gar nicht mal so übel. Kaum zu glauben, dass du so etwas besitzt. Nichts für ungut, Schätzchen.«

»Alles an dir beleidigt mich, aber das ist nicht mein erster Ausflug in die Hölle«, sagte Fauna und warf die Kleider auf die Kücheninsel.

»Ja, nun gut.« Ianna nippte an ihrem Martini, bevor sie sagte: »So schön sie auch sind, man kann nicht in Abendgarderobe gehen.« Sie zog ein glattes, rechteckiges Ding hervor – so eins, wie ich es bei Azrames gesehen hatte – und hielt es an ihr Ohr. »Lyviane? Schätzchen, wie geht es dir? Es ist eine Ewigkeit her. Jaja«, gurrte sie. »Hör zu, ich brauche deine Hilfe. Es geht um die königliche Familie. Ha! Als ob ich das nicht wüsste. Hmm, hmm. Ja, er hat einen großen Gefallen eingefordert. Azrames. Ja, genau, das ist er. Wem sagst du das. Wir machen das alle durch. Hmm, ja. Es sind drei. Zwei weibliche Personen und eine männliche. Was hast du für mich?« Ihr Blick wanderte zu mir, dann zu Fauna. »Die Nordländerin passt vielleicht in die Mustergröße, aber der Mensch mit Sicherheit nicht. Aber mit deinen Fähigkeiten sollte das kein Problem sein. Ja, Schätzchen. Oh, du bist einfach zu gut. Wir sehen uns in einer Stunde. Ja, Küsschen.«

Ianna trank ihren Martini aus und stellte das Glas auf den Beistelltisch.

»Ich muss noch ein Telefonat führen, aber vorher möchte ich noch etwas von dir wissen.«

Erwartungsvoll und mit gerunzelter Stirn sah ich sie an.

»Wie schafft es eine junge Menschenfrau, den Prinzen der Hölle zu verlieren?«

Ich fühlte mich wie ein Hund auf dem Weg zum Park, während ich am Fenster klebte und in erregter Ehrfurcht auf Downtown Hell starrte. Ich hatte die Silhouetten gotischer Kirchen und schlichter Gebäude gesehen, aber ich hatte keine Ahnung, wie alt und modern eine Stadt gleichzeitig sein konnte. Schwarz, Grau, Stein, Blau und Stahl schienen immer wiederkehrende Themen zu sein, um helle Bausünden oder das architektonisch dunkle Zeitalter des globalen Westens mit seinen geschmacklosen, oberflächlichen Gebäuden zu vermeiden. Alles war eine Augenweide, von den Restaurants und Geschäften bis hin zu den Menschen und Dingen, die durch die Straßen liefen.

Fauna hatte mir angeboten, mit mir auf dem Rücksitz Platz zu nehmen, obwohl sie allen im Auto klarmachte, dass sie das nur tat, um mir Gesellschaft zu leisten, und nicht, um Ianna eine Vorzugsbehandlung zukommen zu lassen.

»Deine Nordländerin ist ein echtes Schnittchen«, sagte Ianna, das zweideutige Kompliment klang allerdings eher wie eine Kritik.

»Sie ist ein richtiges Sahneschnittchen«, stimmte Azrames ihr mit einem kühlen Lächeln zu. Ich schaute zu Fauna, um zu sehen, wie sie darauf reagierte, und bemerkte gerade noch rechtzeitig, wie ihre Mundwinkel kurz nach oben zuckten, während sie weiterhin still auf ihrem Platz saß und aus dem Fenster blickte.

Der Weg von Az' Bugatti zur Designerboutique war ebenso verwirrend. Es war mir unmöglich, irgendetwas in Ruhe zu betrachten, denn jedes Detail war noch interessanter, noch wunderbarer, noch fesselnder als das vorherige.

Ich musste die Hände ausstrecken, um Fauna nicht versehentlich anzurempeln, und geriet dabei ins Wanken. Ich war so in mein Staunen über die Mischung aus historischem Verfall und protziger Modernität vertieft, dass ich gar nicht bemerkte, dass wir unser Ziel bereits erreicht hatten. Ich legte eine Hand zwischen Faunas Schulterblätter und hob gerade noch rechtzeitig den Kopf, um zu sehen, wie sich die Tür öffnete und die neugierige Kreatur zum Vorschein kam, die Iannas Anruf entgegengenommen hatte.

Ich versuchte mir einzureden, dass es in der Hölle genauso unhöflich war, jemanden anzustarren, wie im Reich der Sterblichen, aber ich konnte einfach nicht anders.

Unsere Gastgeberin für den Morgen – Lyviane – war eine reiche, violette Mauve mit tintenschwarzem Haar.

Es überraschte mich, weil ich schon so oft weibliche rote und lilafarbene Teufel auf tätowierten Matrosen oder kitschigen Postern gesehen hatte, dass ich mir nicht vorstellen konnte, dass ein Dämon wirklich so aussehen könnte. Statt Hörnern hatte sie den gleichen dünnen, spitzen Schwanz, der mir schon bei dem Billard spielenden Gast im *Shadow's* aufgefallen war. Wenn sie sprach, bemerkte ich das gegabelte, schlangenartige Schnalzen ihrer Zunge. Abgesehen von ihrer durch und durch dämonischen Ästhetik war sie die Vision einer geschmackvollen, frustrierend attraktiven Frau Anfang dreißig mit seidig glänzenden, voluminösen Locken.

Im Hintergrund dröhnte leise elektronische Musik ohne Text, als sie uns hereinwinkte. Ich rief Maribelle herbei, den Teil von mir, der wusste, wie man mit fremden vornehmen gesellschaftlichen Situationen umzugehen hatte, während ich meine Umgebung in Augenschein nahm.

Das Studio der Designerin hatte weiße Wände, Decken und Böden.

Ich wusste genug, um die Bedeutung des weißen Bodens zu verstehen: Kein Staubkorn und kein schmutziges Schuhwerk würde dieses vornehme Gebäude besudeln, und niemand von niederem Rang wird diese Schwelle überschreiten, um meinen überwältigenden Ruf zu beflecken.

Tja, auch ich konnte überwältigend sein, zumindest konnte Maribelle das.

Ich überflog das riesige Studio auf der Suche nach weiteren Hinweisen, wie ich mich in diesem völlig fremden Reich verhalten sollte. Die einzigen Farbflecke waren die antiken Rahmen um die Spiegel, die den gleichen violetten Ton hatten wie Lyvianes Haut. Als hätte sie Kerzen ausgewählt, die ihre Farbgebung noch ergänzten, erfüllte ein wohltuendes Fliederrot den Raum mit einer beruhigenden, allumfassenden Atmosphäre.

»Bereit?« Fauna drückte meinen Bizeps, als sie mir die Frage ins Ohr hauchte.

Ich nickte nur und war mir nicht sicher, ob ich überhaupt eine andere Wahl hatte.

Eine Stunde später blickte ich grinsend in den Ganzkörperspiegel in Lyvianes Studio. Wie sich herausstellte, trug der Teufel in Wirklichkeit kein Prada – Prada war zu langweilig für eine alte, egoistische Schreieule. Das heißt, sie hatte nicht die auffälligen Designs oder Statement-Stücke ausgewählt, die mich hätten erblassen lassen. Sie ließ uns in das Beste schlüpfen, was die Hölle zu bieten hatte.

»Ja«, schnurrte Ianna hinter mir. »Wahre Macht ist diskret.« Ich stimmte ihr aus vollem Herzen zu.

In meiner Anfangszeit als Escort hatte ich es – wegen meines rasanten Aufstiegs von arm zu reich – besonders geliebt, wenn die Servicekräfte zu mir eilten, während ich den Rodeo Drive hinunterstolzierte. Sie musterten meine Schuhe, meine Tasche, meine saubere, teure Kleidung und boten mir daraufhin etwas an, das mir über zwanzig Jahre verwehrt worden war: Respekt. Während ich mit Löchern in meinem Schneeanzug aufgewachsen war, schlüpfte ich nun in die Haut von jemandem, der sich einfach an die Spitze einer Schlange stellen konnte und durch die Samtseilabsperrung gelassen wurde, ohne dass es irgendjemand infrage stellte.

Da ich aufgrund der Schnelligkeit der elterlichen Stimmungsschwankungen in einem Zustand der Hyperwahrnehmung aufwuchs, war ich empfänglich für jede Energieverschiebung, jeden Mikroausdruck, jedes Zucken der Augen oder Anspannen des Mundes. Durch Versuch und Irrtum, durch die Treffen mit Kunden und durch die abschätzenden Blicke der Hostessen lernte ich, was sie über Gold, Muster und Marken dachten, aber auch, was sie von klassischen neutralen Farben und klaren Linien hielten. Ein Blick schrie *neues Geld* und der nächste flüsterte *alt*.

Nachdem die Sache mit den Büchern erst mal ins Rollen gekommen war, brachen die Dämme und das Geld floss, aber der Wunsch, wahrgenommen zu werden, hielt nicht an.

Sosehr ich die Schmeicheleien und das Beglotztwerden auch genoss, es war nicht das, was ich wirklich wollte. Es waren nicht Unmengen dünner Goldkettchen mit winzigen begehrenswerten Logos, die mir Freude bereiteten. Und auch keine unbequemen hohen Absätze zu bunten Hosen. Alles, was ich wollte, war das, was mir bisher verwehrt worden war – ein Leben, in dem ich mir keine Sorgen um Rechnungen machen musste, ein Leben, in dem ich in meinem Pyjama bleiben und Sushi bestellen konnte, in dem ich ruhig schlafen konnte, in dem ich atmen konnte, ohne dass mir die Schulden auf der Brust saßen wie der sagenumwobene Schlafparalyse-Dämon.

Ich betrachtete die Dämonen im Raum und änderte meinen Gedanken dann stillschweigend in *Schlafparalyse-Parasitenwesen*.

Der gesamte Raum hatte sich zum Positiven verändert.

Azrames sah jedes Mal heißer aus, wenn ich ihn sah. Als ob sein weißes T-Shirt nicht schon jede Chance auf platonische Gedanken zunichtegemacht hätte, hatte Ianna ihm den am besten geschnittenen opalblauen Anzug verpasst, den ich je gesehen hatte – passend zu seinen Schwarz-, Grau- und Weißtönen.

Mein Blick fiel auf meine Freundin. Ich war ein kleines Miststück gewesen, weil ich angenommen hatte, dass die Lilith sich bei Fauna nicht viel Mühe geben würde. Aber irgendwie hatte es Ianna geschafft, Faunas Stil zu übernehmen und ihn sogar noch zu verbessern. Die chaotische Nordländerin durfte immer noch eine lockere, fließende Hose in einem tiefen Braun tragen, aber jetzt waren die Falten strukturiert und gewollt. Cremefarbene Ballettschuhe schlangen sich um ihre Knöchel, dazu gab es ein cremefarbenes, strukturiertes Oberteil. Lyviane verzog konzentriert das Gesicht, während sie mit einer Handbewegung Stoff und Verschlüsse so zurechtrückte, dass sie Fauna passten. Ich hätte Faunas Oberteil als BH bezeichnet, da es ihre Brüste, ihr Brustbein und nicht viel mehr bedeckte, aber irgendetwas sagte mir, dass Ianna von meinem Mangel an modischem Vokabular nicht sonderlich begeistert gewesen wäre.

»Und das ist für die wartende Prinzessin«, sagte sie dann mit einem Lächeln auf den Lippen.

Ich dachte an Calibans diamantene Augen und sein weißes Haar, das aus Mondstrahlen geflochten zu sein schien, während ich mein Spiegelbild betrachtete. Ianna und Lyviane hatten mir einen ärmellosen weißen Jumpsuit geschneidert. Das Oberteil war in dramatischen geometrischen Formen geschnitten, der Ausschnitt reichte auf einer Seite bis zum Bauchnabel, war aber immer noch anständig genug, um auch bei den politischsten Veranstaltungen zugelassen zu werden. Um meinen Hals lag ein einzelnes, eng anliegendes Perlenband.

Ich holte das silberne Sølje aus meiner Tasche. Die Dämonen zogen die Augenbrauen hoch, aber Fauna lächelte sanft. Ich sah sie an und fragte: »Kann ich es tragen?«

»Du kannst und solltest es tragen«, erwiderte Fauna mit leiser, stolzer Stimme. Dann trat sie an meine Seite und half mir, das Familienerbstück – den Beweis meiner Abstammung – über meiner Brust anzubringen. Ich war mir nicht sicher, ob ich Iannas Blick begegnen wollte, aber zu meiner großen Überraschung lag keine Missbilligung darin.

Vielleicht waren Broschen gerade modern.

Nachdem Lyviane mich sanft auf jede Wange geküsst und mir irgendwelche leeren Versprechungen über einen zukünftigen Brunch gemacht hatte, musterte sie uns drei anerkennend. »Und jetzt ...«, säuselte sie in mein Ohr, nahe genug, dass ich etwas riechen konnte, das ich erschreckenderweise nur aus der menschlichen Welt kannte. Mit dem unverwechselbaren Duft von Chanel No5 beugte sie sich ganz nah an mein Gesicht und strich mir über die Arme, während sie hinter mich trat: »... bist du bereit, um deinen König zu treffen.«

Vierundzwanzig

Säule. Glas. Licht. Plüsch. Parfüm. Luxus. Prunkvoll. Gefühle. Gedanken. Mein Gehirn warf einen Wortsalat aus Substantiven und Adjektiven hin und her, während meine Augen versuchten, etwas zu erkennen. Ich wusste, dass dies nicht der richtige Zeitpunkt war, um ich selbst zu sein. Ich bemühte mich, Maribelle herbeizubeschwören, den Mund zu halten, das Kinn zu heben und so zu tun, als wäre nichts zu unglaublich oder zu unwahrscheinlich.

Ich fragte mich, wie sich die Königsfamilien der sterblichen Reiche wohl gefühlt hätten, wenn sie Dekorationsvorschläge aus der Hölle erhalten hätten. Ich stellte mir die Bilder vor, die ich vom Buckingham Palace gesehen hatte, und verglich sie mit dem unglaublichen Bauwerk vor uns. Ich hatte nicht mehr geatmet, seit wir das Gebäude betreten hatten.

Der Palast war ein architektonisches Wunderwerk. Während sein Grundgerüst älter als die Zeit war, nahmen mir Elemente von Magie, frischer Originalität, klare Linien und Schönheit jenseits aller Vorstellungskraft die Luft.

Ich verließ mich darauf, dass meine Beine auf Autopilot liefen, folgte den anderen unserer kleinen Gruppe, staunend und dankbar, dass ich nicht allein auf dieser Mission war. Kurz nach unserem Eintreten hakte Ianna einen weiteren Punkt auf meiner immer länger werdenden Liste der Gründe ab, warum ich sie bewunderte.

Ich verstand jedoch, dass Faunas und Iannas Persönlichkeiten nicht miteinander harmonierten.

Faunas Charme bestand zum Teil darin, dass sie sich nicht um Konventionen scherte. Doch nichts an ihrer Respektlosigkeit hatte auch nur den Hauch einer Chance, die Anerkennung der vornehmen Lilith zu gewinnen. Iannas Vorliebe für Macht und Ehrerbietung war so stark wie Faunas Schwäche für Süßigkeiten. Die beiden waren nicht dazu bestimmt, Freundinnen zu sein.

Ich hingegen fand Ianna spektakulär.

Ich würde zwar nie mit der dämonischen Stylistin befreundet sein wollen – o Gott, nein –, aber ich schaute ihr zu, als wäre ich vor dem Fernseher festgewachsen, als würde ich einen Panther bestaunen, der seine Zähne in eine Gazelle versenkte, während sie uns in den Palast und direkt zum Empfangschef führte. Der elegante Mann mit den kleinen Stacheln an jeder Schläfe erkannte Ianna sofort. Er reagierte mit wortloser Ehrerbietung und führte uns dann zu dem, was in der Welt der Sterblichen sicher ein Aufzug gewesen wäre.

Nur dass es kein Aufzug war.

Mein Puls beschleunigte sich, während ich zu den anderen hinüberblickte und um Fassung rang.

Wir näherten uns vier großen glänzenden schwarzen Räumen, als würden wir die Sterne selbst betreten. Alles in mir schrie danach, auf dem Absatz kehrtzumachen, aber die anderen blieben ruhig.

Zum Glück verdrehte Fauna nicht die Augen, als ich meine Hand Trost suchend ausstreckte, sondern schlang stattdessen ihren freien Arm beruhigend um meine Taille, während sie mit ihrer freien Hand die meine festhielt und mich an sich zog. Der Assistent trat in die wirbelnde Leere, dicht gefolgt von Ianna.

Ich machte einen halben Schritt nach vorn und sträubte mich gegen das Wissen, den anderen ins Vergessen folgen zu müssen. Ich war Azrames dicht auf den Fersen, als er mich überraschte, indem er plötzlich stehen blieb.

Mir stand der Mund offen, als er vor mir auf die Knie fiel und nach meiner Hand griff. Fauna ließ mich los, während ich Azrames sprachlos ansah.

Ich atmete nicht, als ich zwischen seinen ernst blickenden Augen und meinen milchigen Fingern in seinen stahldunklen Handflächen hin- und herschaute.

»Marlow«, sagte er mit leiser Dringlichkeit. »Ich weiß, dass Fauna dich ständig ärgert, also habe ich Sorge, dass du sie vielleicht nicht ernst nimmst. Hör mir zu, wenn ich dir sage, dass du niemandem deinen Namen sagen darfst, nicht einmal dem König. Mach keine Geschäfte, mach keine Versprechungen. Sag nicht mal *Danke*. Die Semantik ist hier unglaublich wichtig. Selbst wenn du als unsere Prinzessin über die Hölle herrschen würdest, wärst du an deinen Namen und an deine Vereinbarungen gebunden – in einer Weise, von der ich mir nicht sicher bin, ob du sie verstehst.«

»Az ...«, stammelte ich.

Seine stürmischen Augen brannten vor Intensität. Er drückte meine Hand, um seine Worte zu unterstreichen, als er sagte: »Offensichtlich bist du besonders genug, dass unser Prinz sein Leben riskiert hat, um mit dir zusammen zu sein. Fauna liebt dich. Mehr Überzeugung brauche ich nicht. Du hast meine Loyalität, Mar. Aber du musst es mir versprechen.«

»Aber ich ...«

»Sag mir, dass du das verstehst.« Der Anker seiner Stimme drückte mich auf den Grund des Meeres. Ich wollte wegsehen, konnte es aber nicht.

»Ich verstehe es«, war alles, was ich sagen konnte.

»*Versprich es mir.*«

Ich schluckte. »Ich ...« Ich blickte zwischen ihm und Fauna hin und her und war gleichermaßen überrascht und verwirrt, als ich Hoffnung und Sorge auch in ihrem Gesicht sah. Ich schaute Azrames an und fragte: »Ist das gerade der erste Test? Ich soll nichts versprechen?«

Seine Mundwinkel zuckten leicht. Er drückte noch einmal meine Hand, bevor er sich aufrichtete. Er klopfte sich den Staub von seinem Anzug, gab Fauna einen Kuss und verschwand wortlos im Nichts.

»Was zum Teufel«, formte ich lautlos mit den Lippen, denn meine Kehle schnürte sich bei diesen Worten zusammen.

Meine Eingeweide stiegen in die Brusthöhle und wickelten sich um mein Herz, sodass mir gleichzeitig übel und schwindelig wurde. Mein Puls dröhnte in meinen Ohren. Ich konnte nicht glauben, dass ich mich von der Mode, dem Glamour und der Schönheit so hatte mitreißen lassen. Dabei hatte ich völlig vergessen, dass ich mich in einem anderen Reich befand. Ich war so naiv gewesen, meine Wachsamkeit zu vernachlässigen, als ich selbstbewusst zum König eilte, als würde ich ein Fünf-Sterne-Restaurant betreten, um einen Abend mit einem Politiker zu verbringen.

Es war ein Fehler gewesen, Maribelle heraufzubeschwören. Das hier war nicht ihr Terrain.

»Wird alles gut?«, fragte ich und fühlte mich wie ein Kind, während ich Fauna verzweifelt ansah.

Sie schenkte mir den Anflug eines beruhigenden Lächelns, als sie antwortete: »Du hast gar keine andere Wahl.«

Und dann legte sie einfach wieder ihren Arm um mich und drängte uns in die glitzernde, himmlische Galaxie aus Diamanten und Dunkelheit. Ich zuckte zusammen und hielt den Atem an, als würde ich unter Wasser tauchen. Schon eine Sekunde später bereute ich es, als wir einen vornehmen Raum betraten, der aus demselben schimmernden Obsidianmarmor gefertigt war, der in dem Wirbel geglänzt hatte. Die hohen, palastartigen Decken wurden von perfekt glatten Onyxsäulen gestützt.

Ich war nicht im Weltraum verloren, sondern irgendwo anders, wo es noch viel, viel schlimmer war.

Hinter einem gläsernen Schreibtisch saß eine Assistentin und lächelte uns an. Ich blickte in das unbekannte Gesicht und krallte meine Fingernägel in Faunas Bizeps.

Meine Nackenhaare stellten sich auf, als ich die Rezeptionistin mit unerschütterlicher Wachsamkeit anstarrte. Die Frau hatte weißblonde Locken, die weit unter die Kante des Schreibtisches fielen. Ihr rosafarbener Mund, die blauen Augen und ihre Porzellanhaut strahlten eine unheimliche, puppenhafte Schönheit aus. Alles an ihr – von den perfekten weißen Zähnen bis zur langsamen Neigung ihres Kopfes – schrie nach Tod. Ich konnte mir das Grauen nicht erklären, das in mir aufstieg, als ich endlich etwas sah, das des Schreckens würdig war, den ich mein Leben lang mit der Hölle in Verbindung gebracht hatte.

Diese Kreatur war der Albtraum, der im Wandschrank lauerte.

Der erste Rezeptionist – der höfliche, gehörnte Mann – stellte uns einander vor. Ianna legte ihr schroffes Auftreten ab, als sie angekündigt wurde. Sie nickte dem Rezeptionisten langsam und mit geschlossenen Augen zu. Azrames tat dasselbe, als der Mann ihn gestikulierend der puppenhaften Frau ankündigte. Als die beiden Rezeptionisten ihre Aufmerksamkeit auf mich und Fauna richteten, hätte ich mich am liebsten wieder an das Rechteck des Raum-Zeit-Kontinuums gekrallt. Ich war mir sicher, dass ich auf den Straßen der Hölle besser dran wäre, als dem personifizierten Bösen direkt in die Augen zu blicken.

Fauna schien meine Fluchtgedanken zu lesen. Ihr Griff wurde fester und hielt mich an Ort und Stelle.

Der junge Mann stellte Fauna von den Nordländern vor, bei mir zögerte er, runzelte die Stirn und wandte sich an Ianna, um eine Erklärung zu bekommen.

»Dies ist ein sehr wichtiger Mensch für die königliche Familie«, erklärte Ianna. »Ein Mensch mit nordischem Feenblut, deshalb die vorgeschriebene Eskorte aus ihrem Reich.«

Ianna drehte sich zu mir um und sah mir in die Augen. Ihr kalter Blick verwandelte sich in etwas anderes. Ihr Gesicht spannte sich auf eine Weise an, wie ich es noch nie zuvor gesehen hatte. Für einen Augenblick erkannte ich den Ausdruck echter Angst auf ihrem Gesicht, als sie fragte: »Würdest du dich bitte vorstellen?«

Ich ließ Iannas kontrolliertes Entsetzen für den Bruchteil einer Sekunde auf mich wirken. Dann blickte ich in das unheimliche Gesicht der Porzellanfrau, betrachtete die kühle Neigung ihres Kopfes und das neugierige Weiten ihrer zu großen Augen, während ich nach einem Strohhalm griff.

»Maribelle«, hauchte ich, und Faunas Finger verkrampften sich reflexartig. »Sie können mich Maribelle nennen, und ich bin ...« Ich rang um die richtigen Worte. Ich wusste nicht, was ich sagen sollte, was ich sagen musste, um zu vermitteln, dass ich würdig war, dass ich das Recht hatte, vor dem bedrohlichsten Wesen zu stehen, das ich jemals gesehen hatte. »Ich bin der Mensch des Prinzen«, sagte ich schließlich.

Faunas Händedruck zeigte mir ihre eindeutige Zustimmung.

Die Atmosphäre im Raum entspannte sich ein wenig, außer bei der »Puppe«.

»Kann ich Ihnen etwas bringen, Maribelle?«, fragte sie mich mit ihrer luftigen, schönen Stimme. »Kann ich etwas für Sie tun?«

Ja. Ich war durstiger als jemals zuvor in meinem Leben, obwohl ich annahm, dass das vor allem mit meiner Nervosität zu tun hatte. Am liebsten hätte ich mich in ein Loch verkrochen, wenn es denn eins gegeben hätte. Mir wäre es am liebsten gewesen, wenn sie sich entschuldigt, den Raum verlassen und uns allein gelassen hätte. Stattdessen sagte ich nur: »Nein, alles in Ordnung. Aber es ist sehr nett von Ihnen, dass Sie fragen.«

Vor uns verschränkte Azrames seine Hände hinter dem Rücken. Für jeden anderen im Raum hatte er seine Handgelenke mit förmlicher Anmut umklammert. Für uns, und nur für uns, machte er ein sehr menschliches Daumen-hoch-Zeichen.

»Einen Moment«, sagte die Blonde und erhob sich von ihrem Stuhl. Sie trug das weite, fließende Gewand, das ich mir bei den Banshees der keltischen Überlieferung vorgestellt hatte. Ihre hellen, ätherischen Locken fielen perfekt glänzend bis zur Mitte ihres Rückens.

Als sie durch eine hohe, schmale Tür verschwand, flüsterte Fauna mir ins Ohr: »Sie ist eine Seelenfresserin.«

Ich schluckte bei dem Namen, bat sie aber nicht, das näher auszuführen. Mehr musste ich nicht wissen, schließlich waren wir bereits in der Hölle. Alles, was Dämonen in Angst und Schrecken versetzte, war ein Wesen, das ich nie wiedersehen wollte. Niemand rührte sich, während wir warteten.

Eine Minute später schwebte die Seelenfresserin mit demselben perfekten Lächeln wieder in den Raum. »Der König wird Maribelle und ihrer Eskorte eine Audienz gewähren. Erlauben Sie mir, den Rest von Ihnen in unseren luxuriösen Erfrischungsraum zu begleiten, während Sie warten.«

Ihre Locken verschwanden in dem Wirbel, der ebenso gut die Milchstraße hätte sein können, gefolgt von dem Rezeptionisten und dann von Ianna.

»Viel Glück«, flüsterte Azrames, bevor er ihnen in den Sternenhimmel folgte.

Wir drehten uns zu den Türen um, die nur für Fauna und mich einen Spaltbreit offen standen.

Ich hatte erwartet, erleichtert zu sein, nachdem die Seelenfresserin gegangen war. Stattdessen klebte ich vor Angst am Boden und starrte auf den weißen Lichtstreifen, der das

Atrium von dem trennte, was hinter den schweren Palasttüren lag. Wenn die Seelenfresserin nur das Vorspiel gewesen war, dann war ich nicht bereit für das Hauptereignis.

»Ich will nicht gehen«, sagte ich und ließ die Angst für mich sprechen. Ich war wieder ein Kind – ein Ledergürtel, eine Bibel, ein Pastor, eine weinende Mutter, die mich mit Drohungen über die Hölle, Satan und die Seelen bestrafte. Wenn mich schon die hübsche Phantomassistentin mit der schlimmsten Angst meines Lebens erfüllt hatte, dann war ich noch nicht bereit, dem König der Hölle zu begegnen. Ich wollte den Raum nicht betreten. Ich wollte nach Hause gehen und den dritten *Pantheon*-Roman schreiben, mich bis zur Besinnungslosigkeit betrinken, einen neuen Psychiater aufsuchen und mich in eine Station einweisen lassen, die mich mit genügend Therapie und Medikamente davon überzeugen könnte, dass ich diese ganze Reise nur halluziniert hatte.

»Du gehst nicht allein«, sagte Fauna.

Ich schaute von der Stelle, wo sich meine Fingernägel versehentlich in ihre Haut gebohrt hatten, hinauf in ihre Augen. So oft hatten sie vor Spott, Hohn, Obszönitäten und Chaos geglänzt, dass mich der sanfte, freundliche Ernst, den ich jetzt darin erblickte, dahinschmelzen ließ.

»Du musst mir den Weg zeigen«, flüsterte ich ihr zu, »denn ich glaube, ich weiß nicht mehr, wie ich meine Beine bewegen soll.«

Fauna machte einen halben Schritt, dann blieb sie stehen. Sie flüsterte eine abgekürzte Form meines Namens, als sie fragte: »Hey, Mar?«

Als wäre ich nicht schon panisch genug, erschreckte mich die Besorgnis auf ihrem Gesicht noch mehr. Ich erinnerte mich an einen Film aus meiner Jugend, in dem einem Superhelden ein schmerzhaftes, flüssiges Metall in die Venen injiziert wurde. Ich wusste nicht mehr, worum es in dem Film ging, aber ich erinnerte mich, dass er geschrien hatte. Jetzt spürte ich das Metall, wie es in allen meinen Gliedern hart wurde und sich in meinem pochenden, bleiernen Herzen festsetzte. Ich hatte so viel Angst, dass ich den Tränen nahe war, als ich fragte: »Was?«

»Az hatte recht. Alles, was er gesagt hat, war richtig, aber da ist noch mehr«, sagte sie, jedes ihrer Worte kaum mehr als ein Flüstern.

Mein Blick fiel auf die Tür, dann wieder zurück auf Fauna.

»Du musst das nicht tun«, sagte sie. »Wir können auch gehen. Oder reingehen, uns anhören, was er zu sagen hat, und es ablehnen. Du bist eine Nordländerin«, betonte sie. »Az hat in einigen Dingen recht. Ich ziehe dich ständig auf, deshalb bin ich mir nicht sicher, ob du mich ernst nimmst. Bevor wir zu diesem Treffen gehen, möchte ich dir sagen, dass ich es ernst meine. Du musst dich nicht dafür entscheiden. Wenn du die Hölle nicht willst, wenn du nichts davon willst, dann werde ich es tun. Ich würde mit dir eine Bindung eingehen, wenn es das ist, was du willst. Meine Philosophie war immer, um Vergebung zu bitten, bevor ich um Erlaubnis frage.«

Ich versuchte, ihr dankbar die Hand zu drücken, aber ich war zu benommen, um zu spüren, ob meine Gliedmaße dem Befehl meines Gehirns gefolgt waren.

»Ich muss ihn sehen«, sagte ich.

Sie senkte das Kinn. »Ich weiß, aber ich wollte nur, dass du das weißt.«

»Hey, Fauna?« Sie legte den Kopf schief, ihre kupferfarbenen und silbernen Haarsträhnen fielen ihr über die Schultern und ihre Rehaugen wirkten neugierig und besorgt, als ich sagte: »Mach jetzt keine seltsame Sache daraus, aber ich bin mir ziemlich sicher, dass ich dich liebe.«

»Ich liebe dich auch, du Loser«, sagte sie.

Mit diesen Worten zog sie mich weiter zum König der Hölle.

Fünfundzwanzig

M aribelle!«
Ich hatte noch nicht mal Zeit, die Quelle zu identifizieren, da wurde ich auch schon von einer Umarmung erdrückt, die mich von Fauna weg und von den Füßen riss. Ich fühlte mich wie ein aufgeschrecktes Kätzchen, das von einem übermütigen Kleinkind geknuddelt wird. Ich verlor das Gleichgewicht, als das unbekannte Wesen mich in einem engen Kreis herumwirbelte, bevor er mich wieder auf die Füße stellte. Der Mann hielt mich auf Armeslänge, um meinen Anblick auf sich wirken zu lassen, aber ich bin mir sicher, dass er nur einen vor Schreck weit geöffneten Mund sah.

Ich hatte Mühe zu verstehen, wen ich hier gerade vor mir sah.

Während andere Dämonen sich für Hörner oder einen Schwanz entschieden hatten, hatte die Person vor mir riesige gefiederte Flügel, die so schwarz waren, dass sie das regenbogenfarbene Schillern eines Ölteppichs durchbrachen. Fast hätte ich die feine silberne Verzierung seiner Krone übersehen, die sich von der goldbraunen Haut abhob. Wäre die Krone nicht gewesen, hätte ich nicht gemerkt, dass ich in die saphirblauen Augen eines Königs blickte. Mit wahrer Freude strahlte er mich an, als er dem Drang nachgab, mich noch einmal an sich zu drücken, mit einer Intensität, die ich nicht so recht begreifen konnte. Dieser unglaublich schöne, alterslose

Mann mit den überdimensionalen Flügeln war der Erste, dem ich je begegnet war, der wie ein echter gefallener Engel aussah.

Auch als er mich schließlich losließ, blieb das Lächeln auf seinem Gesicht.

»Und du musst Fauna sein«, sagte er, ergriff ihre Hand und schüttelte sie warm und freundlich mit beiden Händen.

In meinem Kopf wirbelte alles durcheinander, als ich versuchte, den Ereignissen einen Sinn zu geben.

Der Mann war zu glücklich. Der riesige neugotische Raum mit den silbernen Filigranarbeiten an der Decke und den baumelnden Kronleuchtern war zu schön. Sein schlichter schwarzer Anzug war zu perfekt, seine Kette, seine Uhr, seine Krone zu schick. Seine Iriden waren zu blau und standen in krassem Kontrast zu seinen Gesichtszügen. Seine jugendliche Haut war zu golden. Sein Lächeln war zu weiß, zu gleichmäßig, zu freundlich. Selbst seine Augen strahlten vor zu viel Sanftmut und Freude.

Als ich ihn ansah, war ich dreizehn Jahre alt und wieder in meiner Küche. Die Frage meiner Mutter ging mir durch den Kopf, als ich den König betrachtete.

Wusstest du, dass Luzifer der schönste Engel war?
War er das?

»Es tut mir leid, ich …«, sagte ich verwirrt. Ich schüttelte den Kopf – nicht aus Ablehnung, sondern aus völligem Unverständnis. Ich hatte einen Thron erwartet. Ich wäre bereit gewesen, einen unbeholfenen Knicks zu machen, während ich vor Angst zitterte. Ich hatte einen Swimmingpool voller Blut erwartet und einen Harem von Seelenfresserinnen.

»Natürlich«, sagte er und führte mich von Fauna weg, während er eine Hand auf meinen unteren Rücken drückte. Er bedeutete ihr, uns zu folgen, als er uns zu einer Sofagruppe führte und mich zu meinem Platz, bevor er sich in den Stuhl neben mir setzte. »Wir sind uns schon einmal begegnet, vor fast zweitausend Jahren. Ich gehe nicht davon aus, dass du dich noch daran erinnerst, warum solltest du auch? Die meisten, die in der Sterblichkeitsschleife gefangen sind, tun das nicht. Du warst damals noch nicht bereit, dich uns anzuschließen, und mein Sohn ist keiner, der Perfektion überstürzt. In vielerlei Hinsicht ist er besser als ich. Aber verdammt, du bist noch genauso wunderbar wie damals.«

Ich war mir nicht sicher, ob ich jemals in meinem Leben ein Glas Wasser getrunken hatte. Meine Zunge fühlte sich jedenfalls an wie Sandpapier. Ich blinzelte ihn verständnislos an und versuchte mich daran zu erinnern, was meine Therapeutin mir beigebracht hatte: wie man sich erdet, wenn alles außer Kontrolle gerät.

Dann sollte ich die fünf Sinne benennen.

Was konnte ich sehen? Ich sah den schönsten Mann mit den schönsten Flügeln und das schönste ... Büro? Was war das eigentlich? Ein Schreibtisch, Sofas, ein Kronleuchter – nein, *drei* Kronleuchter – Säulen, raumhohe Fenster ... ja, das musste ein Büro sein.

Was konnte ich riechen? Nun, da war Faunas Duft nach Winter und Meer. Da war der anhaltende Duft von Chanel No 5. Da war etwas Süßes, Granatapfel vielleicht oder Datteln ...

Ich hörte Gelächter. Ich fühlte weichen, bequemen Stoff. Mein Mund fühlte sich staubtrocken an. Ich versuchte zu schlucken, was mir jedoch nicht gelang.

Meine Therapeutin hatte sich geirrt. Alles drehte sich noch, ich war nicht geerdet. Ich würde mein Geld zurückverlangen.

»Entschuldigung«, sagte der König. »Ich entschuldige mich, Maribelle, wirklich. Ich kann mir vorstellen, wie überwältigend das für dich sein muss. Ich weiß, dass manche Erfahrungen erleuchtender sind als andere. Ich kann dir gar nicht sagen, wie hoffnungsvoll ich war, als ich erfuhr, dass du in dieser Inkarnation eine Feenabstammung hast. Ihn nicht nur sehen zu können, wenn er sich dir offenbart, sondern sogar ganz von selbst ... Das ist die Brücke, auf die wir seit Jahrtausenden gewartet haben.«

Ich sah zu Fauna, aber sie zuckte nur – wenig hilfreich – mit den Schultern.

»Von allen Namen, die du meinem Sohn gegeben hast«, sagte der Mann, »ist Caliban einer meiner Lieblingsnamen. Ich werde ihn in mein Repertoire aufnehmen! Er mochte Kit, Vulpes und Nyx am liebsten. Oh, und der Zyklus, in dem du ihn Fluffy genannt hast! Ich bin mir ziemlich sicher, dass das war, bevor dein Volk damals die Beringstraße überquerte, obwohl ich die Daten ständig durcheinanderbringe. Das von dir verwendete Qawiaraq-Wort für ›flauschig‹ war ... wie hieß es noch mal? Ach, egal. War das, als er eine Bestie blieb und nie eine menschliche Gestalt annahm? Oh! Weißt du noch, als du in Haiti warst – nein, natürlich nicht.« Er schüttelte den Kopf und warf ihn dann lachend zurück. »Maribelle, süße Maribelle, die Freude unseres Königreichs, bitte sag mir, dass du gekommen bist, um dich uns endlich anzuschließen.«

Ich hatte keine Ahnung, was ich sagen sollte. Das Klingeln in meinen Ohren war fast zu laut, um den König zu hören. Zu meiner Überraschung und Erleichterung erwiderte schließlich Fauna etwas darauf.

»Bitte verzeihen Sie die Störung, Eure Hoheit«, begann sie.

Ihre Höflichkeit und Förmlichkeit genügten, um mich aus meiner Benommenheit zu reißen. Ich blinzelte mir den Schock aus den Augen, während ich dem Austausch der beiden folgte.

Der Widerwille, seine Aufmerksamkeit von mir abzuwenden, war unübersehbar, aber der König war ein Gentleman, und so wandte er sich höflich zu ihr um.

»Leider«, sagte sie, »hat ihre Abstammung von den Feen in diesem Zyklus zu einigen Komplikationen geführt. Ich weiß nicht, was Eure Hoheit über Maribelle wissen, aber mit einer hellsichtigen Mutter, die starke Gefühle für die gegnerische Seite Eures Krieges hegt, Euer Gnaden, hat Maribelle einen engelhaften Fährtenleser bekommen. Das ist auch einer der Gründe, warum ich sie nicht länger als eine Minute allein lassen kann. Sie ist in Gefahr.«

Die Freude verrauchte, ein Schauer überkam uns. Zuerst dachte ich, ich würde es mir nur einbilden, bis ich die Gänsehaut sah – nicht nur auf meinen, sondern auch auf Faunas Armen. Und die gewölbten Panoramafenster, die in ein Heiligtum gehörten, hatten bis eben noch den hellen, blauen Tag gezeigt, als plötzlich Wolken aufzogen und die Sonne verdunkelten. Graues Licht drang in den Raum.

Seine Stimme klang ernst, als er sich vergewisserte: »Ein Engel verfolgt sie und mein Sohn ist nicht bei ihr?«

Fauna schwieg einen Augenblick voller Ehrfurcht. Ich konnte fast ihren Atem sehen, als sie schließlich in der Kälte sprach. »Ja, Euer Majestät, ich kann nicht über ihre früheren Leben sprechen, aber ich glaube nicht, dass ihre anderen Gestalten in Gefahr waren, mit einem Engel eine Bindung einzugehen. Ihr wisst so gut wie ich, was das für ihren Zyklus bedeuten würde. Wenn der Engel Erfolg hat ...«

»Welcher Engel?«, fragte er mit einer Stimme, die so leise war wie ein Schwur.

»Er benutzt den Namen Silas. Euer Hoheit kennen ihn vielleicht als ...«

Er sah von ihr zu mir und hob einen Finger, um uns zum Schweigen zu bringen.

Trotz der Größe des Raumes kam mir alles erst zu klein und dann zu groß vor. Zuerst erdrückte es mich, nahm mir die Luft zum Atmen, nahm mir den Raum, den ich so dringend brauchte. Im nächsten Moment waren alle zu weit weg – ich war allein, so weit weg von Fauna. Wenn ich durch das Sofa fallen und in die wartenden Pantheons stürzen würde, dann könnte ich niemanden um Hilfe bitten. Ich rieb mir die Arme, um mich zu wärmen, und schlang sie dann um mich selbst, um mich auf mehr als eine Weise zu trösten. Ich wünschte mir, Fauna wäre neben mir und würde ihren Arm um mich legen, während ich ins Unmögliche stürzte, unfähig, mit der Realität Kontakt aufzunehmen.

Er atmete langsam aus, bevor er sagte: »Ich hatte immer erwartet, dass du dich uns anschließen würdest, wenn du bereit bist, deinen sterblichen Zyklus zu verlassen. Jetzt bist du hier mit einer Nordländerin, und wenn man ihr glauben darf, was …« – er tätschelte ihr tröstend die Hand – »… ich durchaus tue …« Er runzelte die Stirn. »Das könnte dein letzter Zyklus sein, Maribelle. Und nicht zum Besseren.« Das Drehen wurde stärker.

Unwillkürlich fuhr eine meiner Hände an meine Brust, als wollte sie nach dem Faden tasten, den meine Mutter immer zu ziehen vermochte und der mich in meine Kindheit zurückversetzte. Ich war damit aufgewachsen, die Bitte, den Traum, das Flehen zu hören, dass unsere Seelen nach dem Tod nur inmitten der himmlischen Heerscharen weiterleben würden. Jetzt, mit sechsundzwanzig Jahren, hörte ich, dass ein solches lebenslanges Gebet erhört werden könnte, allerdings als Strafe.

Fauna hatte es mir schon früher gesagt, aber es jetzt vom König selbst zu hören, raubte mir den Atem. Ich hatte mich immer wieder in dieselbe Seele verliebt – ich hatte mich mit ihm verbunden – durch die Zeit, durch den Körper, durch das Land, durch die Sprache, seit sich der Sand der Zeit von vor bis nach Christus verändert hatte. Ich wusste nicht, ob ich mich geehrt fühlen oder entsetzt sein sollte. Der Raum verschwamm, die Filigranarbeiten bluteten in die Schwärze um sie herum, die Möbel wankten, der Boden hob sich mir entgegen, als wäre er kaum mehr als der himmlische Strudel in den Lobbys. Ich kämpfte innerlich um Stabilität. Nichts davon ergab einen Sinn. Nichts davon ...

»Oh.« Fauna sprang im selben Moment auf, als der König eine Vase ergriff, die wahrscheinlich mehr wert war als Azrames' Bugatti, und sie zu mir schob – gerade als ich Kaffee, Galle und Kekskrümel in das schöne Stück unbezahlbarer Kunst spuckte. Es bedurfte eines zweiten Versuchs, bis Fauna schließlich auch den Rest meiner Haare erwischte und das, was noch in der Nähe meines Gesichts hing, entfernte, während ich mich ein weiteres Mal übergab. »Sterbliche ...«, sagte sie entschuldigend zum König, während sie mir auf den Rücken klopfte.

»Ich übernehme die Verantwortung dafür«, sagte er. »Ich sollte es inzwischen besser wissen. Es kommt nicht jeden Tag vor, dass ich ...« Er hielt inne, um nicht das Feuer erneut zu entfachen, das meinen Magen so erschüttert hatte. Ich entschuldigte mich verschämt, bevor ich mich zum dritten und letzten Mal erbrach und die letzten winzigen Flüssigkeitsreste aus meinem Magen würgte. Die Muskeln in meinem Nacken, Rücken und Bauch spannten sich an, als mein Körper den Kampf gegen das Übernatürliche verlor. »Und da der Prinz nicht anwesend ist ...«

Verlegen wischte ich mir mit dem Handrücken über den Mund. Der König hatte bereits mit den Fingern geschnippt und die schmutzige Vase war verschwunden. Man reichte mir ein Taschentuch und ein Glas Wasser, von denen ich fast sicher war, dass es sie einen Moment zuvor noch nicht gegeben hatte. Ich traf die schnelle Entscheidung, das zu tun, was ich sechsundzwanzig Jahre lang getan hatte, und ignorierte alle Informationen, die mir angeboten wurden, um als funktionierendes menschliches Wesen weitermachen zu können. Unfähig, mich auf ein einziges Thema einzulassen, das der Mann angesprochen hatte, richtete ich mich auf, nahm all meinen Mut zusammen und tat das, was ich als Sexarbeiterin seit Jahren am besten konnte: Ich funktionierte.

»Also«, sagte ich und tat so, als hätte ich mich nicht gerade vor den beiden übergeben. »Ihr seid Calibans Vater?«

Sein Gesichtsausdruck wurde sanfter. »Du brauchst nicht so zu tun, als ob du damit einverstanden wärst. Wir schätzen Aufrichtigkeit.«

Tja, das war's dann wohl mit meinem Plan.

Ich verzog das Gesicht und schloss die Augen. Der König spürte mein Ringen um Normalität und tat mir einen Gefallen.

»Jaja, ich bin der König der Freiheitskämpfer. Mein Sohn – dein Caliban – ist ihr Prinz. Wie gesagt, ich bin überrascht, dich endlich hier zu sehen, aber ohne ihn. Er ist nun schon seit einiger Zeit im Reich der Sterblichen ... Die Zeit« – er hielt inne und machte mit der Hand eine Geste, um auf seine Nebenbemerkung hinzuweisen – »läuft hier ein wenig anders als dort. Das heißt, normalerweise meldet er sich, wenn er nicht gerade bei dir ist. Die Pflichten eines Prinzen und so weiter.«

»Maribelle«, sagte Fauna vorsichtig, »ich glaube, es wäre klug, wenn du dem König erzählen würdest, was du zu Caliban gesagt hast.«

Langsam schüttelte ich den Kopf, noch bevor ich wusste, was ich da tat. Nein? Wollte ich damit sagen, dass ich einem Monarchen die Auskunft verweigerte? Dem Vater von Caliban? Und Faunas Bitte ignorierte, obwohl sie mich noch nie in die Irre geführt hatte?

Beide sahen mich stirnrunzelnd an, bevor es mir auffiel.

Die Scham ließ mich immer leiser werden, als ich bekundete: »Ich schäme mich für das, was ich gesagt habe.«

Fauna atmete aus und erklärte: »Maribelle war nicht ganz vertraut damit, wie bindend Worte für die Bürger der nichtsterblichen Reiche sind.«

Der König seufzte traurig. »Das sind der Segen und der Fluch der Sterblichkeit, nicht wahr? Dein Leben ist kurz, also darf man es mit wenig Sinn und Verstand leben. Buße kannst du in deinem nächsten oder übernächsten Leben tun. Wenn man ewig lebt ...« Er schaute aus dem Fenster und betrachtete mit versonnenem Blick das Schwarz und Grau, den Stein und Stahl, das Glas und Eisen seiner Stadt. Die Wolken zogen weiter, bis sie zu bodennahen Gewitterwolken wurden. »Du kannst nichts sagen, was du nicht auch so meinst. Worte haben Konsequenzen.«

»Sag es ihm«, forderte Fauna mich erneut auf.

Ich schloss die Augen, als würde das die Erinnerung weniger schmerzhaft machen, und dachte an die letzte Nacht, in der ich ihn gesehen hatte, an den Geruch des Waldes, an das kühle Rauschen seiner Haut, an die Kälte seines Kusses, als seine Lippen meinen Hals berührten. Ich spürte, wie er mich in diesen letzten Momenten festgehalten hatte, als mein Schock in Wut umschlug. Meine Weigerung, unsere frühere Abmachung zu verstehen – welche beinhaltete, dass er nicht ohne meine Erlaubnis in mein Leben eingreifen durfte –, hatte ihm die Hände gebunden und es ihm verboten, sich einzumischen.

»Ich habe es dreimal gesagt«, begann ich schließlich, die Augen immer noch geschlossen. »Mein ganzes Leben lang war ich davon überzeugt, dass er nicht real ist. Ich musste glauben, verrückt zu sein. Ich wollte ihn nicht mehr sehen, sah ihn auch nicht mehr. Er besuchte mich zwar noch jahrelang, aber er war nicht mehr sichtbar.«

Der König lachte leise über das Hintertürchen, aber es klang nicht unfreundlich.

»Dann haben wir eine Abmachung getroffen, dass er nichts tun darf. Er durfte nicht eingreifen, ohne meine ausdrückliche Erlaubnis durfte er keinen Finger rühren. Um fair zu sein: Das war sein Gegenangebot. Ich hatte ihm gesagt, dass ich das alles nicht mehr kann, und anstatt uns ganz aufzugeben, hatte er sich von mir Grenzen setzen lassen. Und dann hat jemand versucht, mich umzubringen.«

Während sie sich meine Geschichte anhörten, tat keiner von ihnen auch nur einen Atemzug.

»Ein Engel – Silas – tauchte in letzter Sekunde auf und tötete den Mann. Ich schaffte es gerade noch. Aber Caliban ... Er konnte nicht eingreifen. Er konnte nichts anderes tun, als den Mann zu markieren, der mich fast ermordet hätte. Ich verstehe diese Verwicklungen nicht ganz, aber als ich erfuhr, dass er da war, alles gesehen hatte, aber nur dastand, ohne zu helfen ...«

Der König tätschelte mein Bein, bis ich die Augen wieder öffnete.

»Er liebt dich sehr, Maribelle. Diese Art von Zeichen zu setzen, die sogar ein Engel annehmen kann, ist ein Vorbote von Dringlichkeit und Verzweiflung, die niemand übersehen kann. Das Risiko, das er auf sich genommen hat ...« Er zog seine Hand zurück und blickte in die Ferne. »Du hast ihn seitdem nicht mehr gesehen? Seit er das Zeichen gesetzt hat?«

Ich runzelte die Stirn. »Was hat das zu bedeuten? Das Zeichen, meine ich?«

Fauna verzog den Mund, aber angesichts des verzweifelten Blicks des Königs beschloss sie offenbar, ihm die Qual des Sprechens zu ersparen. »Du weißt, was Azrames tut? Dass er nicht für Geld arbeitet, so wie es die Sterblichen tun?«

Ich nickte langsam.

»Zeichen sind für Gefälligkeiten. Azrames hat auf ein Zeichen für Ianna reagiert, deshalb musste sie uns helfen, als er den Gefallen einforderte. Und wenn ein Engel sofort reagiert hat, dann nehme ich an, dass er den Gefallen wirklich sehr zu schätzen wusste.«

Ich schluckte, als ich die Sorge in ihren Augen sah. »Wenn er den Engeln einen so großen Gefallen schuldet, warum sollte Silas dann immer noch eine Bindung mit mir eingehen wollen?«

Nach langem Schweigen sagte der König: »Der Krieg, Maribelle. Du könntest das Ass im Ärmel sein, das sie brauchen, um das Blatt zu wenden.«

Sechsundzwanzig

Es dauerte nur wenige Augenblicke, bis Fauna dem König mitgeteilt hatte, dass es bis zu ihrer Ankunft keinen Schutzzauber um meine Wohnung gegeben hatte und dass jeder hätte rein- und rausspazieren können. Er ließ mich alles bis ins kleinste Detail beschreiben – alles über den Engel und die parasitäre Kreatur, der ich bei meiner zweiten Begegnung mit dem himmlischen Wesen begegnet war.

»Es fällt mir schwer zu glauben, dass der Prinz dich ungeschützt gelassen hat. Ich vermute, Caliban hat seinen Schutzzauber aufgehoben, als er deinen Angreifer markiert hat, damit jemand anderes reagieren konnte«, überlegte Fauna laut. »Und nachdem du ihn vertrieben hattest, konnte er ihn nicht mehr anbringen.«

Der König handelte schnell. Im nächsten Moment stand er schon mit dem Rücken zu uns, schaute aus dem Fenster und erledigte eine Reihe von Anrufen. Ich wagte es nicht, den Mund aufzumachen, während er mit einer Person nach der anderen sprach. Als er zurückkam, machte er ein ernstes Gesicht.

»Er ist nicht im Himmel.«

Ich sah zwischen Fauna und dem König hin und her. »Das ist doch gut, oder?«

Der König begegnete meinem Blick. »Angeblich soll ein anderes Pantheon beteiligt sein.«

»Aber die Nordländer ...«, begann Fauna.

»Es ist nicht nordisch. Die Berichte sind nicht eindeutig. Aber es ist nicht der Himmel.«

Ich hatte das Gefühl, aus meiner Haut kriechen zu wollen. Nichts ergab einen Sinn und das sagte ich auch.

»Ein Parasit wie dieser sollte ein Gefallen ersten Ranges gewesen sein«, erklärte er.

Fauna erhob sich von ihrem Sitz und rutschte auf den Platz neben mir.

»Es ist einfach, sie zu töten. Man braucht fast keine Fähigkeiten. Verdammt, selbst eine Nymphe ...« Er schüttelte den Kopf. »Tut mir leid, Fauna, ich will dich nicht beleidigen. Dieses Wort stammt nicht mal aus deinem Reich.«

Sie kicherte. »Ich bin vieles, Eure Majestät, aber eine Kämpferin bin ich mit Sicherheit nicht. Nichts, was Eure Majestät über meine Unfähigkeit, zu kämpfen, sagen könnten, würde mich beleidigen.«

Ich hatte nicht einmal bemerkt, dass ich nervös mit den Beinen hibbelte und meine Finger zwischen meinen Knien verdrehte, während die beiden sprachen. Fauna schob ihre Finger daraufhin zwischen meine und legte ihren Unterarm auf mein Knie, um mich zu beruhigen.

»Stufe eins?«, fragte ich sie leise, weil ich den König nicht unterbrechen wollte. Er war so in seinen Kummer vertieft, dass er zu vergessen schien, dass wir noch da waren.

Faunas Gesichtsausdruck war nicht ungeduldig, sondern besorgt.

»Du weißt, wie Azrames arbeitet, nicht wahr?«

Ich nickte.

»Er beschäftigt sich mit den Energien zwischen Mensch und Fee und macht damit ein ziemlich gutes Geschäft. Er arbeitet selten mit anderen Unsterblichen zusammen, aber für viele von uns ... Nun, viele schließen Verträge ab, die über alle Reiche hinweg eingefordert werden können – Verträge über Gefälligkeiten. Es ist riskant, mit jemandem Geschäfte zu machen, auch wenn es nur kleine sind ... selbst wenn es sich um jemanden aus dem eigenen Reich handelt. Gefallen der Stufe eins könnten zum Beispiel Tauschgeschäfte sein oder die Erledigung von Gefälligkeiten. Es ist viel Arbeit. Ein Gefallen der Stufe eins, den sich jedes Reich schnappen kann, könnte gefährlicher sein. Wenn zum Beispiel eine Meerjungfrau einen Feuergeist um einen Gefallen der Stufe eins bittet und ihn auffordert, ihr beim Kämmen zu helfen ...«

Ich wollte jetzt nicht über die Einführung neuer Feen nachdenken, also sagte ich: »Auch wenn es nur eine kleine Aufgabe ist, würde der Feuergeist dabei sterben.«

»Offene Gefälligkeiten sind unklug. Sie sind den seltensten Fällen vorbehalten.« Fauna blickte von mir zum König. »Und aus Eurem Tonfall, Majestät, schlussfolgere ich, dass das Kopfgeld auf diese Kreatur und ihren Wirt nicht als Stufe eins markiert war.«

Er ließ sich in den Ledersessel sinken und fuhr sich mit den Händen durchs Haar. Sein altersloses Gesicht schien plötzlich um Tausende von Jahren gealtert zu sein, als er sagte: »Nein. Nein, das war es nicht.«

»Ich verstehe nicht, was da drinnen eigentlich passiert ist«, flüsterte ich mit panischem Blick, als Fauna mich hinter sich her aus dem Gebäude zog. Azrames hatte kein Wort gesagt, seit sie ihn aus dem Warteraum geholt hatte. Sein Gesicht blieb angespannt vor Sorge, als er uns zum Auto führte. »Fauna, was ist passiert?!«

»Az«, sagte sie, ohne mich zu beachten, »wie schnell kannst du uns zu dir nach Hause bringen?«

Er biss die Zähne zusammen, ein Muskel zuckte in seinem Kiefer, als er wie ein geölter Blitz losfuhr.

»Fauna!« Ich hielt mich an den beiden Vordersitzen fest und beugte mich vor.

Sie drehte sich um, echte Wut stand ihr ins Gesicht geschrieben, als sie sagte: »Dir wäre es gut gegangen! Wenn du in dieser Wohnung gestorben wärst, dann hättest du deine sterbliche Schleife wieder aufgenommen. In sechsundzwanzig Jahren hättest du eine *andere* Idiotin sein können. Aber dein geliebter Caliban konnte es ja nicht lassen. Anscheinend war alles, was du durchgemacht hast, zu schrecklich für ihn, als dass er es hätte zulassen können. Götter und Göttinnen, hat er dich wirklich immer nur gesund und im hohen Alter sterben lassen? Kein Wunder, dass du in einer sterblichen Schleife gefangen bist und nichts aus deinen Fehlern lernst. Ich persönlich hätte dich längst sterben lassen.«

»Das meinst du doch nicht ernst ...« Ich konnte kaum atmen. Erst vor einer Stunde hatte sie im Palast meine Hand gehalten und mir gesagt, dass sie mich liebte. Ich hatte angefangen zu glauben, dass wir wirklich Freundinnen sind. Mit den Lippen formte ich noch einmal lautlos ihren Namen, die Frage war eine wortlose Bitte, während sich die Tränen schon ankündigten. Die grauen Straßen verschwammen, sowohl durch die Emotionen als auch durch die Geschwindigkeit, mit der Azrames sich durch den Verkehr schlängelte. Unsere zwanzigminütige Fahrt würde leicht in sechs Minuten zu Ende sein.

»Fünf, Marlow! Stufe fünf!«

Azrames reagierte so plötzlich, dass er mit dem Wagen beinahe gegen einen gehörnten Dämon auf einem Motorrad geprallt wäre. Seine grauen Fingerknöchel wurden weiß, so fest umgriff er das Lenkrad, seine Muskeln spannten sich an. Durch die starke Beschleunigung drehte sich mir der Magen um, als er das Gaspedal durchtrat und die sechsminütige Fahrt auf vier Minuten verkürzte.

Ich schüttelte den Kopf, meine Augen waren weit aufgerissen. »Ich verstehe nicht ...«

»Fünf bedeutet: Wer oder was auch immer du bist, komm verdammt noch mal her und dann tue ich alles, was du willst.«

Ich taumelte, als Azrames eine sehr enge Kurve fuhr. Ich klammerte mich an die Sitze vor mir, während ich Fauna flehend ansah und um Antworten bettelte.

»Alles!«, schrie sie fast. »Es bedeutet, dass Silas *alles* verlangen kann! Er will, dass Caliban sich die Seele aus dem Leib reißt und sie ihm auf einem Tablett serviert? Er will unbegrenzten Zugang zum Palast der Hölle? Er will, dass der König sich zwischen der Kapitulation oder dem Tod seines Sohnes entscheidet? Silas hat das Recht, darum zu bitten! Und der verdammte Prinz der Hölle höchstpersönlich hat ihm den Gefallen getan! Das ist nicht nur schlecht für ihn, Marlow. Es ist schlecht für alle Reiche! Denk nur mal daran, was es für die Nordländer bedeutet! Für die Griechen! Die Ägypter! Die ...« Sie rang nach Luft und fuhr sich mit den Fingern durchs Haar. »Jedes Königreich wird ins Chaos gestürzt, wenn Silas diesen Tauschhandel einfordert. Marlow, hörst du, was ich sage? Das ist wirklich. Verdammt. Schlecht.«

Die Sehnen in Azrames' Nacken spannten sich, als er sagte: »Das war's. Der Himmel gewinnt.« Schnell bog er in die Parklücke ein, die kaum mehr als ein verschwommener Fleck war. Dann rannte er los, um Faunas Tür zu öffnen, noch bevor sie sich von ihrem Sitz erheben konnte.

»Und?« Ich keuchte und taumelte von der Rückbank. »Was sollen wir tun? Wie können wir helfen?«

Fauna drehte sich zu mir um und stieß mir mit einem Finger gegen das Brustbein. »Silas will dich. Das ist das Einzige, wovon er seit dem Treffen mit dir redet«, entgegnete sie aufgebracht. »Deshalb ist er in deiner Wohnung aufgetaucht. Und deshalb hat er auch deine Mutter in die Sache mit hineingezogen. Soweit wir wissen, hat er den Gefallen noch nicht eingefordert. Eigentlich ...« Sie beruhigte sich, indem sie tief Luft holte und dann wieder ausatmete. Sie ballte die Hände zu Fäusten und entspannte ihr Gesicht von der für sie untypischen Panik und Wut, die sie erfasst hatten. »Soweit wir wissen, hat er niemandem erzählt, welche Karten er in der Hand hält.«

Ich sah zwischen ihr und Az hin und her.

»Und was ist mit dem anderen Pantheon?«, fragte ich.

Azrames erstarrte. »Welches andere Pantheon? Der Himmel hat keine Verbündeten.«

»Das ergibt keinen Sinn«, sagte Fauna. »Die Informationen des Königs könnten auch falsch sein. Er scheint zu glauben, dass noch andere Götter im Spiel sind.«

»Dann ...« Azrames' Körperhaltung veränderte sich. »Wer auch immer es ist, vielleicht hat er uns so etwas Zeit verschafft.«

Nichts davon ergab einen Sinn. »Wie denn?«

Azrames erklärte mit ruhiger Stimme: »Silas kann niemandem im Himmel gesagt haben, dass er die Macht hat, den Krieg zu beenden, sonst wäre das schon längst passiert. In der Hölle würde es von Engeln nur so wimmeln. Natürlich weiß ihr König, dass du der Mensch des Prinzen bist, aber das scheint auch alles zu sein. Silas muss seinen Kampf gemeldet und erklärt haben, wer du bist, und dann seine Befehle erhalten haben. Hätte irgendjemand von der Abmachung gewusst, dann wären die Dinge ganz anders gelaufen.«

Ich schluckte. »Könnte er nach mir fragen? Als Gefallen?«

»Nur, wenn du eine Bindung eingegangen wärst. Er hätte von Caliban verlangen können, dass er ihm die Bindung mit dir übergibt, und der Prinz hätte einwilligen müssen. Dann würdest du jetzt dem Himmel gehören«, antwortete Fauna.

»Und?« Ich hatte meine Augenbrauen so weit hochgezogen, dass ich mir sicher war, sie würden in meinem Haaransatz verschwinden. »Was soll ich tun? Wie bringe ich das in Ordnung?«

Sie packte mich an den Schultern und blickte zwischen mir und dem Sølje, das immer noch an meiner Brust hing, hin und her. »Zuerst gehst du zu Silas.«

Der Luxus in Azrames' Wohnung wirkte unheilvoll als Hintergrund für Faunas Leidenschaft. Noch nie hatte ich sie sich mit solcher Intensität bewegen sehen. Sie lief im Zickzack durch die Räumlichkeiten wie ein Reh durch den Wald. Ich musste sie davon abhalten, sich das Designeroberteil vom Leib zu reißen, denn es sah aus, als würde sie in ihrer Hektik gleich Tausende von Dollar zerfetzen. Sie ließ ihre Kleider in einem zerknitterten Haufen auf dem Boden liegen, als sie in die bequeme Haremshose schlüpfte, die sie an dem Abend getragen hatte, als wir uns zum ersten Mal begegnet waren. Ihr grau meliertes Hemd, das wie die anderen kurz geschnitten war, trug in der Mitte eine nordische Rune, die von einem Geweih durchkreuzt wurde. Fauna zog ein weiteres Hemd und eine Hose von den Bügeln und warf sie mir zu.

»Zieh das an«, befahl sie und überließ mich dann mir selbst, während ich aus meinem Overall schlüpfte und die Brosche abnahm.

Ich verließ den Raum in seltsamen, hautengen Leggings, die aus Rost, Wald und Gold gemacht zu sein schienen. Ich hatte noch nie etwas besessen, das man als Steampunk hätte bezeichnen können, aber mir fiel kein anderes Wort dafür ein, als ich die Knöpfe an den Außennähten der Hose betrachtete, die im Kontrast zu dem unanständig dünnen weißen Hemd standen, das sie mir angedreht hatte. Ich verstand die Motivation einer Nymphe, sich für die *Befreit die Titten*-Bewegung einzusetzen, aber ich war mir nicht sicher, ob freiliegende D-Körbchen angemessen waren, um um eine Audienz bei einem Engel zu bitten. Ich schaute auf die perfekt schwarze Tätowierung hinunter, das einzige Zeichen auf meiner ansonsten unbedeckten Haut, und spürte, wie sich meine Brust zusammenzog.

Es war das Siegel, das mich in Alice verwandelt hatte, als ich ins Wunderland gefallen war.

Nur dass Alice, als sie nach Hause zurückkehrte, so tun konnte, als wäre alles nur ein Traum gewesen. Ich war auf mehr als nur eine Weise markiert. Es gab kein Zurück mehr. Ich schüttelte die Gedanken wie Spinnweben aus meinem Kopf, befreite mich von alten Denkmustern, als ich das Zimmer verließ.

»Kommt Az mit uns?«, fragte ich und sah, wie sie Dinge aus seinen Regalen riss, während sie hektisch nach etwas zu suchen schien.

Mit dem Rücken zu mir wühlte sie in seinen Sachen und sagte: »Er kann nicht mitkommen.«

»Wieso nicht?«, fragte ich.

»Ja«, sagte Azrames, als er zu uns ins Wohnzimmer kam, das Hemd über seine Muskeln zog und sich mit der Hand durch die Haare fuhr. »Warum eigentlich nicht?«

Sie brummte, als sie sich zu ihm drehte. »Az, wo ist dein … oh. Vergiss es.« Fauna lief zu dem Glasbehälter, den ich erst am Vortag bewundert hatte, und legte ihre Hände an beide Seiten.

»Zerbrich nicht das …« Er streckte noch eine Hand aus, um sie aufzuhalten, aber sie hatte das Glas schon umgestoßen. Das Klirren von zehntausend Diamanten erfüllte die Wohnung, als es auf dem Boden zerschellte.

»Da war ein Verschluss, Fauna.«

»Ups«, sagte sie nur. Sie schob den Dolch mit der lateinischen Inschrift in die silberne Scheide und drehte sich zu ihm um. »Such mir ein Lederholster, Az. Aber ein hübsches.«

Er kniff die Augen leicht zusammen und sah von dem zerbrochenen Beweis ihrer Nachlässigkeit zu ihr zurück. Dann verschwand er, kam aber kurz darauf mit zwei Ledergürteln zurück. Den ersten legte er ihr um die Taille und fragte: »Und warum genau kann ich nicht mitkommen?«

»Es ist zu gefährlich«, antwortete sie, immer noch zu abgelenkt, um einen von uns wirklich anzusehen, während sie die Wohnung ins Chaos stürzte.

»Was ist zu gefährlich?« Ich hatte eine Million Fragen und niemand gab mir eine Antwort. »Töten wir Silas? Was ist der Plan?«

»Das hängt ganz davon ab, was Silas zu sagen hat«, antwortete Fauna. »Aber mit dieser Gefälligkeit, die der Prinz ihm schuldet, tickt die Uhr. Und wir haben keine Ahnung, womit wir es wirklich zu tun haben, wenn wir nicht herausfinden, was sein Grund ist, niemandem sagen, dass er den Schlüssel zum Sieg des Krieges hat.«

»Vielleicht hat er das«, sagte ich leise. »Könnte er nicht vielleicht einem anderen Gott davon erzählt haben?«

»Bleib stehen«, sagte Az und packte Fauna am Rücken ihres Oberteils, als sie in einen anderen Raum verschwinden wollte. Er zog sie an sich. Ungeduldig tänzelte sie auf der Stelle. Er schloss ihren Gürtel, wofür sie sich leicht auf die Zehenspitzen stellte, und schob seinen Finger zwischen ihre Hüfte und den Gürtel, um sie dann umzudrehen. »Du kennst Silas, Fauna. Könnte er ein Überläufer sein?«

Sie kniff sich in den Nasenrücken. »Keine Ahnung.«

»Wir kennen also seine Motive nicht, und nur um das klarzustellen«, sagte er, wobei seine sanfte Stimme zu einem tiefen Knurren wurde. Er krümmte seinen Zeigefinger, legte ihn unter ihr Kinn und brachte sie dazu, sich zu beruhigen und ihm in die Augen zu sehen. »Ein Zuckerkobold und ein Mensch lassen mich, den jahrhundertealten dämonischen Assassinen, nicht kämpfen, weil es zu gefährlich ist?«

»Ich …«

»Du liebst mich.« Er grinste und ließ sie los. Er begann, die andere Waffe anzulegen, dann öffnete er eine Tür im Flur, von der ich fast sicher war, dass es sie vorher nicht gegeben hatte. Er holte einen Krummsäbel heraus, ein dünnes silbernes Seil, das er an seiner Taille befestigte, sowie eine Lederrolle mit wer weiß was für klirrendem Metall darin. Zu meiner großen Überraschung folgte darauf noch eine kleine goldene Pistole.

»Wirklich? Dämonen benutzen jetzt auch Schusswaffen?«, fragte ich erstaunt.

Er steckte sie in ein Holster an seiner Hüfte und zuckte mit den Achseln. »Es bringt nichts, gegen die Entwicklung anzukämpfen.« Er ging in die Küche und begann, etwas auf einen Zettel zu kritzeln, den er auf der Kochinsel liegen ließ.

»Was hast du geschrieben?«, fragte Fauna.

»Eine Entschuldigung für die Hausangestellte, weil ich mit dem Kampf im Reich der Sterblichen beschäftigt sein werde, wenn sie kommt.« Dann schaute er mich an, als sähe er mich zum ersten Mal. Seine Lippen verzogen sich zu einem Grinsen, bevor er sich wieder Fauna zuwandte. »Du willst dem Engel wirklich an die Eier, was?«

Fauna zuckte mit den Achseln und sagte: »Er will sie. Wahrscheinlich ist das nur so eine Kriegssache, aber für den Fall, dass er mit seinem Schwanz denken sollte …«

Vor Entsetzen weiteten sich meine Augen und meine Hände flogen an meine Brust. »Das hast du absichtlich ausgesucht!«

»Entspann dich.« Sie rollte mit den Augen. »Du hast sehr süße Nippel. Er wird sie lieben.«

Meine Haut wurde unerträglich heiß. Ich konnte meinen Puls bis in die Wangen spüren, als wollte mein Blut durch mein Gesicht entweichen. Ich änderte meine Position und verschränkte die Arme vor der Brust, bevor ich sagte: »Okay. Finden wir den Engel ... Wie genau?«

»Nun, er kann nicht in die Hölle kommen, und im Moment ist Fauna die Einzige von uns, die in den Himmel gelangen kann«, sagte Az. »Wir werden ihn im Reich der Sterblichen treffen. Er wird kommen, wenn du ihn rufst, Marlow.« Azrames' Blick schoss zu meiner Brust und mein Puls beschleunigte sich. Zu meiner Erleichterung fragte er jedoch nur: »Wo ist das Sølje?«

Ich öffnete meine Hand, um ihm die Brosche zu zeigen, und hielt sie an mein Hemd. Er schüttelte den Kopf.

»Nein, lass sie versteckt. Wir wollen nicht, dass sie dir abgerissen wird. Diese Leggins lassen der Fantasie nicht viel Spielraum, deshalb haben wir nicht den Luxus von Taschen, aber befestige die Brosche an deinem Hosenbund, damit sie nicht herausfällt. Außerdem bleibt sie so auf deine Haut gedrückt.«

»Ach«, sagte Fauna und schnappte sich die Kekse, bevor sie zu uns kam, »sieh mal einer an, wie du Marlows Brosche sicherst. Jetzt kommt schon. Wir müssen los.«

»Sollte ich mir nicht eine Waffe besorgen?«, fragte ich und blickte von Azrames' kampftauglicher Kleidung zu dem weichen Ledergürtel, an dem Faunas verzierter Dolch steckte.

»Natürlich! Was hast du gelernt? Kannst du das Lasso werfen? Hattest du Fechtunterricht? Wie gut bist du im Bogenschießen?« Ihr Blick sagte mir, dass ich endlich erwachsen werden sollte.

Meine Frustration war so groß, dass ich sie fast schmecken konnte.

»Mit einem Schwert in der Hand wärst du eine Belastung«, sagte Azrames entschuldigend. »Dein Verstand, deine Worte und dein Einfluss sind die besten Waffen, die du hast.«

Dann sagte Fauna zu mir: »Und ich dachte, er versteht dich, aber anscheinend hat er vergessen, dass du keine zwei Gehirnzellen hast, die man aneinanderreiben kann. Also, sind wir so weit, oder lassen wir zu, dass *Mister Du-sollst-keine-anderen-Götter-neben-mir-haben* anfängt, seine Dominosteine umzuwerfen und alle Reiche von den Slawen bis zu den Mongolen zu ruinieren, dank einer Person, die zu hübsch und besonders ist, um in ihrer Wohnung zu sterben? Ich mag mein Leben mit den Nordländern, aber wenn die Hölle zusammenbricht und ich nicht mehr in diesen Laken schlafen kann ...« Sie schmollte und blickte über ihre Schulter auf den ultimativen Verlust im Kampf zwischen Himmel und Hölle: ihr Sexleben.

Ich war hin- und hergerissen zwischen Entschuldigung und Verzweiflung. Mein dummer Fehler konnte Caliban völlig zerstören, nein, schlimmer noch, es war bereits zu spät – ich hatte ihn, die Reiche, die Welt, wie wir sie kannten, zerstört, ohne den Schleier zu durchdringen. Er liebte mich. Diese Liebe war sein größter Fehler. »Ich konnte doch nicht wissen ...«

»Weißt du noch, als ich sagte, dass Frigg dich mag? Willst du, dass es so bleibt? Dann mach dein Volk stolz und bring das wieder in Ordnung. Az, Marlows Wohnung ist nur für geladene Gäste.« Sie streckte ihre Hände nach uns beiden aus – eine nach mir und die Schachtel mit den Süßigkeiten hielt sie Az hin.

»Du kannst die Kekse nicht mitnehmen«, sagte Azrames, entriss sie ihr und legte sie auf den Tresen. Ich schob eine Hand über die Schwielen seiner großen grauen Finger, umfasste sie und nahm Faunas weiche Hand mit meiner anderen, um sicherzugehen, dass sie beide meinen Schutzzauber durchdringen konnten. Bevor ich noch ein Wort sagen konnte, zerfloss die Welt in Schwarz, Rot, Weiß und Grau, silberne Schlieren, die mich blendeten, als sie sich in meine Netzhaut brannten. Dann wurde alles dunkel.

Siebenundzwanzig

Ich schnappte nach Luft, als käme ich gerade aus den Tiefen des Ozeans. Meine Knie knickten ein und machten mir schmerzlich bewusst, dass sie immer noch lila waren, seit ich auf das Kopfsteinpflaster in der Hölle gefallen war. Hätte ich mich nicht an zwei mächtige Wesen geklammert, wäre ich wohl wieder zu Boden gestürzt. Ich brauchte nur den Bruchteil einer Sekunde, um das Sofa zu erkennen, den Fernseher, die riesigen Fenster mit dem weiten Blick auf den Fluss, den orangefarbenen Schein der Lagerhauslichter, der sich in der Spätsommernacht brach.

»Willst du mich fragen, ob es hier immer dunkel ist?«, spottete Fauna und löste ihre Hand aus meiner, während sie durch meine Wohnung lief. Ich war mir nicht sicher, was sie suchte. Azrames schob die Hände in die Hosentaschen.

»Nette Wohnung«, sagte er anerkennend, und ich wusste, dass er es ernst meinte. Es war eine nette Wohnung. Nicht so nett wie seine natürlich, die er sich leisten konnte, nachdem er jahrelang Frauen von ihren Peinigern erlöst hatte, aber ich fühlte mich wohl. Und in Ermangelung von Hobbys oder Freunden – abgesehen von denen, die in meinem Telefon existierten – hatte ich mein überflüssiges Einkommen in Dinge investiert, die mich glücklich machten.

Oh, Scheiße, meine Freunde!

Instinktiv schossen meine Hände zu meiner hautengen

Hose, bevor mir bewusst wurde, dass ich mein Handy das letzte Mal gesehen hatte, als ich in einem cremefarbenen Kleid auf die gepflasterten Straßen der Hölle gefallen war. Bestimmt lag es irgendwo in der Gosse eines anderen Reiches – ein Relikt der Sterblichen in der Kanalisation Satans. Hastig eilte ich zu meinem Computer und kniff die Augen zusammen. Ich wusste, dass mir eine Standpauke bevorstand.

Ich las noch nicht mal die Nachricht von EG, bevor ich ihr antwortete.

> **(Marlow)**: Hey EG, ich weiß, dass es nicht cool war, einfach für ein paar Tage zu verschwinden. Mein Telefon fiel am selben Tag in den Rinnstein, als ich eine alte Freundin traf, und ich nahm das als ein Zeichen des Universums, dass ich eine Pause für meine geistige Gesundheit einlegen sollte. Ich hätte es dir sagen sollen. Es tut mir leid, dass ich dir Kummer bereite. Bitte lass das die Chefs wissen, damit es nicht auf dich zurückfällt. Ich brauche ein paar Verlängerungen. Im Moment kann ich dir keinen neuen Abgabetermin nennen, bis meine Freundin die Stadt verlässt. Sie könnte fünfzehn Minuten, ein paar Tage oder eine Woche oder so hier sein. Ich wünschte, ich hätte bessere Nachrichten für dich, aber das ist so ehrlich, wie ich sein kann. Ich wollte nur ein kurzes Lebenszeichen von mir geben, bevor ich wieder vom Erdboden verschluckt werde – ich habe mein Telefon immer noch nicht ersetzt und werde es wohl auch in nächster Zeit nicht tun. Alles Liebe und sorry noch mal.

Ich erschrak über die vielen verpassten Nachrichten im Gruppenchat. Irgendetwas an ihnen kam mir ... falsch vor. Stirnrunzelnd scrollte ich durch die Mitteilungen und sah, wie es allmählich immer weniger wurden. Ich klickte auf eine von Nias mit Obszönitäten gespickte Nachricht, und mein Stirnrunzeln wurde größer, als ich das Datum und die Uhrzeit der Zustellung sah. Ich konnte die Kälte ihrer letzten Mitteilung nicht fassen.

> **(Nia)**: Ich habe deine biologische Mutter angerufen. Glaub mir, wenn ich dir sage, dass das meine letzte verdammte Option war, und selbst dann denkst du, ich würde der Frau glauben, die dich so verletzt und dir siebentausend Dollar Therapieschulden aufgebürdet hat? Die Polizei war nicht begeistert von mir, und deine Mutter auch nicht, als sie mich zusammenstauchte, weil ich eine Aussage gemacht hatte. Dein Auto steht bei ihr zu Hause, Mar. Du hast also deine Freundin mit in deine Heimatstadt gebracht? Und um ehrlich zu sein, Mar, ich bin wirklich verdammt enttäuscht. Ich dachte, wir wären dir wichtig genug, um uns das mitzuteilen, bevor du vom Erdboden verschwindest. Ich bin doch deine Familie. Ich. Um deinetwillen hoffe ich, dass es dir gut geht.

Ich verkleinerte ihre Nachricht und warf einen Blick in die Ecke meines Bildschirms, wo Datum und Uhrzeit wieder einmal etwas sehr, sehr Ungewöhnliches anzeigten.

Meine Hände begannen zu zittern, als ich zu Azrames aufsah, der immer noch in der Mitte des Raumes saß und schweigend die Wohnung bewunderte. Er sah aus, als wäre er in den Schatten ganz zu Hause, sein Farbton vermischte sich perfekt mit der Düsternis.

»Az?«, flüsterte ich.

Er drehte sich zu mir um und zog fragend eine Augenbraue hoch.

»Welcher Tag ist heute?«

Sein Gesichtsausdruck wurde sofort weicher. Er machte zwei Schritte auf mich zu und ging dann in die Hocke, sodass er mir ins Gesicht sehen konnte, während ich auf der Couch sitzen blieb. Eine entschuldigende Traurigkeit färbte seinen Mund, seine Augen, seine ganze Energie in einen bedrückenden Blauton, als er sagte: »Die Zeit vergeht in den Reichen unterschiedlich schnell. An welchem Tag hast du die Welt der Sterblichen verlassen?«

Ich schluckte, mein Blick schoss wieder in die Ecke meines Laptops. Die kalten weißen Buchstaben und Zahlen verletzten meine Augen mit ihrer grausamen Unmöglichkeit. Langsam schüttelte ich den Kopf. Das Kitzeln der Haare auf meinen Armen war das einzige Gefühl, das die Taubheit durchbrach. »Ich war nur etwas länger als einen Tag in der Hölle«, sagte ich mit Bestimmtheit. »Noch kürzer. Wir sind mitten in der Nacht angekommen und am nächsten Abend wieder weg. Es waren höchstens achtzehn Stunden. Es war ...« Doch mein Blick blieb auf den Bildschirm gerichtet.

»Wie viel Zeit hast du verloren?«, fragte er eindringlich.

Ich blickte wieder in sein Gesicht und war erneut erstaunt, als ich seine Hörner, seine Haut und seine Farbe sah, die aus etwas völlig anderem bestanden. Fauna und ihre ätherische Schönheit waren schon schwer genug zu akzeptieren gewesen, aber Azrames in meiner Wohnung zu haben, war der Schlüssel, den ich brauchte, um zu akzeptieren, dass das hier gerade alles wirklich mit mir passierte.

»Es ist ... September. Es sind zwei Wochen vergangen«, sagte ich leise, und plötzlich wurde mir klar, dass keine Entschuldigung gegenüber EG oder dem Verlag ausreichen würde. Kein Sexurlaub oder heiße Mädels oder ein Rückzug aufs Land würden Kirby oder Nia dazu bringen, mir den Albtraum zu verzeihen, den ich ihnen angetan hatte, oder den Verrat, mich in den Arm genommen zu haben, während ich weinte und jahrelang um meine Familie trauerte, nur damit am Ende meine eigene Mutter diejenige war, die die Antworten hatte.

Meine Mutter.

Ich fragte mich, was für eine Geschichte sie erzählt hatte. Und ich fragte mich auch, welche Geschichte man ihr aufgetischt hatte.

Fauna knipste das Licht im Flur an und durchbrach meine Gedankenspirale. Ich rief ihr zu: »Was suchst du?«

»Az!«, rief sie aus dem Nebenzimmer. »Komm her und hilf mir.«

Er ging in den Flur. Ich klappte meinen Laptop zu und folgte ihm. Fauna kniete auf dem Boden und schaute unter mein Bett.

»Was machst du da?«, fragte ich ruhig und lehnte mich an den Rahmen meiner Schlafzimmertür, während eine nordische Nymphe und ein Schattendämon in meine Privatsphäre eindrangen.

Az legte sich auf den Boden und schob seinen langen Arm in den dunklen Raum unter meinem Bett. Kurz darauf tauchte er wieder auf, in seinen Händen hielt er ein kleines ... Etwas ...

»Was zum Teufel macht ihr da«, fragte ich, meine Augen vor Überraschung immer größer werdend.

Fauna seufzte. »Wie ich schon sagte, Silas will dich.«

Azrames hielt mir den Gegenstand hin. »Vermutlich als Zeichen des Wohlwollens«, sagte er. »In der Hexerei ...«

»Es ist eine Figurine«, flüsterte ich angsterfüllt und drehte die winzige goldene Figur um. Sie hatte die unverwechselbaren Formen einer menschlichen Gestalt. Ich stieß meinen Fingernagel gegen das Metall und zog erstaunt die Augenbrauen hoch, als ich die kaum wahrnehmbare Vertiefung entdeckte, die bestätigte, dass es sich um Gold handelte. Ich drehte die

Figur um und sah eine merkwürdige Kombination aus eingravierten Wirbeln, Kreisen, sich kreuzenden Linien und Kurven.

Az nickte, obwohl er dabei die Stirn runzelte. »Fast. Figurinen werden in der Regel für Hexerei benutzt, diese hier dient eher dazu, eine Verbindung herzustellen.«

»Er versucht sich in dein Leben einzuschleichen«, sagte Fauna und krabbelte auf mein Bett. Sie schlug die Beine übereinander, bevor sie sagte: »Darf ich etwas sagen?«

Wir sahen sie beide an, bevor ich antwortete: »Ich bin mir sicher, dass du es sowieso tun wirst.«

»Ich denke, das ist eine wirklich gute Sache«, sagte sie, und ihre Stimme wurde leiser, bis sie kaum mehr als ein Flüstern war. Sie schaute auf die Figur in meinen Händen und dann wieder zu mir. »Nach allem, was wir wissen ... hätte er uns zu etwas zwingen können. Stattdessen sieht es so aus, als versuchte er dich dazu bringen, es von selbst zu wollen.«

Fast hätte ich die Figur fallen lassen. »Er will, dass ich wähle? Was denn? Den Himmel? Die Bindung? *Ihn?*«

Azrames kniff sich in den Nasenrücken. »Vielleicht alles zusammen. Vielleicht weiß er einfach, wie die Sache ausgeht, sobald die himmlischen Heerscharen davon erfahren, und hofft, dass du den Schritt freiwillig machst, bevor du in Ketten gelegt wirst. Immerhin ...« Azrames sah auf seine Füße. Er war sehr ruhig, als er sagte: »Er und ich wissen, wie es ist, diesem Gott zu dienen.«

Ich warf die Figur aufs Bett. »Was ist das bitte für ein *freier Wille*?«, fragte ich und zitierte Jahre der Theologie über die Annahme des Glaubens aus eigenem Willen.

»Ich hatte den freien Willen zu rebellieren«, antwortete Azrames. »Und das Ergebnis war, dass ich aus dem Himmel ausgeschlossen wurde. Es gab Konsequenzen. Meine Entscheidung, zu fallen, hat mich Freunde, Brüder, ein Königreich und meine Familie gekostet. Ich bin in ein jahrtausendelanges Abschlachten verwickelt, mit einer zahlenmäßigen Unterlegenheit auf unserer Seite und einem Herrscher, der Gleichheit schätzt, was auch bedeutet, dass er uns seltener opfern wird. Was großartig ist, es sei denn, es bedeutet ...«

»... dass ihr den Krieg verlieren könntet«, sagte Fauna und drückte seinen Arm. »Das werdet ihr nicht«, versprach sie. »Ich meine, ihr würdet es wahrscheinlich, wenn es nur um Marlow ginge, aber schließlich bin ich hier das Steuerrad, das das Schiff lenkt. Ich lasse nicht zu, dass sie etwas Dummes tut.«

Ich wollte widersprechen, aber sie hatte ja recht. Alles, was ich über den Himmel, die Hölle, heidnische Reiche, die nordische Mythologie und internationale Gottheiten wusste, war wie der Blinde in Platons Höhle. Ich hatte mein Bestes getan, um auf der Grundlage meines begrenzten Verständnisses erst einen Sinn und dann eine Fiktion zu schaffen. Ich war nicht qualifiziert, einen Krieg zu führen.

Das Engegefühl in meiner Brust wurde immer stärker. Ich wollte Caliban zurück. Ich wollte ihn in Sicherheit wissen. Ich wollte ihn bei mir haben. Stattdessen hatte ich ihn nicht nur weggeschickt, sondern er hatte auch sein Leben, sein Königreich und jedes einzelne Pantheon aufs Spiel gesetzt, um mich zu beschützen. Er war bereit gewesen, alles zu riskieren, und ich hatte ihn weggeschickt. Nun lastete die Verantwortung für seine Seele und das Leben von allem und jedem – sterblich und unsterblich – auf meinen Schultern.

»Weiß Silas, dass du hier bist?«, fragte ich.

Beide sahen mich skeptisch an.

»Ich will nicht warten. Er hat niemanden mitgebracht, als er zu mir kam oder als er meine Mutter in die Sache einbezog. Wenn du wirklich glaubst, dass er versucht, andere Engel da rauszuhalten ...«

Fauna zuckte zusammen.

»Was?«

»Deine Mutter ...«, sagte sie langsam. »Wenn sie gebetet hat – und wir wissen, wie hellsichtig sie ist –, hat sie den Engeln vielleicht mehr verraten, als uns lieb ist. Ich hoffe, das ändert nichts. Solange Silas über den Vertrag schweigt, dem er zugestimmt hat, kämpfst du allein gegen ihn. Aber deine Mutter hat es dir vielleicht noch schwerer gemacht. Sie hätte ihnen von mir erzählen können, von unserem Besuch, von unserem Verschwinden.«

»Das wäre eine Katastrophe«, flüsterte ich. Ich schüttelte den Gedanken ab, wie ein Hund, der sein Fell trocknet, bevor ich sagte: »Fauna, wir riechen gleich. Selbst wenn er dich hier riechen sollte, könnte er denken, dass es mein Feenblut ist oder dass es wegen der Zeit, die wir miteinander verbracht haben, noch an mir haftet. Az ...« Ich sah mich um, bevor ich nach dem Streichholzbriefchen hinter meinem Bett griff. »Es wird Zeit, alle Kerzen in meiner Wohnung anzuzünden, um den Geruch deines Rauchs zu überdecken.«

Fauna nickte mit einem langsamen, stolzen Lächeln. »Vielleicht verbrennen wir einfach etwas auf dem Herd?«

»Wir überdecken alles«, stimmte ich ihr zu. »Und dann werde ich ihn rufen.«

»Was hast du vor?«, fragte Fauna.

Langsam atmete ich aus und deutete auf das durchsichtige Oberteil. »Ich kenne vielleicht nicht die Regeln zur Weitergabe meines Namens an Götter und Feen und ich weiß auch nichts übers Geschäftemachen oder die Reiche. Aber ich weiß ein oder zwei Dinge über Männer, und wenn es um Waffen geht – also meine ist jedenfalls verdammt scharf. Ich werde einfach das tun, was ich am besten kann.«

»Und das wäre?«

»Er ist doch ein Mann, oder nicht? Ich werde tun, was ich immer getan habe. Zuerst werde ich ihn glauben lassen, dass er die Oberhand hat. Und dann werde ich ihn zum Reden bringen.«

Wie lange war es her, dass ich in der Tür stand, nachdem ich von dem Schwefel und dem blauen Brei des Massakers mit dem katzenähnlichen, grinsenden Wesen zurückgekehrt war, und einen Engel mitten in meinem Wohnzimmer stehen sah? Ich erinnerte mich, wie er seine Hand ausgestreckt und einen Scherz gemacht hatte, dass in meinem Schrank alles Mögliche lauern könnte, kurz bevor Fauna aus dem Schatten trat. Ich konzentrierte mich auf diese Erinnerung und fand darin Trost. Damals hatte er nicht gewusst, dass sie in meiner Wohnung war, und er würde es auch jetzt nicht ahnen. Ich betete – auch wenn ich nicht wusste, zu wem –, dass Fauna und Azrames im Verborgenen bleiben würden, während ich auf meiner Couch saß. Dann ging ich auf die Knie, so wie ich es in meiner Kindheit getan hatte, wenn ich mit Gott sprach. Und schließlich fing ich an, auf und ab zu gehen.

Kerzen flackerten in meiner Wohnung, als würde ich eine Séance abhalten. In der ganzen Wohnung vermischten sich die Aromen der Duftkerzen, die ich überall verteilt hatte und die unter anderem nach Vanille, Zimtschnecken, Kamin, Melisse und Kürbiskuchen rochen. Ich hatte die Kerzen aus jedem Schrank, aus jedem Nachttisch, aus jedem staubigen Versteck unter der Spüle hervorgeholt. Hoffentlich waren die Gerüche für ihn genauso überwältigend wie für mich. Der Raum tanzte mit den Schatten, während jedes Möbelstück, jeder Gegenstand, jeder Winkel und jede Ritze in ein schwaches orangefarbenes Licht getaucht war. Ich wusste, dass dies bedeutete, dass er mich sehen konnte – jeden Ausdruck, mein Lächeln, mein Stirnrunzeln, meine Unsicherheit, meinen Schmerz, meine Angst –, er würde alles ganz klar sehen können.

Ich umklammerte die Figur in meiner Hand und drückte sie, einer kaum wahrnehmbaren Intuition folgend, an mein Herz. Ohne zu wissen, warum, kniff ich die Augen zusammen und flüsterte seinen Namen, um ihn hereinzubitten.

Vielleicht war es mein Feenblut, vielleicht war es Feigheit, aber der Instinkt, die Augen zu schließen, war genau richtig, denn für einen kurzen Moment füllte sich der Raum mit einem schmerzhaft weißen Licht. Wären meine Augen offen gewesen, hätte ich es vielleicht als die Krallen einer Augenmigräne abtun können. Stattdessen erkannte ich es als das, was es war.

Ich schaute auf und da war er.

»Marlow.« Er sagte meinen Namen und es klang wie eine Entschuldigung. Ich hatte vergessen, wie golden seine Augen waren, und ein kleiner Anflug von Neugier ließ in mir die Frage aufkommen, ob diese herrlichen Iriden wohl die Geburtsstätte der Heiligenschein-Überlieferung waren. Sie wurden dunkler, das gleißende Licht hinter ihm verblasste, während seine muskulösen Schultern leicht herabsackten. Er trug dieselbe cremefarbene Rüstung wie früher, und nach allem, was ich über seinen Rang und die kontrollierende Natur seines Reiches wusste, fragte ich mich, ob dies eine Uniform war.

Ich trat einen Schritt von dem hochgewachsenen Mann zurück und hielt die Figur hoch. »Was ist das?«, flüsterte ich, Entsetzen und Beleidigung standen mir deutlich ins Gesicht geschrieben. Meine Empörung brauchte ich nicht einmal vorzutäuschen.

Sein Blick wanderte von der goldenen Statuette in meiner Hand zu meinem Gesicht. Die Schuldgefühle waren ihm deutlich anzusehen. Das Glitzern um ihn herum wich dem Flackern der Kerzen, als er sagte: »Ich ... es tut mir leid. Ich tue alles, was ich kann.«

»Was soll das heißen?«, fragte ich mit zitternder Stimme.

»Hör mal zu, Marlow, es ist komplizierter, als du denkst.«

Meine Finger umklammerten die Figur, als ich eine wütende Faust machte. Nein, es war nicht komplizierter, als ich dachte, trotz seiner herablassenden Behauptung. Ich verstand so viel mehr, als er mir zutraute. Ich biss mir auf die Zunge und kämpfte gegen den Drang, ihm seine Worte ins Gesicht zu spucken. Aber ich hielt mich zurück, weil ich mir mehr Informationen erhoffte.

»Dann hilf mir, es zu verstehen.« Ich hatte Mühe, meine Wut im Zaum zu halten, aber ich beschloss, dass es in Ordnung war. Wenigstens war es ehrlich, und ich war sicher, dass er das spürte. Bisher war nichts, was ich gesagt oder getan hatte, gespielt gewesen. »Du hast mich fast in einem Keller zum Sterben zurückgelassen. Ich musste dich anflehen, mich da rauszuholen. Und jetzt bist du plötzlich überall. Du bist in meiner Wohnung. Du bist bei meiner Familie. Du hinterlässt kleine goldene Figuren unter meinem Bett!« Ich konnte mir die unwillkürliche Reaktion nicht verkneifen, als ich die Figur quer durch das Zimmer schleuderte. Er zuckte zusammen, als sie gegen die Wand knallte, so als würde ihm der Aufprall körperliche Schmerzen bereiten. Meine Stimme klang verwirrt und flehend, als ich ihn fragte: »Was willst du von mir?«

»Es geht um dich und es geht nicht um dich.« Er atmete aus. Dann fuhr er sich mit den Händen durchs Haar, und zwischen dieser Geste, der Niedergeschlagenheit in seiner Stimme und der zusammengesunkenen Körperhaltung wirkte er fast … menschlich. »Es ist nicht fair, dass du da mit reingezogen wirst, Marlow. Das ist es wirklich nicht, aber so ist es nun einmal. Die Würfel sind gefallen und daran können wir nichts ändern.«

Ich trat einen Schritt heran und beobachtete, wie er weicher und mitfühlender wurde, als ich mich ihm näherte. Das

Diebesöl, das nach Weihrauch und Myrrhe roch, war stark genug, um den Geruch der Kerzen zu überdecken, die überall in der Wohnung brannten. Alles an seinem Ton, seiner Körperhaltung, seiner Botschaft verwirrte mich. Ich war bereit gewesen, wütend zu werden. Bereit, zornig zu sein, als ich ihn um Informationen bat. Ich hatte mir eine Reihe von Taktiken zurechtgelegt, die sich in meiner Karriere als unendlich nützlich erwiesen hatten, wenn es darum ging, Industriemagnaten, Schauspieler, Finanzexperten und den alten Geldadel dazu zu bringen, ihre Brieftaschen und den Mund zu öffnen. Ich saß auf einem Tresor voller Geheimnisse, der fast so mächtig war wie meine Ersparnisse.

Sie hatten eine hübsche, höfliche, leere Leinwand vollgeplappert. Ich hatte gelächelt, genickt und ihre Arme unterstützend berührt, während sie ihre Fantasien auf mich projizierten. Ich war eine Freundin. Ich war eine Geliebte. Ich war ein Flittchen. Ich war eine leere Vase, ein statischer Fernseher, eine Kommilitonin, eine Vertraute, ein Niemand. Nichts von dem, was sie zu mir sagten, war von Bedeutung, genauso wenig wie ich von Bedeutung war. Ich hatte ihren Zorn widergespiegelt, ihre Aufregung, ihre Empörung, ihr Vergnügen. Ich hatte sie überzeugt, mehr zu geben, mehr zu teilen, mehr zu enthüllen. Und jedes Geheimnis, jedes Flüstern, jede Informationsmünze hatte ich in mein Sparschwein gesteckt und immer mehr angehäuft, bis ich mir ein Königreich kaufen konnte, dessen Grundsteine aus Wissen bestanden.

»Willst du wissen, wohin ich ging, als Fauna und ich verschwanden?«

Er schloss die Augen. »Entweder bist du zu den Nordländern gegangen oder in die Hölle. Ich weiß nicht, wie du es geschafft hast, aber das hast du.«

Ich nickte langsam. »Willst du wissen, was ich gelernt habe?« Er machte einen Schritt auf mich zu, und ich sah, wie

er seine Hand nach mir ausstreckte, so wie er es getan hatte, als er mir die Bindung angeboten hatte. Er lehnte sich kurz an meine Schulter und strich leicht über meinen Arm, bevor er ihn wieder losließ. Er drehte den Kopf und sah zur Wand.
»Warum hast du es niemandem erzählt?«, fragte ich.
Er begegnete meinem Blick, seine goldenen Augen funkelten. Tief in mir wusste ich, dass er meine Frage verstanden hatte. Wir hatten den Schwachsinn hinter uns gelassen, die Höflichkeiten, die Frotzeleien und die Ratespielchen, und ich stellte ihm die Frage, derentwegen ich ihn überhaupt herbeigerufen hatte.
»Warum hat der Himmel nicht ...«
Er hob eine Hand und bedeutete mir zu schweigen und ich gehorchte. Vielleicht war es die Art, wie er sich versteifte, oder sein schneller Atem, aber ich wusste sofort, dass meine Frage nicht laut ausgesprochen werden durfte. Und ich erkannte sofort meine Dummheit. Wenn Azrames, Fauna und Silas in derselben Wohnung sein konnten, dann konnte es jeder andere auch. Dank der Tätowierung auf meiner Haut würde ich sie sehen können, ob ich in der Wohnung war oder nicht. Wenn jedoch jemand außer Sichtweite war, dann könnte ich Silas' gute Tat, mein Geheimnis zu wahren, zunichtemachen.
»Ich habe es eingefordert«, antwortete er leise.
Das Blut gefror mir in den Adern. Mein Mund öffnete sich, mein Puls beschleunigte sich. Ich blinzelte schnell, um meine Augen zu befeuchten, aber es gelang mir nicht. Ich wollte sein Gesicht studieren, nach Antworten suchen, ihn fragen, was er getan hatte, aber ich konnte mich nur auf die flachen Atemzüge konzentrieren, die mich kaum am Leben hielten.
Er hatte den Gefallen eingefordert.
Es war zu spät.

Meine Lunge füllte sich nicht. Mein Keuchen wurde schneller, bis es zu spät war. Ich trat einen Schritt zurück und krümmte mich vor Schmerz, als mein violett verfärbtes Knie unter mir nachgab.

Silas war sofort da, legte seine Arme um mich und eine Hand unter meinen Kopf, kurz bevor er auf den Boden aufschlug. Er hob mich hoch, drückte mich an seine muskulöse Brust, und sein Duft nach Weihrauch und Gewürzen hüllte mich ein, während er mich unter leisen, aufgeregten Flüchen zur Couch brachte. Ich stöhnte über meine eigene Schwäche und hasste meine dummen, geschwollenen Knie dafür, dass sie mich im Stich ließen.

»Sag nichts«, flüsterte er. »Wenn du es weißt, dann weißt du es. Sag es nicht laut.« Ich sah zu ihm auf, meine Augen wurden immer größer vor Verwirrung. Er hatte mich immer noch nicht losgelassen, seine warme Hand ruhte auf meinem Hinterkopf, während sein Arm um meine Taille lag. Er brachte mich in eine sitzende Position und sagte: »Nicke einfach, wenn du mich verstehst.«

Obwohl Fauna ständig meine Intelligenz beleidigte, begriff ich, dass Silas das gerade nicht tat. Er stellte nicht meine Fähigkeit infrage, die Situation zu verstehen, sondern wollte wissen, ob ich die Tragweite meiner Worte ermessen konnte. Ich nickte langsam, woraufhin er mich losließ. Er bewegte sich weg, aber nur ein kleines Stück. Sein Knie stieß gegen meines und ich zuckte zusammen, meine Hände flogen zu den Beulen, die so groß waren wie Gänseeier.

Stirnrunzelnd betrachtete er auf mein Outfit, als würde es ihm erst jetzt auffallen. Sein Blick schoss zuerst zu meinen Knien, aber mir entging nicht, wie er von dort nach oben wanderte und kurz verweilte, bevor er mein Gesicht traf. Selbst im Kerzenlicht konnte ich sehen, wie ihm die Röte in die Wangen stieg.

»Bist du verletzt?«

Ich schüttelte den Kopf. »Ich habe mir nur die Knie aufgeschlagen, als ich ... ich weiß nicht mehr. Durch die Reiche gesprungen bin?«

Er zog die goldbraunen Augenbrauen zusammen und hob eine seiner großen Hände. »Darf ich?«

Ich verzog das Gesicht. Er wartete keine Antwort ab, sondern berührte zuerst das eine, dann das andere Knie. Das warme, kribbelnde Gefühl strahlte von meinen Gelenken durch meinen Körper und erfüllte mich mit einem dekadenten, geradezu sündhaften Vergnügen, während mich etwas weitaus Angenehmeres als Heilung durchströmte. Ich verschluckte mich fast daran, schloss die Augen und öffnete den Mund, während ich nach Luft rang, als das Kribbeln aufhörte. Schockiert blickte ich zu ihm auf und er verzog die Lippen zu einem leichten Lächeln.

»Es freut mich, dass ich dafür sorgen konnte, dass du dich ... besser fühlst.«

Ich schluckte, wollte wütend sein, aber es war schwer, durch den Dopaminnebel etwas anderes zu spüren. Ich brauchte nicht nach unten zu sehen, um zu wissen, dass meine Brustwarzen gegen das fast durchsichtige Hemd drückten. Ich biss mir auf die Lippe und versuchte, die tückischen Chemikalien mit einem Kopfschütteln aus meinem Hirn zu vertreiben, während ich ihn durch den Dunst ansah.

»Silas.« Eigentlich wollte ich es ernst sagen, aber sein Name klang wohl etwas zu sinnlich. Ich hustete, und mir entging nicht, wie er lächelte. »Silas«, wiederholte ich und schaffte es diesmal, es so ernst zu sagen, wie es die Situation verlangte. »Du hast es eingefordert. Du musst mir sagen ...«

»Unbedeutendes Wesen.« Er unterbrach mich laut, so als spräche er für den ganzen Raum. »Es war eine einfache Sache. Es gab einen Job im Westen, um den uns ein paar Gläubige gebeten haben. Zuerst wollte ich es nicht machen, weil es unter meinem Niveau ist, aber ihre Gebete wurden ein bisschen lästig. Die eine oder andere heidnische Gottheit lässt die Landwirtschaft in dieser Stadt gedeihen, als wäre es das achte Jahrhundert vor Christus. Man hat mich schon vor Monaten darauf aufmerksam gemacht, aber ich wusste, dass es Ärger mit den Phöniziern geben würde. Ich dachte, es wäre einfacher, wenn die Hölle den Schlag einstecken würde. Es ist eine kleine Aufgabe«, sagte er, und seine Stimme klang ein wenig zu schwer, als er den letzten Satz aussprach. Sein Blick brannte sich in meinen, flehte mich an zu verstehen.

Meine Augenlider zuckten.

Das tat ich. Er verkündete den lauschenden Wänden – ob nun Himmel, Hölle oder alle Reiche –, dass er und Caliban eine Abmachung auf niedriger Stufe getroffen hatten, um ein kleines Schädlingsproblem zu lösen. Sein gehobener Tonfall klang merkwürdig. Ich hatte keine Ahnung, ob er die Wahrheit sagte oder nicht, aber er wollte eindeutig gehört werden.

Aber ... die Phönizier? Ich kannte sie als die Bösewichte aus den Sonntagsschulgeschichten. Konnte ein Engel wirklich von den Kanaanitern, den Philistern, Karthago und den offensichtlichen biblischen Feinden am Euphrat sprechen?

Ich streckte meine Hand nach der seinen aus, die auf seinem Knie ruhte, schlang meine Finger um seinen Handrücken und drückte ihn zur Betonung, als ich fragte: »Hast du wirklich?«

Seine Augen funkelten warnend. Sein Tonfall veränderte sich, wurde arrogant, wie ich es noch nie bei ihm gehört hatte. Sein Blick blieb unverändert, mit goldenem Ernst auf meinen gerichtet, als er sagte: »Wenn du glaubst, dass er mit einer phönizischen Plage nicht fertigwird, dann ist die Hölle vielleicht aus der Übung gekommen. Es liegt etwas außerhalb von Bellfield. Typisch für den Deal: Die idyllische Stadt scheint zu schön, um wahr zu sein, weil sie es ist. Wenn du denkst, er braucht Unterstützung, nur zu. Bedanke dich bei der Hölle, dass sie die Kakerlaken zerquetscht haben, damit wir uns nicht einmischen müssen.«

Kakerlake. Ich wusste, was der Himmel von diesem Pantheon im Besonderen hielt.

Schreckliche Gedanken, Gefühle und Bilder aus der Sonntagsschule tauchten in meinem Kopf auf. Ich wurde sofort in die Erinnerung zurückgeschleudert – ein kratzendes Kleid und ein kalter, metallener Klappstuhl, umgeben von anderen Kindern. Die Lehrerin benutzte ein Daumenkino, um die sehr anschauliche Darstellung der kanaanitischen Religion des Alten Testaments zu veranschaulichen, die Jahwes Hauptrivale gewesen war. Die Lehrerin hatte gelacht, als sie Cartoon-Bilder einer Szene zeigte, die so gewalttätig und entsetzlich war, dass ich sie verdrängte, bis ich eines Tages begann, meine religiösen Traumata auf der Couch meines Therapeuten auszupacken.

Sie erzählte uns von dem berüchtigten Wettstreit zwischen Jahwe und Baal.

Sie begann die Geschichte mit dem lächelnden, freundlichen Gesicht von Jahwes Lieblingspropheten – Elias. Auf dem nächsten Bild hob er anklagend den Finger, als er eine Kampfansage machte, um die Überlegenheit Jahwes über Baal zu beweisen. Beide würden einen Stier auf einem Altar opfern, aber kein Feuer entzünden. Stattdessen würden die Priester und Propheten zu ihren jeweiligen Göttern beten und der Sieger würde das Opfer verbrennen.

Die nächsten Bilder waren so rot gewesen – Zeichnungen von großen, toten Kühen, Blutlachen, Messern und tiefen Wunden in den Armen fremder Männer. Baals Priester hatten sich selbst geschnitten und verletzt, hatten sich selbst in Demut verstümmelt, während sie um seine Gunst flehten. Das waren Dinge, die Kinder nicht sehen sollten. Die Sonntagsschulgeschichte erzählte, dass nichts geschehen war, obwohl sie Tag und Nacht gebetet hatten.

Die Augen der Lehrerin hatten siegessicher gefunkelt, als die Geschichte schließlich eine Wendung nahm. Sie hatte die Bilder umgedreht, um den Kindern, die ihre schönsten Sonntagskleider trugen, die nächste Szene zu zeigen. In einem Akt der Effekthascherei hatte Elias die Leute aufgefordert, Fässer mit Wasser zu füllen und den Altar so lange damit zu tränken, bis das Holz, der Stier und der Graben so durchnässt waren, dass kein Feuer mehr brennen könnte. Als Elias betete, erhörte Jahwe ihn und ließ das Opfer, das Holz, die Steine und das Wasser in Flammen aufgehen, bis nichts als Asche übrig war. Dann segnete er das Land mit Regen.

Als ich meine Eltern fragte, warum Gott keine Wunder mehr wirke, hoben sie die Hände, als wollten sie mich für eine so ketzerische Frage schlagen. Nachdem sie sich wieder beruhigt hatten, erklärte meine Mutter, dass er ständig Wunder tue – sie würden nur nicht mehr aufgeschrieben, seitdem die Bibel fertig sei. Vielleicht hätte es mich nicht überraschen sollen, dass der Himmel und die Phönizier einander noch Tausende von Jahren später hassten. Aber es hinterließ eine viel größere Frage. Wenn es um den Himmel und seine Feinde und Verbündeten ging, dann hätten die Phönizier genauso gut die Hölle sein können.

Traumatische Erinnerungen rissen mich aus der Gegenwart. Ich dachte an das Feuer, das den wassergetränkten Stier in der Geschichte verzehrt hatte, als die flackernden Kerzen mich ins Hier und Jetzt zurückholten.

Ich merkte, dass meine Hand noch immer auf Silas' lag, als er seine nach oben drehte und mein Handgelenk packte, bevor ich es wegziehen konnte. Er zog mich an sich. Seine freie Hand strich mir eine Haarsträhne aus dem Gesicht, während er mir unerträglich nahe kam und mich an das Dopamin erinnerte, das vor wenigen Augenblicken durch meinen Körper geschossen war, als er mich berührt hatte. Einen erschreckenden Moment lang dachte ich, er würde mich gleich küssen. Er ließ seine freie Hand auf meiner Wange, seine Lippen streiften mein Ohr, als er mir zuflüsterte: »Ich habe dir einen Gefallen getan. Ich weiß nicht, wie lange er dort sein wird, bevor andere es herausfinden. Sieh dich nach der *Wild Prairie Rose* um. Geh zuerst dorthin.«

Er löste sich von meinem Ohr und drückte mir einen sanften Kuss auf die Wange, als hätte er das von Anfang an geplant. Von der Stelle, an der sein Mund mein Gesicht berührt hatte, breitete sich Wärme aus, und diesmal konnte ich niemanden außer mir selbst dafür verantwortlich machen, wie mein Körper unter dem dünnen Stoff reagierte. Auch Silas bemerkte es. Er drückte meine Hand und stand auf. Er schaute zur Figurine, die in der Nähe der gegenüberliegenden Wand lag, dann wieder zu mir, bevor er sagte: »Behalte sie bei dir. Du weißt schon ... falls du mich mal brauchen solltest.« Und mit einem verwirrend charmanten Augenzwinkern, einem weißen Lichtblitz und einem Hauch von Glitzer verschwand er.

Achtundzwanzig

Kaum hatte Silas meine Wohnung verlassen, da war Fauna auch schon bei mir und riss den Laptop vom Sofa. Sie war wie ein Blitz aus Kupfer und Weiß, ich sah einen metallischen Streifen und das Flimmern des Bildschirms. Ich ging auf sie zu und erkannte, dass sie nach der Stadt Bellfield suchte. Azrames lehnte an der Wand und sah mich stirnrunzelnd an.

Vielleicht hatte Fauna nicht das Bedürfnis, über die Begegnung mit Silas zu sprechen, aber ich schon.

»Seit wann sind die Phönizier mit im Spiel?«, fragte ich verwirrt.

»Seit zehntausend vor Christus«, erwiderte Azrames achselzuckend. Obwohl die Geste lässig war, war seine Energie alles andere als das.

Faunas Finger flogen über die Tastatur. »Was für ein Spiel spielt Silas?«

Ich rieb mir über die Arme, um mich aufzuwärmen, während mich die Ungewissheit der Möglichkeiten frösteln ließ. »Das kann kein Zufall sein.«

»Ist es auch nicht«, sagte Fauna, ohne aufzusehen, »aber ich neige dazu, Silas zu vertrauen.«

»Vor nicht allzu langer Zeit hast du ihn noch einen Schwanzlutscher genannt!« Ich hatte Mühe, meine Gefühle zu zügeln. »Und jetzt vertraust du ihm plötzlich?«

Sie blickte vom Computer auf und zeigte auf Azrames. »Az war auch mal ein Engel, bis er es irgendwann nicht mehr war. Ich kann nicht sagen, dass es das ist, was hier passiert, aber es ist seltsam, Marlow, wirklich sehr seltsam.«

Ich wollte alles infrage stellen: diese radikalen Schlussfolgerungen, ihre Bereitschaft zu glauben, dass Silas nicht der Feind war, ihr Vertrauen, dass Caliban in Bellfield war, dass sie wussten, was sie sagen, wohin wir gehen und was wir nach unserer Ankunft tun würden. Ich wollte den Assassinen befragen, der die Menschen und den Kampf seit Tausenden von Jahren kannte und die Situation erkannte, und mich gegen die Waldnymphe wehren, die die ersten Pflanzen blühen sah und die wilden Tiere befehligte. Aber mit ihnen zu streiten, war genauso dumm, wie anzuerkennen, dass sie lebende, atmende und mächtige Wesen waren.

Ich fühlte mich wie Alice, die durch den Spiegel wirbelte, und die Welt war verrückt.

Schlimmer noch: Ich war wieder ein Kind in der Kirche. Einen Teil dieser neuen Realität zu akzeptieren, bedeutete, alles zu akzeptieren, außer dass es kein Barometer, kein gutes Buch, keinen Lehrer gab, abgesehen von denen um mich herum. Ich war wieder sechs Jahre alt und schaute auf meine Mutter, die Ältesten, den Pastor, die mir sagten, was richtig und was falsch war, nur dass ich jetzt in die Augen einer Nymphe schaute und blind darauf vertraute, dass sie mich nicht in die Irre führen würde.

Der Drang, alles zu hinterfragen, wurde durch das Wissen abgemildert, dass die Antworten keine Rolle spielten. Entweder würde man mich zur Unterwerfung zwingen oder anlügen – oder sie sagte die Wahrheit und ich musste ihr folgen.

Ich glaubte ihr oder ich tat es nicht. Ich würde ihr folgen oder ich folgte ihr nicht.

Und so seltsam, unberechenbar und schonungslos sie manchmal auch war – ich glaubte ihr.

Ich verdrängte alle menschlichen Fragen, die mit nichtmenschlicher Logik beantwortet werden würden, und sie wies mir den Weg.

Azrames' Stirnrunzeln vertiefte sich, während ich mit meinem agnostischen Paradigma kämpfte. Ich hatte inzwischen eine Reihe von Emotionen mit dem Dämon erlebt, aber jetzt erinnerte mich sein Gesicht an den Ladebildschirm eines alten Computers. An seiner Mimik konnte ich ablesen, was in ihm vorging, wie jeder neue Gedanke ihm immer größere Schwierigkeiten zu bereiten schien, je weiter sich die Registerkarten in seinem Kopf öffneten.

»Was?«, fragte ich und studierte die Ausdrücke, die über sein Gesicht huschten. »Hast du etwas über Silas zu sagen?«

Er schüttelte den Kopf. »Das ist es nicht. Es ist ...«

»Hier!« Fauna drehte den Computer um, um uns zu zeigen, was sie gefunden hatte. Eine Fotoschleife mit schönen, idyllischen Bildern einer Plantage war zu sehen. Die Bilder verschwammen immer mehr, während ein Foto ins nächste überging, von den Blüten an den Bäumen vor einer Scheune bis zu den bernsteinfarbenen Wellen aus Weizen und Gerste, die auf den umliegenden Feldern wogten. Tiefgrüne Hügel umgaben den Ort mit malerischer Einheitlichkeit. Hübsche Aufnahmen einer gesegneten Stadt tanzten über den Monitor, zeigten Backsteingebäude, Holzhäuser und die immerwährende Präsenz einladender grüner Hügel. »Nächster Halt: Bellfield. Schnapp dir deine Tasche, Mar.«

Während sich die Bilder in einer Endlosschleife wiederholten, wandte ich mich wieder Azrames zu. Ich hatte mein Handy und meine Brieftasche in der Hölle zurückgelassen und eilte zu meinem Bücherregal. Ich musste nicht erst nach dem kleinen Buch suchen, das geschickt ausgehöhlt worden war – als winziges Versteck. Ich holte meine Ersatzkreditkarte und meinen Ausweis heraus. Meine gute Handtasche fehlte, aber ich schnappte mir eine schmale Ledergürteltasche vom Haken und hängte sie mir um die Hüfte. Sie war damals ein Spontankauf gewesen, weil ich gedacht hatte, dass ich damit wie Indiana Jones aussehen würde, und bei den Signierstunden hatte sie sich auch als ziemlich nützlich erwiesen, wenn ich zu jeder Tages- und Nachtzeit in der Menge Medikamente gegen Angstzustände nehmen musste. Vielleicht hatte ich jetzt mehr Gründe denn je, die Rolle zu spielen. Ich schob die Karten in die Gürteltasche, schnappte mir die goldene Figur und steckte sie zur sicheren Verwahrung ebenfalls ein.

Fauna gab einen beeindruckten Laut von sich angesichts meiner einfallsreichen Sicherheitsvorkehrungen und wandte sich dann wieder dem Bildschirm zu.

Ich ließ den Dämon nicht aus den Augen. »Was ist los, Az?«

»Es sind die Phönizier«, sagte er und runzelte die Stirn. »Silas sagte, es sei ein unbedeutendes Wesen. Das einzige Wesen im phönizischen Reich, von dem man weiß, dass es der Landwirtschaft nützt, ist Dagon.«

»Oder Niki«, schlug Fauna vor, ohne aufzusehen.

»Niki ist sumerisch ...«

»Wartet mal.« Ich unterbrach sie. »Ihr redet gerade von ... Göttern? Ich dachte, er hätte gesagt, es sei nur ein kleines Problem, so etwas wie ein Parasit aus ihrem Reich.«

Fauna hob die Augenbrauen. Sie wechselte von der Landwirtschaftsseite zur Landkarte und zoomte so lange heraus, bis ein Satellitenbild der Stadt den Bildschirm ausfüllte. »Tja«, murmelte sie, »verdammt, so etwas habe ich noch nie gesehen.«

Azrames richtete sich plötzlich auf, rannte in die Küche und begann, die Schubladen aufzureißen und wieder zuzuschlagen. Er sah entschlossen und angespannt aus, als er knurrte: »Marker. Ich brauche einen Marker.«

Ich stolperte fast über meine eigenen Füße, während ich zu dem Tisch hechtete, auf den Fauna den Marker gelegt hatte, als sie das letzte Mal in meiner Wohnung gewesen war. Ich hatte noch nicht mal die Gelegenheit, ihm den Stift richtig zu reichen, bevor er ihn mir auch schon aus der Hand riss. Mit den Zähnen zog er die Kappe ab und behielt sie im Mund, während er zur Tür lief und dort eine Form zeichnete. Mit großen Augen beobachtete ich, wie er in meinem Zimmer verschwand, dann ins Gästezimmer und schließlich wieder zum großen Fenster zurückkehrte.

»Es ist ein Permanentmarker ...«, murmelte ich schwach, während er mit einer Geschwindigkeit zeichnete, der ich kaum folgen konnte.

»Ich kann nicht glauben, dass ich nicht schon früher daran gedacht habe«, murmelte Fauna, fuhr sich mit den Fingern durchs Haar und band sie dann zusammen. »Meine ›Nur-geladene-Gäste‹-Schutzzauber sind nicht genug.«

»Silas wollte gehört werden«, sagte Azrames, die Kappe noch im Mund. »Wir aber nicht.«

Er steckte die Kappe wieder auf den Marker und atmete dann erleichtert auf, als er von der komplizierten Zeichnung zurücktrat, die er direkt unter Faunas Graffiti gemalt hatte. Seine Worte waren kryptisch, aber seine Taten leicht zu verstehen. Wer auch immer in meiner Wohnung lauschen wollte, hatte jetzt nicht mehr die Möglichkeit dazu. Ich schaute zwischen der Tür und dem Fenster hin und her, um mich zu vergewissern, dass an beiden Zugängen das Gleiche zu sehen war. Wenn ich raten müsste, würde ich sagen, dass jetzt jedes Fenster in meiner Wohnung eine bizarre Kombination von Dreiecken und sich kreuzenden Linien zeigte. Zwei okkulte Symbole pro Eingang erschienen mir unausgewogen. Wenn wir meine Wohnung weiter verunstalten wollten, musste ich sie bitten, noch ein drittes hinzuzufügen.

Jetzt war nicht der richtige Zeitpunkt, um mir Sorgen wegen der Rückzahlung meiner Kaution zu machen. Ich hasste es, dass sie nur dasaßen und Däumchen drehten, obwohl wir, wenn man dem Engel glauben durfte, jetzt wussten, wo Caliban war. »Okay, lasst uns gehen! Worauf warten wir noch?«

Az' Stimme war so besorgt wie sein Gesicht, als er sagte: »Dagon wird zugeschrieben, den Bauern den Pflug gegeben zu haben. Aber er ist ein Meereswesen. Ein Fischgott der Philister.«

»Ein Meereswesen?«, wiederholte ich ungläubig. »Du willst mir erzählen, dass es in diesem winzigen Städtchen einen Wassermann gibt? Und nur um das mal klarzustellen – einen Wassermann, der für die Landwirtschaft zuständig ist?«

»Ein Meeresgott«, sagte Fauna anerkennend. »Sieh dir mal die Stadt an.« Und tatsächlich, im Zentrum der Stadt lag ein riesiger runder See. Seine perfekten Ufer verrieten mir eindeutig, dass er von Menschenhand gemacht war.

»Warte«, sagte Azrames und schnappte sich den Computer von Faunas Schoß. Sein Mund öffnete sich. Ich konnte hören, wie der Schock aus ihm heraussprudelte, als die Luft seine Lunge verließ. Das Grau seiner Haut verwandelte sich in eine fast silberne Blässe. Alle beunruhigenden Gedanken schienen sich zu verknüpfen, als das Entsetzen über ihn hereinbrach. »Heilige Scheiße.« Mit weit aufgerissenen Augen drehte er den Laptop zu Fauna um. »Fauna ... ich kann dich nicht mitkommen lassen.«

»Was meinst du ...« Auch ihre Augen wurden größer, als sie es sah. Sie starrte noch eine Weile auf den Bildschirm, dann schüttelte sie den Kopf: »Nein, Az, du kannst nicht gehen! Wenn *das* stark genug ist, einen Gott festzuhalten – wenn *das* den Prinzen festhält ...«

»Kann mir mal jemand erklären, was zum Teufel hier los ist?« Ich wollte nicht schreien, aber meine Panik kochte über, als die spürbare Anspannung, die zwischen ihnen pulsierte, auf mich übersprang.

Fauna öffnete den Mund, um zu sprechen, aber es kam nur ein Quietschen heraus, während sie mit einem Finger den Bildschirm berührte und dann über den runden See fuhr. Von dort aus zeichnete ihr zarter Fingernagel die grüne Linie auf dem Satellitenbild nach, die wie eine Radspeiche aus dem Wasser lief. Sie folgte dem Weg weiter, als die grüne Linie sich zu einem mächtigen Hügel verbreitete, der sich zu einer kleinen, lückenlosen Bergkette aus perfekt miteinander verbundenen Hügeln wölbte. Die dunkle, unregelmäßige Baumgruppe auf dem Satellitenbild hatte mich zuvor daran gehindert, ihre Einheit zu erkennen, bis Faunas Finger sich den Weg durch die Bäume bahnte. Die Anhöhen durchzogen die Stadt in Schnörkeln, Hügeln und sich kreuzenden Linien.

Ich schluckte und traute meinen Augen kaum. Der Kreis musste kilometerweit sein. Nur aus der Vogelperspektive war er zu erkennen. Innerhalb der konzentrischen Form befanden sich mehrere kleine Hügel, von denen jeder einzelne Punkte und Linien in einem kunstvollen und gewollten Muster aufwies. Das Einzige, was es mit meiner Tätowierung gemeinsam hatte, war der Kreis und das unheimliche Gefühl der Jenseitigkeit. Ich sah zwischen Az und Fauna hin und her. »Die Stadt ist ein Siegel?«

Leise wie ein Schwur sagte sie: »Die Stadt ist eine Falle.«

Die Welt brach unter mir zusammen, als ich sie fragte: »Silas hat Caliban in eine Falle gelockt?«

Kein Geräusch außer unserem fast stummen Atmen durchbrach die windstille Nacht.

Nach langer Zeit sagte Azrames schließlich: »So etwas habe ich noch nie gesehen. Stark genug, um einen Gott zu halten ...«

»Warum sollte er dir das erzählen?«, flüsterte Fauna.

»Was?«

Ihre Sommersprossen brannten wie Sternbilder, während sich ihr Gesicht vor Verwirrung verzog. »Wenn Silas Caliban in eine Falle gelockt hat, warum sollte er dir sagen, wohin du gehen sollst? Warum sollte er dir den Namen der Stadt nennen? Oder das Pantheon? Er hätte den Prinzen gefangen nehmen können. Das wird von Sekunde zu Sekunde seltsamer. Wenn ein Gott in einer Stadt festgehalten wird ...«

»Sie kann kommen und gehen, wie sie will«, sagte Azrames. »Marlow ist mit niemandem eine Bindung eingegangen, also wird das Siegel sie nicht beeinflussen. Wenn jemand in der Lage ist, ihn zu retten, dann ...«

»Aber mit welcher Macht?«, fragte Fauna. »Wie zum Teufel soll ein Mensch ihn retten können? Wie ...«

»Mit einer Schaufel«, sagte ich.

Beide sahen mich an. Azrames verschränkte die Arme vor der Brust und rieb sich das Kinn, während er über meine Worte nachdachte. Faunas Fäuste entspannten sich.

»Warum kann ich das Siegel nicht einfach brechen? Wäre es dann nicht unbrauchbar? Ich meine, was ist, wenn Silas so eine Art heimlicher Held ist, der mir einen Hinweis auf Calibans Versteck gegeben hat, und es ist zufällig ein Ort, den nur ein Mensch betreten und verlassen kann? Es ist verrückt, aber es ist genauso verrückt wie deine Existenz. Wenn ich also eine Schneise in die Hügel rund um die Stadt schlagen würde ...«

Azrames nickte. »Wir gehen jetzt.«

Fauna schüttelte den Kopf. »Lass *sie* gehen. Sie ist ein Mensch. Das Siegel kann ihr nichts anhaben. Wenn Caliban dort ist, wird sie innerhalb des Siegels sicher sein. Wir können auf der anderen Seite auf sie warten.« Er brauchte drei Schritte, um bei Fauna zu sein, ihr einen Kuss zu geben und sie in seine Arme zu ziehen. »Du bleibst hier, Fauna. Ich werde dich nicht in einer Stadt in den Kampf ziehen lassen, aus der du nicht wieder herauskommst. Außerdem ist Marlow vielleicht zu einem Achtel eine Nordländerin, aber sie ist auch das, was einer Prinzessin der Hölle am nächsten kommt. Ich kann sie nicht allein gehen lassen.«

Fauna sah mit größeren Rehaugen zu ihm auf, als ich sie je bei ihr gesehen hatte.

Er atmete in ihr Haar aus. »Ich liebe dich.«

Mit diesen letzten Worten hatte er zwei Dinge erreicht.

Mit einem stummen Keuchen auf den Lippen beobachtete ich, wie er die Finger der einen Hand um den Griff ihres Dolches mit der lateinischen Gravur legte. Mit der anderen griff er nach mir. Sie musste es gespürt haben, als er die Klinge aus dem Holster zog, denn in der Sekunde, in der er mich packte, waren Faunas vor Schreck weit aufgerissene Augen das Letzte, was ich sah, bevor alles verschwand.

Neunundzwanzig

Azrames drehte sich, während wir durch Zeit und Raum fielen, und fing meinen harten Aufprall im letzten Moment ab. Er stöhnte, als sein Rücken mit einem dumpfen Knall auf dem Gras aufschlug. Ich entschuldigte mich, als ich aus seinen Armen kroch und mich umsah.

»Wo sind wir?«

Innerhalb desselben Reiches von einem Ort zum anderen zu wechseln, war nicht so desorientierend wie zwischen Erde und Hölle zu springen, aber es verursachte dennoch eine schwindelerregende Verwirrung. Ich hatte erwartet, vor der roten Scheune auf den Fotos oder am Ufer des Sees im Zentrum der Stadt anzukommen, stattdessen fanden wir uns in einem ganz gewöhnlichen Viertel wieder. Das laute Kläffen eines kleinen Hundes durchbrach die Nacht, als ein mürrischer weißer Shih Tzu die Welt auf unsere Ankunft aufmerksam machte. Durch das Erkerfenster seines Hauses nahm ich Blickkontakt mit dem Hund auf. Er hatte sich zwischen Fenster und Vorhang gezwängt und heulte wütend Alarm. Sein Besitzer fluchte irgendwo im Haus, er solle die Klappe halten, und er tat es so laut, dass es die ganze Welt hören konnte.

Ich sah mich nach Caliban um, als ob wir direkt vor seinen Füßen auftauchen müssten, aber er war nirgends zu sehen.

Az gab mir ein Zeichen, ihm zu folgen, als er auf den Bürgersteig trat. Ich winkte dem Hund zu, dabei fiel mein Blick auf mein Tattoo, und mir wurde klar, dass die Leute nur mich sehen konnten, nicht aber meinen dämonischen Begleiter. Die hundertfünfzig Dollar für die Tätowierung waren die beste Investition meines Lebens. Ich überquerte den Hof, um Az einzuholen.

»Wohin hast du uns gebracht?«, fragte ich leise. Da ich wusste, dass ich in einer fremden Stadt als einzelne Frau wahrgenommen werden würde, konnte ich es mir nicht leisten, durch lautstarke Selbstgespräche noch mehr Aufmerksamkeit auf mich zu ziehen. Es war schon schlimm genug, dass ich immer noch keinen BH unter meinem dünnen Hemdchen trug, das Fauna extra für die neugierigen Blicke eines gewissen Engels ausgesucht hatte. Die Kälte der späten Stunde trug auch nicht gerade zu meinem Selbstbewusstsein bei. Ich verschränkte die Arme vor der Brust und betrachtete die eintönige Normalität der Vorstadthäuser.

Azrames zuckte mit den Schultern. »Ich wollte uns so nah wie möglich an das Geschäftsviertel bringen, ohne aufzufallen. Schließlich kann ein Mensch nicht einfach aus dem Nichts vor einem Hotel auftauchen. Du könntest gesehen werden.«

»Wie aufmerksam«, murmelte ich.

»Hör mal zu«, sagte er ernst. »Die Leute können mich nicht sehen, aber ich sitze hier genauso fest wie du. Ich kann nicht in die Hölle zurück. Was auch immer wir von jetzt an tun, wir tun es zusammen.«

»Wie finden wir Caliban? Hast du immer noch ... welche Fähigkeiten du auch immer hast?«

»Ich denke schon«, antwortete er, »außer was die Bewegungen angeht. Wir haben nicht den Luxus, herumspringen zu können, nicht mal innerhalb des Siegels. Und nein, ich kann ihn nicht aufspüren. Er ist von königlichem Rang. Er ist unauffindbar. Wenn Silas uns nicht gesagt hätte, wo sich

Caliban befindet, dann hätten nicht mal die Legionen seinen Standort finden können. Aber dieses Siegel hält etwas fest. Die Bedrohungen müssen also in ihm stecken. Und wir haben nur eine Spur.«

»Und die wäre?«

»Dagon.«

»Woher wissen wir, dass er nicht der Böse ist?«

Die Art und Weise, wie Azrames seine Augenbrauen zusammenzog, war kein Trost für mich. »Er könnte es sein, aber es ist sein See in der Mitte der Falle. Ich vermute, er ist genauso ein Opfer wie der Prinz und ich.« Er verstummte, was noch schlimmer war.

Stirnrunzelnd sah ich ihn an, als wir weitergingen. »Fauna hatte recht«, sagte ich. »Du hättest mich allein gehen lassen sollen. Jetzt steckst du in einem Fliegenfänger fest, mit dem Albtraum, der uns erwartet. Und wenn ich von Tür zu Tür, von Haus zu Haus gehen muss, um ihn zu finden, als wären wir beide hilflose Menschen, dann habe ich nur erreicht, dass ich dich hierhergebracht und dein Leben ruiniert habe.«

Er lachte leise. »Du bist eine gute Seele, Marmar. Aber du bist auch völlig nutzlos, obwohl du einen gewissen Kampfgeist hast. Ich dagegen« – er tippte leicht auf das silberne Lasso an seiner Hüfte – »bin alles andere als nutzlos.«

Mit einem Stirnrunzeln betrachtete ich den Gegenstand und stellte fest, dass es gar kein Seil war. Wie die mehrfach um seinen Hals geschlungenen Ketten und ihr Siegel, war auch die Waffe an seiner Hüfte viel mehr, als sie auf den ersten Blick zu sein schien. Eine große, mit Stacheln besetzte Kugel baumelte am Ende. »Was ist das?«

Im Licht der Straßenlaternen sah ich den Schimmer seines verschmitzten Lächelns, als er sagte: »Schon mal was von einem Meteorhammer gehört?«

Azrames entschuldigte sich mindestens dreimal für den langen Fußmarsch. Es dauerte etwa fünfundvierzig Minuten, bis wir ein altes Schild sahen, das ankündigte, dass wir uns dem *Bellfield Inn* näherten.

»Wir können doch jetzt kein Hotelzimmer nehmen«, entgegnete ich aufgebracht. »Die Zeit drängt, oder? Wir müssen uns auf die Suche machen.«

»Silas hat gesagt, wir sollen mit der *Wild Prairie Rose* anfangen, oder? Aber wir haben keine Ahnung, was das ist oder was es bedeutet. Wir müssen uns ein Bild von der Lage machen und einen Plan ausarbeiten, der nicht heißt: durch die Straßen ziehen und auf das Beste hoffen. Wir müssen mit Dagon sprechen und wir können ihn erst am Morgen rufen. Er ist eine Tagesgottheit.«

Es fiel mir schwer zu glauben, dass Götter sich an bestimmte Zeiten hielten, aber sosehr es mich auch schmerzte, wir machten uns auf den Weg zum Check-in. Sobald ich die Tür aufzog, wollte ich sofort wieder gehen. Obwohl es schon Jahre her war, dass ich *Psycho* gesehen hatte, wurde ich das Gefühl nicht los, gerade das Bates Motel betreten zu haben. Wäre nicht ein Dämon an meiner Seite gewesen, der dafür bekannt war, Frauen zu beschützen, dann hätte ich den Blick des Mannes hinter dem Tresen nicht ertragen können.

Die Einrichtung des Raumes war vergilbt von Zigarettenrauch und jahrzehntelanger Vernachlässigung. Und nach seinem hohen Alter und den Falten in seinem hageren Gesicht zu urteilen, könnte der Mann bei der Eröffnung dabei gewesen sein, damals, als die Dinosaurier noch die Erde bevölkerten. Mit schmutzigen Fingernägeln rieb er sich über das Kinn, während er mich musterte und ein paar Fragen zu viel stellte, warum ich hier sei und wen ich treffen würde.

»Ein Schlüssel oder zwei?«

»Zwei, bitte«, sagte ich. Ich wollte auf keinen Fall, dass dieser Mann glaubte, ich sei allein.

Sein Blick verweilte auf meinem nackten Ringfinger, bevor er fragte: »Wird Ihr Freund Sie begleiten?«

»Ich erwarte ihn jede Minute«, antwortete ich kurz angebunden.

Er gab einen Laut von sich, der mir verriet, dass er mir kein Wort glaubte, und lächelte mich an, auch wenn ich mir wünschte, er hätte es nicht getan. Aus seinem Mund strömte der Geruch von entzündetem Zahnfleisch, Alter und Fäulnis.

Azrames' angewiderter Blick tröstete mich, als ich dem Mann meine Kreditkarte reichte.

Er zog die Karte durch, aber als er sich umdrehte, zog Az seine Hand durch die technischen Geräte, und der Computer hatte eine kurze Störung, sodass die Maschine meine Zahlung nicht abschließen konnte. Ich verkniff mir ein Lächeln, als ich meine Karte mit einer Hand entgegennahm, während ich die andere immer noch vor der Brust hielt. Der Mann reichte mir einen Metallschlüssel, und das war die einzige Bestätigung, die ich brauchte, um zu wissen, dass ich in die Vergangenheit gereist war. Seit dem missglückten Campingausflug meiner Familie hatte ich nicht mehr in einem Motel übernachtet, in dem keine elektronischen Schlüsselkarten verwendet wurden.

In dem Moment, als wir das Zimmer betraten, hob Az einen Finger. In der Lobby hatte ich schon gedacht, dass er wütend aussah, aber erst jetzt sah ich das Feuer des wahren Hasses in seinen Augen. Ich bemerkte, wie sehr er einem Wolf ähnelte, als sich seine Lippen zu einem Knurren verzogen. Er brauchte genau sechs Sekunden, um die Kameras und das Mikrofon zu finden, die in die Wand gebohrt, im Lüftungsschacht versteckt und hinter dem Gemälde angebracht worden waren. Sprachlos stand ich in der Mitte des Raums, als er die Geräte kurzschloss.

»Geh nirgendwohin«, sagte er, ohne mich dabei anzusehen. Mir blieb fast die Luft weg, als ich den Hass in seinen Augen sah, während er an mir vorbeiging. Ich schluckte, als er durch die Tür verschwand. Dann setzte ich mich aufs Bett und sah auf die Uhr. Mein Herz raste. Aus fünf Minuten wurden zehn. Aus zehn wurden sechzig.

Die Flut der Erschöpfung traf mich wie ein Monsun. Ich kroch rückwärts auf eines der beiden Einzelbetten und schob meine Beine unter die harte Bettwäsche. Wenn man dem Wecker Glauben schenken durfte, musste es fast vier Uhr morgens sein. Unter Berücksichtigung unseres Fußmarsches aus der Nachbarschaft und der Zeit, die ich vor Silas' Ankunft in der Wohnung verbracht hatte, versuchte ich zu errechnen, wie viele Stunden ich heute wach gewesen war. Es war, als würde man Schafe zählen, denn noch bevor ich ein endgültiges Ergebnis hatte, wiegte mich das rhythmische Tropfen der Müdigkeit in einen tiefen, schrecklichen Schlaf.

Verschwinde und komm nicht wieder zurück.

Ich stand in der Mitte eines Gewässers, das so groß war, dass es der Ozean hätte sein können. Es gab keine Berge, kein Land, keine Lebenszeichen. Das klare Eis war dick wie Zement, als Caliban mich anstarrte. Das Eis brach unter dem Gewicht seines gebrochenen Herzens bei meinen Worten. Tausende von weißen Linien breiteten sich dort aus, wo er stand, als das Meer von oben bis unten durchschnitten wurde. Das einst perfekte Glas war nun von einem weißen Spinnennetz überzogen. Der Wind heulte, als ich ihn ansah.

Verschwinde und komm nicht wieder zurück.

Ein weißer Fuchs drehte seinen Kopf zu mir, dann wich er einen Schritt zurück und dann noch einen. Ich schaute mich um, war auf der Suche nach meinen Freundinnen, meiner

Familie, aber ich sah niemanden. Ich war allein im peitschenden Wind bei subarktischen Temperaturen. Ich streckte eine Hand aus, um den Schneefuchs zu berühren, aber ich hatte ihm einen Befehl gegeben. Er lief weiter weg.

»Warte«, sagte ich leise, aber er konnte nicht. Er war an meine Worte gebunden und hatte keine andere Wahl.

Der Wind wurde stärker, bis mich schließlich der Schnee einhüllte. Bis zu diesem Moment hatte ich die Minustemperaturen nicht einmal gespürt. Als der Fuchs verschwunden war, zwang mich die klirrende Kälte in die Knie. Ich kämpfte gegen den Schmerz an, meine Finger, Zehen und Ohren färbten sich blau, als sich Erfrierungen in mein Fleisch gruben.

»Komm zurück«, sagte ich, doch der heulende Wind verschluckte meine Worte.

Ich war vollkommen allein.

Dreissig

Ich blinzelte ins Morgenlicht.
Steife, kratzige Baumwolle – nicht die Bambusbettwäsche aus meiner Wohnung, nicht die luxuriöse schwarze Seide aus der Hölle – war das Erste, was meine Haut berührte. Schnell öffnete ich die Augen, als mir klar wurde, wo ich war. Ich sprang auf und ließ die Umgebung auf mich wirken. Die billige braune und beigefarbene Filigranarbeit der Polyesterdecke holte mich in die Gegenwart zurück. Ich sah mich um und durchsuchte dann das winzige Motelzimmer, schon jetzt vollgepumpt mit Adrenalin, das jedes Bedürfnis nach Kaffee verdrängte.

Als Erstes stieg mir der Geruch von Chlor und getrocknetem Urin in die Nase.

»Guten Morgen, Marmar«, sagte Az mit angesichts der frühen Morgenstunde leiser Stimme. Er saß aufrecht, die ausgestreckten Beine überkreuzt, die Hände im Schoß. Er hatte seinen Kopf an die Wand gelehnt und sah eher so aus, als hätte er meditiert statt geschlafen.

»Was ist letzte Nacht passiert?«

»Nun«, er atmete aus, »wir befinden uns in Bellfield. Wir sind in einem *Gottfänger*. Caliban ist irgendwo in der Stadt. Ich habe die ganze Nacht darüber nachgedacht. Wenn Silas ihn verraten hätte, dann hätte er dir nicht gesagt, wo du deinen Prinzen findest. Und das ist auch der einzige Grund, warum ich dich nicht um sechs Uhr morgens geweckt habe, damit wir mit unserer Suche beginnen. Außerdem habe ich ein paar Geschenke für dich. Gibt es da noch irgendetwas Menschliches, das du erledigen musst, bevor wir uns rauswagen?« Seine Nasenflügel bebten vor unterdrückter Wut, bevor er mühsam vier Worte hinzufügte. »Du bist hier sicher.«

Ich schluckte, als er das sagte, und entschied dann, dass ich jetzt tatsächlich ein paar menschliche Momente für mich brauchte. Ich ging unter die Dusche und wusch den Stress der Nacht ab. Ich schrubbte meine Haut, befreite sie von Grasspuren und fuhr mir mit den Fingern durchs Haar. Als ich aus dem Bad kam, hatte ich nur ein Wort auf den Lippen.

»Geschenke?«

Er grinste, und ein kleiner Teil von dem, was ihn aufgeregt hatte, verblasste, als er sagte: »Du und Fauna, ihr habt mehr gemeinsam, als du denkst.«

»Selbst wenn der Engel wie durch ein Wunder heimlich auf unserer Seite ist, stimmt etwas nicht mit dieser Stadt. Er hätte uns nicht zur Eile aufgefordert, wenn alles in Ordnung wäre.«

Schweigend dachte er über meine Worte nach. Wir verließen unser Zimmer, bogen um eine Ecke und stiegen eine Treppe hinunter. Er führte uns in die Lobby, die jetzt leer war, und machte einen Bogen um die Rezeption, wo der Angestellte von gestern Nacht teilnahmslos in der Ecke hockte. Azrames ging direkt auf den Schrank des Mannes zu und gab mir ein Zeichen.

»Such dir ein Sweatshirt aus. Wir müssen deine Tätowierung verdecken. Solange wir nicht wissen, wer diese Stadtfalle gestellt hat, können wir nicht riskieren, dass du auffällst. Und mit einem dämonischen Siegel auf dem Arm ...«

Mein Blick wanderte zwischen dem Schrank und den glasigen Augen des Mannes in der Ecke hin und her. Hätte sich seine Brust nicht gehoben und gesenkt, ich hätte schwören können, auf eine Leiche zu starren. Ich konnte nicht verhindern, dass sich Besorgnis in mein Gesicht schlich.

Azrames grinste. »Oh, du kannst mir ruhig etwas zutrauen«, sagte er. »Na los, ruf im Motel an.«

Ich blinzelte verwirrt. Er zeigte auf ein kleines, grünliches Festnetztelefon aus den Siebzigern mit einem eng gewickelten Kabel, das seit Jahrzehnten neben dem Bett des Mannes gestanden haben musste. Verwirrt sah ich ihn an.

»Es ist die Null. Drück die Taste.«

Ich wusste nicht, was verwirrender war – seine Ungezwungenheit oder seine seltsamen Anweisungen. Gehorsam ging ich rüber, schnappte mir das Telefon und hielt den Hörer an mein Ohr. Der gleichmäßige Ton des Freizeichens ließ fast mein Trommelfell explodieren, bis ich die Null drückte. In dem Moment, als das Telefon in der Lobby zu klingeln begann, sprang der Angestellte auf und eilte zu seinem Platz. Obwohl er nur wenige Meter von mir entfernt war, nahm er den Hörer ab, ohne mich dabei zu beachten.

»*Bellfield Inn*«, sagte er höflich. »Was kann ich für Sie tun?«

Azrames nickte mir erwartungsvoll zu.

»Ähm.« Ich schluckte und mein Blick wanderte zwischen dem Hinterkopf des Angestellten und Azrames hin und her. Obwohl er nur einen Meter entfernt stand, tat der Mann so, als würde ich nicht existieren. Da ich nicht wirklich wusste, was ich sagen sollte, hielt ich das Gespräch so normal wie möglich. »Ich bin in Zimmer 305. Ich wollte nur darum bitten, dass der Zimmerservice heute nicht kommt, damit ich mich ausruhen kann.«

»Selbstverständlich, Madam«, erwiderte er. »Niemand wird Sie stören. Gibt es sonst noch etwas, womit ich Ihnen helfen kann?«

Ich schüttelte den Kopf, während ich immer noch Azrames ansah. Wenn ich mich nicht täuschte, flackerten seine grauschwarzen Augen in Rottönen und Höllenfeuer. Ich wandte den Blick nicht von ihm ab, als ich antwortete: »Nein, das ist alles.«

»Ich wünsche Ihnen noch einen schönen Tag, und bitte lassen Sie es mich wissen, wenn ich noch etwas für Sie tun kann«, sagte er, bevor die Verbindung getrennt wurde. In dem Moment, in dem er auflegte, kehrte der Angestellte zu seinem Stuhl in der Ecke zurück und starrte wieder ausdruckslos vor sich hin.

Ich legte den Hörer wieder auf. Ich war voller Adrenalin, Cortisol schoss mir direkt ins Herz, während ich den Dämon anstarrte. Er lehnte mit perfekter, unbeweglicher Feierlichkeit an der Wand.

»Was zum Teufel hast du gemacht?«, flüsterte ich.

»Ich werde nicht sagen ›Gern geschehen‹, denn du bist weder für das Wissen darüber noch für die Dankbarkeit für die Beseitigung des Übels in der Welt verantwortlich, aber ich diene einem ganz bestimmten Zweck im Reich der Sterblichen. Ich bin jedenfalls froh, dass ich letzte Nacht bei dir war.« Langsam schloss er die Augen, als würde ihm der Gedanke Schmerzen bereiten. »Ich wünschte, ich könnte überall und für alle da sein. Ich bin nicht allwissend. Betty hilft mir, die zu finden, die es verdienen, aber ...« Er schüttelte den Kopf, als wollte er ihn von Spinnweben befreien. »Jetzt such etwas, um deinen Arm zu bedecken. Los geht's.«

Erschrocken schnappte ich nach Luft, aber es war kein Ausdruck von Missbilligung.

Ich war nicht erschüttert über die Widerwärtigkeit der Welt.

Ich war nicht überrascht oder gar enttäuscht, dass ein widerlicher, hagerer Mann mein Zimmer mit Kameras ausgestattet und zweifellos schon unzählige Frauen ohne ihr Wissen oder ihre Zustimmung beobachtet hatte. Natürlich war ich bestürzt, aber nicht aus dem offensichtlichsten Grund.

Ich war traurig, dass ich so lange ohne Azrames gelebt hatte.

Ich verstand seine stille Frustration. Sein Gesichtsausdruck war der eines Mannes, der seine Arbeit auch ohne Bezahlung machen würde – nicht nur für die luxuriöse Wohnung, das schöne Auto, die weichen Laken oder die süßen Kekse, die er ohne jeden Zweifel jede Woche austauschen musste, um sicherzustellen, dass sie nie alt wurden.

Wenn ich die Zeit zurückdrehen könnte, dann würde ich jede Escort, die ich kannte, bei den Schultern packen und sie bitten, dasselbe Siegel zu tragen, das von Azrames' unterster Kette baumelte. Er war der dunkle Engel, der im Schatten lauerte. Er war derjenige, den ich wollte, wenn ich mit dem Rücken zur Wand stand.

»Az?«

Er zog eine Augenbraue hoch, aber sagte nichts.

»Wenn wir eine Abmachung getroffen hätten … eine Abmachung, die besagt, dass du nichts tust, worum ich dich nicht ausdrücklich bitte …«

Seine Schultern sanken ein wenig. Er zog eine Hand aus der Tasche und zeigte auf den Mann. »Ich weiß, warum du fragst. Dann hätte ich das alles nicht tun können. Es waren dein Leben und deine Nacht. Und wenn wir eine Abmachung getroffen hätten? Wenn du mich nicht ausdrücklich darum gebeten hättest, mich um ihn zu kümmern, hätte ich nicht aus eigenem Antrieb handeln können. Du hättest mir sagen müssen, dass ich die Kameras zerstören soll, dass ich im ganzen Motel von Zimmer zu Zimmer gehen soll, um mich zu vergewissern, dass jede Frau in Sicherheit ist, dass ich jahrzehntealtes Filmmaterial löschen soll, damit jeder, der es sich ansieht, nur noch Flimmern sieht, dass ich in die Verdrahtung seines Gehirns eindringen soll ...«

Mir fielen fast die Augen aus dem Kopf. »Das alles hast du getan?«

»Der freie Wille ist nicht immer eine wechselseitige Angelegenheit«, sagte er leise. »Aber wenn ich die Möglichkeit habe ...«

Ich fragte mich, ob er wohl hören konnte, wie mein Herz in meinen Ohren dröhnte, während ich seine Worte abwägte. In einigen Punkten hatte Fauna recht. Vor allem in diesem: Ich war eine Idiotin.

Seine Lippen verzogen sich zu einem dünnen Strich, bevor er sagte: »Triff keine Vereinbarung, wenn du nicht willst, dass sie eingehalten wird, Mar. Und wenn sich jemand an deine Abmachung hält, dann verstehe, dass es etwas ist, worum *du* selbst gebeten hast. Suchst du dir jetzt deine Klamotten aus oder soll ich das für dich erledigen?«

Ich wollte mich nicht deswegen mit ihm streiten und hatte keine Energie, noch mehr über verbindliche mündliche Verträge zu lernen. Stattdessen schnappte ich mir das nächste langärmelige karierte Hemd und schlüpfte hinein. Ich krempelte es bis zur Mitte der Unterarme hoch, um sicherzugehen, dass mein Tattoo bedeckt war, ließ es aber wegen der spätsommerlichen Wärme aufgeknöpft. Ich schaute noch einmal zu dem Angestellten hinüber, aber ich wusste, ohne fragen zu müssen, dass er nie wieder ein Problem sein würde.

Die Dankbarkeit, die ich bis dahin empfunden hatte, wich der wachsenden Sorge, dass wir bei der Suche nach Caliban noch nicht weitergekommen waren. Ich bat Azrames, mir unseren Plan zu erklären.

Er steckte die Hände in die Hosentaschen und sagte: »Wenn die Stadt ein Siegel ist, dann ist jemand für dessen

Existenz verantwortlich. Ich vermute, es hängt mit der Plantage zusammen, die Silas erwähnt hat, aber wir können nicht unvorbereitet handeln. Und wenn wir herausfinden wollen, was hier vor sich geht, schlage ich vor, dass wir zuerst zum See gehen.«

»Zum Wassermann?«

»Zur Gottheit.«

Hätte der Hotelmitarbeiter es nicht verdient, wie ein Zombie vor sich hinzuvegetieren, dann hätte ich vielleicht ein schlechtes Gewissen wegen unseres Diebstahls gehabt. Wir hatten ihn ausgeraubt und alles an Alkohol, Gläsern, Honig, Geld und Obst mitgenommen, was wir finden konnten. Azrames wischte ein Silbertablett ab und lächelte, als er sah, dass es echt war. Er gab es mir, damit ich es auch in meine Tasche steckte – ein weiterer gestohlener Gegenstand. Ich schnappte mir die Autoschlüssel des Angestellten von seinem Nachttisch und warf ihm einen langen, vorsichtigen Blick zu, während ihm ein einzelner Speichelfaden aus dem Mund lief.

Fast wollte ich Az fragen, was er sonst noch über den Mann herausgefunden hatte. Fast.

Stattdessen erschauderte ich angewidert, als wir das Motel verließen und die Türen seines verbeulten Kleinwagens aus der Mitte der Neunzigerjahre hinter uns zuschlugen. Der Gestank der schmutzigen Fast-Food-Verpackungen, die überall auf dem Boden lagen, durchdrang die Luft. Ich würgte, als ich die Fensterscheiben herunterkurbelte. Dank einer mitfühlenden Bewegung seiner Finger erfüllte Azrames' Rauchgeruch das Fahrzeug, was eine willkommene, überwältigende Erleichterung war. Ich warf ihm einen dankbaren Blick zu, als wir mit dem geliehenen Wagen Richtung See fuhren.

Von dem schrecklichen Hotelangestellten einmal abgesehen, war die Stadt atemberaubend.

Jedes Haus, jeder Laden, jedes Gebäude versprühte den malerischen Charme der alten Welt, als wäre die Stadt direkt aus der Zeit gefallen und perfekt erhalten geblieben. Die Fenster schienen alle zu sauber zu sein. Die Menschen lächelten zu viel. Das Gras, die Büsche und die Bäume waren so grün, dass sie eher von einem Filmset hätten stammen können. Normalerweise hätte ich mich über die Gelegenheit gefreut, durch eine idyllische Kleinstadt zu fahren, jetzt jedoch jagte mir der Anblick der smaragdgrünen, grasbewachsenen Hügel, die den direkten Weg zwischen dem Motel und dem Park im Herzen der Stadt versperrten, einen Schauer über den Rücken.

Die hellgrünen Hügel schlängelten sich durch die Kleinstadt, und die Läden, Straßen und Brücken waren so gebaut, dass sie sich nahtlos in die Landschaft einfügten. Weil ich wusste, wie das Siegel von oben nach unten aussah, verwandelte sich alles von idyllisch und einzigartig zu unheimlich. Die schlangenförmige Anhöhe blieb zu meiner Rechten, als ich der Straße zum See folgte. Ich runzelte die Stirn, als ich mich dem glitzernden, von Menschenhand geschaffenen Gewässer näherte, das von perfekt gepflegten Bäumen und üppigen, lebendigen Gärten mit Gräsern und Blumen umgeben war. Thomas Kinkade hätte keinen unnatürlicher strahlenden See malen können.

Die Ufer waren zu gleichmäßig. Das Wasser war zu blau. Die üppigen Weiden, die sich bei perfektem Wetter sanft im Wind wiegten, waren wie aus dem Bilderbuch. Ich öffnete meinen Sicherheitsgurt und verzog das Gesicht beim Blick auf den paradiesischen Park, den ich mit jeder Faser meines Seins verabscheute.

»Bellfield ist der schlimmste Ort auf Erden«, sagte ich zu Azrames.

Er lachte in sich hinein. »Ich glaube, die Bewohner dieses kleinen Stücks vom Himmel sind da anderer Meinung.«

Ich kniff die Augen zusammen, als ich durch die schmutzige Windschutzscheibe auf das glitzernde Wasser starrte.
»Ist der Himmel nicht dein Feind?«
»Jepp.«
Trotz des Rauchs und der frischen Luft, die durch die Fenster hereinströmte, wurde mir schlecht wegen der letzten Nacht mit wenig Schlaf, einem Morgen ohne Kaffee und einer Welt, in der Frauen nur wenige Meter von furchtbaren Männern entfernt schlafen mussten. Die Uhr zeigte kurz nach neun, als wir auf einen Parkplatz fuhren.

Da es mir egal war, ob jemand unser einziges Transportmittel stehlen würde, ließ ich die Fensterscheiben unten. Ich hatte Verständnis für die schiefen Blicke der Passanten, die einen flüchtigen Blick auf den Müll erhaschten, der das Fahrzeug füllte, und ich besaß nicht den Mut, sie deswegen anzuschnauzen. Ich war froh, dass Azrames mich dazu gebracht hatte, das Tattoo zu verdecken, angesichts der herablassenden Blicke, die mein Outfit und das Fahrzeug auf mich zogen.

»Okay«, sagte Az und klatschte in die Hände, während er sich ein paar Schritte vom Auto entfernte. »Zeit, einen Teil des Sees ohne Fußgänger zu finden. Die Sterblichen werden ihn genauso wenig sehen können wie mich. Was mich am meisten beunruhigt, ist, dass du völlig verrückt aussiehst und die Behörden alarmiert werden, weil eine Irre im Park herumläuft. Also tu dein Bestes, nicht mit mir zu reden, wenn jemand zuschaut. Ich denke, wenn wir zu den Bäumen dort drüben gehen« – er deutete auf die andere Seite des Sees – »sollten wir in der Lage sein, unsere Opfergabe zu bringen und zu sehen, ob Dagon wirklich in diesen Gewässern weilt.«

Als wir den See umrundeten, wurden die sportlich gekleideten Parkbesucher immer weniger, und mir wurde klar, dass ich keine Ahnung hatte, welcher Wochentag heute war.

Es fühlte sich nicht wie Samstag an, wofür ich dankbar war. Es schien, als ob die übertrieben ehrgeizigen Mitglieder der Gesellschaft zur Arbeit gingen und ihr Leben lebten, sodass Azrames und ich den Park mehr oder weniger für uns allein hatten. Als wir die andere Seite des Sees erreichten, sah ich, wie das letzte Auto den Parkplatz verließ. Vielleicht waren sie ja vor mir geflohen.

Azrames war nicht sehr gesprächig, was mich Fauna vermissen ließ. Er schien nur dann zu reden, wenn er etwas zu sagen hatte, während ich mir sicher war, dass Fauna schon im Morgengrauen losgeplappert hätte. Fast hätte ich ihn gefragt, wie die beiden eigentlich zueinandergefunden hatten, nur um etwas zu sagen, als mich der Ernst der Lage wieder einholte.

Mein Weltbild hatte sich völlig verändert. Nachdem ich mir jahrzehntelang eingeredet hatte, verrückt zu sein, fiel es mir nun leicht, mich in Zustände der Klarheit und wieder herauszubegeben. Manchmal vergaß ich völlig, dass der gut aussehende Dämon in Eisen-, Rauch- und Aschetönen mit den kleinen schwarzen Hörnern, die aus seinem zerzausten schwarzen Haar ragten, jemand oder etwas war, das ich als Fiktion abgetan hatte. Zumindest bis zu dem Tag, als Silas in meine Wohnung kam und Richard an seiner eigenen Zunge ersticken ließ. Davor hatte ich mir jahrelang eingeredet, dass Caliban …

»Wie finden wir Caliban?«, fragte ich leise.

Er nickte. »Das hat oberste Priorität. Wenn Silas die Wahrheit gesagt hat, dann muss der Prinz hier irgendwo sein. Genau wie ich kann auch Caliban das Siegel nicht verlassen oder sich darin bewegen – außer zu Fuß. Vielleicht kann uns Dagon sagen, wer das Siegel überhaupt erschaffen hat.«

»Und dieser Meergott – Dagon – ist er ein Verbündeter? Ich weiß, dass der Himmel und die Phönizier im Streit liegen.«

Azrames verzog den Mund. »So einfach ist das nicht. Wir haben einen gesunden Respekt voreinander. Aber die Reiche sind nicht wirklich ... loyal. Nicht auf diese Weise.«

Wir verließen den ebenen Asphaltweg und gingen über das Gras in Richtung Ufer. Ein Teil von mir hatte das Gefühl, dass ich den unangenehmen Geruch von Urin und abgestandenem Rauch der organisierten Perfektion der Blüten, der prächtigen grünen Blätter, die einander streiften, als wollten sie einen charmanten Gruß singen, und dem Gras, das so weich war, dass es ebenso gut ein Teppich hätte sein können, vorzog. Alles in diesem Park löste eine fürchterliche Unruhe in mir aus.

Früher hätte ich mir immer eingeredet, ich sei paranoid ... aber dann dachte ich an das Grauen, das mich in dem Moment überkam, als ich in Richards Haus eingebrochen war. Und da kam mir eine Idee. Ich fragte mich, ob ich angesichts des verdünnten Feenblutes, das durch meine Adern floss, eine übernatürliche Präsenz wahrnehmen konnte. Vielleicht war meine irrationale Intuition genau das, was Fauna als *Hellsichtigkeit* bezeichnet hatte. Aber ich war zu sehr von dem strahlend blauen Wasser, dem kostbaren Duft exotischer Blumen und der Wärme des heiteren, blauen Tages abgelenkt, um die unterschwellige Bedeutung von Az' Worten zu verstehen.

Ich blieb am Ufer stehen und sah ihn an, als mir plötzlich mit Schrecken etwas klar wurde. »Was ist, wenn Caliban gar nicht hier ist? Wenn Silas gelogen hat, um dich in die Falle zu locken?«

Azrames wirkte jedoch nicht besorgt. »Wenn das der Fall ist, werden wir dir die Schaufel besorgen. Außerdem bin ich nicht wichtig genug, um in eine Falle gelockt zu werden.«

»Das sehe ich anders.«

Ich blickte über den See auf den Hügel und erschrak über die schiere Größe. Es würde nicht nur ein paar Stunden dauern, sich durch den Hügel zu graben. Das würde einen ganzen Monat ununterbrochenen Grabens erfordern. Ich müsste nicht nur länger, weiter und tiefer graben, als ich es mir jemals hätte vorstellen können, sondern ich müsste auch einen Ort in der Stadt finden, wo ich ungestört graben könnte, ohne wegen Vandalismus im Gefängnis zu landen. Ich fragte mich, welche Geschichten sich die Einwohner über die smaragdgrünen Klippen erzählten und was die Polizei von der interessanten Landschaftsgestaltung hielt, die sich durch ihre kleine Stadt zog. Ich konnte mir keine Ausrede vorstellen, die Sinn machen würde, wenn man mich bis zu den Ellbogen in einem Berg von zerstörtem Eigentum finden würde.

Az setzte sich an das Ufer des Sees, berührte aber nicht das Wasser.

»Okay«, sagte er. »Errichte deinen kleinen Altar.«

Ich musste keine Praktizierende sein, um zu verstehen, was er meinte. Ich hatte genug getan und gesehen, um die grobe Gestaltung meiner Opfergabe zu verstehen. Neben dem Essen, der Kristallkaraffe mit dem Schnaps und dem Bündel Geldscheine stellte ich ein paar Kerzen auf und zog ein Streichholzbriefchen mit der Aufschrift *Bellfield Inn* hervor.

»Ich weiß nicht, wofür ein Wassermann Geld braucht«, murmelte ich, während ich die Kerzen anzündete.

»Es geht nicht um das Geld, sondern um das Opfer. Und bitte, um der Götter willen: Wenn Dagon auftaucht, dann nenne ihn *nicht* Wassermann!«

Ich wollte Azrames nicht anblaffen, dass ich nicht dumm war, denn in Wahrheit war ich es wohl. Allerdings war ich eine Idiotin, die ein Literaturstudium abgeschlossen und sich einen internationalen Ruf als Autorin von Mythologie-Romanen erworben hatte. Vielleicht wusste ich nichts über die kanaanitische Religion des heutigen Libanon, aber ich wusste, dass Götter keine Dschinn waren. Und ich rief keinen Seegeist herbei, um mir einen Wunsch zu erfüllen, sondern stellte eine Opfergabe zusammen, um ihm für seine Gunst zu danken. In diesem Fall würden Dagon und ich hoffentlich ein gemeinsames Ziel verfolgen.

Die Kerzen brannten und wir warteten.

Und warteten.

Und warteten.

»Az, was ist, wenn ...«

Aber Azrames hob erst einen Finger an die Lippen und zeigte dann zu den Wolken. Am Rande des Horizonts brach der ruhige Himmel in Kumulonimbuswolken auf. Die gewaltigen Wolken zogen mit einer Böe heran und bliesen die Kerzen aus. Ich wollte nach den Opfergaben greifen, aber Azrames hielt mich am Handgelenk fest, bevor ich sie überhaupt berühren konnte, sodass die Früchte und das Geldbündel ins Wasser geweht wurden. Mit wachsender Sorge sah ich ihn an, während die Wolken mit unglaublicher Geschwindigkeit durch die Luft jagten, das Sonnenlicht des Vormittags förmlich auslöschten und den Tag so dunkel machten, dass es schon Abenddämmerung hätte sein können.

Der Wind peitschte über den See und wirbelte winzige Schaumkronen auf. Als die Luft durch das aufgewühlte Wetter hafengrau wurde, nahm das Wasser den bedrohlichen Farbton von Holzkohle an. Zum ersten Mal roch ich Fisch und Algen und den schlammigen Grund des Sees statt der gepflegten Gärten. Ich blinzelte, als mir der Wind die Haare in die Augen peitschte, und zuckte zusammen, als die Welt Logik und Vernunft zugunsten einer meteorologischen Anomalie aufgab, die man nur als höhere Gewalt bezeichnen konnte.

Hab keine Angst, du Feigling, flehte ich mich an. *Azrames hat auch keine Angst und er sitzt direkt neben dir. Dir geht's gut, dir geht's gut.*

Aber das war eine Lüge. Schauer liefen mir über den Rücken, über die Arme, den Nacken, jeder Zentimeter meiner Haut war von Angst durchdrungen. Mein Mund wurde trocken, als sich das Wasser in der Mitte zu bewegen begann. Ich war kurz davor, mir in die Hose zu machen. Vor Schreck wollte ich aufspringen, als plötzlich von beiden Seiten ein dichter weißer Nebel herankroch, aber ich wurde wieder zu Boden gerissen und aufgefordert, still zu bleiben. Diesmal ließ Azrames meinen Unterarm nicht los.

»Sei ehrfürchtig«, zischte er mir zu.

Ehrfürchtig. Richtig. Ich nickte und schluckte. So viele Jahre hatte ich auf meinen Knien in der Kirche verbracht. Ich wusste, wie man sich vor einem Gott niederwirft. Nur hatte mein Gott auf meine Kristallkaraffe mit Schnaps nie mit Nebel und Donner geantwortet. Mein Herz raste, als der Nebel immer dichter wurde und ich Azrames fast nicht mehr erkennen konnte.

Doch kaum hatte es begonnen, verstummte der Wind auch schon wieder und wich völliger Stille. Aber die Gewitterwolken, der Nebel und das greifbare Gefühl des Schreckens blieben.

Dann hörte ich es. Zuerst klang es wie ein Fisch, der aus dem Wasser springt. Das platschende Geräusch von Schritten erfüllte die Luft. Wir waren nicht mehr allein.

Einunddreissig

Dagon.

Beim Anblick des Mannes neben mir blieb mir das Herz stehen. Ich vergaß zu atmen, als ich ihn durch den Nebel betrachtete, von seinem geraden schwarzen Bart bis zu den regenbogenfarbenen Schuppen seines Gewandes, und ich wusste ohne den geringsten Zweifel, dass diese uralte Gottheit keine Freude an der Moderne hatte. Er war weder der fernsehende, Süßigkeiten essende Kobold, der in meinem Wohnzimmer wartete, noch der Dämon mit dem Luxussportwagen.

Er verkörperte Geschichte, Kultur und Sprache. Er war das Gilgamesch-Epos, der Sand der Zeit und die sich verschiebenden tektonischen Platten, als Pangäa auseinanderbrach. Er war zutiefst und erschreckend ewig.

Er stand vor uns, die Füße noch im Seewasser. Er hatte nicht den Fischschwanz eines Wassermanns, sondern dicke, muskulöse Beine. Ich verstand den Sturm und den Nebel in dem Augenblick, als ich ihn ansah. Selbst wenn ein anderer mein Siegel oder die Fähigkeit besessen hätte, den Schleier zu durchdringen, hätte er nicht durch den undurchdringlichen Nebelvorhang sehen können, der ihn verbarg.

Azrames rollte sich aus seiner sitzenden Position auf ein Knie. Er neigte nicht den Kopf, sondern senkte einmal das Kinn als Zeichen respektvoller Anerkennung, während er den Ellbogen auf ein Knie stützte. »Dagon, Eure Exzellenz, ich bin Azrames aus der Hölle. Ich glaube, ich spreche im Namen von uns allen, wenn ich mich für Eure Hände entschuldige.«

Ich war noch dabei, Az' Haltung nachzuahmen, als mein Blick auf den Fischgott fiel. An jedem seiner Handgelenke war eine dicke, fürchterliche Narbe zu sehen, als wären seine Hände einst abgetrennt worden.

Schließlich erwiderte Dagon Azrames' Geste. Mit einem furchterregenden, ungewohnten Akzent, der seine Alterslosigkeit inmitten der Ewigkeit verriet, antwortete er: »Der Feind meines Feindes ist mein Freund.«

Ich wartete darauf, dass Azrames mir das Wort erteilte, doch er tat es nicht.

»Wie lange werden Euer Exzellenz schon hier festgehalten?«, fragte er.

Dagons Blick wurde schärfer, als er nach dem aktuellen Jahr fragte. »Hmm«, sagte er langsam und voller Verbitterung. »Seit zweihundertzweiundfünfzig Jahren halten sie mich hier gefangen. Sie hätte alles auch ohne mich haben können, aber wenn eure Zivilisationen zusammenbrechen und eure Tempel zu Ruinen verfallen ... wenn euer Volk euren Namen vergisst und ihr nicht mehr bereit seid, in euer Reich zurückzukehren ... wenn ihr ein eigenes Königreich in einer Welt fordert, die uns vergessen hat, was gibt es da Besseres, als einen Gott zu fangen?«

»Wer, Eure Exzellenz?«

Dagon blickte über die Schulter, durch den Nebel und in das tiefschwarze Wasser, und eine neue Bitterkeit schlich sich in seine Worte, als er sagte: »Wenn die Menschen nicht mehr ihren Willen befolgen würden, wenn sie aufhören würden, ihr Altäre zu bauen, ihr Opfer darzubringen und ihren Namen zu sprechen ... dann könnte sie niemals die Göttin eines

Gottes werden. Eines Gottes, der die beste Ernte hervorbringen und ihr Königreich blühen lassen würde, der den Boden segnet, solange ich satt bin. Meinen Sohn wollte sie nicht hier haben. Er würde ihr auf die Füße treten, das ginge nicht. Nicht für jemanden, der an der Spitze stehen will.«

Der Mund von Azrames, der neben mir stand, blieb offen stehen. »Also dieses Siegel, diese Falle, wurde gemacht von …?«

»Amerika …« Er schmeckte das Wort, so als läge es sauer auf seiner Zunge, und verzog spöttisch die Oberlippe. »Von allen Orten, an die sie mich hätte rufen können, musste es ausgerechnet derjenige sein, an dem die Menschen so weit von den alten Sitten und Gebräuchen, von Geschichte, Kultur und Schöpfung entfernt sind, dass sie es nie vermuten würden …«

»Und Baal?«, fragte Azrames.

Mit kühler Berechnung erwiderte Dagon: »Warum sollte sie seine Anwesenheit in ihrem Königreich wünschen, wenn ihre Kräfte ein und dieselben sind? Sie würde ihre Zeit nicht mehr in den Schatten verbringen. Und warum sollte er kommen, um mich zu retten, wenn er weiß, dass sie ihn nicht wieder gehen lässt?«

»Wer?«, flüsterte ich schließlich.

Dagon drehte sich zu mir um, als hätte er mich jetzt erst bemerkt. Er starrte mich an – *in mich hinein* –, bevor ein bedächtiges Lächeln seine Lippen umspielte. »Du bist genau ihr Typ«, sagte er mit erschreckender Langsamkeit, und jedes Wort durchbohrte mich wie eine Kugel.

»Ihr seid nicht der Einzige, der hier gefangen gehalten wird, Eure Majestät«, sagte ich leise und bemühte mich, respektvoll zu klingen, während meine Gedanken zu Caliban wanderten. »Hier sind noch andere aus anderen Reichen. Jeder, der dieses Reich betritt …«

»Sie selbst mit eingeschlossen«, sagte Dagon und schnitt mir das Wort ab.

Azrames zog die Augenbrauen hoch. »Sie ist in ihrem eigenen Siegel gefangen?«

»Den Fallen, die wir uns selbst stellen, können wir am schwersten entkommen.«

»Wer?«, fragte ich noch einmal und versuchte, meine Stimme so autoritär wie möglich klingen zu lassen.

Der Blick seiner dunklen Augen kehrte zu mir zurück. Dann begann Dagon, mit eisiger Langsamkeit im See zu versinken, während er sagte: »Sie ist diejenige, die empfängt, aber nicht gebärt. Sie war die Allerhöchste, und diesen Titel wird sie behalten – koste es, was es wolle.« Das Wasser umspielte seine Knie, dann seine Taille, als der Wind wieder auffrischte und seine Worte übertönte. Die regenbogenfarbenen Schuppen seines Gewandes waren durch den Nebel kaum zu erkennen. »Es ist ihre heilige Tradition, sich in ihrem Tempel zu prostituieren. Sex zu verkaufen, ist für sie köstlicher, als Seelen zu beschenken. Finde sie in der Venus.«

Dann verschwand er, aber der schwere, triefende Nebel blieb. Mein Haar fühlte sich feucht an meinem Gesicht an. Ich zupfte an dem nassen karierten Hemd, um es zuzuknöpfen, damit es weniger unanständig aussah. Der See beruhigte sich, als alle Spuren des Gottes, einschließlich unserer kleinen Opfergaben an ihn, verschwunden waren.

Azrames erhob sich.

»Wen zum Teufel sollen wir finden?«

»Astarte«, antwortete er mit einem der Welt überdrüssigen Seufzer. »Die Göttin der Erotik, der Liebe und des Krieges.«

Normalerweise hätte ich mich schuldig gefühlt, dass der Sturm die Fast-Food-Verpackungen aus dem und auf die

Straßen geweht hatte, aber da diese Stadt schlecht war, dachte ich mir nur, dass sie wahrscheinlich noch Schlimmeres verdient hätte.

»Du hast nicht mal nach Caliban gefragt!« Mein Temperament kochte hoch, als ich die Autotür zuknallte.

»Der Prinz kann nicht aufgespürt werden. Wenn wir zu ihm kommen wollen, bevor andere wissen, dass er hier ist, müssen wir erst herausfinden, was hier vor sich geht. Wir können kein Netz entwirren, das wir nicht verstehen.«

Ich steckte den Schlüssel in die Zündung. Der Motor hustete und erwachte dann stotternd zum Leben. Ich wollte mit Azrames über seine Gründe streiten, aber so aufgewühlt ich auch war, so glaubte ich doch, dass er am besten wusste, wie man mit alten, mächtigen Wassermännern sprach. Ich lenkte den Wagen vom Parkplatz und stellte die erste Frage, die mir in den Sinn kam.

»Was hast du vorhin gesagt? Über seine Hände?«

Az lachte düster. »Er und der König des Himmels haben sich um die Bundeslade gestritten, ungefähr fünfhundert Jahre vor Christus. Es steht in deinem Buch der Richter, falls du mal Bibelwissenschaftlerin werden willst.«

»Ist das nicht lustig?«, fragte ich, ohne eine Antwort abzuwarten. »Mister *Keine-anderen-Götter-neben-mir* spricht in seinem eigenen Buch ständig von anderen Göttern und die moderne Kirche hält das alles für Hexerei, Unsinn und Kauderwelsch. Es gibt nur einen Gott, alles andere sind Dämonen oder Illusionen.«

»Siehst du, ich wusste, dass du deine Bibel kennst.«

»Es ist nicht *meine* Bibel.«

»Entschuldige, ich hatte nicht die Absicht, dich zu beleidigen. Ich weiß nur, dass du nicht mit den Agamas oder den Veden aufgewachsen bist.«

»Was ist mit der Satanischen Bibel?«, fragte ich.

Er lachte. »Ich bin mir sicher, dass du damit auch nicht aufgewachsen bist.«

»Nein.« Ich verdrehte die Augen, während ich das klapprige Auto durch die kurvenreichen Straßen lenkte und dem Drang widerstand, einen dämlichen grünen Hügel zu rammen. »Ist das richtig? Ist es eine gute Art, um ... mit der Hölle zu reden?«

Er zog eine Augenbraue hoch. »Die Satanische Bibel ist eher philosophisch als religiös. Es geht vor allem um die Liebe zur Natur und um Epikureismus oder darum, eine stabilisierende Kraft im eigenen Leben zu sein. Die Satanische Bibel erschien erst 1969, also nimm es, wie du willst. Außerdem ist unser König nicht so sehr an Dogmen interessiert.«

»Wenn ich also etwas über die Hölle erfahren möchte ...?«

Er zuckte mit den Schultern. »Dann frag einfach.«

Wir fuhren zurück zum Hotel und unterhielten uns unterwegs über unsere Pläne, die restlichen Vorräte des Angestellten zu essen und seinen Computer zu benutzen, sobald wir angekommen waren. Da ich immer noch kein Telefon hatte und Azrames die Hände magisch gebunden waren, mussten wir herausfinden, was Dagon verdammt noch mal damit gemeint hatte, als er sagte, wir sollten *Venus* finden.

Wenn er meine Aufforderungen, Caliban zu finden, weiterhin ignorieren würde, hätte ich ein paar unangenehme Alternativen. Ich schlug vor, ins Planetarium zu gehen, gefolgt von dem Vorschlag, LSD zu nehmen. Azrames fand den ersten Vorschlag sinnlos, war aber offener für den zweiten, wenn auch nicht zum Zweck der Mission.

»Wie wäre es, wenn wir Astarte ganz umgehen würden und ich einen Bagger miete?« Während ich auf den Parkplatz fuhr, plauderte ich über diesen in meinen Augen ziemlich genialen Plan. »Wie schwer kann es sein, so eine Maschine zu bedienen? Gib mir zehn Sekunden, um das Siegel zu brechen, und dann teleportier mich hier raus, damit ich nicht verhaftet werde. Ich fahre den gelben Dinosaurier einfach zur Anhöhe und ...«

Mein Gedanke verpuffte, der Rest des Satzes blieb mir im Hals stecken.

Azrames sah es auch.

Er war es.

Die Welt hörte auf, sich zu drehen, und meine Sicht verdunkelte sich, als ich nur noch den Blitz aus silbernem Feuer sah, der an der bröckelnden Säule vor dem Motel lehnte.

Nicht ich hatte ihn gefunden.

Er hatte mich gefunden.

Nachdem Darius Nia einen Heiratsantrag gemacht hatte, behauptete sie, sich umgedreht und ihn auf einem Knie gesehen zu haben. Dann hatte sie jedoch einen Blackout, noch bevor sie den Ring am Finger hatte. Lisbeth hatte einmal gesagt, dass Mütter den Schmerz der Geburt völlig vergessen und sich nur an die Freude erinnern, wenn das Baby in ihren Armen liegt. Ich hatte ähnliche Geschichten gehört, von Ereignissen, die so schockierend, so wundervoll oder lebensverändernd waren, dass sie das Gehirn kurzschlossen, bis es sich komplett abschaltete. Ich nahm an, dass mir das passiert war, und ich konnte nur dankbar sein, dass mein Herz noch schlug, meine Lunge noch arbeitete und mein Blut noch floss – zumindest hoffte ich das.

Ich konnte mich nicht mehr daran erinnern, das Auto geparkt zu haben, aber ich musste es getan haben. Genauso wenig konnte ich mich daran erinnern, die Schlüssel genommen zu haben oder dass Azrames gesagt hatte, er würde verschwinden, obwohl er wahrscheinlich etwas in dieser Richtung gesagt hatte. Ich lief auf Autopilot, meine Füße flogen buchstäblich über den Bürgersteig, in meinen Ohren klingelte es, Tränen schossen mir in die Augen, bis ich gegen seine

Brust prallte und seine starken Arme um mich spürte. Der Geruch von Moos, Regen und Gin war genauso stark wie das Gefühl von Geborgenheit, Sehnsucht und Trauer. Meine Knie gaben nach, als ich zu weinen begann, aber er hielt mich fest.

Ich hatte keine Ahnung, woher er wusste, welches mein Zimmer war.

Ich konnte mich nicht daran erinnern, wie ich die Treppe hinaufgekommen oder wie ich die Tür geöffnet hatte.

Ich erinnerte mich an nichts, bis ich mit dem Rücken gegen die Wand gedrückt wurde, kühle Hände durch mein Haar fuhren, meine Tränen weggewischt wurden und Caliban sagte: »Ich bin dein und du bist mein. Und ob es in diesem oder im nächsten Leben ist – wir werden immer zueinanderfinden.«

Zweiunddreissig

Noch nie in meinem Leben hatte ich mir etwas so sehr gewünscht.

Mein Körper war heiß und kalt zugleich. Ich zerrte an ihm, vergrub meine Finger in ihm, als wäre er nicht mehr in der Lage wegzugehen, wenn ich mich in ihm verkriechen würde. Er fing mich auf und schob seine Hände unter meinen Hintern, als ich aufsprang und meine Beine um seine Taille schlang, um ihn zu küssen und zu schmecken und jeden Teil von ihm zu berühren, den mein Mund finden konnte. Ich stöhnte, als er den Namen, den er mir in meiner ersten Erinnerung gegeben hatte, an meinem Hals knurrte, und die Erregung durchströmte mich wie eine Sturzflut, als die jahrelange Sehnsucht, die ich mir selbst verwehrt hatte, über mich hereinbrach.

Er war nicht nur real.

Ich war sein und er war mein.

Ich schlang meine Beine fester um ihn, als er mich gegen die Wand drückte – mit einer Forderung, einem Anspruch, einer Verzweiflung, die wichtiger als Wasser, als das Leben waren. Ich keuchte zwischen Lust und Schmerz, während sich die Welt um mich drehte. Er dirigierte mich zum Bett und hob mich mit seinen starken Armen hoch, sodass mein Kopf auf die Kissen fiel, hochgestützt wie eine Prinzessin, wie er es sich immer für mich gewünscht hatte. Ich griff nach seinem Hemd, sehnte mich nach seiner Haut, seiner Zunge, seinem Schwanz, aber er umfasste meine Handgelenke mit einer seiner großen Hände und hielt sie über mir fest.

»Ich habe dich so sehr vermisst – mehr als die Luft zum Atmen«, flüsterte er, und seine Worte bewegten sich zwischen unseren Lippen und Zungen.

Ich schlang meine Beine noch fester um ihn, und sein tiefes, anerkennendes Lachen machte mehr mit mir, als ich je begreifen könnte.

»Wie hast du mich gefunden?«

»Liebes.« Er sagte es wie ein Gebet. »Ich weiß immer, wo du bist. Stell dir nur mal meine Überraschung vor, als ich spürte, dass du ohne mich in mein Königreich gegangen bist. Und dich dann so nah zu spüren ...«

»Es tut mir so leid, ich ...«, begann ich, und die Entschuldigung strömte aus mir heraus, während ich mich an ihm festklammerte. Seit Monaten fühlte ich mich so leer, war ständig kurz davor, die Nerven zu verlieren. Jetzt, da ich wusste, dass er real war, war Caliban eine Sucht, von der ich nicht geheilt werden wollte. Verzweiflung brach aus mir heraus. Er ließ meine Hände los, die ich sofort zu seinem Gesicht und seinem Haar hob. Entschuldigend sah ich ihn an. »Was ich gesagt habe, was ich getan habe, ich hatte ja keine Ahnung, sonst hätte ich doch nie ...«

»Pst.« Sein Mund wanderte zu meiner Hand, die ich an seine Wange gelegt hatte, und er drückte mir einen Kuss darauf. »Warum gibst du dir die Schuld für etwas, das du nicht wusstest?«

Selbst seine Freundlichkeit brachte mich aus der Fassung. Ich wurde von so vielen widersprüchlichen Gefühlen überwältigt, dass ich nicht wusste, was ich tun oder wie ich mich fühlen sollte. Ich wollte nicht, dass ich in jeder Erinnerung, die er von mir hatte, weinte. Langsam atmete ich aus, dann fragte ich: »War ich in all meinen Leben so dumm?«

Sein Körper entspannte sich an meinem und ich fühlte mich sicher unter seinem Gewicht. Er legte einen Arm um mich, als er sagte: »Du bist brillant. Du bist in diesem Leben genauso schnell und schlau wie in all deinen Leben zuvor.«

»Fauna wäre da anderer Meinung«, murmelte ich.

Er lächelte sanft. »Wenn ich raten müsste, würde ich sagen, du hast eine Nordländerin getroffen.«

Mir wurde schlagartig klar, dass ich zwar viel Zeit mit Fauna und Azrames verbracht und dabei viel von Caliban erzählt hatte, er aber noch nie von ihr gehört hatte. Ich erinnerte mich deutlich daran, dass Azrames gesagt hatte, er habe den Prinzen der Hölle noch nie getroffen, weil er nicht wichtig genug sei, um in solchen Kreisen zu verkehren. Ich fragte mich, was Caliban wohl davon halten würde, dass einer meiner engsten Freunde nun ein Dämon war.

»Es ist so viel passiert«, sagte ich, und meine Anspannung ließ nach, während ich seine Gesichtszüge verinnerlichte. Seine Augen strahlten mit dem unfassbaren Silber des Sternenlichts. Sein Haar war so weiß wie das Fell des Fuchses, der mich davor bewahrt hatte, zu zerbrechen, und der mein Freund und Beschützer gewesen war, als ich nichts und niemanden hatte. Seine Brust war breit genug, um darin zu verschwinden, während er mich festhielt, ich war verloren in dem Moosduft des Waldes.

Er bat mich, ihm davon zu erzählen, und das tat ich.

Währenddessen strich er weiter durch mein Haar, fuhr sanft über meine Kopfhaut und kämmte meine Strähnen mit langsamen, behutsamen Bewegungen. Er hörte nicht auf, mich zu berühren, während ich ihm von den Hexen erzählte, die ich gerufen hatte, oder von dem Siegel, das ich über meiner Tür entdeckt hatte. Er strich mit dem Daumen über die schwarze Tätowierung, die sich deutlich von der hellen Haut meines Unterarms abhob, während ich von dem Parasiten und meiner zweiten Begegnung mit Silas erzählte. Er wurde etwas starr, als ich verriet, dass Silas mir angeboten hatte, mit ihm eine Bindung einzugehen, und entspannte sich dann wieder, als ich von Fauna berichtete.

Er malte Muster auf meinen Rücken, was mich entspannte, während ich ihm von Betty und Azrames erzählte und dass ich vom Kreislauf des sterblichen Lebens erfahren hatte. Er strich mir über den Hinterkopf, als ich zu meiner Mutter und ihren Grausamkeiten abschweifte, und fuhr mir lächelnd durchs Haar, als ich ihm von meiner Zeit in der Hölle berichtete. Er lächelte, als ich seinen Vater beschrieb, und ich sah seine glänzenden Zähne.

»Er liebt dich seit mehr als zweitausend Jahren«, sagte Caliban. »In seinen Augen bist du seine zukünftige Tochter.«

»Das ist eine lange Wartezeit«, flüsterte ich. Bei dem Gedanken an seinen Vater legte sich ein Schalter in mir um. »Caliban ... du hast sein Leben riskiert. Du hast dein Königreich riskiert. Dein Volk. *Krieg*. Das Ende der Zeit.«

Sein Lachen war kurz und belegt. »Wenn man nicht bereit ist, für seine Geliebte die Welt in Schutt und Asche zu legen, ist man dann wirklich verliebt?«

»Du hättest mich sterben lassen sollen«, flüsterte ich. »Fauna sagt, wenn der Himmel gewinnt, ist es das Ende eines jeden Pantheons. Der Himmel und seine Engel werden auf der Erde herrschen. Acht Milliarden Menschen werden versklavt und sie nennen es Anbetung. Ich bin es nicht wert, dass es wegen mir die Apokalypse gibt.«

»Eines kann ich dir versprechen: Du bist es wert.« Er küsste mein Haar, drückte mich noch fester an sich und sagte: »Ich würde noch zweitausend Jahre auf dich warten, weißt du.«

Ich löste mich ein wenig aus seiner Umarmung, sodass ich zu ihm aufblicken konnte, während ich sagte: »Das würde ich nicht tun.«

Zaghaft hob er eine Augenbraue.

»Geh mit mir eine Bindung ein«, sagte ich atemlos.

Er lächelte zögernd. »Oh, Liebes.«

»Ich beende dann die Schleife, richtig? Ist es nicht das, was mir alle zu erklären versuchen? Wenn wir eine Bindung eingehen, werde ich nicht als Mensch wiedergeboren. Ich kann bei dir bleiben. Wir können ...«

»Wir sind schon verbunden. Was wir beide haben, ist mehr als die Formalität der Reiche«, sagte er leise. »Du musst deine Seele nicht an meine binden.«

»Ich will es aber«, drängte ich ihn und meinte es ernst. Vielleicht hatte ich mein ganzes Leben lang darauf bestanden, dass er das perfekte Produkt meiner Fantasie war, dass ich mir einen besten Freund, einen Beschützer, einen Liebhaber geschaffen hatte – ein schönes Puzzleteil, welches das Loch in mir ausfüllen konnte. Vielleicht wusste ich noch nicht viel über Reiche oder Feen, aber Caliban war schon in meinen frühesten Erinnerungen präsent. Ich kannte ihn und seine Güte seit dem Tag, an dem ich mit Seifenschaum an den Turnschuhen und mit einem Schwamm in der Hand in unserer Wohnwagensiedlung stand. Und nach Faunas Worten ...

Er atmete aus, Farn und Nebel in seinem Atem. »Selbst wenn wir den Bund eingehen würden, es kann nicht jetzt sein, Marlow. Weißt du, wo wir sind? Was für eine Stadt das ist?«

Ich rieb meine Wange am unglaublich weichen Stoff seines dünnen schwarzen T-Shirts und nickte. »Deshalb bin ich hier. Warum Az und ich ...« Ich schaute über meine Schulter, als stünde Azrames in der Ecke. »Wir werden dich hier rausholen. *Ich* werde dich rausholen.«

»Sobald du in einer Bindung bist, kannst du nicht mehr gehen. Es ist ein ...«

»... Gottfänger«, beendete ich leise den Satz. »Hast du sie getroffen? Astarte? Wir sollten Venus finden, was immer das bedeutet. Ich war bereit, an jede Tür in Bellfield zu klopfen, um dich zu finden, aber anscheinend waren diese Göttin und irgendein zufälliger Planet der Schlüssel, um herauszufinden, was los ist.«

Er gab einen kurzen, frustrierten Laut von sich.

»Ich habe sie gefunden«, sagte er, »und Venus war eine Möglichkeit, mich vor allen zu verstecken. Ich habe mich bedeckt gehalten, während ich meine nächsten Schritte plante. Nach dem heutigen Wetterumschwung wird sie wissen, dass etwas nicht stimmt. Ich nehme an, sie ist in Alarmbereitschaft. Sie hält Dagon seit Hunderten von Jahren hier fest, und ich weiß, dass es noch andere gibt. Ich kann sie riechen.«

Er inhalierte den Geruch meines Haares, und ich fragte mich, ob er wohl gerade das ferne Salz und die Kiefer einatmete, die von meinem wenigen Feenblut stammten. »Ich weiß nicht, ob sie zufällig hier hineingestolpert sind oder wie sie überhaupt hier gelandet sind, aber diese Stadt ist wie ein Spinnennetz. Niemand aus den anderen Reichen kann uns retten.«

Ich wurde wütend, befreite mich aus seinen Armen und setzte mich auf. »Wie konnte Silas dir das antun? Hasst er dich so sehr?«

Caliban grinste, als er sich aufrichtete und mich ansah. »Ich glaube, die Antwort wird dich überraschen.«

Meine Muskeln spannten sich an, während ich wartete.

»Vielleicht irre ich mich, aber ich glaube, er hat mich mit Absicht hierhergeschickt, weil sonst keiner kommen konnte, um mir zu helfen. Kein Engel, keine Gottheit wird hier eingreifen. Ich weiß nicht, was er vorhat, aber ... viele von uns waren einmal Engel. Wir sind Brüder desselben Reiches, das in zwei Teile gespalten wurde.«

Ich schluckte. »Willst du damit sagen, dass er ...?«

Er schüttelte den Kopf. »Ich würde nicht mein Leben darauf verwetten, dass er ein Überläufer ist, aber selbst wenn das Beste, was wir aus ihm herausbekommen, ist, dass er mit dem Krieg nicht einverstanden ist, haben wir einen mächtigen Verbündeten gewonnen.«

Neue, frische Wut durchströmte mich, als ich meine Finger zu einer Faust ballte und ihm, so fest ich konnte, auf den Arm schlug. Zuerst war er überrascht, dann schien er erfreut zu sein. Ich erhob mich vom Bett und starrte ihn böse an.

»Wir haben schon seit *Ewigkeiten* nicht mehr gestritten.« Seine Augen funkelten, er war viel zu amüsiert über die Wut, die mich erfüllte. Er schwang seine Beine über die Bettkante und musterte mich.

Ich war bereit, mich mit ihm anzulegen. »Was zum Teufel ist ein Gefallen der Stufe fünf? Warum solltest du so etwas tun?! Du wusstest nicht, wer darauf reagieren würde! Du wusstest nicht, was sie dafür einfordern würden! Du hast nicht ...«

»Liebes ...«

»Nein! Es ging nicht nur um dein Königreich oder dein Volk. Du hättest sterben können! Ich hätte dich verlieren können!«, schrie ich und schlug noch einmal nach ihm. Diesmal bekam er meine Faust zu fassen und hielt sie fest, also wechselte ich den Arm und versuchte, ihn mit der anderen Hand zu treffen. Aber er war blitzschnell und schnappte sich auch die Faust, bevor sie ihn treffen konnte. Ich wand mich, um mich aus seinem Griff zu befreien, aber das ging nach hinten los, denn er drehte sich mit mir, bis mein Rücken an seiner Brust lag, die Arme gegen mein Brustbein gepresst.

»Wir hätten wirklich an deiner Selbstverteidigung arbeiten sollen«, murmelte er in mein Ohr.

»Ich bin sauer auf dich!«, sagte ich, während ich versuchte, ihn mit meinen Ellbogen zu stoßen. Da ich mein Ziel nicht mal sehen konnte, scheiterte ich erneut, er griff fester zu und fuhr mit seinen Zähnen von hinten an meinem Hals entlang. »Sei nicht so sexy! Ich bin sauer auf dich!«

»Kann ich was dafür, dass mich deine Wut anmacht?«, raunte er an meinem Ohr.

»Verdammt, Caliban«, schnaubte ich mit erstickter Stimme, voller Lust und Wut. Er biss mich in die weiche Stelle zwischen Hals und Schulter, bis mein Knurren zu einem Keuchen wurde. Mein Körper war ein Verräter. »Dich zu wollen, macht mich nicht weniger wütend«, sagte ich, aber meine Hüfte schob sich ihm entgegen, als wollte sie meinen Worten widersprechen.

Er brauchte nur einen Arm, um mich an seine Brust zu ziehen, während er mit der anderen Hand langsam zu meiner Hüfte wanderte und mich an sich drückte, sodass ich genau die Wirkung spüren konnte, die dieser »Kampf« auf ihn hatte, während er sich an mich presste.

»Ich brauche ein paar Dinge von dir«, raunte er in mein Ohr.

Ich schluckte, schloss die Augen und lauschte seiner Stimme.

»Zuerst einmal musst du mich von den Einschränkungen befreien, die du mir auferlegt hast. Du hast mich in die kleinste Ecke gedrängt, und ich respektiere dich, Liebes, aber ich bin nicht für einen Käfig gemacht.«

Mein Atem kam unregelmäßig, ich wollte, dass er weiterging, mich berührte, streichelte und in mich eindrang. Ich nickte.

»Ich fürchte, du musst es klar und deutlich sagen, Liebes.«

»Was soll ich sagen?«, wiederholte ich benommen und vergaß fast zu atmen.

Er gab einen missbilligenden Laut von sich. »Wenn ich dir

die Worte vorsage, dann macht es das Ziel des freien Willens zunichte.«

»Tu es«, sagte ich mit so leiser Stimme, dass ich mir nicht sicher war, ob er mich hören konnte. Mir wurde schwindelig von den Erinnerungen, der Hoffnung, der Vergangenheit, Gegenwart und Zukunft. Wir waren weder in Bellfield noch in einem Hotel, weder im Himmel noch in der Hölle noch im Reich der Sterblichen. Wir waren nirgendwo. Wir existierten zwischen einem Ort und einer Zeit, die nur für uns geschaffen worden waren.

»Was soll ich tun?«, fragte Caliban und zog mich an sich.

»Irgendetwas. Alles. Es gehört alles dir. Ich gehöre dir.«

Dreiunddreissig

Ich konnte nur vermuten, dass Azrames einen besseren ersten Eindruck auf den Prinzen der Hölle machen wollte, aber in dem Moment, als er mein Gesicht sah, brach er in ein so gemeines Gelächter aus, dass ich ihn am liebsten geschlagen hätte. Ich hatte den schlimmsten Fall von »dicken Eiern« in der Geschichte des weiblichen Geschlechts und war bereit, es zum Problem aller zu machen. »*Jetzt ist nicht die richtige Zeit zu vögeln, Marlow*« und »*Wir haben eine Göttin zu besiegen und ein Siegel zu brechen*« und »*Hör auf zu versuchen, meinen Schwanz zu streicheln, oder ich werde dich später dafür bezahlen lassen*«, gefolgt von »*Ich werde dich später dafür bezahlen lassen und jedes Mal, wenn du schwierig bist, einen neuen Tag der Entbehrung hinzuzufügen.*«

Wie eine freche Göre war ich aus dem Hotelzimmer in die Lobby gestampft, was Caliban, wie ich wusste, wahnsinnig charmant fand. Ich konnte spüren, wie er hinter mir grinste, als ich wütend den sexverleugnenden Weg zu dem Ort einschlug, an dem mein Komplize sicherlich wartete. Azrames saß am Computer, als ich hereinkam. Er sprang auf und verschluckte sich an seinem Lachen, während er sich bemühte, diese besonders unhöfliche Art von Humor herunterzuschlucken. Obwohl er sich alle Mühe gab, konnte ich sehen, wie ihm Lachtränen in die Augen traten, als ich ihn finster ansah.

Wütend stellte ich sie einander vor. »Az, das ist der Prinz der Hölle. Ich nenne ihn Caliban, aber ich denke darüber nach, seinen Namen in Miststück zu ändern. Caliban, das ist Azrames. Er ist der Schutzpatron der Frauen oder so ähnlich.«

Azrames räusperte sich, als er sich angespannt verbeugte. »Korrektur: Ich arbeite mit der Schutzpatronin der Frauen zusammen. In diesem Zyklus wird sie Betty genannt. Ihre Arbeit ist nicht mein Verdienst.«

Selbst im hässlichen, flackernden Scheinwerferlicht hätten die beiden Männer Götter auf dem Laufsteg sein können. Az' Haut hätte in dem Licht grünlich schimmern müssen, aber ich bezweifelte, dass dieser Mann jemals so etwas wie einen schlechten Tag hatte. Und Caliban … nun, ich war immer noch ziemlich frustriert darüber, wie sehr ich mich danach sehnte, dass er mir die Kleider vom Leib reißt. Wenn ich ihn jetzt ansah – wie aus Sternenlicht gemeißelt –, fiel es mir schwer, wütend zu bleiben. Aber es gab etwas zu tun, auch wenn es eine Herausforderung war, sich zwischen zwei der besten Männer der Hölle zu konzentrieren.

Wenn die beiden den Sabberfaden sahen, der von meiner Unterlippe tropfte, taten sie wenigstens so, als ob sie nichts bemerkten.

Caliban hob die Augenbrauen. Er kostete den Namen. »Azrames … Hattest du im ersten Jahrhundert den Namen Farefax? Ich glaube, es war bis …«

Az' Gesicht leuchtete auf. »Eintausendsechzig nach Christus! Ja!«

Ich verschränkte die Arme vor der Brust. »Seid ihr zwei euch schon mal begegnet?«

Azrames sah aus, als hätte er eine Berühmtheit getroffen. Sein Strahlen war fast so süß, dass es mich ablenkte. Fast.

»Nein, nein. Ich nannte mich auch noch Farefax, als ich Fauna in der Wikingerzeit kennenlernte.«

In Calibans Lächeln blitzte Stolz auf. »Du warst sehr bekannt und geschätzt. Ich habe mich schon gewundert, warum ich nichts mehr von dir gehört habe.« Er streckte die Hand aus.

Az' Augen weiteten sich.

Caliban unterdrückte ein Grinsen über Azrames' Zögern. Nach einer längeren Pause schüttelten sich die Männer dann aber doch noch die Hand.

»Ich habe dich schon früher gemocht, Farefax, aber jetzt, da ich weiß, dass du dich um Marlow gekümmert hast und auch ihre Nordländerin kennst ...«

»*Kennen*«, schnaubte ich. »Oh, Entschuldigung. Er kennt sie im biblischen Sinne.« Ich kicherte über meinen eigenen Witz, während ich zwischen den Dämonen hin- und herschaute. »Jedenfalls sind sie unglücklich Liebende wie Romeo und Julia. Ich bin mir nicht sicher, was Fauna eigentlich für mich ist, außer meiner zuckersüchtigen, tyrannischen, nordländischen Nymphe, aber anscheinend haben die Hölle und die Nordländer ausgezeichnete ... *Beziehungen*.«

Calibans Lächeln blieb, als er Azrames' Hand losließ. »Die Hölle pflegt gute Beziehungen zu allen Reichen – bis auf eines. Entweder werden wir als Partner gelobt oder höflich ignoriert, was uns gefällt.« Mit dem Daumen deutete er auf den katatonischen Angestellten, der ausdruckslos die Wand über unseren Schultern anstarrte. Der Mann hatte nicht einmal geblinzelt, seit wir eingetreten waren. »Ist das dein Werk?«

Azrames senkte das Kinn. »In der Tat, das ist es.«

Caliban klopfte ihm einmal auf die Schulter. »Dann weiß ich, dass er es verdient hat.« Er runzelte die Stirn, dann legte er seinen Arm um meine Taille, als wollte er sich trösten. Es schien zu funktionieren, wenn auch nur ein bisschen. »So habe ich mir den Tag nicht vorgestellt, an dem mein Liebes endlich den sterblichen Zyklus beenden will, aber leider sind wir nun hier und wir haben noch eine Menge zu erledigen. Sollen wir in diesem kleinen Zufluchtsort bleiben? Oder willst du die phönizische Göttin kennenlernen, die zwischen uns und einer schönen Zeit steht?«

Jetzt war ich an der Reihe, die Stirn in Falten zu legen. »Könntet ihr zwei tun, was Fauna tut? In sterbliche Körper schlüpfen?«

Die beiden tauschten Blicke aus. Azrames schüttelte den Kopf. »Ich kann nicht für den Prinzen sprechen, aber ich habe diese Fähigkeit nicht. Ich bin genau hinter dem Schleier, wie du sagen würdest – mit deinem Siegel und deinem Feenblut bist du die Ausnahme, Marmar, nicht die Regel. Nymphen und dergleichen sind für ihre körperliche Gestalt bekannt. Fauna hat in dieser Hinsicht Glück.«

Caliban nickte langsam. »Ich kann, aber ich glaube nicht, dass das eine gute Idee ist. Ich ... falle auf. Im Moment versuchen wir, die Öffentlichkeit zu meiden.«

»Wird die Göttin dich nicht sehen können?«, fragte ich.

»Ohne Zweifel. Aber ich habe mich bisher zurückgehalten, und wir wollen doch nicht, dass die ganze Stadt davon erfährt, bevor wir dort ankommen.«

Da ich als Einzige für die Öffentlichkeit sichtbar war, würde natürlich ich fahren. Also führte ich die anderen zu unserem alten Wagen. Caliban öffnete mir die Tür, ob die Welt um uns herum es nun mitbekam oder nicht. Ich biss mir auf die Lippe.

Er war real, er war real, er war *real*!

Von diesen drei Worten würde ich nie genug bekommen.

Er beugte sich über mich und legte mir den Sicherheitsgurt an, bevor er die Tür schloss, und ich wusste, dass das wenig mit meiner Sicherheit zu tun hatte. Ich konnte nicht für meine anderen Leben sprechen, aber in diesem Leben hatte ich ihm nie erlaubt, außerhalb der dunklen Schatten meiner traumähnlichen Zustände mit mir zu interagieren. Ich hatte ihm nie freie Hand über mich gelassen und nun holte er die verlorene Zeit nach. Er wollte mich genauso sehr berühren, wie ich ihn.

Azrames war die Art von Person – Dämon, Wesen, Fee –, die in jeder Situation einen klaren Kopf bewahren konnte. Normalerweise hätte ich in dieser Nähe seinen Rauch riechen können, aber stattdessen war da nur der frische Duft des Waldes. Az rutschte auf den Rücksitz, Caliban nahm auf dem Beifahrersitz Platz. Seine Hand ruhte hinter meiner Kopfstütze, während ich mit dem Kleinwagen vom Motelgelände in Richtung Innenstadt fuhr.

Und wieder einmal fühlte ich mich von Bellfields allzu perfektem Charme gestört. Ich starrte jeden grasbewachsenen Hügel an, als wäre er mein persönlicher Feind, gab jedem Grashalm die Schuld für das, was er Caliban angetan hatte – und machte ihn gleichzeitig dafür verantwortlich, dass ich keinen Sex haben konnte. Ich konnte mir nicht vorstellen, welche Geschichten sich die Bewohner erzählten, warum ihre Stadt die bizarrste Landschaft Nordamerikas hatte. Vielleicht fanden sie es seltsam, in einer so gesegneten, wunderschönen Kleinstadt zu leben, mit perfektem Wetter und einer Fülle von Erzeugnissen zu jeder Jahreszeit. Vielleicht hatten sie sich auch an ihre kleinen Punkte, Linien und Erhebungen gewöhnt.

Während ich fuhr, lauschte ich mit einem Teil meines Gehirns Calibans entspannten Fahranweisungen, mit dem anderen Teil dachte ich über das Siegel nach.

Ich hatte zwar eine Minute gebraucht, um es auf dem Satellitenbild zu erkennen, aber ich wusste, dass wir in einer Zeit lebten, in der die meisten Menschen ihr Zuhause schon mal am Computer mit Satellitenbildern von oben angesehen hatten. Flugzeuge flogen im ganzen Bundesstaat, auch wenn Bellfield keinen größeren Flughafen hatte. Man hatte mich vor der Plantage gewarnt, aber für die Getreidefelder brauchte man Agrarflugzeuge. Die Leute mussten doch gesehen haben, wie seltsam die Formen von oben aussahen.

»Woran denkst du, Liebes?«

Ich blinzelte zweimal. Das erste Mal vor Überraschung, dass er meine Gefühle lesen konnte, und das zweite Mal, weil ich so dumm gewesen war, mich überraschen zu lassen. Er kannte mich besser als jeder andere – in allen Formen, Gestalten und Lebenszeiten.

Ohne gegen die Logik anzukämpfen, atmete ich aus und schüttelte den Kopf. »Die Bewohner, also die Menschen hier, können diese Form doch nicht einfach ignorieren. Sie ist enorm. Sie ist nicht zu übersehen. Selbst vom Boden aus sieht es seltsam aus, und es wäre ignorant anzunehmen, dass niemand von ihnen es aus der Luft gesehen hat. Was hat man ihnen wohl erzählt?«

Ich schaute rechtzeitig in den Rückspiegel, um zu sehen, wie Az' Augen dunkler wurden.

Offensichtlich hatte ich einen guten Punkt angesprochen.

Wir hatten keine Zeit, die Antwort zu diskutieren, bevor Caliban eine Geste in Richtung einer Einfahrt machte, die aus einem Horrorfilm über ein verfluchtes Irrenhaus hätte stammen können. Außer ... dass sie das nicht tat. Das Tor war schmiedeeisern und wurde von Wasserspeiern geschützt, und obwohl die prunkvollen Brunnen, die mächtigen Mauern und der gepflegte Rasen an alten Geldadel erinnerten, war das Gebäude völlig modern. Sogar steril.

Plötzlich wurde mir nicht nur bewusst, wie billig das Auto aussah, sondern auch, wie mittellos ich aussah.

Ich war in Armut aufgewachsen und an die Blicke, den Spott und das Naserümpfen gewöhnt, als wolle mir jemand mit seinem Blick sagen, dass ich es nicht wert sei, seine Luft zu atmen. Ich hatte dieses Leben in dem Moment hinter mir gelassen, als ich Taylor traf, und mir geschworen, nie wieder zurückzukehren. Ich hätte mit meinem Mercedes vorfahren sollen, in sauberer, maßgeschneiderter Kleidung. Ich wünschte, Ianna hätte mich für diesen Ort angezogen. Stattdessen trug ich immer noch ein dünnes T-Shirt, Leggings und das Hemd eines schmutzigen Motelangestellten. Sein Kleinwagen war das i-Tüpfelchen. Alles war wieder wie damals in der Wohnwagensiedlung.

Wir hielten drei Parkplatzreihen vom Eingang entfernt und beobachteten das Gebäude.

Wild Prairie Rose: Venus-Klinik.

»Ist das ein Krankenhaus?«, fragte ich atemlos und starrte auf das Gebäude. Es musste zehn Stockwerke hoch sein und bestand aus Stahl und Glas. Es wirkte verwinkelt, mit einer scharfen, modernen Architektur. Sogar vom Parkplatz aus konnte ich die raffinierten Kunstwerke in der Lobby sehen – die einzige Etage, die nicht aus Gründen der Privatsphäre verspiegelt war. Es wollte gesehen werden.

»Es ist eine private Fruchtbarkeitsklinik«, sagte Caliban leise. »Eine der exklusivsten im ganzen Land.«

Venus. Ich stellte mir eine nackte Frau vor, nur von ihrem unglaublich langen Haar bedeckt, in einer Muschelschale stehend, während Engel und Menschen sich gleichermaßen um sie kümmerten. Der zweite *Pantheon*-Roman, *Königreiche aus Salz und Sand*, war eine Verschmelzung der griechischen und römischen Mythologie. Venus war die Göttin der Liebe, der Schönheit, der Lust und natürlich der Fruchtbarkeit.

Mir stockte der Atem, als ich mich an Dagons Worte erinnerte. Ich wiederholte sie leise. »Astarte. So wird diejenige genannt, die empfängt, aber nicht gebärt.«

Caliban nickte ernst. »Sie ist eine Fruchtbarkeitsgöttin.«

Mein Herz tat seltsame Dinge in meiner Brust, als ich in den Rückspiegel schaute, um Azrames' gequälten Gesichtsausdruck zu sehen. Der Phönizierin haftete etwas Gewalttätiges an, das ihrem römischen Gegenstück fehlte. Zur Bestätigung sah ich meinen Begleiter an. »Erotik, Liebe und Krieg, richtig?«

Caliban drückte meine Hand. »Ich weiß nicht, ob ich dich da reingehen lassen kann.«

Ich blickte in seine silbernen Augen und erinnerte mich an die unangenehme Art, wie der Fischgott mich angesehen hatte, als er mir gesagt hatte, ich sei genau ihr Typ. »Ihre Priesterinnen waren Prostituierte«, sagte ich und hasste es, wie sich das Wort auf meiner Zunge anfühlte. In der Moderne hatten wir gerade erst begonnen, es *Sexarbeit* zu nennen. Sie würde es nicht anders sehen.

Ich legte den Rückwärtsgang ein und verließ das Gelände schneller, als einer der Männer blinzeln konnte. Ich knirschte mit den Zähnen, als ich den Fuß aufs Gaspedal drückte.

»Liebes ...«

»Mar ...«

»Wenn ich genau ihr Typ bin, dann ist es an der Zeit, dieser Rolle gerecht zu werden.«

Schnell hatte ich das Klinikgelände verlassen und war durch die Stadt gerast, wie beim *Großen Preis von Monaco*.

Ich schrubbte mich von Kopf bis Fuß mit billiger Hotelseife ab, bevor ich mich in ein Handtuch wickelte. Mein Haar tropfte immer noch, als ich nach dem Zimmertelefon griff.

»Hallo, mein Name ist Merit Finnegan. Hmm. Ja! Es freut mich, dass Ihnen die Serie gefällt. O ja, es ist immer schön, einen Fan zu treffen. Hmm. Ich bin gerade erst in die Stadt gekommen und hätte gerne einen Termin. Nein, es muss heute sein. Ja, ich verstehe, dass sie sehr beschäftigt ist. Wären Sie so freundlich, ihr meinen zu Namen sagen? Sagen Sie ihr, wer ich bin, und dann schauen wir mal, ob ich noch einen Termin vereinbaren muss.«

Ich schlüpfte wieder in meine schmutzige Kleidung, fuhr mir mit den Fingern durchs Haar und klemmte mir das Telefon zwischen Ohr und Schulter. Die kurze Wartezeit, bis die Rezeptionistin wieder in der Leitung war, wurde mit klassischer Musik überbrückt.

Ich nutzte Merits Einfluss und Maribelles Autorität, als ich sagte: »Oh, wie nett von ihr, die Sprechzeiten zu verlängern. Ich werde pünktlich um fünf Uhr da sein. Ja. Ja, das ist richtig, südamerikanische Überlieferungen. Oh, bedanken Sie sich bitte bei ihnen von mir! Das ist so süß. Hmm. Jaja. In Ordnung. Ich sehe Sie dann um fünf.«

Meine Begleiter stellten keine Fragen, als ich die Führung übernahm. Sie unterhielten sich leise miteinander, flüsterten über Schlachtpläne, über Engel und Phönizier und Fruchtbarkeit, aber am meisten schien sie zu interessieren, was ich tat, als ich sie mit entschlossenem Blick aus dem Motel und zurück zum Auto führte. Sie blieben seltsam still, als ich durch die Stadt fuhr.

Ich parkte und ging an drei Läden vorbei, bis ich mich für einen entschied, der protzig genug aussah, um klassisch und überteuert zu sein.

Die Verkäuferin sah mich mit zusammengekniffenen Augen an, als ich eintrat, aber meine Haltung und der Ausdruck gelangweilter Überlegenheit genügten, um ihr Gesicht aufleuchten zu lassen. Ich war eine Veteranin in diesem Spiel. Ausreden waren ein Zeichen von Schwäche. Wenn ich mit nassen Haaren und entblößten Brüsten ihren Laden betreten wollte, war das ihr Problem. Mit einem Blick, der die Temperatur in jedem Raum senken konnte, wies ich sie in ihre Schranken. Ich zückte meine Karte und hielt sie lässig zwischen zwei Fingern.

»Ich brauche zwei verschiedene Outfits, eine Tasche und schwarze High Heels.«

»Preisklasse ...?«

Ich lächelte spöttisch, so als würde mich ihre Frage beleidigen.

»Sofort, Madam.«

»Und Ihr Parfüm?«

Sie warf mir einen besorgten Blick zu.

»Haben Sie etwas, das weniger ... billig riecht?«

Ich hatte die Stadt richtig eingeschätzt. Die malerische Kulisse erinnerte mich an meine Findom-Tage im noblen Urlaubsort Vail, an die Treffen mit wohlhabenden Kunden in ihren teuren Skihütten, während ihre Frauen und Kinder zu Hause auf sie warteten. Sie kauften mir Sachen aus Kaschmir, bestellten die erlesensten Weine, und ich spielte die gewünschte Rolle, indem ich mich bei ihnen einhakte, während wir von Geschäft zu Geschäft liefen, eines teurer als das andere. Je mehr Geld ich ausgab, desto wichtiger fühlten sie sich.

Diese Stadt war zwar nicht von Bergen umgeben, aber ich verstand ihr Wesen. Sie war auf Wohlstand gebaut, sei es durch den Segen eines alten Gottes oder durch die Exklusivität einer Luxusklinik – zumindest floss hier das Geld in Strömen. Vielleicht hatten Azrames und ich das einzige beschissene Motel in der Gegend gefunden, das nur für die Langzeitmieten des Personals gedacht war. Das *Bellfield Inn* erinnerte mich sehr an meine Kindheit – mehr, als ein Kind hätte zugeben wollen. Aber selbst die Armen brauchten eine Bruchbude, in die man sie abschieben konnte, damit die Reichen in ihrem Wohlstand schwelgen konnten.

Als ich das Juweliergeschäft betrat, bedachten mich die Angestellten mit dem gleichen angewiderten Blick, der sich in eine überschwängliche Entschuldigung verwandelte, als ich das erste Paar diamantbesetzte Ohrringe aussuchte und ihnen meine schwarze Kreditkarte ohne Limit reichte. Maribelles Gesichtsausdruck blieb zwischen finster und gelangweilt.

»Soll ich sie einpacken?«

»Ich werde sie sofort tragen«, sagte ich kühl.

Der Geldautomat um die Ecke saugte meine Karte ein und spuckte Bargeld aus, bevor er mir mein wertvolles Stück Metall zurückgab. Zum Glück brauchte ich weder einen Termin für den Friseur und den Visagisten die Straße runter, noch musste ich mein Verhalten ändern. Es war einer dieser Läden, in denen Popmusik gespielt wurde. Die Wände waren mit gelben geometrische Formen bemalt und *Blow Me* in Neonpink an die Rückwand gekritzelt. Als ich Platz nahm, wurde mir ein Mimosa in die Hand gedrückt. Ich vermutete, dass es sich bei dem Ambiente um eine Art der Befriedigung handelte, mit der die wohlhabenden Frauen von Bellfield ihre Vitalität zurückgewinnen wollten.

Mein Bedürfnis, herablassend zu reden – zumindest mit Snobs –, würde sich niemals auf Menschen in der Dienstleistungsbranche ausdehnen. Sexarbeit war schließlich auch eine Dienstleistung und wir mussten zusammenhalten. Ich sparte mir das Theater, als meine Haare gewaschen, geföhnt und in Locken gelegt wurden, und unterhielt mich mit den Stylistinnen, während ich geschminkt wurde. Ich bereute zwar nicht, dass ich gerade das überteuerte Parfüm gekauft hatte, aber die sanften Gurkendüfte meiner Kopfhautmassage waren mir lieber. Unsere Plauderei über die Welt war locker, lustig und offen. Alles war ehrlich, bis auf meinen Namen und bestimmte Zeitangaben. Sie nannten mich Maribelle, und wir sprachen über ihr Leben und meines, bis zu dem Zeitpunkt, als ich Südamerika wieder verließ. Davor war ich einfach eine von ihnen.

Während mir meine Stylistin erzählte, wie lange sie ihren Freund wegen eines Rings bedrängt hatte, betrachtete ich meine Nägel. Ich wünschte, ich hätte noch Zeit für eine Handpflege. Zum Glück war meine Gel-Maniküre, obschon ein bisschen rausgewachsen, noch ordentlich und sauber.

Jedes Mal, wenn meine Stylistin mich nicht anschaute, sah ich Caliban in die Augen. Ich genoss seinen stumme Anerkennung wie Austern, Gänseleber und Kaviar.

Er liebte jede Sekunde davon. Er lehnte in seinem kurzärmeligen schwarzen Hemd am glänzenden Waschbecken, verschränkte die Arme vor der Brust und musterte mich mit animalischem Blick. Er zwinkerte mir zu und verschlang mich förmlich mit seinen Augen. Falls die Stylistin meine langen Blicke ins Leere bemerkte, sagte sie zumindest nichts. Ich erlitt fast einen Herzstillstand, als Caliban lässig näher kam und mit einem Finger über meinen Unterarm fuhr, meinen Bizeps hinauf bis zu meinem Hals. Gänsehaut überzog meinen Körper.

Die Stylistin hielt inne, als ich scharf einatmete. »Alles in Ordnung, Süße? Ist dir kalt?«

Caliban zwinkerte mir zu und lehnte sich wieder an das Waschbecken, während ich eine unzusammenhängende Antwort herauswürgte.

In Gedanken machte ich mir eine Notiz. Ich wollte ihn bitten, mir zu erzählen, wie wir in früheren Leben in Gegenwart von anderen Menschen miteinander umgegangen waren. Aber ganz gleich, ob wir es in einem anderen Leben schon getan hatten oder noch nie, seine Begeisterung darüber, mich in meinen verschiedenen Rollen zu beobachten, war äußerst anregend. Azrames war ebenso beeindruckt, obwohl ich angenommen hatte, dass es ihn desillusionieren würde, zu sehen, wie sich Frauen für ein bisschen Anerkennung das Bein ausreißen.

Von meinem Stuhl im Salon aus hielt ich Calibans Blick fest, und ich liebte es, dass niemand sonst das silberne Funkeln in diesen Diamantaugen sehen konnte. Ich streckte die Hand aus und tat mein Bestes, Faunas Rehaugen zu imitieren, als ich die Stylistin bat, mir ihr Telefon zu leihen. Sie sträubte sich nicht, sondern erzählte nur, wie oft sie ihr Handy schon kaputtgemacht oder es in die Toilette hatte fallen lassen. Ich suchte die Nummer der einzigen Autovermietung in der Stadt heraus und rief dort an. Der Mann am anderen Ende der Leitung klang erst gelangweilt, dann überrascht, und schließlich sprach er mit mir, als wäre ich der Präsident höchstpersönlich.

»Steven, richtig? Ja, das ist okay«, sagte ich ruhig. »Nein, ich will das Upgrade. Ist das das Beste, was Sie tun können? Und wie schnell können Sie es besorgen? Und sagen Sie mir, Steven, wann können Sie es herbringen, wenn ich Ihnen sage, dass ich Ihnen zweihundert in bar geben werde, wenn Sie innerhalb der nächsten fünfzehn Minuten hier sind? Ausgezeichnet, Sie sind ein Schatz. Bis gleich.«

Ich bezahlte meinen Stylistinnen nicht nur die Behandlungen, sondern legte noch einmal das Dreifache als Trinkgeld obendrauf und umarmte sie zum Abschied, als wären wir alte Freundinnen. Ich pflegte immer zu sagen, dass es in der Hölle einen besonderen Platz für die Leute gibt, die Servicepersonal schlecht behandeln, aber jetzt musste ich mir wohl eine andere Redewendung ausdenken. Vielleicht sollte ich sagen, dass es einen besonderen Ort auf dem Grund des Ozeans gibt oder in der Antarktis oder vielleicht in Ohio.

Ich verließ den Salon und nahm von einem nervös aussehenden Verkäufer im Polohemd die Schlüssel zu einem champagnerfarbenen BMW entgegen. Ich schenkte ihm ein strahlendes Lächeln und berührte seinen Arm, nur um ihn zu verwirren, während ich ihm das versprochene Trinkgeld zusteckte.

»Und jetzt«, sagte ich zu meinen Begleitern, »muss ich eine Fruchtbarkeitsgöttin treffen. Es ist Zeit, schwanger zu werden.«

Vierunddreissig

»Wir können da nicht mit dir reingehen«, sagte Az leise. »In dem Moment, in dem Astarte uns sieht – Entschuldigung, *Doktor Ayona* –, würde unsere Tarnung auffliegen.«

»Also, ich schlage vor, dass wir das Gebäude in Brand stecken«, sagte Caliban.

Ich war mir nicht sicher, ob er einen Witz machte.

Ich hatte wieder vor dem Eingang geparkt, damit wir sehen konnten, wie die Leute kamen und gingen. Das Display des BMW zeigte an, dass ich noch etwa zehn Minuten Zeit hatte, mich zu sammeln, bevor ich in die Klinik gehen musste. Jetzt sah ich glaubwürdig aus, und da mein Name auf Platz eins der Bestsellerliste der *New York Times* stand und ich es auf die Dreißig-unter-dreißig-Liste der Selfmade-Frauen geschafft hatte, wusste ich, dass nicht ich, sondern Merit Finnegan es schaffen würde.

Als niemand auf seinen Vorschlag mit der Brandstiftung einging, erklärte Caliban den Namen Astarte, den sie sich selbst ausgesucht hatte. »Der Name hat mehrere Bedeutungen, die allesamt selbstgefällig sind. ›Ewigkeit‹, ›Prinzessin‹, ›Fruchtbarkeit‹ … Sie fordert wirklich jeden heraus, sie zu finden. Aber der Käfig funktioniert in beide Richtungen. Er hält sie zwar gefangen, aber keiner, der weiß, dass es sich um ein terrageformtes Siegel handelt, würde jemals freiwillig herkommen.«

Mein Herz fühlte sich schwer an, als ich fragte: »Warum bist du dann trotzdem hergekommen?«

Er lächelte leicht und sagte: »Mir blieb nichts anderes übrig. Silas hat seinen Gefallen eingefordert, und es sieht ganz so aus, als wolle er mich hier in Sicherheit wissen. Es hätte schlimmer kommen können – viel schlimmer. Aber Liebes, ich will wirklich nicht, dass du da reingehst. Ich würde mich viel wohler fühlen, wenn wir die Klinik abfackeln.«

»Hör auf mit dieser Feuer-Sache.«

»Nein ...« Azrames klang nachdenklich. »Er hat recht.«

»Ihr seid beide verrückt. Wir entscheiden uns für die klügere Variante. Außerdem würde Feuer doch keine Göttin töten, oder?«

»Nein, nein. Nur sehr wenige Dinge und Wesen können einem Gott ein Ende setzen.«

»Das wäre dann geklärt«, sagte ich und beendete die Diskussion. Er sagte weder, dass ich nicht gehen sollte, noch bot er eine Alternative an. Er war derselbe Mann, der einen Stufefünf-Vertrag abgeschlossen hatte, um sicherzustellen, dass jemand kommen würde, um mich zu retten – koste es, was es wolle. »Ich habe keine Angst.«

Calibans Augen wurden schmal. »Ich schon. Lass es mich mit etwas anderem versuchen.«

»Na klar, setze nur mal wieder dein Königreich aufs Spiel. Riskiere ruhig das Leben von ... wie viele gibt's noch mal in der Hölle? Plus Planet Erde? Und jedes andere Pantheon?«

Daraufhin sagte ich ernster: »Lass mich das mal machen. Ich will nur ein Gefühl für sie bekommen. Ich bin gleich wieder zurück.«

Seine Finger strichen über mein Knie, drückten meinen Oberschenkel. Ich hatte gar nicht gemerkt, wie fest ich das Lenkrad umklammert hatte, bis mich seine Berührung ablenkte. Ich löste meinen Griff und atmete langsam durch.

»Was hast du vor?«, fragte Azrames.

Ich schloss die Augen und sagte: »Sie liebt Sex, Geld und Anerkennung. Mit den ersten beiden kann ich dienen, das Letzte kriege ich irgendwie hin. Ich werde ihr sagen, dass ich ein Baby will, aber nicht von einem Mann abhängig sein möchte.« Ich schaute zwischen den beiden hin und her und fragte: »Glaubt ihr, dass sie sich mit mir treffen wird? Was ist, wenn ich da reingehe und nur einen Aufnahmebogen und eine Krankenschwester vorfinde, die mich bittet, später wiederzukommen?«

Calibans Mundwinkel hoben sich, als er sagte: »Dann tu das, was du der Welt heute schon mal gezeigt hast.«

»Schwindeln«, sagte ich trocken.

Sein Auflachen ergab für mich keinen Sinn, bis er sagte: »Nein, dass du die Welt um dich herum so gut verstehst, dass du bei jedem, den du triffst, genau *die* Maske aufsetzen kannst, die es gerade braucht. Es erfordert unglaubliches Einfühlungsvermögen, Aufmerksamkeit und psychologisches Gespür, um das hinzukriegen, was du tust, Liebes. Du beobachtest, passt dich an und reagierst in einem Atemzug. Deine Fähigkeiten haben Facetten, die nicht erlernt werden können – weder von Menschen noch von Dämonen, Feen oder sonst jemandem.«

Ich drückte die Hand auf meinem Bein und sagte: »Kannst du das bitte alles wiederholen, wenn du Fauna triffst?«

Im Rückspiegel sah ich Azrames' Grinsen.

Mein Blick fiel auf die Uhr. Vier Minuten. »Noch ein letzter guter Rat zum Abschied, bevor ich gehe?«

»Ja«, sagte Caliban mit ernster Stimme. »Du gehst nur rein, um sie zu treffen. Beobachte so viel wie möglich. Versuche, ein Gefühl dafür zu bekommen, wer in ihrem Unternehmen noch ein Bürger eines anderen Reiches sein könnte. Sie könnte sich mit Menschen umgeben oder in einem Schloss mit Halbgöttern sitzen. Es könnte hilfreich sein, beiläufig zu erwähnen, dass du nordisches Blut hast. Das könnte bestätigen, was sie *über dich* spürt, sollte deine Hellsichtigkeit wahrnehmbar sein, ohne dass die Alarmglocken läuten. Aber sag ihr niemals deinen richtigen Namen. Selbst wenn sie schon herausgefunden hat, was auf deiner Geburtsurkunde steht, ist es etwas anderes, ob sie ihn online sieht beziehungsweise aus zweiter Hand oder von dir persönlich erfährt. Unterschreibe nichts. Triff keine Vereinbarungen. Sag nicht mal *Danke*. Sag nicht ...«

»Okay, okay. Feen-Regeln«, sagte ich herablassend.

Mitten im Satz hielt Caliban inne.

Vom Rücksitz aus sagte Azrames: »Ich habe ihr eine ähnliche Rede gehalten, bevor sie ... nun ja, deinen Vater getroffen hat.«

Er lachte, aber es klang nicht besonders fröhlich. »Weiser Mann«, war alles, was Caliban dazu sagte.

»Hier.« Az beugte sich vor und reichte mir den Dolch, den er Fauna in ihrem letzten gemeinsamen Moment abgenommen hatte. »Ich bin mir zwar ziemlich sicher, dass er dir nichts nützen wird, selbst wenn du ihn brauchst, weil du wahrscheinlich genauso gut mit einem Messer umgehen kannst, wie ich Unterhaltungsliteratur schreiben kann – aber ich kann dich da nicht ohne etwas Scharfes reingehen lassen. Steck ihn in deine Handtasche und bete, dass du keinen Dolch brauchst.«

Etiam dei mori.

Ich erkannte das Wort *Tod*, wenn ich es sah, unabhängig von der Sprache. Ich dankte Azrames für die Waffe und er antwortete mit einem traurigen Lächeln. Ich steckte ihn in meine schwarze Tasche und war froh, dass ich mich für die größere Umhängetasche entschieden hatte.

Caliban warf Az einen dankbaren Blick zu, bevor er mir wieder seine volle Aufmerksamkeit schenkte. Er schob seine

Finger hinter mein Ohr, fuhr mir durchs Haar und nahm dann mein Kinn in seine Hand. Mit seiner Stirn berührte er meine. »Würdest du es mir glauben, wenn ich dir sage, dass der Abschied von dir jedes Mal schwerer wird? Mit jedem Leben bringt es mich mehr und mehr um, nicht an deiner Seite zu sein.«

»Nun ja«, sagte ich und versuchte, meine Stimme unbekümmert klingen zu lassen, während ich die Augen schloss, »lass es uns durchstehen, damit es mein letztes Leben sein kann. Ich will mich nicht noch einmal verabschieden.«

Ich war mir sicher, dass er mich zärtlich küssen wollte. Seine Lippen waren weich, seine Hand zog mein Gesicht näher an seins, aber es war nichts Sanftes an der Art, wie er mich umarmte. Seine Hand fuhr durch mein Haar zu meinem Hinterkopf. Seine Zunge strich über meine, die Hand auf meinem Knie schob sich mein Bein hinauf, sein Körper lehnte sich so nah an meinen, wie es in diesem Fahrzeug möglich war. Etwas an diesem Kuss brach mir das Herz. Ein Kloß bildete sich in meiner Kehle, Tränen schossen mir in die Augen, als ich den leidenschaftlichen Moment beendete und den Kuss abbrach.

Er küsste mich, als würde ich sterben.

»Ich liebe dich«, flüsterte ich.

Er drückte seine Lippen auf meinen Haaransatz und sagte: »Ich habe dich immer geliebt.«

Ich schnallte mich ab und stieg aus dem Auto, bevor Caliban mich weinen sehen konnte.

Ich ließ die Männer über Kriegspläne und Götter und stadtgroße Siegel sprechen, während ich selbstbewusst auf die gläserne, moderne Fruchtbarkeitsklinik zuging – auf mein sicheres Verderben.

Ich fragte mich, ob die Seelenfresserin wohl noch einen anderen Namen hatte und ob dieser Name Jessabelle lautete oder nicht.

Die Empfangsdame, die mich begrüßte, war zwar außerordentlich hübsch – die Art von Schönheit, die in Marmor gemeißelt und hinter Glas aufbewahrt werden sollte –, aber ich hasste sie von dem Moment an, als sich unsere Blicke trafen. Ich hatte ein paar Atemzüge Zeit, um mich für eine Strategie zu entscheiden, als ich auf meinen hohen Absätzen durch die luxuriöse, in Weiß-, Pastell- und Cremetönen gehaltene Lobby klackerte, in der ein riesiger Kronleuchter mir das Gefühl gab, mich nur wenige Schritte von den Champs-Élysées entfernt zu befinden und nicht in einer heidnischen Kleinstadt im Mittleren Westen. Während apricotfarbene Rosen in spiegelnden Vasen die Lobby überschwemmten, konnte ich meinen Blick nicht von der Empfangsdame abwenden, die mich erwartet hatte.

Ich wusste, dass sie mich schon beim Eintreten bemerkt hatte, aber ihr Blick blieb höflich abgewandt, bis ich nahe genug war, um sie anzusprechen. Hinter ihrem eleganten, modernen Schreibtisch stand eine Antiquität, die in den Louvre gehörte und nicht in eine Privatklinik. An der Seite führte eine große Wendeltreppe in den zweiten Stock.

»Merit.« Sie lächelte mich an, als sie sich von ihrem Schreibtischstuhl erhob. Ihre Haut schimmerte in warmen mediterranen Bronze- und Kupfertönen, doch ihre Augen hatten einen schockierend olivgrünen Farbton. Mir fiel auf, wie spitz und weiß ihre Zähne waren. Obwohl ich einige Jahre in Gesellschaft der Reichen verbracht hatte, fiel es selbst mir schwer, den Wert ihrer Kleidung einzuschätzen. Ihren Schmuck erkannte ich von einer Schauspielerin, die etwas Ähnliches auf dem roten Teppich getragen hatte. Wenn ich bei ihren schlangenförmigen Armbändern richtiglag, dann kostete jedes dieser Ouroboros-Armbänder aus Diamant und Platin über dreißigtausend Dollar, und sie trug fünf davon. »Ich bin Jessabelle«, sagte sie sanft. »Doktor Ayona erwartet Sie. Bitte nehmen Sie Platz und füllen Sie das Formular aus.«

Ich nahm den Stift, das Papier und das schlichte Klemmbrett entgegen. Bevor ich mich abwandte, wanderte mein Blick zwischen Jessabelle und dem Strauß blasser Rosen auf ihrem Schreibtisch hin und her. Ihr Duft erinnerte eher an aromatischen Tee und Aprikosen als an etwas Blumiges. Mit neutraler Miene sagte ich: »Vielleicht irre ich mich, aber die riechen wie Jul...«

»Juliet Rosen?«, ergänzte sie anerkennend. »Sie haben eine gute Nase, Merit Finnegan. Sagen Sie mir bitte Bescheid, wenn Sie fertig sind. Kann ich Ihnen noch etwas bringen? Kräutertee? Mineralwasser?«

»Wasser wäre großartig«, erwiderte ich leise. Mein Mund war so trocken, dass ich bestimmt einen halben Liter der lebensrettenden Flüssigkeit bräuchte, um weiter funktionieren zu können. Als sie mir das Glas mit dem Mineralwasser reichte, das leicht nach Minze und Gurke schmeckte, bedankte ich mich nicht, sondern neigte nur anerkennend den Kopf.

Ich setzte mich auf eine teure cremefarbene Couch, hatte aber noch keine Zeit, mir die Formulare genauer anzusehen. Zuerst scannte ich noch einmal den Raum und gab mein Bestes, um meinen Schreck zu verbergen. Juliet Rosen gehörten zu den teuersten Blumen der Welt. Ich wusste das, weil mir einmal ein besonders angeberischer Kunde zu Beginn unseres Treffens eine geschenkt und dann einen siebenminütigen Monolog über ihre Seltenheit gehalten hatte und wie glücklich ich mich schätzen konnte. Die Klinik war erfüllt von ihrem zarten Pfirsichduft. Allein die Blumen mussten zehntausend Dollar gekostet haben, und wenn man bedachte, wie schnell die frisch geschnittenen Sträuße verwelkten und ersetzt werden mussten ...

Es war eine exorbitante Verschwendung, und vor allem ... war niemand sonst hier. Wer würde denn ihre großtuerische Zurschaustellung von Reichtum sehen? Und wer von ihren Kundinnen würde die Blüten als das erkennen, was sie waren? Die Angst kroch langsam von meinen Zehen die Beine hinauf und ließ mich erschaudern, als sie meine Wirbelsäule erreichte. Theoretisch wusste ich, dass mich der Reichtum eines unsterblichen Wesens nicht schockieren sollte, aber nicht einmal der König der Hölle hatte sich die Mühe gemacht, seinen Überfluss zur Schau zu stellen.

Ich blickte auf das Formular hinunter und runzelte die Stirn.

Name.

In jedem anderen Büro hätte ich es ohne einen zweiten Gedanken ausgefüllt. Jetzt aber bekamen die persönlichen Angaben, die Unterschriften, Daten und Vereinbarungen einen unheilvollen Beigeschmack.

Leises Telefonklingeln durchbrach die sanfte Musik in der Lobby. Jessabelle nahm den Anruf entgegen und nach ein paar Höflichkeiten legte sie den Hörer wieder auf und erhob sich. »Merit? Die Ärztin ist jetzt für Sie da. Sie können das Formular nach Ihrem Termin ausfüllen.«

Ich trank mein Wasser, bevor ich Jessabelle die Treppe hinauffolgte. Der zweite Stock sah etwas weniger wie eine Kunstgalerie aus, wenn auch nur ein bisschen. Es gab keine Schwesternstation, keine gestärkten Vorhänge und keine fluoreszierende Deckenbeleuchtung. Kein Teppichboden war zu finden und auch kein einziges pastellfarbenes Gemälde aus den Neunzigern, wie ich sie aus Krankenhäusern kannte. Alles strotzte nur so vor Verschwendungslust. Jessabelle blieb kurz an einer Tür stehen und schenkte mir noch ein letztes Lächeln, bevor sie mich ins Büro führte.

Als wir aneinander vorbeigingen, sah ich ihre olivgrünen Augen und spürte, wie mich eine unangenehme Leere überkam. Ich brach den Blickkontakt schnell ab und dachte wieder an die Seelenfresserin. Vielleicht war es weniger ein Name als ein Titel – anscheinend die Art von Titel, die jeder hochrangige Monarch und jede Gottheit brauchte, um außerhalb ihrer Heiligtümer den Wachhund zu spielen. Hoffentlich handelte es sich um eine Feenart, der ich nie wieder begegnen müsste.

Bis ich eintrat.

Ich brauchte drei Sekunden, um zu entscheiden, dass ich Jessabelle dem Wesen vor mir vorzog.

»Merit.« Die Frau hinter dem Schreibtisch lächelte mich an.

Der Raum wurde von natürlichem Licht und dem Grau der Außenwelt durchflutet, denn raumhohe Fenster säumten das Büro. Anders als in den palastartigen Räumen der Hölle hatte ich hier immer noch das Gefühl, durch die mediterran anmutende Dependance eines Pariser Museums zu schlendern. Die Moderne zog sich wie ein roter Faden durch jedes Stück und verband die Antiquitäten mit Winkeln, Glas, Stahl und Ecken. Jedes historische Gemälde oder jede Skulptur wurde von den neuesten und besten Möbeln oder Technologien begleitet.

Zweifellos hatte die Frau – Fee, Gottheit oder was auch immer – einen tadellosen Geschmack. Trotz der immensen Größe des Raumes und der einschüchternden Leibwächterin, die mit verschränkten Armen in der Ecke stand, hatte ich nur Augen für sie.

Göttin, korrigierte mich mein Gehirn und wiederholte das Wort immer wieder, bis ich es mir eingeprägt hatte. Unterschätze sie nicht. Du legst dich mit einer Göttin an.

Während Jessabelle wunderschön gebräunt war, sah Doktor Ayona aus, als wäre sie aus Gold. Sie trug eine dicke Statement-Halskette und ein tailliertes Kleid unter ihrem weißen Laborkittel. Wie Jessabelle trug auch die Ärztin Ouroboros, allerdings in Gold und um ihren Hals. Ich blinzelte gegen den Anblick an und versuchte, mir menschliche Schattierungen von gelblich brauner Haut vorzustellen statt des glitzernden Topases und des funkelnden Sandes des alten Mesopotamiens. Ihr tintenschwarzes Haar war straff zu einem hohen Pferdeschwanz gebunden, dann zu zwei eng gewickelten Locken gedreht, die in einem einzigartigen und fesselnden Zopf hinter ihren Schultern verschwanden. Ihre kaffeebraunen Augen, die sich rund um ihre zu großen Pupillen in Gold auflösten, ihr beerenfarbener Mund, ihre Hände, ihre ganze Gestalt ... Ich hatte Mühe, Worte zu finden, und außerdem das Gefühl, dass *ein* einziger Blick auf diese Ärztin selbst die heterosexuellste Frau von ihrer Heterosexualität heilen würde. Ich verlor völlig die Konzentration und gab zum Teil Caliban die Schuld für meine Unfähigkeit, einen klaren Gedanken zu fassen, weil er mich noch nicht flachgelegt hatte. Denn alles, woran ich jetzt denken konnte, waren ihre Hände ... ihr Mund ... ihr Körper.

Scheiße. Sexgöttin war richtig.

Ich musste etwas sagen. Ich musste Hallo sagen, sie begrüßen, meine beiden verbliebenen Gehirnzellen aneinanderreiben, um einen Gedankenfunken zu entfachen.

Mein Blick huschte in die Ecke des Raumes, wo eine ähnlich atemberaubende Frau in einem gut geschnittenen Anzug stand, die Arme vor der Brust verschränkt. Im Gegensatz zu Doktor Ayona hatte die Fremde ihr nachtdunkles Haar nicht zusammengebunden, sondern es fiel ihr in üppigen onyxfarbenen Locken bis zu den Hüften. Mit ihren dunklen Augen, dem prüfenden Blick, ihren spitzen Stilettos und der unbewegten Miene wirkte sie, als wäre sie gerade einem Filmset entstiegen, nachdem sie eine Attentäterin gemimt hatte.

Mein Blick kehrte zur Ärztin zurück, und endlich durchquerte ich den Raum, um ihre ausgestreckte Hand zu schütteln.

Ein kleiner Funke durchfuhr mich, als sie mich berührte, und ich zuckte zurück, als hätte mich eine Schlange gebissen. Während ich versuchte, mich zu fangen, lachte ich unbeholfen. »Stromschlag ...«, murmelte ich und ließ mich auf den Stuhl gegenüber von ihrem Schreibtisch fallen. Ich warf einen Blick über meine Schulter und durch die bodentiefen Fenster auf den Parkplatz. Ich schluckte vor Unbehagen, als ich bemerkte, dass sie sich so positioniert hatte, dass sie das Kommen und Gehen der Kundinnen beobachten konnte. Ich hätte vermutet, dass jeder, der etwas auf sich hält, lieber Gärten, Springbrunnen oder Bäume betrachtet. Ich ließ meinen Blick nicht verweilen, obwohl ich die dunkle, verspiegelte Windschutzscheibe des BMW sah und im Stillen betete, dass weder Caliban noch Azrames entdeckt worden war.

»Hmm«, antwortete sie ruhig, ein Lächeln umspielte noch immer ihre Mundwinkel. Der leichte Duft von Pfirsichen und Aprikosen wehte aus der Lobby herüber. Sie lehnte sich in ihrem Stuhl zurück und sagte: »Warum erzählen Sie mir nicht, was Sie heute hierhergeführt hat, Merit Finnegan? Ich bin ein großer Fan von Ihnen.«

»Vielen Dank«, sagte ich und bemühte mich, ihr Lächeln zu erwidern – ganz egal, ob sie nur höflich sein wollte oder nicht. »Es freut mich, dass Ihnen die Bücher gefallen haben. Das nächste wird sich mit südamerikanischen Pantheons und Gottheiten beschäftigen. Es wird sich hauptsächlich auf brasilianische Überlieferungen stützen.«

»Oh, ich weiß.« Sie lächelte geheimnisvoll und zeigte auf ihr Bücherregal. An der Wand mit den gerahmten Diplomen der Ivy League gab es eine Reihe gut bestückter Regale. Neben zahlreichen medizinischen Fachbüchern entdeckte ich auch die Buchrücken meiner Romane.

Es wäre unaufrichtig gewesen, meine Überraschung zu verbergen, also ließ ich mir meine Verwunderung anmerken.

»Ich hätte Sie nicht für einen Fan gehalten«, sagte ich.

»Wer ist denn kein Liebhaber der alten Welten?«, fragte sie freundlich. Sie verschränkte die Arme und lehnte sich mit katzenhafter Anmut an ihren Schreibtisch. Dann neigte sie den Kopf und fragte: »Gibt es schon Pläne für Buch vier?«

Ich nickte und begann zu erzählen. »Ich will nach Osten, ich weiß nur noch nicht genau, wie weit. Die Shinto-Götter vielleicht? Oder vielleicht etwas im Nahen Osten ... näher an Mesopotamien. So weit bin ich natürlich noch nicht«, sagte ich. »Ich müsste noch Stunden in Bibliotheken verbringen, bevor ich mich trauen würde, die Überlieferungen in Angriff zu nehmen. Leider bin ich über viele der Weltreligionen schlecht informiert.«

»Religionen«, sagte sie, das Wort klang fast wie ein Schnurren. »Nicht Mythologie. Wie seltsam.«

Ich wusste nicht, ob sie zufrieden oder misstrauisch war. Ich warf einen Blick zu der stoischen Frau in der Ecke, aber sie reagierte nicht. Ich hielt meinen Tonfall leicht und zwang mich, mich zu entspannen, während ich beobachtete, ob sie eine Reaktion zeigte. Aber von ihr kam nichts.

»Um ehrlich zu sein«, fuhr ich fort, »hatte ich es leicht mit meinem ersten Buch. Meine Familie mütterlicherseits stammt aus Norwegen, also bin ich mit den meisten Mythen und Überlieferungen aufgewachsen. Die Familie meiner Mutter hat sich schon immer sehr für die nordische Mythologie interessiert, aber vielleicht werden wir nie erfahren, warum. Die Verflechtung meiner Lebenserfahrung war der halbe Erfolg. Ich hätte ihr das Buch widmen sollen.«

Ich dachte an Calibans Warnung, als ich sah, wie Ayona sich fast unmerklich entspannte. Ich hatte nicht bemerkt, dass ihr Lächeln steif war, bis ich die mikroskopisch kleine Veränderung in ihren Augen, in ihren Mundwinkeln und in der Art, wie sie ihre Schultern hielt, registrierte. Ja, die Erwähnung des nordischen Blutes war zu meinen Gunsten ausgefallen. Ich fragte mich, ob sie wohl den gleichen Duft von Meer und Kiefern wahrnahm, den ich an Fauna roch, oder ob es etwas ganz anderes war.

»Ihre mütterliche Linie, sagen Sie?«, fragte sie. »Das erklärt dann wohl auch den irischen Nachnamen?«

Ich lachte, als säße ich in einer morgendlichen Talkshow, setzte eine falsche Gelassenheit auf und plauderte unauthentisch mit der Moderatorin. »Ich glaube nicht, dass in meinem Vater auch nur ein Tropfen irisches Blut fließt, aber wer weiß das schon? Er ist Amerikaner in der sechsten Generation und niemand auf dieser Seite der Familie kann ein Herkunftsland bestätigen.«

Das war natürlich eine erfundene Geschichte. Die Familie meines Vaters stammte aus Oslo. Aber das brauchte sie nicht zu wissen.

»Nun«, sagte sie mit der gurrenden Stimme einer Trauertaube und wechselte das Thema, »*Eltern* sind eine hervorragende Überleitung zu der Frage, was Sie in eine Kinderwunschklinik geführt hat. Warum erzählen Sie mir nicht, was Sie heute hierhergeführt hat, Merit?«

Ich wünschte, ich hätte die Fähigkeit, die Zeit anzuhalten. Die Angst würde mich noch übermannen, wenn ich mich nicht beruhigen und nach Antworten suchen könnte. Die Angst ließ meine Muskeln verkrampfen, erschwerte mir das Atmen und ließ mich die Augen zusammenkneifen. Meine Hände wurden feucht. Ich wollte einen Moment Zeit haben, um meine Gedanken zu sammeln, um nach der äußerst einschüchternden, schockierend schönen Leibwächterin in der Ecke des Raumes zu fragen, um meine Umgebung in Augenschein zu nehmen, ohne verdächtig zu wirken. Es schien nicht fair zu sein, dass man von mir erwartete, ihre Fragen zu beantworten, rational zu denken, meinen Verstand zu gebrauchen, während ich von einer kleinen Armee wunderschöner Frauen umgeben war. Mit Schrecken wurde mir plötzlich klar, dass die persönliche Seelenfresserin der Ärztin auch vor der Tür stehen könnte, um mich zwischen den Unsterblichen zu zerlegen.

Aber plötzlich fiel mir eine Lösung ein.

Sie war ein Kunde und ich ihr sehr teures Date.

Ich beschloss, sie so zu betrachten, als wäre sie Josh, ihr Büro war das überteuerte Omakase-Restaurant und ihre Diplome waren seine Rolex-Uhr. Sie war es gewohnt, dass ihr die Menschen zu Füßen lagen, ihren Launen nachgaben und sie anbeteten. Vielleicht wusste ich nicht, was bei den alten phönizischen Göttinnen richtig oder falsch war, aber ich hatte gelernt, mich mit mächtigen Leuten auf Augenhöhe zu bewegen.

Ich entfernte Dr. Ayona komplett und ersetzte sie durch das Kauen mit offenem Mund meines letzten schrecklichen Dates. Ich ließ ihren Schreibtisch zu einem Restauranttisch werden, die beruhigenden Geräusche des luxuriösen Büros verwandelten sich in das zu laute Kauen des Mannes, der Wasabi direkt in seine Sojasoße gemischt hatte. Ihr Designerkleid, ihre geschmeidigen Kurven, ihr hypnotisierendes Gesicht wurden kaum mehr als ein weiterer reicher, mittelmäßiger Josh. Ich stellte mir vor, wie Josh die Kellnerin wegen der Rechnung anschnauzte. Ich fügte noch ein paar hübsche Details hinzu, wie zum Beispiel, dass einer seiner Knöpfe offen war, dass er ein Sesamkorn zwischen den Zähnen hatte, und ich dachte an meine Verärgerung darüber, dass ich meinen

Abend mit einem Date vergeudet hatte, als ich mir stattdessen zu Hause *Fire and Swords* hätte ansehen können.

Ich war mir nicht sicher, was die Göttin Astarte an Escorts liebte, aber vielleicht war es unsere Fähigkeit, in eine fremde Haut zu schlüpfen, einen Vorteil zu finden, unvergleichlich zu werden. Immerhin hatte Dagon gesagt, ich sei genau ihr Typ.

Die Angst verflog, als ich mich auf meinem Stuhl zurechtsetzte und mit Josh sprach.

»Ich liebe, was ich tue«, sagte ich beiläufig. »Ich arbeite von zu Hause aus und könnte eine zehnköpfige Familie ernähren, wenn ich wollte. Und ich habe Kinder schon immer geliebt.«

Zwei zu drei war ein gutes Verhältnis zwischen Wahrheit und Lüge, dachte ich mir.

»Außerdem«, fügte ich hinzu, »warum sollte ich einen Mann brauchen, um die Dinge zu erreichen, die ich im Leben will?«

So, jetzt hatten wir drei von vier Wahrheiten ... fast. Caliban war schließlich kein Mann. Jedenfalls nicht wirklich.

Daraufhin lächelte sie wieder. Mein Blick huschte in die Zimmerecke zu der nicht lächelnden, statuenhaften Gestalt, dann wieder zurück zur Ärztin. Das Lächeln der Ärztin stockte, sie drehte sich halb zu der Leibwächterin, hielt dann aber inne und wandte sich wieder mir zu. Sie räusperte sich und bückte sich, um etwas aus einer Schreibtischschublade zu fischen, eine dünne, glänzende Mappe, die sie mir zuschob.

»Das ist für unsere Elitekundinnen«, sagte sie. »Sie sind vielleicht nicht vom alten Adel, aber mit Sicherheit etwas ganz Besonderes.«

Ich kämpfte dagegen an, dass sich meine Augenbrauen vor Verwirrung zusammenzogen, als ich die erste Seite aufschlug, nur um festzustellen, dass sie mir eine Mappe mit geeigneten Samenspendern zugeschoben hatte. Die Männer darin waren

die besten, die die Menschheit zu bieten hatte – wie Adonis selbst. Ihr perfektes, entwaffnendes Lächeln, ihre makellose Haut, ihre Körperhaltung, ihr Stammbaum.
Ich blätterte durch die ersten drei.

Liam, 25
Universität: Brown, M. Sc. Ingenieurwesen
IQ: 157
Familiäre Herkunft: Polnisch, Französisch
Spermienzahl und -beweglichkeit: 50 000 000 / 60 %
Medizinische Probleme in der Familie: Keine
Besondere Erwähnung: Vorschlag für ein Wasserkraftwerk an der Grenze zwischen Argentinien und Uruguay wurde angenommen.

Theodore, 28
Universität: Princeton, Ph. D. Wirtschaftswissenschaften
IQ: 162
Familiäre Herkunft: Dominikanisch, Kenianisch
Spermienzahl und -beweglichkeit: 45 000 000 / 55 %
Medizinische Probleme in der Familie: Keine
Besondere Erwähnung: Forschung zur Entwicklung eines Modells zur exakten Bewertung der politischen Ausgaben und ihrer Auswirkungen auf die Öffentlichkeit

Ji-Hoon, 23
Universität: Columbia, M. A. Architektur
IQ: 165
Familiäre Herkunft: Koreanisch
Spermienzahl und -beweglichkeit: 60 000 000 / 70 %
Medizinische Probleme in der Familie: Keine
Besondere Erwähnung: Jüngster Architekt, der eine nationale Kunstgalerie entworfen hat.

Sie hatte mir eine Einkaufsliste gegeben. Ich blätterte durch den Fleischmarkt der Männer und tat so, als stellte ich mir vor, wie meine Nachkommen aussehen würden, wenn ich mich mit einem der Kandidaten fortpflanzen würde. Sie sahen alle sehr gut aus, waren gebildet, gesund und erfolgreich. Ich fragte mich, was die anderen tun mussten, um sich für die Elite der Männer zu qualifizieren. Ich blätterte weiter und überlegte, wie wohl die Männer-Mappen der mittleren und unteren Ränge aussahen.

Auch ohne das Geld und den guten Ruf wusste ich, dass Dr. Ayona, wenn sie nach siebzehn Uhr noch Zeit für mich hatte, zu ausgebucht war, um einen normalen Termin zu vereinbaren. Ich hatte mich nicht nach den Kosten für ihre Dienstleistungen erkundigt, nicht nach dem Preis für alles – von der Beratung bis zur In-vitro-Fertilisation. Ich hatte gerade in das lachende Gesicht eines spanischen Schauspielers geblickt, als ich wieder zu ihr aufschaute. Caliban hatte mir gesagt, ich solle Informationen sammeln, mehr nicht.

Obwohl Fauna mir das ständig an den Kopf warf, war ich kein Einfaltspinsel. Mir war klar, dass er mehr über die unsterblichen Reiche wusste als ich, und ich wollte das Risiko mit ihrer Seelenfresserin nicht eingehen, nur um meine Unabhängigkeit zu beweisen.

»Was sind unsere nächsten Schritte?«, fragte ich.

»Das hängt ganz von Ihrem Budget ab, Ihrem Bedarf an Unterstützung und Ihrem Wunsch, eine Familie zu gründen.« Sie lächelte leicht. »Hier in der *Venus-Klinik* konzentrieren wir uns nicht nur auf die traditionellen Methoden der hormonellen Injektion und der künstlichen Befruchtung, sondern leisten auch Pionierarbeit in der Erforschung der menschlichen Fruchtbarkeit. Wenn Sie möchten, können wir mit den Methoden beginnen, die in ganz Nordamerika und im größten Teil des globalen Westens mit einer Erfolgsrate von zwanzig bis dreißig Prozent propagiert und praktiziert werden. Oder Sie können an der einzigartigen und unorthodoxen Kombination aus wissenschaftlichen Durchbrüchen, ganzheitlicher Medizin, Elementen westlicher Konventionen und dem natürlichen Zeugungsprozess teilhaben und ich garantiere Ihnen eine neunzigprozentige Chance auf eine Befruchtung.«

Neunzig Prozent.

Ich bemühte mich, meinen Gesichtsausdruck zu kontrollieren.

Sie war Josh. Und der erzählte mir gerade von seinem Job, war zu selbstverliebt, besessen von seiner eigenen Wichtigkeit. Sich den Mann im Omakase-Restaurant vorzustellen, half mir, als ich sagte: »Nun, solche Zahlen lügen nicht. Es ist schwer, für die Schulmedizin zu argumentieren, wenn sie häufiger versagt als nicht.«

Ihr Lächeln wurde breiter. Zum ersten Mal erinnerte sie mich an das katzenartige Wesen.

»Wie groß ist Ihr Wunsch, Mutter zu werden, Merit Finnegan?«

Ich schluckte. »Ich will es mehr als alles andere auf der Welt.«

»Und genau das werde ich Ihnen geben.«

Vielleicht war es mein Wunsch, die Zeit anzuhalten oder zumindest die Welt um mich herum ein wenig zu verlangsamen, damit ich jedes Detail in mir aufnehmen konnte, aber die Rädchen ihrer Wortwahl griffen ineinander und brachten eine neue und völlig verblüffende Erkenntnis zutage. *Natürlicher Fortpflanzungsprozess.* In Ermangelung von Priesterinnen befriedigte Astarte auf diese Weise ihr Bedürfnis nach Prostitution, nach Escorts, nach sexueller Ausbeutung von Körpern, die in ihrem Namen verehrt wurden.

Ich beschloss, meine Stimme so leicht wie möglich klingen zu lassen, als ich scherzte: »Ich muss sagen, diese Männer sind wirklich eine Augenweide.«

»Sie sind nicht nur fürs Auge gut«, schnurrte sie. Ein Schauer lief über meinen Rücken, schlüpfte in eine Lücke in meinem Rückgrat, durchbohrte meine Wirbelsäule und füllte jeden Hohlraum in mir mit Eis.

Als ich in die Sexarbeit einstieg, wollte ich frei sein, selbst entscheiden können. Jede Verabredung hatte meine Fesseln der Armut weiter gesprengt und mir Komfort, Sicherheit, Wohlstand und die Möglichkeit gegeben, mir die Zukunft aufzubauen, die ich mir vorstellte.

Das, was Astarte wollte ...

Unbehagen breitete sich in mir aus. Der Aprikosenduft wurde überwältigend. Ich wollte gehen.

Mein Blick huschte noch einmal zu der Leibwächterin, bevor ich fragte: »Entschuldigung, aber ist sie bei allen Terminen anwesend?«

Dr. Ayona öffnete den Mund, als wolle sie antworten, aber es entwich nur ein dünner Lufthauch.

»Ist *wer* ...« Sie schaute lange genug über ihre Schulter, sodass sie und die andere Frau sich in die Augen sehen konnten. Dann sah sie mich einen Moment lang erstaunt an, bevor sich ihr Gesicht verkrampfte. In einem einzigen Augenblick fielen die Wärme und die Professionalität von ihr ab. Ich wurde erneut von dem Schrecken ihrer uralten Macht erfasst, denn ich begriff ohne den geringsten Zweifel, dass ich, ohne zu wissen, wie oder warum, den schlimmsten Fehler meines Lebens begangen hatte. Die Ärztin biss die Zähne zusammen. Als sie mit den Fingern schnippte, öffnete sich die Tür, und ich brauchte mich nicht umzudrehen, um zu wissen, dass Jessabelle hereingekommen war. Die Leibwächterin trat noch einen Schritt näher.

»Jessabelle, Anath«, sagte sie kühl, während sie mich mit zusammengekniffenen Augen ansah.

Ich brauchte nicht mehr über die phönizische Etymologie zu wissen, um zu begreifen, dass ich es vermasselt hatte. Ich klammerte mich an die Armlehnen meines Stuhls, meine Knöchel wurden weiß, als ich den Kopf drehte und über meine Schulter blickte. Um mich herum brach die Welt zusammen, als die Seelenfresserin von der einen und die Leibwächterin von der anderen Seite auf mich zukamen. Was auch immer ich getan hatte, ich war nicht mehr sicher. Ich stand auf, eilte zum Fenster und drückte mich gegen das Glas, aber ich wusste, dass es verspiegelt war und Caliban mich nicht sehen konnte.

Ich hatte die beiden enttäuscht. Ich war erst seit dreißig Minuten hier und hatte sie enttäuscht.

»Es tut mir leid. Ich ...«

Die Frauen flankierten mich von beiden Seiten und ergriffen je einen Arm. Die Seelenfresserin packte den einen Ellbogen, die Leibwächterin den anderen.

»Wie?«, fragte die Frau im schwarzen Anzug.

»Wie *was*?«, keuchte ich.

»Durchsuch sie, Anath«, befahl die Ärztin und machte eine Handbewegung. Ich erwartete, dass sie meine Handtasche durchsuchen würden, stattdessen griff die Leibwächterin nach meinem Hemdkragen und zerrte daran.

»Kein Anhänger«, murmelte sie. Sie schob meine Ärmel bis zur Mitte meiner Unterarme hoch und stoppte zufällig kurz vor meiner Tätowierung, bevor sie sagte: »Kein Anhänger, kein Armband, keine Ringe. Ich weiß nicht, wie sie das macht.«

Mit erschreckender Klarheit erkannte ich, dass sie nach dem Siegel der wahren Sicht suchten. Das war es dann also. Ich hätte nicht in der Lage sein dürfen, die Frau namens

Anath zu sehen, während sie in der Ecke Wache hielt. Ich hatte meine Karten zu früh ausgespielt, und jetzt wussten sie, dass ich nicht nur eine Autorin war. Meine Gedanken rasten, während ich nach einer Lösung suchte. Ich hatte das Gefühl, als würde mein Finger blitzschnell die Kanaltasten eines Radios drücken, während ich einen Sender nach dem anderen durchschaltete, ich war verzweifelt auf der Suche nach einem Grund, einer Entschuldigung, einer ...

»Kennen Sie einen Nordländer namens Geir?«, fragte ich schnell.

Anath nahm ihre Hände nicht von mir, aber sie blickte auf und sah mir in die Augen. Ich schaute zurück zum Schreibtisch, wo die Ärztin auf der Kante ihres Stuhls saß. Ich war mir nicht sicher, was ich eigentlich mit meiner Taktik erreichen wollte, aber ich hatte ihre Aufmerksamkeit erregt. Die Seelenfresserin beugte sich vor, als wolle sie mit ihren glänzenden Zähnen das zarte Fleisch meiner Halsschlagader durchbohren. Ich war mir nicht sicher, ob es Vampire gab, denn ich hatte keine Ahnung, was sie tat – bis sie tief einatmete.

»Sie riecht danach«, sagte Jessabelle, »aber es ist so schwach ...«

»Warten Sie, ich zeige es Ihnen.« Ich versuchte, meinen Ellenbogen zu befreien. Die Frauen leisteten einen Moment lang Widerstand, ließen mich dann aber los. Es funktionierte – was, das wusste ich nicht genau, aber es funktionierte. Ich war nicht bereit, ihnen mein dämonisches Siegel zu zeigen, aber ich hatte noch einen Trumpf in der Hand. Ich machte ein paar vorsichtige Schritte auf den Stuhl zu, auf dem meine Handtasche lag, und drehte meinen Körper so, dass mir niemand über die Schulter schauen konnte. Ich öffnete meine Tasche und betrachtete die fünf Kostbarkeiten darin: eine Kreditkarte, einen Ausweis, eine goldene Figur, ein

Messer und ein silbernes Sølje. Ich nahm die Brosche aus dem Portemonnaie und hielt sie hoch. »Sehen Sie?«

Doktor Ayona kam näher und nun konnte ich nicht mehr die süßen Aprikosen der Juliet Rose riechen. Die holzigen Düfte von verbranntem Zucker, geräuchertem Salbei und Sandelholz waren tiefer und kraftvoller als ein Parfüm. Es war ein uralter und unheilvoller Geruch, wunderbar und beängstigend zugleich.

»Darf ich?«, fragte sie.

Mein Herz stotterte wieder, als ich mich daran erinnerte, wie Azrames mich gezwungen hatte, am Ufer des Sees zu sitzen.

Sei ehrfürchtig.

Ich wusste nicht, ob meine Entscheidung klug oder dumm war, aber es war mein letzter Trumpf. Ich schluckte und reichte ihr die Brosche. Nachdenklich hob sie eine Augenbraue, als sie das Schmuckstück betrachtete.

»Was ist dieser Nordländer für dich? *Geir*, hast du gesagt?«

Ich schluckte erneut. *Urgroßvater* würde mein Blut zu dünn für die Hellsichtigkeit machen, die ich bräuchte, um ihren Zorn zu besänftigen, aber *Vater* war nicht glaubwürdig für meinen zarten Duft. »Er war mein Großvater«, sagte ich und hoffte, das zusätzliche Viertel würde meine Gabe, durch den Schleier zu sehen, glaubhaft genug machen. Meine Mutter jedenfalls schien mit ihrem Viertelblut keine Schwierigkeiten zu haben, mit Engeln zu kommunizieren.

»Um ehrlich zu sein«, sagte ich und sah Anath an, »habe ich keine Ahnung, wer Sie sind. Bitte verstehen Sie das nicht als Respektlosigkeit. Ich bin in diese Fruchtbarkeitsklinik gekommen, weil sie den besten Ruf im Land hat und weil …«

Mir schnürte sich die Kehle erneut zusammen, während ich nach Möglichkeiten suchte, meine Worte so zu formulieren, dass sie nicht unehrlich klangen. Es stimmte. Ich wusste nicht, wer Anath war, und sie konnten an meinem Gesicht ablesen, dass ich es ernst meinte. Ich tat mein Bestes, um ihren Verdacht zu zerstreuen, indem ich Calibans Rat befolgte und mich zu meinen Feenverbindungen bekannte. »Ich bin eine unkonventionelle Person, die mit dem Wissen um das Volk meines Großvaters aufgewachsen ist. Ich suche nach … unkonventionellen Lösungen. Ich glaube, wir passen gut zusammen.«

Die Ärztin drehte die Brosche behutsam in der Hand und ließ die winzigen, löffelartigen Anhängsel sanft aneinanderklirren. Sie betrachtete den verschnörkelten Baum in der Mitte.

Ich war überrascht, als sie mir die Brosche zurückgab. Ein Teil von mir hatte geglaubt, sie würde ihre Finger darum legen und sie zum Schmelzen bringen. Stattdessen gab sie mir nach einer schrecklich langen Pause mit einer Geste zu verstehen, dass ich mich wieder hinsetzen sollte. Die Panik verflog so schnell, wie sie aufgeflammt war.

»Ich bitte um Entschuldigung, Merit Finnegan. Hellsichtigkeit ist eine seltene Gabe und meine Kunden waren bisher fast ausschließlich Menschen. Ich hoffe, Sie haben Verständnis dafür, dass wir deshalb … vorsichtig sind. Bitte, Anath, entschuldige dich bei ihr.«

»Sind Sie verletzt?«

Wie betäubt schüttelte ich den Kopf und ließ mich wieder auf den Stuhl fallen. Angst war jetzt angebracht, also versuchte ich gar nicht erst, sie zu verbergen. Die Ärztin trat zurück. »Entschuldige dich, Anath«, wiederholte sie. »Miss Finnegan ist eine VIP-Kundin – in mehr als einer Hinsicht.«

Der Kiefer der Frau blieb angespannt, ihr Gesichtsausdruck war emotionslos, als sie sagte: »Ich bedauere es sehr.«

Und weil ich immer noch verunsichert war, fiel mir nichts Besseres ein als: »Kein Problem.«

Das Schlimmste war geschehen und ich hatte es überstanden.

Es war sogar besser gelaufen, als ich erhofft hatte. Sie hatte keine Lügen entdeckt, als ich Anath gesagt hatte, dass ich nicht wüsste, wer sie sei – aber ob die Frau in dem maßgeschneiderten Anzug nun ein Dämon, eine Fee oder ein Engel war, wusste ich nicht. Wenn ich Glück hatte, würde Dr. Ayona davon ausgehen, dass ich verstanden hatte, dass diese Fruchtbarkeitsklinik mir als Bürgerin eines anderen Reiches Möglichkeiten bot, die ich in der Welt der Sterblichen nicht hätte.

»Wie haben Sie eigentlich von mir gehört?«, fragte Doktor Ayona schließlich.

Leider blieben ihre Leute in unangenehmer Nähe.

Jessabelle stand auf meiner Seite des Schreibtisches, während Anath den Tisch umrundete und sich hinter die Ärztin stellte. Die Einschüchterung machte es mir schwer, mir etwas Glaubhaftes auszudenken. Ich kramte in meinen Erinnerungen und hatte irgendwann so viele Halbwahrheiten beisammen, dass ich mir daraus einen Frankenstein von einer Antwort zusammenbauen konnte.

»Von einem Dämon«, antwortete ich heiser. »Meine Freundin, eine Nordländerin, ist die Gefährtin eines Dämons.«

Sie musste nicht wissen, dass diese beiden Aussagen nichts miteinander zu tun hatten. Vielleicht reichte es gerade.

Doktor Ayona sah Anath an. »Ich wusste nicht, dass die Dämonen über unsere Tätigkeit Bescheid wissen, aber ich nehme an, wenn es irgendjemand sein müsste ... Wie sind unsere Beziehungen zur Hölle?«

Anath runzelte die Stirn. »Meinen Sie das Reich in seiner Gesamtheit oder Ihr Königreich hier, Astarte?«

Von Anfang an war ich davon ausgegangen, mit Astarte zu sprechen, aber es aus dem Mund von Anath zu hören, war etwas ganz anderes. Ihr mächtiges Königreich Bellfield mit seiner elitären, privaten Fruchtbarkeitsklinik, ihrem gefangenen Gott und ihrem terrageformten Siegel.

Astarte kniff leicht die Augen zusammen, woraufhin Anath fortfuhr.

»Unsere Beziehungen sind nicht existent. Wir sind mit ihnen weder Freund noch Feind.«

»Belassen wir es dabei«, sagte Astarte. Anath verbeugte sich leicht. Die Ärztin wandte sich wieder mir zu und bemühte sich, einen professionellen Eindruck zu machen. »Es gibt immer wieder Überläufer, Merit. Falls die Nordländer Sie noch nicht für sich beansprucht haben, erlauben Sie mir, Sie in meinem kleinen Königreich willkommen zu heißen. Ich verstehe natürlich, dass eine Bestsellerautorin ein Leben zu führen hat, und dieses Leben erfordert Mutterschaft. Ich denke, wir könnten einen Handel abschließen, wenn Sie dazu bereit sind?«

Das Wort durchbohrte mich.

Ich konnte fast sehen, wie Calibans silberne Augen wie gesprungenes Eis funkelten, als sie mich dazu brachte, eines der wenigen Versprechen zu brechen, die ich ihm geben musste. Ich kämpfte gegen den Drang an, über die Schulter und aus dem Fenster auf den BMW zu blicken.

»Was haben Sie im Sinn?«, fragte ich, um sowohl im Gespräch als auch unverbindlich zu bleiben. Ich nahm an, dass es in Ordnung war, wenn ich nicht mehr entspannt klang. Sie mussten merken, dass sie mich gerade mit dem Schrecken des Zorns einer Göttin getroffen hatten.

»Weltweite Anerkennung«, antwortete sie lächelnd. »Ihr vierter Roman. Ich möchte, dass mein Name bekannt wird – der Name, den die breite Masse vergessen hat. Werden Sie das für mich tun, Merit Finnegan? Bringen Sie meinen Namen wieder auf die Lippen der Menschen. Lassen Sie sie aus dem Kelch meiner Geschichten trinken. Erzählen Sie die Geschichte meiner Eroberungen. Füllen Sie meine Tempel. Den Tempel der Astarte.«

Mir blieb angesichts der Absurdität dieses Vorschlags der Mund offen stehen. »Ich kann keine Tempel füllen ...«

»Blödsinn«, sagte sie. »Sie sind eine Göttin in eigener Sache.« Sie stützte ihren Ellbogen auf den Schreibtisch und blitzte mich mit ihren perlweißen Zähnen an. »Jedes Reich hat seine Schöpfungsgeschichte. Und Sie erschaffen. Sie lassen Dinge entstehen. Vom ersten *Pantheon*-Roman wurden mehr Exemplare verkauft als von der *Edda*. Den alten Göttern Ihres Volkes geht es zum ersten Mal seit Jahrhunderten wieder mehr als gut. Der Wohlstand von Odin und Frigg hat sich seit Beginn ihres kurzen Menschenlebens herumgesprochen. Und zwar so, dass sie nie aus dem Schatten treten müssen, um zu ernten, was Sie gesät haben. Das hellenische Pantheon hat den Aufschwung nicht gebraucht, den Ihr zweites Buch ihm gebracht hat, aber die Griechen werden nicht leugnen, was Sie für sie getan haben. Das ist es, was ich auch will.«

»Und was bekomme ich dafür?«, fragte ich und bereute die Frage sofort.

Astarte lachte, lehnte sich in ihrem Stuhl zurück und verschränkte die Finger. »Sie erschaffen Leben? Das tue ich auch. Sie bringen das geschriebene Wort zur Welt, ich erschaffe es im Mutterleib. Sie müssen nur eine Sache für mich tun.«

»Was wäre das?«, fragte ich aufgeregt.

Sie zog einen Stift aus einem Becher, der wie eine goldene Honigwabe aussah, und griff nach einem losen Blatt Papier, das neben ihr in einem ordentlichen Stapel lag. Ihre Kalligrafie füllte die Seite mit Schnelligkeit und Anmut. Als sie fertig war, schrieb sie ihren Namen unten auf das Blatt und schob es zu mir.

»Unterschreiben Sie das einfach für mich und benutzen Sie diesmal nicht Ihren Künstlernamen.«

Fünfunddreissig

8. November, 6 Jahre

Nach einem langen Tag in der ersten Klasse, an dem die Kinder ein Loch in meinem T-Shirt gefunden und nach der Mittagspause die ganze Zeit versucht hatten, Dinge durch den Riss in meiner Kleidung zu stecken, ohne dass ich es merkte, wurde ich in den Hort geschickt, um dort zu basteln und zu spielen, bis meine Mutter mich abholen konnte. Für mich und andere Schüler, deren einkommensschwache Eltern sich keine private Tagesbetreuung leisten konnten, waren die täglichen Aktivitäten meist spärlich gesät. Aber die gemeinsame Armut machte die anderen nicht freundlicher. Wenn überhaupt, dann hatten sie dadurch noch mehr zu beweisen, um eine Hierarchie aufzubauen.

Zumindest sah ich das im Nachhinein so. Damals gab es nur die Tyrannen und die Untergebenen.

Im Aufenthaltsraum sah es aus wie auf einem Schlachtfeld, als die Jungen eine Spielzeugküche umkippten und sich gegenseitig mit Legosteinen bewarfen, während die betreuende Lehrerin in einer Ecke saß und weinte. Das war so erschütternd, dass wir alle mit dem, was wir gerade taten, aufhörten, um sie zu beobachten – sie saß im Schneidersitz auf dem Boden und schluchzte, das Gesicht in den Händen vergraben. Wir hatten sie gebrochen.

Im zarten Alter von sechs Jahren wusste ich bereits, dass ich niemals Kinder haben wollte.

Wenn sie es nicht schaffte, nach der Schule ein paar Stunden mit Kindern zu verbringen, dann wusste ich nicht, wie ich es als Mutter jede Stunde eines jeden Tages schaffen sollte. Außerdem wollte ich nie ein Leben in die Welt setzen, das die Ablehnung, die kalten Nächte, die Schläge, die zerrissenen Kleider, den Spott, die Strafen und den Schmerz, den ich erfahren hatte, auch durchmachen musste. Die Gesellschaft brauchte nicht noch jemanden zum Fertigmachen.

2. September, 26 Jahre

Ich dachte an mein Gelübde, kinderlos zu bleiben, als die Laborantin ein Band um meinen Bizeps legte, um mir Blut abzunehmen. Ich lächelte die Frau in ihrem strahlend weißen Kittel an und wusste, dass Caliban ihr die Nadel aus der Hand schlagen würde, wenn er erführe, dass ich einer Göttin freiwillig mein Blut gab. Andererseits war ich mir aufgrund der Ereignisse während des Termins sicher, dass dies nicht das Einzige wäre, was ihn wütend machen würde. Ich hatte ihn in allem, was ich ihm versprochen hatte, enttäuscht.

Allerdings war ich diejenige gewesen, die darauf bestanden hatte, Dr. Ayona heute zu treffen, weil ich *unbedingt* schwanger werden wollte, und es wäre mehr als verwunderlich gewesen, wenn ich mich dann geweigert hätte, eine Standard-Laboruntersuchung durchführen zu lassen, um meinen aktuellen Gesundheitszustand festzustellen. Ich könnte in meinem vierten Roman etwas über die alte kanaanitische Religion schreiben. Vielleicht hatte sie mir sogar einen Gefallen getan, indem sie mir das Grübeln über mein zukünftiges Projekt abnahm. Ich hatte keine andere Wahl, sie musste mich nicht einmal dazu zwingen. Entweder würde ich unsere Tarnung auffliegen lassen oder eben alles tun, was nötig war, um uns das zu beschaffen, was wir brauchten. Außerdem waren Bluttests doch Standard in jeder langweiligen Menschenklinik. Es sollte also in Ordnung sein ... oder?

»Machen Sie mal eine Faust«, sagte die Assistentin mit einer Stimme, die so ruhig wie sanfter Regen war.

Cartoonartige Bilder von Baals Priestern, die sich zu seinen Ehren selbst aufschlitzten, schossen mir durch den Kopf: Meine Gefühle gegenüber der Sonntagsschule waren den Flashbacks eines traumatisierten Kriegsveteranen nicht unähnlich. Blutrote Bilder schoben sich vor mein inneres Auge, als sie meine Haut durchbohrte. Ich atmete scharf ein, wich aber nicht zurück. Ich sah zu, wie sich ein Röhrchen mit Blut füllte, dann ein zweites, dann ein drittes. Sie beschriftete sie sorgfältig mit meinem Namen und einer Nummer.

Als sie mit mir fertig war, wartete Jessabelle schon lächelnd im Flur auf mich. Der Schrecken, der mich in dem Moment gepackt hatte, als ihre Chefin meine Absichten infrage gestellt hatte, war verflogen. Ich war mir nicht sicher, ob ich geistesgegenwärtig gehandelt oder Glück gehabt hatte – oder einfach nur dumm war. Die Zeit würde es wohl zeigen. Jetzt gab mir Jessabelle erst einmal ein Zeichen, ihr die Treppe hinunter zu folgen.

»Wir können Ihnen gar nicht sagen, wie sehr wir uns über die Zusammenarbeit mit Ihnen freuen«, sagte Jessabelle fröhlich. Sie versuchte nicht mehr, mir Angst einzujagen, und ihre Professionalität hatte sich in so etwas wie Schmeichelei verwandelt. »Das bedeutet uns mehr, als Sie sich vorstellen können.«

»Gern geschehen«, sagte ich mit belegter Stimme. Ich wollte das alles nicht. Ich wollte weder Kinder noch einen Pakt mit einem Teufel. Alles, was ich wollte, war, das terrageformte Siegel zu brechen und Caliban zu befreien.

Fauna hatte recht. Ich war eine gottverdammte Idiotin!

»Wir brauchen vierundzwanzig Stunden, um eine Auswahl zu treffen«, sagte Jessabelle, während sie mich zur Tür begleitete. »Aber wir werden für alle einen Flug organisieren, damit Sie ein optimales Erlebnis haben. Wir werden morgen um siebzehn Uhr für Sie bereit sein. Ziehen Sie an, was für Sie angenehm ist. Wir werden Ihnen bei Ihrer Ankunft aber auch alternative Kleidung zur Verfügung stellen.«

»Na klar, klar, um siebzehn Uhr«, stimmte ich zu, ohne sie anzusehen. Ich wollte nur noch weg. Wenn ich noch eine Minute länger bliebe, würde ich wahrscheinlich mit Astarte eine Bindung eingehen und den Phöniziern meine ewige Treue schwören.

Eine für die Jahreszeit ungewöhnliche Wärme schlug mir entgegen, als die Idiotin – vormals bekannt als Merit Finnegan – das klimatisierte »Museum« verließ. Ich versuchte, mich auf meine Atmung zu konzentrieren, auf das Geräusch meiner Absätze auf dem glänzenden Asphalt, auf die Abwesenheit der erstickenden Juliet Rosen, während der Geruch von gemähtem Gras und einem Süßwassersee in der Brise wehte. Keine Chance, meinen Puls wieder unter Kontrolle zu bekommen, bevor ich mich den anderen stellen musste.

Ich tat mein Bestes, um mein Tempo normal zu halten, als ich zum Wagen zurückging und einen Blick hinter mich warf, um mich zu vergewissern, dass Jessabelle die Tür geschlossen hatte, bevor ich das Auto erreichte. Zum Glück hatte der BMW stark getönte Scheiben. Ich öffnete die Tür, rutschte auf den Fahrersitz und meine Augen wurden größer.

Langsam atmete ich aus und schloss die Augen.

»Wo ist Caliban?«

Azrames beugte sich vor und stützte die Ellbogen auf die Knie, Rauch und Asche waren der einzige Geruch im Auto. »Dir auch *Hallo*, Marmar. Keine Sorge, der Prinz erkundet als Fuchs die Ausgänge des Anwesens. Er glaubt, dass er ihre Schutzzauber aufheben kann, wenn er sie von außen sieht. Ich bin mir sicher, dass er sie aufzuspüren kann. Wie ist es da drin gelaufen?«

Ich schluckte, meine Stimme bebte leicht, als ich sagte: »Caliban wird sehr böse auf mich sein.«

Innerhalb einer Sekunde wechselte Az' Stimme von freundlich zu angespannt. »Ich habe das Gefühl, dass ich das auch sein werde. Was hast du getan?«

Ich begann zu zittern, noch bevor ich die Antwort aussprechen konnte. Jeder Atemzug kam abgehackter heraus als der vorherige, während mich die Angst durchfuhr. »Ich hab's versaut, Az. Ich habe es versaut.«

»Erzähl!«

Ich schloss die Augen, als ich ihm erzählte, was ich getan hatte.

»Scheiße«, fluchte er dann und schloss ebenfalls die Augen. Er öffnete sie auch nicht wieder, als er sagte: »Du gehörst ihr.«

»Nein«, erwiderte ich mit Nachdruck. »Ich bin keine Bindung mit ihr eingegangen, es waren nur Untersuchungen und eine Vereinbarung für das nächste Buch ...«

»Du gehörst ihr«, wiederholte er.

»Nein«, beharrte ich aufgeregt, weil er mir nicht zuhörte. »Ich werde nur einen Roman schreiben – das ist alles! Ich muss sowieso ein Buch über Mythologie schreiben! Das ist mein Job! Und was ist schon dabei, wenn es darin um sie geht? Es spielt doch keine Rolle. Vielleicht hätte ich sowieso den vierten Roman über sie geschrieben, wer weiß? Und Bluttests sind Standard. Es hat nichts zu bedeuten. Es ...«

»Du gehörst ihr.«

Dreimal. Ich brauchte drei Wiederholungen, um ihn wirklich zu hören. Die nächsten Minuten starrte ich stumm den grauen Assassinen auf der Rückbank an. Ich hatte den Wagen noch nicht mal gestartet. Schweigend saßen wir da, die Stille war erdrückend, bis sich die Beifahrertür öffnete. Ich zuckte zusammen. Caliban rutschte auf den Sitz, beugte sich sofort zu mir hinüber und drückte mich so fest an sich, wie es zwischen den beiden Vordersitzen möglich war. Dann ließ er mich los und runzelte die Stirn.

Mit einer Hand strich er noch einmal über mein Gesicht, aber ich sah ihn nicht an. Ich konnte es nicht. Seine Stimme blieb leise, als er sagte: »Ich habe gute Nachrichten über die Hintertreppe, aber irgendwas sagt mir, dass du keine guten Nachrichten hast, Liebes.«

Vom Rücksitz aus fragte Azrames: »Was sind die beiden Möglichkeiten, ein terrageformtes Siegel zu brechen?«

Caliban runzelte die Stirn und sah Az an, sichtlich verwirrt über die Richtung, die das Gespräch plötzlich eingeschlagen hatte. »Entweder müsste jemand, der frei kommen und gehen kann, die Vollkommenheit des Siegels zerstören, oder es müsste vom Schöpfer des Siegels selbst geschehen … auf die eine oder andere Weise.«

Azrames nickte langsam, bevor er sagte: »Ich hasse es, derjenige zu sein, der das sagen muss, aber wir haben nur noch eine Möglichkeit.«

Calibans Stimme klang nicht wütend, sondern eher besorgt, als er seinen Blick auf mich richtete und fragte: »Was hast du getan?«

»Es tut mir so leid.« Ich vergrub mein Gesicht in den Händen, um meine Scham zu verbergen. Ich hatte das Gefühl, das Auto würde in sich zusammenstürzen, mich in Schmerz und Dunkelheit hüllen, während ich mich vor Caliban versteckte und in meiner eigenen Selbstverachtung verschwand.

Auf dem Rücksitz sagte Azrames: »Ich hoffe, du bist bereit, eine Göttin zu töten.«

Ich überließ meine Schlüssel dem Fahrdienst des Hotels in der Innenstadt, das ich bei meinen Vorbereitungen für das Treffen mit der Göttin entdeckt hatte. Als sich ein Page nach meinen Koffern erkundigte, teilte ich ihm mit, dass ich mit leichtem Gepäck reiste. Innerhalb weniger Minuten hatte mich der Concierge eingecheckt und mir die Karte für mein Zimmer überreicht. Für den Fall, dass mir nur noch eine Nacht in Freiheit bleiben sollte, wollte ich diese ganz sicher nicht zwischen Schimmel und eingetrockneten Spermaflecken im *Bellfield Inn* verbringen. Wären wir damals nicht zu Fuß, ohne Telefon und mitten in der Nacht in der Stadt angekommen, hätte ich es bestimmt nicht zugelassen, dass wir uns mit dem erstbesten bettwanzenverseuchten Motel zufriedengeben. Trotzdem war es gut, diese Erfahrung gemacht zu haben. Dank der Begegnung zwischen der menschlichen Kakerlake und Azrames hatte die Schreckensherrschaft des Hotelangestellten ein Ende.

Heute Nacht würde ich in sauberen, weichen Laken schlafen.

Heute Abend würde ich beim Zimmerservice Bacon-Cheeseburger mit extra Pommes bestellen und vier Flaschen Bier aus der gut gefüllten Minibar trinken.

Heute Abend würde ich ein Schaumbad nehmen und mich im Wasser treiben lassen, angelehnt an jemanden, der sehr daran interessiert war, mich am Leben zu halten. Zumindest war das der Plan. Ich wünschte, die anderen Menschen könnten sehen, was sich in den goldglänzenden Fahrstuhltüren spiegelte, als ich mich in meinen Designerklamotten näherte – flankiert von zwei umwerfend schönen, überirdischen Männern. Ich erlebte einen Promi-Moment, den die Passanten leider verpassten.

Ich drückte den Knopf, um den Aufzug zu rufen, und seufzte, als die Anzeige mir mitteilte, dass der Lift gerade im zwölften Stock war. Ich vermisste meine Wohnung und die Aufzüge, die immer einsatzbereit waren.

»Nun, ihr Turteltäubchen«, unterbrach Az die Stille. Dann blickte er zu dem Menschenpaar, das geduldig auf einen Aufzug wartete. »Ich würde euch beiden ja gerne etwas Privatsphäre geben, aber auch wenn ihr gerne Zeit miteinander verbringen würdet, vermute ich, dass ihr die nächsten achtundvierzig Stunden überleben wollt.«

Caliban legte seinen Arm um mich und seine Hand auf meine Hüfte. Mit dem Daumen rieb er über meinen Hüftknochen, während er sagte: »Planung steht an erster Stelle.« Dann fügte er hinzu: »Danach haben wir unendlich viel Zeit.«

Ich öffnete den Mund, um zu widersprechen, aber er drückte meine Hüfte, um mich daran zu erinnern, dass es nicht in meinem Interesse war, in aller Öffentlichkeit Selbstgespräche zu führen. Ich kniff die Augen zusammen. Mit ziemlicher Sicherheit war es genau das Richtige, mit der Luft zu sprechen, um das Menschenpaar dazu zu bringen, einen anderen Aufzug zu wählen. In dem Moment, als dieser klingelte, beschloss ich, dass sie keinen Einfluss darauf haben sollten, was ich zu tun hatte.

»Ich kann es kaum erwarten, endlich auf dem Dach zu stehen und mit den Vögeln zu sprechen«, sagte ich zu mir selbst, »und ihnen alle meine Lieblingslieder vorzusingen!« Ich sah, wie das Paar neben mir zögerte, als ich den Knopf zum Schließen der Tür drückte. »Ich glaube, ich werde diese Lieder jetzt schon mal üben. *Doe, a deer, a female deer* ...«

Unsere Anspannung war so groß, dass wir über diese

kleine Lächerlichkeit in schallendes Gelächter ausbrachen. Azrames krümmte sich vor Lachen und weinte fast, als er ihre konsternierten Gesichter sah, während sich die Türen hinter ihnen schlossen. Caliban zwickte mir in die Wange, während er mir gleichzeitig in den Hintern kniff.

»Das könnte meine Lieblingsinkarnation sein.« Er lächelte mich an und drehte mich so, dass ich mit dem Rücken an der Fahrstuhlwand stand.

»Ist es das Feenblut?«

Ich spürte sein Lachen. »Ich denke, das Blut wirkt zu meinen Gunsten. Aber das ist das erste Mal, dass du mich auf diese Weise ausgewählt hast.« Der Aufzug klingelte und Azrames schlüpfte wie ein Schatten heraus und verzog entschuldigend das Gesicht. Wir blieben noch ein paar Sekunden im Aufzug, als Caliban sagte: »Ich habe es nie zugelassen, dass du verletzt wirst. Ich konnte nicht danebenstehen und dich leiden sehen. Jedes Mal, wenn du vorbeigehst, bringt es mich um. Dann halte ich den Atem an und warte. Aber was ist, wenn dir dieses Mal etwas zustößt?«

»Mir wird nichts zustoßen.«

Die Aufzugtüren schlossen sich, aber die Kabine rührte sich nicht.

Er stützte sich mit einer Hand an der Wand neben meinem Kopf ab und beugte sich zu mir herunter. Mein Herz machte einen Sprung, als ich sah, wie nah er mir im hellen Licht des kleinen Raums war. Ich leckte mir über die Lippen und gab mir Mühe, mich zu konzentrieren, während er sprach. »Ich kann das Risiko nicht eingehen, Liebes. Was, wenn dieses Leben unsere Chance ist? *Dieses* ist das Leben, in dem du weißt, wer und was wir füreinander sind, und wir wollen dasselbe. Es wird mich brechen, wenn der nächste Zyklus ...«

Seine freie Hand folgte meinen Kurven. Ich wusste, dass ich nicht erregt sein sollte – es war schließlich eine ernste

Situation und absolut nicht der richtige Zeitpunkt, um mir auszumalen, wie er mich hochheben, an die Wand des Aufzugs drücken und vögeln würde. Es war nicht der richtige Moment, sich seine sinnlichen Lippen an meinem Hals, meinen Brüsten und zwischen meinen Schenkeln vorzustellen. Es war nicht die Zeit, sich zu wünschen, dass seine freie Hand zu meinem Hals gleiten würde oder zu der Lustperle zwischen meinen Beinen, die er besser kannte als jeder andere. Meine Zehen krümmten sich in den Schuhen. Aber als ich die Traurigkeit in seinem Gesicht sah, holte mich das auf den Boden der Tatsachen zurück. Seine matten Augenbrauen zogen sich zusammen und verrieten einen tiefen Schmerz in seinem Inneren. Ich hatte das Gefühl, dass er das schon einmal durchgemacht hatte. Vielleicht nicht in diesem Ausmaß, aber ich erinnerte mich daran, dass sein Vater einen Zyklus erwähnt hatte, in dem er mein ganzes Leben lang ein Fuchs geblieben war. Zu lieben und geliebt zu werden. Jedes Leben damit zu verbringen, jemanden dazu zu bewegen, sich immer wieder aufs Neue zu verlieben. Und sie irgendwann durch ihren Tod wieder zu verlieren …

»Mir wird nichts zustoßen«, wiederholte ich ernst und erwiderte seinen Blick. Ich fühlte mich schuldig, weil mein Körper so egoistisch gewesen war, während er mit seinen diamantenen Augen alle Versionen von mir sah, die jemals existiert hatten. Aber jetzt war nicht der richtige Zeitpunkt. Mit meinen Händen strich ich über sein Gesicht und genoss seinen Anblick im luxuriösen Licht des Hotelaufzugs. Keine Schatten. Keine Träume. Nur er, real, mein. »Lass uns jetzt mit dem Assassinen reden. Er ist ziemlich qualifiziert, wenn es darum geht, zu töten.«

Caliban legte seine Hand auf meine, als er den Knopf drückte, der die Türen öffnete, und wir traten zu Azrames in den Flur.

»Verdammt, Marmar«, sagte Azrames und folgte mir in die Suite. Es war der Ort, an den ich mich gewöhnt hatte, wenn Kunden mich nach dem Essen und den Drinks nach oben brachten. Mit den gold- und karminroten Tapeten, den Ledermöbeln, den dicken Vorhängen und den imposanten Kunstobjekten sah es aus wie jedes Four Seasons Hotel: überdekoriert und überteuert. Az murmelte anerkennend: »Wie viel verdienst du eigentlich?«

Mein Lachen klang nicht sonderlich fröhlich. »Nicht so viel, um mir einen Bugatti leisten zu können, aber ich mache alles richtig. Und ich glaube, ich hatte vielleicht auch ein bisschen Hilfe.«

Azrames zog die Augenbrauen hoch und Caliban machte einen lässigen Zwei-Finger-Gruß. »Vielleicht habe ich ein paar Gefallen eingefordert, aber mein Schatz ist auch unheimlich talentiert. *Sie* hat schließlich die Bücher geschrieben und die ganze Arbeit gemacht. Ich habe nur dafür gesorgt, dass sie auf den Tischen landeten, wo sie hingehörten. Und ich habe vielleicht … den Vorschuss und die Tantiemen beeinflusst. Weil sie es verdient hat.«

Ich wurde rot.

Er war immer so großzügig gewesen. Selbst als ich davon überzeugt gewesen war, er sei der Beweis für eine Psychose, war er eine Manifestation all der guten Dinge, die ich mir erhofft hatte. Er war der Grund, warum ich daran glaubte, dass ich es schaffen würde, obwohl ich überzeugt war, dass es das Ergebnis des Gesetzes der Anziehung war oder was auch immer diese New-Age-Dokumentation mir über Selbstverwirklichung erzählt hatte.

Azrames ließ sich aufs Bett fallen und kam gleich zur Sache. »Also, Marmar hat einen verbindlichen Vertrag mit Astarte geschlossen, und die Göttin ist im Besitz ihres Blutopfers, um den Deal zu besiegeln.«

Ich spürte, wie sich Caliban neben mir wegen der aufkommenden Wut anspannte. Wir hatten schon im Auto darüber gesprochen, aber es schien, als würde ich diese Schuldgefühle noch ein paarmal durchleben müssen.

»Ich wurde in die Ecke gedrängt«, entschuldigte ich mich atemlos. »Als ich Anath erkannte, griffen sie mich körperlich an. Ich habe das einzig Mögliche getan, um die Situation zu entschärfen. Die Vereinbarungen kamen mir so harmlos vor. Es tut mir so leid …«

»Du hast getan, was du tun musstest, Helena«, sagte Caliban mit einem kontrollierten Lachen.

Verwirrt blickte ich ihn an. »Helena?«

Er nickte: »Von Troja – die schönste Frau der Welt, natürlich vor deiner Zeit. Du bist der Dreh- und Angelpunkt, der zwei Königreiche in den Krieg stürzen wird.«

»*Krieg?*«, wiederholte ich atemlos. Ich schien für das Echo im Raum verantwortlich zu sein.

»Astarte ist die Göttin von Erotik, Liebe und …«

»… Krieg«, sagte ich noch einmal. »Ihr befindet euch doch längst im Krieg. Ich brauche keinen Doktortitel in Geschichte, um dir zu sagen, dass geteilte Kriegsfronten selten zum Sieg führen.«

»Sicher«, stimmte Azrames im Namen beider zu, »aber das ist die menschliche Geschichte.«

Ich hielt meinen Blick auf Caliban gerichtet. »Aber wenn du es nicht zulässt, dass sie mich bekommt.«

»Anath ist ihre Schwester«, sagte Caliban. »Ich weiß nicht, wer Jessabelle in ihrem Reich ist, aber ihr Name deutet darauf hin, dass sie zu Baal gehört. Wenn wir uns mit ihr anlegen, dann wird das kein kleiner Streit unter Zivilisten. Das wäre nicht so, wie wenn zum Beispiel Fauna Az töten würde.«

»Fauna hat es schon mal versucht, aber das ist eine Geschichte für ein anderes Mal. Unser Prinz und ihre Göttin?

Das ist Königtum gegen Königtum.« Azrames beendete es für uns. »Ehrlich gesagt ...«

Wir beide sahen ihn fragend an.

»Nun, ich dachte, wenn es jemand anderes in den Reichen wäre, dann müssten wir uns Sorgen machen, dass sie in einer solchen Bindung die Partnerschaft mit dem Himmel anstreben. Der Himmel hat keine Freunde, aber dort sind sie kreativ, wenn es darum geht, Wege zum Sieg zu finden. Zum Glück sind es die Phönizier. Selbst wenn man ihre Göttin tötete, würden sie sich nicht mit dem Himmel verbünden. Nach uns sind die Phönizier die ältesten Feinde des Himmels.«

Caliban rieb sich die Stirn, als hätten sich hinter seiner eisweißen Haut Kopfschmerzen breitgemacht. »Der Hölle sei Dank! Eine geteilte Kriegsfront also.«

Az verschränkte die Finger hinter dem Kopf, seine Hörner berührten fast das Kopfteil, während er blind an die Decke starrte. »Unser Krieg mit dem Himmel war im besten Fall Spionage und Täuschung. Ich gebe zu, du kennst die inneren Abläufe des Krieges viel besser als ich, Prinz, aber bei den Phöniziern ... Ich weiß nicht. Astarte hat Dagon gefangen genommen. Es besteht die Möglichkeit, dass sie nicht um sie trauern werden.«

Caliban war nicht überzeugt. »Sie ist die Gemahlin Baals und er ist der höchste Gott in ihrem Reich. Er wird nicht erfreut sein.«

Azrames konterte: »Aber Dagon ist Baals Vater. Und aus welchen Gründen auch immer, Baal hat sich ihr hier nicht angeschlossen. Wenn es um den Rest der Phönizier und ihre Reaktionen geht, dann ist das eine fünfzigprozentige Möglichkeit.«

»Anath ...«, begann ich, wurde aber unterbrochen.

»... ist die Schwester von Astarte«, wiederholte Caliban. »Es gibt Quellen, die behaupten, dass sie und Baal auch mal etwas miteinander hatten, aber dafür gibt es keine Beweise. Anath wird fast ausschließlich für den Krieg verehrt. Sie ist wie eine ... mächtigere, einzigartige Walküre – in deinen nordischen Mythologie-Autoren-Begriffen.«

»Es scheint, dass die Kanaaniter einen Hang zur Gewalt hatten«, murmelte ich und versuchte, mir nicht zu Herzen zu nehmen, wie oft man die Dinge für mich vereinfachen musste.

Azrames stieß ein kurzes Lachen aus. »Ja, gute Arbeit. Du musstest Blutopfer bringen und einen Vertrag mit Astarte unterschreiben, nicht wahr? Hättest du nicht auch einen Vertrag mit Lord Mahavira abschließen können?«

Ich erschrak wegen meiner eigenen Unwissenheit. Mit entschuldigender Miene wandte ich mich an Caliban.

»Jainismus«, flüsterte Caliban.

Ah, ja. Die friedlichste Religion der Welt. Ich vermutete, Lord Mahavira hätte mich jedenfalls nicht in eine solche Ecke gedrängt. Oder eine Fruchtbarkeitsklinik eröffnet, um über ein irdisches Reich zu herrschen, weil sein Stolz sich in seinem eigenen Reich vernachlässigt fühlte. Er hätte wohl auch keinen Agrargott gefangen, um Segnungen für seine wohlhabende Stadt zu erpressen. Oder Paare gezwungen, Sex miteinander zu haben ...

»Wartet«, rief ich und erinnerte mich an etwas, das Jessabelle gesagt hatte. Die Männer sahen mich an, als ich die Stirn in Falten legte. »Ich glaube, sie will morgen einen Fleischmarkt kommen lassen.«

Caliban sah aus, als hätte ich ihn mit kaltem Wasser übergossen. »*Wie bitte?*«

Ich nickte, um meine Worte zu unterstreichen. »*Männer.* Ich denke, sie bringt Männer mit. Sie hat mir eine Mappe gegeben, damit ich mir potenzielle Samenspender anschaue. Dann fing sie an, darüber zu reden, dass künstliche Befruchtung und westliche Medizin eine niedrige Erfolgsquote haben und dass ihre Methoden unkonventionell sind ... aber es war etwas, was die Arzthelferin am Ende gesagt hat. Sie meinte, es würde einen Tag dauern, sie herzubringen. *Sie*. Ich habe im ersten Moment nicht daran gedacht, aber ...«

Caliban stand einen Moment lang still. »Aber wenn sie durch Prostitution geehrt wird ...«

In diesem Fall war ich mit dem Gebrauch des Wortes einverstanden. *Prostituierte* war eine Beleidigung. Wir beide sahen den extremen Unterschied zwischen Prostitution und Sexarbeit. Mein Leben als Escort war ermächtigend gewesen, ich war die Königin in meinem Reich. Ich hatte mir ein Imperium aufgebaut, mich durchgesetzt und meine Macht über die Männer etabliert. Ich entschied, mit wem ich mich traf, und konnte mehr und mehr von ihnen verlangen, wenn ich genug hatte.

Aber das war es nicht, was die Götter dazu brachte, die Prostitution als heiligste Form der Opfergabe zu begehren. Die Götter der Erotik, der Liebe und der Fruchtbarkeit wollten Körper, die sich ihnen unterwarfen. Astarte war nicht auf der Suche nach Vermittlung, Vereinigung oder Liebesbeziehungen. Sie war auf der Suche nach der Kraft der Intimität, die darin bestand, unser Innerstes zu nehmen und es sich zu eigen zu machen.

»Sie will, dass du morgen von einer ihrer männlichen Huren schwanger wirst«, sagte er mit kalter Stimme. Ich dachte an die Mappe, an die lächelnden Gesichter, an die Zahlen, die Statistiken, die zugeordneten Werte. Ich dachte an Jessabelles Bemerkung, etwas zum Anziehen für mich zu finden. »Wenn ich mich nicht irre, will sie ... dabei sein.«

»Dabei sein?«, wiederholte ich mit heiserer Stimme.

»Ach, komm schon, Mythologin«, sagte Azrames, der an der Wand stand. »Erzähl mir nicht, dass du nicht genug aus deinem Buch über die griechischen und römischen Götter weißt, um schon mal von Gruppensex als einer beliebten Form heidnischer Anbetung gehört zu haben. Und ja, bevor du fragst: Ich habe deine Bücher gelesen. Sehr heißes Zeug, Marmar.«

»Du denkst wirklich, dass Astarte ... Nein, das kann sie nicht! Sie gibt sich als Ärztin aus! Sie muss doch wenigstens die Rolle der Professionellen spielen. Sie hat das auch schon bei anderen Leuten gemacht ... sie ...«

»Ich weiß nicht, inwieweit sie involviert ist«, sagte Azrames und zuckte mit den Schultern. »Ich sage ja nicht, dass sie sich auszieht und auf deinem Gesicht reitet, während du gevögelt wirst ...«

»Hey«, warnte Caliban. Die Freundschaft, die sie aufgebaut hatten, war für einen einzigen spannungsgeladenen Moment dahin. Alles Blut in meinem Körper schoss mir in die Wangen, als ich vor Verlegenheit errötete.

»Entschuldigung, Entschuldigung.« Azrames verzog das Gesicht und bat mit den Händen um Verzeihung. Er schien sich zu erinnern, mit wem er sprach, und fügte dann hinzu: »Als Medizinerin könnte sie ihre Anwesenheit bei der Übergabe als Aufseherin rechtfertigen. Sexuelle Studien wurden in der Menschheitsgeschichte immer wieder durchgeführt, sie sind Teil der Wissenschaft. Das ist vielleicht gar nicht so ungewöhnlich, wie du denkst.«

Ich wurde rot und stammelte, weil ich nicht wusste, welchen Punkt ich zuerst ansprechen sollte. Am Ende war ich zu nervös, um ihn direkt anzusprechen, also sagte ich es einfach: »Ich will nicht schwanger werden.«

Calibans Humor kehrte zurück, wenn auch nur spärlich. Mit einem einzigen, freudlosen Lachen sagte er: »Ja, das ist ein häufiges Thema bei dir. Ich muss sagen, ich hätte nie im Leben Geld darauf verwettet, dass du deine Seele verkaufen würdest, um ein Baby zu bekommen. Was für eine Wendung.«

Ich ballte die Hände zu Fäusten. »Ich will kein gottverdammtes Blag!«

»Deal ist Deal, ob du willst oder nicht. Aber ich habe vielleicht eine Idee.«

Azrames und ich sahen ihn beide erwartungsvoll an.

Er schüttelte den Kopf und sagte: »Offensichtlich können wir keine Verstärkung anfordern. Niemand weiß, dass wir hier sind, und es ist das Beste, wenn das auch so bleibt. Mehr Fliegen im Netz werden die Spinne nicht töten. Aber ich denke, wir können das von innen heraus regeln.« Er sah mich ernst an und fragte: »Vertraust du mir?«

Und ich musste nicht einmal überlegen.

»Bedingungslos.«

Ich dachte, ich würde in dieser Nacht kein Auge zutun. Ich bekam meinen Cheeseburger, aber irgendwas am Zimmerservice verdarb immer den Geschmack. Burger sollten aus fettigem Papier auf Campingtischen gegessen werden, die auf Parkplätzen standen. Pommes brauchten das flackernde Licht der Straßenlaternen, das Dröhnen des Verkehrs und das gute Gefühl, spätabends von der Bar nach Hause zu kommen. Fünf-Sterne-Hotels mit ihrer Jalapeño-Marmelade, Bacon-Chutney und Wagyu-Rindfleisch hatten einem guten Burger den Zauber genommen.

Unter der Dusche hatte ich mir länger Zeit gelassen als nötig, denn ich wusste, dass Caliban und Azrames etwas zu besprechen hatten. Sie hatten sehr wenig Zeit miteinander verbracht, seit ich die Bombe hatte platzen lassen, dass ich alle Hoffnungen, das Siegel unter dem Radar zu brechen, zunichtegemacht hatte. Ich würde nicht mit einer Schaufel zu einem geheimen Hügel stapfen und die Vollkommenheit der Siegel-Falle zerstören. Wir würden nicht ohne Blutvergießen davonkommen.

Ich schaffte es, zwei der Biere zu trinken, die Männer schnappten sich den Rest. Mit einer gewissen Enttäuschung über mich selbst stellte ich fest, dass Fauna in meiner Gegenwart ständig aß und dass ich mehr Rücksicht auf die Bedürfnisse der anderen hätte nehmen sollen, aber sie versicherten mir, dass sie, da sie nicht in so einer körperlichen Form wie meine Fauna waren, nicht auf die gleiche Weise funktionierten. Alkohol war eine übliche Opfergabe für Geister – egal in welchem Reich. Mit einem Trinkspruch hatte Azrames das andere Bett genommen, und ich war unter die Decke gekrochen, um mich der leeren Wand zuzuwenden.

Die Dunkelheit wirkte nicht beruhigend.

Caliban legte seinen starken Arm um mich, der Duft des Waldes und seine Zuneigung hüllten mich ein. Ich fühlte mich geborgen, geliebt und empfand das tiefste Bedauern, das ich je in meinem Leben empfunden hatte.

Ich hatte achtzehn Jahre lang in einem Haushalt verbracht, in dem ich körperlich und seelisch misshandelt wurde, und nur selten Mitgefühl erfahren. Ich hatte die einzige beständige Gesellschaft in meinem Leben zurückgewiesen, bis es zu spät gewesen war. Und als wir uns dann endlich wiederfanden, war das Erste, was ich getan hatte, es zu versauen.

Caliban musste meinen Schmerz gespürt haben.

Wortlos wischte er mit einer Hand meine Tränen weg. Ich nahm sie aus dem Schatten und drückte ihm einen Kuss auf die Innenseite, spürte, wie sich sein Körper an meinen schmiegte und mich umschloss. Und obwohl ich mir sicher gewesen war, dass ich in einem Anfall von Stress und Sorge die ganze Nacht wach liegen würde, wurde ich stattdessen von beruhigenden Visionen eines nebelverhangenen Waldes, tief olivfarbener Farne, moosbedeckter Baumstämme und dem beruhigenden Geruch von Gin und Zypressen eingeholt und fiel in einen tiefen, traumlosen Schlaf.

Sechsunddreissig

Ich hatte ihn nur einmal gefragt.
»Ich gehe einfach rein und ... warte auf die Kavallerie?« Schmerz zeichnete sich auf seinem Gesicht ab. »Ich kann es dir nicht sagen, Liebes. Nicht, weil ich es dir nicht anvertrauen würde. Ganz im Gegenteil. Aber ich bin zuversichtlich, dass mein Plan funktionieren wird. Und wenn nicht, werde ich mir meinen Weg durch jeden schlagen, der mir entgegentritt.«
»So gewalttätig.« Ich versuchte zu lächeln.
»Ich meine es ernst«, antwortete er. »Ich will nicht, dass du überhaupt gehst, aber wir haben nur eine Chance, diese Verbindung zu brechen, und eine Göttin zu töten, ist keine Kleinigkeit. Sie muss unvorsichtig werden. Nicht nur sie, sondern alle um sie herum. Wie ich schon sagte, wir haben nur ...«
»... eine Chance.«
Er meinte es ernst. Krampfhaft versuchte ich zu schlucken und mir Astartes atemberaubende Gestalt und ihren makellosen, mit Einschusslöchern übersäten Arztkittel vorzustellen, während sie mit leblosen Augen zu mir zurückblickte.
Und obwohl ich unbedingt wissen wollte, was er und Azrames vorhatten, sobald ich wie ein Kind in eine Höhle voller Vipern tappte, drängte ich ihn nicht. Sie mochte eine Schlange sein, aber ich lief mit den Wölfen.
»Astarte muss glauben, dass alles normal ist. Besser als normal. Ich habe dich schon in vielen Masken gesehen, Lie-

bes. Dies könnte deine bislang größte Rolle sein. Es ist ... ich wäre nicht in der Lage, das zu tun. Ich wäre nicht in der Lage, ihr in die Augen zu sehen, mit dem Wissen, das ich habe. Du hast eine viel größere Gabe als ich. Unterschätze nicht den Wert deiner Fähigkeiten.«

»Also mache ich einfach so weiter wie bisher, als wäre ich nur da, um schwanger zu werden und ein Buch zu schreiben. Hab's kapiert.«

Mein Ton war vielleicht leicht, aber meine Seele war alles andere als das. Mein unerschütterlicher Glaube an Caliban und Azrames machte die Sache für den ängstlichen Kontrollfreak in mir nicht weniger stressig.

Er hatte mich an diesem Morgen häufiger geküsst, als ich zählen konnte. Kühle, sanfte Küsse auf meine Schulter hatten mich im Morgenlicht geweckt. Zärtliche Küsse auf meinen Mund, auf meinen Hals hatten mich dazu gebracht, mein Bein um ihn zu schlingen, um ihn noch näher an mich zu ziehen. Er hatte meine Bitte um Zuneigung angenommen und mich an sich gedrückt, während sein Mund meinen forderte.

»Vögelt später«, murrte Azrames von der anderen Seite des Raums.

»Ganz schön prüde«, entgegnete ich.

Er lachte und schüttelte die Bettwäsche von sich. Seine Muskeln spannten sich, er trug nur Shorts, fuhr sich mit einer Hand durchs Haar und ging an uns vorbei, während er sagte: »Du willst doch bestimmt nicht, dass Astarte die Hölle an dir riecht.«

Azrames verschwand im Bad und einen Augenblick später stieg heißer Nebeldampf aus der Dusche.

»Er hat recht«, stimmte Caliban ihm zu. »Du musst alle Spuren von mir beseitigen.«

»Begleitest du mich?«, fragte ich und biss mir auf die Lippe, während ich meine Hüften an seinen rieb.

Seine Stimme blieb leise, als er an meiner Wange knurrend sagte: »Das würde den Zweck verfehlen, Liebes.« Eine Gänsehaut lief mir von der Kopfhaut den Rücken hinunter. Er fuhr mit seinen Fingern meine Wirbelsäule auf und ab, während wir darauf warteten, dass Azrames mit dem Duschen fertig war.

Mein Herz krampfte sich wegen Caliban zusammen. Ich fragte mich, wie viel schwieriger es wohl für ihn war. Sicher viel schlimmer, als ich es mir vorstellen konnte. Ich versuchte, mit einer Person meine Lebzeiten zu ergründen, nur um nach zweitausend Jahren endlich alles zu verstehen. In dem Moment, als ich zu verstehen begann, stürzten auch schon die nächsten Schwierigkeiten auf mich ein. Es war schwer zu glauben, dass eine solche Liebe existieren konnte. Es war sogar noch schwerer zu glauben, dass *ich* es wert sein könnte.

»Caliban«, flüsterte ich.

»Hmm?«

»Kannst du mir von dem ersten Mal erzählen, als wir uns getroffen haben?«

Er atmete auf eine Weise ein, die ich nicht erwartet hatte. Es war mehr Traurigkeit als Freude. Der Griff seiner Hand an meinem Hinterkopf wurde fester, als er mich näher an sich zog, und ich wusste intuitiv, dass unsere Geschichte eine Tragödie war.

»Der König« – ich räusperte mich, als ich mein Gesicht an seine Brust lehnte – »dein Vater, ich meine ... er sagte, wir hätten uns vor zweitausend Jahren getroffen, also er und ich. Ist das auch der Zeitpunkt, an dem wir beide uns kennengelernt haben?«

»Nein«, murmelte er und strich mir übers Haar. »Wir sind uns schon einige Zyklen vorher begegnet, in der Nähe des Toten Meeres.«

Ich stellte mir eine Weltkarte vor und vergrößerte in Gedanken die Wüste, das Salz und den Sand.

»Was ist dann passiert?«, fragte ich.

Er schüttelte den Kopf. »Ich glaube nicht, dass du das hören willst.«

»Caliban ...«

»Der heutige Tag wird hart, Liebes. Du bist stark. Du warst von dem Moment an stark, als ich dich kennenlernte. Und das solltest du gar nicht sein müssen. Du solltest nicht ein Leben nach dem anderen so widerstandsfähig sein müssen. Es ist auch ein Segen zu vergessen.«

»Bitte?«, bat ich.

Er fuhr damit fort, mein Haar zu streicheln, die Bewegung passte zum rhythmischen Geräusch des plätschernden Wassers im Nebenraum. Da seine Brust und seine Schultern das Licht abschirmten, glaubte ich fast, wieder einzuschlafen. Ich versuchte, mir das Tote Meer vorzustellen, und fragte mich, ob es wirklich so kristallklar war – mit dem Kontrast der Salzablagerungen am Strand, dem aquamarinfarbenen Wasser und den orangefarbenen Bergen im Hintergrund – wie auf den Bildern, die ich gesehen hatte. Das meiste, was ich über das Tote Meer wusste, stammte aus meiner religiösen Erziehung.

»War ...« Etwas Unangenehmes kratzte in meinem Hinterkopf. Es war fast wie ein Kitzeln, wie etwas, das ich unmöglich mit den Fingern besänftigen konnte. Ich spürte, wie sich mein Gesicht verzog, als sich klarere, schärfere Bilder von weißen Salzstränden und blassblauen Ufern in meiner Erinnerung ausbreiteten. Ein lautes Geräusch erfüllte mich wie das Echo eines Traums. Wut. Schreie. Schmerz. An meinen Haaren wurde gezerrt. Ich wurde gezogen. Meine Kehle war rau vom Schreien. Meine Augen brannten. Ich sah das Blau des Wassers, des Himmels, der Linie, an der Wasser und Luft ineinander übergingen.

Es war ein Albtraum.

»Wurde ich dort getötet?«

Caliban löste sich von mir, um mein Gesicht zu mustern. Irgendetwas an seiner besorgten Miene berührte mich. »Warum fragst du das?«

Mit der wachsenden Sorge auf seinem Gesicht wurde das Geräusch aus meinem tiefsten Inneren immer lauter. Ich konnte Gesichter sehen. Ich hörte das Knirschen der Knochen, bevor ich es spürte, und ich wusste, dass er sehen konnte, wie ich vor dem Schmerz zurückschreckte. Ihre Stimmen erklangen weiter, aber meine erstarb in dem Moment, als das Zerschmettern begann. Ich war nicht mehr bereit, ihnen die Genugtuung zu geben. Ich stand, bis ich nicht mehr stehen konnte, dann kniete ich, dann lag ich, dann brach ich zusammen. Der heiße, kupferne Geschmack von Blut erfüllte meinen Mund. Das türkisfarbene Wasser wurde lavendelfarben, als ein rubinroter Strom von den salzigen Ufern in das kristallklare Meer floss. Die Geräusche verstummten, aber ich starrte weiter auf den Lavendel und sah zu, wie das Blut zu hübschen Rosen erblühte und sich im Meer auflöste.

»Man hat mich zu Tode gesteinigt, nicht wahr?«

»Liebes«, sagte er mit leiser, besorgter Stimme. »Was siehst du?«

Ich wusste nicht, was ich ihm antworten sollte. So etwas hatte ich noch nie getan, gesehen oder gefühlt. Ich hatte keine Angst, als mich die Empfindungen überfluteten. Es fühlte sich an, als würde ich mich an einen Film erinnern, den ich in meiner Kindheit gesehen hatte – unzusammenhängend, unwichtig. »Ich weiß es nicht«, sagte ich ehrlich. Ich wusste, dass Caliban direkt vor mir in der Stadt Bellfield war, aber ich beobachtete weiter die sanfte violette Farbe, während die Sonne meine Haut versengte. Sie brannte auf meine Wange, meine Schulter, meine Waden. Mein Kleid war zerrissen, aber ich wusste nicht genau, wo. Ich versuchte, meinen Körper zu bewegen, aber ich konnte es nicht.

»Ich schrie, aber ich bekam keine Antwort«, erzählte ich und sprach zu meiner Erinnerung. Ich wusste nicht, was ich sagte, aber ein gedämpftes Wort nach dem anderen purzelte aus meinem Mund. Es war Unsinn, und doch ... »Ich brauchte ihn. Er kam nicht. Er antwortete mir nicht. Es hieß, er würde kommen. Er ließ mich ...«

»Pst.« Caliban wollte mich nicht zum Schweigen bringen, sondern mir seine Anwesenheit versichern, während mich die Emotionen durchströmten. »Ich weiß, Liebes. Du warst auf der Seite des Himmels. Du warst schon ein paarmal dort und es geht selten gut aus. Wir trafen uns im Jahr neunhundert vor Christus, deine Familie war sehr gläubig. Und als du der Gotteslästerung bezichtigt wurdest ...«

»... haben sie mich getötet.«

Er berührte mein Kinn. »Sie haben es versucht.«

»Wie habe ich ... Woher wusstest du, wie du mich finden kannst?«

Es dauerte eine Weile, bis er antwortete, so als wäre er in schmerzhaften Erinnerungen gefangen. Schließlich sagte er: »Damals war der Kampf auf beiden Seiten viel blutiger. Wir haben das Reich der Sterblichen als unsere neutrale Zone benutzt. Und wenn im Namen der Gegenseite eine Gräueltat begangen wird ...«

Ich runzelte die Stirn, weil ich nicht verstand, was er meinte. Ich war nicht wütend, nur ruhig, immer noch so weit entfernt von dieser unscharfen Vision, als ich fragte: »Was wäre ich gewesen? Propaganda? Ein Vorbild?«

Zwischen uns tickten die Sekunden. Ich spürte seine Arme um mich so deutlich, wie ich die Wärme auf meiner Haut spürte. Es war nicht ganz wie ein Traum nach dem Aufwachen, sondern als würde ich zwei Realitäten gleichzeitig erleben. Ich klammerte mich an ihn, um mich in der Gegenwart zu verankern.

»Ja«, antwortete er ehrlich, während er mir weiter beruhigend durchs Haare strich. »Du wärst ein Vorbild gewesen, als wir noch versucht haben, andere zum Überlaufen zu bewegen. Das Gemetzel zu sehen, das geronnene Blut, die Grausamkeiten, die auf einer Seite des Schlachtfeldes unter dem Banner der Gerechtigkeit begangen wurden ... manchmal ist es das, was nötig ist, damit ein anderer Engel fällt – so nennt ihr es jedenfalls. *Fallen.*«

Ich sah das plätschernde türkisfarbene Wasser. Ein Geier landete auf einem sonnengebleichten Ast.

»Also?«, fragte ich flüsternd. Meine Muskeln blieben steif, aber nicht aus Angst oder Misstrauen. Sie schmerzten, als erholten sie sich vom Aufprall einer lange vergessenen Erinnerung an einen Tagtraum. Keine Ahnung, was mich dazu brachte, weiterzufragen. Er lag in meinem Bett und ich in seinen Armen. Und doch fragte ich: »Was ist eigentlich aus deinem Plan geworden?«

Ich fragte mich, wie oft er wohl an unsere Begegnung dachte. Seinem verletzten Tonfall und seinem Widerwillen, zu antworten, nach zu urteilen, schien es eine Erinnerung zu sein, die er am liebsten begraben wollte. Seine Stimme war belegt, als er sagte: »Du hast die Hand ausgestreckt und mein Gesicht berührt. Ich war so überrascht, dass du mich sehen konntest, aber andererseits war deine Zeit zwischen Leben und Tod schnell wieder vorbei. Manchmal wird der Schleier dünner. Für einen Moment waren wir nicht menschlich und andersartig. Wir waren nur *wir*. Die einzigen zwei, die es gab. Und du hast vier Worte gesagt.«

»Welche vier?«

Er schloss die Augen, und ich konnte spüren, wie ihn die Erinnerung überwältigte. Emotionen färbten seine Stimme, als er den Tag von damals Revue passieren ließ und sagte: »*Lass mich nicht allein.*«

Der brennende Sand, der Geschmack von Salz, das viele Blut und der Schmerz stürzten wieder auf mich ein, als ich eine kühle Berührung spürte. Aasfressende Vögel gesellten sich zu den anderen, ihre schrillen Schreie durchdrangen die Luft, als ein Gesicht die Sonne verdeckte. Ich wurde in die Arme genommen und zu einer der Höhlen am Ufer getragen. Vielleicht würden sie denken, die wilden Hunde hätten meine Leiche geholt worden. Vielleicht würden sie aber auch nie nach meinem Leichnam suchen und mich einfach den Bussarden überlassen. Die Sonne ging unter, als sich meine Knochen zusammenfügten, meine Schwellungen nachließen und sich das Klingeln in meinem Kopf mit den leisen Geräuschen der Wüste vermischte.

Ich griff mir ans Herz, als ich ihn sah. Das Blut war getrocknet und klebte an meinen Haaren und Kleidern, aber es gab keine Wunden mehr. Der Schmerz war verschwunden und hinterließ nur ein angenehmes Summen. Es brannte kein Feuer, aber ich konnte den weißen, gespenstischen Mann deutlich sehen, der sich im Schatten der Meeresklippen aufhielt. Es hätte nach Staub und Blut riechen müssen, aber das tat es nicht. Da war eine Frische, eine Schönheit, die ich nicht verstand.

»Bist du ein Engel?«, hatte ich gefragt.

Wegen meiner Angst hatte er nur traurig den Kopf geschüttelt, aber seine Antwort war ganz einfach gewesen.

»Nein.«

Irgendetwas zwischen Panik, Entsetzen und Verwirrung hatte mich regelrecht durchgeschüttelt, während ich den schönen Mann angestarrt hatte. Ich hatte den Tag als Einbildung abgetan, aber als ich meine Kleidung betrachtete, wusste ich, dass alles echt sein musste. Eigentlich hätte ich tot sein müssen. »Ich brauchte Gott. Ich prangerte ihn nicht an und ...«

Das kristallweiße Haar war ein Schock gewesen, als wäre der Mond selbst zu mir in die Höhle gekommen. Er sah aus, als wäre ein Stern vom Himmel gefallen, um mich zu heilen. »Ich weiß«, hatte er mit ruhiger Stimme gesagt. Er hatte seine Finger nach meinen ausgestreckt, dann innegehalten und seine Hand knapp über meiner schweben lassen. Langsam hatte er sich wieder zurückgezogen. »Er hat deine Loyalität nicht verdient. Deine Weigerung, demjenigen den Rücken zu kehren, der dich ignoriert hat, hat etwas in mir zerbrochen.«

»Aber ich habe auf ihn gewartet und ...«

»Die Gottheiten, die man ruft, sind nicht immer diejenigen, die antworten.«

Das war es gewesen.

Ich betrachtete ihn jetzt in meinem Hotelzimmer, während die Erinnerung wie Rauch verblasste und sich wie funkelnde Sterne aus der Öffnung der Meereshöhle in der gesprenkelten Dekoration des Luxushotels verflüchtigte. Er war jetzt noch schöner als in der Dunkelheit der Höhle. Ich flüsterte: »Du musstest es mir versprechen, oder? Der Himmel hatte mich verlassen. Und dann traf ich dich und ... ich bat dich, mich nie allein zu lassen.«

Er atmete langsam aus und streichelte mein Haar mit seinem kalten Atem.

»Ich habe mich damals für dich entschieden«, sagte ich. »Grausamkeit und Schmerz und Vernachlässigung, und dann warst du die erste Person – die erste überhaupt –, die mich nicht im Stich gelassen hat. Du hast mein Weinen erhört, als ich schon dem Tod geweiht war. Ich habe mich in dem Moment für dich entschieden, als ich dich traf.«

Sein Lachen war leise, fast unhörbar. »Und ich mich für dich.«

»Wie kann ich …?«

»Wie du dich daran erinnern kannst?« Er bewegte leicht den Kopf, um es sich auf dem Kissen bequem zu machen, und verzog die Lippen. »Das hast du noch nie getan. Ich will dein Feenblut anerkennen, aber … ich weiß nicht. Ich glaube, es liegt an deiner Offenheit. Jeden Tag akzeptierst du mehr und mehr, dass das Universum neue Auswirkungen auf die Welt haben könnte.«

Ich versank in seinem Blick und war mir sicher, dass er mir schon tausendmal in die Augen geschaut hatte, aber nie so hoffnungsvoll wie jetzt.

Ein Quietschen und das abrupte Ende des laufenden Duschwassers unterbrachen unser Gespräch. Azrames brauchte die Dusche genauso wenig, wie er das Bier gebraucht hatte. Manche Freuden waren einfach ein Genuss – ganz egal, ob man sterblich oder unsterblich war. Offensichtlich gehörte eine ordentliche Menge Wasserdampf dazu.

»Du bist als Nächste dran, Liebes«, sagte Caliban und strich mir eine Haarsträhne hinters Ohr.

»Aber …«

»Ich habe ein Gelübde abgelegt, das ich aus zweitausenddreihundertfünfzig Gründen einzuhalten gedenke. Aber zuerst müssen wir den heutigen Tag überstehen. Wenn du aus der Dusche kommst, werden Azrames und ich nicht mehr hier sein. Ich will nicht, dass Astarte einen Grund hat, uns bei dir zu wittern. Aber ich habe dir ein Versprechen gegeben, das ich nie gebrochen habe.«

»Caliban …«

»Du bist nie allein.«

Azrames kam aus dem Badezimmer mit einem Handtuch um die Taille, Wasser glitzerte auf seinen Hörnern und tropfte aus seinem Haar. »Das Bad gehört jetzt dir, Marmar. Mach dich bereit. Wir haben eine Gottheit zu töten.«

Ich hasste es, aus dem Bad zu kommen und zu sehen, dass sie tatsächlich weg waren.

Ich hasste es, dass sie ein Fenster geöffnet hatten, um den Rauch und den Moosgeruch aus dem Zimmer zu vertreiben, sodass nur der frische Duft des Gartens dieser idyllischen Stadt übrig blieb. Ich hasste es, das einzige saubere Kleidungsstück anzuziehen, das ich in der Boutique gekauft hatte, und ich hasste den bitteren Geschmack des Kaffees aus der Lobby. Ich hasste es, den Tag am Hotelcomputer zu sitzen und nach alten kanaanitischen Zivilisationen, phönizischen Göttern und Göttinnen, religiösen Praktiken und heidnischen Fruchtbarkeitsriten zu googeln. Und irgendwie gefiel es mir, einer neugierigen Zuschauerin mittleren Alters mit blondem Bubikopf einen finsteren Blick zuzuwerfen, als sie mir über die Schulter schaute.

»Ich informiere mich nur über Opferrituale«, sagte ich zu ihr.

Sie starrte mich an, als hätte ich ihr gerade meine Titten gezeigt und sie gebeten, ein Foto davon zu schießen.

»Menschenopfer«, stellte ich klar. »Eines meiner Lieblingsthemen.«

Die Frau verschwand mit einem lauten Schnauben und einem Gesichtsausdruck, der mir verriet, dass der Hotelmanager noch von ihr hören würde.

Ein- oder zweimal rutschte mein Daumen ab und ich sah mir Bilder vom Toten Meer an, aber die Erinnerungen kamen nicht zurück.

Sofort fing ich wieder an, Dinge zu hassen.

Ich hasste es, ein überteuertes kubanisches Sandwich aus dem Hotelrestaurant hinunterzuwürgen und die heruntergefallenen Schinkenstückchen und Chipsreste auf dem Teller hin und her zu schieben, bis ich es schließlich aufgab. Ich hasste es, durch die Fernsehkanäle zu zappen, wenn es nichts

Vernünftiges zu sehen gab, und auf die Uhr zu starren, während sich die Stunden nur so dahinschleppten. Ich hasste es, dass die Zeit so langsam verging, wenn ich kein Handy zum Scrollen oder keinen Laptop zum Arbeiten hatte.

Ich hasste es, die Straße hinunter zu einem Café zu gehen und dort das Schokoladengebäck zu sehen. Ich wünschte, Fauna wäre hier bei mir. Als ich mein Portemonnaie öffnete, um zu bezahlen, runzelte ich die Stirn. Etwas fehlte. Meine Brosche und meine Figur klapperten in der Tasche, als ich nach der Kreditkarte griff, aber Azrames und Caliban mussten mir das Messer wieder abgenommen haben, während ich unter der Dusche stand.

Ich hätte auch nicht gut mit der Waffe umgehen können, aber der Gedanke, dass ich am Ende wirklich völlig schutzlos dastehen würde, war nur schwer zu ertragen.

Und als es halb fünf schlug, kam es mir auf einmal so vor, als sei überhaupt keine Zeit vergangen. Ich hätte mich nie auf die emotionale Aufregung während der Fahrt zur Klinik vorbereiten können, oder darauf, dass mein Herz so heftig in meinen Ohren dröhnte, dass ich dachte, ich wäre mit meinem BMW in das Auto vor mir gekracht, als ich in eine Parklücke fuhr. Ich warf mir den Riemen meiner Handtasche über die Schulter und ging auf unsicheren Füßen in Richtung Lobby. Jessabelle war bereits da, um mich zu empfangen, noch bevor ich die Glastür erreicht hatte. Ihr Lächeln strahlte Wertschätzung aus und etwas, das wie ... Verehrung aussah.

»Merit«, gurrte sie. »Wir haben schon den ganzen Tag die Sekunden gezählt.«

»Ich auch«, antwortete ich ehrlich.

Sie ließ jeden Sinn für Anstand beiseite, hakte sich bei mir unter und begleitete mich in die Lobby. Doch anstatt mich zur Treppe zu führen, wandte sie sich einer Reihe von Aufzügen zu und drückte auf den Pfeil, der nach unten zeigte. Angesichts der Höhe des Gebäudes hätte ich nicht mit so vielen unterirdischen Stockwerken gerechnet, aber aus den vielen Zahlen mit einem Minuszeichen davor schloss ich, dass es fast so tief in die Erde ging, wie es hoch war.

Und als der Fahrstuhl uns immer weiter und weiter in die Tiefe zog, wünschte ich mir, wir würden wirklich in die Abgründe der Hölle fahren. In der Hölle gab es wenigstens guten Schnaps.

Siebenunddreissig

Obwohl der Aufzug vom Erdboden verschluckt wurde, führte er in einen Raum, der so hell war, als wäre er mit natürlichem Licht gefüllt. Als ich aus der Kabine trat, stand mein Mund vor Überraschung offen. Ich versuchte gar nicht erst, mein Erstaunen vor Jessabelle zu verbergen.

»Schön, nicht wahr?«

Das war es wirklich.

Ich fühlte mich, als wäre ich in ein luxuriöses mediterranes Spa getreten. Ein flacher Pool erstreckte sich über die gesamte Länge des Raums, auf dessen Boden ich kunstvolle Mosaikfliesen in Blumenmustern erkannte, die mich an die Kunst des alten Mesopotamiens erinnerten. Weiße Säulen säumten das Becken und die Wand. In der Mitte jeder Porzellansäule befand sich eine Laterne, die das sanfte Licht eines kleinen Sterns verbreitete. Über der Mitte des Beckens hingen Laternen von der Decke und setzten das gleichmäßig verteilte Sternenlichtmuster fort. Juliet Rosen, Grünpflanzen und aquamarinfarbene Loungesofas, die perfekt mit dem Blau des Pools harmonierten, schmückten den Raum zwischen den Säulen.

»Nach der Prozedur können Sie sich hier entspannen«, sagte sie leichthin.

Ich unterdrückte ein Würgen und täuschte ein Lächeln vor, trotz des abstoßenden Gedankens, mich auf einem Stuhl am Pool zu entspannen, während das Sperma eines Fremden an meinem Bein heruntertropfte. Meine Hand flog zu meinem Mund, um die Übelkeit zu verbergen. Jessabelle schien jedoch nichts zu bemerken, als sie mir den Weg wies. Wenige Augenblicke später half sie mir, meine Sachen in einem Raum aufzuhängen, den ich zwar als Umkleidekabine bezeichnen wollte, aber zwischen dem brennenden Weihrauch, dem beheizten Fußboden, der gedämpften Beleuchtung und dem luxuriösen Holz fühlte sich das wie eine Beleidigung an.

Jessabelle holte einen flauschigen weißen Bademantel. »Bitte waschen Sie sich, um sich auf die Prozedur vorzubereiten. Ziehen Sie nichts anderes als den Bademantel an. Ich warte draußen auf Sie. Nehmen Sie sich so viel Zeit, wie Sie brauchen.« Ein Zittern überkam mich in dem Moment, als sie ging.

Es war eine Perversion meines früheren Berufs. Dieser Tag gehörte Astarte. Unsere Körper gehörten nicht uns.

Viel zu lange stand ich unter dem heißen Wasser. Ich fragte mich, ob Jessabelle kommen würde, um nach mir zu sehen, wenn ich mich nicht beeilte, aber ich konnte mich einfach nicht zwingen, aus dem Wasserstrahl zu steigen. Ich hatte keinen Plan. Ich sollte einfach mit der »Prozedur« weitermachen, wie sie es genannt hatte. Ich würde mich nicht auf der zerknitterten Papierunterlage einer Krankenhausliege ausstrecken, während fluoreszierendes Licht meine Netzhaut verbrannte und kalte Spekula in mich eingeführt wurden. Es gab sanfte, auf Harfen gezupfte Spa-Musik, dunstigen Rauch und das Summen uralter Magie.

Ich stieg aus der Dusche und trocknete mich ab, zitternd, als befände ich mich in arktischer Kälte und nicht in der milden Temperatur, die für eine Zedernholzsauna geeignet wäre. Ich schlüpfte in den flauschigen Bademantel und betrachtete mich im Spiegel.

Er hatte Taschen.

Ich fuhr mit den Fingern über den Stoff und hörte Jessabelles Stimme von der anderen Seite der Tür. »Sind Sie bald fertig, Merit?«

»Ja.« Ich verschluckte die leise Antwort fast. »Ich brauche nur noch einen Moment.«

Ich eilte zum Schließfach und riss meine Handtasche vom Haken. Ich musste etwas haben – *irgendetwas*.

Das Messer hatte ich nicht mehr, aber die Brosche. Ich steckte das silberne Schmuckstück in eine Tasche meines Bademantels und Silas' goldene Figurine in die andere, bevor ich eine Hand auf mein Herz legte, als versuchte ich einen flatternden Vogel einzufangen, der aus seinem Käfig ausbrechen wollte. Ich versuchte mir einzureden, dass ich schon Hunderte Male in dieser Situation gewesen war, wenn ich aus der Dusche kam und mich auf das Treffen mit einem Fremden vorbereitete.

Aber es war nicht dasselbe. Ganz und gar nicht.

Ich verließ die Umkleidekabine und konnte die aufkeimende Panik in meinem Gesicht nicht verbergen.

»Es ist in Ordnung, nervös zu sein«, sagte Jessabelle sanft. »Ich verspreche Ihnen, dass Sie nur einen Moment zögern werden. Astarte wird dafür sorgen, dass alles reibungslos verläuft. Die Männer werden sie Doktor Ayona nennen, und ich empfehle Ihnen, dasselbe zu tun, um die Privatsphäre zu wahren, so wie wir Sie auch weiterhin Merit nennen werden.« Sie drehte sich zu mir um und ließ den Blick ihrer olivgrünen Augen auf mir verweilen, bis es mir kalt den Rücken hinunterlief.

Jeder in der Klinik kannte meinen echten Namen. Natürlich kannten sie ihn.

Wir betraten einen Raum, in dem es so dunkel war, dass meine Augen einen Moment brauchten, um sich daran zu gewöhnen. Meine Hände schossen zu Jessabelle, als wollte ich ihren Körper als Schutzschild benutzen, sie erstarrten jedoch, noch bevor ich sie berührte.

Jessabelle war nicht meine Freundin.

Mein Zittern wurde stärker, obwohl ich mein Bestes tat, es zu verbergen. Ich straffte meine Schultern, als ich die neun gut gekleideten Männer im Raum betrachtete. Ich sah drei Stehtische, und jeder Mann hielt etwas in der Hand, das wie ein Glas Gurkenwasser aussah, während sie sich miteinander unterhielten. Die Tische waren etwa so hoch wie eine Theke – nicht hoch genug, um die Ellbogen darauf zu stützen, und nicht niedrig genug, um an ihnen Platz zu nehmen, wenn denn Stühle da gewesen wären. Stattdessen hatten viele der Männer eine Hand auf den Tisch gelegt, während sie mit der anderen das Glas hielten und an ihrem Getränk nippten. Es sah aus, als hätte ich ein Model-Casting gestört, während ich selbst nichts als einen Bademantel trug.

Die Wände des Raums waren schwarz, was das Gefühl von Schatten und Tiefe noch verstärkte. Das Licht war gedämpft und butterweich. Ich konnte zwar jeden sehen, aber ich wusste auch, dass das schmeichelnde Licht alles kaschierte, was uns verunsichern könnte. Es war die perfekte Beleuchtung für eine Flüsterkneipe aus den zwanziger Jahren oder für das unterirdische Sexverlies einer phönizischen Göttin.

»Merit.« Aus einem Schatten schwebte Astarte auf mich zu.

Ich erschreckte mich zu Tode, als sie so plötzlich erschien und mir mit der Hand über den Rücken strich. Wieder trug sie ein teures Kleid unter einem weißen Laborkittel. Im Gegensatz zu dem schwarzen Kleid vom Vortag umspielte ihr sandfarbenes, glitzerndes Cocktailkleid ihren Körper wie funkelnde Edelsteine der Wüste. Sie war bereit, den sterilen Laborkittel abzulegen und die Bühne zu betreten.

»Bitte nehmen Sie sich die Zeit, unsere Interessenten kennenzulernen«, schnurrte sie förmlich. »Schauen Sie sich ihren Körperbau an, hören Sie ihre Stimme, schauen Sie in ihre Augen und finden Sie heraus, wessen Gene Sie ansprechen. Seit Vertragsbeginn halten sich alle streng an eine alkohol- und drogenfreie Diät, unterziehen sich regelmäßigen Labortests und endokrinen Untersuchungen und befolgen meinen maßgeschneiderten Trainings- und Ernährungsplan. Ich kann Ihnen versichern, dass derjenige, für den Sie sich letztlich entscheiden, von erstklassiger Qualität sein wird – das Beste, was die Welt zu bieten hat.«

Qualität.

Ich betrachtete die gut aussehenden Männer, die wie Lebewesen in einem Terrarium ausgestellt waren. Vermutlich mussten sie nur deshalb stehen, damit ich mir ein besseres Bild von ihrer Größe, ihrem Körperbau und ihren sonstigen körperlichen Eigenschaften machen konnte. Etwas besorgt lächelten sie zurück. Ich fragte mich, was man diesen Männern über die Vereinbarung erzählt hatte oder was sie dazu gebracht hatte, sich auf diese wahnwitzige Prozedur einzulassen. Und würde derjenige, den ich schließlich auswählte, einen zusätzlichen Bonus für seinen Sieg erhalten?

Einige meiner Freundinnen aus der Escort-Community arbeiteten auf Model-Partys und wurden für ihre Ausstrahlung und Verfügbarkeit bezahlt. Sie wurden für ihre Zeit entschädigt – unabhängig davon, ob ein Gast sie mit auf sein Zimmer nahm oder nicht. Die meisten dieser Freundinnen besaßen inzwischen millionenschwere Häuser mit Blick auf die Klippen Südkaliforniens. Vielleicht galt das auch für diese Samenspender.

»Soll ich ...«

»Sprechen Sie mit ihnen!« Astarte gestikulierte mit beiden Händen. Dann drückte sie mir ein Glas mit prickelndem

Gurkenwasser in die Hand und ermunterte mich, indem sie ihre Hand auf meinen unteren Rücken drückte.

Das musikalische Läuten einer kleinen Glocke ertönte. Sie warf mir einen entschuldigenden Blick zu, konnte ihre Verärgerung aber nicht ganz verbergen, als sie mich zurückließ und sich der Wand näherte.

»Frau Doktor«, ertönte Anaths Stimme aus dem kleinen Gerät. »Hier ist jemand, der dich sehen möchte.«

»Das muss warten«, antwortete Astarte gereizt.

Der schwarze Kasten blinkte bunt auf, als ich sah, dass ein glänzendes Tablet in die Wand eingelassen worden war. Anath hatte ihr schwarzes Haar heute zu einem Pferdeschwanz zurückgebunden, aber ihre Kleidung war genauso dunkel und eng wie am Tag zuvor. »Ich würde nicht anrufen, wenn es nicht wichtig wäre«, sagte sie. »Schau mir in die Augen und sag mir, ob ich deine Zeit vergeude. Und schick nicht Jessabelle. Das musst du selbst entscheiden.«

Es musste Caliban sein. Meine jahrelange Erfahrung als Maribelle half mir, meine Schultern zu entspannen und ein sanftes Lächeln hervorzuzaubern, obwohl ich bei der Nachricht fast erstarrt wäre. Wenn ihr Plan bereits im Gange war, konnte ich nichts anderes tun, als meine Rolle zu spielen und Astarte abzulenken.

Diese machte eine kleine, frustrierte Bewegung, als sie einen Knopf drückte, um Anath verschwinden zu lassen.

»Jess, übernimmst du bitte mal?«

»Natürlich«, antwortete die Seelenfresserin, als die Ärztin aus dem Zimmer verschwand. Jessabelle zog mich behutsam zum ersten Tisch. »Welche Eigenschaften stellen Sie sich bei Ihrem Kind vor? Stellen Sie sich seine roten Locken und seine leuchtenden smaragdgrünen Augen mit Ihrer süßen Nase vor«, sagte sie und fuhr mit der Hand über den ersten großen, muskulösen Mann mit feuerrotem Haar. »Oder Ihre haselnussbraunen Augen auf seiner goldbraunen Haut«, fuhr sie fort und ging zum nächsten Mann weiter. »Die Kombi ist der letzte Schrei.«

Ich bemühte mich, ein entsetztes Lachen zu unterdrücken. Es kostete mich große Überwindung, sie nicht wegen dieses Spruches zurechtzuweisen, aber ich war praktisch nackt, wehrlos und befand mich in der Höhle einer Göttin. Vielleicht war dies nicht der richtige Zeitpunkt, um darauf hinzuweisen, dass der Vergleich von Kindern und ihren genetischen Eigenschaften mit irgendwelchen Trends eine Unverschämtheit war.

Jessabelle ging zwischen den Männern hin und her, berührte ihre Arme, fuhr mit den Fingern durch ihr Haar und füllte zwischendurch immer wieder mein Glas, während sich mein Mund immer trockener anfühlte. Mein Herzschlag hämmerte in meinen Ohren. Ich wusste, dass Caliban mich gebeten hatte, ihm zu vertrauen, aber was bedeutete das? Sollte ich darauf vertrauen, dass er meinen Schwangerschaftsabbruch finanzieren würde? Wie weit sollte ich gehen?

»Ich hole Ihnen noch eins. Bleiben Sie hier«, sagte Jessabelle und nahm mir das dritte leere Glas aus der Hand.

Ich blickte zu dem großen, schwedisch aussehenden Mann auf, der mir ein entschuldigendes Lächeln schenkte. Er roch nach teurem Eau de Cologne, aber sein Geruch hatte auch etwas undefinierbar Maskulines, das ich nicht genau einordnen konnte. Ich musste mich einfach nach vorn beugen und seinen Duft tief einatmen.

»Ist es nicht schrecklich, so in Verlegenheit gebracht zu werden?«, fragte er. Der melodische Akzent seiner Stimme verriet mir zu meiner Überraschung, dass er tatsächlich Skandinavier war. In Anbetracht der Kürze der Zeit hätte ich gedacht, dass die Männer alle aus der Gegend waren. Sein

Hemd war so gut geschnitten, dass seine Brustmuskeln es nicht zum Reißen brachten.

Mir wurde klar, dass ich gerade an einem Fremden geschnuppert hatte, und ich schüttelte verlegen den Kopf. Ich wusste nicht, was über mich gekommen war, hoffte aber, dass er nichts gemerkt hatte. Ich versuchte, wieder zur Besinnung zu kommen, während ich nickte. »Ich hatte keine Ahnung, dass es so laufen würde. Wohnen Sie in der Nähe?«

Ich erkannte den Mann neben ihm als den Architekten Ji-Hoon. Er war gekleidet, als wäre er einem Modemagazin entsprungen, und lachte leicht, als er sagte: »Er schon. Johan spielt in der NHL und lebt nur zwei Staaten weiter. Aber die meisten anderen von uns nicht. Die Ärztin organisiert den Flug.« Sein Englisch war so gut wie das des »Schweden«, aber auch bei ihm merkte ich, dass er nicht von hier war. »Wir müssen jederzeit bereit sein. Es ist ein zehnstündiger Flug nach Seoul.«

»Sie kommen aus Seoul?«, wiederholte ich ungläubig. »Ich hatte ja keine Ahnung …«

Der Schwede zuckte leicht mit den Schultern. »Es wird einfacher, wenn die Medikamente anfangen zu wirken.«

»*Medikamente?*«, fragte ich, als Jessabelle mit meinem gefüllten Glas zurückkam.

»Es freut mich, dass Sie die Männer kennenlernen.« Sie schenkte mir ein strahlendes Lächeln. »Wenn es für Sie in Ordnung ist, Merit, dann würde ich Sie jetzt allein lassen. Ich bin aber sofort wieder zurück, wenn Sie mich brauchen. Bitte hören Sie einfach auf Ihren Körper. Lassen Sie ihn die Entscheidung treffen.«

Damit verschwand Jessabelle in einer dunklen Ecke des Zimmers, aber ich war nicht so dumm zu glauben, dass sie nicht alles sah und hörte, was vor sich ging. Ich wusste genug über die Welt – ob nun die der Sterblichen oder die der Feen –, um zu wissen, dass jede Wand Ohren hatte. Ich leerte mein Glas zur Hälfte, noch bevor sie die andere Seite des Raums erreicht hatte.

Der Schwede nickte in Richtung meines Wassers. »Es hilft gegen Hemmungen.«

»Ich ...« Verwirrt sah ich ihn an. »Mein Wasser?«

Die drei Männer am Tisch lachten, aber nicht über mich. Wie als Antwort auf meine Frage spürte ich plötzlich ein warmes Gefühl durch meinen Körper strömen. Ich nahm meinen Herzschlag wahr, aber nicht in meiner Brust. Mein Puls pochte an einer viel ... intimeren Stelle. Verwirrt blickte ich auf, als ich den feuchten Rausch zwischen meinen Schenkeln spürte. Mein scharfes, plötzliches Einatmen musste mich verraten haben.

»Was habe ich gesagt?«, sagte er.

Ji-Hoon neigte sein Glas. »Es macht uns genauso viel Spaß wie Ihnen. Alle haben eine gute Zeit.«

»Und« – ich schluckte und sah zwischen den Männern am Tisch hin und her – »ich bekomme ein Baby und Sie bekommen ...«

»Sie sind wunderschön. Mehr als schön«, sagte der Dritte plötzlich. Es war ein Mann, mit dem ich noch nicht gesprochen hatte. Er sprach ein flaches, nordamerikanisches Englisch und sah aus, als gehöre er zu einem Ruderteam der Ivy League. »Wir haben Sex, was an sich schon mal ein Gewinn ist. Besonders mit jemandem wie Ihnen ... Aber keiner von uns wird sich in seinem Leben jemals wieder finanzielle Sorgen machen müssen. Außerdem bekommen Sie ein Baby, was Sie ja schließlich hierhergeführt hat, oder? Die Ärztin kann ihren Ruf als erfolgreichste Reproduktionsmedizinerin der Welt aufrechterhalten. Alle gewinnen.«

Ich machte einen Schritt vom Tisch weg und stieß dabei fast mit dem Mann hinter mir zusammen. Er streckte eine

Hand aus, um mich aufzufangen, bevor ich mit dem Rücken gegen die Tischkante prallte. Ein wohliger Schauer durchfuhr mich. Ich lehnte mich in seine Berührung, bevor ich sein Gesicht überhaupt sehen konnte. Hätte ich ein Höschen getragen, dann wäre es mit Sicherheit durch eine einzige aufgeladene Berührung ruiniert worden. Ich drehte mich um und sah zu einem attraktiven Mann auf, dessen unnatürlich blaue Augen einen Kontrast zu seiner braunen Haut bildeten. Ohne es zu wollen, biss ich mir auf die Lippe. Er lächelte zurück, als elektrische Spannung zwischen uns strömte.

Ich drehte mich zu ihm, meine Hände bewegten sich wie von selbst, ich legte sie auf seine Brust. Ein entfernter Teil meines Gehirns hörte, wie er sich als Yasin aus Pakistan vorstellte. Er ratterte die Informationen über sich herunter, die vermutlich auch in seinem Profil in der Mappe standen. Sein guter Job, sein hoher IQ, Größe, Gewicht, der Gesundheitszustand seiner Familie wurden mit performativer Notwendigkeit heruntergebetet, aber ich wusste, dass er dieselbe elektrische Spannung spürte wie ich.

Ich schluckte und merkte, dass mein Mund nicht mehr trocken war. Das Pochen in mir wurde zu einem Verlangen.

Ich machte einen Schritt auf ihn zu, und er legte seinen Arm um mich, während er auf mich herabblickte.

Plötzlich tauchte Jessabelle neben mir auf, aber ich bemerkte es kaum. »Sie beide werden sich nun besser kennenlernen«, sagte sie mit einem sinnlichen Schnurren. »Ich werde die anderen wegschicken.«

Spielte die Musik noch? Ich war mir nicht sicher. Ich hörte nur das tiefe Brummen seiner Stimme und irgendwo das fordernde Pochen eines Herzschlags, den ich nicht kontrollieren konnte. Meine Zehen krümmten sich auf dem heißen Marmor.

Aus dem Augenwinkel nahm ich Gestalten wahr, die sich bewegten. Ich war mir vage bewusst, dass Jessabelle die anderen Männer aus dem Raum begleitete. Die Musik hatte sich verändert, obwohl ich den Wechsel von den beruhigenden Klängen, wie man sie aus Badehäusern und Spas kannte, zu etwas mit Bässen, etwas Ursprünglicherem, etwas, das zu dem Puls passte, der durch meinen Körper jagte, gar nicht bemerkt hatte. Ich streckte den Rücken durch, während mich die Wärme weiter erfüllte. Yasin sprach, und ich wusste, dass ich zuhören sollte, aber ich konnte einfach nicht aufhören, mir seinen Mund auf mir vorzustellen. Ich warf mein Haar leicht zurück, während ich seinen männlichen Duft einatmete und ihm meinen Hals zeigte. Dann drückte ich mich an ihn und öffnete meinen Mund in der Hoffnung, dass er mich küssen würde. Vielleicht trug ich deshalb einen Bademantel. Er müsste nur an dem Gürtel um meine Taille ziehen ... Bei dem Gedanken daran wurden meine Brustwarzen hart.

Er hatte seine Hand auf meinem Arm liegen lassen. Ich wollte, dass er sie bewegte. Dass er mich berührte. Dass er aufhörte zu reden. Er sah so verdammt gut aus. Er roch unbeschreiblich gut. Vielleicht, wenn ich etwas näher käme ...

Die Glocke an der Wand auf der anderen Seite des Raums läutete erneut. Jessabelle war schon mit einem Fuß aus der Tür, als sie die Bewerber in die Halle führte und sie entließ, um schnell auf die hartnäckige Klingel zu reagieren.

Statt ein Bild auf dem glänzenden Tablet zu zeigen, wie Astarte es bei Anath getan hatte, nahm Jessabelle einen glatten schwarzen Hörer in die Hand. Meine Augen wurden glasig, als ich sie beobachtete, bis sie im Schatten verschwand. Ich hatte kaum bemerkt, wie sich mein Körper immer weiter bog, bis mein oberer Rücken auf dem Tisch lag. Mein Bademantel rutschte von einer Schulter und entblößte sie. Wie von selbst schlang sich eines meiner Beine um das von Yasin und schob sich langsam nach oben.

Aus keinem anderen Grund als benebelter Lust blieb die Hälfte meiner Aufmerksamkeit auf Jessabelle gerichtet, während mein ganzer Körper vor Verlangen kribbelte. Sie war noch im Raum und es war mir egal. Es wäre für mich nicht wichtiger gewesen als die Folge einer Sitcom, die im Hintergrund lief, als ich zum ersten Mal einen Kunden traf. Außer dass ich diesen »Kunden« wollte. Ich sehnte mich nach ihm. Ich brauchte ihn.

Ich hörte Jessabelles Zischen, als sie das Wort wiederholte. »Ein Cambion? Das ist unmöglich ...«

Kauderwelsch. Unsinn. Nicht ganz Englisch. Und auch sonst nicht viel.

Jessabelle hielt inne, während die Person am anderen Ende weiterredete. Das Wort, das sie in den Hörer gesprochen hatte, kannte ich von irgendwoher. Die ferne, unwichtige Erinnerung an eine Vorlesung an der Uni, an Mythologie, an eine historische Figur, an Magie, an irgendetwas anderes ... Es löste sich in mir auf, ich wollte Lippen um meine Brustwarze spüren, ein sanftes Saugen. Ich strich mit den Fingern über meinen Kragen, bewegte erneut meine Hüften und bemerkte, wie weich der Stoff war und dass das schwache Licht so perfekt war wie ein orangerotes Leuchten.

»Ich verstehe die Implikationen«, sagte sie. »Ja, ich begreife die Gelegenheit vollkommen. Ich verstehe nur nicht, wie er ...«

Noch mehr Schweigen von Jessabelle, während ich ihre Kurven bewunderte, ihren beerenfarbenen Mund betrachtete, die Rundungen ihrer Hüften, ihren Hintern, ihre Brüste. Ich fragte mich, ob sie sich wohl zu uns gesellen würde, und streckte ihr eine Hand entgegen, in der Hoffnung, sie würde mein Angebot annehmen. Ich wollte ihre weiche Haut berühren, sie schmecken, sie fühlen. Ich wollte Münder und Hände. Ich wollte, dass jedes Nervenende vor Lust und Befriedigung tanzte. Die Sehnsucht steigerte sich mit jedem neuen Schlag des Basses, während die Musik auch weiter den Raum erfüllte. Mit jeder Sekunde wurde sie lauter, bis ich kaum noch etwas anderes hören konnte.

Bumm, bumm, bumm.

Jessabelles Stimme war leise und übertönte kaum die angenehmen, hämmernden Schwingungen der Musik. »Die Macht ist unvergleichlich, das weiß ich. Aber was, wenn sie nicht will ...«

Ich wollte, dass sie endlich zu uns kam. Es wäre unglaublich und ich wäre mittendrin. Ich wollte ihn in mir und sie wollte ich an mir. Ich wollte die Seide und den Samt und das glatte, feuchte Vergnügen von Schwanz und Muschi nebeneinander, während ich mich hingab. Meine Zehen krümmten sich vor Lust, während die Musik immer lauter wurde. Sie war jetzt so laut, dass ich nichts mehr hören konnte. Ich hörte weder Yasin noch Jessabelle noch die Welt. Sogar die Gedanken in meinem eigenen Kopf wurden von der Musik, die durch meinen Körper, meine Haut, mein Herz und meinen Geist dröhnte, unterdrückt und zum Schweigen gebracht. Sie blieb im Takt mit dem Pochen zwischen meinen Beinen.

Es war wie Ecstasy. Als wäre ich wieder ein Teenager. Es war ein Verlangen in einer Welt, in der es keine Scham gab, keine Konsequenzen, kein Urteil.

Ich schloss die Augen, als Yasin seine Lippen auf meine nackte Schulter presste und von dort langsam über mein Schlüsselbein strich. Ich streckte beide Hände über meinen Kopf und beugte ihn dann nach hinten über den Stehtisch. Ich fühlte mich wie eine erotische Ballerina, die durch die Galaxie der Lust, des Vergnügens und des Begehrens wirbelte.

»Verstanden«, sagte Jessabelle schnell. Eine Sekunde später war sie bei mir. Kaum hatte sie Yasin von mir weggezogen und ihn gebeten, in sein Zimmer zurückzukehren, drückte ich mich auch schon an sie. Ihr weicher Körper, ihre Kurven, ihr Haar, das in Wellen herabfiel, ihr extravaganter Duft ... Meine Hand fuhr über ihren Nacken in ihr Haar. »Merit.« Sie sagte meinen Namen, aber ich hörte sie kaum.

Sie wehrte sich nicht, als ich sie mit meiner anderen Hand an mich zog. Ich wollte ihren Hals schmecken. Ich wollte ihre Haut unter meinen Lippen, ihr Salz unter meiner Zunge, ihre Aromen in mir. Sogar ihr leichtes Kichern fühlte sich so gut an meinem Mund an, während meine Zunge von Kuss zu Kuss über ihren Hals bis zu ihrem Kiefer kroch.

Plötzlich hörte ich über meine Schulter hinweg eine Männerstimme fragen: »Wurde sie unter Drogen gesetzt?«

»Die Kundin wurde gründlich vorbereitet«, hörte ich Astarte antworten. Ich konnte mich nicht daran erinnern, dass eine Tür aufgegangen war oder jemand den Raum betreten hatte. Ich seufzte in meinem Bedürfnis nach Vereinigung und versuchte, durch den Lärm hinweg Worte zu erkennen. Ich konnte es hören, aber es war mir nicht wichtig genug, um es zu verstehen, als sie sagte: »Das ist es, was sie will. Es ist ein Geschenk, das größer ist, als sie es sich je hätte vorstellen können, wenn Sie dann der Vater sind. Glauben Sie mir, es ist für beide Seiten ein vorteilhaftes Geschäft. Sie ist bereit, wenn Sie es sind.«

Ein leises Keuchen entfuhr mir, als ein entfernter Teil von mir versuchte, sich von Jessabelle loszureißen und der Stimme zuzuwenden. Ich spürte eine kühle Hand auf meiner nackten Schulter, öffnete die Augen und war sofort erfüllt von Diamanten und Sternen und gleißend weißem Licht. Fast hätte ich seinen Namen gestöhnt, aber er legte seine Hand auf mein Gesicht und seinen Daumen auf meine Lippen. Ich nahm seinen Daumen in meinen Mund und saugte die saftigen Aromen von Farn und Gin ein. Ich ließ Jessabelle ganz los, ihre Existenz löste sich wie Dampf im Wind auf, während ich mich Caliban zuwandte.

Achtunddreissig

Ich griff nach seiner freien Hand und ließ sie über mich gleiten. Seine Finger krümmten sich auf meiner Haut, und das Geräusch, das mir entwich, war wirklich ursprünglich.

»Ich nehme an, dass diese Kombination passend ist?«, fragte Astarte. Ich wusste, dass sie mich fragte, aber es war mir egal. Natürlich war sie passend. Dies war das Einzige, was ich mehr als alles andere auf der Welt wollte. Ich wollte seine Zähne auf meiner Haut spüren, den pulsierenden Puls seines Schwanzes, wenn er mich ausfüllte. Ich griff nach ihm und wimmerte enttäuscht, als ich feststellte, dass er immer noch angezogen war. Sein schwarzes Hemd war eine unwillkommene Barriere. Seine Hose stand zwischen mir und dem, was ich mehr als alles andere wollte.

»Merit, ich muss es von Ihnen hören«, sagte Astarte bestimmt.

»Alles ist perfekt«, schnurrte ich und meinte es auch so.

»Bitte.« Sie blieb kühl. »Können Sie mir ...«

»Ja«, sagte ich flehend.

Sie könnte auch hierbleiben und die Show ihres Lebens genießen, während wir wahre, tiefe, vollkommene *Liebe* machten. Jessabelle hätte das Glück, an der Wand zu lehnen und aus der Ecke zuzusehen. Ich könnte vor Königen und Königinnen stehen, vor Kaisern und Göttern, Bischöfen und Pastoren und Kolossen frommer Frauen, die sich an ihre Rosenkränze klammern; jetzt würde ich mich von niemandem mehr stören lassen. Die elektrisierende, weltverändernde, greifbare Chemie, die mich gleich durchströmen würde, war alles, was mich interessierte.

Caliban war hier. Er war meinetwegen gekommen. Nichts anderes hatte je eine Rolle gespielt.

Ich glitt durch Zeit und Raum, während ich mich auf die Zehenspitzen stellte. Ich wusste, dass es nur ein kleiner Unterschied war, ob ich stand oder auf einem Tisch saß, aber ich wollte rückwärts auf die nächstbeste Oberfläche springen. Caliban schien meine Absichten zu erkennen, noch bevor ich mich halbwegs vom Boden erhoben hatte, und half mir auf den hüfthohen Tisch, wobei er beide Hände an meine Hüften legte. Ich stöhnte bei diesem Gefühl und fuhr mit den Fingern durch sein Haar, vergrub meine Hände in seinen Polarfuchs-Haarsträhnen. Ich registrierte kaum, wie der Tisch durch meine Missachtung der physikalischen Gesetze ins Wanken geriet, bemerkte nicht einmal, wie Caliban mich und den Tisch festhielt. Der Bass der Musik summte durch mich hindurch und erfüllte jede Zelle, jeden Herzschlag, jeden Atemzug. Wieder drückte ich den Rücken durch und zog ihn mit meinen Beinen an mich heran. Ich zerrte an meinem Bademantel, bis er sich vorn öffnete, von den Schultern rutschte und mich vor ihm entblößte.

Ich versuchte, seinen Namen noch einmal zu sagen, aber kaum war das erste harte »C« seines Namens aus meiner Kehle, als er mich auch schon an den Haaren packte und fest daran zog. Ich stieß einen Schrei aus, eine Mischung aus Lust und Schmerz, als sich sein Name auch schon in der rauchigen Luft um mich herum auflöste.

All das wollte ich und noch viel mehr.

Ich wollte, dass er mich an den Haaren zog. Mich schlug. Mich nach vorne beugte. Mich packte, begrapschte und biss.

Ich wollte Leder, Peitschen und Riemen. Ich wollte Schmerzen, um die Lust noch zu steigern. Ich wollte seinen Mund an meinem Hals spüren, seine Finger, die sich in mich krallten, seinen Schwanz, der in mir pochte, während er im Takt der lauten Musik blieb – so laut, so ausfüllend, so unglaublich, so sensationell.

Astarte bot ihm ein Glas Wasser an, aber er sagte nur: »Glaub mir, das brauche ich nicht.«

Sie schien mit der Antwort zufrieden zu sein, als er seinen Mund senkte, um mit den Lippen meinen Hals zu berühren. Ich wollte schreien, wollte betteln, flehen, beten. Ich versuchte erneut, seinen Namen zu keuchen, aber er schob mir zwei Finger in den Rachen, bis ich würgen musste. Ich schloss die Augen, während ich meine Zunge zwischen seine Finger schob und vom Tisch rutschte. Ich schnappte mir seine Hand und hielt sie an meinen Mund, während ich weiter daran saugte und den Geschmack von Farnen und roten Baumstämmen und moosweicher Erde nach dem Regen in mich aufnahm. Ich drehte mich, bis ich über den Tisch gebeugt war und seine Finger mit einem schraubstockartigen Griff an meinem Mund festhielt.

Wäre ich nicht über den Tisch gebeugt gewesen, dann hätte ich wohl nicht gesehen, wie der Bildschirm zum Leben erwachte.

Anath hatte die Gegensprechanlage betätigt, um die Anarchie in der Lobby zu demonstrieren. Ich ließ Calibans Finger los, verließ den Tisch und lehnte mich nach hinten an ihn. Mit einer Hand fuhr ich durch seine silberne Mähne, mit der anderen griff ich nach seiner Hüfte, während die störende Farbe der Lobby den Nebel in meinem Kopf durchschnitt.

Ich erkannte … irgendetwas.

Mir fiel es schwer, das Leben außerhalb dieser Blase zu erkennen.

Anath schrie. Sie sagte, sie habe versucht, ihn zu töten. Ihn töten? Das konnte nicht stimmen. Aber es spielte keine Rolle. Es war so weit weg, so unwichtig.

In meinem Kopf drehte sich alles, als wäre ich einundzwanzig und hätte in einer Nacht siebzehn Drinks hintereinander geleert. Es war wie in einer lauten Studentenkneipe, in der ich versuchte, mein Leben und meinen Schmerz zu vergessen, während die Musik die Wände vibrieren ließ. Es war wie ein Kurzer nach dem anderen, ohne die Übelkeit, ohne die Schmerzen, ohne die Reue. Es war mir egal, als ich sah, wie das Gesicht des Angestellten vom *Bellfield Inn* auf dem Bildschirm erschien, denn ich wusste, dass er unmöglich dort sein konnte. Es ergab einfach keinen Sinn. Anaths wütender Ruf nach Verstärkung, ihre Worte, ihre Aggressivität interessierten mich nicht. Ich sah es kaum, wie Astarte zu dem in die Wand eingelassenen Tablet ging und sich davor stellte, um das Licht abzuschirmen, so als wäre sie mehr daran interessiert, mich davor zu schützen, dass der Zauber gebrochen wurde, als an allem anderen, was in der Venus-Klinik vor sich ging.

Caliban ließ seine Hände weiter über meine Vorderseite wandern, erforschte meinen Bauch, meine Brüste, meinen Hals, meine Schenkel. Meine lustvollen Seufzer füllten die Lücken, die die Sorgen der anderen hinterließen, gleichgültig konzentrierte ich mich nur auf denjenigen, der mein Herz, meinen Körper, meine Seele hielt, während ich meinen Hintern an ihn drückte und spürte, dass sein Schwanz noch in seiner Hose gefangen war.

Ich griff nach ihm, sehnte mich nach ihm.

Astarte verdeckte den Bildschirm mit ihrem Rücken und zischte Jessabelle zu: »Geh rauf und kümmere dich darum.«

Im Nu war Jessabelle verschwunden.

Gut. Denn die einzigen zwei Menschen, die ich in diesem Raum wollte, waren Caliban und ich. Wir hatten uns dieses Vergnügen verdient. Wir brauchten ihre Gesellschaft nicht.

Astarte war kaum zur Seite getreten, den Rücken noch immer dem Bildschirm zugewandt, als ich das silbrige Glitzern eines Lassos über dem Kopf des Hotelangestellten kreisen sah. Irgendwo in den tiefsten Tiefen meines Geistes – noch tiefer vergraben als die Erinnerungen an vergangene Leben – erinnerte ich mich an Azrames und seinen Meteoritenhammer. Der Bildschirm wurde schwarz, als ein metallischer Gegenstand aus den Händen des Hotelangestellten auf Anath zuraste. Es blitzte in das glänzende schwarze Nichts, gerade als Astarte uns erreichte.

»Ist er besessen?«, brachte ich hervor, meine Hüften noch immer gegen Calibans gepresst.

Er wusste, was ich fragen wollte, auch wenn ich kaum präsent genug war, um die Frage zu formulieren.

»Ja«, sagte er, und seine Lippen erreichten die freiliegende Linie, die von meinem Bauchnabel zu meinem Brustbein verlief, zwischen meinen Brüsten entlang und hinauf zu meinem Hals. »Er ist besessen«, wiederholte er. Das Wort klang so verdammt sexy auf seinen Lippen. Seine Hände glitten über meine Haut, er presste sich an mich. Er erforschte meinen Körper mit den Fingerspitzen. Ich gehörte ihm und war ihm völlig erlegen, als seine Hände von der flauschigen Außenseite des Bademantels über meine Haut wanderten, bis sie plötzlich gegen zwei harte Formen in meiner Tasche drückten. Bedeutungsvoll drückte er die metallischen Gegenstände in meinem Bademantel an meinen Körper und presste seinen Mund auf meinen. Das Metall schmerzte auf wunderbare Weise. »So ein gutes Mädchen«, murmelte er, seine Lippen auf meinen, es war kaum lauter als ein Flüstern.

Ich saugte das Lob förmlich in mich auf, berührte sein Gesicht und zog ihn ganz nah an mich heran, bevor ich nach seinen Klamotten griff und versuchte, ihn aus dem Stoff zu befreien.

»Ich liebe …«

Aber ich konnte den Satz nicht beenden. Er biss mir so fest in die Lippe, dass ich sicher war, Blut zu schmecken. Die Worte wurden mir aus dem Mund gestohlen. Sein Mund nahm die Blutstropfen auf, die aus meinem geraubt wurden.

»Sie ist bereit«, sagte Astarte. »Das ist ein noch besserer Deal, als wir es uns hätten erhoffen können.«

Vielleicht waren ihre Worte wichtig. Vielleicht waren sie es nicht. Mir war es egal.

»Ich weiß«, sagte er, ohne seine Lippen von meinem Hals zu nehmen.

»Sie ist bereit«, wiederholte Astarte. »Wir beide sind es. Und du?«

»Willst du noch einen Dritten dabei haben, Liebes?«, fragte Caliban.

Er hätte nicht fragen sollen. Ich brauchte keinen anderen. Ich wollte niemanden außer ihm. Ich sagte nichts, als ich erneut versuchte, an seinem Hemd zu ziehen, aber da packte er mit einer Hand meine beiden Handgelenke.

Er drückte mich auf den Tisch, bis meine Brust, mein Kopf und mein Oberkörper sich drehten, als sie gegen die Oberfläche schlugen, und er hinter mir zurückblieb. Meine Hände in seinem Griff, der wie Handschellen war und mich praktisch bewegungsunfähig machte. Ich zappelte vergeblich und starrte auf das Tablet, das schwarz und leblos an der Wand hing.

Astarte nahm das Keuchen meines Aufpralls auf dem Tisch als Bestätigung, während sie näher kam und ihren weißen Laborkittel wie eine Schlangenhaut abstreifte. Sie drehte Caliban den Rücken zu und strich ihr Haar zur Seite, während sie ihm den Reißverschluss anbot. Etwas durchdrang meine Lust auf eine ferne, unheilvolle Weise, als er eine Hand zu ihrem Reißverschluss hob und daran zu ziehen begann.

Ich strampelte auf dem Tisch, aber Caliban drückte meine Handgelenke fester, bis ich wusste, dass meine Arme brechen würden, wenn ich mich weiter gegen seinen Griff wehrte. Nein, ich wollte Caliban nicht mit Astarte teilen. Nein, ich wollte nicht, dass eine andere ihn sah, ihn schmeckte. Nein, ich wollte nicht, dass ihm eine andere Vergnügen bereitete. Die Eifersucht war stärker als die Droge, als ich krampfhaft versuchte, aus dem sinnlichen Nebel herauszukommen, der mir die Luft zum Atmen nahm. Mit der wenigen Bewegungsfreiheit, die mir Calibans Griff ließ, drehte ich mein Gesicht zum Tisch.

Astartes Kleid fiel ihr bis zu den Knöcheln hinunter.

Nein, ich wollte Caliban nicht teilen. Ich wollte sie nicht dabeihaben. Ich wollte nicht ...

Sie fuhr mir mit den Händen durchs Haar und meine Gedanken schmolzen bei dieser Berührung der Göttin dahin. Ich entspannte mein Gesicht auf dem kühlen Tisch und stieß einen zustimmenden Laut aus, einen verzweifelten Laut nach mehr, als sie mit ihren Fingern über meine Kopfhaut fuhr. Ich kämpfte gegen das Ja und das Nein an, die in mir rangen.

Ich wusste, dass sie zwischen uns nackt war, aber solange sie das sinnliche Kratzen fortsetzte ... sie wanderte mir ihren Fingern von meiner Kopfhaut über meinen Rücken, bis sie sich Caliban zuwandte. Ich liebte das Gefühl ihrer Finger ... Ich entspannte mich wieder und wollte, dass sie mit dem verlockenden Streicheln meiner Kopfhaut weitermachte.

»Tu es«, sagte Astarte, und ich wusste, sie sprach mit Caliban.

Durch den Nebel hörte ich, wie er mich noch einmal um Bestätigung bat. Seine Stimme klang aufrichtig, aber ich konnte sie kaum verstehen. Ich hatte ihn immer gewollt. Ich wollte jeden Tag. Mein Liebesleben war durch mein Verlangen nach ihm zerstört worden, noch bevor ich an seine Existenz geglaubt hatte. Er war alles, was ich je gewollt hatte. Doch etwas in seiner Stimme …

»Ich brauche dich«, sagte ich.

»Liebes …«

»*Bitte*«, bettelte ich. Ich brauchte ihn in mir – mehr als die Sonne im Winter, mehr als das Wasser in der Wüste, mehr als die Luft zum Atmen. Ich drückte mich an ihn, wohl wissend, dass mir der Bademantel über die Hüften gerutscht war. Das Einzige, was uns noch trennte, war seine Hose. Ich presste mich an ihn in der Hoffnung, er würde aus seinem Käfig ausbrechen und in mich eindringen. Ich wand mich an ihm, bis ich ein Geräusch hörte – einen Knopf? Einen Reißverschluss? –, dann war das Einzige, was den tiefen, pulsierenden Bass der Musik begleitete, mein Keuchen.

Ich neigte meinen Kopf nach hinten, wimmerte vor lauter Lust, vor Schmerz, vor Überraschung, vor Verzweiflung, vor Verlangen, als er endlich in mich eindrang. Ich war dermaßen feucht, dass ich ihn in einer Sekunde vollständig in mich aufnahm. Triumphierend schrie ich laut auf, als er mich dehnte, ausfüllte, vollendete.

Sein Stöhnen war Musik in meinen Ohren – süßer und lebendiger als die donnernden Lieder, die die Wände erzittern ließen. Ich spürte noch den kühlen Druck auf mein Gesicht und meine entblößten Brüste. Ich war mir immer noch des dunklen, schwach beleuchteten Raums bewusst. Ich wusste, dass Astarte hier bei uns war. Aber alles, was ich fühlen konnte, war der Puls seines Schwanzes in mir. Ich gab mich ihm hin, wollte, dass sich seine Finger in meine Hüften gruben, ich wollte das Klatschen von Haut auf Haut spüren, wenn er in mich eindrang, wollte das fordernde Verlangen von Stoß zu Stoß.

Ich wartete. Und wartete.

Es dauerte eine Sekunde, bis ich hinter mir das feuchte Geräusch eines Kusses hörte.

Ich befreite mich wieder aus dem Nebel und versuchte mich loszureißen, um zu sehen, was gerade geschah, aber meine schmerzhaft verdrehten Handgelenke hielten meine Arme kerzengerade. Ich knurrte, während ich mich gegen alles wehrte – gegen die Droge, den Dreier, die Welt –, als ich hörte, wie sich ihre Münder trafen. Ich gehörte ihm und er gehörte mir. Er stieß tiefer in mich hinein, und ich keuchte, als ich den Stoff seiner Hose an meinen Arschbacken spürte, so als hätte er gerade eben erst seinen Reißverschluss geöffnet, um mich zu nehmen. Ich wollte es genießen, aber es ging nicht. Die Lust verging mir, als ich hinter mir wieder die Geräusche von Zungen und Lippen hörte. Ich reckte meinen Hals gerade so weit, dass ich sehen konnte, wie Astarte ihre Hände in sein Haar schob. Ich versuchte zu schreien, um ihre Umarmung zu stoppen, als mein Blick auf seine freie Hand fiel.

Sie berührte weder sie noch mich.

Seine freie Hand glitt zur Rückseite seiner Hose. Ich war kaum genug bei Bewusstsein, um es zu sehen, als er plötzlich meine Handgelenke losließ. Meine Hände schossen nach vorn, um nach der Tischkante zu greifen, und ich stöhnte, als ich von dem knochenbrechenden Griff erlöst wurde. Die Zeit verlangsamte sich, als ich Astartes Hand in Calibans Schopf sah. Er hob seine freie Hand zu ihrer und griff dann in ihre dunklen Locken, so wie er es schon so oft bei mir getan hatte. Mit einer Hand riss er ihren Kopf zurück. Ihre Lippen öffneten sich zu einem Lächeln, ihre Augen schlossen sich vor Lust. Protestierend richtete ich mich auf, als ich sah, wie sich seine Hand aus dem Versteck löste und der Ausdruck der Freude auf seinem Gesicht sich in Konzentration verwandelte. Er holte aus, der kunstvoll gravierte Dolch zeigte direkt auf ihr Herz. Ihre Augen öffneten sich für einen Moment, bevor das Messer in ihre Brust eindrang und bis zum Griff stecken blieb, als es die empfindliche Stelle zwischen ihren Rippen fand. Kaum hatte sie angefangen, wütend zu schreien, da riss Caliban mit der anderen Hand ihren Kopf noch weiter nach hinten. Blut spritzte aus ihrer Körpermitte, als er den Dolch aus ihrem Herzen zog und quer durch das zarte Fleisch ihrer Kehle schnitt.

Ich sah zu und fühlte … nichts. Hätte ich etwas fühlen sollen?

Ihr Schrei wurde zu einem Gurgeln.

An der gegenüberliegenden Wand blinkte Jessabelles Gesicht auf dem Bildschirm, während sie nach Verstärkung schrie. Ich erblickte Azrames' grau-schwarze Gestalt. Der Angestellte war in einer Ecke der Lobby zusammengebrochen, unter seinem Kopf hatte sich eine Blutlache gebildet, die so dunkelrot war, dass sie fast schwarz aussah. Jessabelle hatte kaum Zeit, weiterzuschreien, als auch schon das Lasso über Az' Kopf peitschte, bevor der mit Stacheln versehene Hammer losgelassen wurde. Er schoss quer durch den Raum und bohrte sich in ihren Hinterkopf. Das Display wurde schwarz.

Caliban löste sich von mir und band mir den Bademantel zu. Ich griff nach dem Tisch, um mich festzuhalten. Dann hörte ich das bizarre, schmatzende, knirschende Geräusch einer Säge, bevor ich es wagte, auf seine blutverschmierten Hände hinunterzusehen. Ich weigerte mich, lange hinzuschauen, als er Astarte mit dem Dolch enthauptete. Ich blinzelte, hin und her gerissen zwischen Erregung und Entsetzen, Verlangen und Verwirrung, Schock und Schrecken.

»Caliban.« Endlich brachte ich seinen Namen über die Lippen.

»Vertrau mir«, sagte er mit zusammengebissenen Zähnen, ein Muskel in seinem Kiefer zuckte, als er mich hochhob. Ich blickte auf den langsam immer größer werdenden scharlachroten See, der sich aus Astartes am Boden liegender Gestalt ergoss. Eine Frau ... ihre Augen waren in starrer Überraschung geöffnet ... ihr Mund war zu einem stummen Schrei verzogen ... sie war so hübsch gewesen ...

Ich schaute über Calibans Schulter und bemerkte es kaum, als wir an den Umkleidekabinen, dem flachen Schwimmbecken und den Säulen vorbeigingen. Ungeduldig drückte er immer wieder auf den Knopf für die Aufzüge.

Lallend, als hätte ich Dutzende von Kurzen gehabt, fragte ich: »Kaputt?«

»Der Aufzug?«, fragte er zurück und drückte immer noch auf den Knopf.

Als würde ich durch Melasse sprechen, versuchte ich es noch einmal. »Das Siegel.«

»Ja«, knurrte er. Sein Gesicht war hart vor Wut, die er nur mit Mühe unterdrücken konnte.

»Spring«, sagte ich. Ich konnte kaum sprechen und wollte es auch gar nicht. Mit dem leisen Schnurren einer Schlafzimmerstimme ließ ich meine Hand zu seiner Hose gleiten und sagte: »Spring in die Welten.«

Er schüttelte den Kopf und packte meine Hand, um mich von meinem Vorhaben abzuhalten. »Wir können Azrames nicht einfach bei Anath zurücklassen. Bleib im Aufzug.«

Azrames. Ich kannte den Namen.

In dem Moment, als sich die Türen öffneten, schoss er in die rechteckige Kabine und drückte immer wieder den Knopf für die Lobby. Ich wusste, es war wichtig. Ich wusste, ich musste mich konzentrieren und kämpfen, ich musste von Nutzen sein. Aber stattdessen vergrub ich mein Gesicht in seinem Nacken und presste meine Lippen auf den Puls an seiner Halsschlagader. Ich fühlte mich wie ein Vorzeigevampir, als ich das Blut unter seiner Haut spürte. Ich wollte es. Ich wollte jeden Teil von ihm.

Ich wusste nicht, wie viel Zeit vergangen war, als sich die Fahrstuhltüren zur Lobby öffneten.

»Bleib hier!«

Caliban drückte mich auf den Boden. Es fühlte sich an wie eine Ohrfeige von jemandem, der kalt wie ein Fisch war, als er mich zurückließ. Er stürzte sich in den Lärm, in das Surren von Metall, die Schreie, das Chaos. Ich hörte mehr als drei Stimmen. Wer auch immer da drin war, es waren nicht nur meine beiden Dämonen und Anath. Und Jessabelles Tod hatte ich kurz zuvor auf dem Bildschirm miterlebt …

Ich kämpfte mich auf die Knie und drückte den Knopf, um die Tür zu öffnen. Es geschah alles in einer Sekunde, als ich aus dem Aufzug kroch. Ich stand auf, war aber wackelig auf den Beinen. Wein und Whisky und Ecstasy und Koks und Musik und Lust und Leidenschaft und Spannung und Begehren zerrissen mich in tausend Stücke, jedes Laster packte mich mit gierigen Händen, bis ich in alle Richtungen gezerrt wurde. Mir wurde schwindlig, ich kämpfte mich vorwärts, sah fast nichts mehr, hörte nur noch das uralte Pochen der basslastigen Musik. Ihre Trommeln erfüllten mich, verlangten nach mir, riefen nach mir.

Es gab noch einen Schrei – aber keinen des Schreckens. Ein weiblicher Schlachtruf schärfte meine Aufmerksamkeit und gewährte mir einen weiteren kurzen Moment der Klarheit. Ich versuchte, die Formen zwischen den cremefarbenen Sofas, den Juliet Rosen und den Mosaikfliesen des Marmorbodens zu verstehen, konnte sie jedoch nicht erkennen.

Kaum hatte ich die Lobby erreicht, fiel ich auf die Knie, und meine Gelenke – mit den schmerzhaften blauen Flecken vom Sturz auf die Pflastersteine in der Hölle – schlugen auf den Boden der Lobby.

Anath unterbrach ihren Kampf mit den Dämonen, als sie sich zu mir umdrehte. Sie sprintete auf meine liegende Gestalt zu. Etwas Glänzendes durchbrach den Dunst, wenn auch nur für einen kurzen Augenblick. Azrames schwang sein Lasso mit der stacheligen, silbernen Kugel am Ende und schlug sie aus dem Weg. Es gelang ihm, sie aufzuhalten, doch ich nahm Bewegungen von überall her wahr, als wäre ich eine Spinne, die durch die Brechung von zwölf Spinnenaugen sieht statt durch zwei nutzlose Menschenaugen. Der Feind war überall. Und Caliban und Azrames waren nur zu zweit.

»Ruf ihn!«, schrie Caliban quer durch die Lobby, während er auf eine Kreatur einschlug. Sein Blick funkelte, und er sah mich noch einmal auffordernd an, bevor ein weiterer Parasit auf ihn zukrabbelte.

Ich hatte Mühe, die Gestalten zu verstehen, die sich versammelt hatten, um Anath zu verteidigen. Parasitäre Wesen. Katzenartige Kreaturen. Böse. So viele. Zu viele. Anath rief ihnen zu, ihren Kampf gegen Caliban und Azrames fortzusetzen, während sie ihre Aufmerksamkeit wieder auf mich richtete.

Mein panischer Blick wanderte zwischen Caliban und Azrames hin und her, dann weiter zu Jessabelles regloser, blutüberströmter Gestalt. Die Kreaturen überschwemmten die Lobby mit unfassbarer Geschwindigkeit. Blut füllte den Raum in verschiedenen Farben – rot strömte es sowohl aus dem Hotelangestellten als auch aus Jessabelle. Blauer Brei sickerte aus den Kreaturen, als sie fielen. Ölige Schwärze tropfte von Anaths Stirn, als sie aufstand und mich anstarrte.

Azrames stürzte sich auf sie und warf sie zu Boden, während Caliban mir erneut etwas zurief.

»Ruf ihn! Ruf Silas!«

Verwirrt schaute ich ihn an. Ein kindlicher Parasit kroch mit der Vorwärtsbewegung eines Krebses auf mich zu. Er legte seinen allzu menschlichen Kopf schief, während er mich ansah. Ich versuchte, nach hinten zu krabbeln, als sein Lächeln breiter wurde. Ich erkannte den Schorf an den Ecken seines unheimlich breiten Lächelns und seine funkelnden saphirblauen Augen, die zu blau waren, um etwas anderes als schrecklich zu sein. Sein Mund spaltete sich in winzige blutige Wunden, während er mich unbeirrt mit seinen scharfen Zähnen angrinste.

Ich kroch weiter nach hinten, bis ich mit dem Rücken an die Wand mit den Aufzügen stieß.

Und wieder rief mir Caliban über den überwältigenden Lärm von Anath und ihrer parasitären Armee flehend zu: »Ruf Silas!«

Den Engel? Aber das bedeutete ...

Caliban wusste etwas, was ich nicht wusste. Aber ich vertraute ihm. Ich sollte also auf ihn hören, oder?

Verdammt, ich musste nüchtern werden. Ich wusste nicht, wie ich mich aus dem Nebel befreien sollte, der stärker war als Drogen, stärker als Alkohol, stärker als alles, was mir die Luft abschnürte. Kaum fähig, die Hand in die Tasche zu stecken und die Finger um die goldene Figur zu legen, um sie dann an den Mund zu führen, starrte ich das katzenähnliche Wesen an, das immer näher kam, als sein Kopf plötzlich in einem blauen Sprühregen explodierte. Azrames' Meteoritenhammer hatte seinen Schädel getroffen. Um mich herum regnete sein Schleim wie die mächtige, schreckliche Erinnerung aus Richards Keller, die ich vergraben hatte. Ich wäre gestorben, wäre da nicht ...

Azrames drehte sich zu Anath um, als sie wieder auf ihn zuging. In der Zeit, die ich brauchte, um die goldene Statuette an meinen Mund zu führen und Silas' Namen zu sagen, hob sie eine Waffe.

Ich wusste nicht, wie viel Zeit vergangen war.

Ich hörte die unwirklichen Schreie der Parasiten und den Schrei von Anath. Ich hörte das metallische Klirren des Meteoritenhammers und den hohen, schrillen Klang des Dolches, als Caliban zustach. Es hätte eine Sekunde sein können oder zehn Minuten. Ich hatte keine Ahnung von Krieg, Schlachten oder Kämpfen. Ich nahm nur den riesigen Kristalllüster wahr, die verschwommenen Farben, die hohen Töne und das kontinuierliche Pochen zwischen meinen Schenkeln.

Das Glitzern hatte sich kaum in einen Blitz aus weißem Licht verwandelt, da hörte ich über den Lärm der Schlacht Calibans kraftvolle, gebieterische Stimme.

»Wir haben das unter Kontrolle! Aber sie ist immer noch sterblich! Rette sie!«

Ich hatte kaum Zeit, bei Silas' Ankunft nach Luft zu schnappen. Der goldene Schimmer der Flügel verblasste, während ich versuchte, ihn zu sehen. Vage war ich mir bewusst, dass mein Bademantel in Fetzen gerissen war und meine Brüste, mein Bauchnabel und alles andere in dem Kampf entblößt worden waren. Vielleicht war ein Spa-Bademantel nicht die geeignetste Kriegsbekleidung, aber obwohl ich wusste, dass es mir etwas ausmachen sollte, war es mir völlig egal. Ich blickte in seine goldenen Augen und sah die winzigen Heiligenscheine, die um seine Pupillen brannten.

Ich streckte ihm eine Hand entgegen.

Silas wandte sich von mir ab. Er sah Caliban in die Augen und sagte: »Du willst, dass ich ...«

»Nimm sie mit!«, schrie Caliban zurück.

Meine Hand fand seine Brust, fuhr dann über seine Schulter. Ich wollte nicht allein sein. Ich wollte gehalten werden. Ich wollte ihm nahe sein. Ich wollte ...

Der schrille Schrei eines katzenähnlichen Wesens näherte sich, als ein weiterer Parasit zu den Aufzügen stürmte. Silas schlang einen Arm um mich.

»Hast du deine Brosche?«, fragte er und griff mit der anderen Hand schon nach seiner goldenen Figur. Ich zog benommen den silbernen Sølje aus der Tasche. Mit glasigen Augen nickte ich. Vage nahm ich wahr, wie sich seine Nasenflügel blähten, als er bei meinem halb nackten Körper zusammenzuckte. Er drückte mich an sich, während die Farbkugeln aus cremefarbenem und blauem Brei und das diamantene Weiß von Calibans Haut über die Leinwand meines inneren Auges liefen, bis ich nur noch Schwarz sah.

Neununddreissig

Meine Hände und Knie knallten auf den vertrauten glänzend schwarzen Marmor, der Aufprall wurde nur halb von einem männlichen Körper abgefangen. Ich schnappte nach Luft, als würde ich aus einem tiefen See auftauchen. Ich hatte kaum Zeit, meine Umgebung wahrzunehmen, bevor eine schrille, wütende weibliche Stimme die Luft erfüllte. Für den Bruchteil einer Sekunde kämpfte ich dagegen an, aus Angst, es könnte Astarte oder Anath oder Jessabelle sein.

Ich nahm kaum die Konstellation von weißen und roten Sommersprossen wahr, die ihre Arme und die Haut über ihren weichen Brüsten bedeckten, bevor ich mein Gesicht in ihrem Haar vergrub. Ich erkannte den Geruch. Das Salz und die Nadelbäume und die Gischt des Vertrauens, der Liebe, der Freundschaft, der Schönheit. Meine Hand fuhr über ihren Hals und in ihre langen, schönen Locken.

»Was ist los mit ihr?«, fragte Fauna. Ihre Stimme war hoch und voller Entsetzen.

Ich fühlte die Worte mehr, als dass ich sie hörte. Jedes einzelne Wort vibrierte auf meinen Lippen, als ich ihren Hals küsste.

»Ich habe keine Ahnung«, sagte Silas beharrlich. »Ich glaube, ich muss zurück. Sie war beim Prinzen und Azrames ...«

»Az war dort?« Fauna versuchte vergeblich, mich davon abzubringen, ihren Hals zu küssen.

Sie roch zu gut. Ich hatte sie vermisst. Ich schmiegte mich an sie.

Sie gab nach und drückte mich so fest an sich, dass ich mich kaum bewegen konnte. Mein Mund fand sie nicht. Meine Hände strichen über ihr Haar, über ihren Rücken. »Du musst zurück«, sagte sie.

»Bin schon dabei. Hast du das unter Kontrolle?«

»Ja, habe ich«, blaffte sie. »Los!«

»Fauna, es war nicht ...« Silas konnte kaum nach Luft schnappen, als seine Augen immer größer wurden.

»Los!«

In dieser Nacht zog mich Fauna unter die Dusche, aber nicht aus den Gründen, die ich mir gewünscht hatte. Sie behauptete, der phönizische Gestank und der Geruch meiner Drogen seien unerträglich. Immer wieder steckte sie mir ihre Finger in den Hals, damit ich das Gurkenwasser erbrach. Ich hatte versucht, an ihren Fingern zu saugen, als sie sie mir zum ersten Mal in den Mund steckte, was ihr ein raues, humorloses Lachen entlockt hatte, während sie mein Haar hielt und ihre Hand noch tiefer in meinen Rachen schob.

»Du steckst in großen Schwierigkeiten, du dumme Kuh«, hatte sie geknurrt.

Ich war mir immer noch sicher, dass ich sie vögeln wollte.

Drei Stunden lang kotzte ich. Jedes Mal, wenn ich dachte, ich sei fertig, nahm ich ein Glas Wasser von ihr und ließ meine Hand auf ihren Oberschenkel gleiten. Dann nahm sie meine Haare und beugte mich über den Rand der Toilette, während sie mich weiter zwang, die Droge herauszuwürgen. Ich weiß nicht mehr, wie viele Gläser Wasser, wie viele Finger in meinem Hals, wie viele Schulterklopfer und wie viele besorgte Worte mich überschwemmten.

Sie wartete, bis ich aufhörte, sie anzumachen, bevor sie

mich unter die Dusche stellte. Statt ihre Beine zu umklammern, zog ich meine eng an den Bauch, umschlang sie mit den Armen und vergrub mein Gesicht zwischen den Knien, während der reinigende Regen des heißen Wassers auf mich niederprasselte. Fauna kroch zu mir unter die Dusche.

»Wo sind sie?«, fragte sie mit Nachdruck.

»Ich habe sie zurückgelassen«, brachte ich hervor. »Warum ... warum hat Astarte Caliban reingelassen? Was ist passiert?«

»Reiß dich zusammen, Marlow. Erzähl mir, was passiert ist.«

Ich schüttelte den Kopf und spürte, wie das Wasser mein Haar an meinen Rücken kleben ließ und meinen nackten Körper einhüllte. Ich suchte Faunas Blick, aber es war zu dunkel, um sie zu erkennen. Sie hatte das Licht nicht angeschaltet, während wir stundenlang im Badezimmer waren und ich versuchte, die Droge aus meinem Körper zu bekommen. Ich zitterte von den Nachwirkungen und umklammerte mich noch fester.

»Du bist mit Azrames nach Bellfield gekommen. Ihr habt Caliban gefunden. Ihr habt die Phönizier gesucht. Und dann? Was ist dann passiert?«, fragte Fauna flehend und schüttelte mich.

»Astarte«, sagte ich. »Fruchtbarkeit.«

»Sag es mir!«

Wie sollte ich ihr erklären, dass ich alles auf zwei Beinen gevögelt hätte? Ich hätte mich sogar von der Seelenfresserin schwängern lassen, wenn sie die nötige Ausstattung dafür gehabt hätte. Als Caliban gekommen war, hatten meine Liebe und mein Verlangen nach ihm kaum ausgereicht, um den Nebel zu durchdringen. Ich wusste ohne jeden Zweifel, dass ich, wenn Faunas Geliebter aufgetaucht wäre, meine Hand auch in seine Hose geschoben hätte. Ich hatte die Kontrolle verloren.

»Sie hat uns unter Drogen gesetzt.« Ich schüttelte den Kopf. »Ich weiß nicht, wie ich es erklären soll. Ich sollte schwanger werden. Sie war da. Es war ... Sex. Warum hat sie Caliban reingelassen? Sie wusste, wer er war. Aber wie konnte sie das wissen? Warum sollte sie ...«

Ich schrie auf, als sie den Wasserhahn drehte, um mich mit eiskaltem, nüchtern machendem Wasser zu übergießen. »Warum war Silas da? Warum hat er dich mitgenommen?«, rief sie über das Rauschen des Wassers hinweg.

Ich wusste, dass sie das auch fragte mit dem Wissen, dass Azrames zurückgeblieben war und dass es meine Schuld war. Meine Augen hatten Mühe, sich an das schattige Badezimmer zu gewöhnen, als ich Fauna ansah. Ich konnte ihre Umrisse kaum im bernsteinfarbenen Dämmerlicht erkennen, das von den Straßen des Lagerhausviertels hereinfiel. Sie krabbelte näher an mich heran, ihr Gesicht war nur wenige Zentimeter von meinem entfernt.

»Es tut mir leid.« Mir schnürte sich die Kehle zu. »Caliban hat gesagt, ich soll ihn rufen. Ich weiß nicht, warum er ihm vertraut. Ich weiß nicht, was er weiß. Ich bin so verwirrt. Ich bin so ...«

»Ich brauche deine Entschuldigungen nicht.« Fauna schüttelte mich wieder. »Was ist mit Az passiert?«

Ich schluchzte auf, während ich meine Knie fester umklammerte und mein Gesicht vergrub.

»Marlow!«, rief sie, packte mein Haar – mehr wütend als lustvoll – und riss meinen Kopf hoch. »Du verdammte Vollidiotin, sag mir, was zum Teufel du getan hast! Wo sind unsere Männer? Wo ist Azrames?! Sag es mir, bevor ich dir Gummiwürmer in den Hals schiebe, bis du daran erstickst!«

Ihre Worte klangen leicht, aber ihr Tonfall war es nicht.

»Sie haben gekämpft«, sagte ich über das Prasseln der Dusche hinweg.

»Wo gekämpft?«

Ich schüttelte den Kopf. Meine Zähne klapperten, als das Wasser über meine Haut lief und meine Muskeln, Sehnen und mein Blut gefrieren ließ.

»Wo?!«, schrie sie fast, ihre Stimme hallte zwischen dem Glas und den Kacheln der Dusche wider, während Dampf den Raum erfüllte.

»Wärmer, bitte«, flehte ich.

»Spuck einen einzigen zusammenhängenden Gedanken aus, dann drehe ich das heiße Wasser wieder auf, wickle dich danach in eine Decke, koche dir Tee und massiere dir die Füße«, sagte sie mit verzweifelter Stimme.

»Caliban hat Astarte getötet«, berichtete ich. »Er hat sie umgebracht. Da war so viel Blut. Sie hat ihn hereingelassen, und er wusste, dass sie es tun würde, aber ich weiß nicht, wie und warum. Er hat es mir nicht gesagt. Sie hat mich unter Drogen gesetzt und …« Ich zuckte zusammen bei der Erinnerung.

»Azrames!« Wieder zog sie an meinen nassen Haaren.

»Parasiten!« Wie ein Fisch zappelnd kämpfte ich mich aus ihrem Griff, befreite meine Haare aus ihrer Faust und packte sie an den Schultern. »Anath hat sie gerufen. Es waren so viele in der Lobby. Und nur Caliban und Azrames gegen so viele. Er hat mich gezwungen, Silas zu rufen, damit er mich da rausholt. Aber ich wollte ihn nicht verlassen.«

Ich ließ sie los, sackte zusammen und lag schließlich mit dem Gesicht in der Pfütze aus eiskaltem Wasser. Die Temperatur wechselte von eiskalt über lauwarm zu heiß. Jeder Tropfen lief von meinem Rücken, von meinen Haaren, von Fauna, über meinen zusammengesunkenen Körper und in die winzigen Abflusslöcher in der Ecke der Dusche.

Fauna half mir vom Boden auf. Das Schrille verschwand aus ihrer Stimme, als sie ihre Arme um meinen Körper schlang und mich wiegte, während die Hitze auf uns niederprasselte. Ihre Stimme klang sanft, als sie fragte: »Parasiten und Anath? Sind das alle, die übrig geblieben sind?«

Ich fing an zu weinen, aber sie drückte mich, bis mein Schluchzen abebbte.

»Bist du dir sicher, dass Astarte tot ist? Und die anderen phönizischen Gestalten? Götter? Göttinnen? War Baal auch da?«

Ich schüttelte den Kopf. Faunas Duft erfüllte die Dusche, als würde ich mich mit nach Wald duftenden Seifen und Ölen schrubben. Ich sprach durch Nebel und Dampf, aber meine Worte kamen mit etwas mehr Leichtigkeit, als ich sagte: »Nein. Caliban hat Astarte in diesem Raum getötet, während des ... Paarungsrituals. Ich weiß nicht. Ich habe immer noch keine Ahnung, warum sie ihn reingelassen hat oder worüber zum Teufel sie geredet haben. Nichts ergab einen Sinn. Azrames hat Jessabelle in der Lobby getötet – ich habe es nicht gesehen, aber fast. Sie war tot. Baal war nicht da. Dagon auch nicht. Es waren nur noch Anath und die Parasiten da.«

Sie entspannte sich fast unmerklich, während mein Schluchzen zu heftig wurde, um es zu kontrollieren. Die Geräusche, die ich von mir gab, übertönten das Rauschen der Dusche. Mein Kummer war lauter als das Wasser, mein Schmerz stärker als die Abwesenheit unserer Partner. Sie zog meinen nackten Körper in ihre Arme, sie selbst trug immer noch das durchnässte T-Shirt und die nasse Hose. Sie hielt mich fest, beruhigte mich.

»Es wird alles gut«, sagte sie.

»Da waren so viele ...«

Alle Spuren ihrer Wut und Angst waren verschwunden. Ihr Tonfall hatte sich verändert, und sie wurde wieder zu dem tröstenden, seltsamen Wesen, das ich kannte.

»Es ist okay«, versprach sie.

»Ist es nicht«, antwortete ich und rang nach Luft, während meine Schultern bebten.

Sie drückte mich an sich und sagte: »Ich weiß, dass es im Moment nicht so aussieht, aber es wird alles wieder gut.«

»Du warst nicht da«, schluchzte ich und bekam Schluckauf.

»Der Prinz der Hölle, sein größter Assassine und ein Engel der Gerechtigkeit – alle gegen eine einzelne Göttin und ihre unbedeutende Armee?«

»Eine Kriegsgöttin!«, rief ich. »Caliban hat Silas angefleht, mich da rauszuholen, weil es so gefährlich war! Weil es ...«

»Pst«, sagte sie und strich mir übers Haar. Ich wusste, dass sie immer noch besorgt war, aber ihre Stimme, ihr Körper, ihre Aura beruhigten sich, als sie sagte: »Weil für dich so viel mehr auf dem Spiel stand, Marlow. Du bist sterblich und deine Sicherheit ist so zerbrechlich. Ich verstehe das. Dieser Zyklus bedeutet unendlich viel mehr als die anderen – deine Augen sind offen. Es ist für uns alle riskanter, aber das heißt nicht, dass bei ihnen nicht alles in Ordnung ist. Die drei können es mit jeder verdammten, in Vergessenheit geratenen Kriegsgöttin und den Parasiten, die sie überzeugt hat, ihr zu folgen, aufnehmen. Nur noch wenige verehren die Phönizier. Und ohne die Energie einer Armee von Gläubigen sind sie schwach. Sie haben keine Tempel. Sie bekommen keine Opfer oder Göttergatten oder Energie ...«

»Fauna ...«

Sie streichelte weiter mein Haar, meinen Rücken, und ich versuchte, mich auf sie zu konzentrieren, trotz des Schmerzes, der mich durchfuhr wie einen Blitzableiter. Mein Leben lang hatte ich die Liebe zurückgewiesen, und in dem Moment, als ich ihre Realität endlich akzeptierte, sollte sie mir schon wieder entrissen werden.

»Pst, Marlow«, wiederholte Fauna in der Dunkelheit, als

die Nacht uns vollständig einhüllte. Ich konnte nichts sehen. Ich spürte nur die Umrisse ihres Körpers im warmen Wasser. »Ich habe dich«, sagte sie. Ihre Stimme durchschnitt die erstickenden Schatten, als sie flüsterte: »Ich weiß, es ist dunkel. Ich weiß. Aber wir werden wie Sonnenblumen sein.«

»Was?« Ich verschluckte mich fast angesichts der Absurdität dieser Aussage, während ich in der Dunkelheit zitterte und im freien Fall durch die Leere des Vergessens stürzte. Es gab keine Hoffnung, keine Wärme, kein Licht, als ich zerbrach.

Sie schmiegte sich enger an mich, hatte ihre Arme um meinen Körper geschlungen, eine Hand in meinem Haar, wie eine Mutter, wie eine Freundin, wie eine Schwester, als sie sagte: »Hast du gehört, dass Sonnenblumen sich einander zuwenden, wenn keine Sonne am Himmel steht?« Sie wartete nicht auf meine Antwort, während ich noch weiter zusammensank, so als wäre ich ein schwarzes Loch. »Das stimmt nicht«, sagte sie dann leise. »Es ist eine niedliche Geschichte, etwas, das sich die Leute über Blumen erzählen, um sich gut zu fühlen … aber Marlow, im Moment scheint keine Sonne. Und alles in deinem Leben hat sich wie eine Illusion angefühlt, bis zu dem Zeitpunkt, als es wahr wurde. Spielt doch keine Rolle, dass die Sache mit den Sonnenblumen nur ein Mythos ist. Wann hat etwas, das ein Mythos ist, jemals verhindert, dass es real ist? Im Moment fühlt sich alles hoffnungslos an, aber das ist es nicht. Ich verspreche es dir. Du und ich.« Sie hob mein Gesicht an und wischte mir die Tränen von den Wangen, der Blick aus ihren Rehaugen brannte sich in meine, als sie sagte: »Lass uns Sonnenblumen sein.«

Es geht weiter in:
Piper CJ
THE FOX AND THE FALCON

Lieblingsgetränke der Figuren

MARLOW

KAFFEE	SCHWARZER KAFFEE MIT HONIG
ALKOHOL	AMARETTO ON THE ROCKS

AZRAMES

KAFFEE	RED EYE
ALKOHOL	OAXAKA OLD FASHIONED

CALIBAN

KAFFEE	NITRO COLD BREW
ALKOHOL	ROSEMARY TOM COLLINS

SILAS

KAFFEE	KOFFEINFREIER CINNAMON
ALKOHOL	WHISKEY PUR

FAUNA

KAFFEE	VOLLMILCH LATTE
	3 EL SÜSSSTOFF
	1 EL VANILLE
	1 EL KARAMELL
	+ FLÜSSIGES KOKAIN
	(FALLS VORHANDEN)
ALKOHOL	CANDY APPLE FIREBALL

Danksagung

Bevor ich mich bei irgendjemandem bedanke, möchte ich mein Glas auf meinen besonderen Platz in der Hölle erheben, mit seinen Bugattis und dem Alkohol, auf Polarfüchse und auf die unsichtbare Welt. Ich sitze in einer Kneipe in Seattle (in einer Sitznische, in der zufällig ein altes Poster eines gotischen Dämons als Deko hängt, was sich wie ein glücklicher Zufall anfühlt), beende meine Änderungen und stoße mit meinem dritten Glas Weißwein auf jeden meiner Freunde an, der unter einem religiösen Trauma leidet, seinen Glauben dekonstruiert hat und die Welt nun mit ganz anderen Augen sieht.

Mein Dank geht an Christa, die den Funken in *No Other Gods* schon im ersten Entwurf gesehen hat, an Letty, die das Projekt übernommen und mit mir entwickelt hat, an Helena, die das Cover und die Charaktere zum Leben erweckt hat, an meine Agenten Alex und Carolyn, die sich für meine geistige Gesundheit eingesetzt und mich in dieser schrecklichen Welt begleitet haben, und an Madison, die an das Universum geglaubt und mir geholfen hat, meine Vision in die Welt zu tragen.

Vielen Dank an Kelley, Grace, Haley, Allison, Lindsey, Cera und die Chaoskobolde, die sich kopfüber ins *Team Dämon* gestürzt haben. Ich danke Abella, Aziel, Sarah und meinem kleinen Hexenzirkel, die mir auf beiden Seiten des Schleiers zur Seite standen. Danke an Mr. Piper für die Snacks im Bett und die endlose Unterstützung.

Danke an die anderen Götter.